CECE BELL

Color de David Lasky

NOVELA GRÁFICA

MAEVA young

Super Sorda

EDICIÓN CON SUPERPODERES

Título original: *El Deafo. Superpowered edition!*
Texto e ilustraciones: © Cece Bell, 2014
Color: David Lasky
Primera publicación en inglés en 2014 por Amulet Books, de ABRAMS, Nueva York.
(Todos los derechos reservados en todos los países por Harry N. Abrams. Inc).
Traducción: Jofre Homedes Beutnagel, 2017

© MAEVA EDICIONES, 2017
Benito Castro, 6
28028 MADRID
www.maeva.es

1.ª edición: octubre de 2017   5.ª edición con Superpoderes: marzo de 2022

ISBN: 978-84-19110-28-2
Depósito legal: M-5489-2022
Adaptación de cubierta e interiores: Gráficas 4
Impresión: Macrolibros
Este libro lo distribuye en Estados Unidos Lectorum Publications Inc.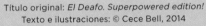

Este libro se ha elaborado con papel procedente de bosques gestionados
de forma sostenible, reciclado y de fuentes controladas, avalado por el sello de
PEFC, la asociación más importante del mundo para la sostenibilidad forestal.

MAEVA apuesta para frenar la crisis climática y desea contribuir al esfuerzo
colectivo y permanente de proteger y preservar el medio ambiente
y nuestros bosques con el compromiso de producir nuestros
libros con materiales sostenibles.

Para George y Barbara Bell,
unos padres fuera de serie

uno

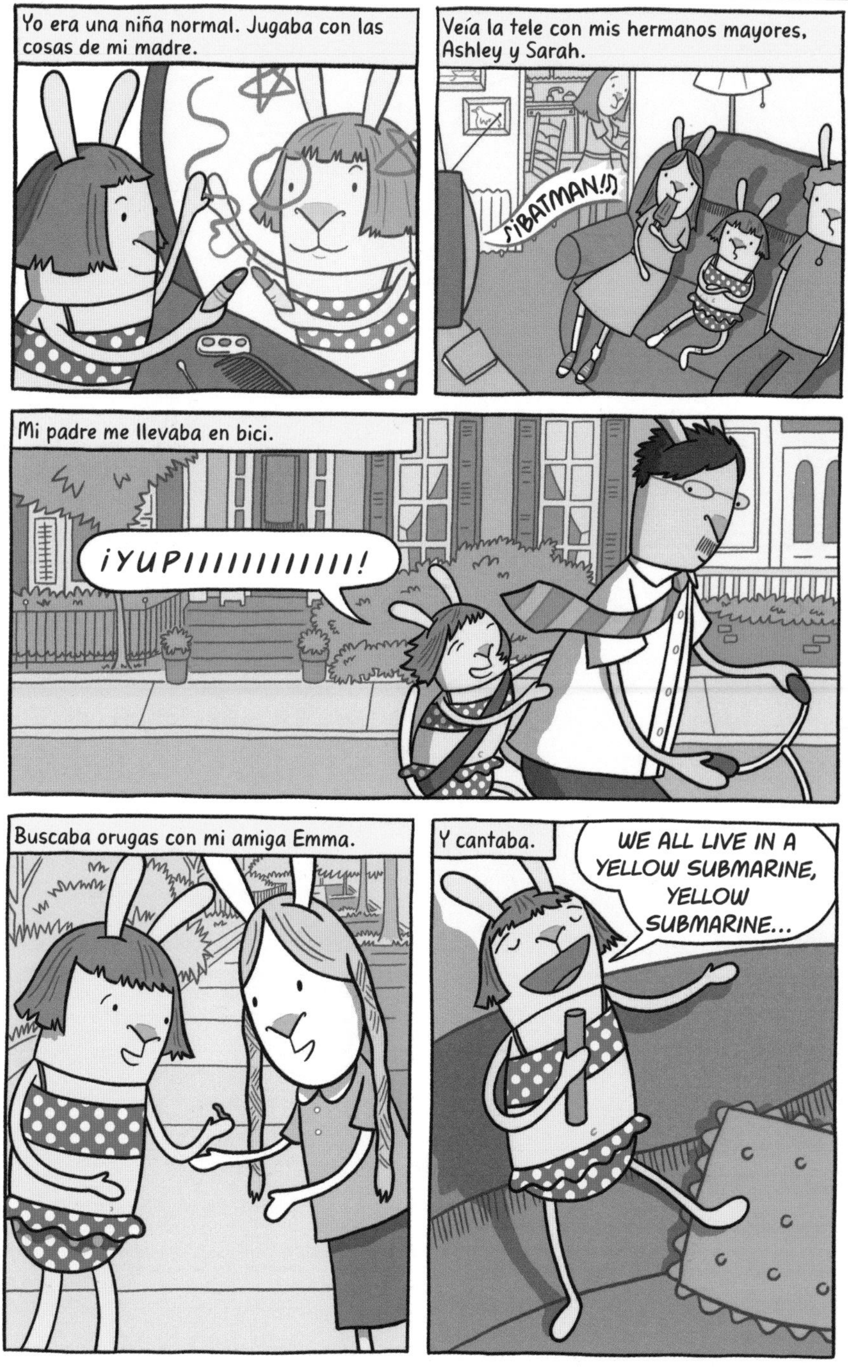
Yo era una niña normal. Jugaba con las cosas de mi madre.
Veía la tele con mis hermanos mayores, Ashley y Sarah.
¡BATMAN!
Mi padre me llevaba en bici.
¡YUPIIIIIIIIIIII!
Buscaba orugas con mi amiga Emma.
Y cantaba.
WE ALL LIVE IN A YELLOW SUBMARINE, YELLOW SUBMARINE...

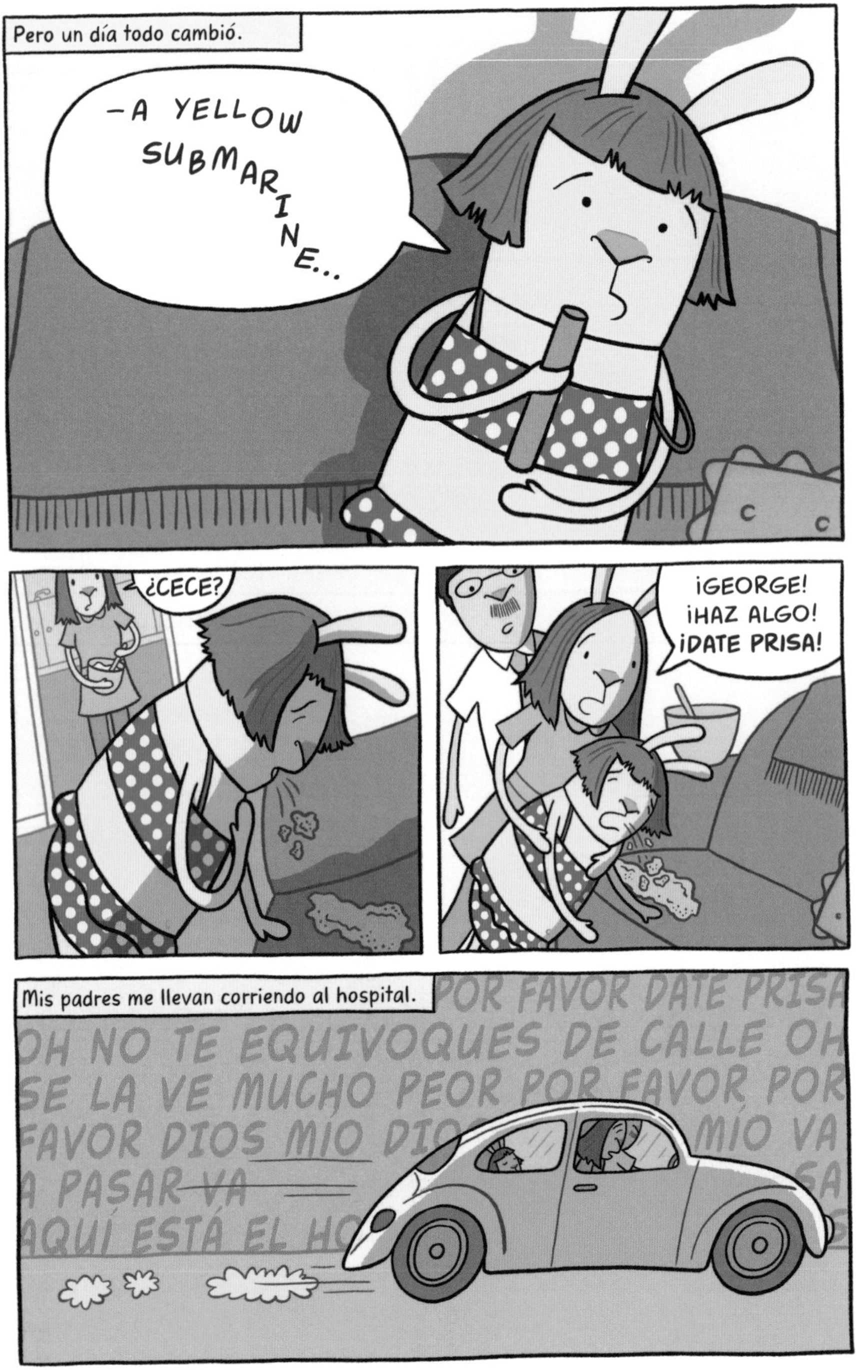
Pero un día todo cambió.
—A YELLOW SUBMARINE...
¿CECE?
¡GEORGE! ¡HAZ ALGO! ¡DATE PRISA!
Mis padres me llevan corriendo al hospital.
POR FAVOR DATE PRISA
OH NO TE EQUIVOQUES DE CALLE OH
SE LA VE MUCHO PEOR POR FAVOR POR
FAVOR DIOS MIO DIO
MIO VA
A PASAR VA
AQUÍ ESTÁ EL HO

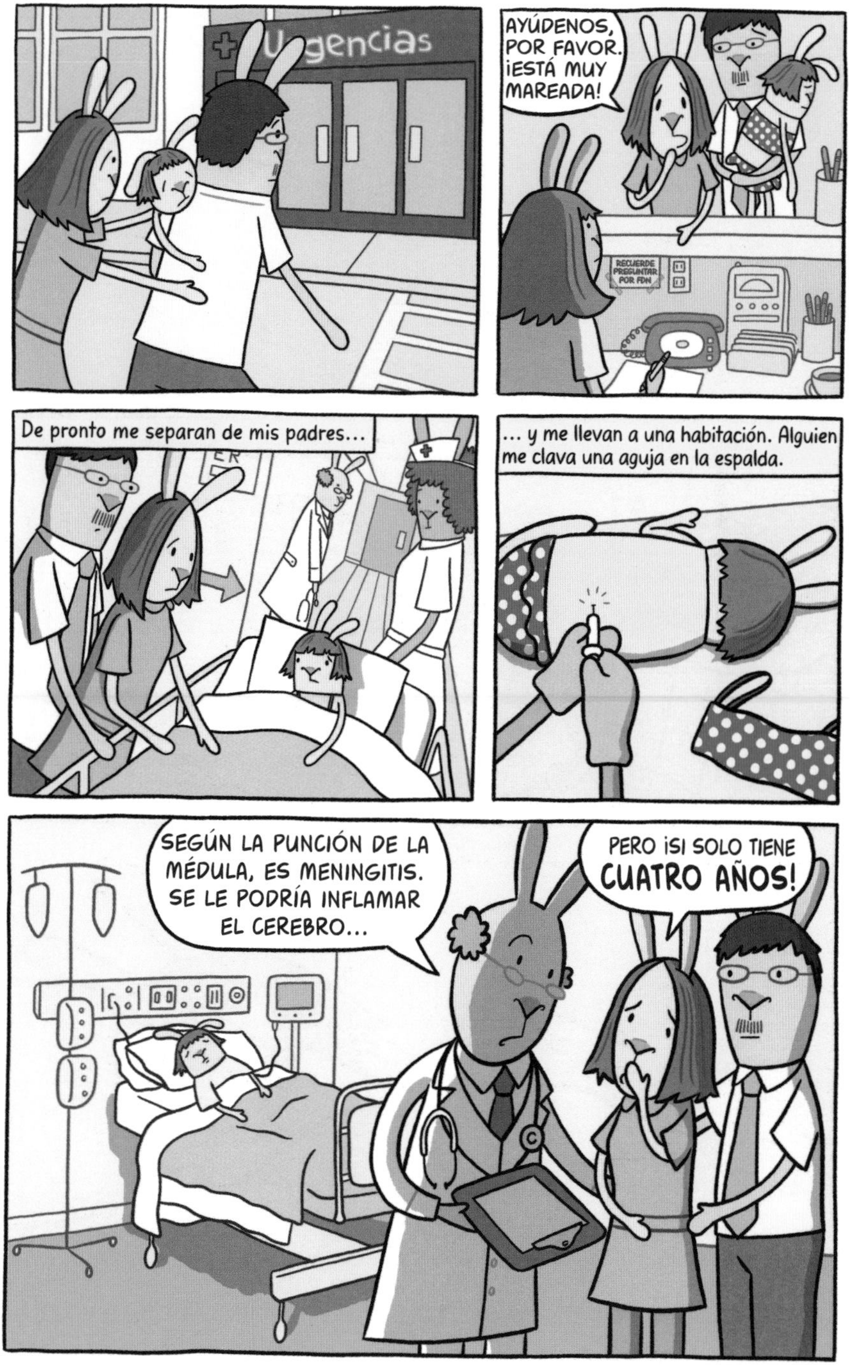
AYÚDENOS, POR FAVOR. ¡ESTÁ MUY MAREADA!
RECUERDE PREGUNTAR POR FDN
De pronto me separan de mis padres…
… y me llevan a una habitación. Alguien me clava una aguja en la espalda.
SEGÚN LA PUNCIÓN DE LA MÉDULA, ES MENINGITIS. SE LE PODRÍA INFLAMAR EL CEREBRO…
PERO ¡SI SOLO TIENE CUATRO AÑOS!

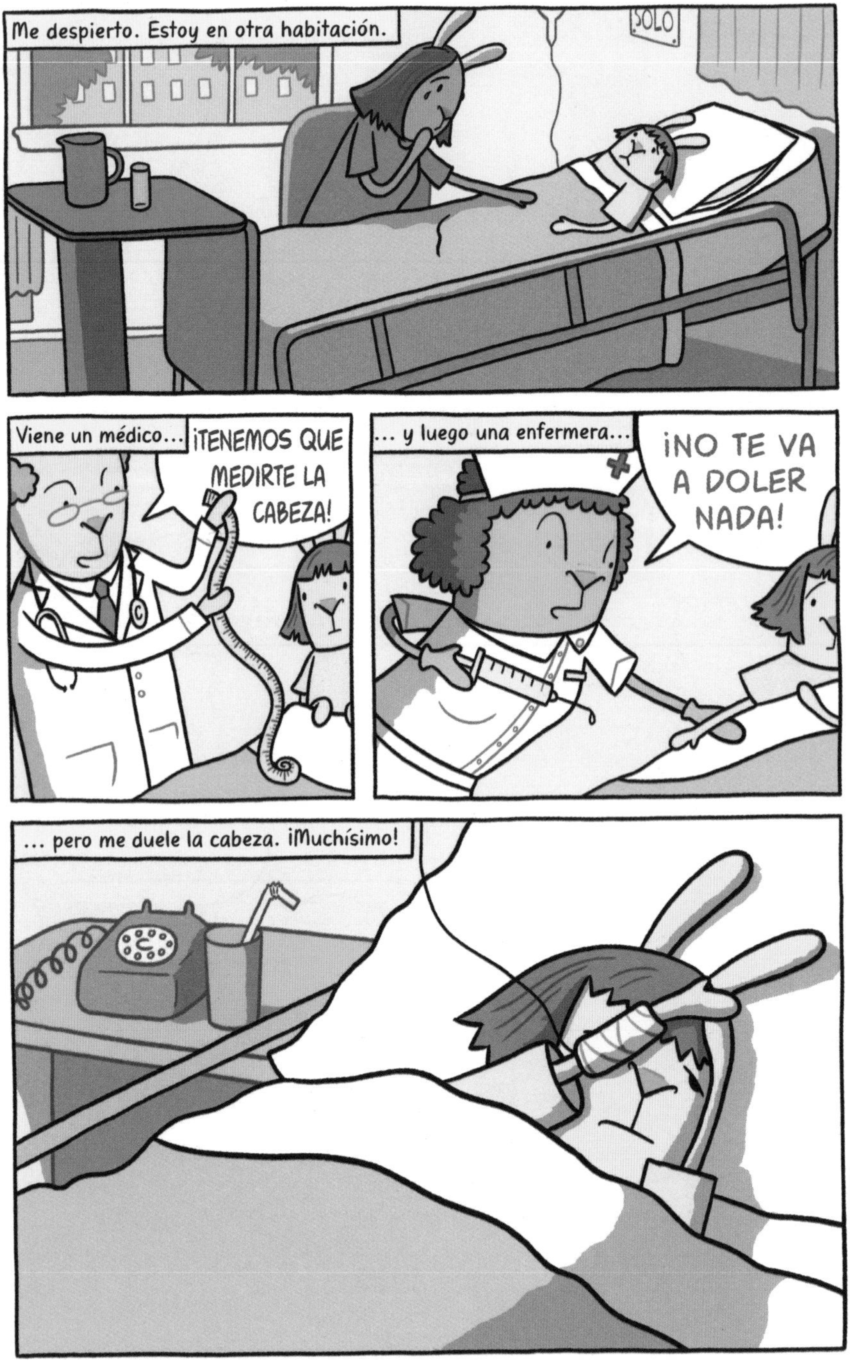
Me despierto. Estoy en otra habitación.
SOLO
Viene un médico...
¡TENEMOS QUE MEDIRTE LA CABEZA!
... y luego una enfermera...
¡NO TE VA A DOLER NADA!
... pero me duele la cabeza. ¡Muchísimo!

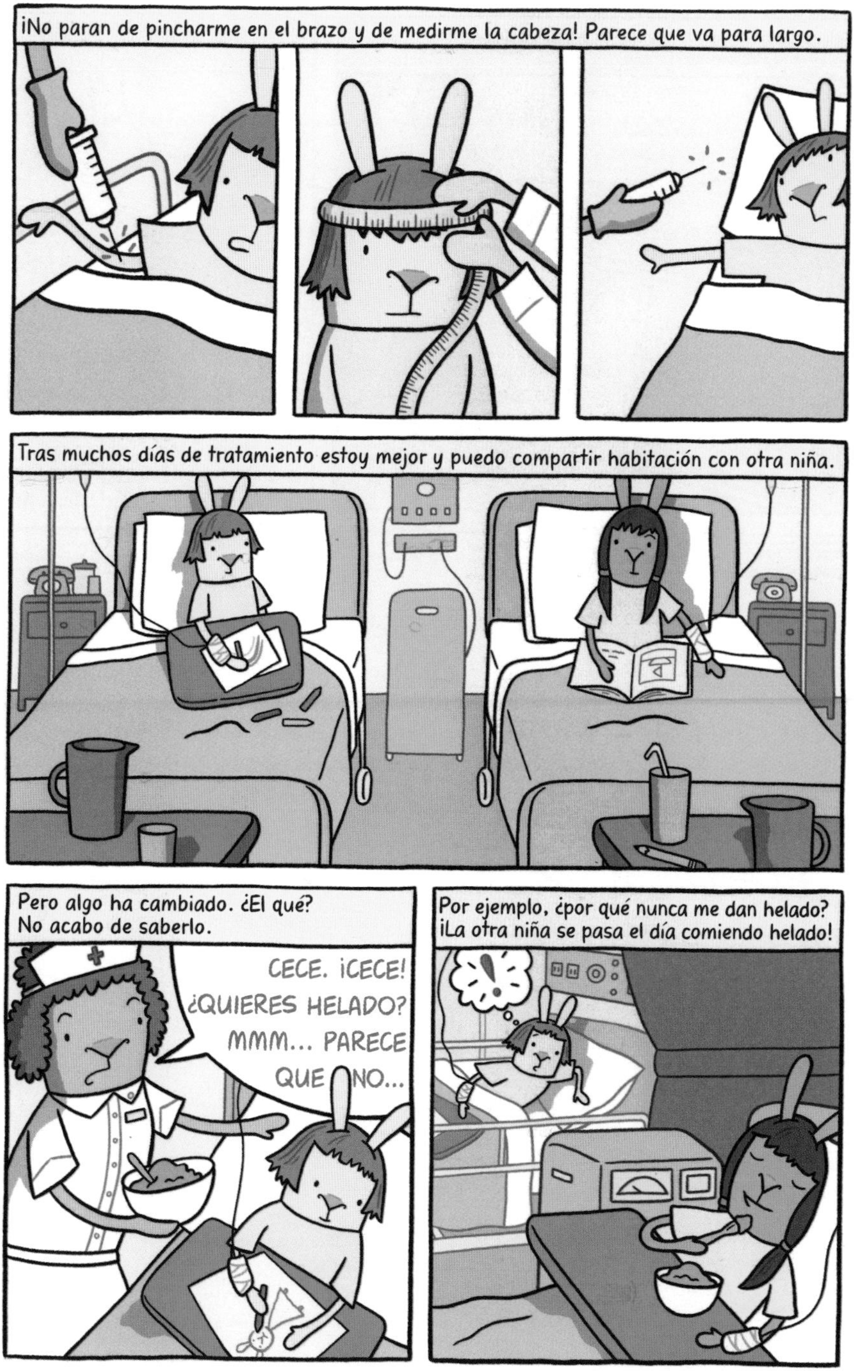
¡No paran de pincharme en el brazo y de medirme la cabeza! Parece que va para largo.
Tras muchos días de tratamiento estoy mejor y puedo compartir habitación con otra niña.
Pero algo ha cambiado. ¿El qué? No acabo de saberlo.
CECE. ¡CECE! ¿QUIERES HELADO? MMM... PARECE QUE NO...
Por ejemplo, ¿por qué nunca me dan helado? ¡La otra niña se pasa el día comiendo helado!
!

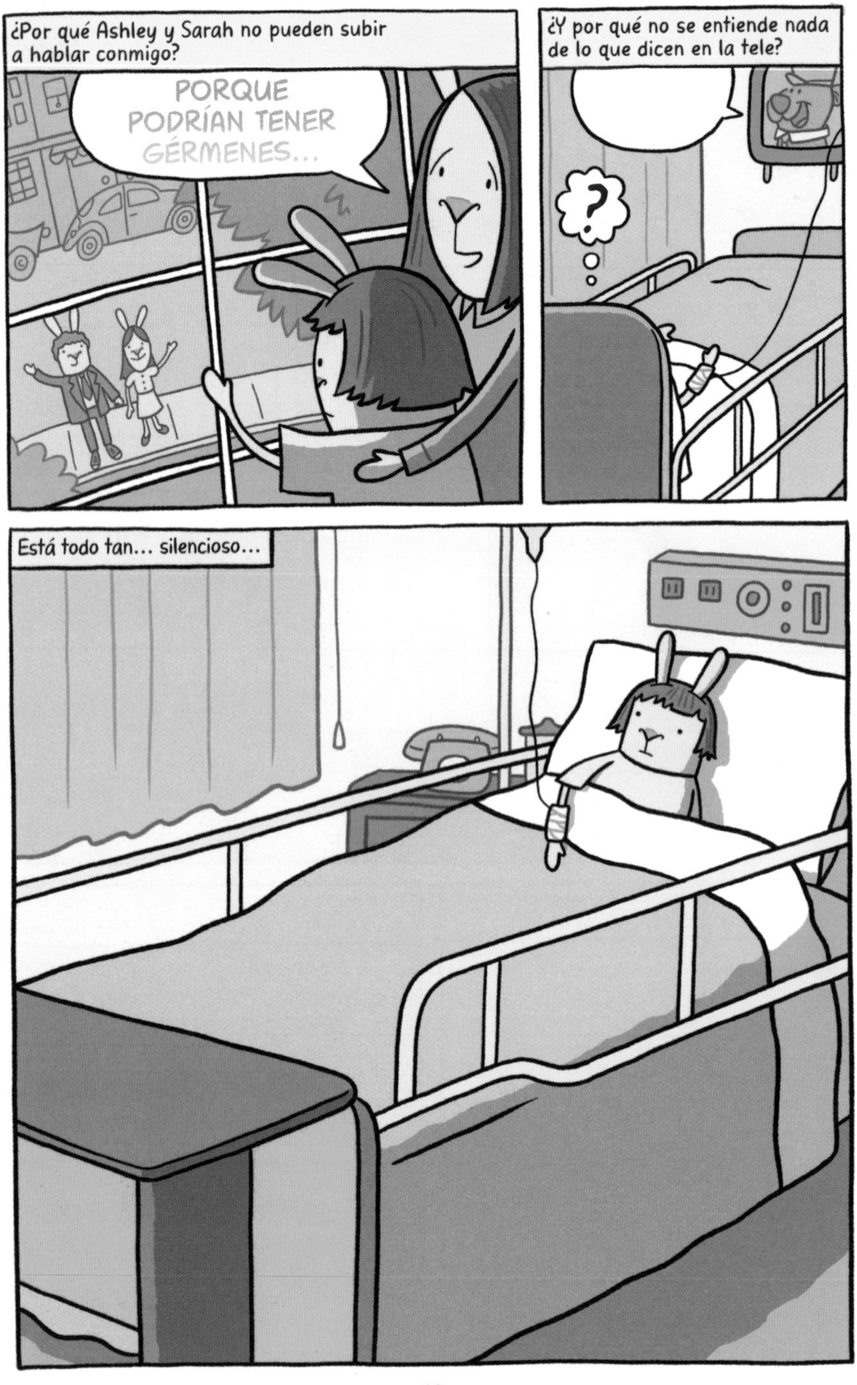
¿Por qué Ashley y Sarah no pueden subir a hablar conmigo?
PORQUE PODRÍAN TENER GÉRMENES...
¿Y por qué no se entiende nada de lo que dicen en la tele?
?
Está todo tan... silencioso...

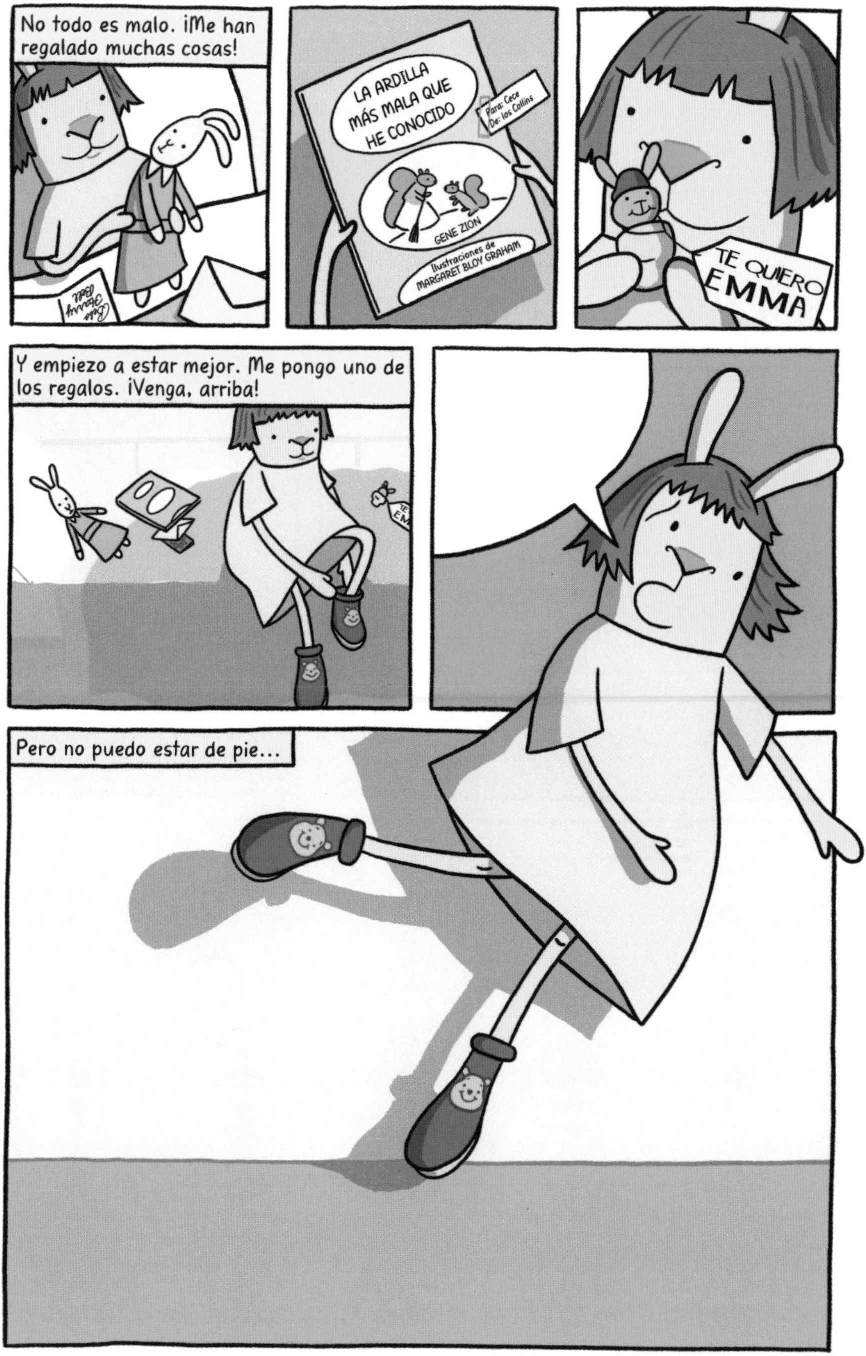
No todo es malo. ¡Me han regalado muchas cosas!
LA ARDILLA MÁS MALA QUE HE CONOCIDO
Para: Cece
De: los Collins
GENE ZION
Ilustraciones de MARGARET BLOY GRAHAM
TE QUIERO EMMA
Y empiezo a estar mejor. Me pongo uno de los regalos. ¡Venga, arriba!
Pero no puedo estar de pie...

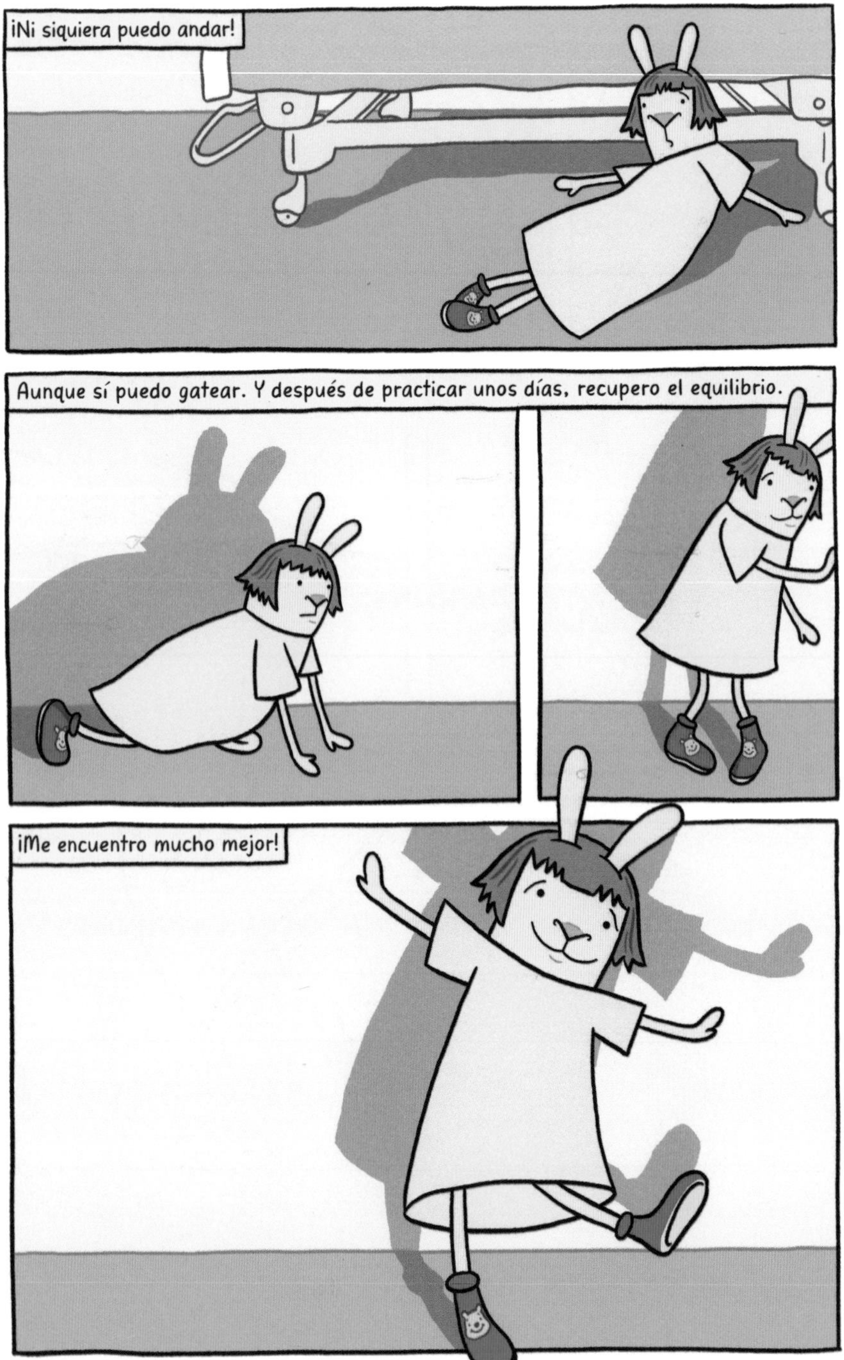
¡Ni siquiera puedo andar!
Aunque sí puedo gatear. Y después de practicar unos días, recupero el equilibrio.
¡Me encuentro mucho mejor!

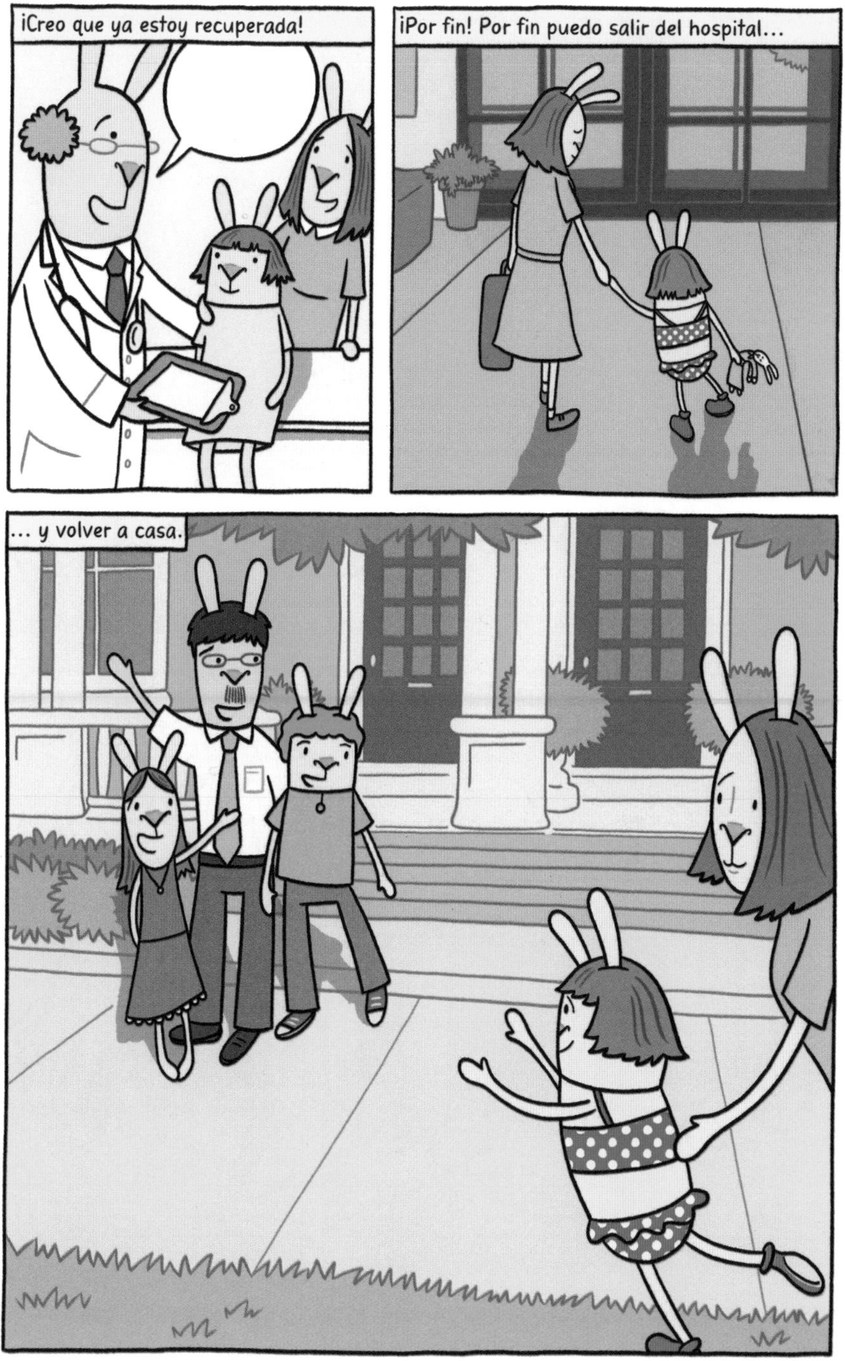
¡Creo que ya estoy recuperada!
¡Por fin! Por fin puedo salir del hospital...
... y volver a casa.

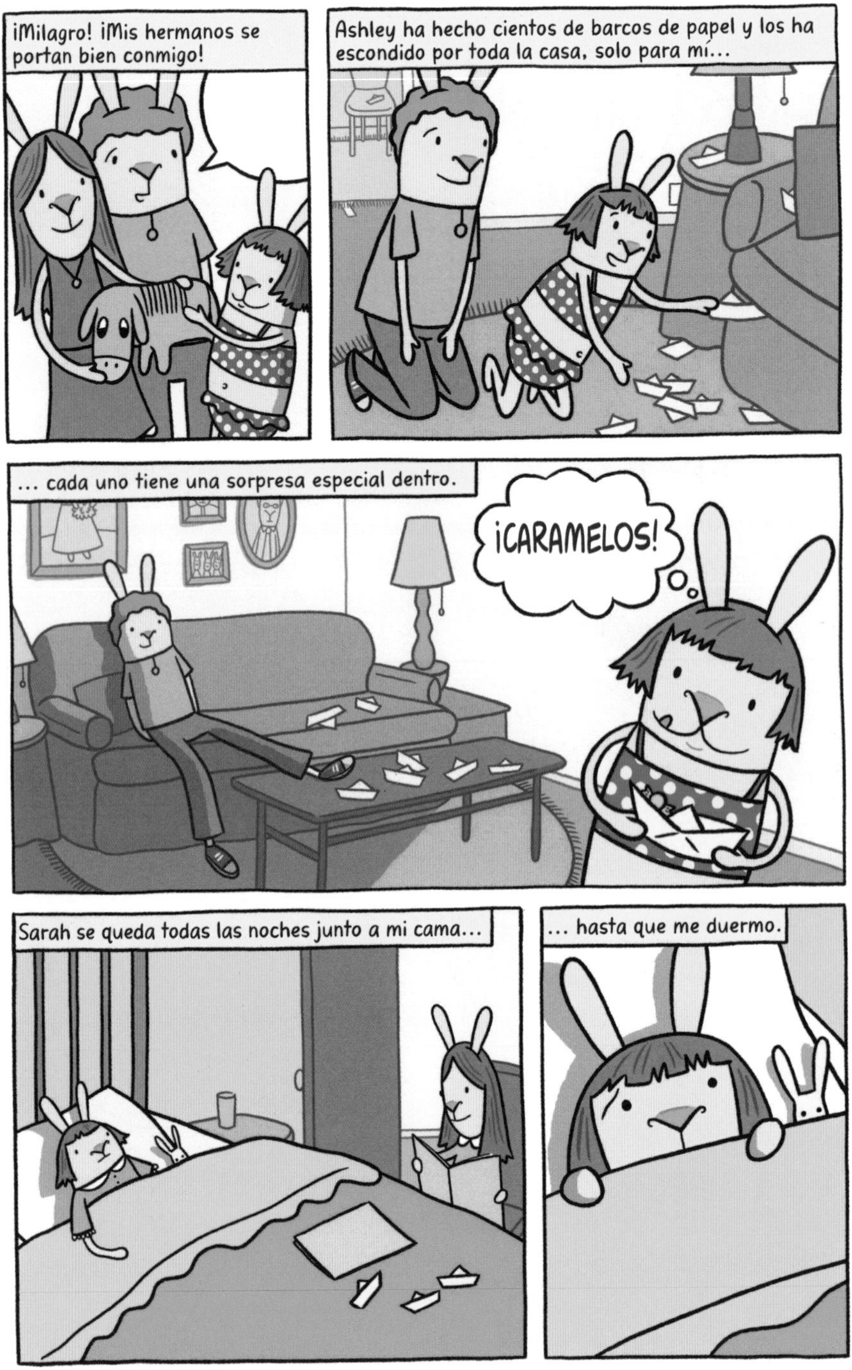
¡Milagro! ¡Mis hermanos se portan bien conmigo!
Ashley ha hecho cientos de barcos de papel y los ha escondido por toda la casa, solo para mí...
... cada uno tiene una sorpresa especial dentro.
¡CARAMELOS!
Sarah se queda todas las noches junto a mi cama...
... hasta que me duermo.

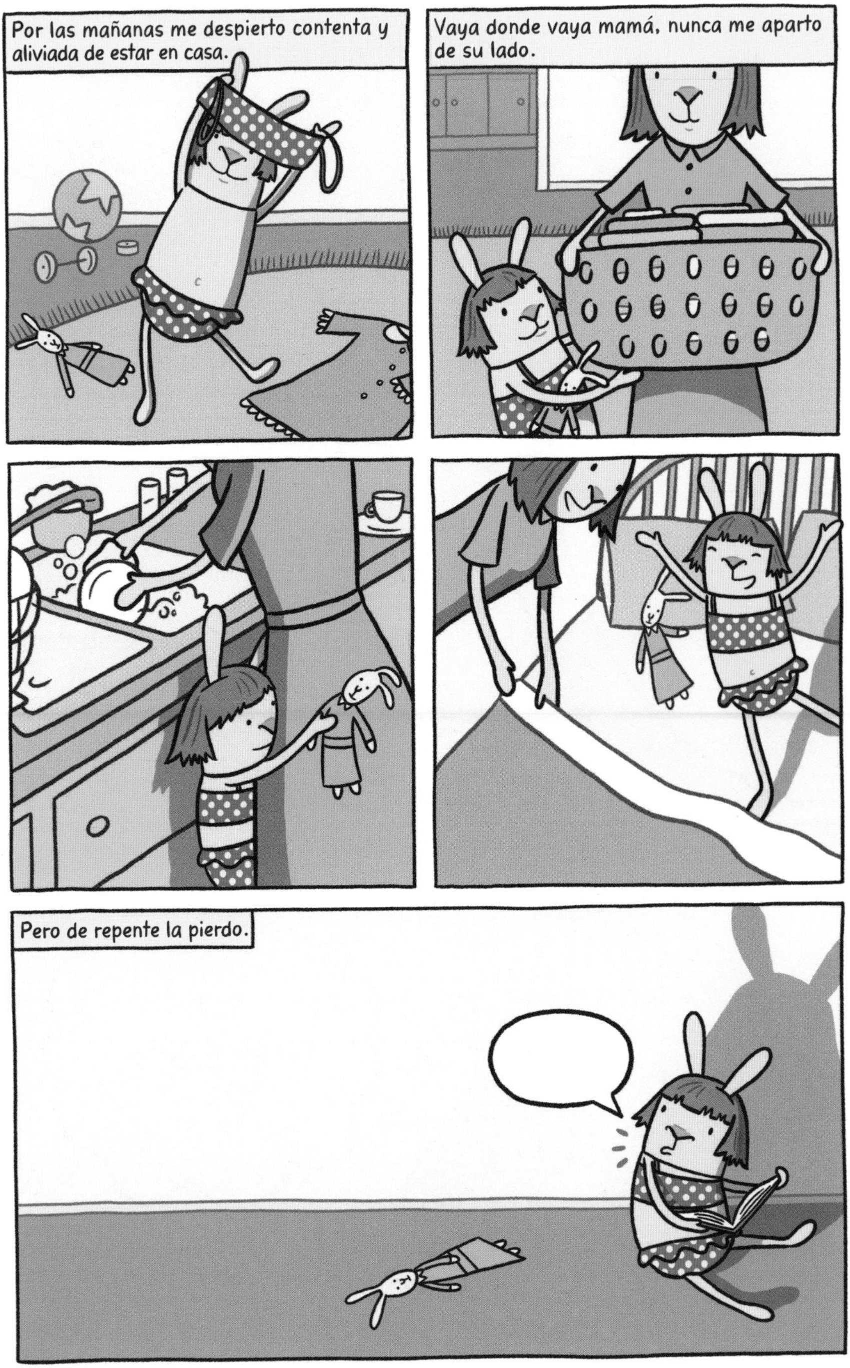
Por las mañanas me despierto contenta y aliviada de estar en casa.
Vaya donde vaya mamá, nunca me aparto de su lado.
Pero de repente la pierdo.

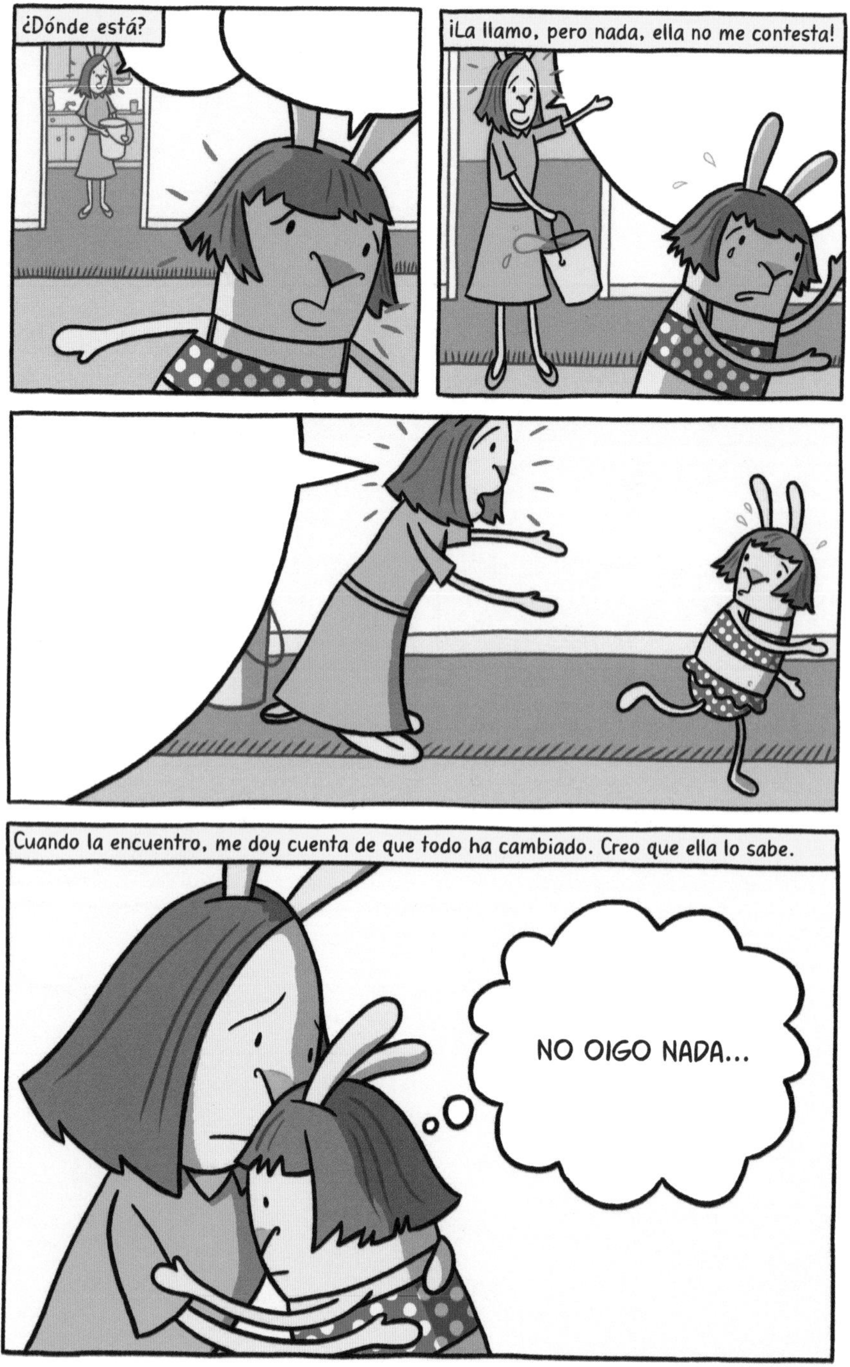
¿Dónde está?
¡La llamo, pero nada, ella no me contesta!
Cuando la encuentro, me doy cuenta de que todo ha cambiado. Creo que ella lo sabe.
NO OIGO NADA...

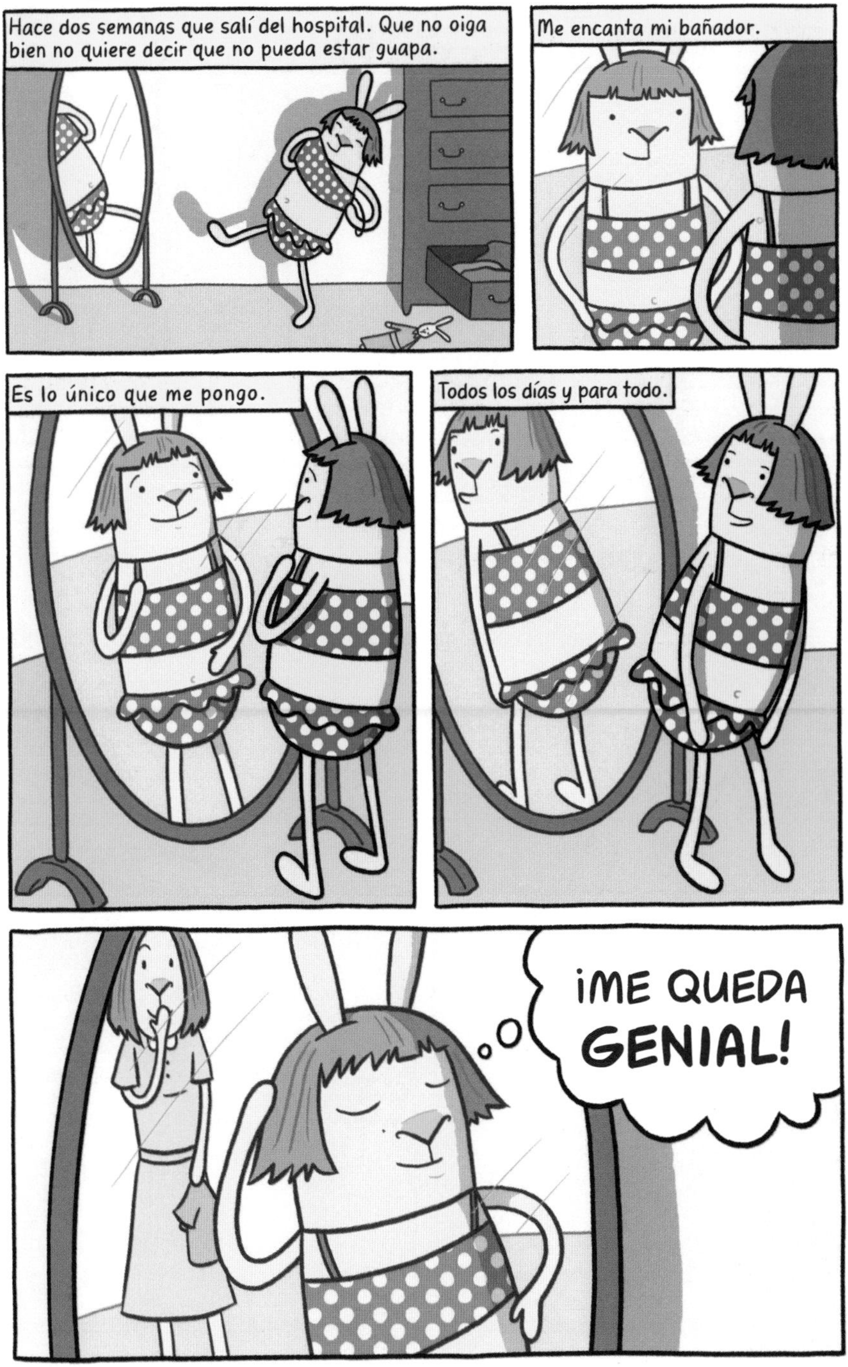
Hace dos semanas que salí del hospital. Que no oiga bien no quiere decir que no pueda estar guapa.
Me encanta mi bañador.
Es lo único que me pongo.
Todos los días y para todo.
¡ME QUEDA GENIAL!

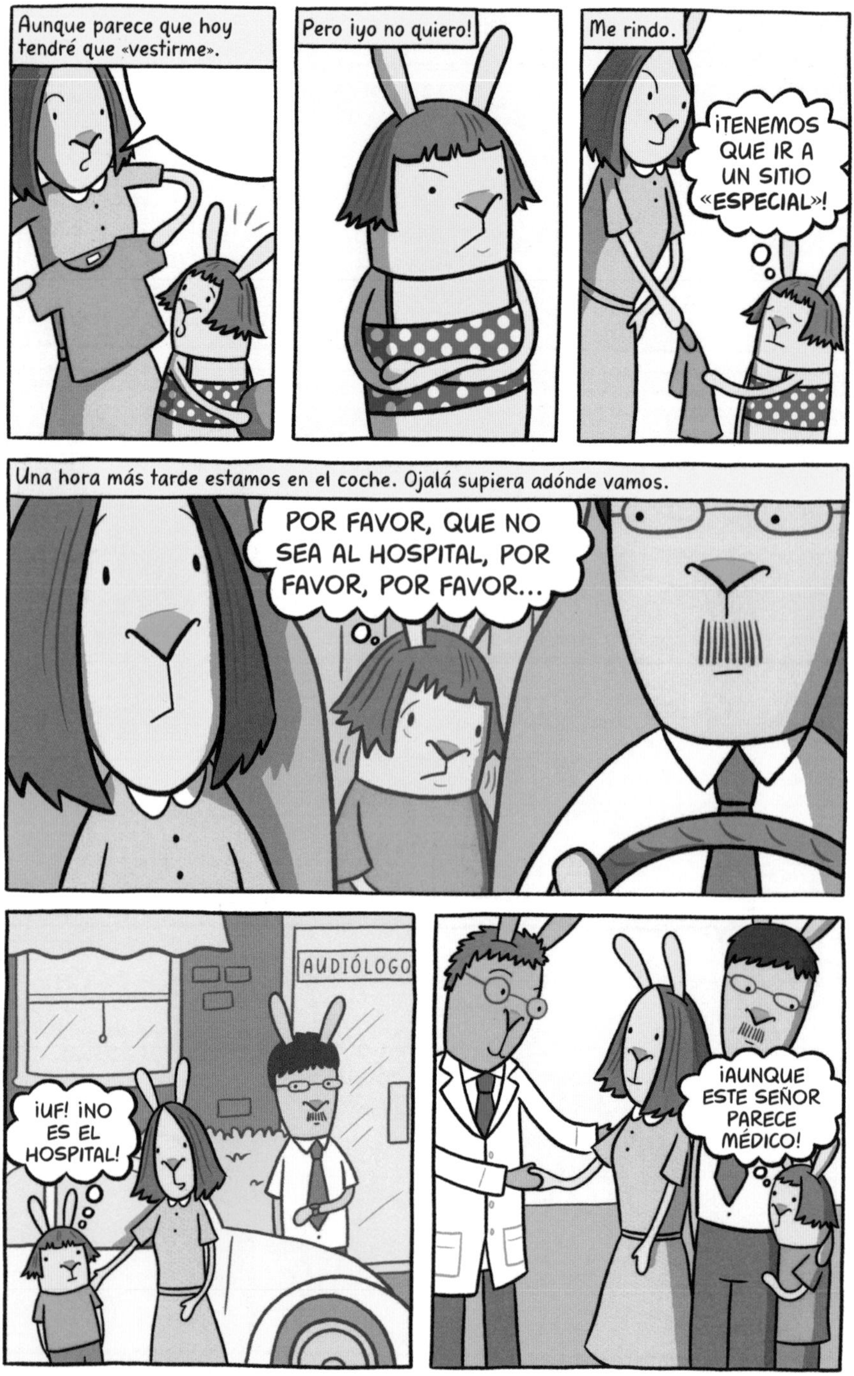
Aunque parece que hoy tendré que «vestirme».
Pero ¡yo no quiero!
Me rindo.
¡TENEMOS QUE IR A UN SITIO «ESPECIAL»!
Una hora más tarde estamos en el coche. Ojalá supiera adónde vamos.
POR FAVOR, QUE NO SEA AL HOSPITAL, POR FAVOR, POR FAVOR...
AUDIÓLOGO
¡UF! ¡NO ES EL HOSPITAL!
¡AUNQUE ESTE SEÑOR PARECE MÉDICO!

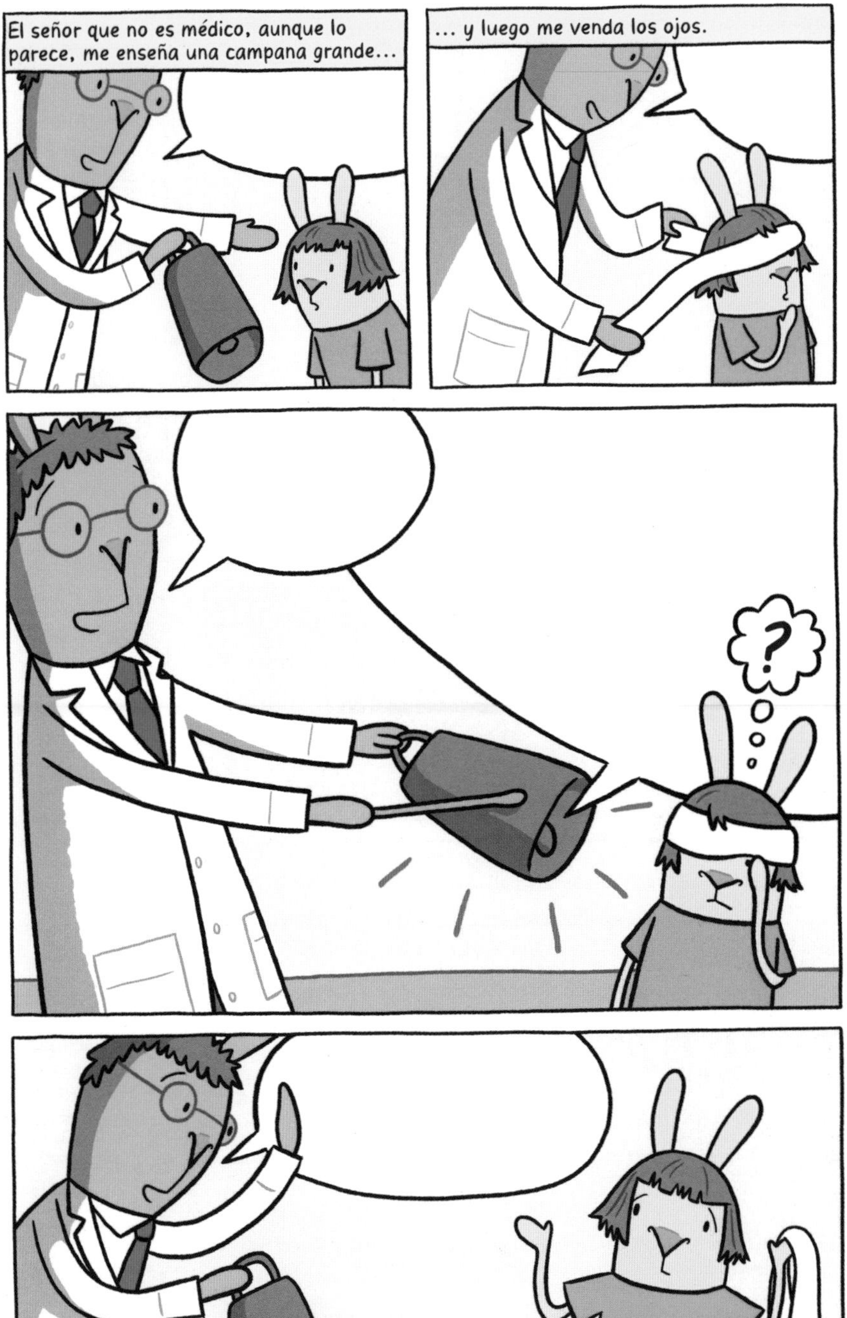
El señor que no es médico, aunque lo parece, me enseña una campana grande...
... y luego me venda los ojos.
?

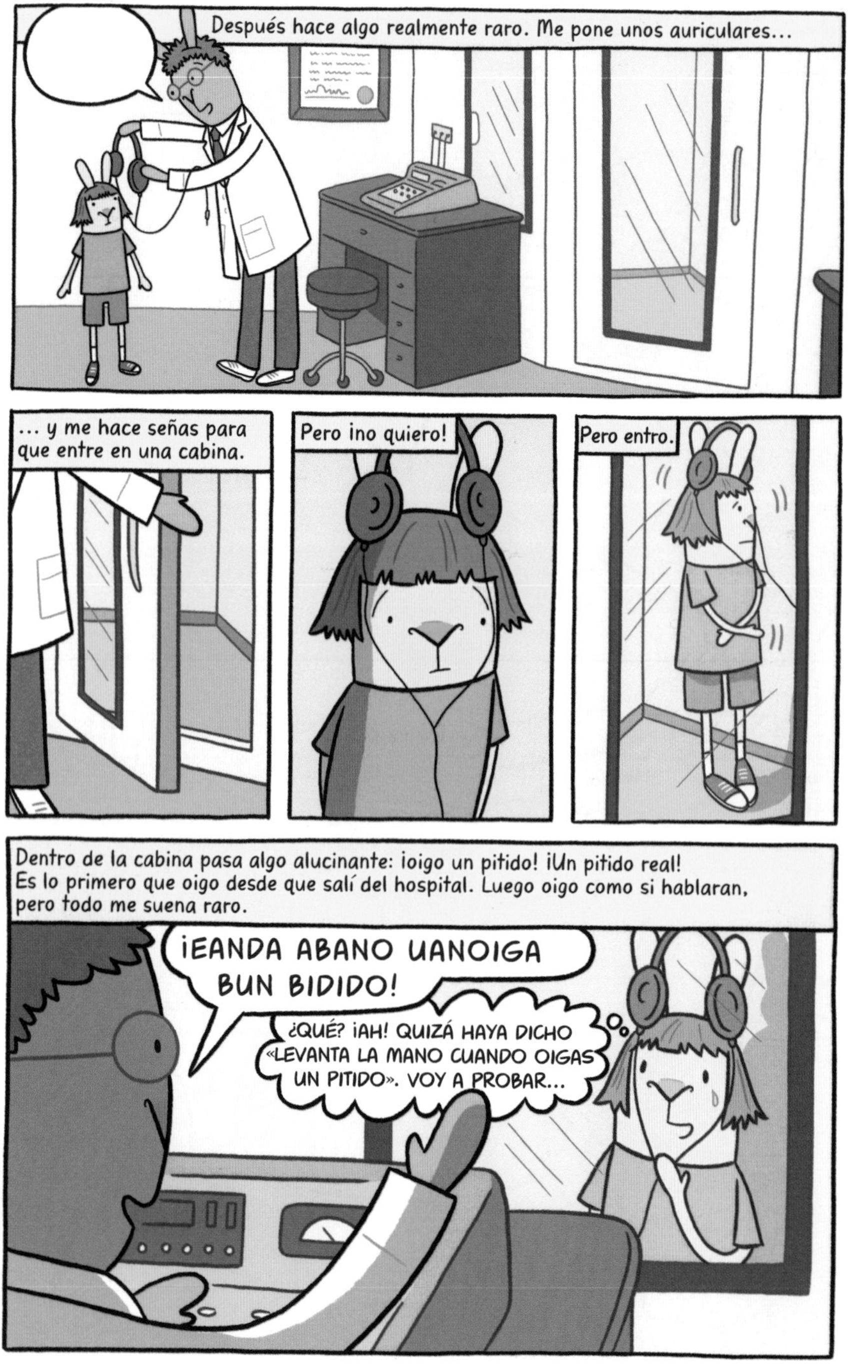
Después hace algo realmente raro. Me pone unos auriculares...
... y me hace señas para que entre en una cabina.
Pero ¡no quiero!
Pero entro.
Dentro de la cabina pasa algo alucinante: ¡oigo un pitido! ¡Un pitido real! Es lo primero que oigo desde que salí del hospital. Luego oigo como si hablaran, pero todo me suena raro.
¡EANDA ABANO UANOIGA BUN BIDIDO!
¿QUÉ? ¡AH! QUIZÁ HAYA DICHO «LEVANTA LA MANO CUANDO OIGAS UN PITIDO». VOY A PROBAR...

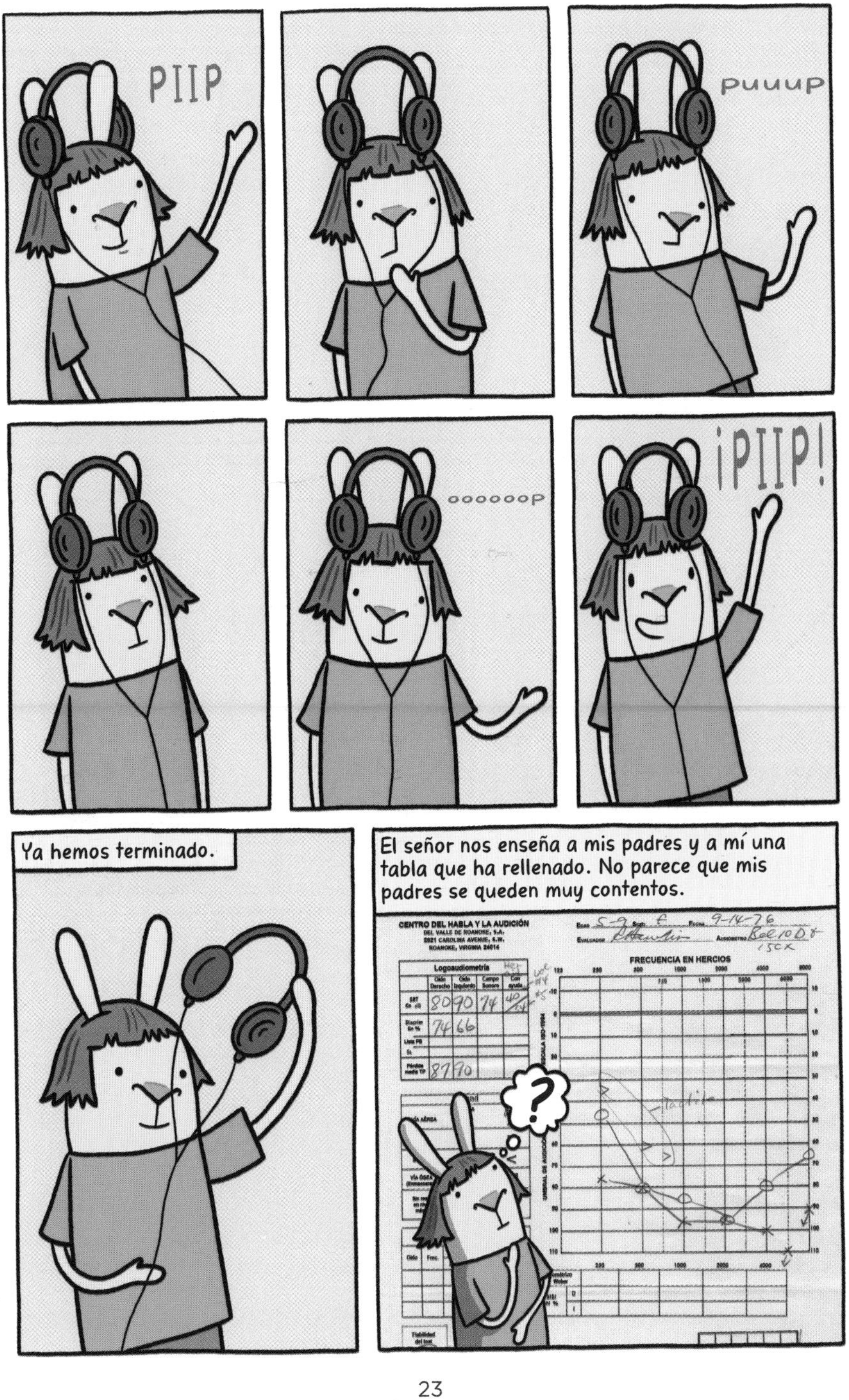
PIIP
puuup
oooooop
¡PIIP!
Ya hemos terminado.
El señor nos enseña a mis padres y a mí una tabla que ha rellenado. No parece que mis padres se queden muy contentos.
CENTRO DEL HABLA Y LA AUDICIÓN
FRECUENCIA EN HERCIOS
Logoaudiometría
?

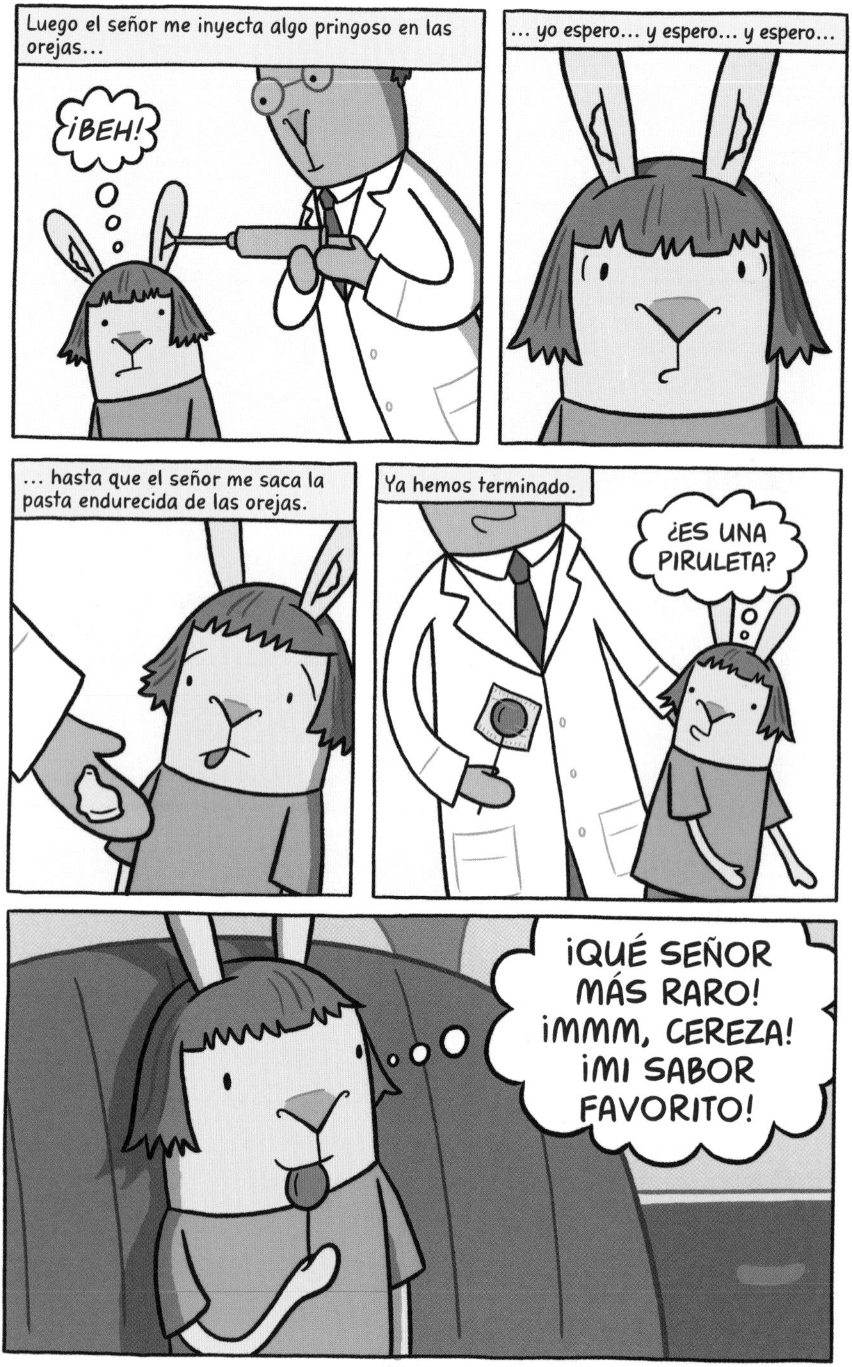
Luego el señor me inyecta algo pringoso en las orejas…
¡BEH!
… yo espero… y espero… y espero…
… hasta que el señor me saca la pasta endurecida de las orejas.
Ya hemos terminado.
¿ES UNA PIRULETA?
¡QUÉ SEÑOR MÁS RARO! ¡MMM, CEREZA! ¡MI SABOR FAVORITO!

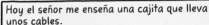
Una semana después...

¿OTRA VEZ?

Hoy el señor me enseña una cajita que lleva unos cables.

Mete la cajita en una bolsa verde muy fea y me la cuelga.

Luego vuelve a ponerme en las orejas los tapones tan raros que hizo la semana pasada.

Y aprieta un botón...

...y después gira otro...

EBODON DE BORUME, TEGONELDA — ¡E MU BACI! GUEO GUELE GUDARÁ EDE MODELO, GUE QUERA MENO ALA VITA...

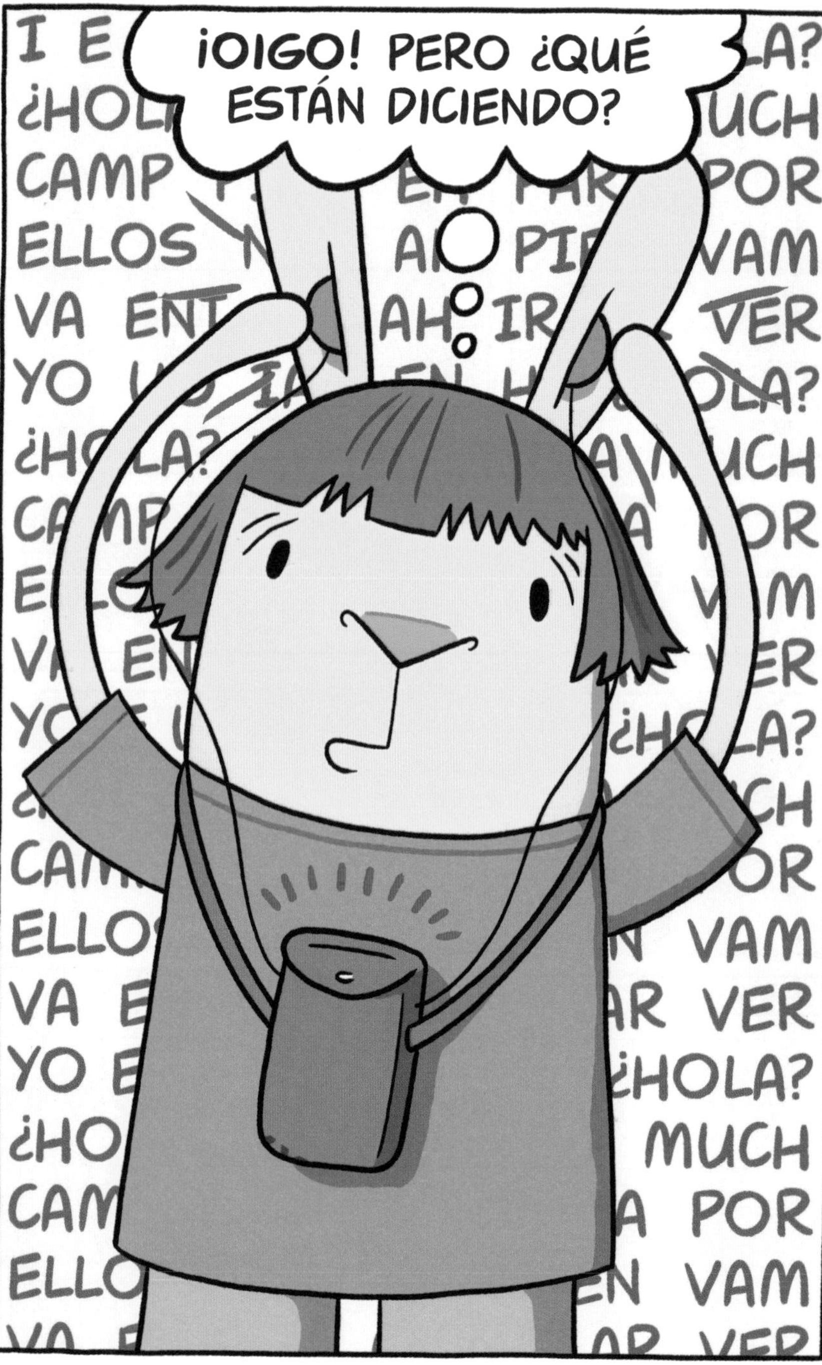
¡OIGO! PERO ¿QUÉ ESTÁN DICIENDO?

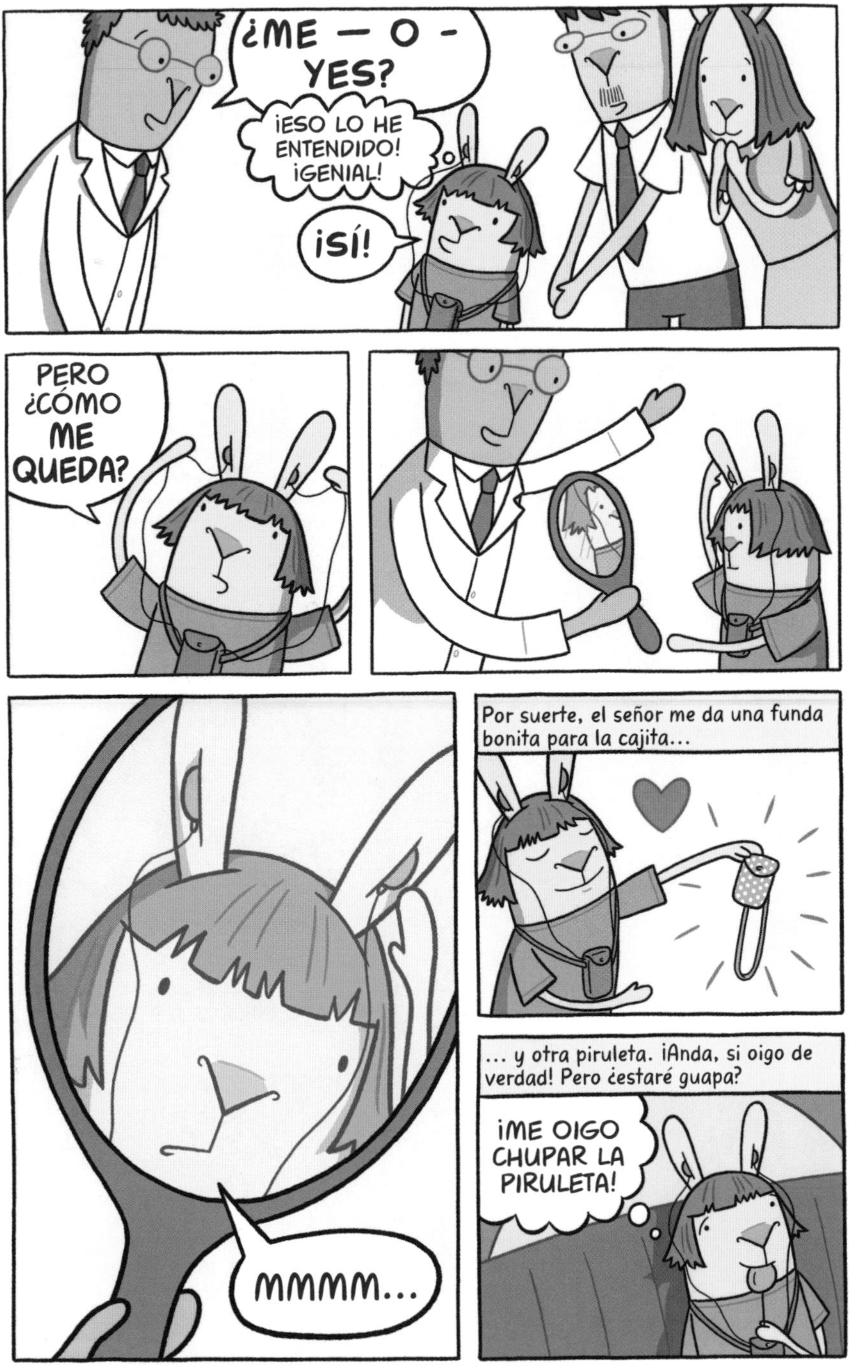
¿ME — O - YES?
¡ESO LO HE ENTENDIDO! ¡GENIAL!
¡SÍ!
PERO ¿CÓMO ME QUEDA?
MMMM...
Por suerte, el señor me da una funda bonita para la cajita...
... y otra piruleta. ¡Anda, si oigo de verdad! Pero ¿estaré guapa?
¡ME OIGO CHUPAR LA PIRULETA!

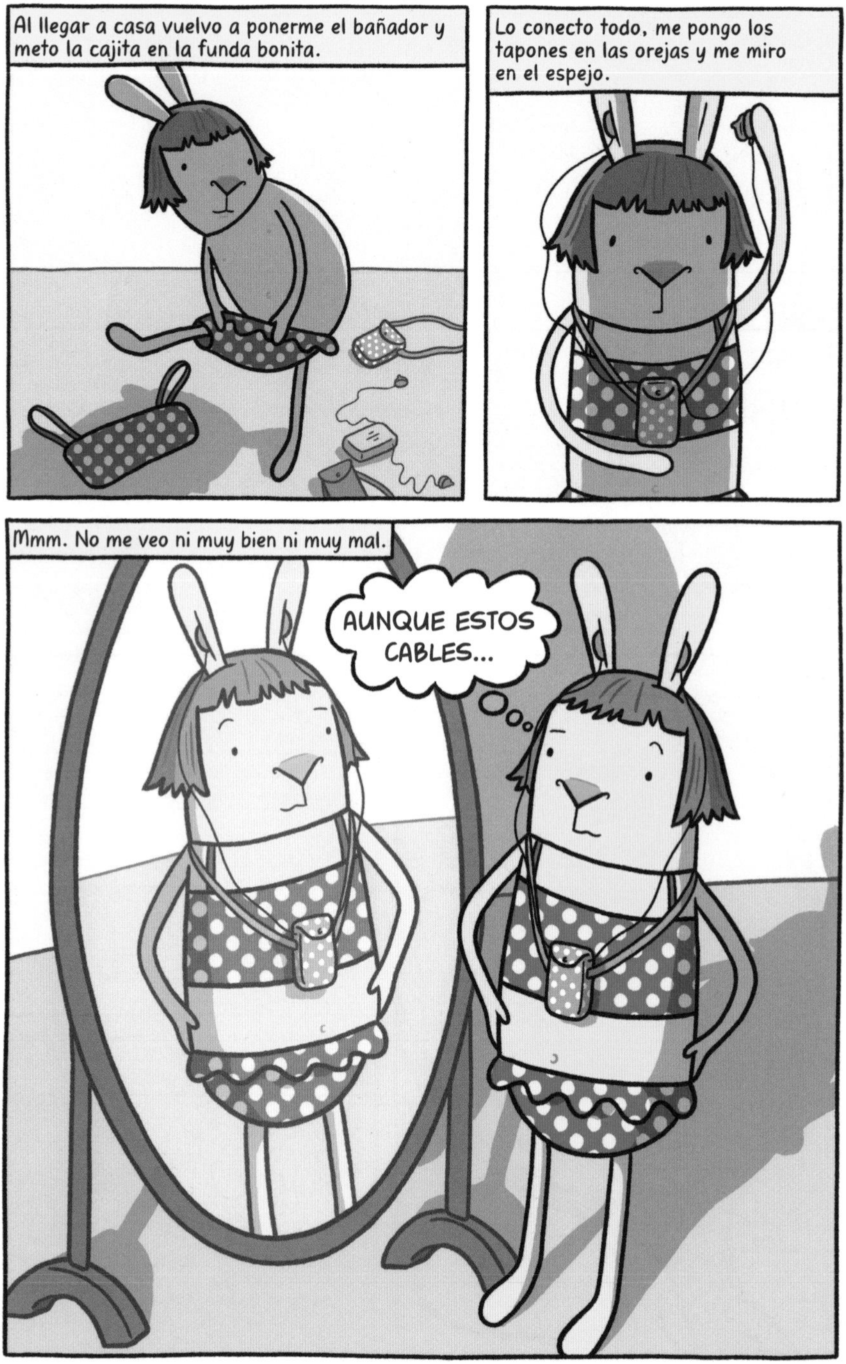
Al llegar a casa vuelvo a ponerme el bañador y meto la cajita en la funda bonita.
Lo conecto todo, me pongo los tapones en las orejas y me miro en el espejo.
Mmm. No me veo ni muy bien ni muy mal.
AUNQUE ESTOS CABLES...

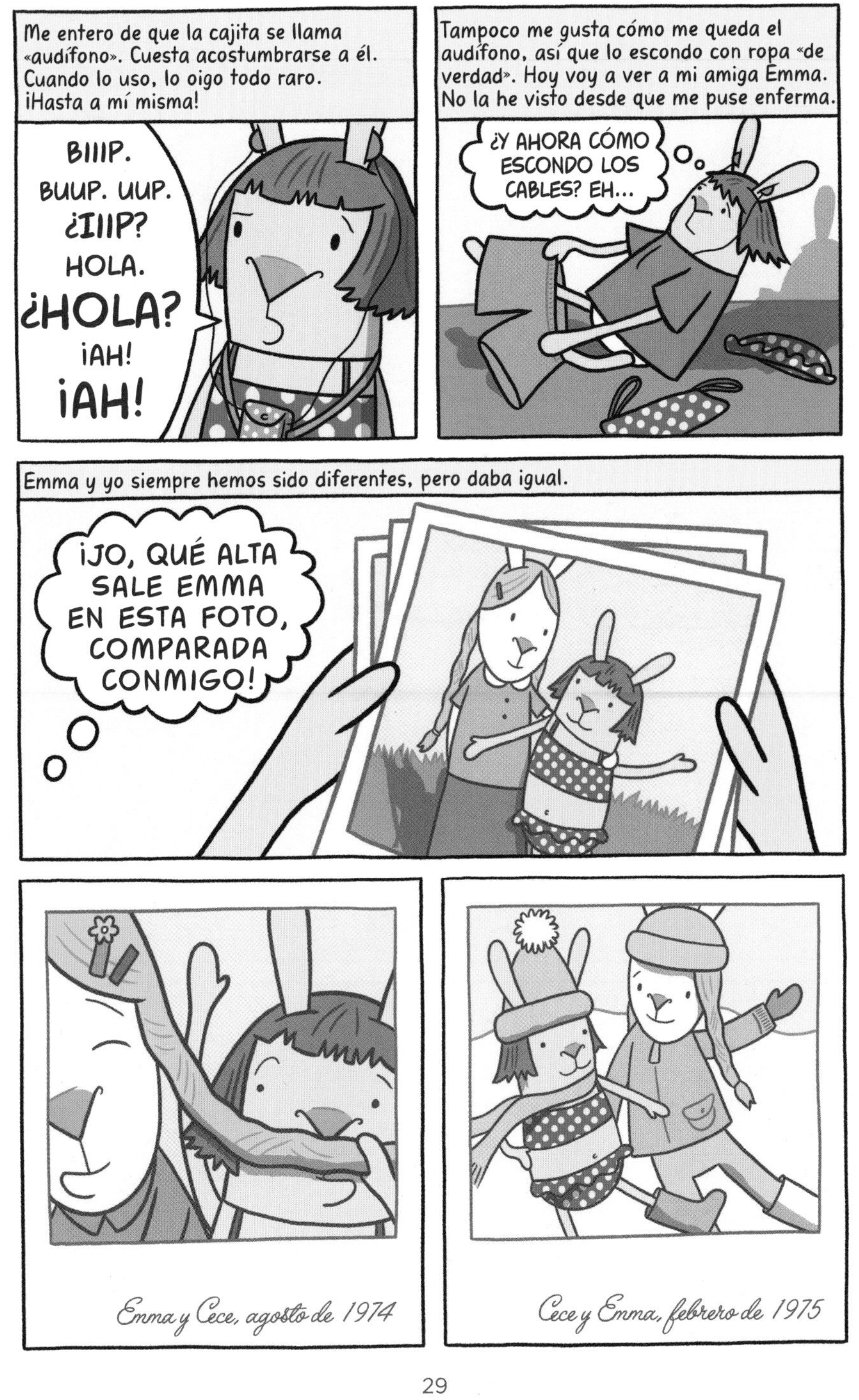
Me entero de que la cajita se llama «audífono». Cuesta acostumbrarse a él. Cuando lo uso, lo oigo todo raro. ¡Hasta a mí misma!
BIIIP. BUUP. UUP. ¿IIIP? HOLA. ¿HOLA? ¡AH! ¡AH!
Tampoco me gusta cómo me queda el audífono, así que lo escondo con ropa «de verdad». Hoy voy a ver a mi amiga Emma. No la he visto desde que me puse enferma.
¿Y AHORA CÓMO ESCONDO LOS CABLES? EH...
Emma y yo siempre hemos sido diferentes, pero daba igual.
¡JO, QUÉ ALTA SALE EMMA EN ESTA FOTO, COMPARADA CONMIGO!
Emma y Cece, agosto de 1974
Cece y Emma, febrero de 1975

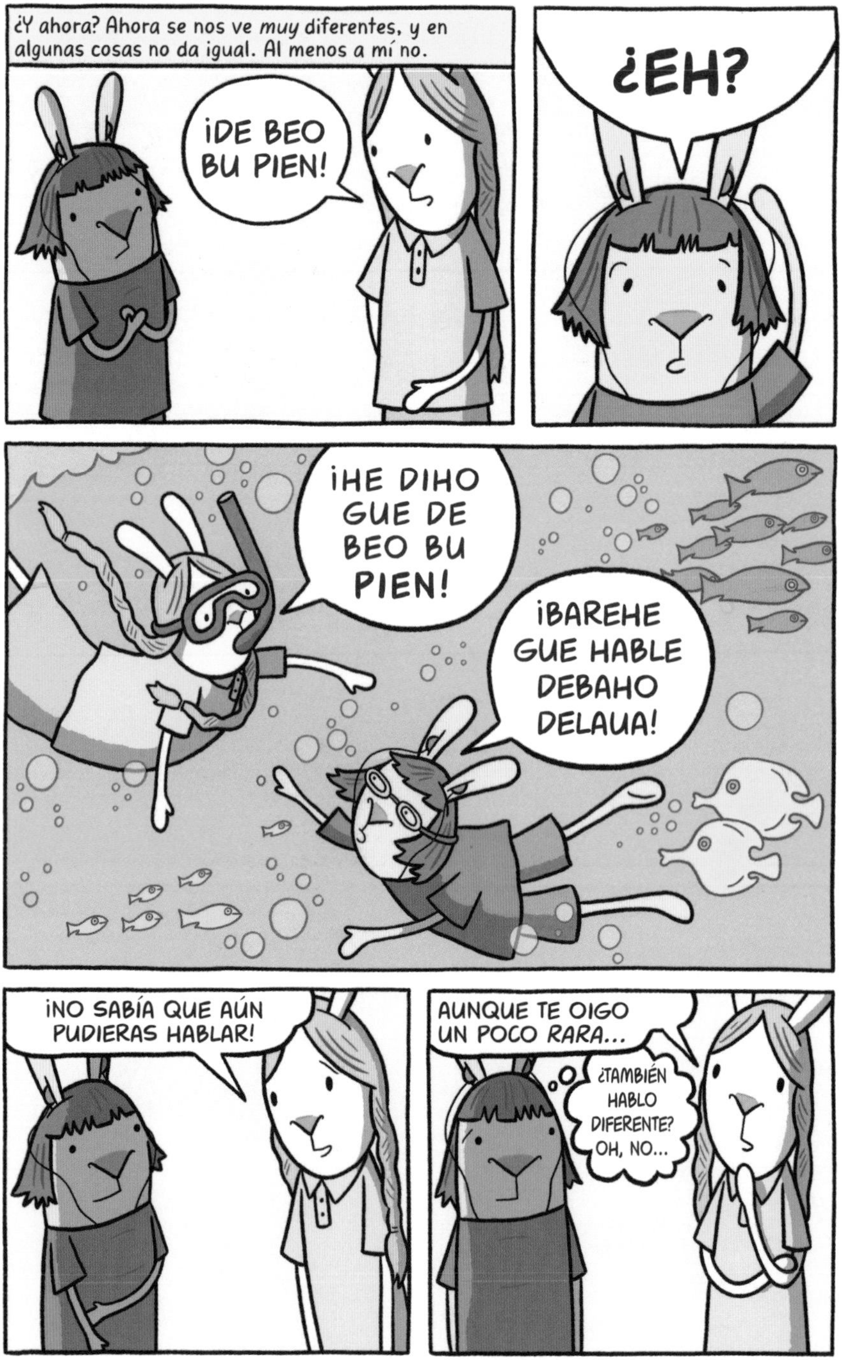
¿Y ahora? Ahora se nos ve *muy* diferentes, y en algunas cosas no da igual. Al menos a mí no.
¡DE BEO BU PIEN!
¿EH?
¡HE DIHO GUE DE BEO BU PIEN!
¡BAREHE GUE HABLE DEBAHO DELAUA!
¡NO SABÍA QUE AÚN PUDIERAS HABLAR!
AUNQUE TE OIGO UN POCO *RARA*...
¿TAMBIÉN HABLO DIFERENTE? OH, NO...

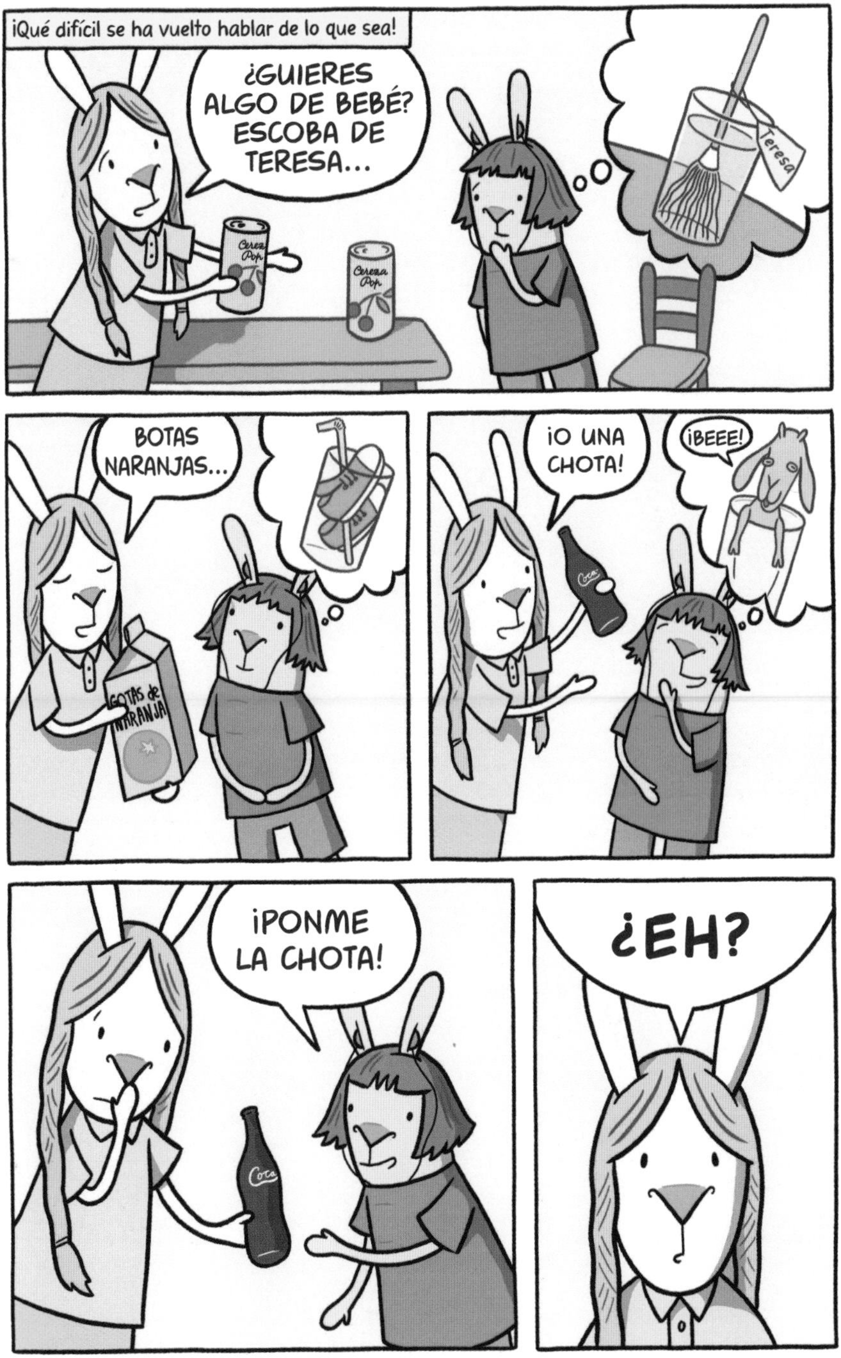
¡Qué difícil se ha vuelto hablar de lo que sea!
¿GUIERES ALGO DE BEBÉ? ESCOBA DE TERESA...
Cereza Pop
Cereza Pop
Teresa
BOTAS NARANJAS...
GOTAS de NARANJA
¡O UNA CHOTA!
¡BEEE!
Coca
¡PONME LA CHOTA!
Coca
¿EH?

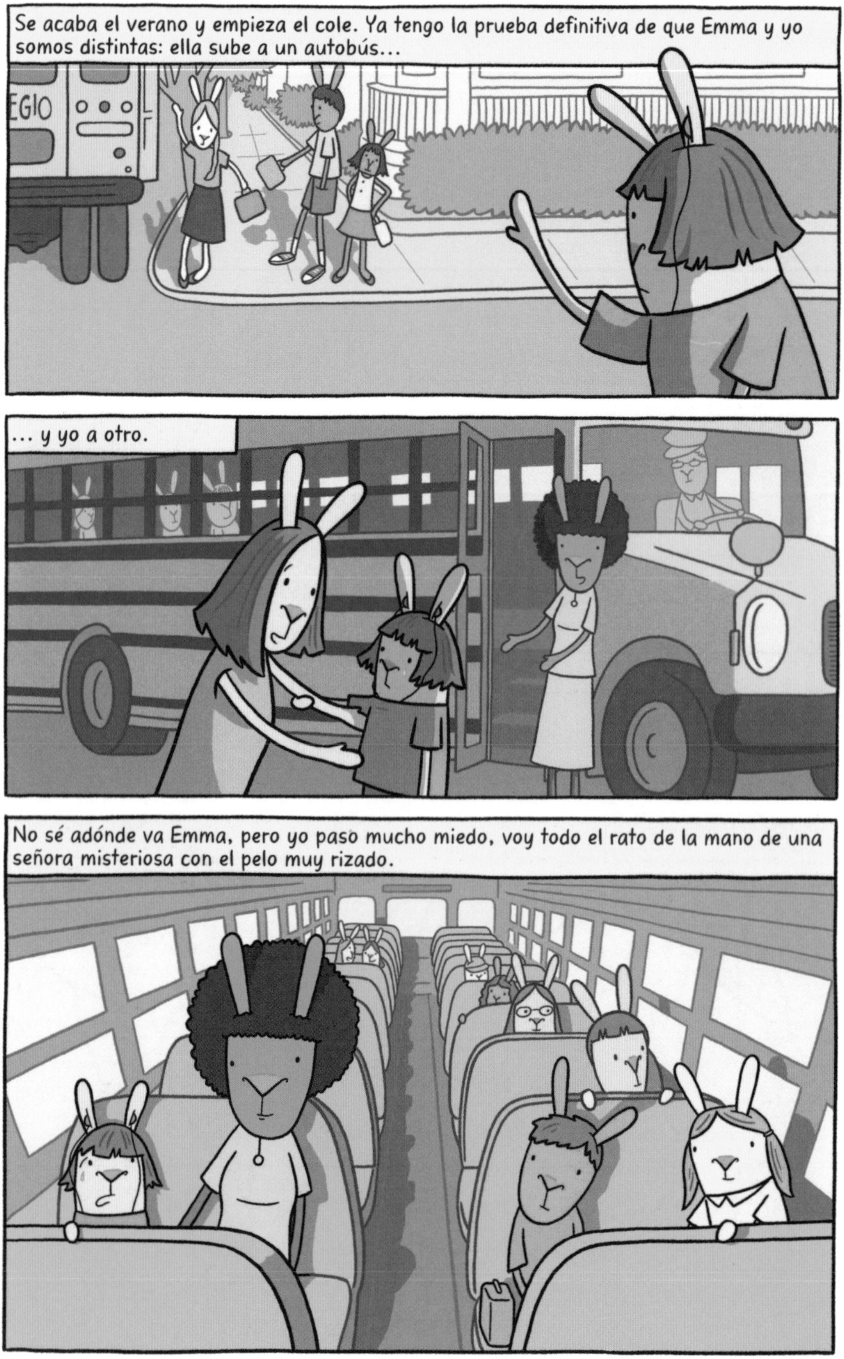
Se acaba el verano y empieza el cole. Ya tengo la prueba definitiva de que Emma y yo somos distintas: ella sube a un autobús...
... y yo a otro.
No sé adónde va Emma, pero yo paso mucho miedo, voy todo el rato de la mano de una señora misteriosa con el pelo muy rizado.

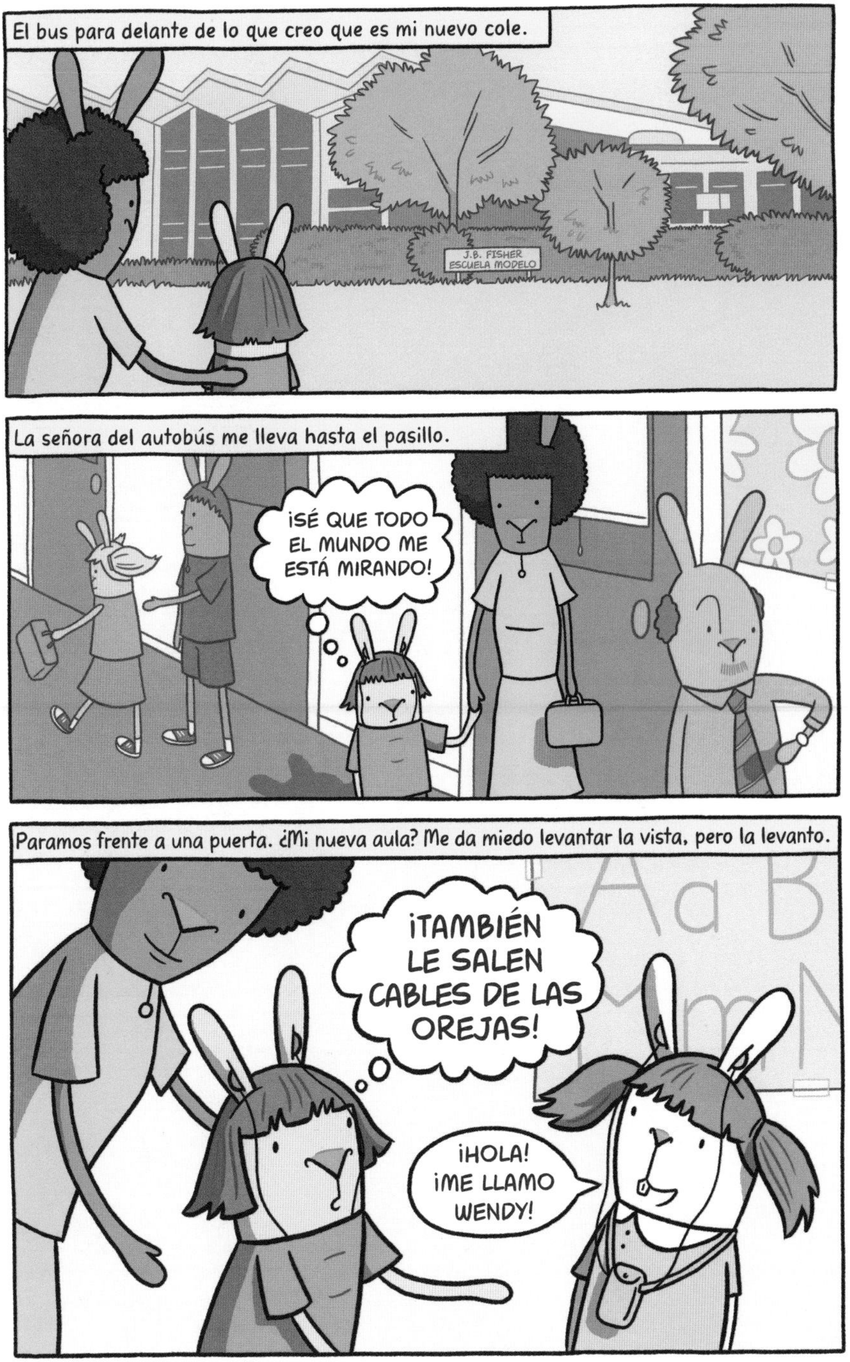
El bus para delante de lo que creo que es mi nuevo cole.
J.B. FISHER ESCUELA MODELO
La señora del autobús me lleva hasta el pasillo.
¡SÉ QUE TODO EL MUNDO ME ESTÁ MIRANDO!
Paramos frente a una puerta. ¿Mi nueva aula? Me da miedo levantar la vista, pero la levanto.
¡TAMBIÉN LE SALEN CABLES DE LAS OREJAS!
¡HOLA! ¡ME LLAMO WENDY!

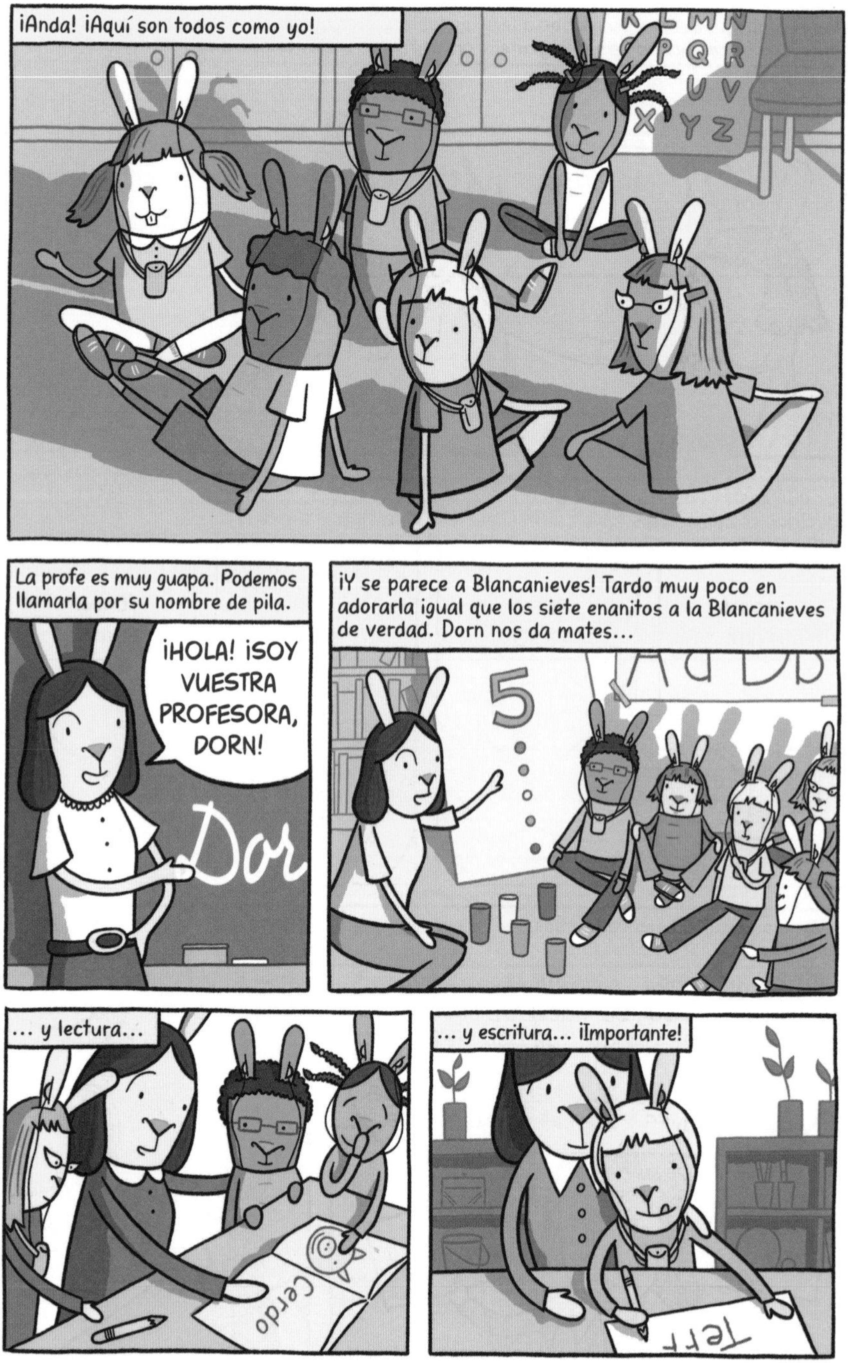
¡Anda! ¡Aquí son todos como yo!
La profe es muy guapa. Podemos llamarla por su nombre de pila.
¡HOLA! ¡SOY VUESTRA PROFESORA, DORN!
Dor
¡Y se parece a Blancanieves! Tardo muy poco en adorarla igual que los siete enanitos a la Blancanieves de verdad. Dorn nos da mates…
5
… y lectura…
Cerdo
… y escritura… ¡Importante!

Pero también intenta enseñarnos a leer los labios. Dice que consiste en observar cómo se mueve la boca cuando habla la gente, para entender mejor lo que dice.

SONIDO DEL AUDÍFONO + PISTAS VISUALES DE LOS LABIOS =

HOLAAA

COMPRENSIÓN

Lo que pasa es que es difícil, porque hay muchas palabras que suenan parecidas, y al decirlas es como si los labios se moviesen de la misma manera:

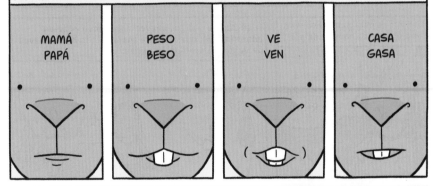

| MAMÁ PAPÁ | PESO BESO | VE VEN | CASA GASA |

Dorn nos explica cómo sabremos qué dice la gente.

VEO UNA FIERA. VEO UNA PERA. ¿VERDAD QUE LA BOCA SE MUEVE DE MANERA PARECIDA CON «FIERA» QUE CON «PERA»? NO PODEMOS LIMITARNOS A OBSERVAR LOS LABIOS DE LA GENTE. TENEMOS QUE HACER DE DETECTIVES Y BUSCAR OTRAS PISTAS.

fiera

pera

¡ESTOY LISTA!

per

fiera

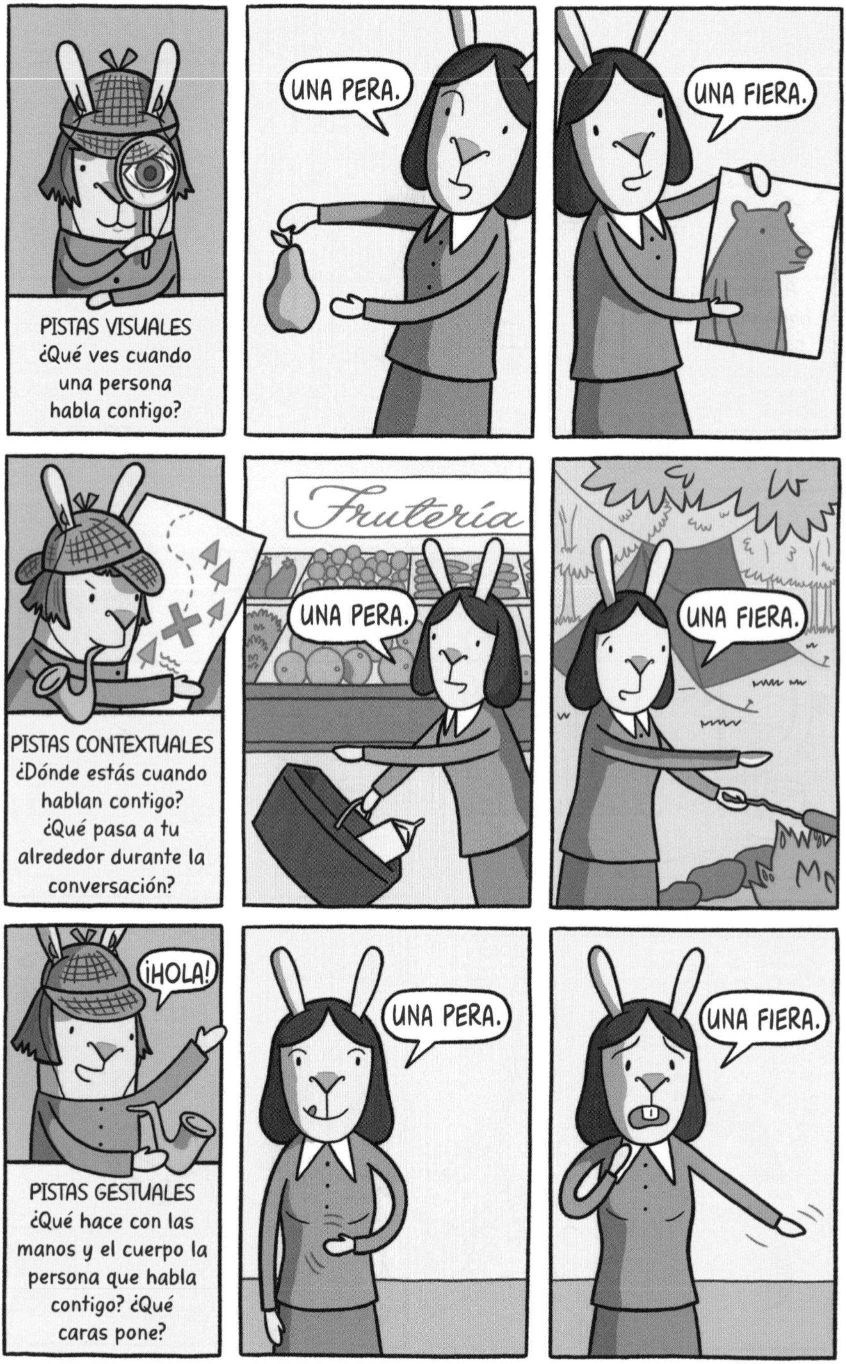
PISTAS VISUALES
¿Qué ves cuando
una persona
habla contigo?
UNA PERA.
UNA FIERA.
PISTAS CONTEXTUALES
¿Dónde estás cuando
hablan contigo?
¿Qué pasa a tu
alrededor durante la
conversación?
Frutería
UNA PERA.
UNA FIERA.
¡HOLA!
PISTAS GESTUALES
¿Qué hace con las
manos y el cuerpo la
persona que habla
contigo? ¿Qué
caras pone?
UNA PERA.
UNA FIERA.

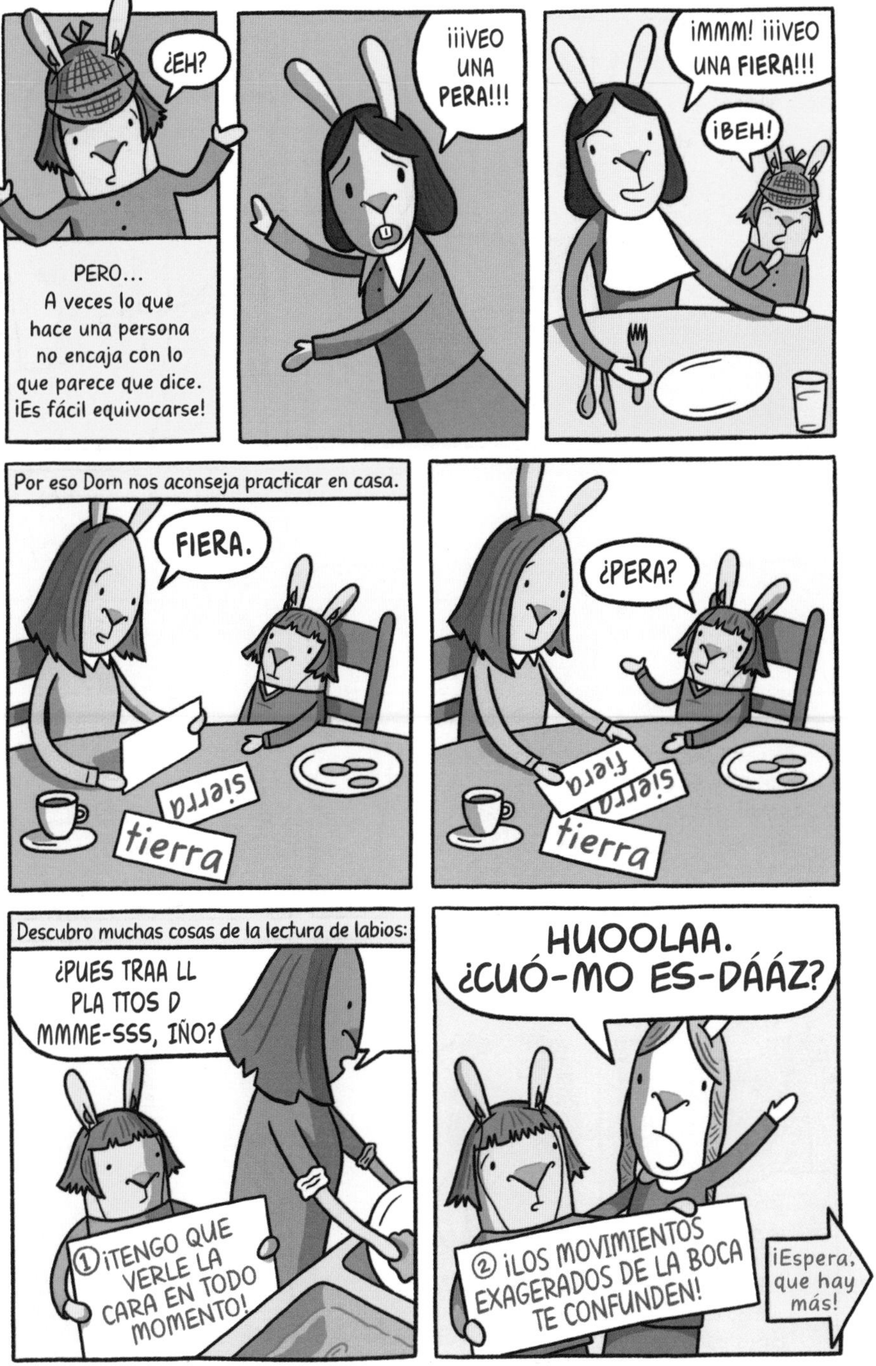

¿EH?
PERO...
A veces lo que hace una persona no encaja con lo que parece que dice. ¡Es fácil equivocarse!
¡¡¡VEO UNA PERA!!!
¡MMM! ¡¡¡VEO UNA FIERA!!!
¡BEH!
Por eso Dorn nos aconseja practicar en casa.
FIERA.
sierra
tierra
¿PERA?
fiera
sierra
tierra
Descubro muchas cosas de la lectura de labios:
¿PUES TRAA LL PLA TTOS D MMME-SSS, IÑO?
① ¡TENGO QUE VERLE LA CARA EN TODO MOMENTO!
HUOOLAA. ¿CUÓ-MO ES-DÁÁZ?
② ¡LOS MOVIMIENTOS EXAGERADOS DE LA BOCA TE CONFUNDEN!
¡Espera, que hay más!

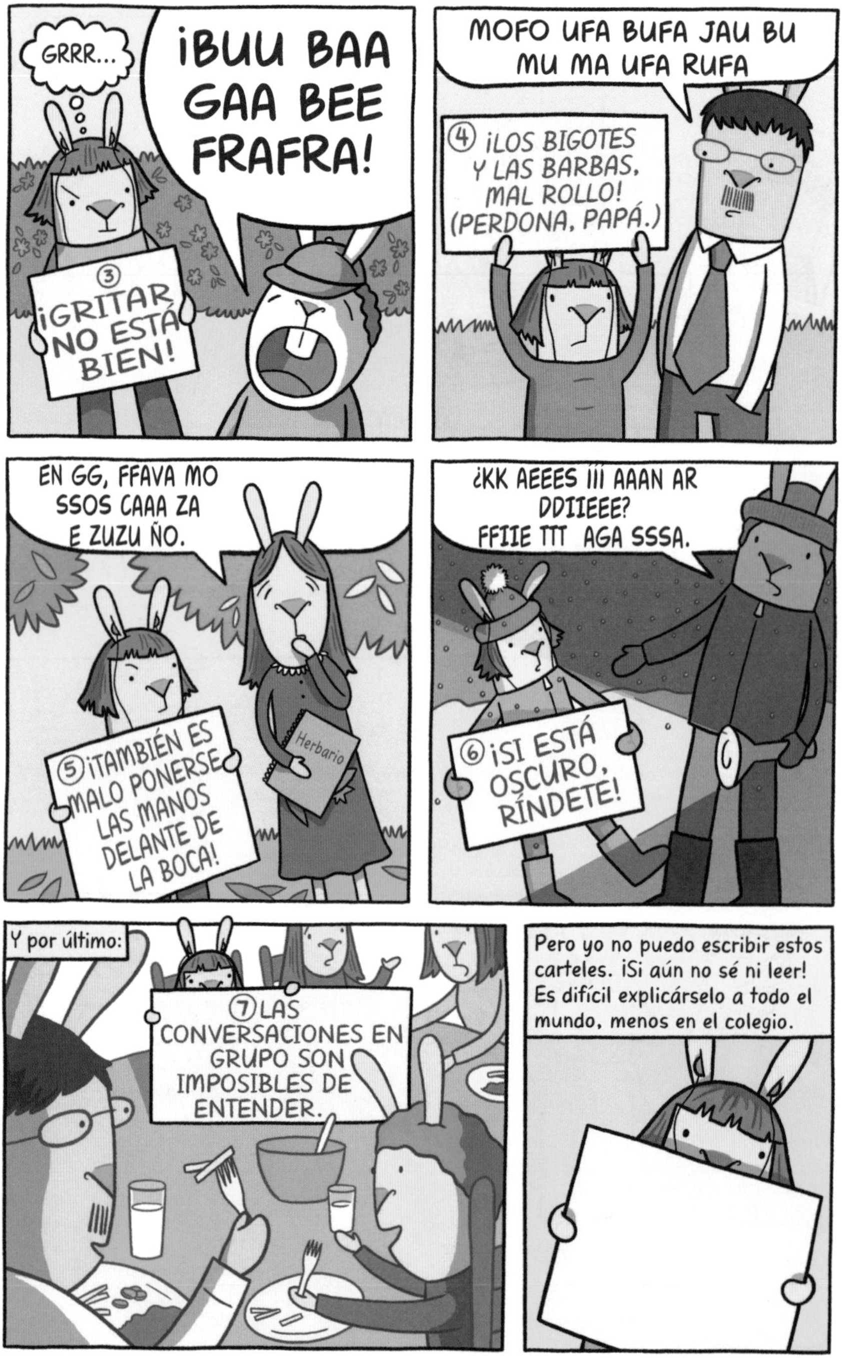
GRRR...
¡BUU BAA GAA BEE FRAFRA!
③ ¡GRITAR NO ESTÁ BIEN!
MOFO UFA BUFA JAU BU MU MA UFA RUFA
④ ¡LOS BIGOTES Y LAS BARBAS, MAL ROLLO! (PERDONA, PAPÁ.)
EN GG, FFAVA MO SSOS CAAA ZA E ZUZU ÑO.
⑤ ¡TAMBIÉN ES MALO PONERSE LAS MANOS DELANTE DE LA BOCA!
Herbario
¿KK AEEES ÍÍÍ AAAN AR DDIIEEE? FFIIE TTT AGA SSSA.
⑥ ¡SI ESTÁ OSCURO, RÍNDETE!
Y por último:
⑦ LAS CONVERSACIONES EN GRUPO SON IMPOSIBLES DE ENTENDER.
Pero yo no puedo escribir estos carteles. ¡Si aún no sé ni leer! Es difícil explicárselo a todo el mundo, menos en el colegio.

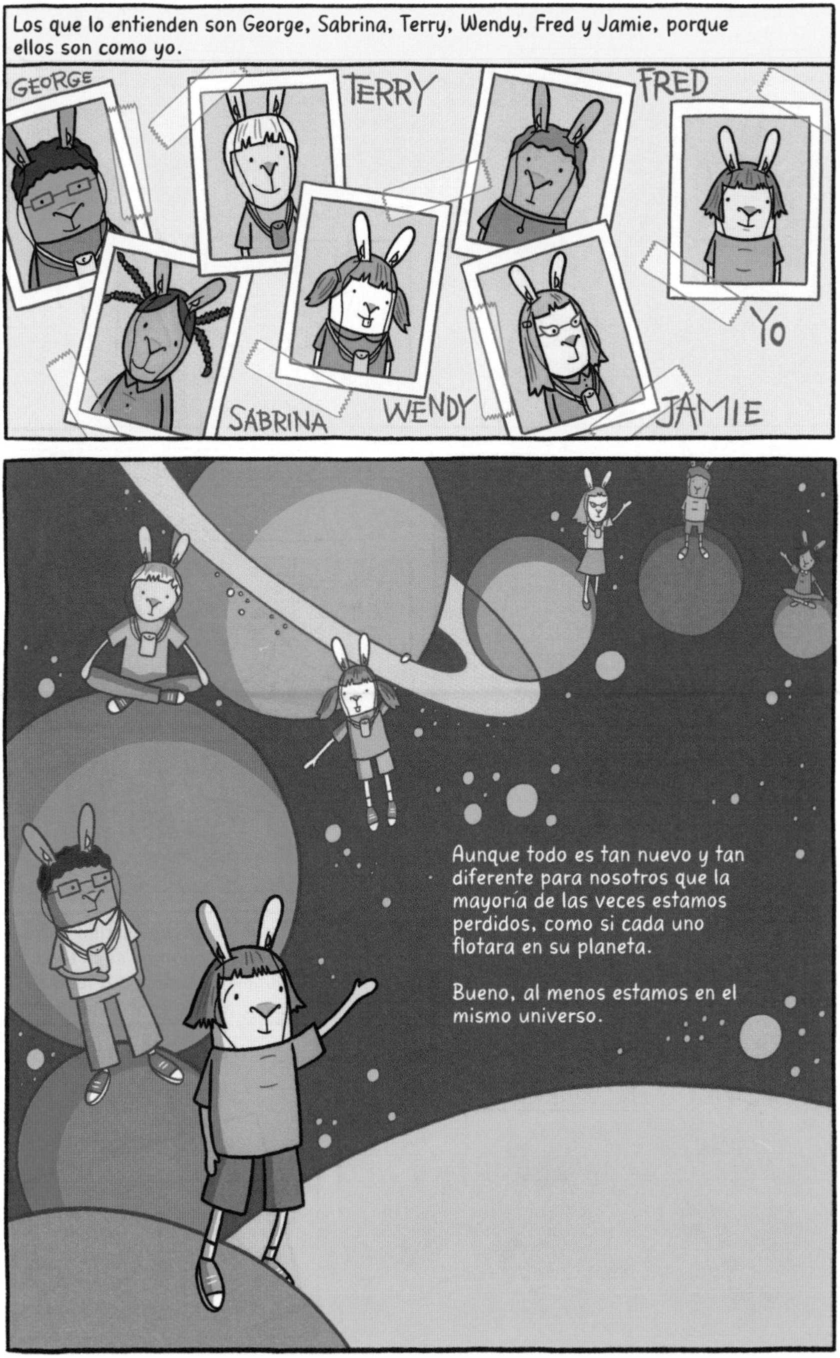
Los que lo entienden son George, Sabrina, Terry, Wendy, Fred y Jamie, porque ellos son como yo.
GEORGE
TERRY
FRED
YO
SABRINA
WENDY
JAMIE
Aunque todo es tan nuevo y tan diferente para nosotros que la mayoría de las veces estamos perdidos, como si cada uno flotara en su planeta.
Bueno, al menos estamos en el mismo universo.

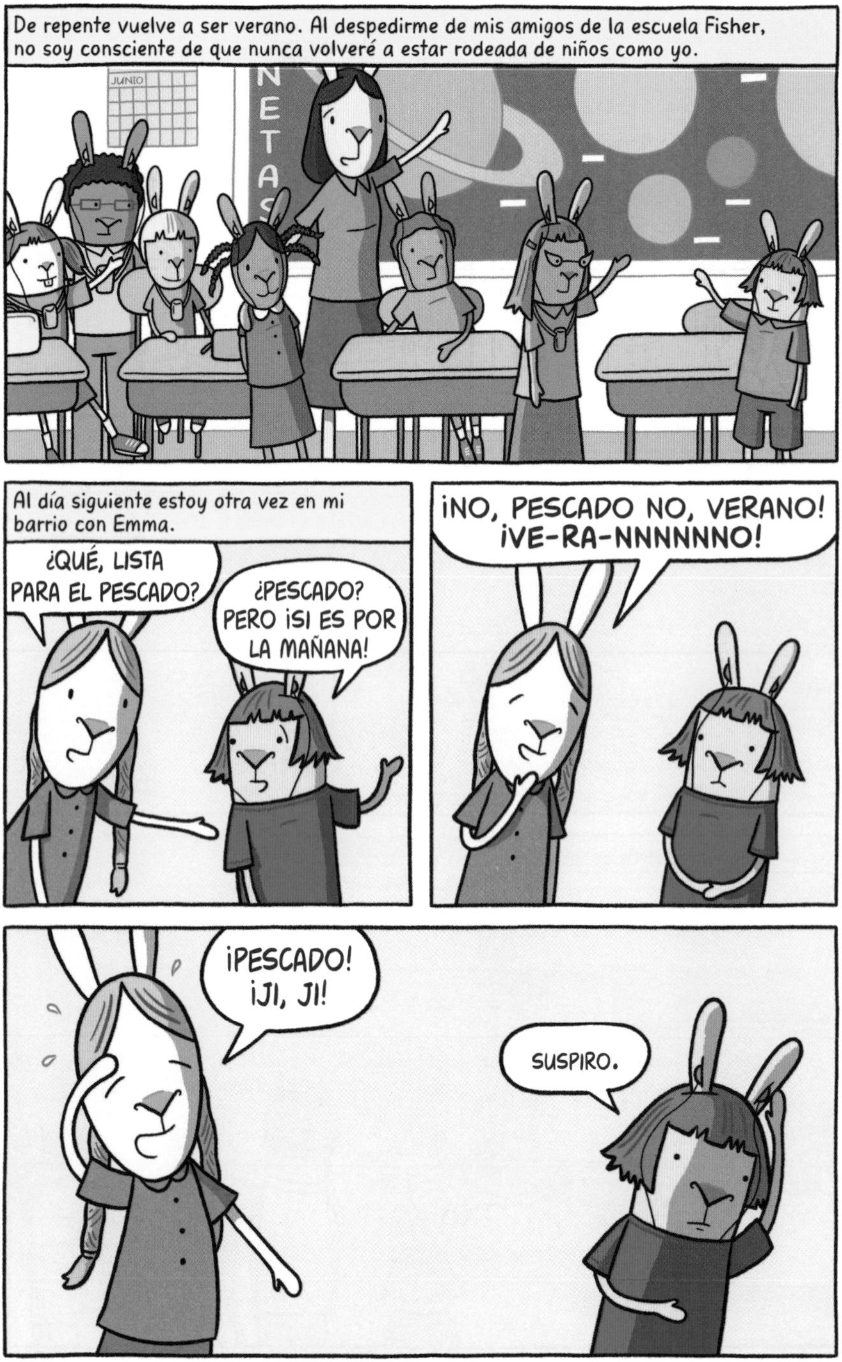
De repente vuelve a ser verano. Al despedirme de mis amigos de la escuela Fisher, no soy consciente de que nunca volveré a estar rodeada de niños como yo.
JUNIO
NETAS
Al día siguiente estoy otra vez en mi barrio con Emma.
¿QUÉ, LISTA PARA EL PESCADO?
¿PESCADO? PERO ¡SI ES POR LA MAÑANA!
¡NO, PESCADO NO, VERANO! ¡VE-RA-NNNNNNO!
¡PESCADO! ¡JI, JI!
SUSPIRO.

cuatro

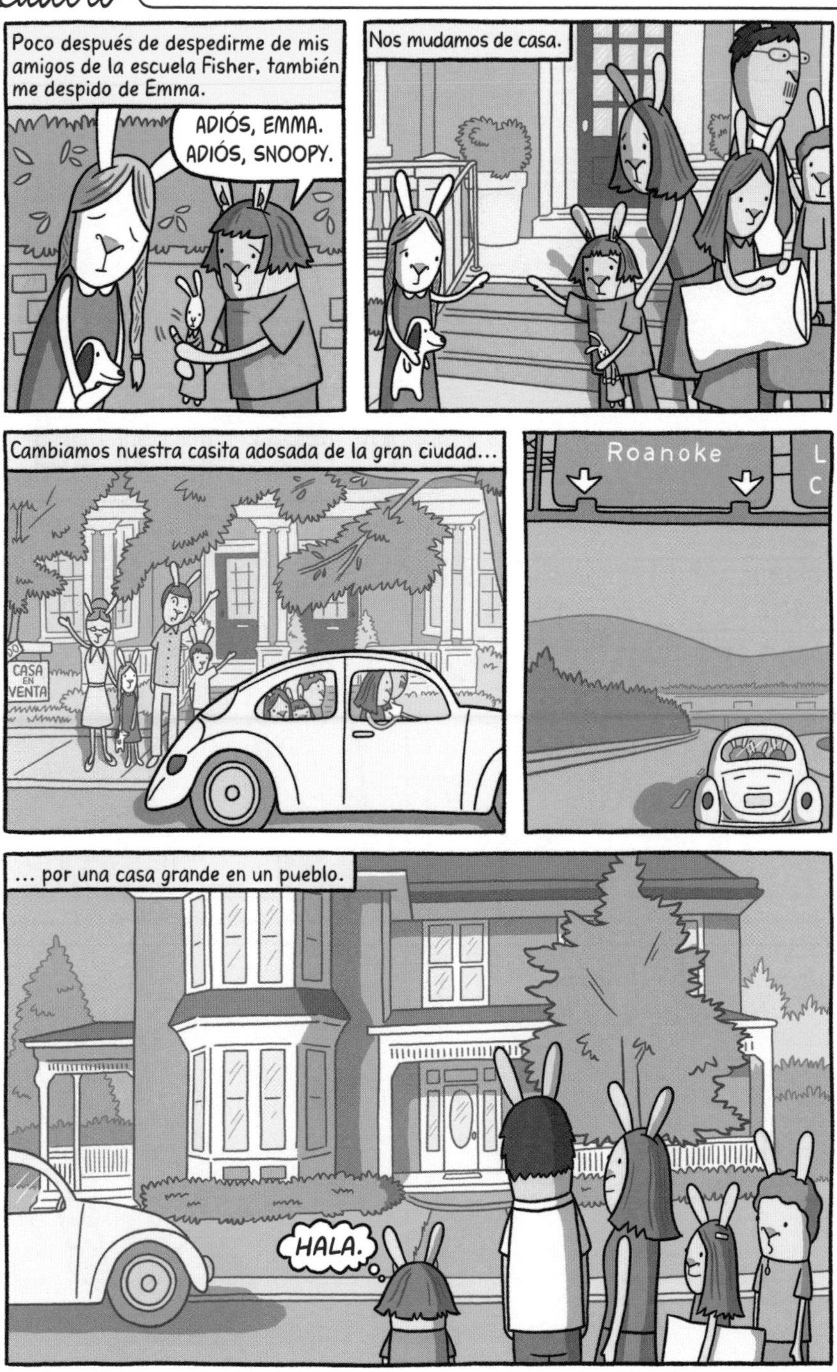

Poco después de despedirme de mis amigos de la escuela Fisher, también me despido de Emma.
ADIÓS, EMMA. ADIÓS, SNOOPY.
Nos mudamos de casa.
Cambiamos nuestra casita adosada de la gran ciudad...
CASA EN VENTA
Roanoke
... por una casa grande en un pueblo.
HALA.

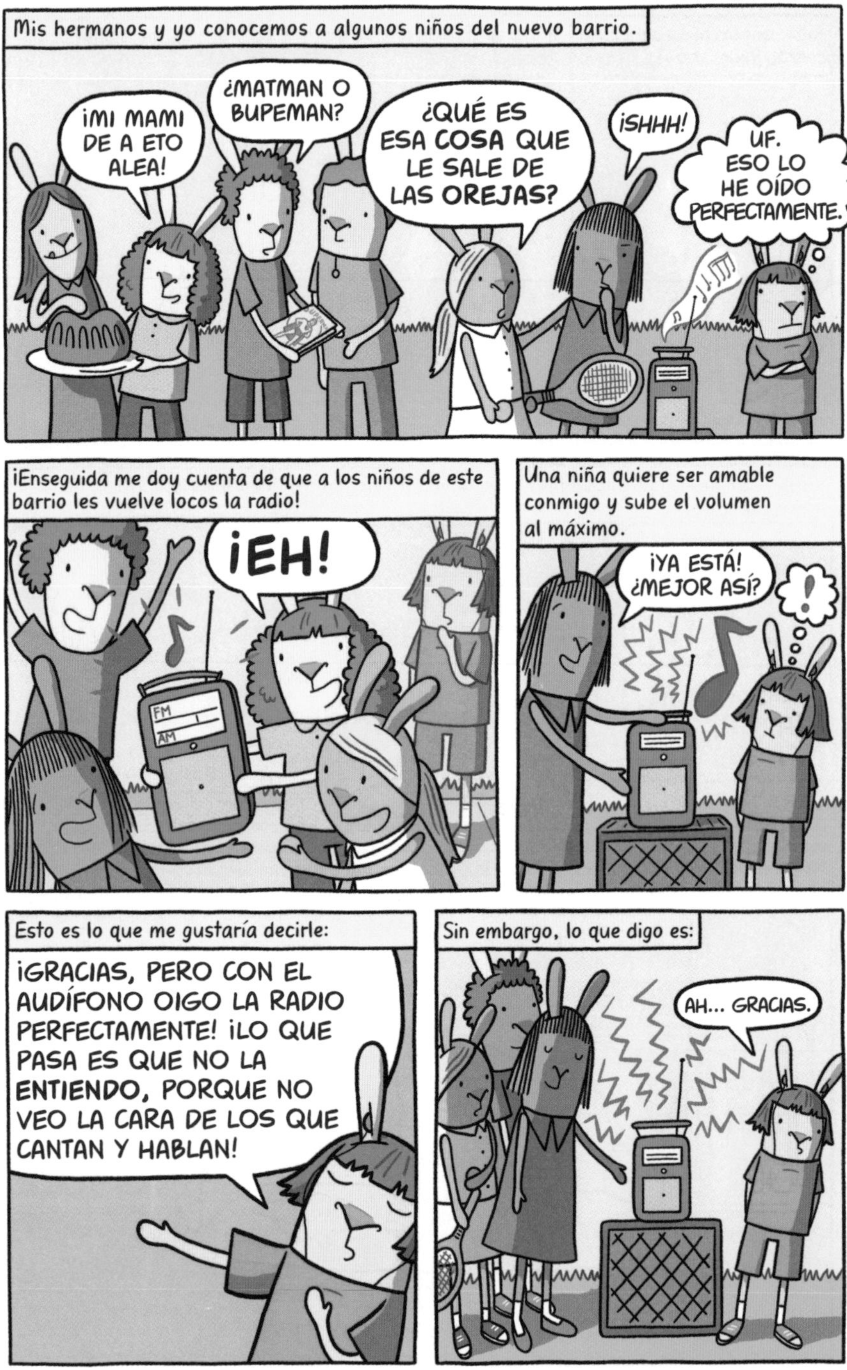

Mis hermanos y yo conocemos a algunos niños del nuevo barrio.
¡MI MAMI DE A ETO ALEA!
¿MATMAN O BUPEMAN?
¿QUÉ ES ESA COSA QUE LE SALE DE LAS OREJAS?
¡SHHH!
UF. ESO LO HE OÍDO PERFECTAMENTE.
¡Enseguida me doy cuenta de que a los niños de este barrio les vuelve locos la radio!
¡EH!
FM
AM
Una niña quiere ser amable conmigo y sube el volumen al máximo.
¡YA ESTÁ! ¿MEJOR ASÍ?
!
Esto es lo que me gustaría decirle:
¡GRACIAS, PERO CON EL AUDÍFONO OIGO LA RADIO PERFECTAMENTE! ¡LO QUE PASA ES QUE NO LA ENTIENDO, PORQUE NO VEO LA CARA DE LOS QUE CANTAN Y HABLAN!
Sin embargo, lo que digo es:
AH... GRACIAS.

Total, que los niños del barrio cantan las canciones…

DON'T GO BREAKING MY HEART! I COULDN'T IF I TRIED! UU UU...

…y se ríen de lo que dicen por la radio…

BLA BLO BLU

JA, JA JI, JA, JI JA, JO

… y a mí me suena como si fuera otro idioma.

¿QUÉ?

MI NIBO SHH OP UCA BIP GABA MO CLOC BO GAU FUM BUM OH!

El locutor dice algo y los niños se vuelven a reír. Yo también me río. Pero ¿de qué?

 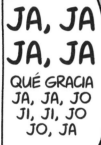

JA, JA JA, JA QUÉ GRACIA JA, JA, JO JI, JI, JO JO, JA

JI, JI JA, JA...

No sé explicarlo, pero no es la radio lo único que hace que me sienta tan sola en nuestra nueva casa. Es una sensación que dura todo el verano.

JA JA JA JA

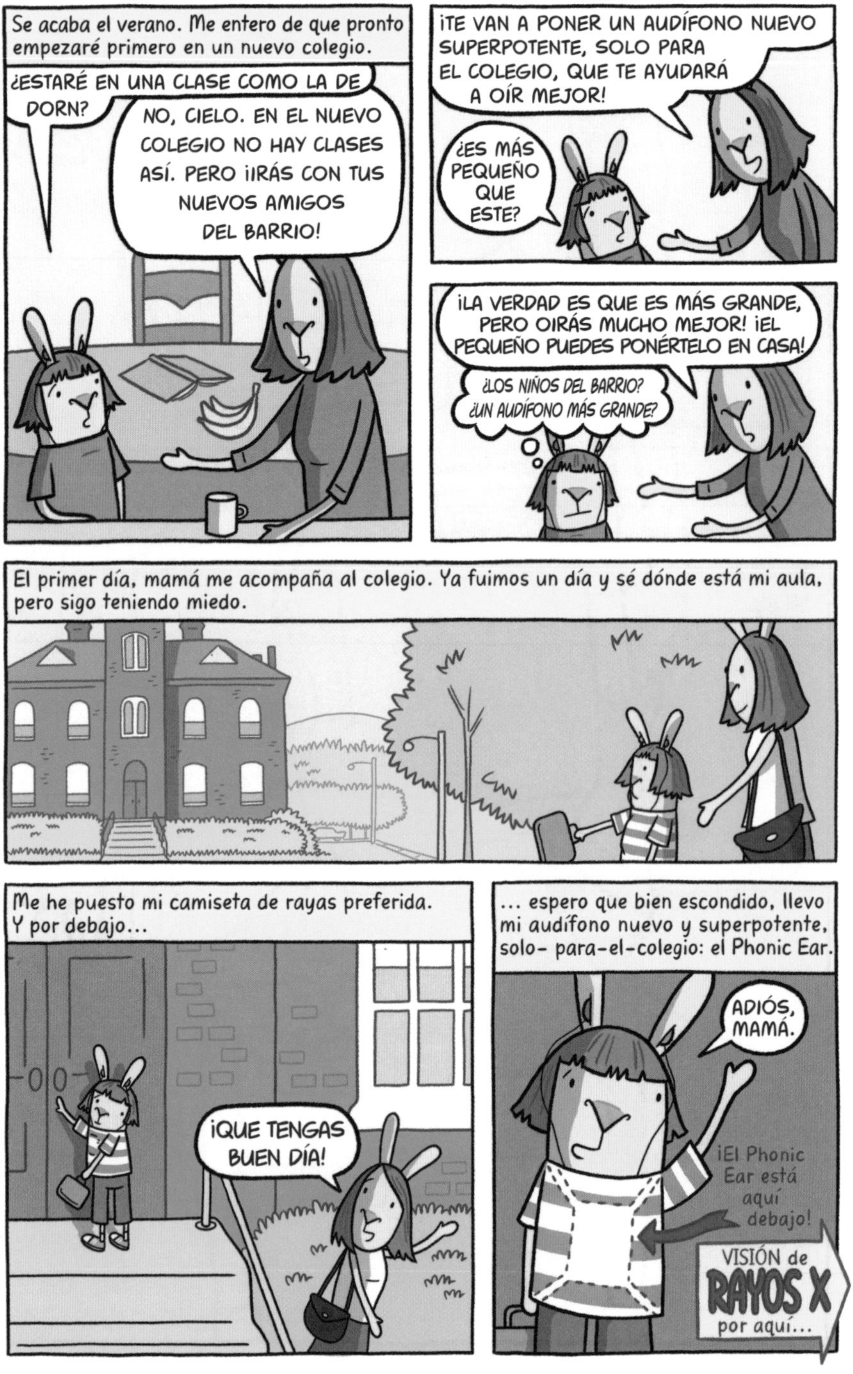

Se acaba el verano. Me entero de que pronto empezaré primero en un nuevo colegio.
¿ESTARÉ EN UNA CLASE COMO LA DE DORN?
NO, CIELO. EN EL NUEVO COLEGIO NO HAY CLASES ASÍ. PERO ¡IRÁS CON TUS NUEVOS AMIGOS DEL BARRIO!
¡TE VAN A PONER UN AUDÍFONO NUEVO SUPERPOTENTE, SOLO PARA EL COLEGIO, QUE TE AYUDARÁ A OÍR MEJOR!
¿ES MÁS PEQUEÑO QUE ESTE?
¡LA VERDAD ES QUE ES MÁS GRANDE, PERO OIRÁS MUCHO MEJOR! ¡EL PEQUEÑO PUEDES PONÉRTELO EN CASA!
¿LOS NIÑOS DEL BARRIO? ¿UN AUDÍFONO MÁS GRANDE?
El primer día, mamá me acompaña al colegio. Ya fuimos un día y sé dónde está mi aula, pero sigo teniendo miedo.
Me he puesto mi camiseta de rayas preferida. Y por debajo...
¡QUE TENGAS BUEN DÍA!
... espero que bien escondido, llevo mi audífono nuevo y superpotente, solo- para-el-colegio: el Phonic Ear.
ADIÓS, MAMÁ.
¡El Phonic Ear está aquí debajo!
VISIÓN de RAYOS X por aquí...

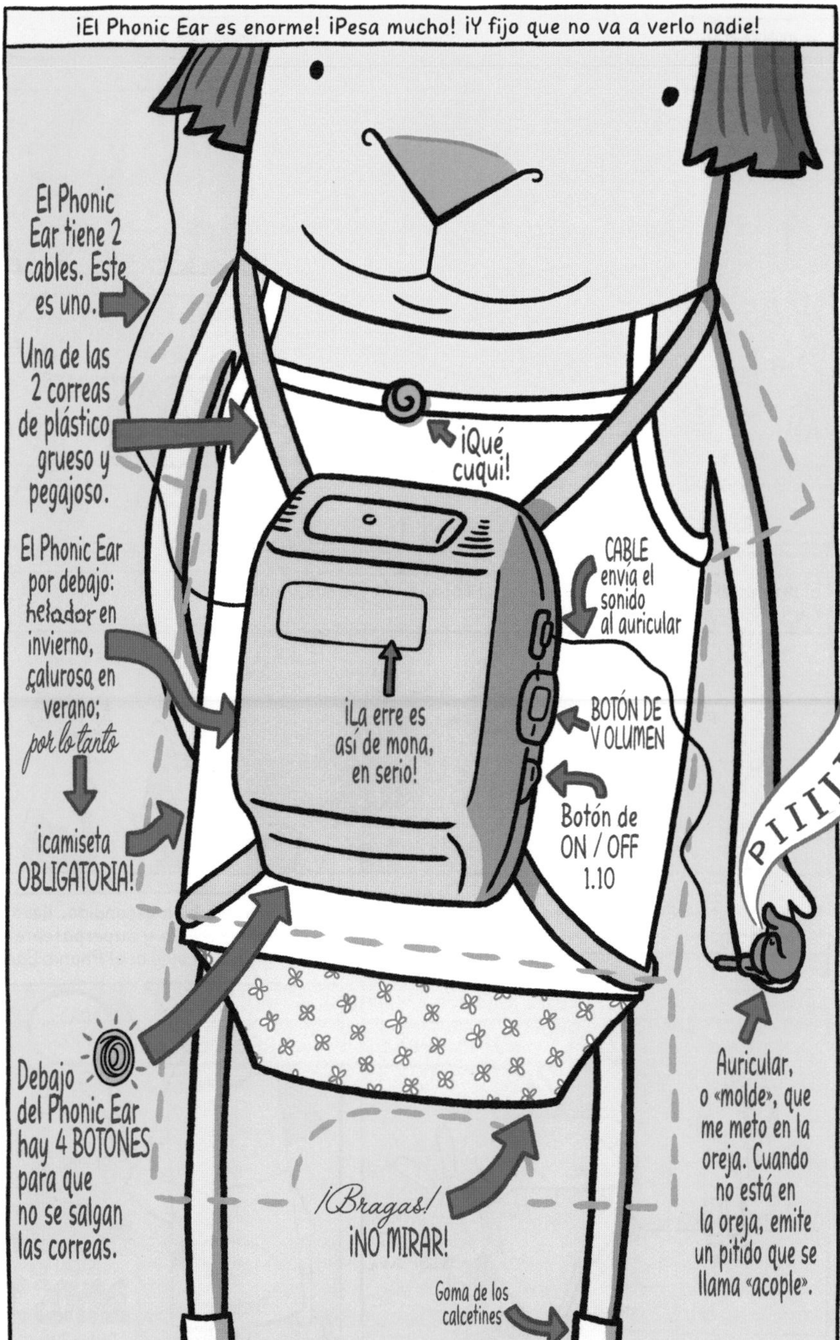
¡El Phonic Ear es enorme! ¡Pesa mucho! ¡Y fijo que no va a verlo nadie!
El Phonic Ear tiene 2 cables. Este es uno.
Una de las 2 correas de plástico grueso y pegajoso.
¡Qué cuqui!
El Phonic Ear por debajo: helador en invierno, caluroso en verano; por lo tanto
¡camiseta OBLIGATORIA!
CABLE envía el sonido al auricular
¡La erre es así de mona, en serio!
BOTÓN DE VOLUMEN
Botón de ON / OFF 1.10
PIIIII
Debajo del Phonic Ear hay 4 BOTONES para que no se salgan las correas.
¡Bragas! ¡NO MIRAR!
Auricular, o «molde», que me meto en la oreja. Cuando no está en la oreja, emite un pitido que se llama «acople».
Goma de los calcetines

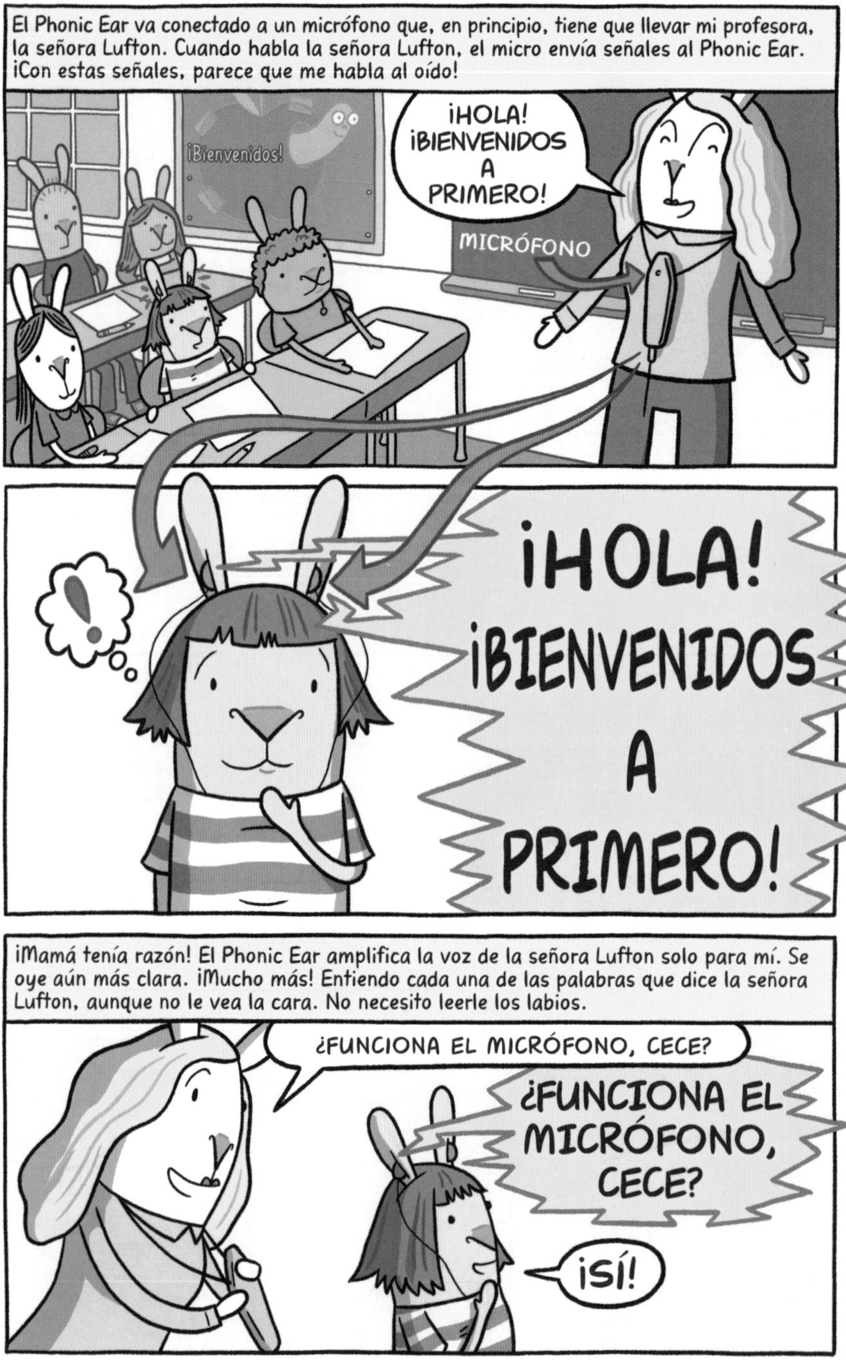
El Phonic Ear va conectado a un micrófono que, en principio, tiene que llevar mi profesora, la señora Lufton. Cuando habla la señora Lufton, el micro envía señales al Phonic Ear. ¡Con estas señales, parece que me habla al oído!
¡Bienvenidos!
¡HOLA! ¡BIENVENIDOS A PRIMERO!
MICRÓFONO
¡HOLA! ¡BIENVENIDOS A PRIMERO!
¡Mamá tenía razón! El Phonic Ear amplifica la voz de la señora Lufton solo para mí. Se oye aún más clara. ¡Mucho más! Entiendo cada una de las palabras que dice la señora Lufton, aunque no le vea la cara. No necesito leerle los labios.
¿FUNCIONA EL MICRÓFONO, CECE?
¿FUNCIONA EL MICRÓFONO, CECE?
¡SÍ!

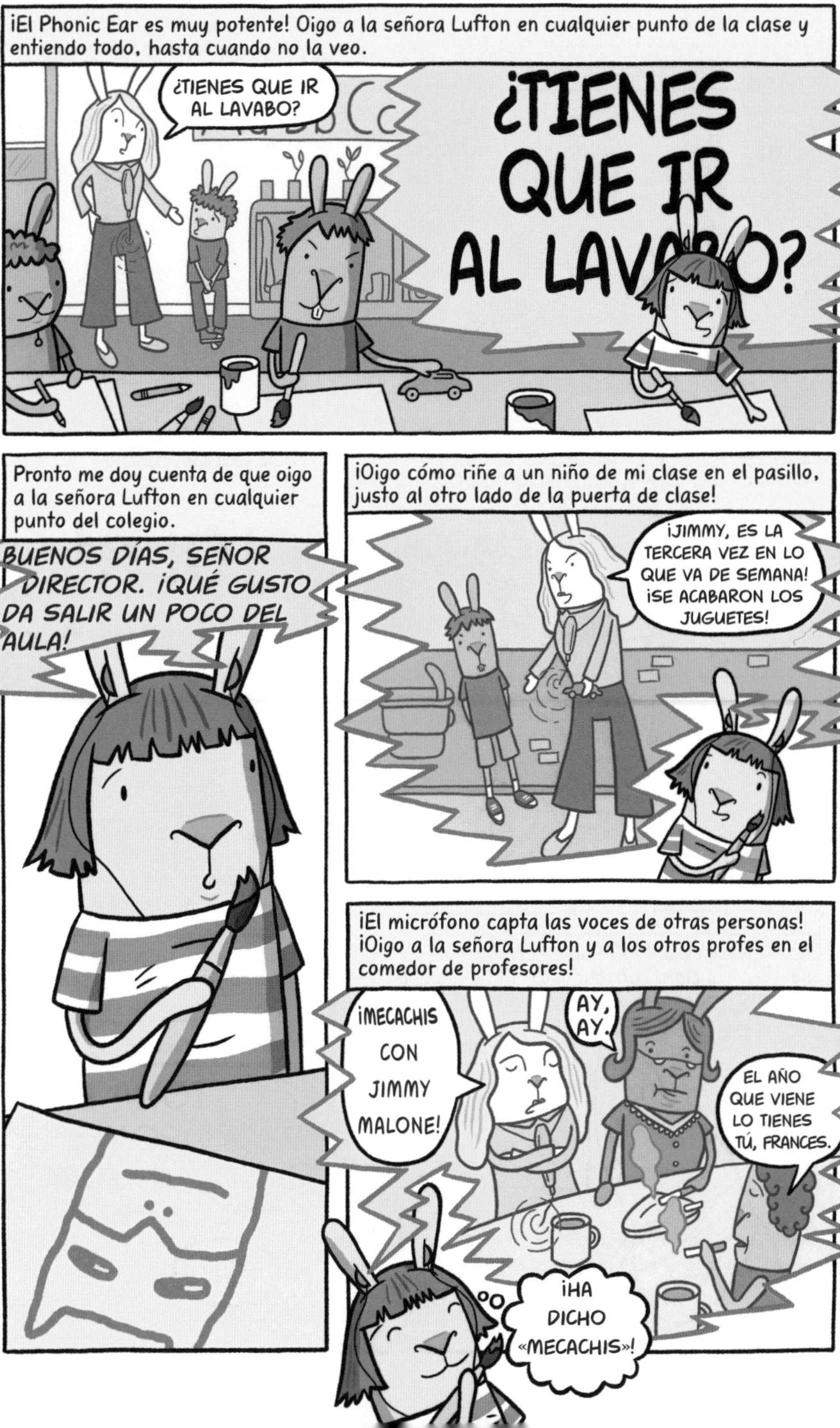
¡El Phonic Ear es muy potente! Oigo a la señora Lufton en cualquier punto de la clase y entiendo todo, hasta cuando no la veo.
¿TIENES QUE IR AL LAVABO?
¿TIENES QUE IR AL LAVABO?
Pronto me doy cuenta de que oigo a la señora Lufton en cualquier punto del colegio.
BUENOS DÍAS, SEÑOR DIRECTOR. ¡QUÉ GUSTO DA SALIR UN POCO DEL AULA!
¡Oigo cómo riñe a un niño de mi clase en el pasillo, justo al otro lado de la puerta de clase!
¡JIMMY, ES LA TERCERA VEZ EN LO QUE VA DE SEMANA! ¡SE ACABARON LOS JUGUETES!
¡El micrófono capta las voces de otras personas! ¡Oigo a la señora Lufton y a los otros profes en el comedor de profesores!
¡MECACHIS CON JIMMY MALONE!
AY, AY.
EL AÑO QUE VIENE LO TIENES TÚ, FRANCES.
¡HA DICHO «MECACHIS»!

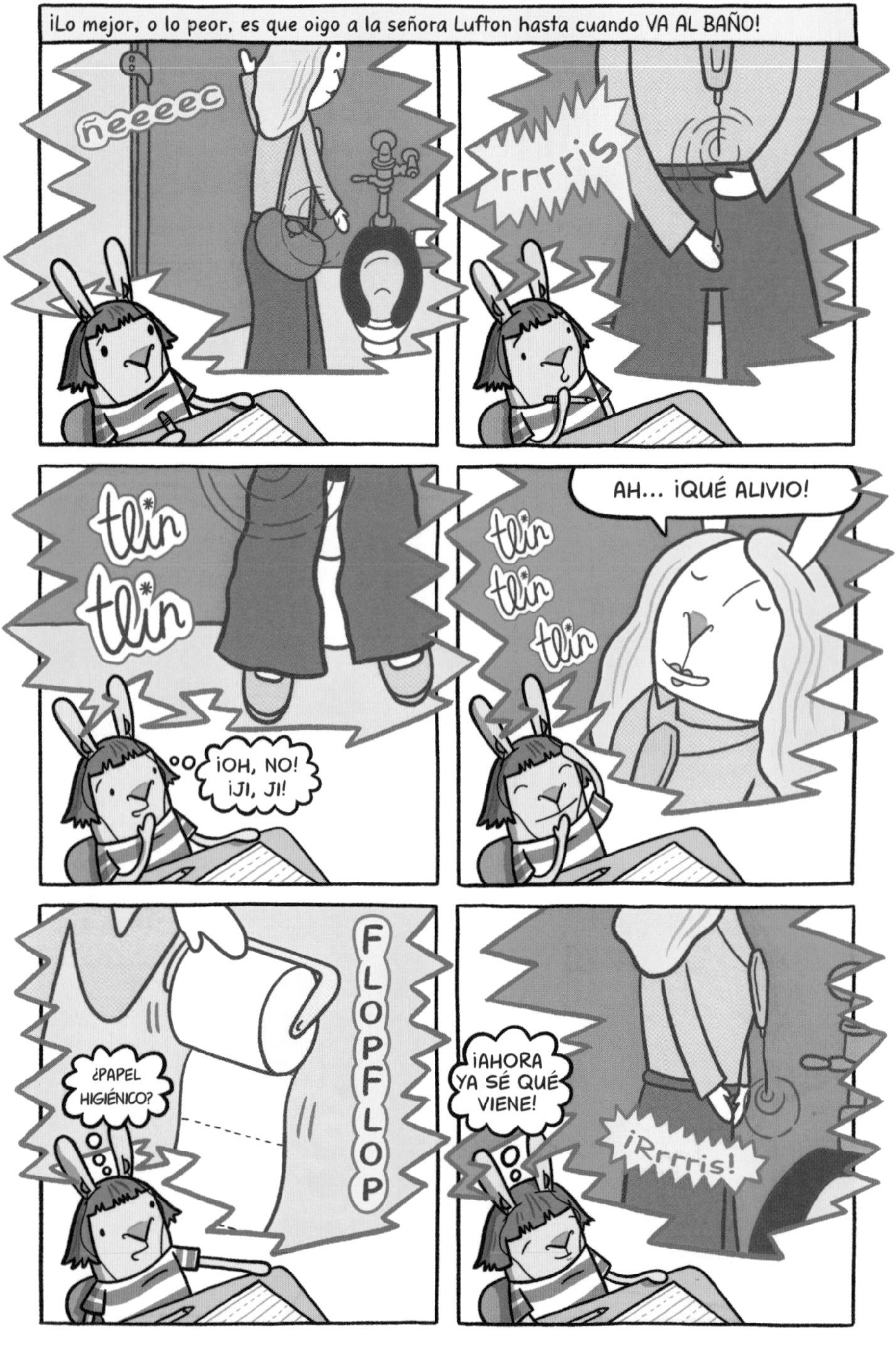
¡Lo mejor, o lo peor, es que oigo a la señora Lufton hasta cuando VA AL BAÑO!
ñeeeec
rrrris
tlin
tlin
¡OH, NO! ¡JI, JI!
AH... ¡QUÉ ALIVIO!
tlin
tlin
tlin
¿PAPEL HIGIÉNICO?
FLOPFLOP
¡AHORA YA SÉ QUÉ VIENE!
¡Rrrris!

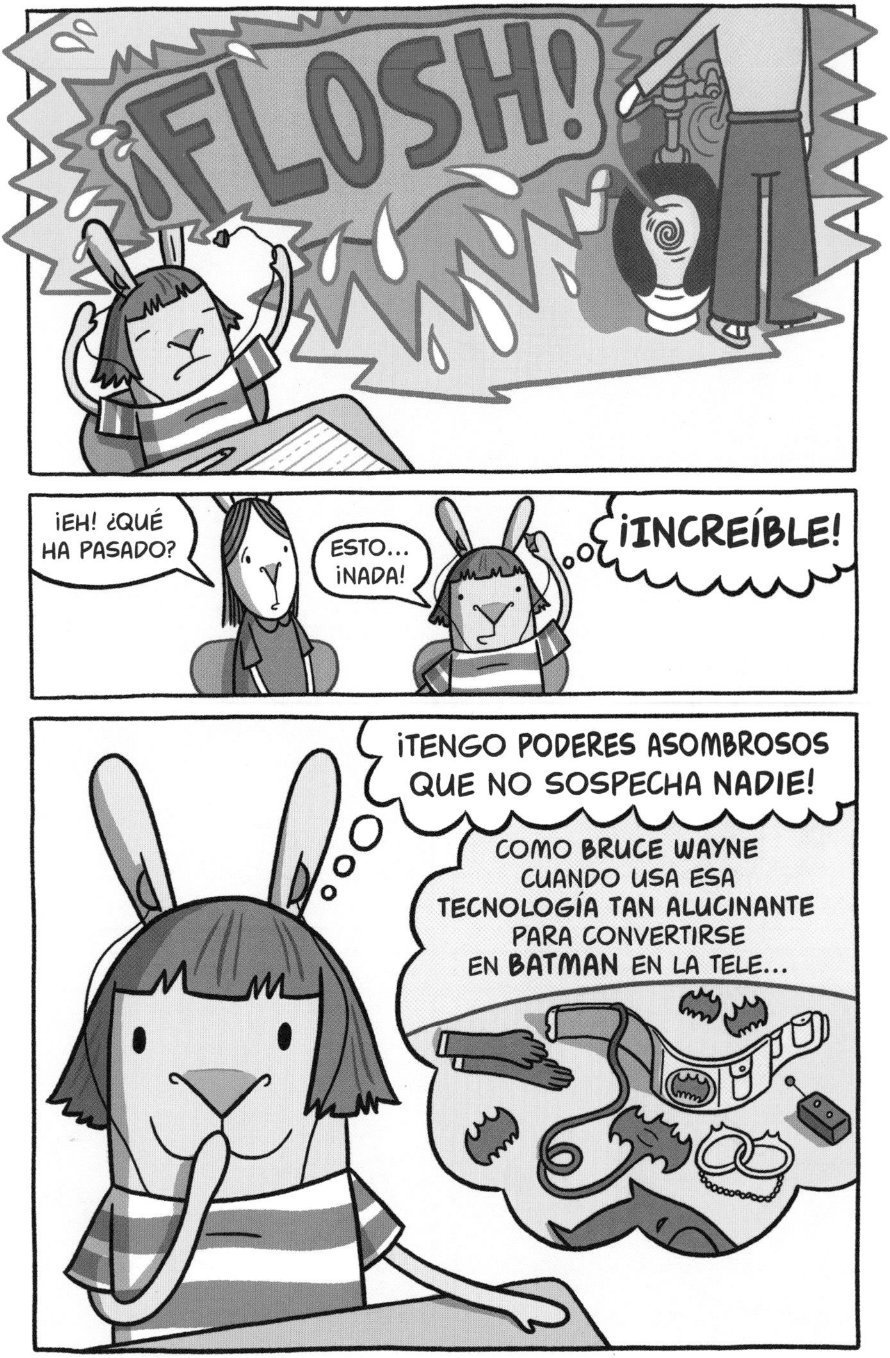
¡FLOSH!
¡EH! ¿QUÉ HA PASADO?
ESTO... ¡NADA!
¡INCREÍBLE!
¡TENGO PODERES ASOMBROSOS QUE NO SOSPECHA NADIE!
COMO BRUCE WAYNE CUANDO USA ESA TECNOLOGÍA TAN ALUCINANTE PARA CONVERTIRSE EN BATMAN EN LA TELE...

... YO PUEDO USAR MI TECNOLOGÍA ALUCINANTE –EL **PHONIC EAR**– PARA CONVERTIRME EN ¡UNA **SUPERHEROÍNA**! ¿MI PODER? ¡EL **SUPEROÍDO**!

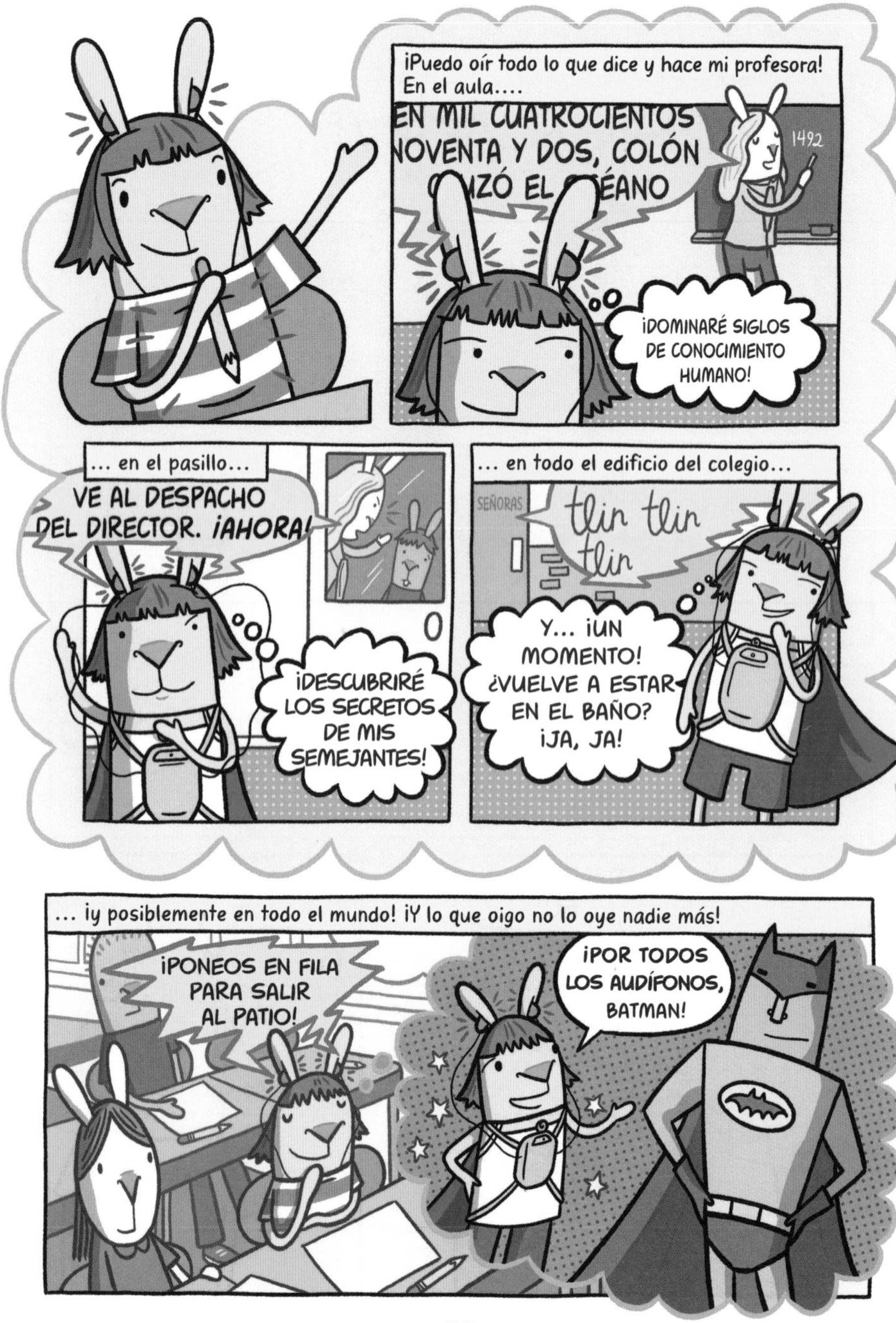

¡Puedo oír todo lo que dice y hace mi profesora! En el aula....
EN MIL CUATROCIENTOS NOVENTA Y DOS, COLÓN
1492
¡DOMINARÉ SIGLOS DE CONOCIMIENTO HUMANO!
... en el pasillo...
VE AL DESPACHO DEL DIRECTOR. ¡AHORA!
¡DESCUBRIRÉ LOS SECRETOS DE MIS SEMEJANTES!
... en todo el edificio del colegio...
SEÑORAS
tlin tlin tlin
Y... ¡UN MOMENTO! ¿VUELVE A ESTAR EN EL BAÑO? ¡JA, JA!
... ¡y posiblemente en todo el mundo! ¡Y lo que oigo no lo oye nadie más!
¡PONEOS EN FILA PARA SALIR AL PATIO!
¡POR TODOS LOS AUDÍFONOS, BATMAN!

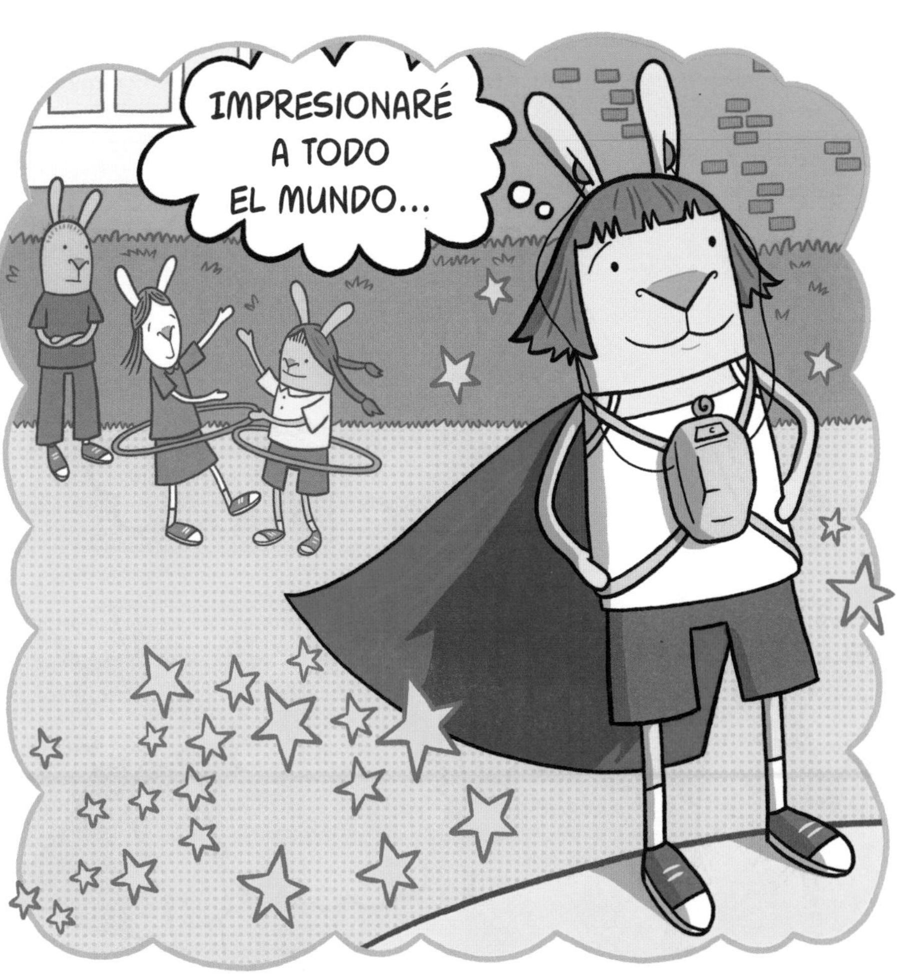
IMPRESIONARÉ A TODO EL MUNDO...

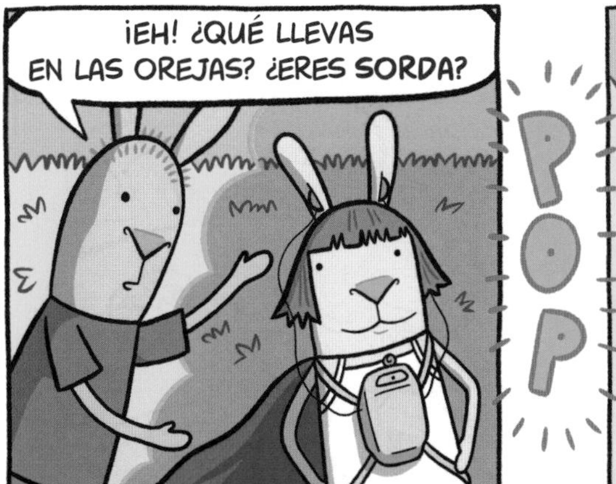
¡EH! ¿QUÉ LLEVAS EN LAS OREJAS? ¿ERES SORDA?
POP

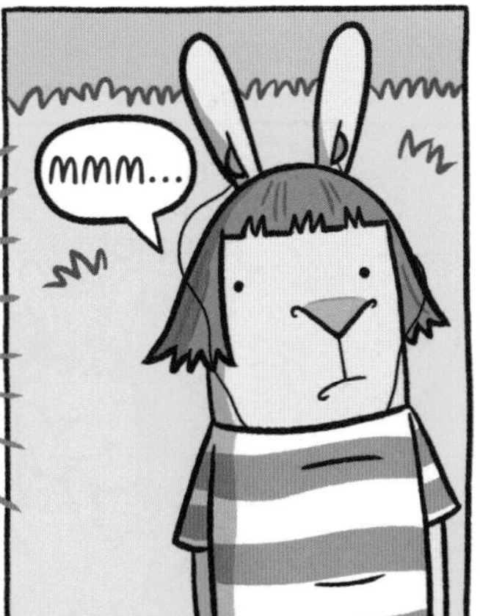
MMM...

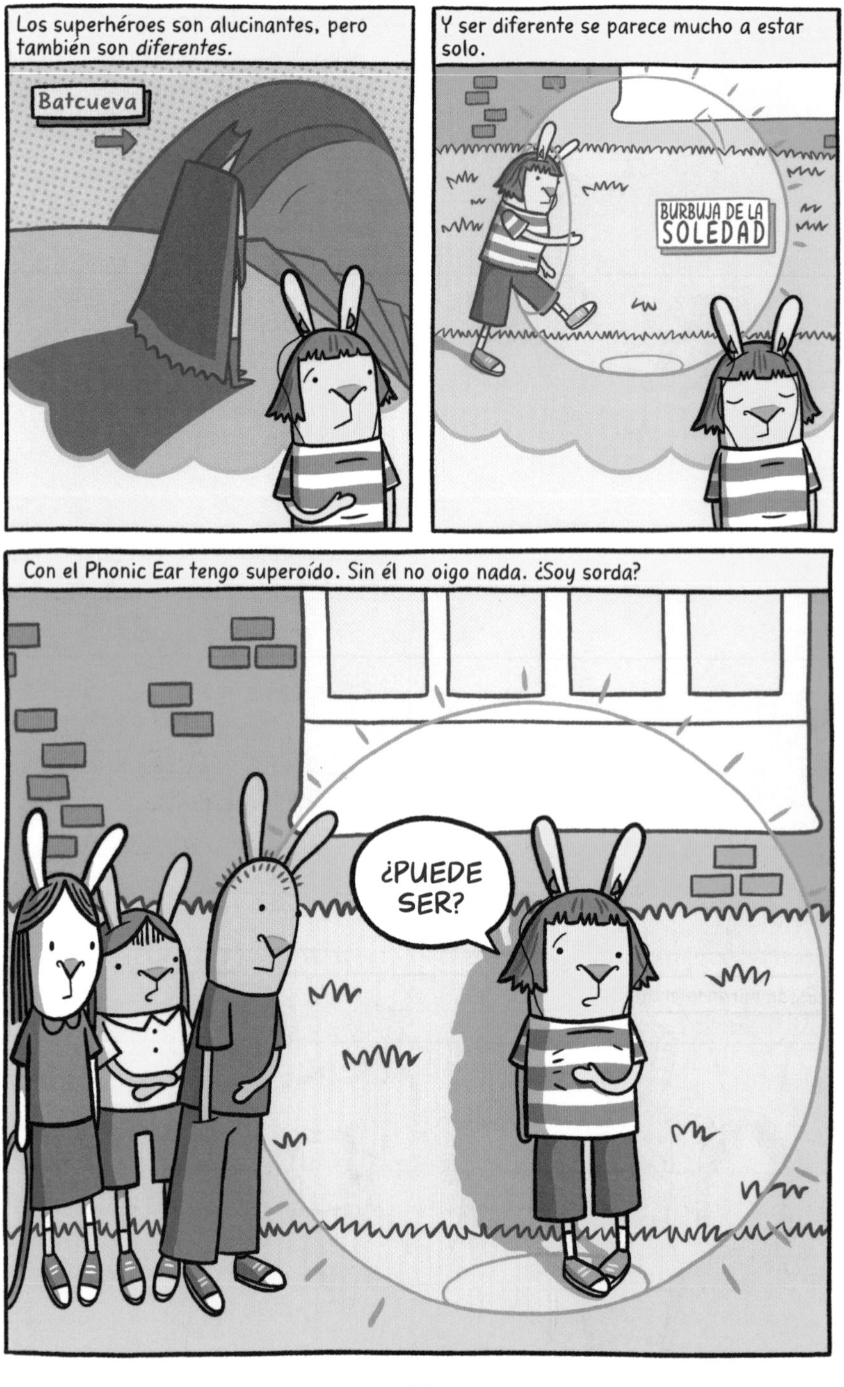
Los superhéroes son alucinantes, pero también son *diferentes*.
Batcueva
Y ser diferente se parece mucho a estar solo.
BURBUJA DE LA SOLEDAD
Con el Phonic Ear tengo superoído. Sin él no oigo nada. ¿Soy sorda?
¿PUEDE SER?

cinco

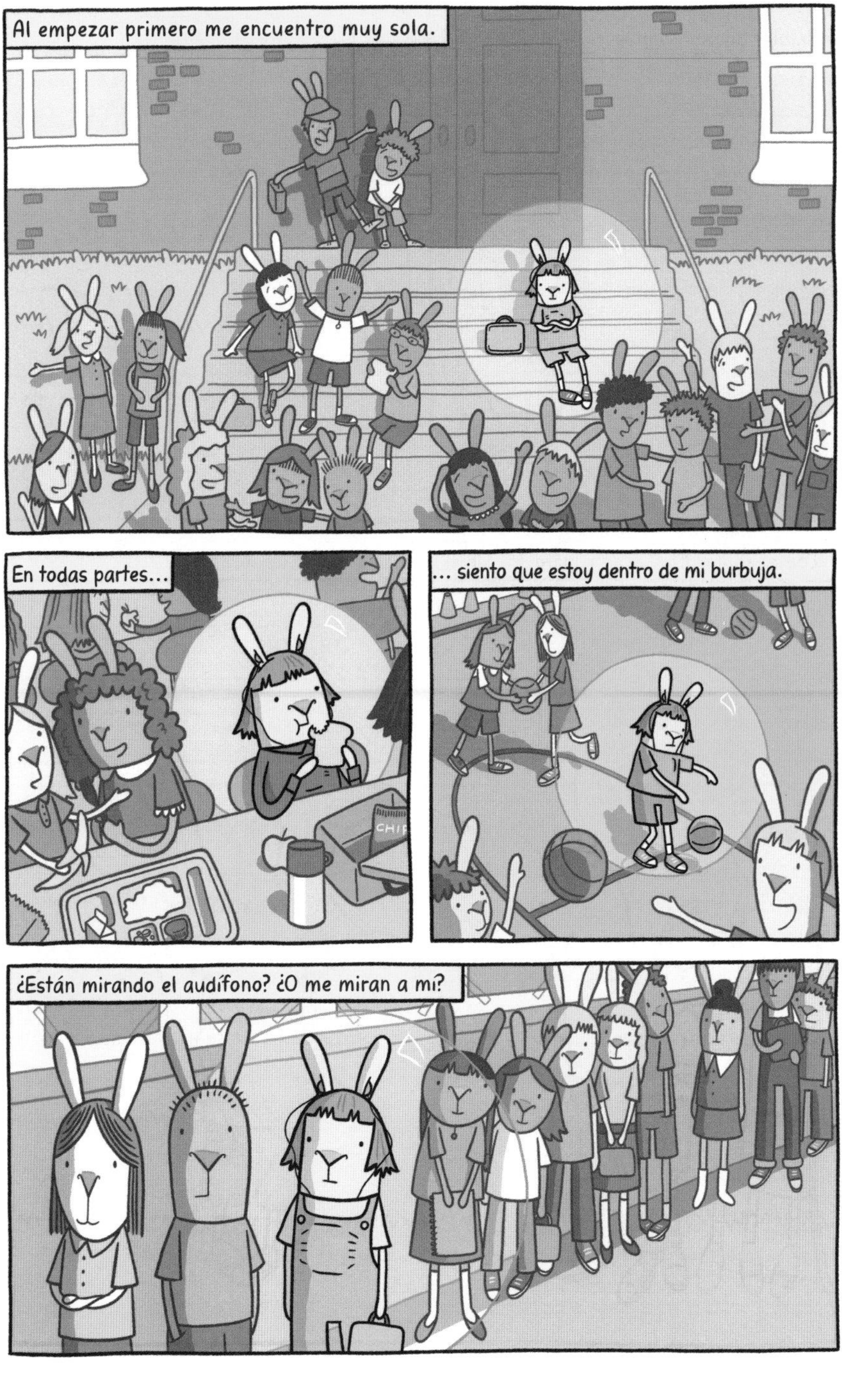
Al empezar primero me encuentro muy sola.
En todas partes...
... siento que estoy dentro de mi burbuja.
¿Están mirando el audífono? ¿O me miran a mi?

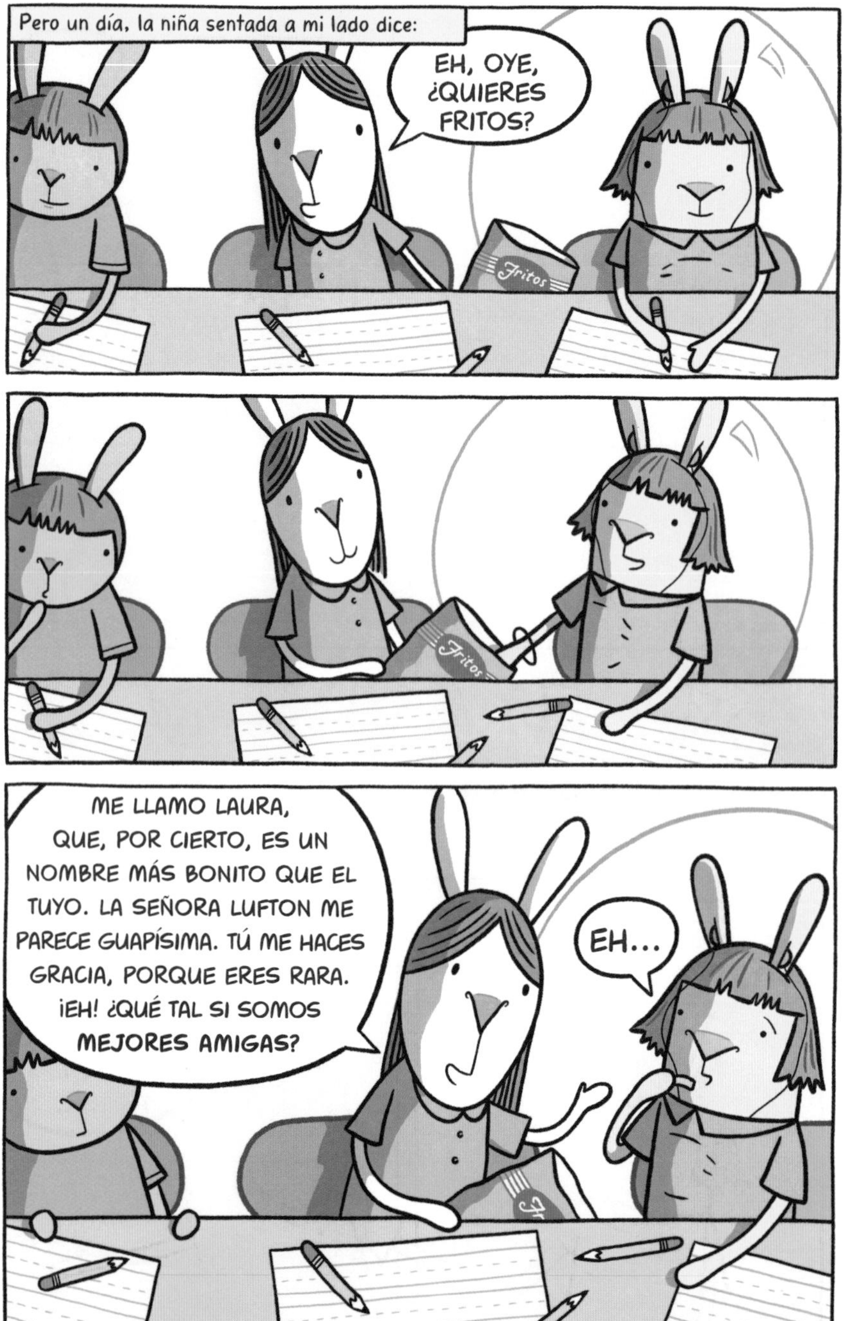
Pero un día, la niña sentada a mi lado dice:
EH, OYE, ¿QUIERES FRITOS?
Fritos
Fritos
ME LLAMO LAURA, QUE, POR CIERTO, ES UN NOMBRE MÁS BONITO QUE EL TUYO. LA SEÑORA LUFTON ME PARECE GUAPÍSIMA. TÚ ME HACES GRACIA, PORQUE ERES RARA. ¡EH! ¿QUÉ TAL SI SOMOS MEJORES AMIGAS?
EH...

Es tan repentino que me lo pienso durante un minuto o dos...

¿Mejor amiga de Laura?

SÍ	NO
Fritos	Un poco mandona
le da igual el audífono	

... y luego le digo:

¿VALE?

¡POP!

Laura y yo ya somos mejores amigas...

¡PUES ESTÁ MUY BIEN!

... al menos para Laura.

BUENO, AHORA TE EXPLICO LO QUE VAMOS A HACER...

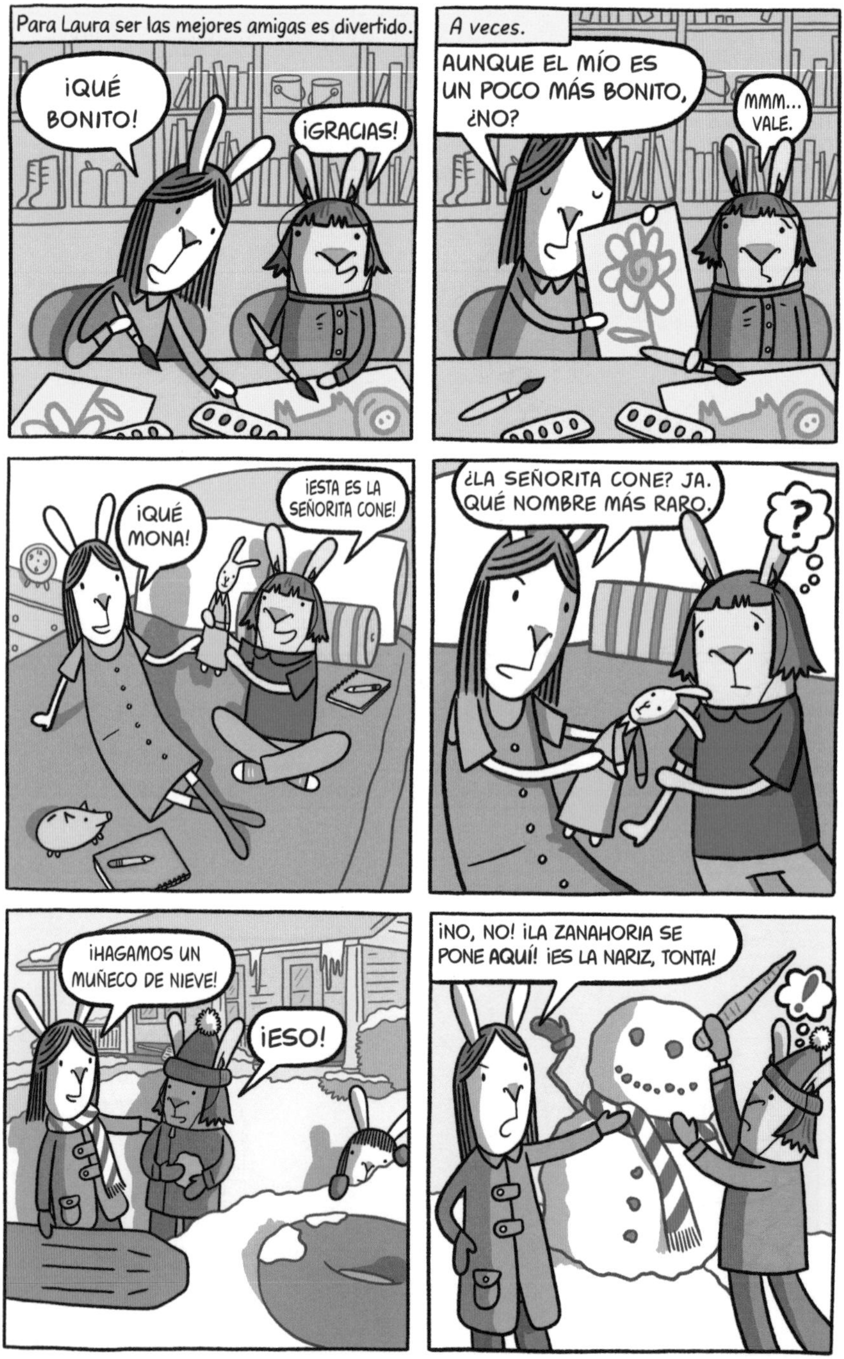
Para Laura ser las mejores amigas es divertido.
¡QUÉ BONITO!
¡GRACIAS!
A veces.
AUNQUE EL MÍO ES UN POCO MÁS BONITO, ¿NO?
MMM... VALE.
¡QUÉ MONA!
¡ESTA ES LA SEÑORITA CONE!
¿LA SEÑORITA CONE? JA. QUÉ NOMBRE MÁS RARO.
?
¡HAGAMOS UN MUÑECO DE NIEVE!
¡ESO!
¡NO, NO! ¡LA ZANAHORIA SE PONE **AQUÍ**! ¡ES LA NARIZ, TONTA!
!

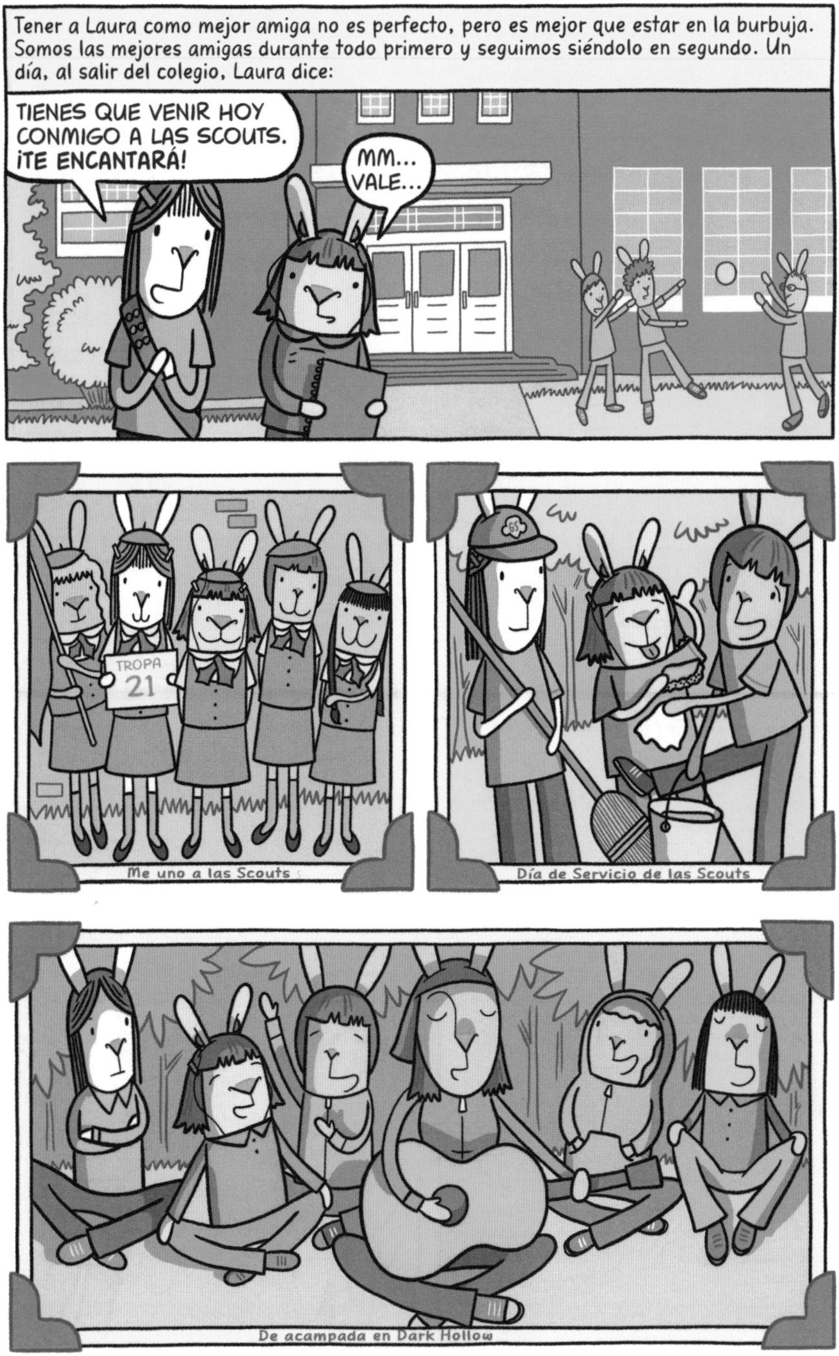
Tener a Laura como mejor amiga no es perfecto, pero es mejor que estar en la burbuja. Somos las mejores amigas durante todo primero y seguimos siéndolo en segundo. Un día, al salir del colegio, Laura dice:
TIENES QUE VENIR HOY CONMIGO A LAS SCOUTS. ¡TE ENCANTARÁ!
MM... VALE...
TROPA 21
Me uno a las Scouts
Día de Servicio de las Scouts
De acampada en Dark Hollow

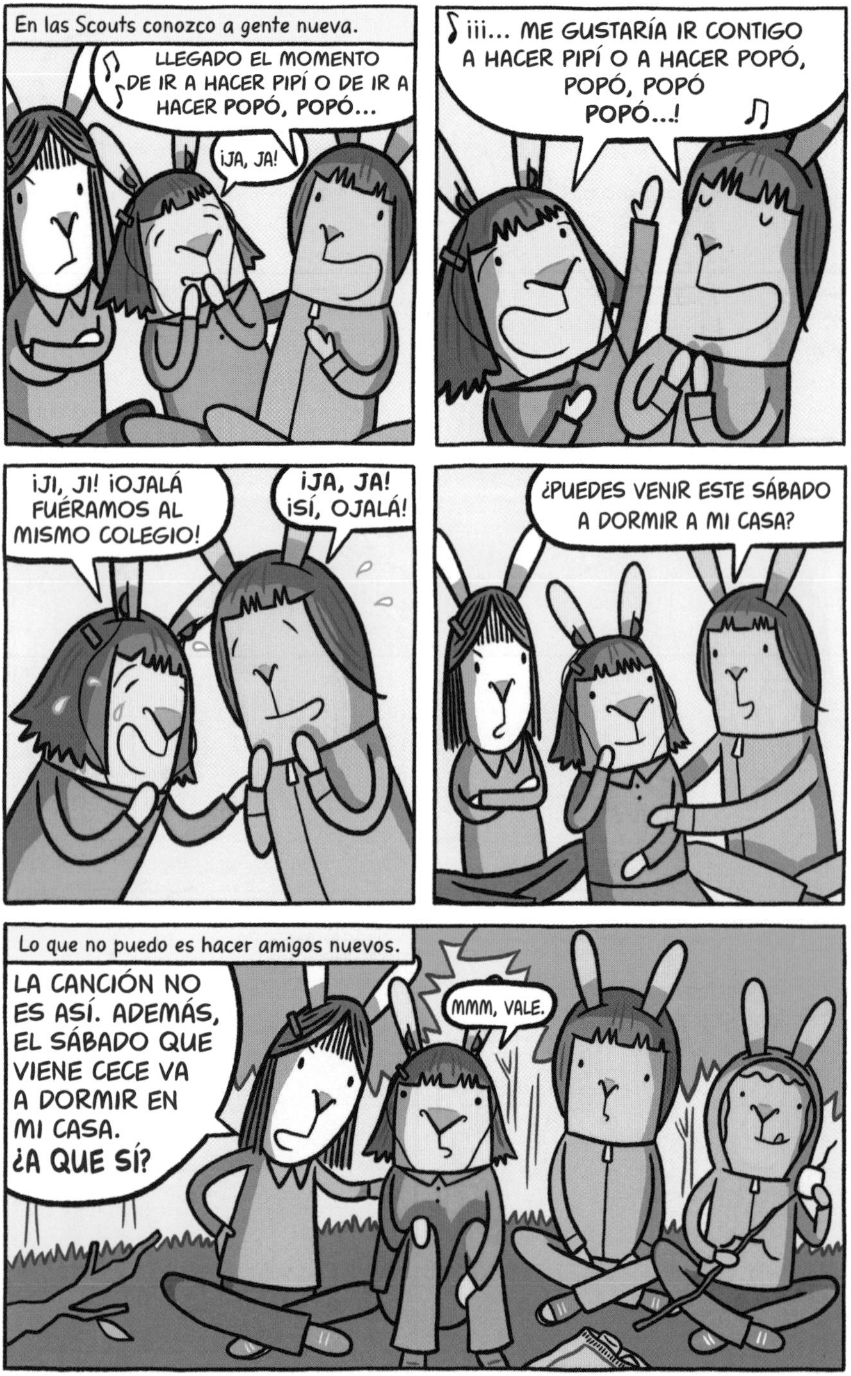

En las Scouts conozco a gente nueva.
LLEGADO EL MOMENTO DE IR A HACER PIPÍ O DE IR A HACER POPÓ, POPÓ...
¡JA, JA!
iii... ME GUSTARÍA IR CONTIGO A HACER PIPÍ O A HACER POPÓ, POPÓ, POPÓ POPÓ...!
¡JI, JI! ¡OJALÁ FUÉRAMOS AL MISMO COLEGIO!
¡JA, JA! ¡SÍ, OJALÁ!
¿PUEDES VENIR ESTE SÁBADO A DORMIR A MI CASA?
Lo que no puedo es hacer amigos nuevos.
LA CANCIÓN NO ES ASÍ. ADEMÁS, EL SÁBADO QUE VIENE CECE VA A DORMIR EN MI CASA. ¿A QUE SÍ?
MMM, VALE.

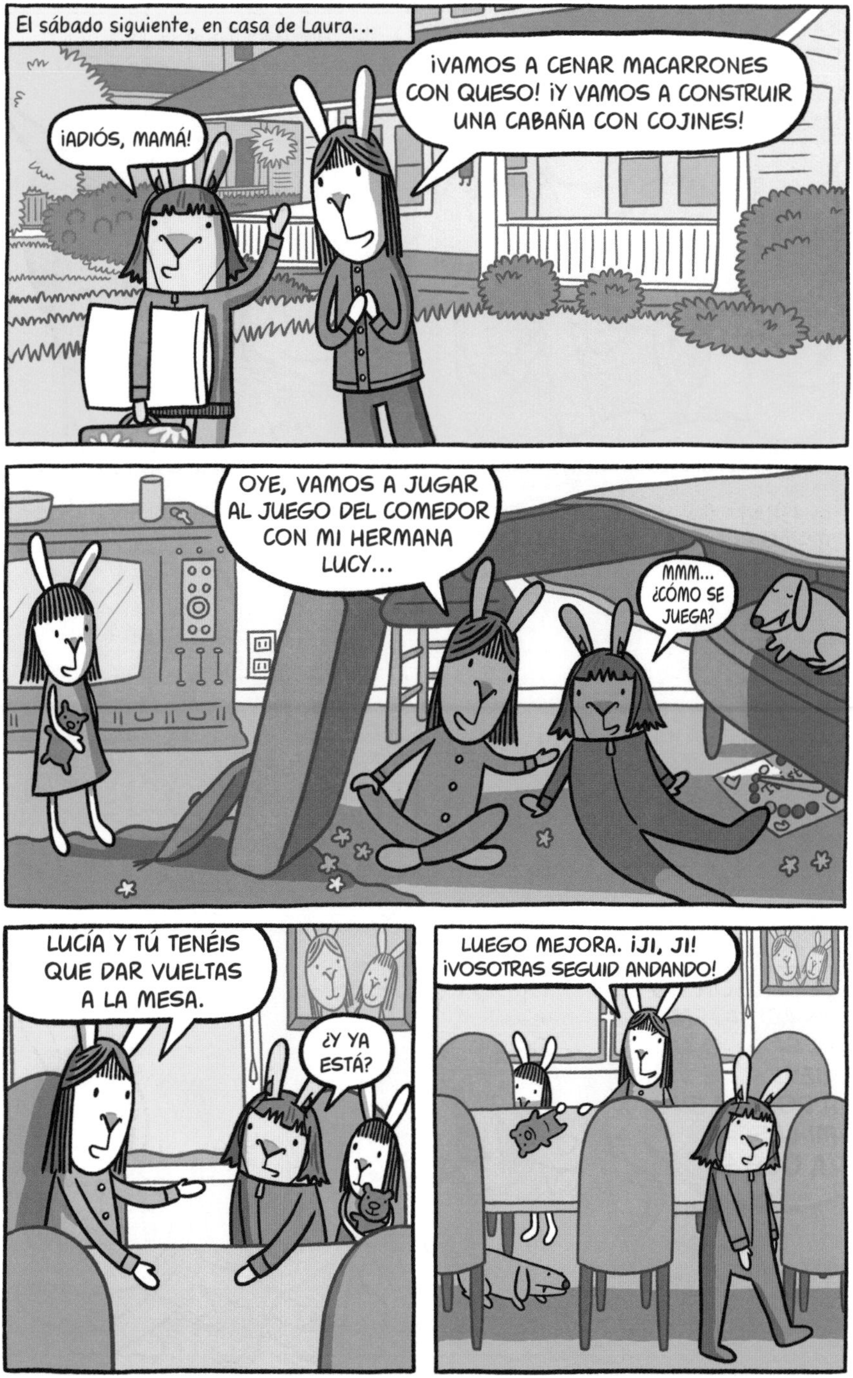
El sábado siguiente, en casa de Laura...
¡ADIÓS, MAMÁ!
¡VAMOS A CENAR MACARRONES CON QUESO! ¡Y VAMOS A CONSTRUIR UNA CABAÑA CON COJINES!
OYE, VAMOS A JUGAR AL JUEGO DEL COMEDOR CON MI HERMANA LUCY...
MMM... ¿CÓMO SE JUEGA?
LUCÍA Y TÚ TENÉIS QUE DAR VUELTAS A LA MESA.
¿Y YA ESTÁ?
LUEGO MEJORA. ¡JI, JI! ¡VOSOTRAS SEGUID ANDANDO!

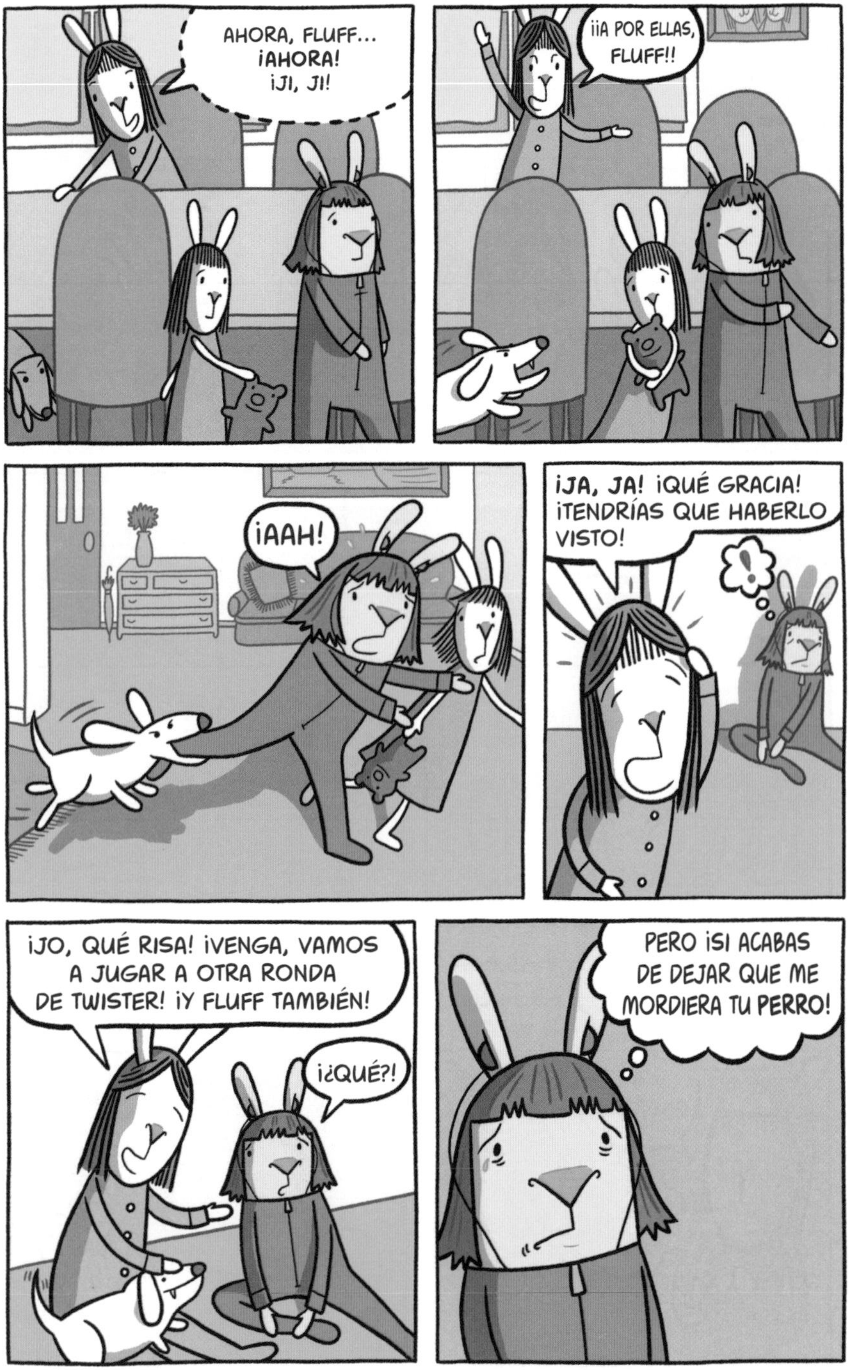
AHORA, FLUFF...
¡AHORA!
¡JI, JI!
¡¡A POR ELLAS, FLUFF!!
¡AAH!
¡JA, JA! ¡QUÉ GRACIA! ¡TENDRÍAS QUE HABERLO VISTO!
!
¡JO, QUÉ RISA! ¡VENGA, VAMOS A JUGAR A OTRA RONDA DE TWISTER! ¡Y FLUFF TAMBIÉN!
¡¿QUÉ?!
PERO ¡SI ACABAS DE DEJAR QUE ME MORDIERA TU PERRO!

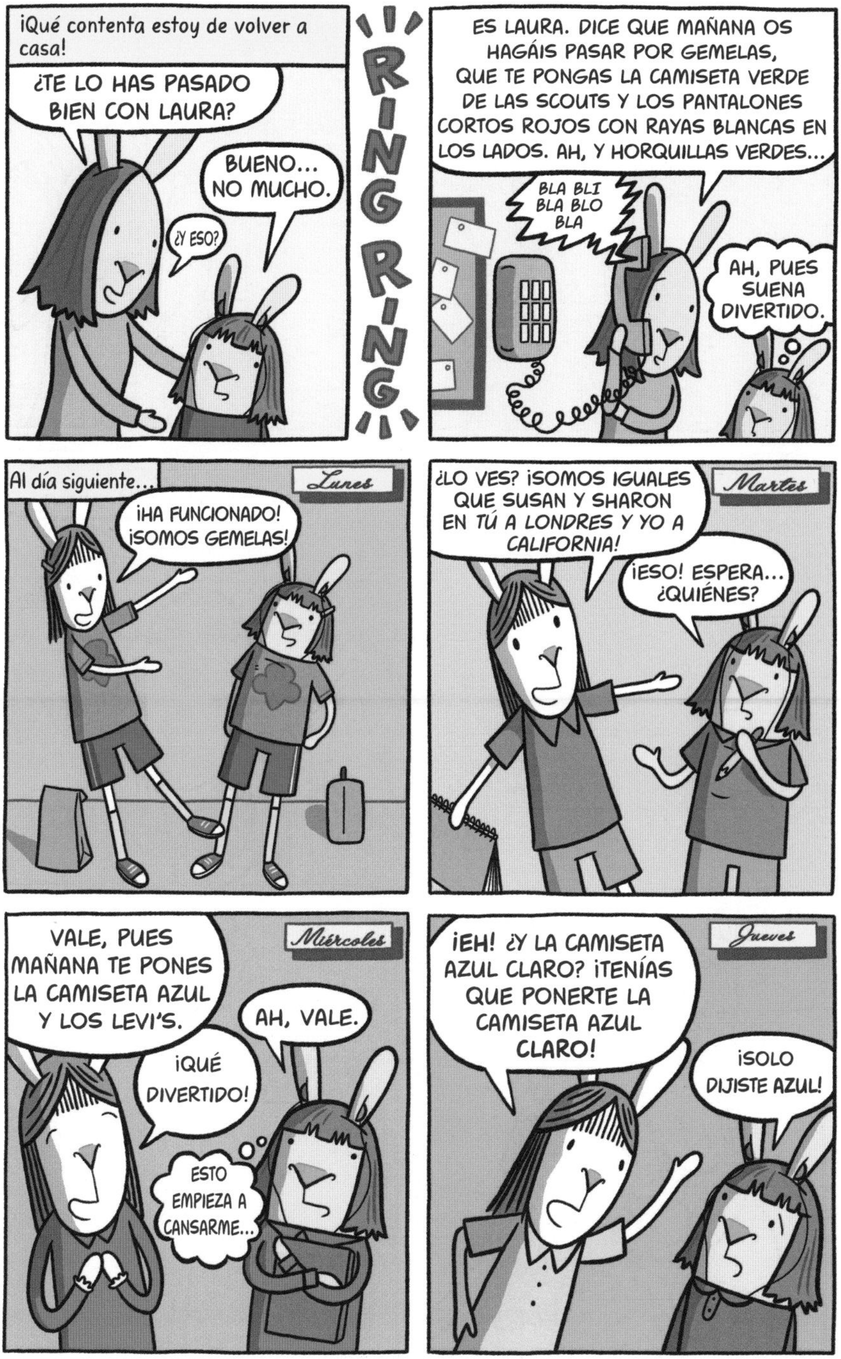
¡Qué contenta estoy de volver a casa!
¿TE LO HAS PASADO BIEN CON LAURA?
BUENO... NO MUCHO.
¿Y ESO?
RING RING
ES LAURA. DICE QUE MAÑANA OS HAGÁIS PASAR POR GEMELAS, QUE TE PONGAS LA CAMISETA VERDE DE LAS SCOUTS Y LOS PANTALONES CORTOS ROJOS CON RAYAS BLANCAS EN LOS LADOS. AH, Y HORQUILLAS VERDES...
BLA BLI BLA BLO BLA
AH, PUES SUENA DIVERTIDO.
Al día siguiente...
Lunes
¡HA FUNCIONADO! ¡SOMOS GEMELAS!
Martes
¿LO VES? ¡SOMOS IGUALES QUE SUSAN Y SHARON EN *TÚ A LONDRES Y YO A CALIFORNIA*!
¡ESO! ESPERA... ¿QUIÉNES?
Miércoles
VALE, PUES MAÑANA TE PONES LA CAMISETA AZUL Y LOS LEVI'S.
AH, VALE.
¡QUÉ DIVERTIDO!
ESTO EMPIEZA A CANSARME...
Jueves
¡EH! ¿Y LA CAMISETA AZUL CLARO? ¡TENÍAS QUE PONERTE LA CAMISETA AZUL CLARO!
¡SOLO DIJISTE AZUL!

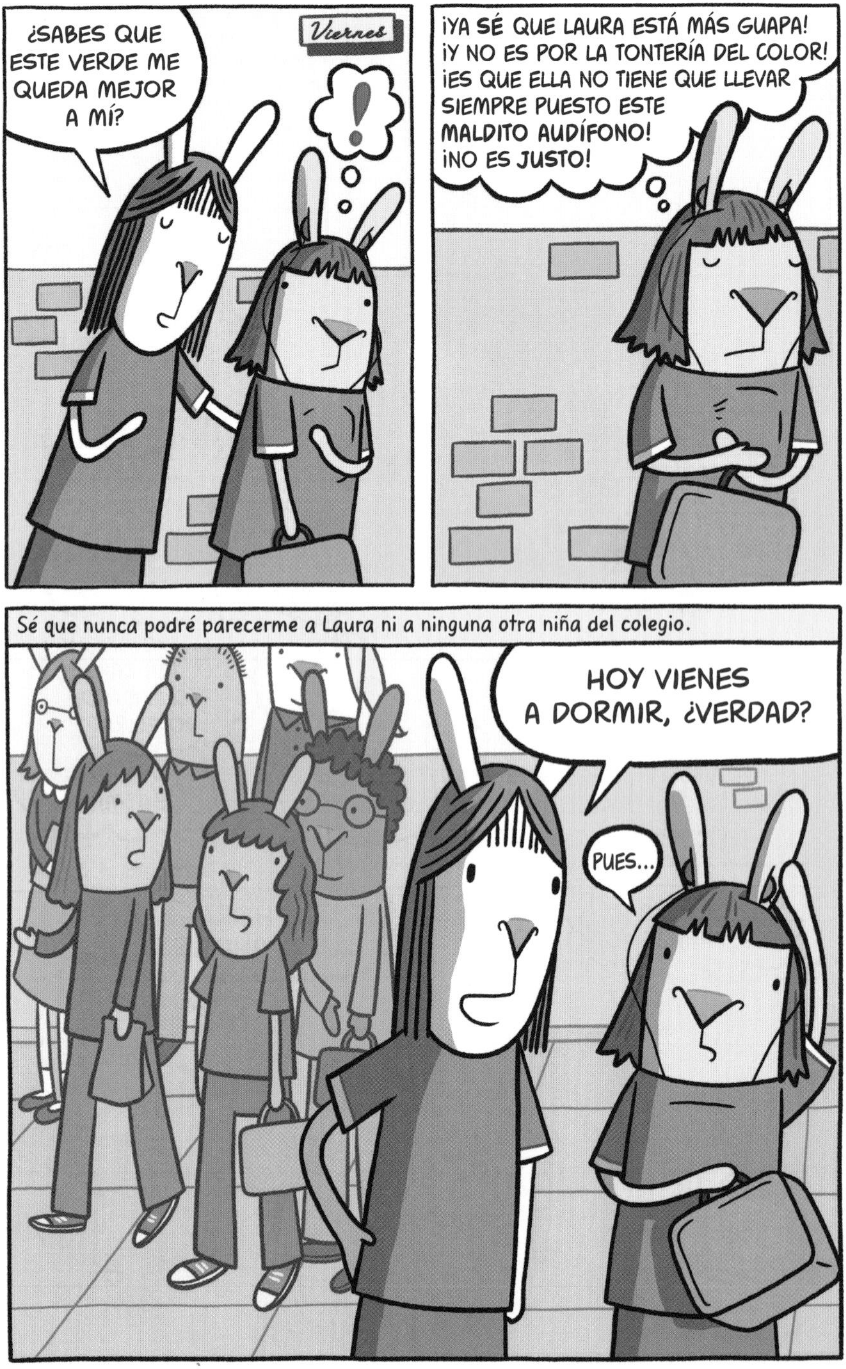
¿SABES QUE ESTE VERDE ME QUEDA MEJOR A MÍ?
Viernes
!
¡YA SÉ QUE LAURA ESTÁ MÁS GUAPA! ¡Y NO ES POR LA TONTERÍA DEL COLOR! ¡ES QUE ELLA NO TIENE QUE LLEVAR SIEMPRE PUESTO ESTE MALDITO AUDÍFONO! ¡NO ES JUSTO!
Sé que nunca podré parecerme a Laura ni a ninguna otra niña del colegio.
HOY VIENES A DORMIR, ¿VERDAD?
PUES...

¿Seguro que quiero ir a dormir más veces a casa de Laura?

¿Ser amiga de Laura?

SÍ	NO
1. Me dio Fritos en primero	1. Muy mandona
2. Le da igual el audífono	2. Ratos mal...
3. Ratos buenos	3. Más ratos malos (UF)
	4. Lo de ser gemel...

Está bien que Laura no se fije en el audífono o que no le importe pero yo...

?

... siento algo que ya había sentido.

¿QUÉ?

1. Muy mandona
2. Ratos malos
3. Más ratos malos
4. Lo de ser gemel
5. Estoy Sola

CREÍA QUE ESTARÍA BIEN TENER A LAURA DE MEJOR AMIGA....

... ¡PERO ES QUE ESTOY TAN CANSADA DE QUE MANDE TODO EL RATO!

¿QUÉ HARÍA BATMAN?

¡YA ES HORA DE QUE MANDES TÚ!

¡SÍ, ES HORA DE QUE MANDES!

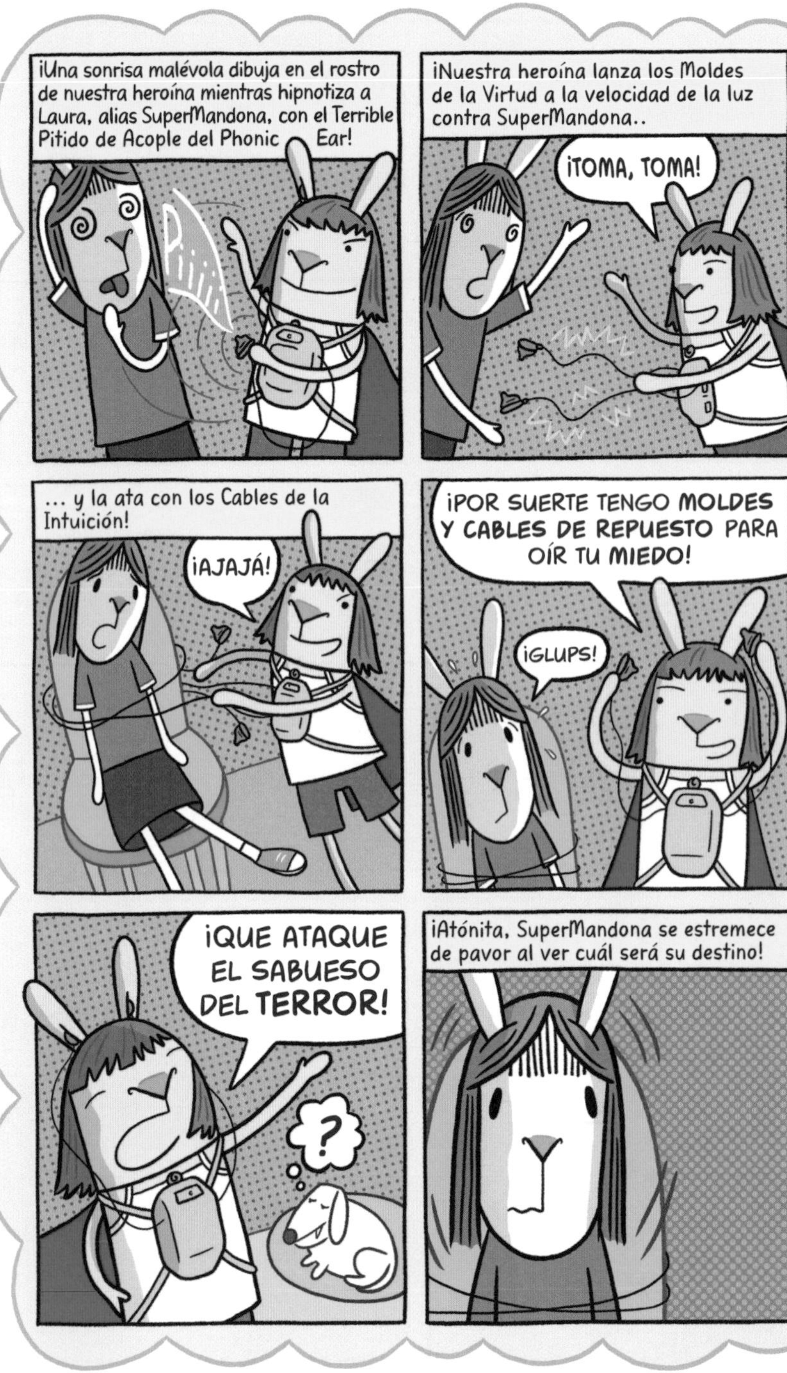
¡Una sonrisa malévola dibuja en el rostro de nuestra heroína mientras hipnotiza a Laura, alias SuperMandona, con el Terrible Pitido de Acople del Phonic Ear!
Piiiii
¡Nuestra heroína lanza los Moldes de la Virtud a la velocidad de la luz contra SuperMandona..
¡TOMA, TOMA!
... y la ata con los Cables de la Intuición!
¡AJAJÁ!
¡POR SUERTE TENGO MOLDES Y CABLES DE REPUESTO PARA OÍR TU MIEDO!
¡GLUPS!
¡QUE ATAQUE EL SABUESO DEL TERROR!
?
¡Atónita, SuperMandona se estremece de pavor al ver cuál será su destino!

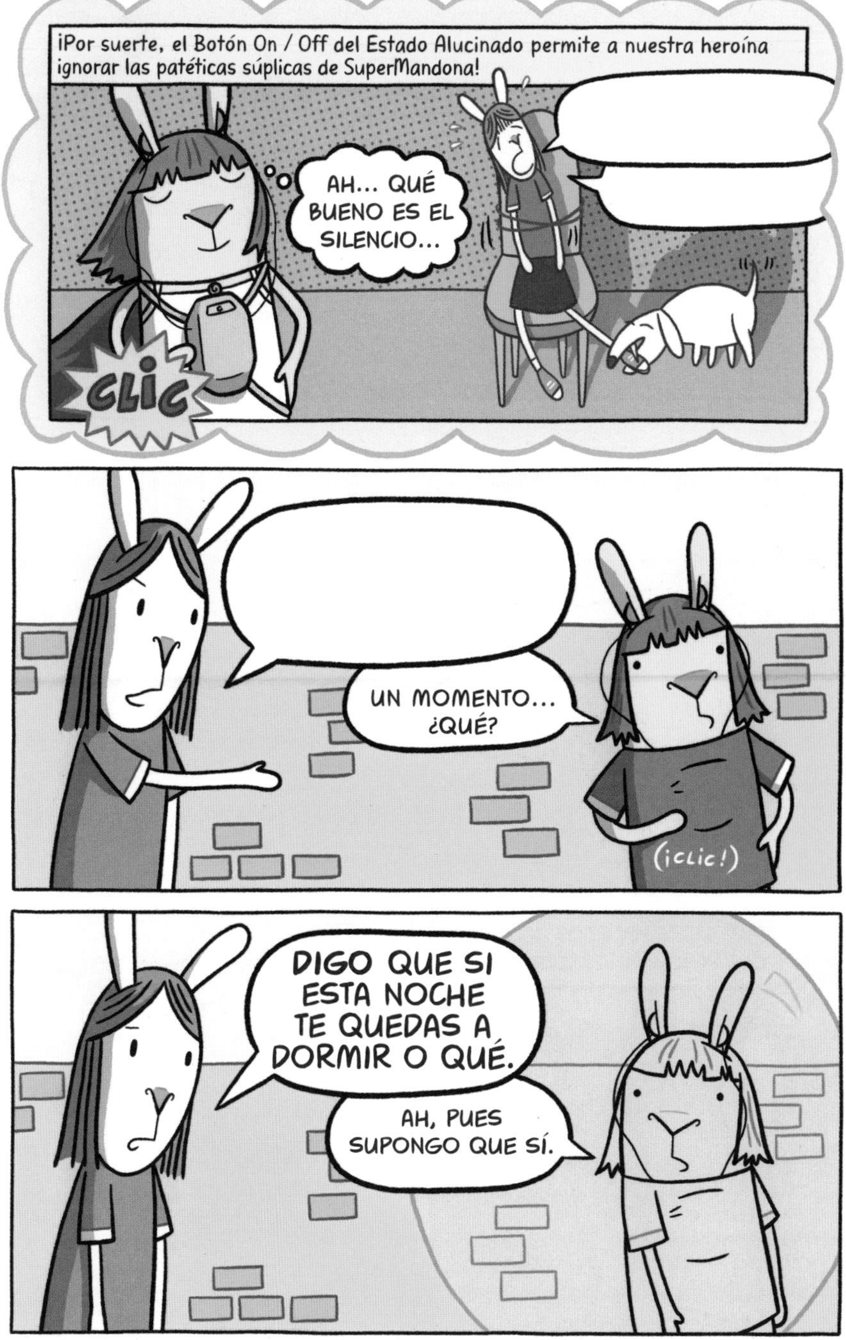

¡Por suerte, el Botón On / Off del Estado Alucinado permite a nuestra heroína ignorar las patéticas súplicas de SuperMandona!
AH... QUÉ BUENO ES EL SILENCIO...
CLIC
UN MOMENTO... ¿QUÉ?
(¡CLIC!)
DIGO QUE SI ESTA NOCHE TE QUEDAS A DORMIR O QUÉ.
AH, PUES SUPONGO QUE SÍ.

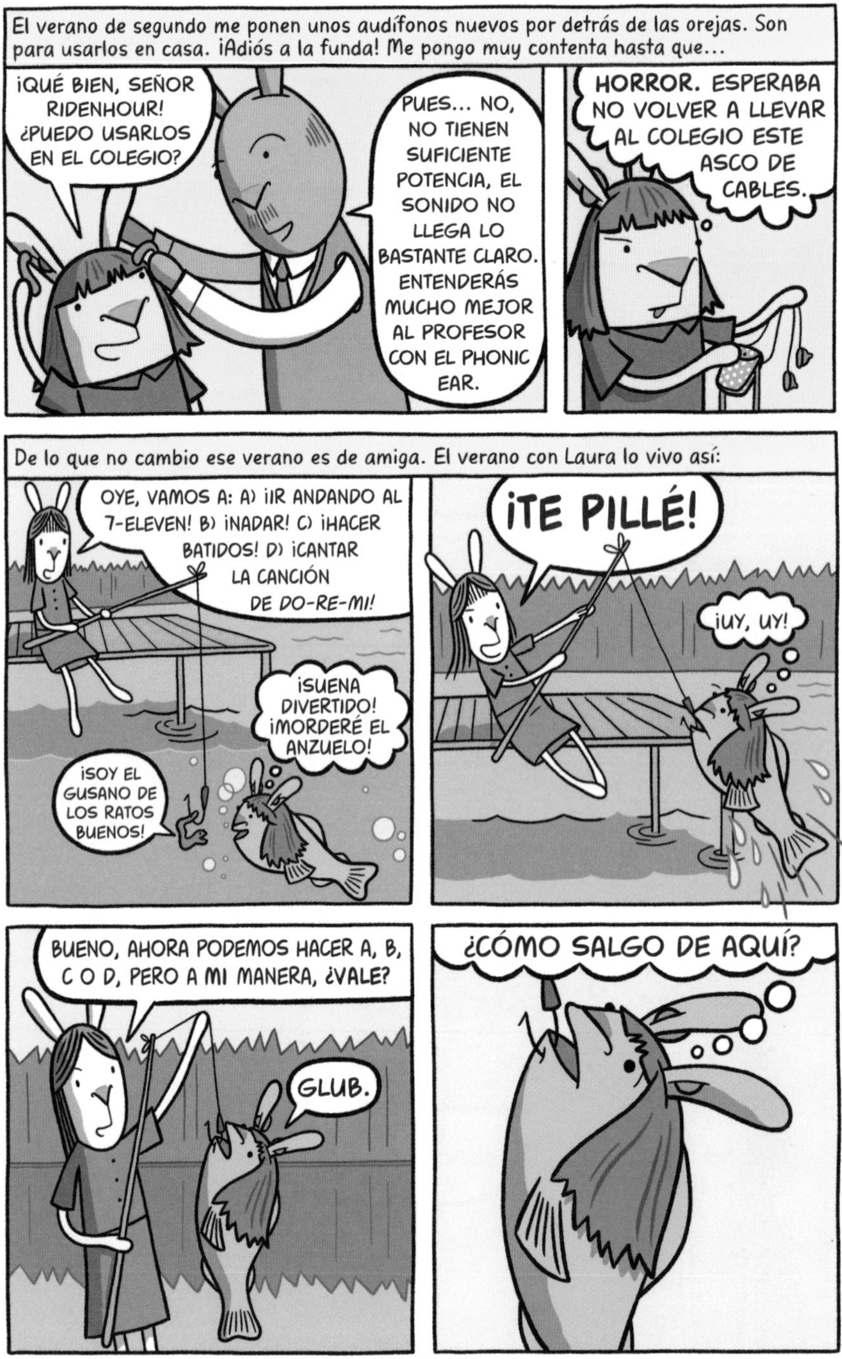
El verano de segundo me ponen unos audífonos nuevos por detrás de las orejas. Son para usarlos en casa. ¡Adiós a la funda! Me pongo muy contenta hasta que…
¡QUÉ BIEN, SEÑOR RIDENHOUR! ¿PUEDO USARLOS EN EL COLEGIO?
PUES… NO, NO TIENEN SUFICIENTE POTENCIA, EL SONIDO NO LLEGA LO BASTANTE CLARO. ENTENDERÁS MUCHO MEJOR AL PROFESOR CON EL PHONIC EAR.
HORROR. ESPERABA NO VOLVER A LLEVAR AL COLEGIO ESTE ASCO DE CABLES.
De lo que no cambio ese verano es de amiga. El verano con Laura lo vivo así:
OYE, VAMOS A: A) ¡IR ANDANDO AL 7-ELEVEN! B) ¡NADAR! C) ¡HACER BATIDOS! D) ¡CANTAR LA CANCIÓN DE DO-RE-MI!
¡SUENA DIVERTIDO! ¡MORDERÉ EL ANZUELO!
¡SOY EL GUSANO DE LOS RATOS BUENOS!
¡TE PILLÉ!
¡UY, UY!
BUENO, AHORA PODEMOS HACER A, B, C O D, PERO A MI MANERA, ¿VALE?
GLUB.
¿CÓMO SALGO DE AQUÍ?

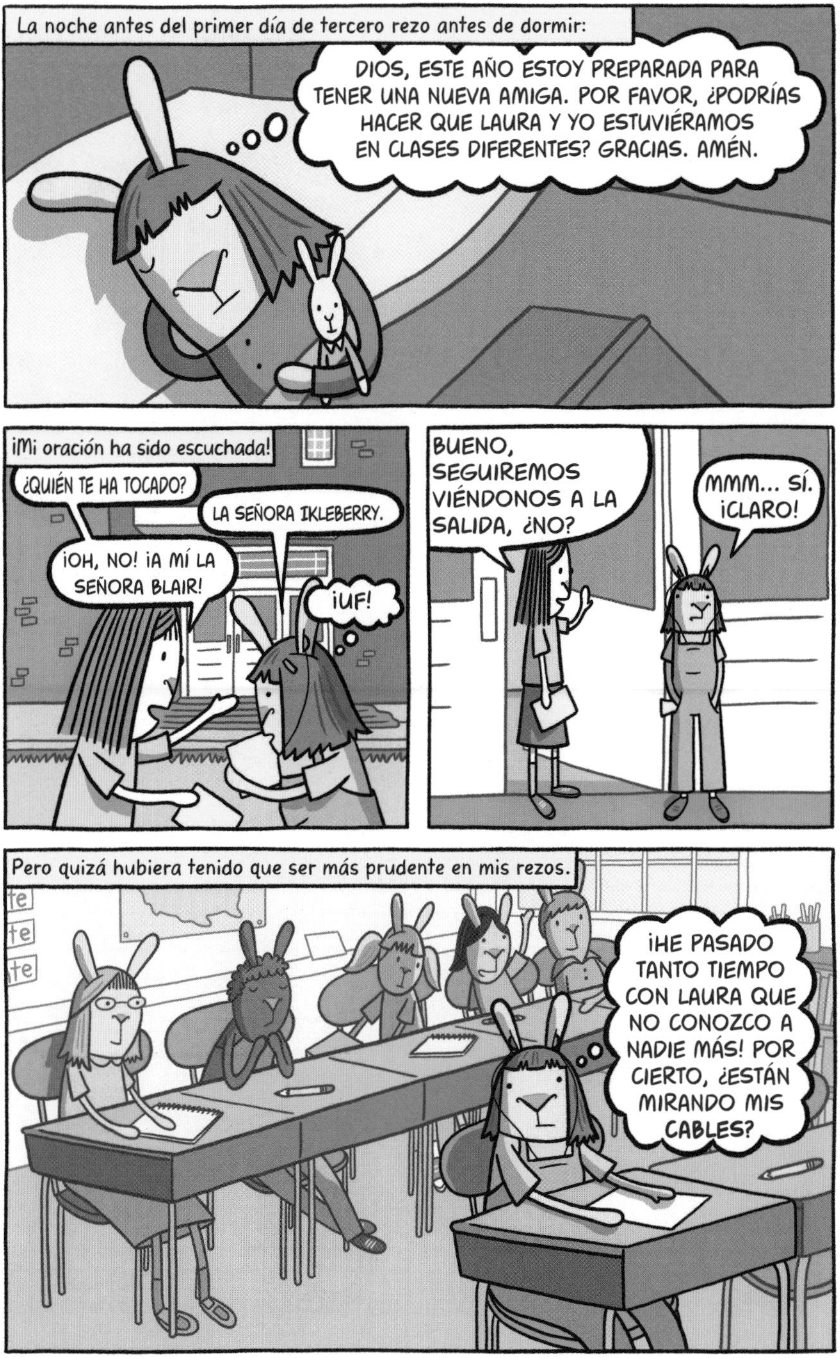
La noche antes del primer día de tercero rezo antes de dormir:
DIOS, ESTE AÑO ESTOY PREPARADA PARA TENER UNA NUEVA AMIGA. POR FAVOR, ¿PODRÍAS HACER QUE LAURA Y YO ESTUVIÉRAMOS EN CLASES DIFERENTES? GRACIAS. AMÉN.
¡Mi oración ha sido escuchada!
¿QUIÉN TE HA TOCADO?
LA SEÑORA IKLEBERRY.
¡OH, NO! ¡A MÍ LA SEÑORA BLAIR!
¡UF!
BUENO, SEGUIREMOS VIÉNDONOS A LA SALIDA, ¿NO?
MMM... SÍ. ¡CLARO!
Pero quizá hubiera tenido que ser más prudente en mis rezos.
¡HE PASADO TANTO TIEMPO CON LAURA QUE NO CONOZCO A NADIE MÁS! POR CIERTO, ¿ESTÁN MIRANDO MIS CABLES?

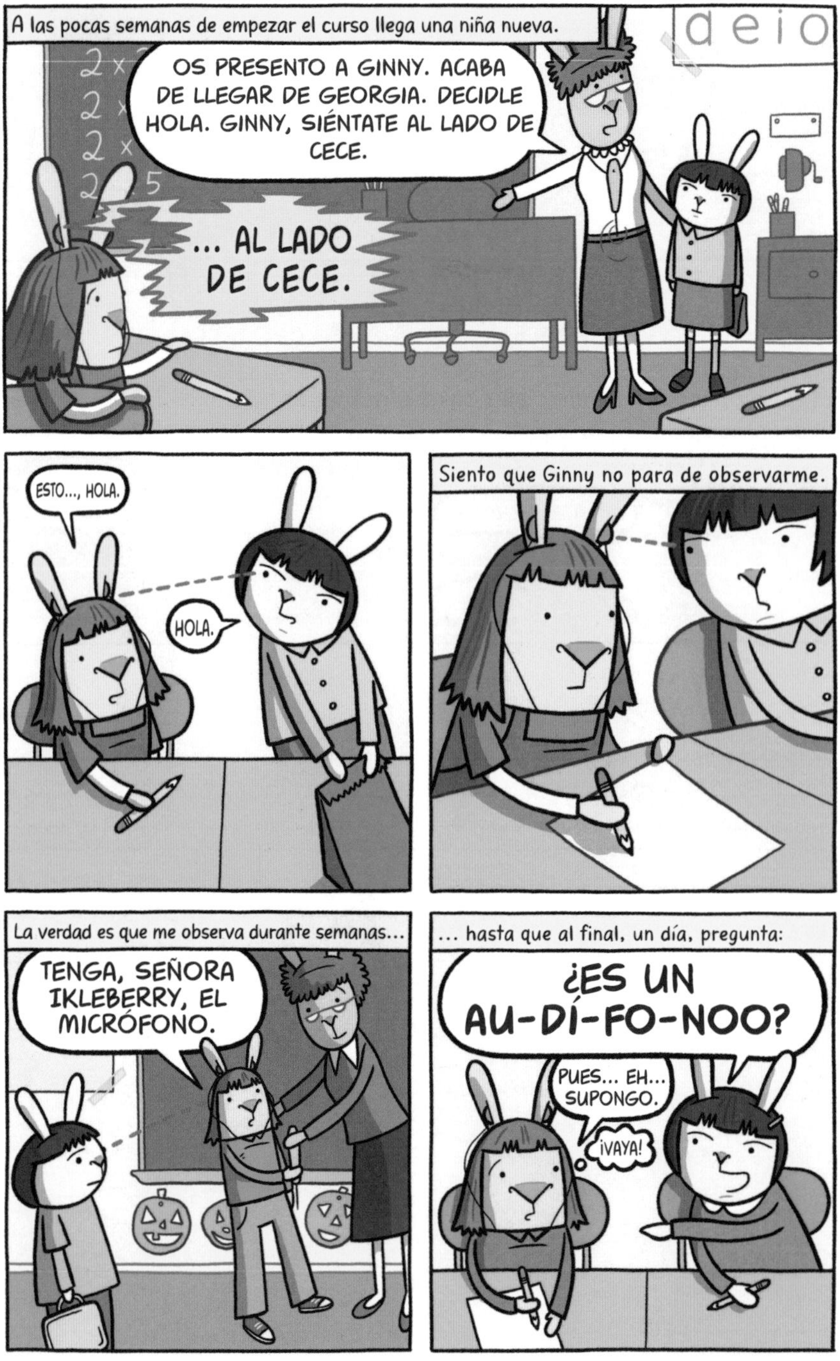

A las pocas semanas de empezar el curso llega una niña nueva.
OS PRESENTO A GINNY. ACABA DE LLEGAR DE GEORGIA. DECIDLE HOLA. GINNY, SIÉNTATE AL LADO DE CECE.
... AL LADO DE CECE.
ESTO..., HOLA.
HOLA.
Siento que Ginny no para de observarme.
La verdad es que me observa durante semanas...
TENGA, SEÑORA IKLEBERRY, EL MICRÓFONO.
... hasta que al final, un día, pregunta:
¿ES UN AU-DÍ-FO-NOO?
PUES... EH... SUPONGO.
¡VAYA!

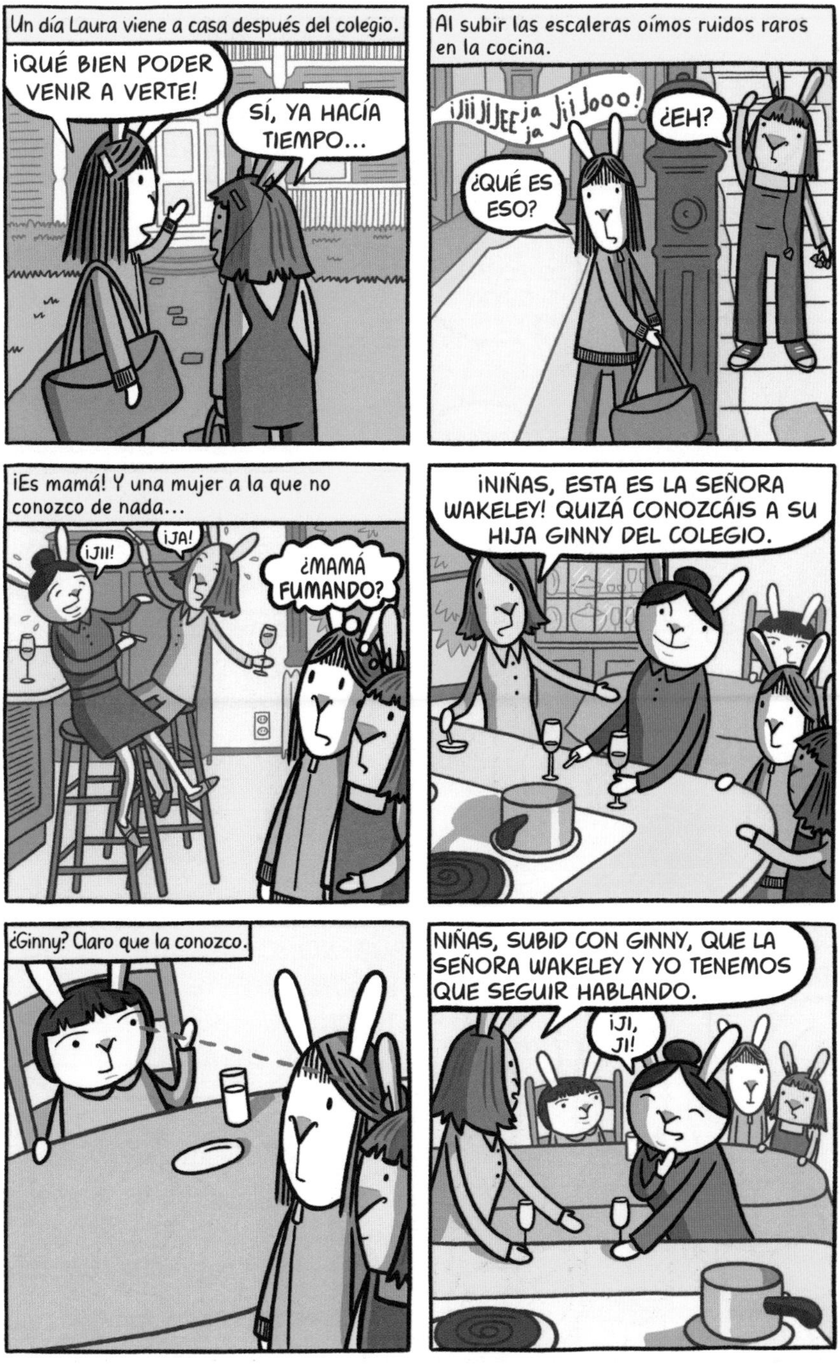
Un día Laura viene a casa después del colegio.
¡QUÉ BIEN PODER VENIR A VERTE!
SÍ, YA HACÍA TIEMPO...
Al subir las escaleras oímos ruidos raros en la cocina.
¡JII JI JEE ja ja JiiJooo!
¿EH?
¿QUÉ ES ESO?
¡Es mamá! Y una mujer a la que no conozco de nada...
¡JII!
¡JA!
¿MAMÁ FUMANDO?
¡NIÑAS, ESTA ES LA SEÑORA WAKELEY! QUIZÁ CONOZCÁIS A SU HIJA GINNY DEL COLEGIO.
¿Ginny? Claro que la conozco.
NIÑAS, SUBID CON GINNY, QUE LA SEÑORA WAKELEY Y YO TENEMOS QUE SEGUIR HABLANDO.
¡JI, JI!

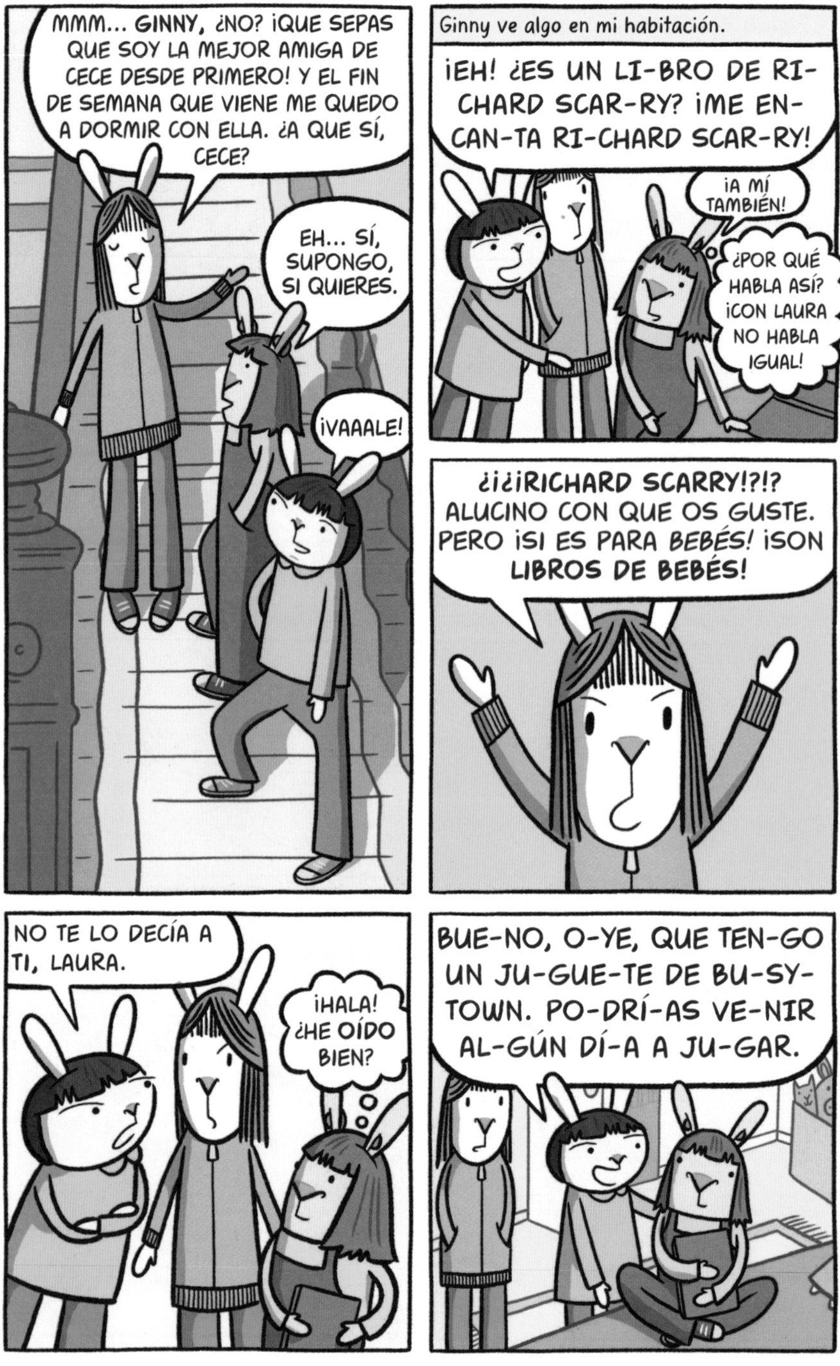
MMM... GINNY, ¿NO? ¡QUE SEPAS QUE SOY LA MEJOR AMIGA DE CECE DESDE PRIMERO! Y EL FIN DE SEMANA QUE VIENE ME QUEDO A DORMIR CON ELLA. ¿A QUE SÍ, CECE?
EH... SÍ, SUPONGO, SI QUIERES.
¡VAAALE!
Ginny ve algo en mi habitación.
¡EH! ¿ES UN LI-BRO DE RI-CHARD SCAR-RY? ¡ME EN-CAN-TA RI-CHARD SCAR-RY!
¡A MÍ TAMBIÉN!
¿POR QUÉ HABLA ASÍ? ¡CON LAURA NO HABLA IGUAL!
¿¡¿RICHARD SCARRY!?!? ALUCINO CON QUE OS GUSTE. PERO ¡SI ES PARA BEBÉS! ¡SON LIBROS DE BEBÉS!
NO TE LO DECÍA A TI, LAURA.
¡HALA! ¿HE OÍDO BIEN?
BUE-NO, O-YE, QUE TEN-GO UN JU-GUE-TE DE BU-SY-TOWN. PO-DRÍ-AS VE-NIR AL-GÚN DÍ-A A JU-GAR.

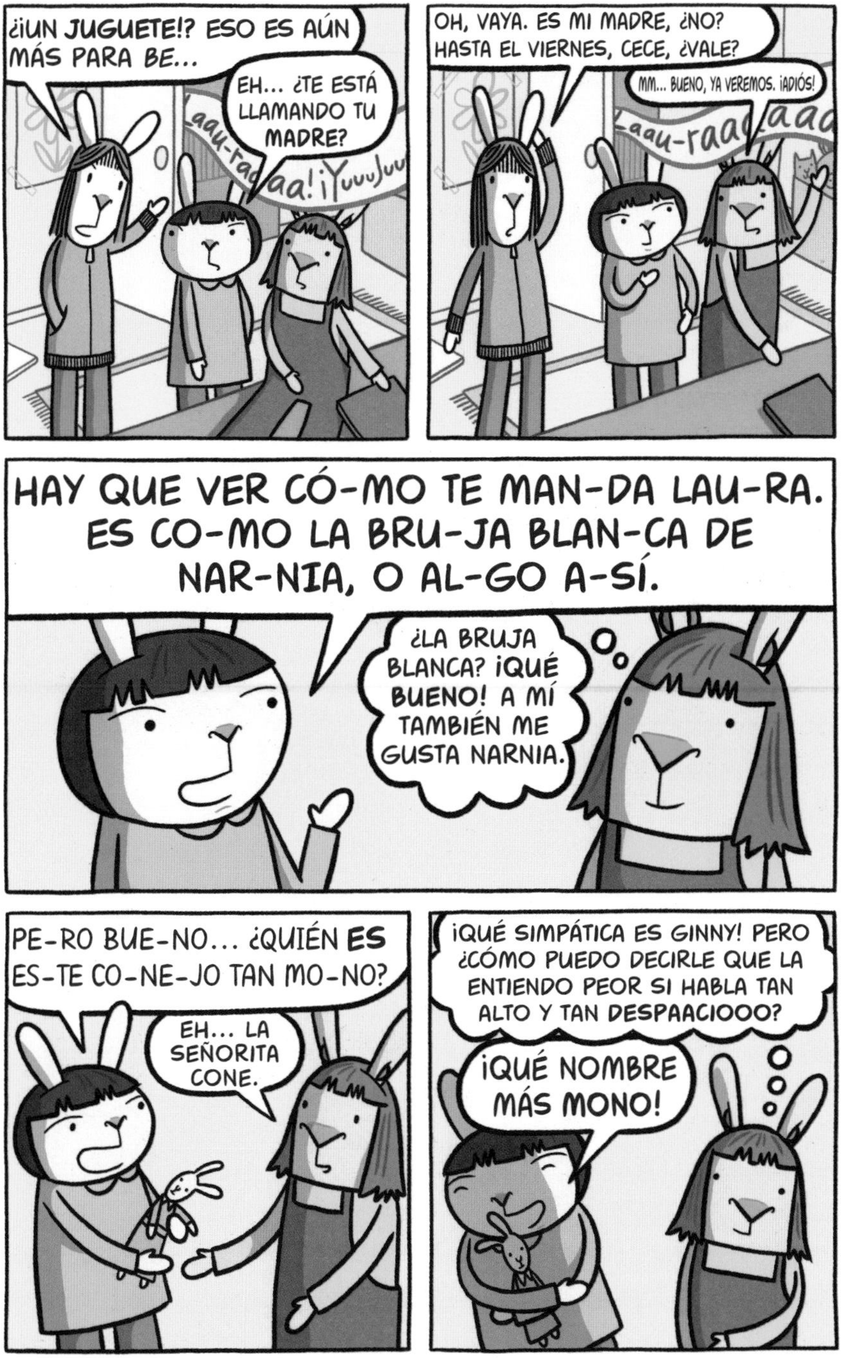
¿¡UN JUGUETE!? ESO ES AÚN MÁS PARA BE...
EH... ¿TE ESTÁ LLAMANDO TU MADRE?
Laau-raaaa! ¡Yuuu Juu
OH, VAYA. ES MI MADRE, ¿NO? HASTA EL VIERNES, CECE, ¿VALE?
MM... BUENO, YA VEREMOS. ¡ADIÓS!
Laau-raaaaaa
HAY QUE VER CÓ-MO TE MAN-DA LAU-RA. ES CO-MO LA BRU-JA BLAN-CA DE NAR-NIA, O AL-GO A-SÍ.
¿LA BRUJA BLANCA? ¡QUÉ BUENO! A MÍ TAMBIÉN ME GUSTA NARNIA.
PE-RO BUE-NO... ¿QUIÉN ES ES-TE CO-NE-JO TAN MO-NO?
EH... LA SEÑORITA CONE.
¡QUÉ SIMPÁTICA ES GINNY! PERO ¿CÓMO PUEDO DECIRLE QUE LA ENTIENDO PEOR SI HABLA TAN ALTO Y TAN DESPAACIOOO?
¡QUÉ NOMBRE MÁS MONO!

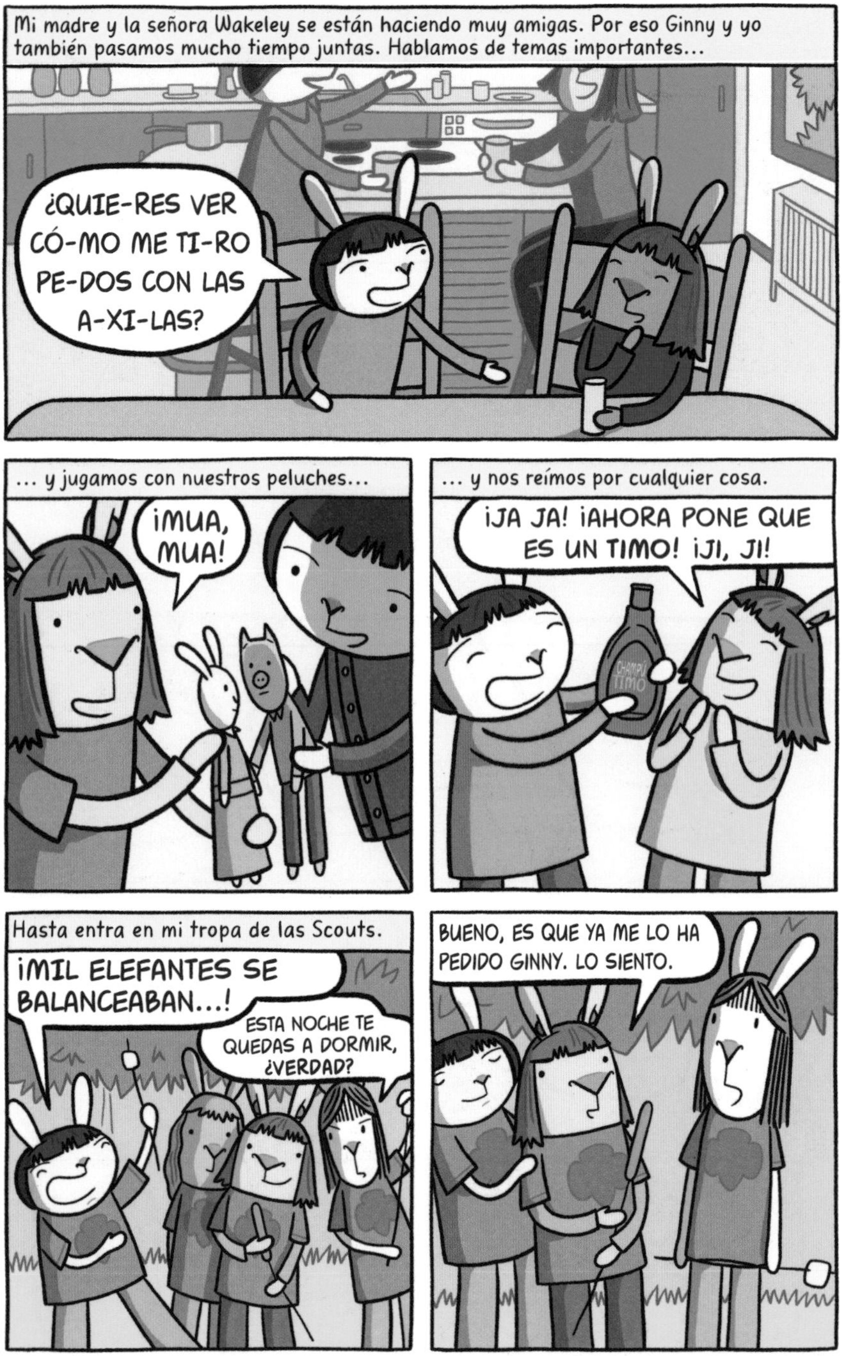

Mi madre y la señora Wakeley se están haciendo muy amigas. Por eso Ginny y yo también pasamos mucho tiempo juntas. Hablamos de temas importantes...
¿QUIE-RES VER CÓ-MO ME TI-RO PE-DOS CON LAS A-XI-LAS?
... y jugamos con nuestros peluches...
¡MUA, MUA!
... y nos reímos por cualquier cosa.
¡JA JA! ¡AHORA PONE QUE ES UN TIMO! ¡JI, JI!
CHAMPÚ TIMO
Hasta entra en mi tropa de las Scouts.
¡MIL ELEFANTES SE BALANCEABAN...!
ESTA NOCHE TE QUEDAS A DORMIR, ¿VERDAD?
BUENO, ES QUE YA ME LO HA PEDIDO GINNY. LO SIENTO.

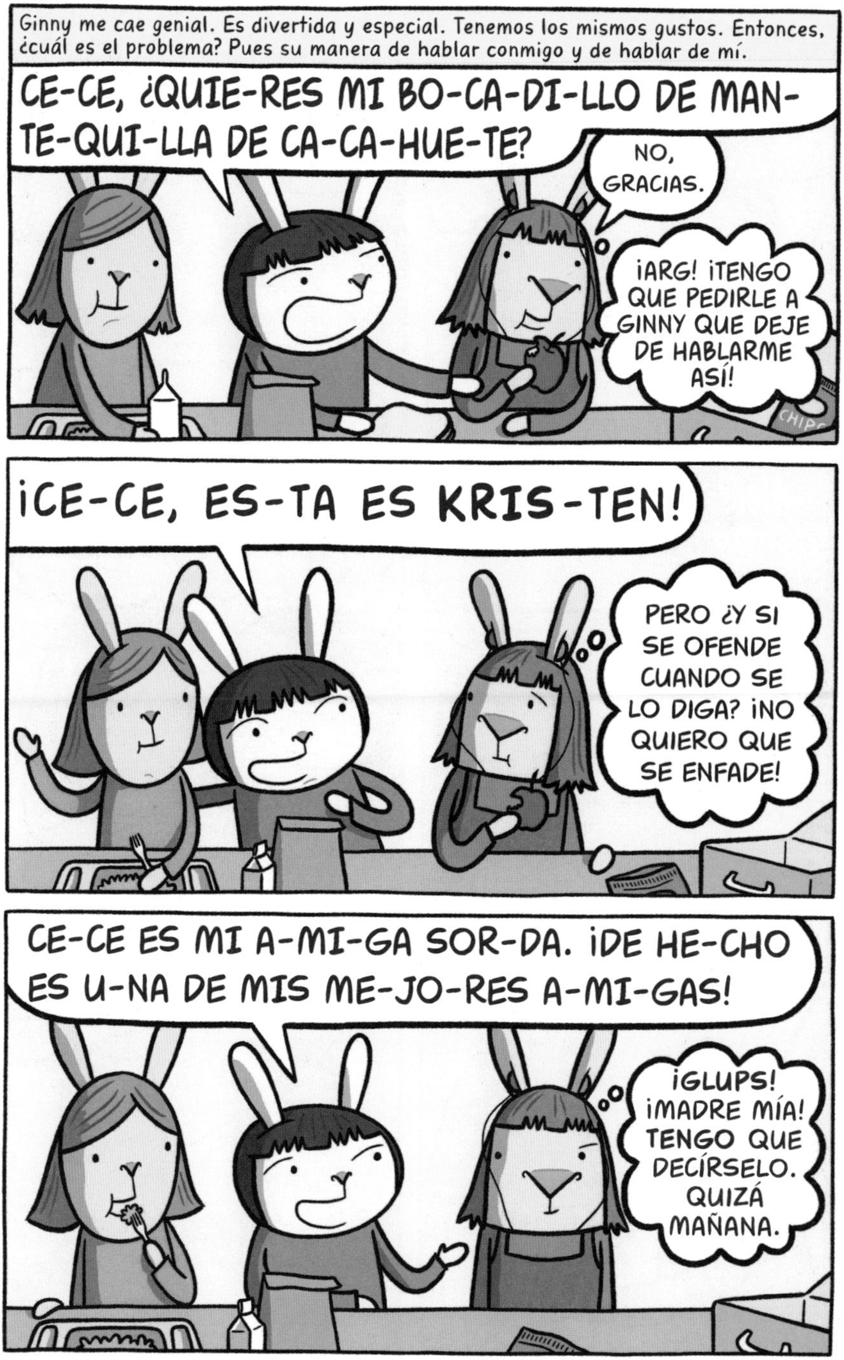
Ginny me cae genial. Es divertida y especial. Tenemos los mismos gustos. Entonces, ¿cuál es el problema? Pues su manera de hablar conmigo y de hablar de mí.
CE-CE, ¿QUIE-RES MI BO-CA-DI-LLO DE MAN-TE-QUI-LLA DE CA-CA-HUE-TE?
NO, GRACIAS.
¡ARG! ¡TENGO QUE PEDIRLE A GINNY QUE DEJE DE HABLARME ASÍ!
¡CE-CE, ES-TA ES KRIS-TEN!
PERO ¿Y SI SE OFENDE CUANDO SE LO DIGA? ¡NO QUIERO QUE SE ENFADE!
CE-CE ES MI A-MI-GA SOR-DA. ¡DE HE-CHO ES U-NA DE MIS ME-JO-RES A-MI-GAS!
¡GLUPS! ¡MADRE MÍA! TENGO QUE DECÍRSELO. QUIZÁ MAÑANA.

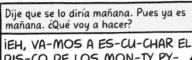

Dije que se lo diría mañana. Pues ya es mañana. ¿Qué voy a hacer?

¡EH, VA-MOS A ES-CU-CHAR EL DIS-CO DE LOS MON-TY PY-THON DE MI HER-MA-NO!

OH, NO.

¡JA, JA, JA! ¡A-HO-RA MIS-MO TE LO EX-PLI-CO!,

JE, JE, JE.

ES-PE-RA, QUE LO PA-RO. ES-TÁN CAN-TAN-DO U-NA CAN-CIÓN DE UN LE-ÑA-DOR QUE DICE...

♪ ..."DUERMO TODA LA NOCHE Y TRABAJO TODO EL DÍÍÍAAA". ¡JA!

¡ME ESTOY VOLVIENDO LOCA!

GRA-CIO-SO, ¿EH?

SÍ, JE, JE.

¡Y A-HO-RA LA PRÓ-XI-MA!

AH... EH. VALE.

OH, NO.

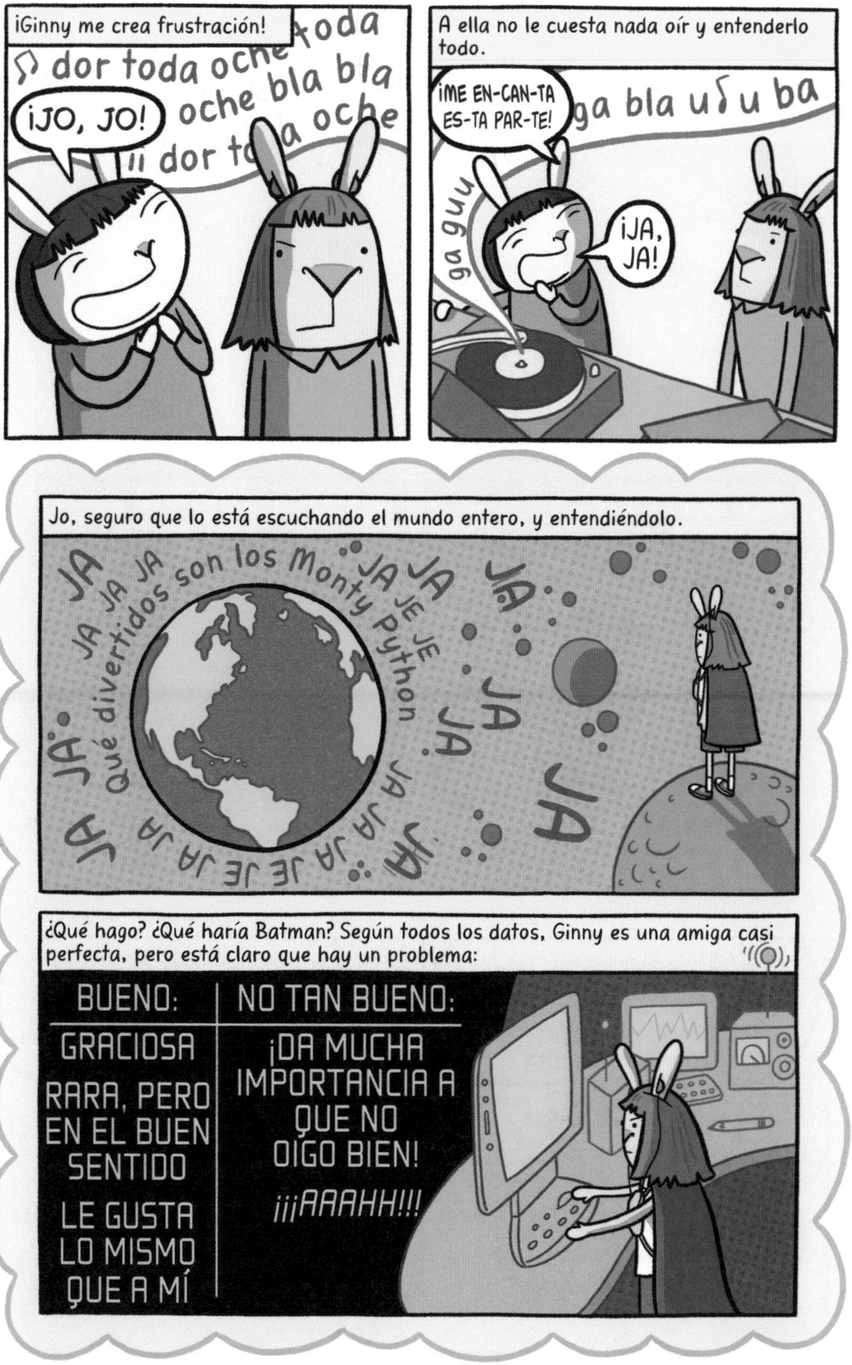
¡Ginny me crea frustración!
dor toda oche toda oche bla bla oche dor toda oche
¡JO, JO!
A ella no le cuesta nada oír y entenderlo todo.
¡ME EN-CAN-TA ES-TA PAR-TE!
ga bla u u ba
ga guu
¡JA, JA!
Jo, seguro que lo está escuchando el mundo entero, y entendiéndolo.
Qué divertidos son los Monty Python
JA JA JA JA JE JE JA JA JE JE JA JA JA JA
¿Qué hago? ¿Qué haría Batman? Según todos los datos, Ginny es una amiga casi perfecta, pero está claro que hay un problema:
BUENO:
GRACIOSA
RARA, PERO EN EL BUEN SENTIDO
LE GUSTA LO MISMO QUE A MÍ
NO TAN BUENO:
¡DA MUCHA IMPORTANCIA A QUE NO OIGO BIEN!
¡¡¡AAAHH!!!

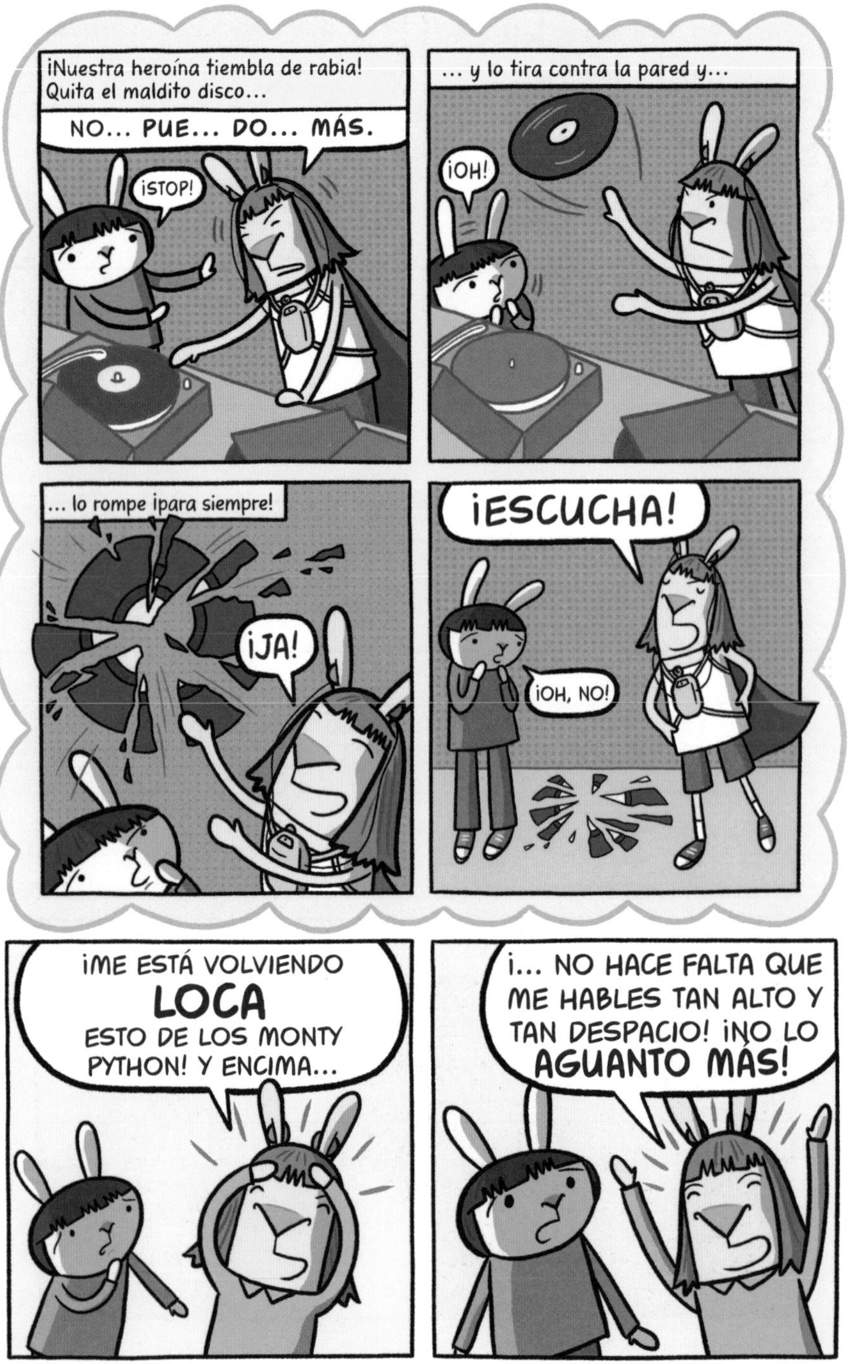
¡Nuestra heroína tiembla de rabia! Quita el maldito disco...
NO... PUE... DO... MÁS.
¡STOP!
... y lo tira contra la pared y...
¡OH!
... lo rompe ¡para siempre!
¡JA!
¡ESCUCHA!
¡OH, NO!
¡ME ESTÁ VOLVIENDO LOCA ESTO DE LOS MONTY PYTHON! Y ENCIMA...
¡... NO HACE FALTA QUE ME HABLES TAN ALTO Y TAN DESPACIO! ¡NO LO AGUANTO MÁS!

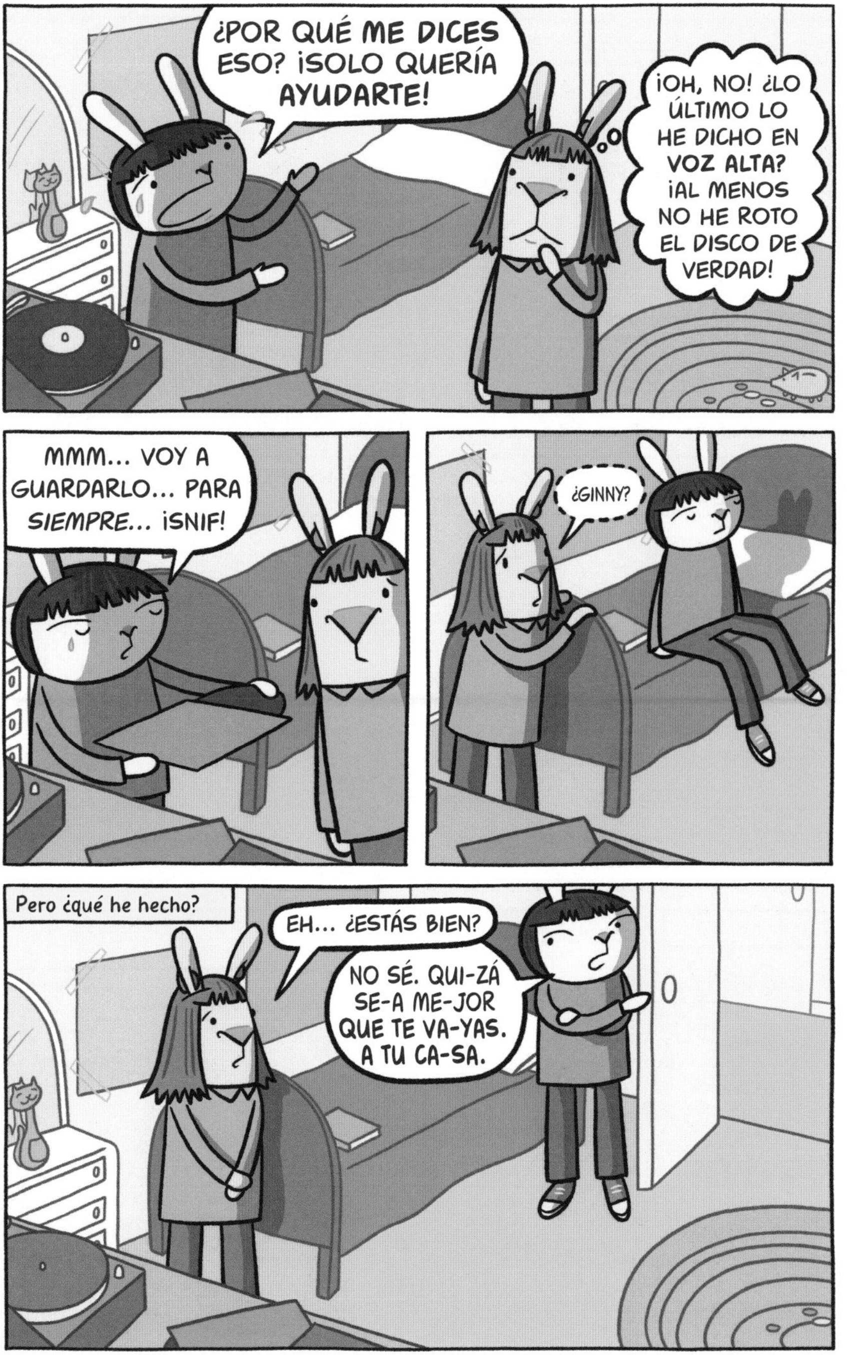
¿POR QUÉ ME DICES ESO? ¡SOLO QUERÍA AYUDARTE!
¡OH, NO! ¿LO ÚLTIMO LO HE DICHO EN VOZ ALTA? ¡AL MENOS NO HE ROTO EL DISCO DE VERDAD!
MMM... VOY A GUARDARLO... PARA SIEMPRE... ¡SNIF!
¿GINNY?
Pero ¿qué he hecho?
EH... ¿ESTÁS BIEN?
NO SÉ. QUI-ZÁ SE-A ME-JOR QUE TE VA-YAS. A TU CA-SA.

siete

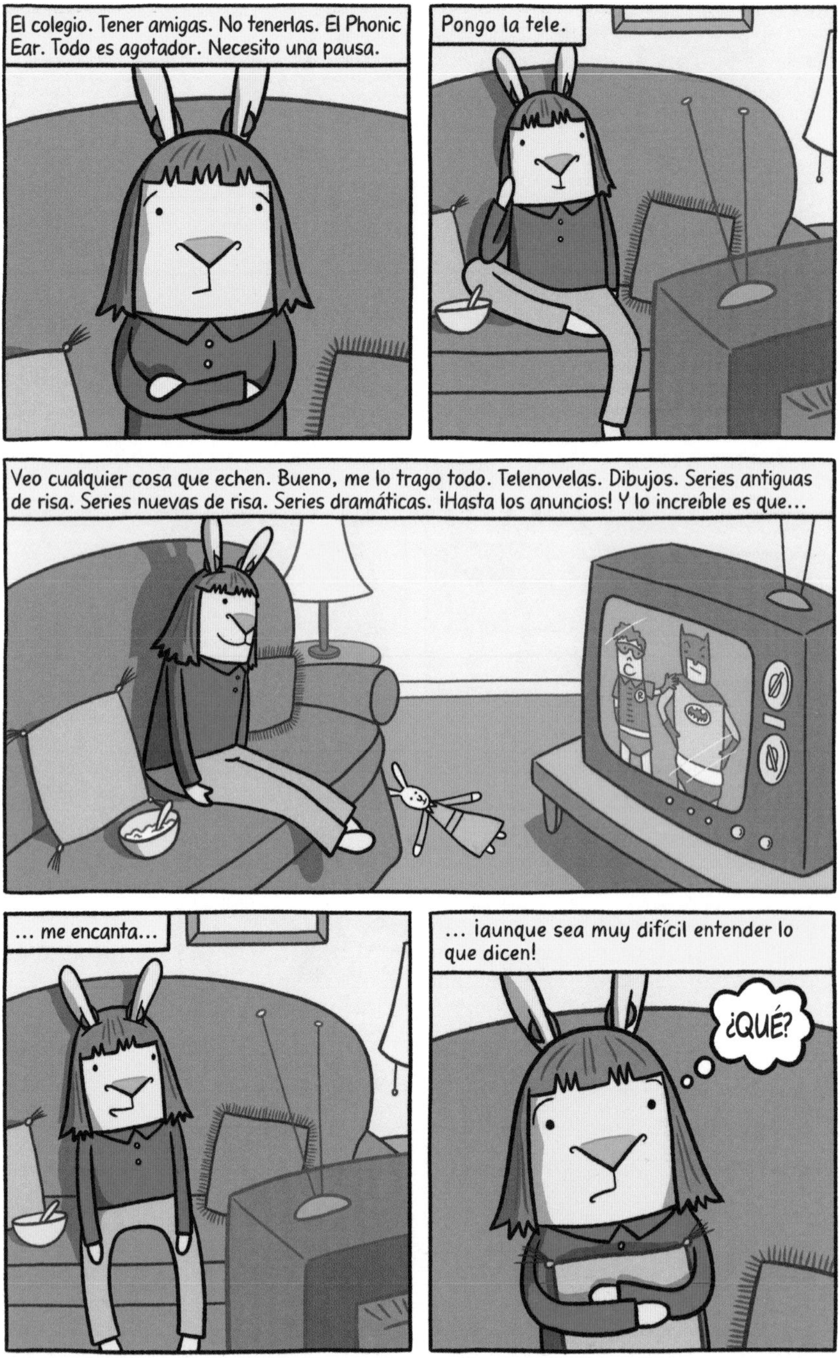
El colegio. Tener amigas. No tenerlas. El Phonic Ear. Todo es agotador. Necesito una pausa.
Pongo la tele.
Veo cualquier cosa que echen. Bueno, me lo trago todo. Telenovelas. Dibujos. Series antiguas de risa. Series nuevas de risa. Series dramáticas. ¡Hasta los anuncios! Y lo increíble es que…
… me encanta…
… ¡aunque sea muy difícil entender lo que dicen!
¿QUÉ?

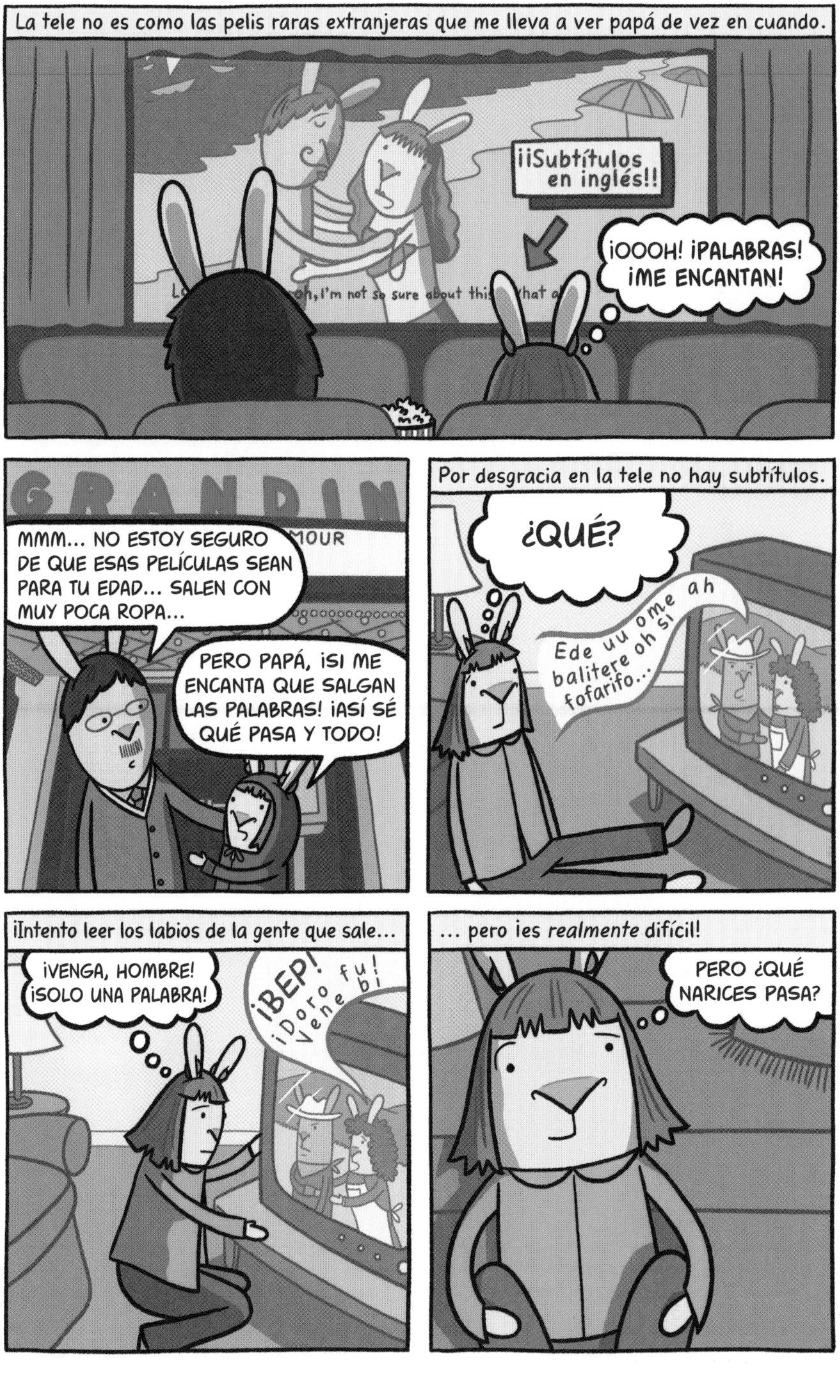

La tele no es como las pelis raras extranjeras que me lleva a ver papá de vez en cuando.
¡¡Subtítulos en inglés!!
¡OOOH! ¡PALABRAS! ¡ME ENCANTAN!
GRANDIN
MMM... NO ESTOY SEGURO DE QUE ESAS PELÍCULAS SEAN PARA TU EDAD... SALEN CON MUY POCA ROPA...
PERO PAPÁ, ¡SI ME ENCANTA QUE SALGAN LAS PALABRAS! ¡ASÍ SÉ QUÉ PASA Y TODO!
Por desgracia en la tele no hay subtítulos.
¿QUÉ?
Ede uu ome ah balitere oh si fofarifo...
¡Intento leer los labios de la gente que sale...
¡VENGA, HOMBRE! ¡SOLO UNA PALABRA!
¡BEP! ¡Doro fu! Vene bi!
... pero ¡es *realmente* difícil!
PERO ¿QUÉ NARICES PASA?

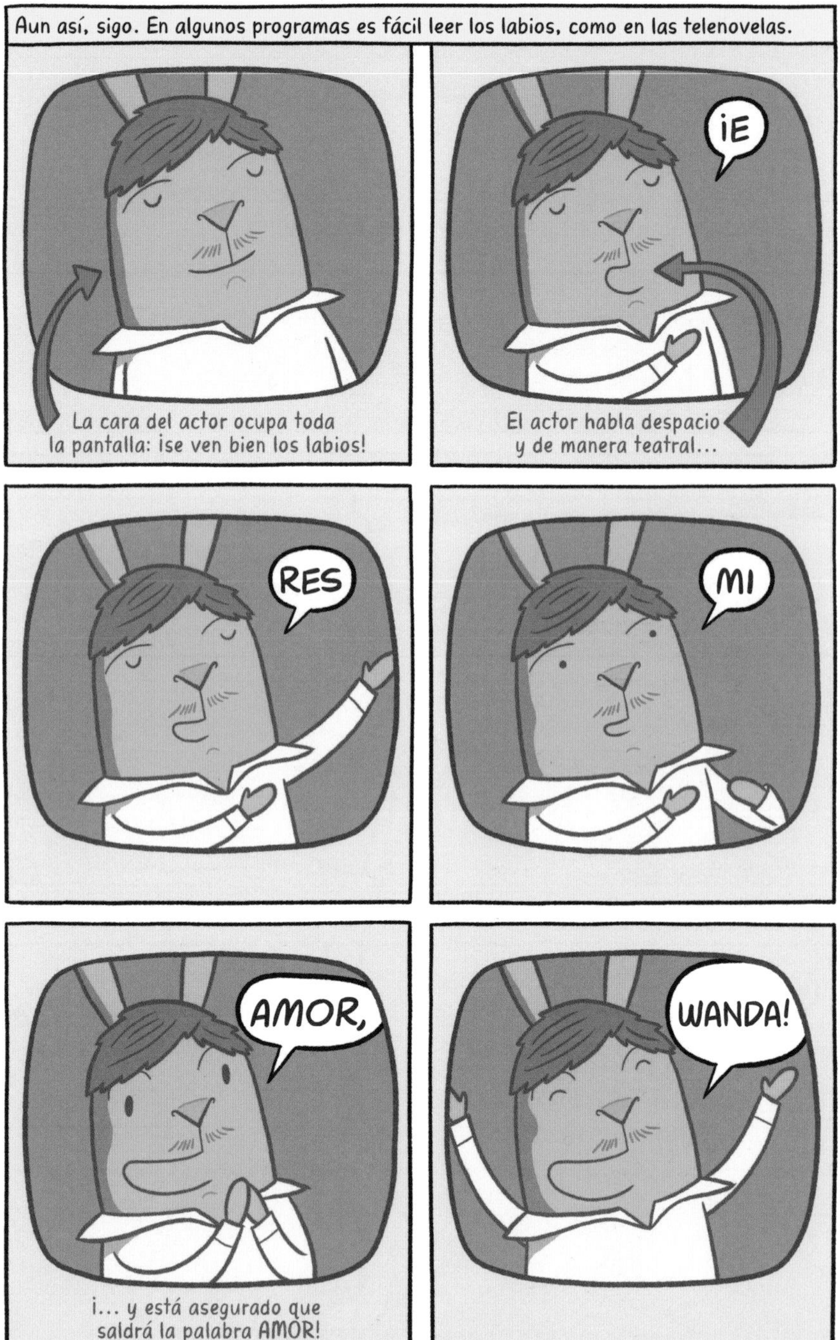

Aun así, sigo. En algunos programas es fácil leer los labios, como en las telenovelas.
La cara del actor ocupa toda la pantalla: ¡se ven bien los labios!
¡E
El actor habla despacio y de manera teatral...
RES
MI
AMOR,
WANDA!
¡... y está asegurado que saldrá la palabra AMOR!

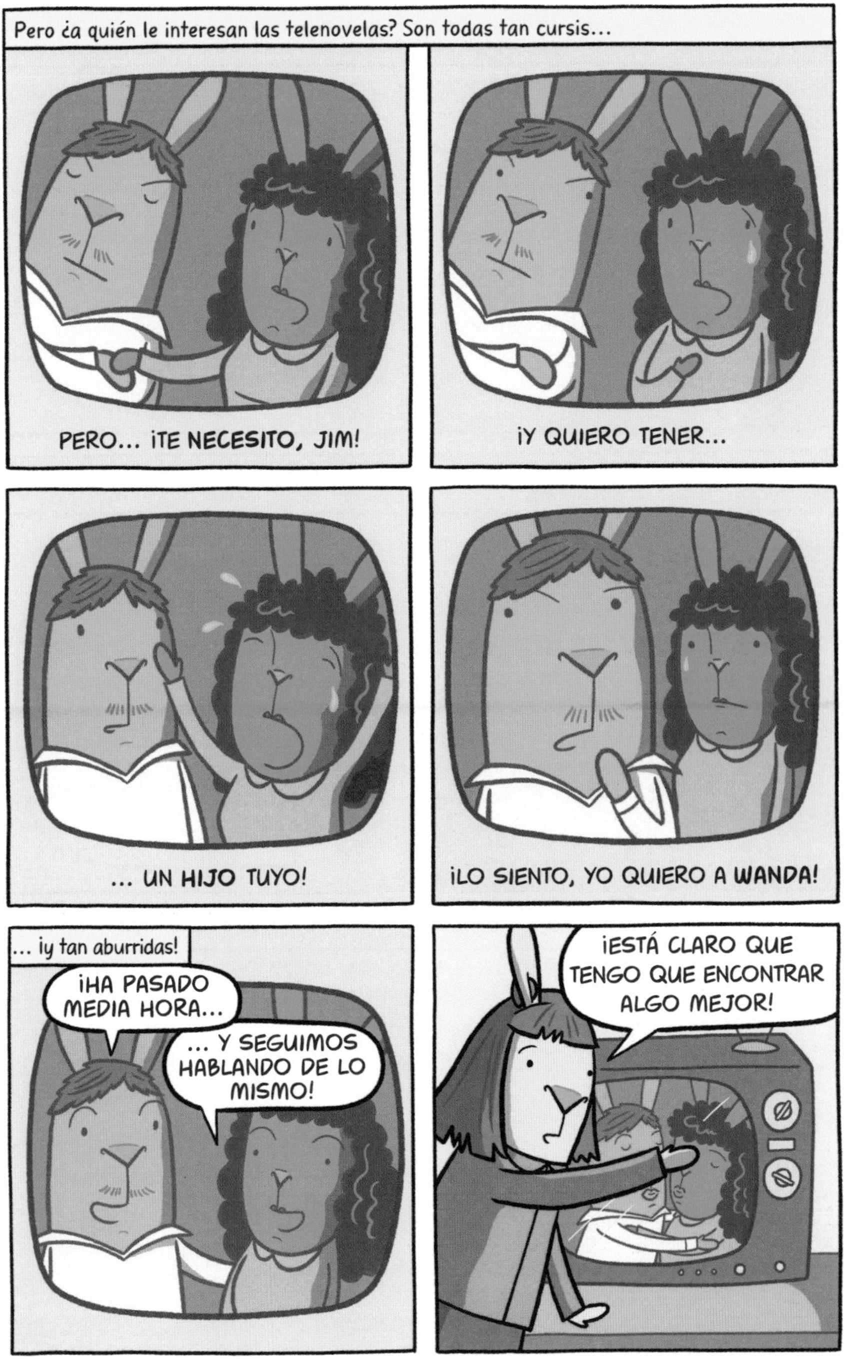
Pero ¿a quién le interesan las telenovelas? Son todas tan cursis…
PERO… ¡TE NECESITO, JIM!
¡Y QUIERO TENER…
… UN HIJO TUYO!
¡LO SIENTO, YO QUIERO A WANDA!
… ¡y tan aburridas!
¡HA PASADO MEDIA HORA…
… Y SEGUIMOS HABLANDO DE LO MISMO!
¡ESTÁ CLARO QUE TENGO QUE ENCONTRAR ALGO MEJOR!

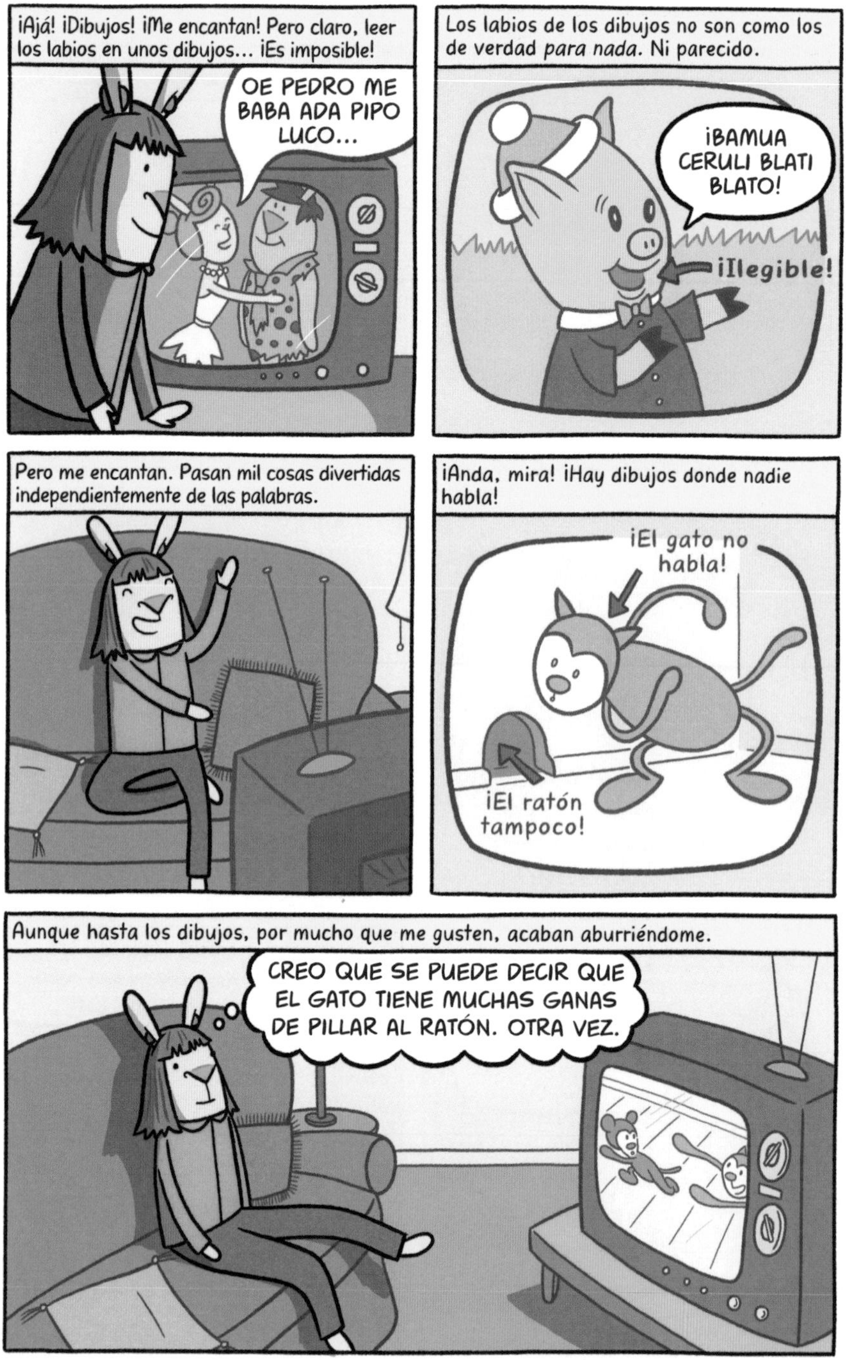
¡Ajá! ¡Dibujos! ¡Me encantan! Pero claro, leer los labios en unos dibujos… ¡Es imposible!
OE PEDRO ME BABA ADA PIPO LUCO…
Los labios de los dibujos no son como los de verdad *para nada*. Ni parecido.
¡BAMUA CERULI BLATI BLATO!
¡Ilegible!
Pero me encantan. Pasan mil cosas divertidas independientemente de las palabras.
¡Anda, mira! ¡Hay dibujos donde nadie habla!
¡El gato no habla!
¡El ratón tampoco!
Aunque hasta los dibujos, por mucho que me gusten, acaban aburriéndome.
CREO QUE SE PUEDE DECIR QUE EL GATO TIENE MUCHAS GANAS DE PILLAR AL RATÓN. OTRA VEZ.

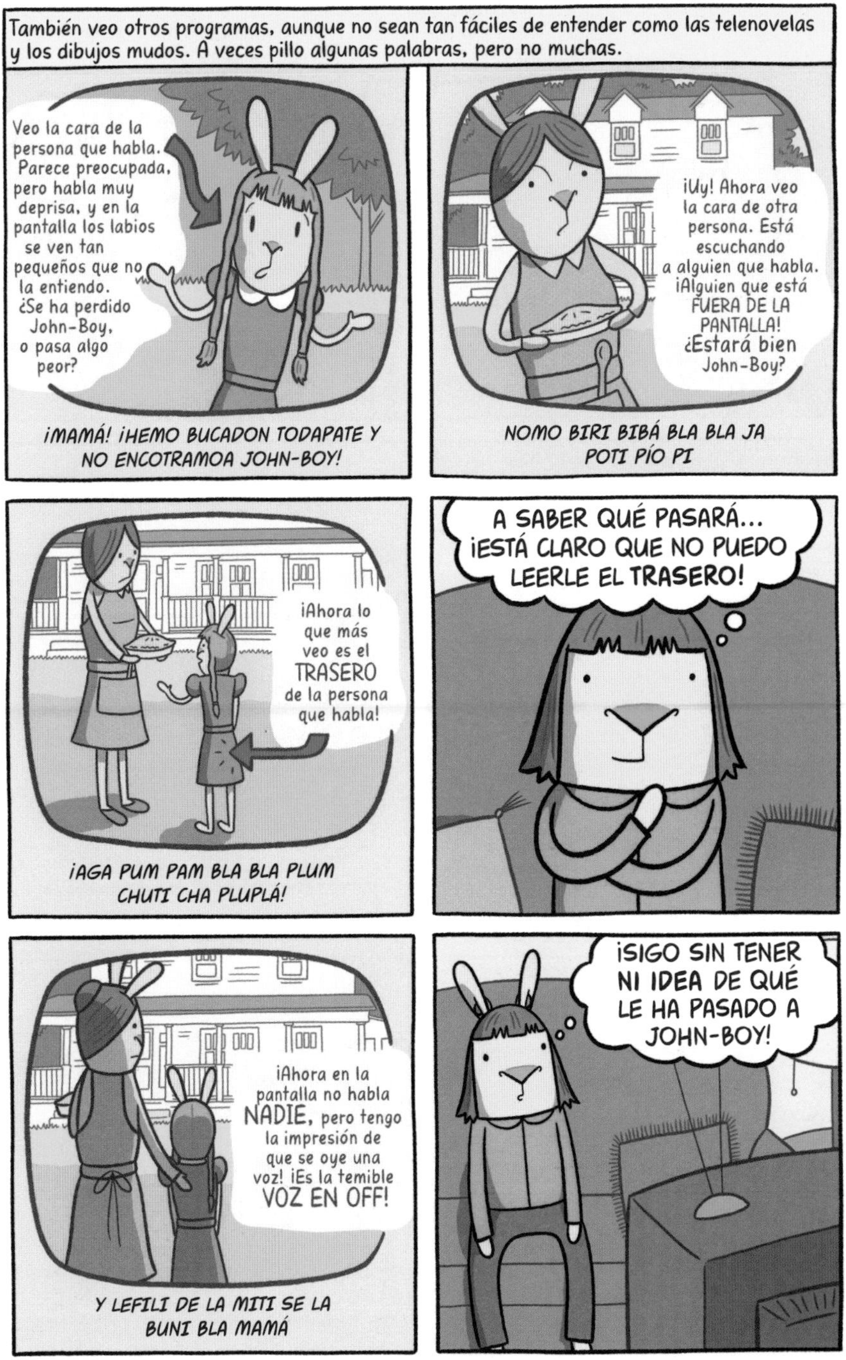
También veo otros programas, aunque no sean tan fáciles de entender como las telenovelas y los dibujos mudos. A veces pillo algunas palabras, pero no muchas.
Veo la cara de la persona que habla. Parece preocupada, pero habla muy deprisa, y en la pantalla los labios se ven tan pequeños que no la entiendo. ¿Se ha perdido John-Boy, o pasa algo peor?
¡MAMÁ! ¡HEMO BUCADON TODAPATE Y NO ENCOTRAMOA JOHN-BOY!
¡Uy! Ahora veo la cara de otra persona. Está escuchando a alguien que habla. ¡Alguien que está FUERA DE LA PANTALLA! ¿Estará bien John-Boy?
NOMO BIRI BIBÁ BLA BLA JA POTI PÍO PI
¡Ahora lo que más veo es el TRASERO de la persona que habla!
¡AGA PUM PAM BLA BLA PLUM CHUTI CHA PLUPLÁ!
A SABER QUÉ PASARÁ... ¡ESTÁ CLARO QUE NO PUEDO LEERLE EL TRASERO!
¡Ahora en la pantalla no habla NADIE, pero tengo la impresión de que se oye una voz! ¡Es la temible VOZ EN OFF!
Y LEFILI DE LA MITI SE LA BUNI BLA MAMÁ
¡SIGO SIN TENER NI IDEA DE QUÉ LE HA PASADO A JOHN-BOY!

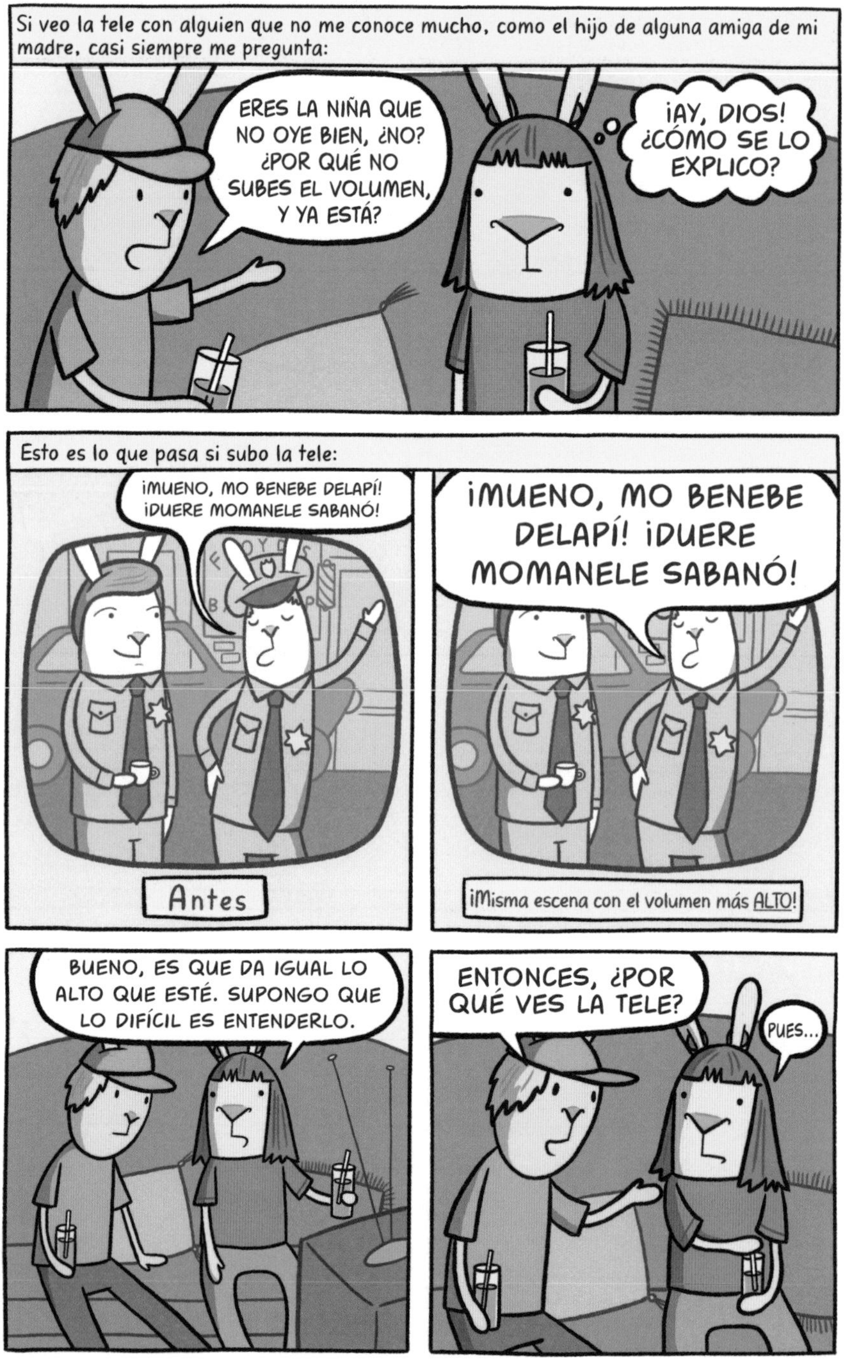
Si veo la tele con alguien que no me conoce mucho, como el hijo de alguna amiga de mi madre, casi siempre me pregunta:
ERES LA NIÑA QUE NO OYE BIEN, ¿NO? ¿POR QUÉ NO SUBES EL VOLUMEN, Y YA ESTÁ?
¡AY, DIOS! ¿CÓMO SE LO EXPLICO?
Esto es lo que pasa si subo la tele:
¡MUENO, MO BENEBE DELAPÍ! ¡DUERE MOMANELE SABANÓ!
Antes
¡MUENO, MO BENEBE DELAPÍ! ¡DUERE MOMANELE SABANÓ!
¡Misma escena con el volumen más ALTO!
BUENO, ES QUE DA IGUAL LO ALTO QUE ESTÉ. SUPONGO QUE LO DIFÍCIL ES ENTENDERLO.
ENTONCES, ¿POR QUÉ VES LA TELE?
PUES...

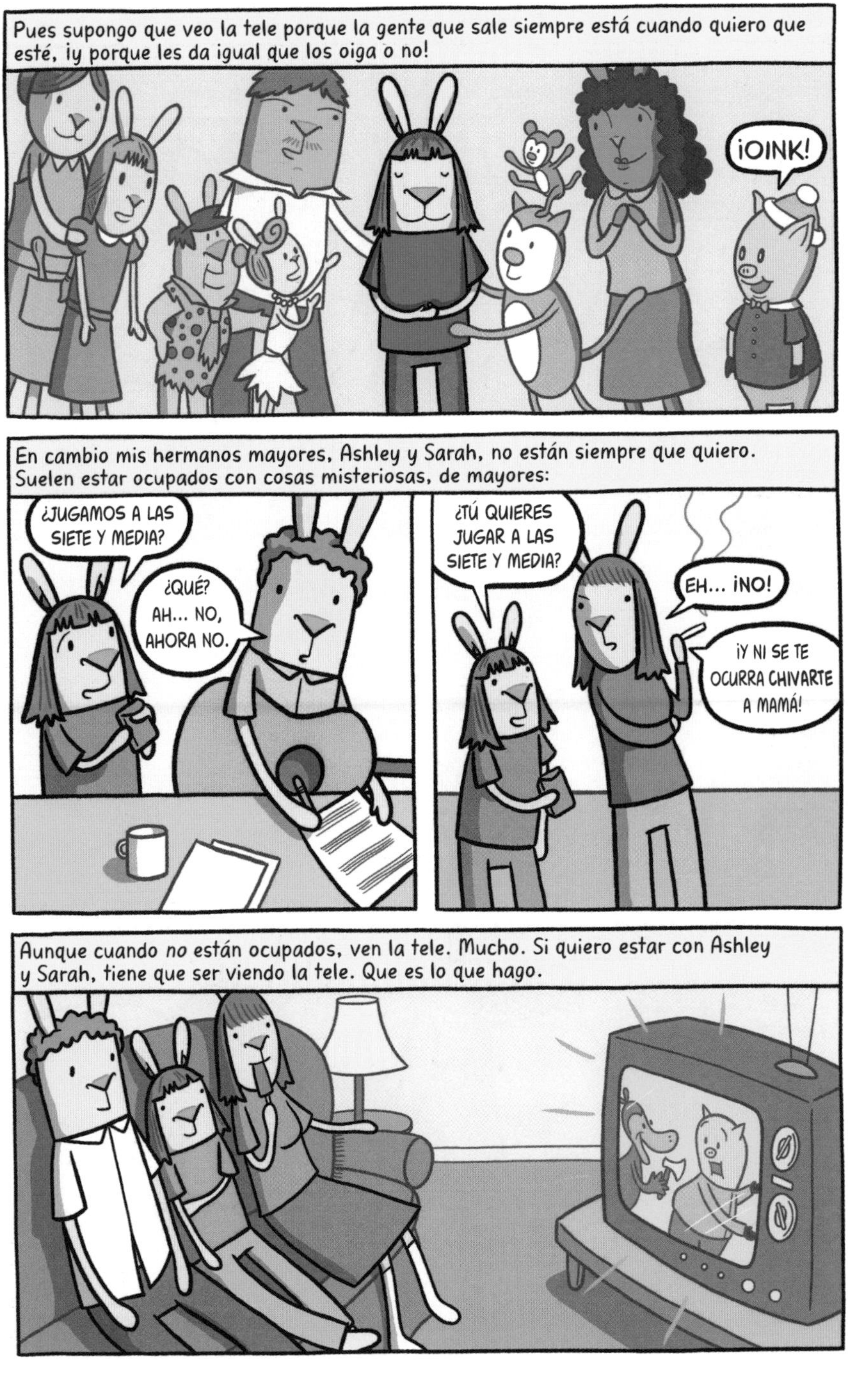
Pues supongo que veo la tele porque la gente que sale siempre está cuando quiero que esté, ¡y porque les da igual que los oiga o no!
¡OINK!
En cambio mis hermanos mayores, Ashley y Sarah, no están siempre que quiero. Suelen estar ocupados con cosas misteriosas, de mayores:
¿JUGAMOS A LAS SIETE Y MEDIA?
¿QUÉ? AH... NO, AHORA NO.
¿TÚ QUIERES JUGAR A LAS SIETE Y MEDIA?
EH... ¡NO!
¡Y NI SE TE OCURRA CHIVARTE A MAMÁ!
Aunque cuando *no* están ocupados, ven la tele. Mucho. Si quiero estar con Ashley y Sarah, tiene que ser viendo la tele. Que es lo que hago.

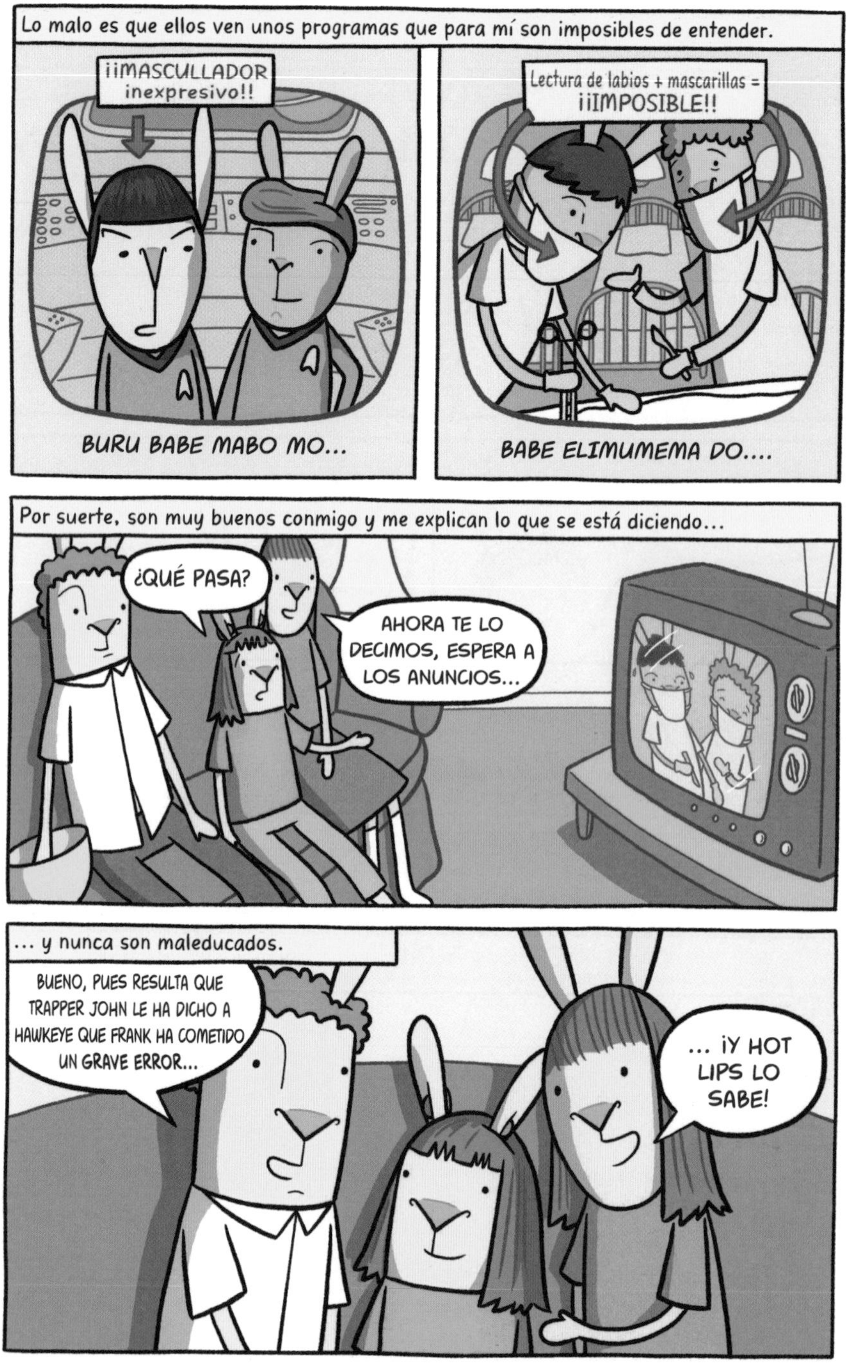
Lo malo es que ellos ven unos programas que para mí son imposibles de entender.
¡¡MASCULLADOR inexpresivo!!
BURU BABE MABO MO...
Lectura de labios + mascarillas = ¡¡IMPOSIBLE!!
BABE ELIMUMEMA DO....
Por suerte, son muy buenos conmigo y me explican lo que se está diciendo...
¿QUÉ PASA?
AHORA TE LO DECIMOS, ESPERA A LOS ANUNCIOS...
... y nunca son maleducados.
BUENO, PUES RESULTA QUE TRAPPER JOHN LE HA DICHO A HAWKEYE QUE FRANK HA COMETIDO UN GRAVE ERROR...
... ¡Y HOT LIPS LO SABE!

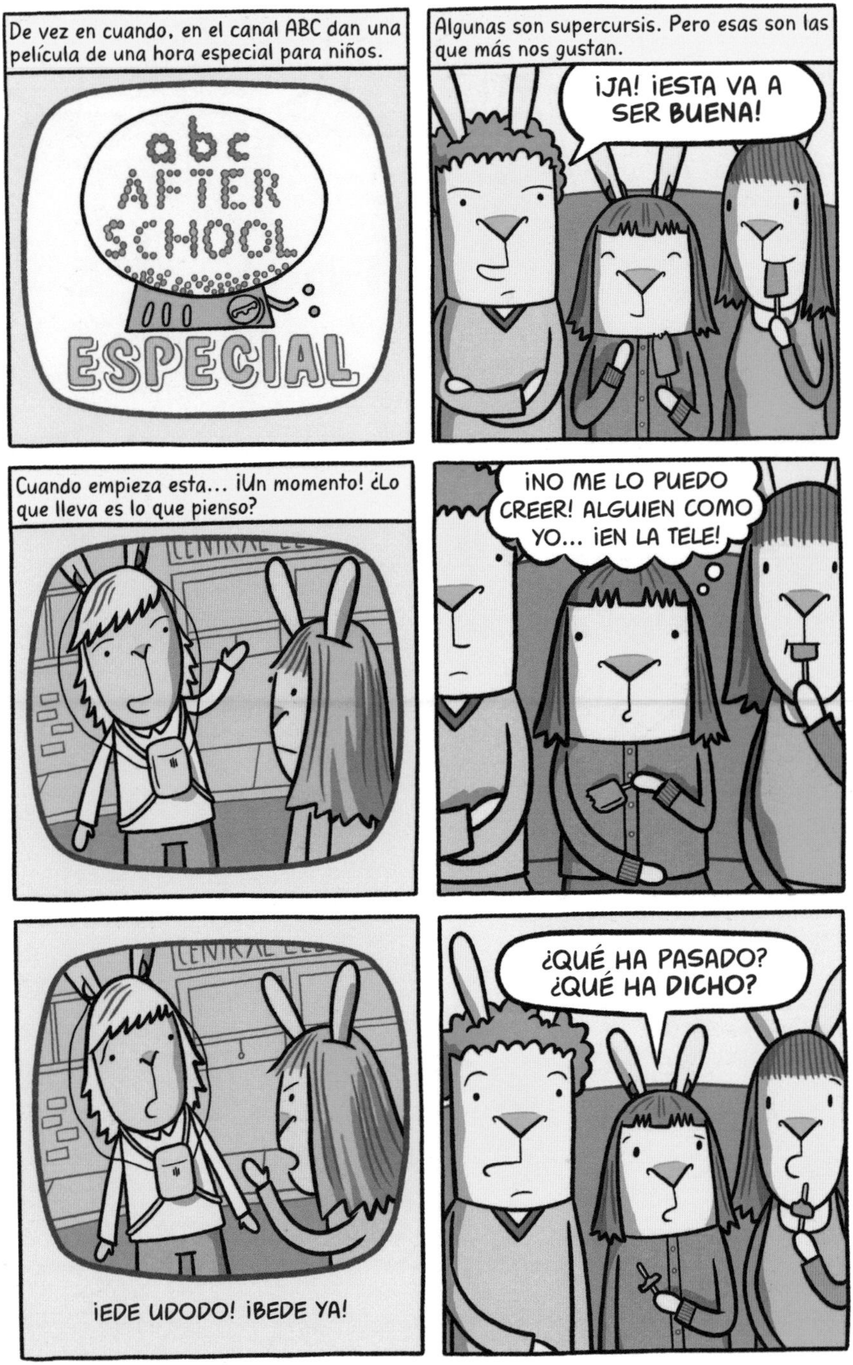

De vez en cuando, en el canal ABC dan una película de una hora especial para niños.
abc AFTER SCHOOL
ESPECIAL
Algunas son supercursis. Pero esas son las que más nos gustan.
¡JA! ¡ESTA VA A SER BUENA!
Cuando empieza esta… ¡Un momento! ¿Lo que lleva es lo que pienso?
¡NO ME LO PUEDO CREER! ALGUIEN COMO YO… ¡EN LA TELE!
¡EDE UDODO! ¡BEDE YA!
¿QUÉ HA PASADO? ¿QUÉ HA DICHO?

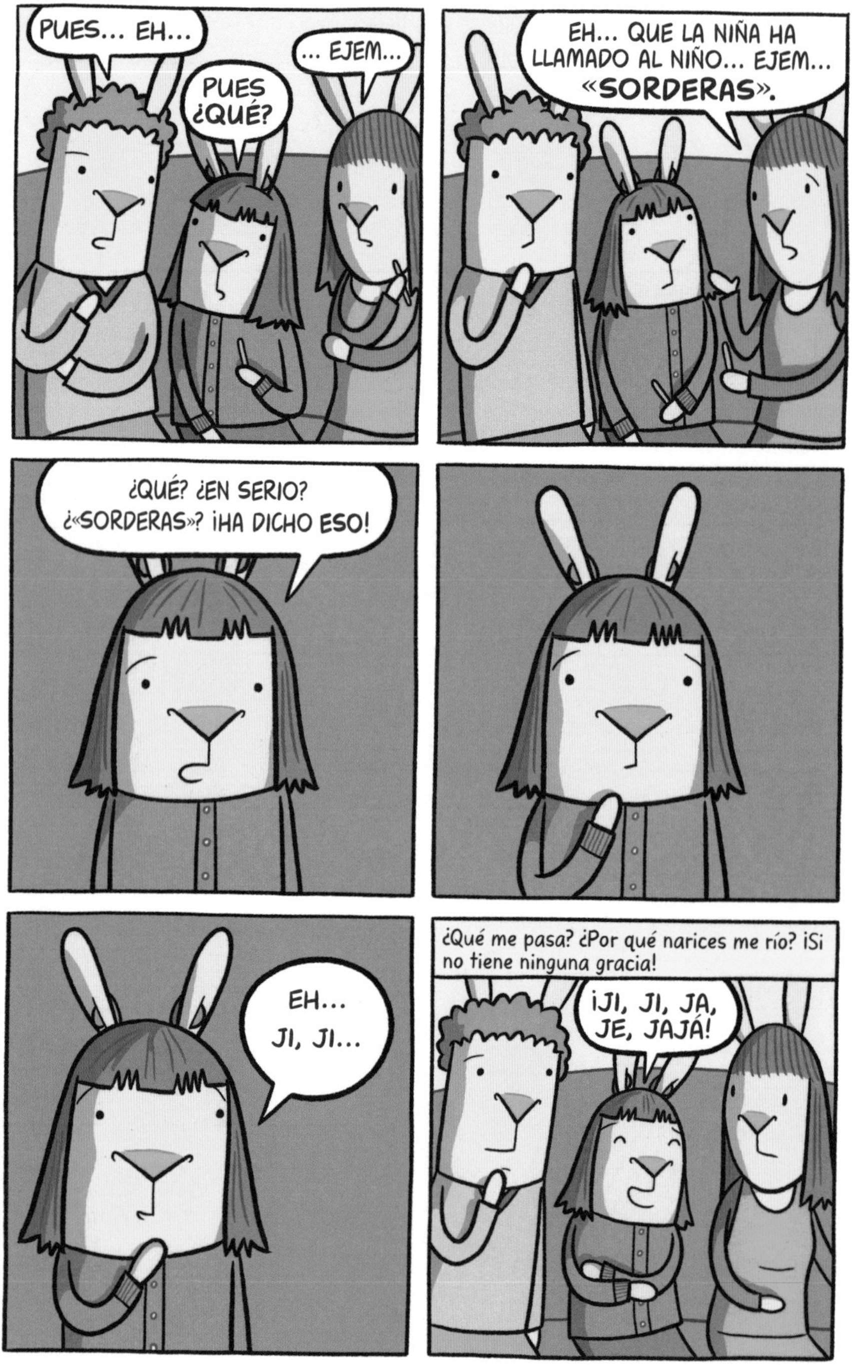
PUES... EH...
PUES ¿QUÉ?
... EJEM...
EH... QUE LA NIÑA HA LLAMADO AL NIÑO... EJEM... «SORDERAS».
¿QUÉ? ¿EN SERIO? ¿«SORDERAS»? ¡HA DICHO ESO!
EH... JI, JI...
¿Qué me pasa? ¿Por qué narices me río? ¡Si no tiene ninguna gracia!
¡JI, JI, JA, JE, JAJÁ!

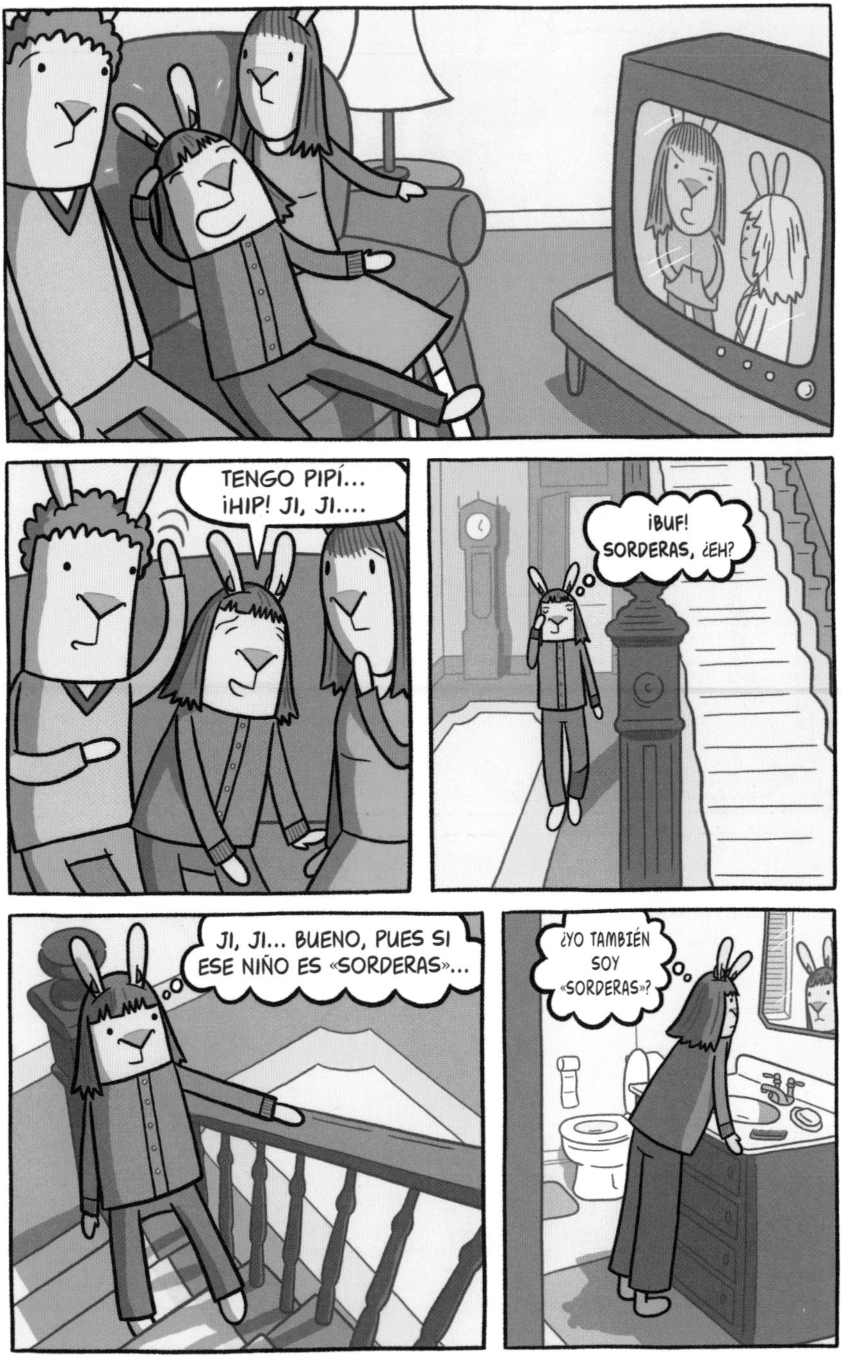
TENGO PIPÍ... ¡HIP! JI, JI....
¡BUF! SORDERAS, ¿EH?
JI, JI... BUENO, PUES SI ESE NIÑO ES «SORDERAS»...
¿YO TAMBIÉN SOY «SORDERAS»?

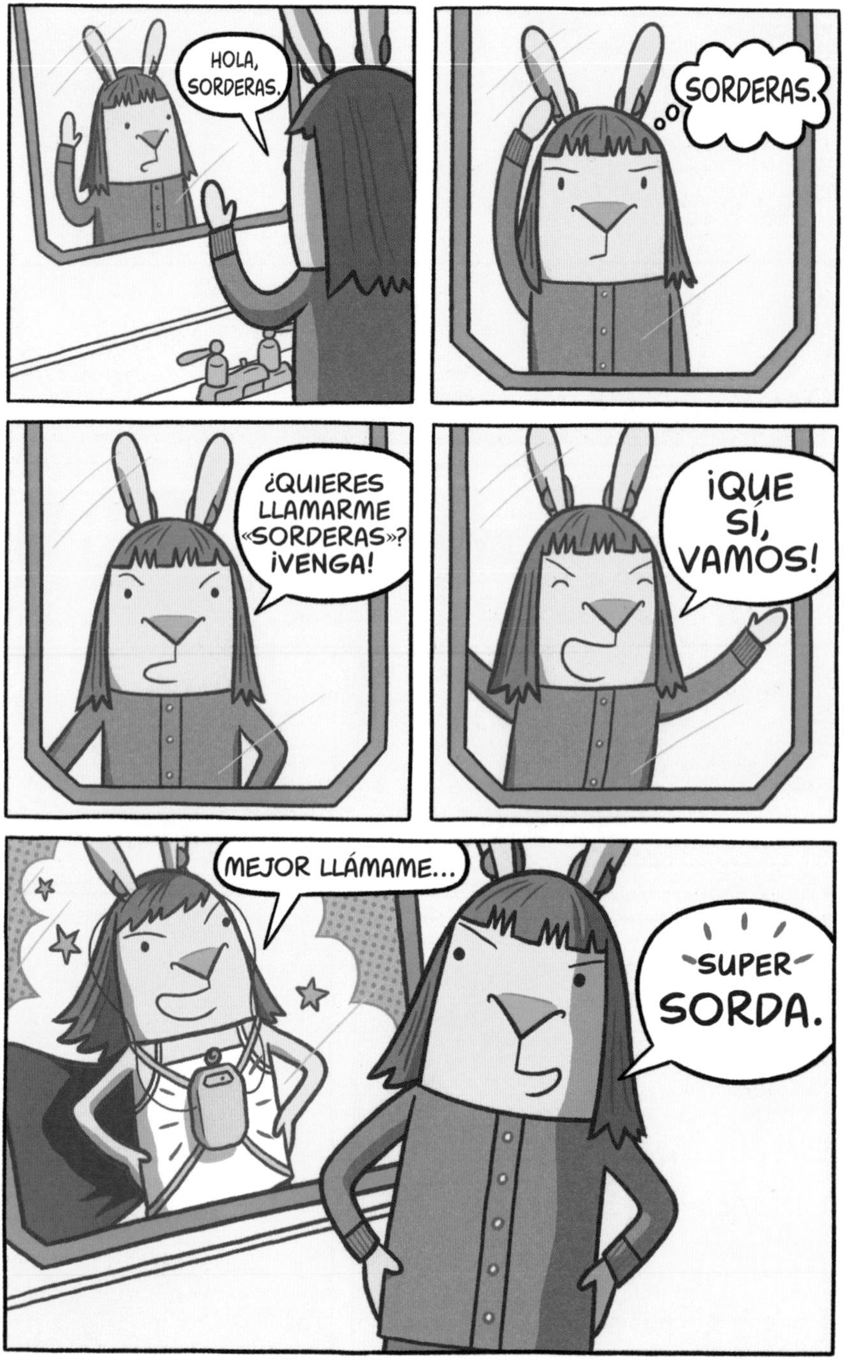
HOLA, SORDERAS.
SORDERAS.
¿QUIERES LLAMARME «SORDERAS»? ¡VENGA!
¡QUE SÍ, VAMOS!
MEJOR LLÁMAME...
SUPER SORDA.

ocho

A la semana de habernos peleado, veo que Ginny reparte unas tarjetas. Me gustaría saber qué pone. ¿A mí también me dará una?

O-YE... QUE PER-DO-NA POR LO DEL O-TRO DÍA. TO-MA.

¿AÚN HABLA RARO? BUENO.

¡Te invito!

¿Qué? Fiesta de cumpleaños y dormir en casa

¿Cuándo? Viernes 16 de abril

¿Dónde? En casa de G

¿UN CUMPLEAÑOS, Y A DORMIR? ¡YUPI!

EH...

A DORMIR, ¿EH?

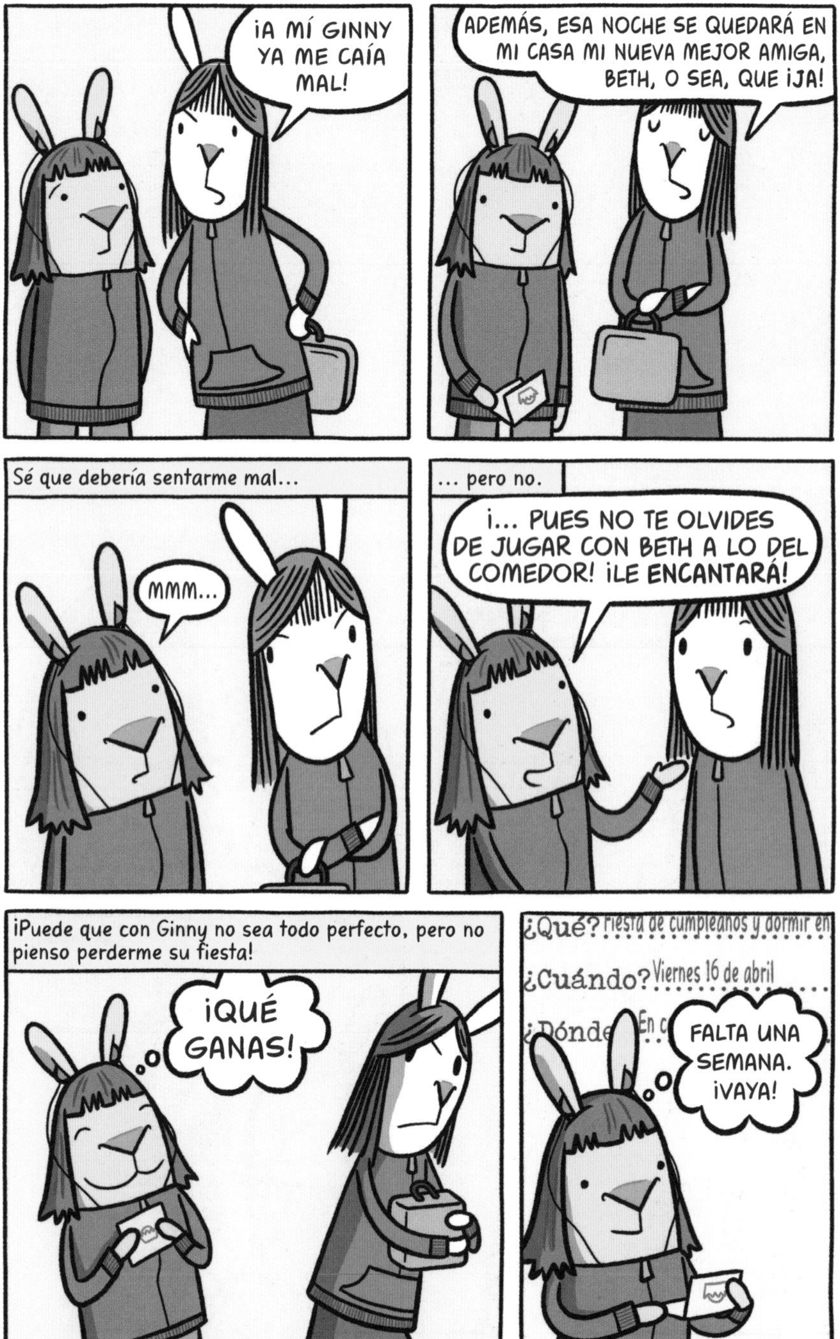

¡A MÍ GINNY YA ME CAÍA MAL!
ADEMÁS, ESA NOCHE SE QUEDARÁ EN MI CASA MI NUEVA MEJOR AMIGA, BETH, O SEA, QUE ¡JA!
Sé que debería sentarme mal...
MMM...
... pero no.
¡... PUES NO TE OLVIDES DE JUGAR CON BETH A LO DEL COMEDOR! ¡LE ENCANTARÁ!
¡Puede que con Ginny no sea todo perfecto, pero no pienso perderme su fiesta!
¡QUÉ GANAS!
¿Qué? Fiesta de cumpleaños y dormir en
¿Cuándo? Viernes 16 de abril
¿Dónde
FALTA UNA SEMANA. ¡VAYA!

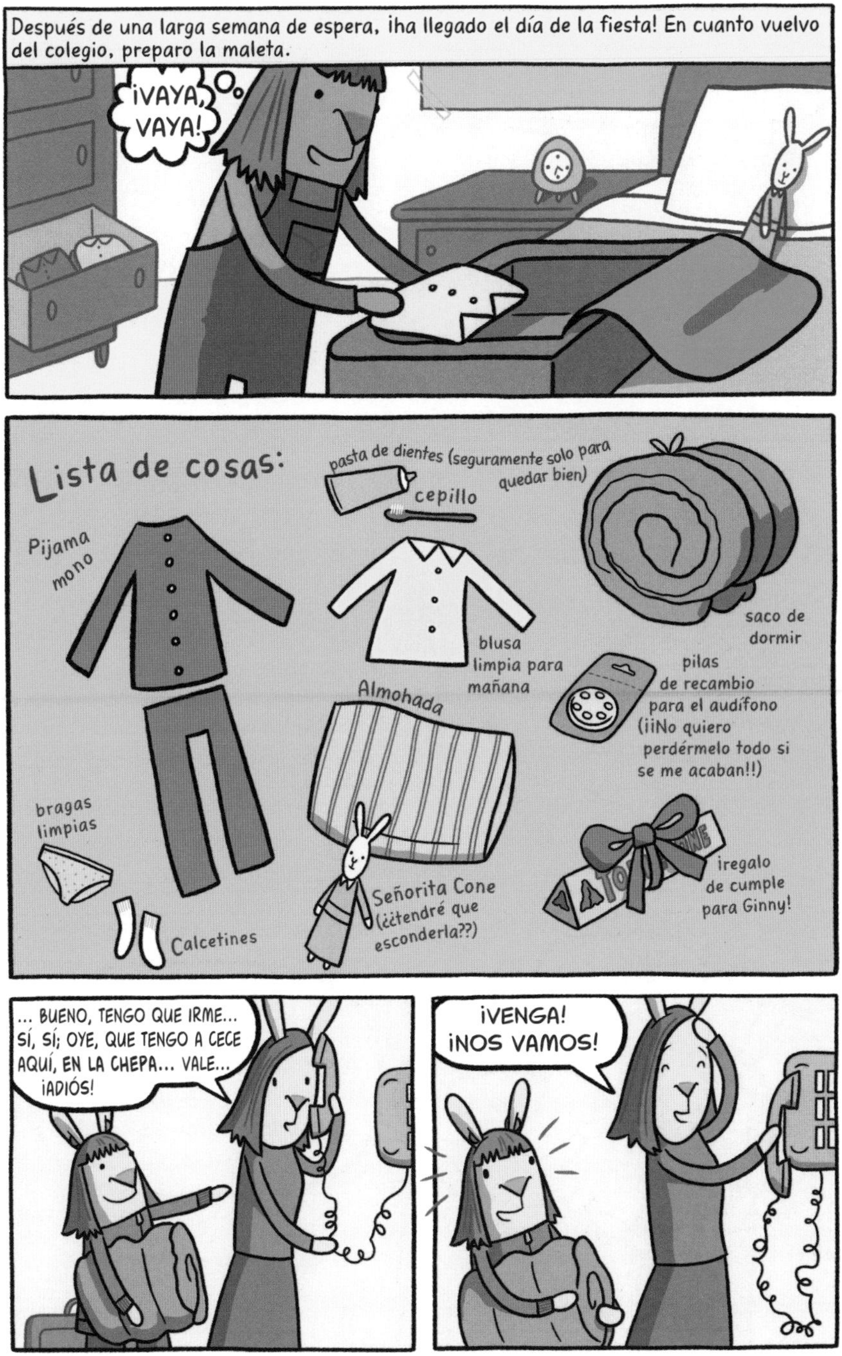
Después de una larga semana de espera, ¡ha llegado el día de la fiesta! En cuanto vuelvo del colegio, preparo la maleta.
¡VAYA, VAYA!
Lista de cosas:
pasta de dientes (seguramente solo para quedar bien)
cepillo
Pijama mono
blusa limpia para mañana
saco de dormir
pilas de recambio para el audífono (¡¡No quiero perdérmelo todo si se me acaban!!)
Almohada
bragas limpias
Calcetines
Señorita Cone (¿¿tendré que esconderla??)
¡regalo de cumple para Ginny!
... BUENO, TENGO QUE IRME... SÍ, SÍ; OYE, QUE TENGO A CECE AQUÍ, EN LA CHEPA... VALE... ¡ADIÓS!
¡VENGA! ¡NOS VAMOS!

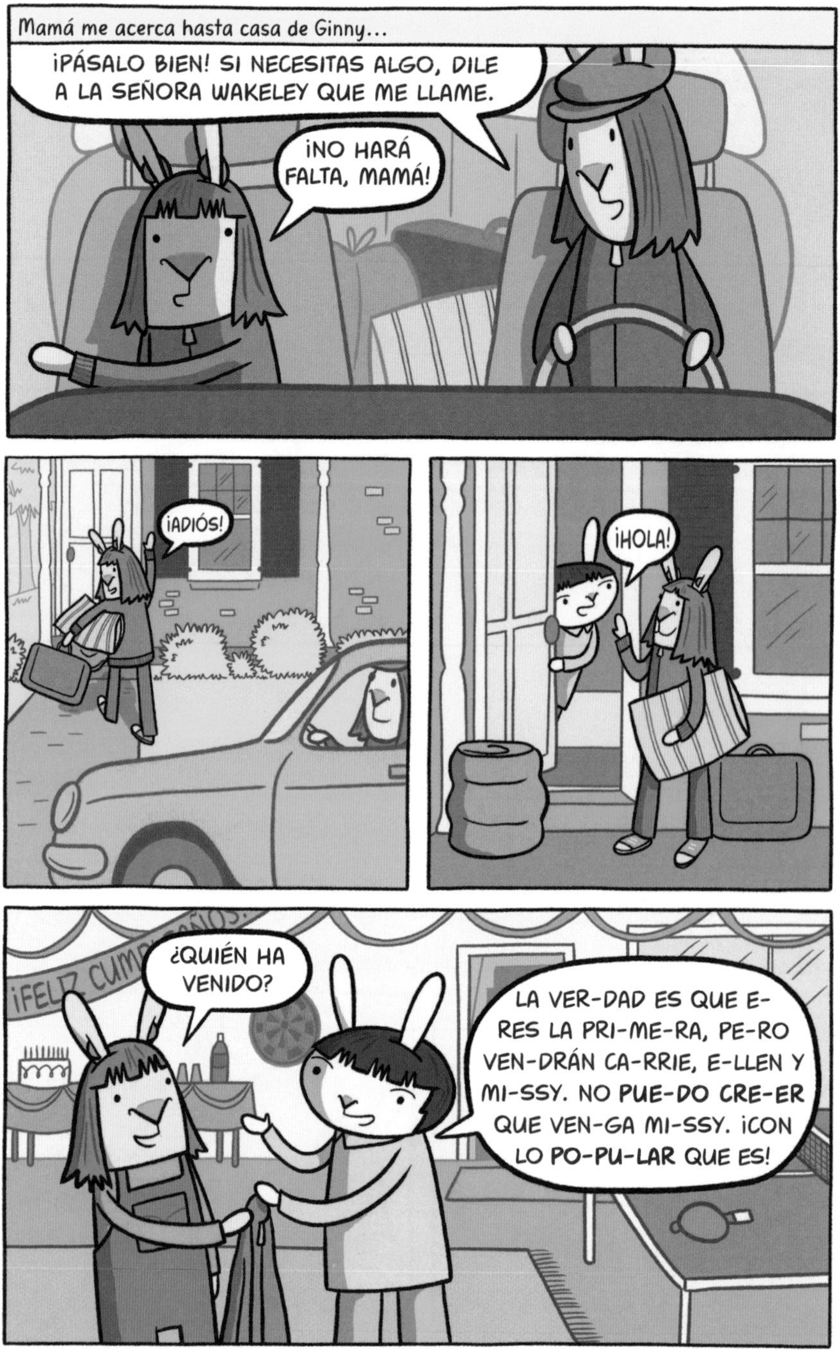
Mamá me acerca hasta casa de Ginny...
¡PÁSALO BIEN! SI NECESITAS ALGO, DILE A LA SEÑORA WAKELEY QUE ME LLAME.
¡NO HARÁ FALTA, MAMÁ!
¡ADIÓS!
¡HOLA!
¿QUIÉN HA VENIDO?
LA VER-DAD ES QUE E-RES LA PRI-ME-RA, PE-RO VEN-DRÁN CA-RRIE, E-LLEN Y MI-SSY. NO PUE-DO CRE-ER QUE VEN-GA MI-SSY. ¡CON LO PO-PU-LAR QUE ES!

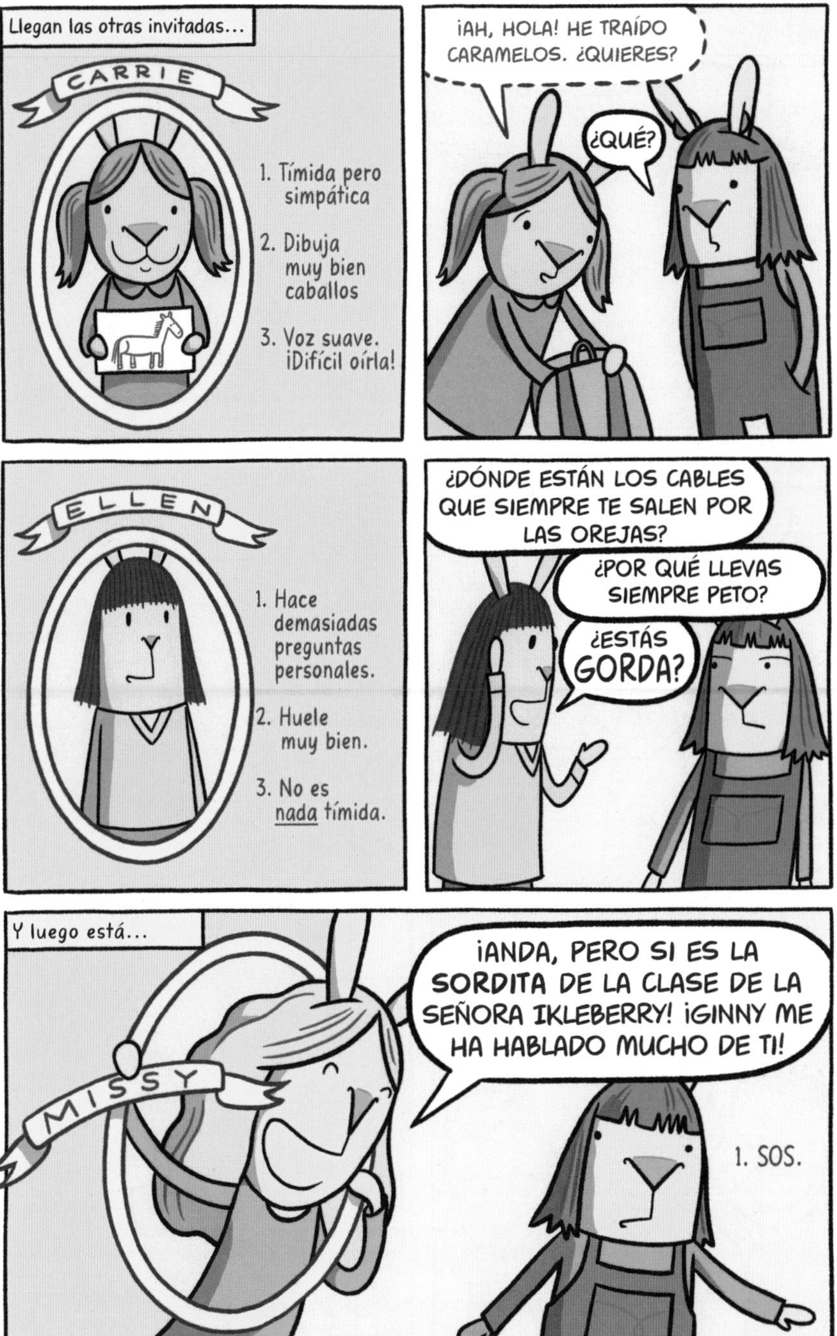
Llegan las otras invitadas...
CARRIE
1. Tímida pero simpática
2. Dibuja muy bien caballos
3. Voz suave. ¡Difícil oírla!
¡AH, HOLA! HE TRAÍDO CARAMELOS. ¿QUIERES?
¿QUÉ?
ELLEN
1. Hace demasiadas preguntas personales.
2. Huele muy bien.
3. No es nada tímida.
¿DÓNDE ESTÁN LOS CABLES QUE SIEMPRE TE SALEN POR LAS OREJAS?
¿POR QUÉ LLEVAS SIEMPRE PETO?
¿ESTÁS GORDA?
Y luego está...
¡ANDA, PERO SI ES LA SORDITA DE LA CLASE DE LA SEÑORA IKLEBERRY! ¡GINNY ME HA HABLADO MUCHO DE TI!
MISSY
1. SOS.

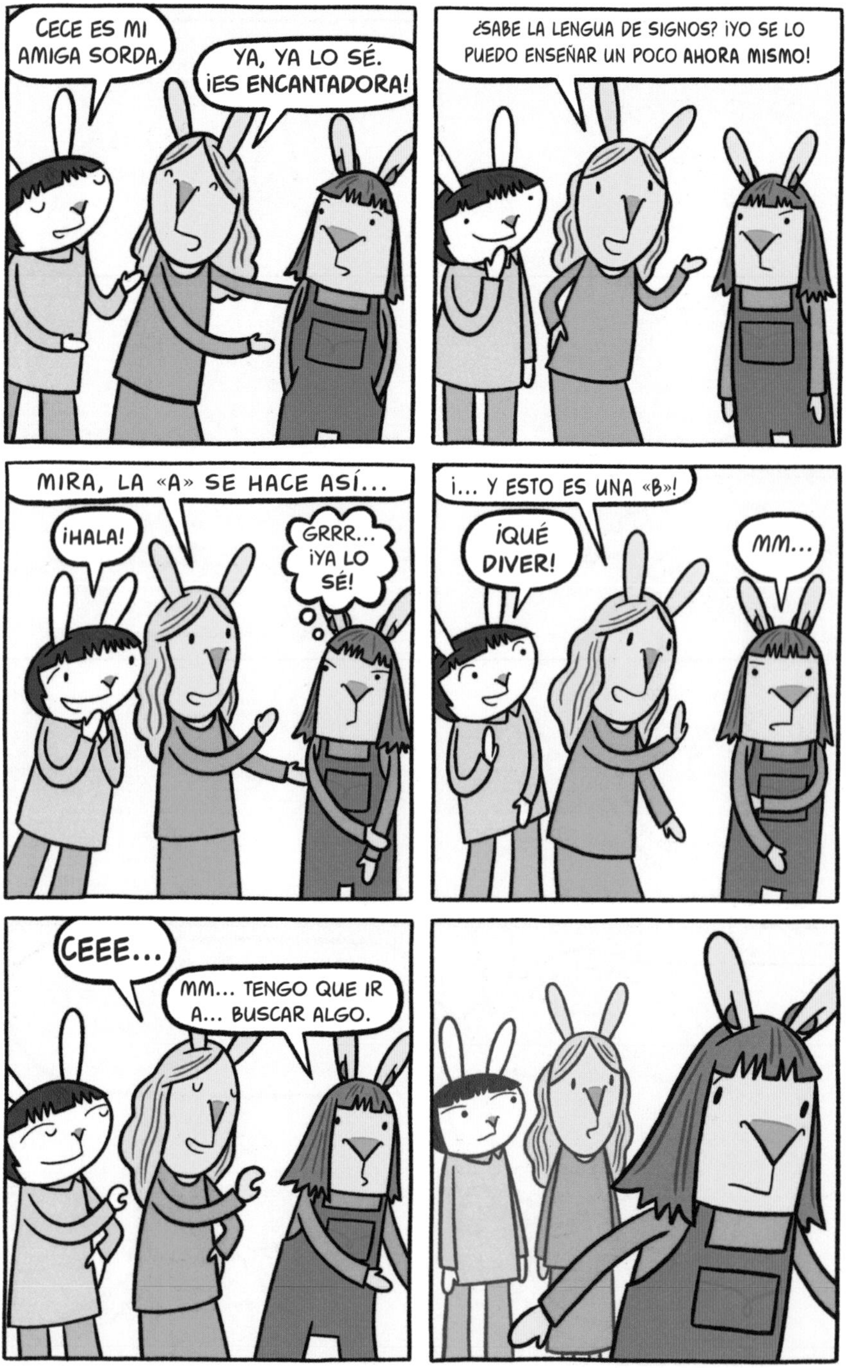
CECE ES MI AMIGA SORDA.
YA, YA LO SÉ. ¡ES ENCANTADORA!
¿SABE LA LENGUA DE SIGNOS? ¡YO SE LO PUEDO ENSEÑAR UN POCO AHORA MISMO!
MIRA, LA «A» SE HACE ASÍ...
¡HALA!
GRRR... ¡YA LO SÉ!
¡... Y ESTO ES UNA «B»!
¡QUÉ DIVER!
MM...
CEEE...
MM... TENGO QUE IR A... BUSCAR ALGO.

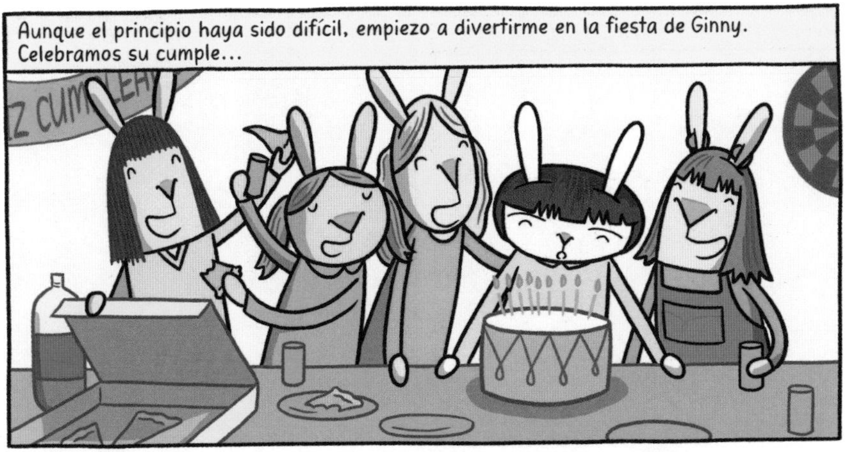
Aunque el principio haya sido difícil, empiezo a divertirme en la fiesta de Ginny. Celebramos su cumple...

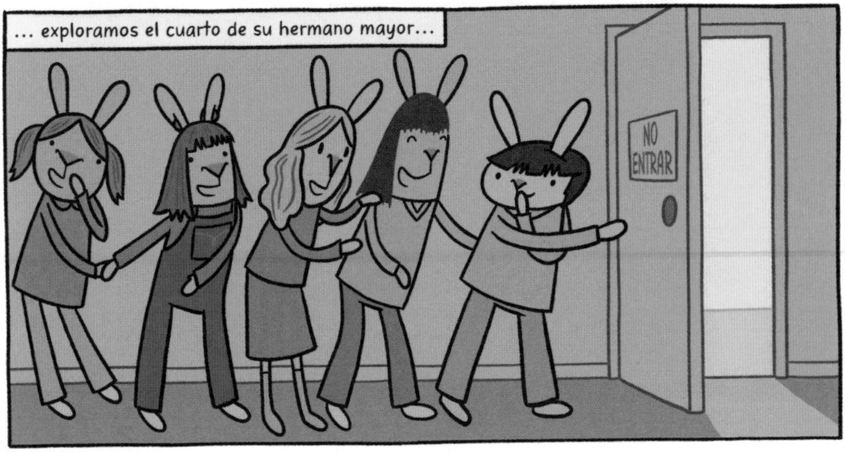
... exploramos el cuarto de su hermano mayor...
NO ENTRAR

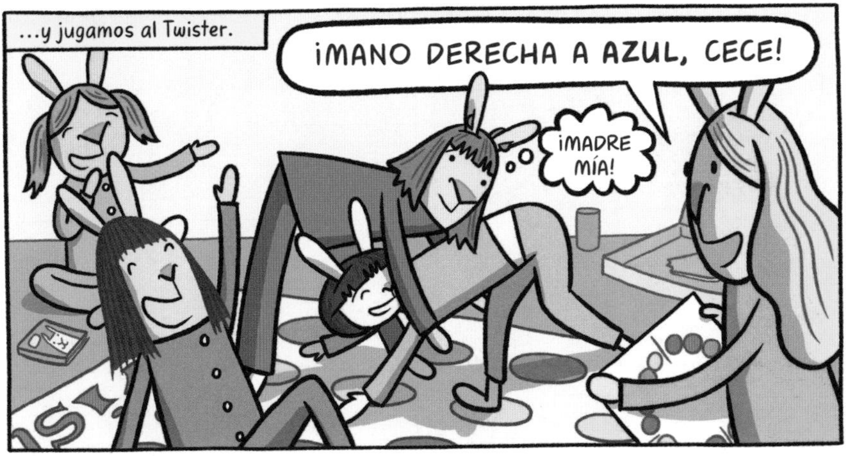
...y jugamos al Twister.
¡MANO DERECHA A AZUL, CECE!
¡MADRE MÍA!

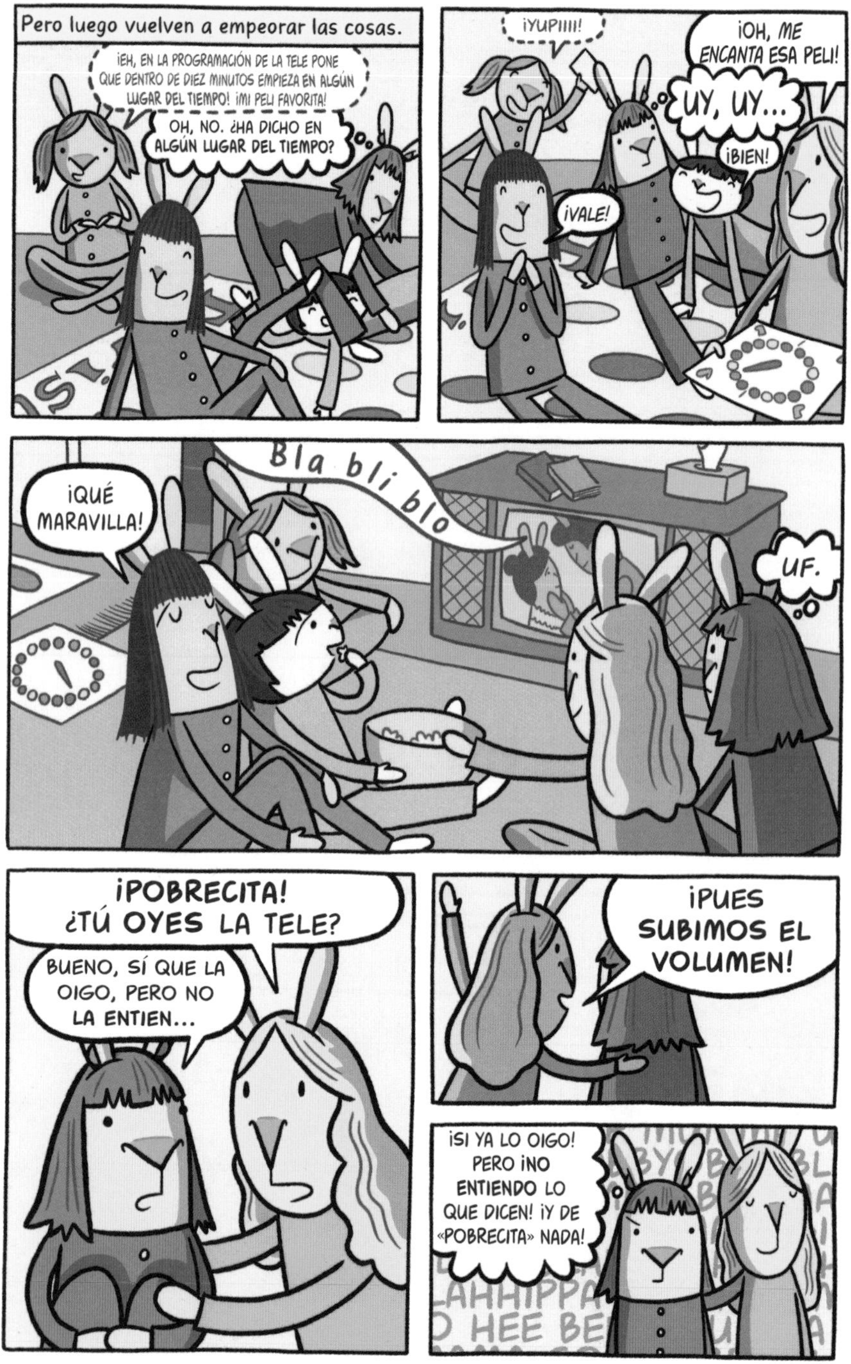
Pero luego vuelven a empeorar las cosas.
¡EH, EN LA PROGRAMACIÓN DE LA TELE PONE QUE DENTRO DE DIEZ MINUTOS EMPIEZA EN ALGÚN LUGAR DEL TIEMPO! ¡MI PELI FAVORITA!
OH, NO. ¿HA DICHO EN ALGÚN LUGAR DEL TIEMPO?
¡YUPIIII!
¡OH, ME ENCANTA ESA PELI!
UY, UY...
¡BIEN!
¡VALE!
¡QUÉ MARAVILLA!
Bla bli blo
UF.
¡POBRECITA! ¿TÚ OYES LA TELE?
BUENO, SÍ QUE LA OIGO, PERO NO LA ENTIEN...
¡PUES SUBIMOS EL VOLUMEN!
¡SI YA LO OIGO! PERO ¡NO ENTIENDO LO QUE DICEN! ¡Y DE «POBRECITA» NADA!

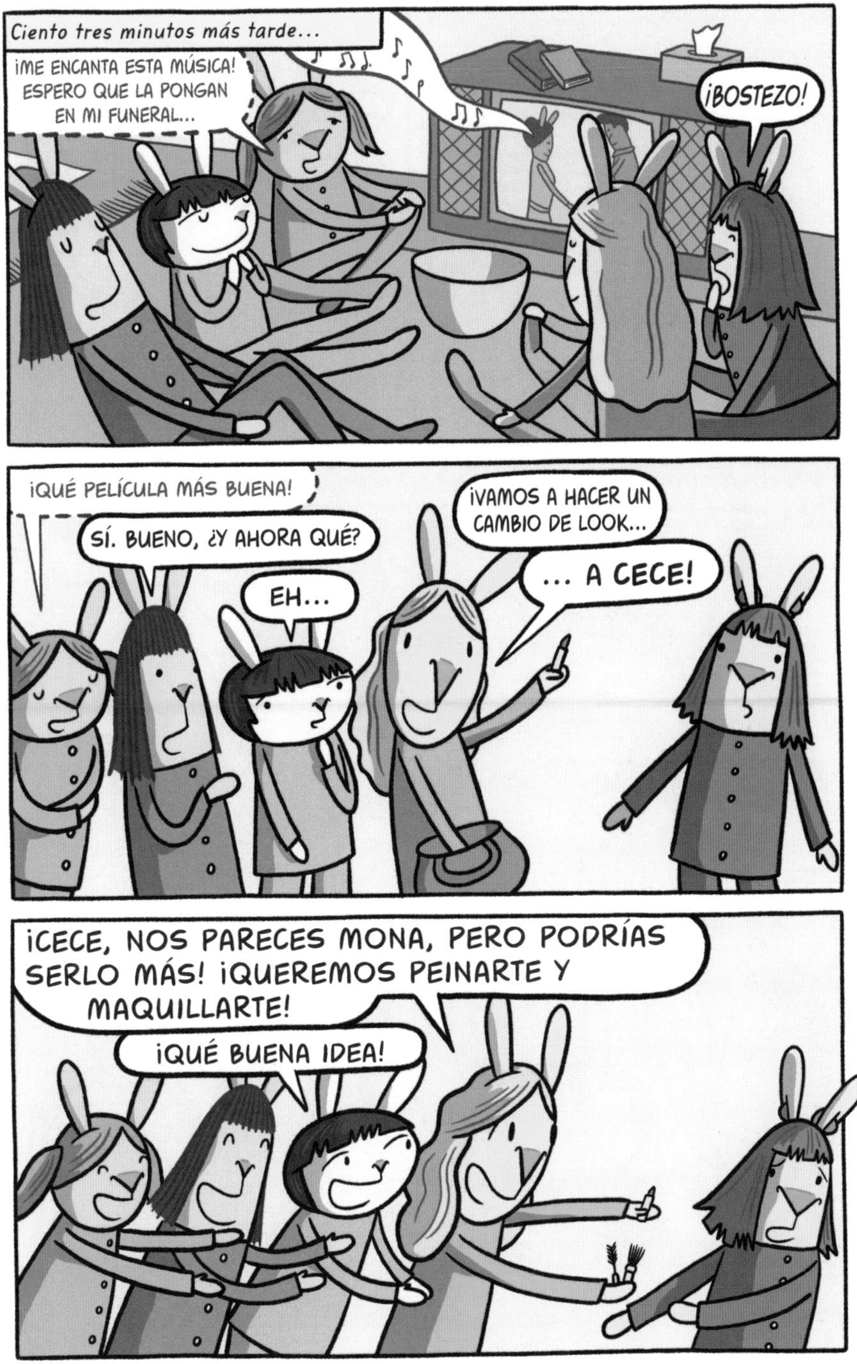
Ciento tres minutos más tarde...
¡ME ENCANTA ESTA MÚSICA! ESPERO QUE LA PONGAN EN MI FUNERAL...
¡BOSTEZO!
¡QUÉ PELÍCULA MÁS BUENA!
SÍ. BUENO, ¿Y AHORA QUÉ?
EH...
¡VAMOS A HACER UN CAMBIO DE LOOK...
... A CECE!
¡CECE, NOS PARECES MONA, PERO PODRÍAS SERLO MÁS! ¡QUEREMOS PEINARTE Y MAQUILLARTE!
¡QUÉ BUENA IDEA!

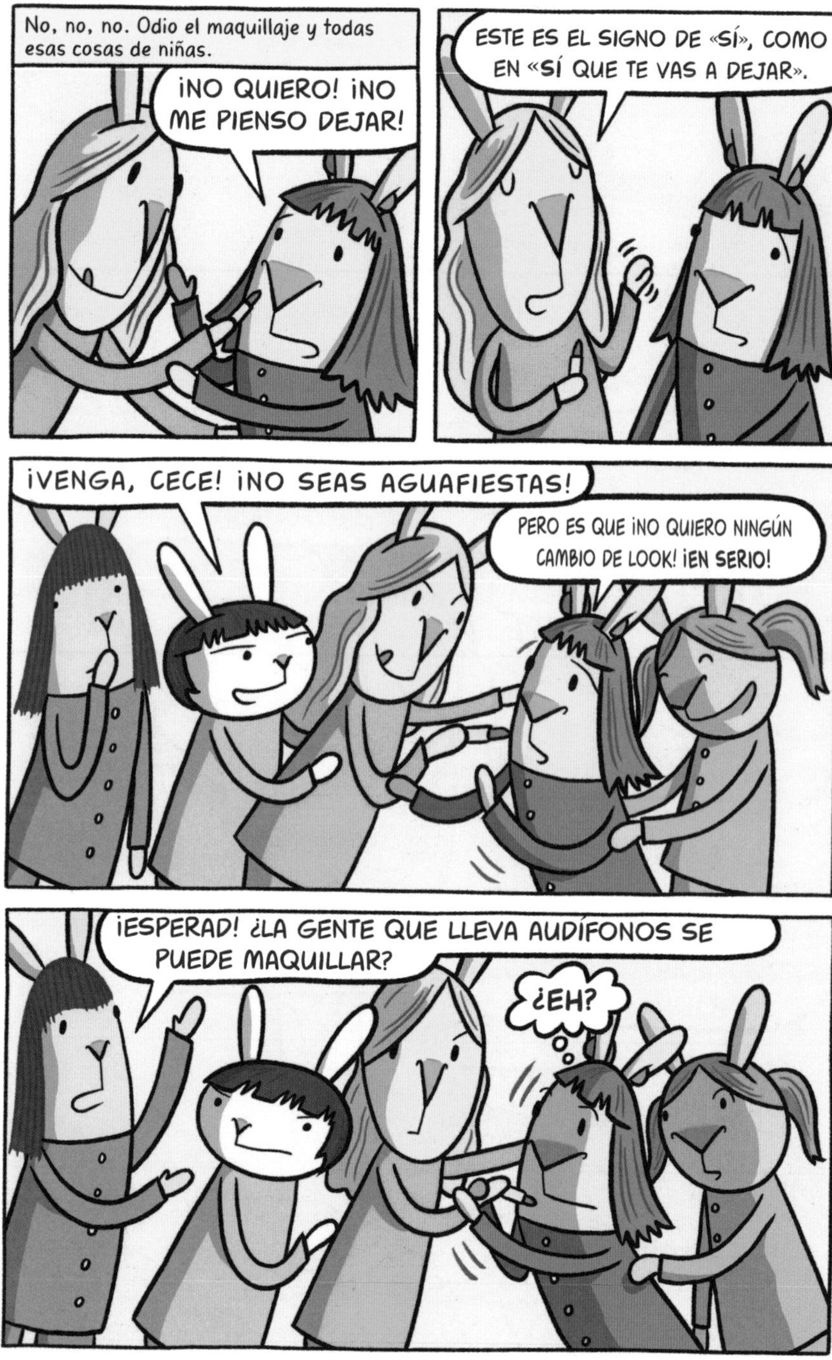
No, no, no. Odio el maquillaje y todas esas cosas de niñas.
¡NO QUIERO! ¡NO ME PIENSO DEJAR!
ESTE ES EL SIGNO DE «SÍ», COMO EN «SÍ QUE TE VAS A DEJAR».
¡VENGA, CECE! ¡NO SEAS AGUAFIESTAS!
PERO ES QUE ¡NO QUIERO NINGÚN CAMBIO DE LOOK! ¡EN SERIO!
¡ESPERAD! ¿LA GENTE QUE LLEVA AUDÍFONOS SE PUEDE MAQUILLAR?
¿EH?

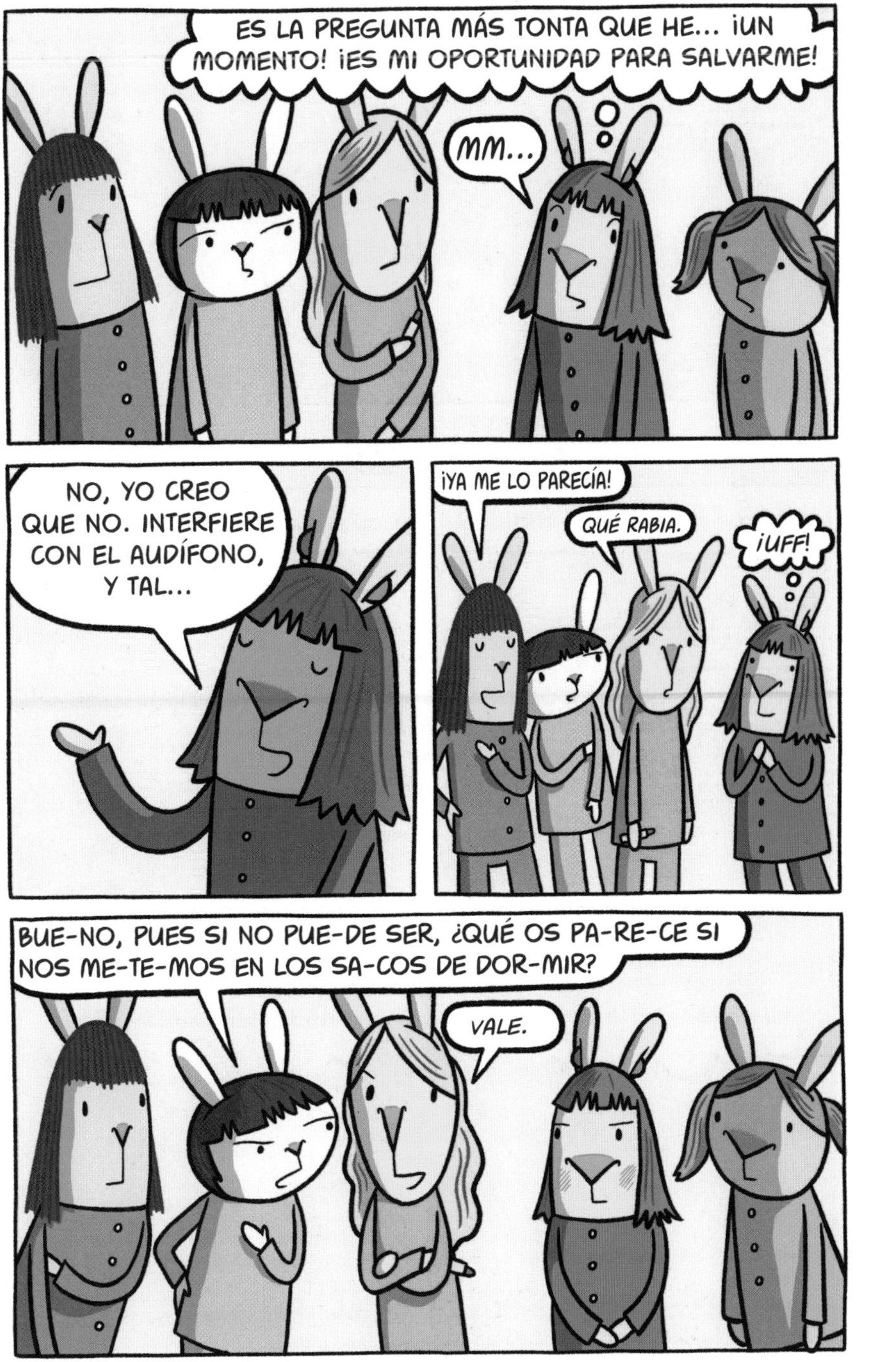
ES LA PREGUNTA MÁS TONTA QUE HE... ¡UN MOMENTO! ¡ES MI OPORTUNIDAD PARA SALVARME!
MM...
NO, YO CREO QUE NO. INTERFIERE CON EL AUDÍFONO, Y TAL...
¡YA ME LO PARECÍA!
QUÉ RABIA.
¡UFF!
BUE-NO, PUES SI NO PUE-DE SER, ¿QUÉ OS PA-RE-CE SI NOS ME-TE-MOS EN LOS SA-COS DE DOR-MIR?
VALE.

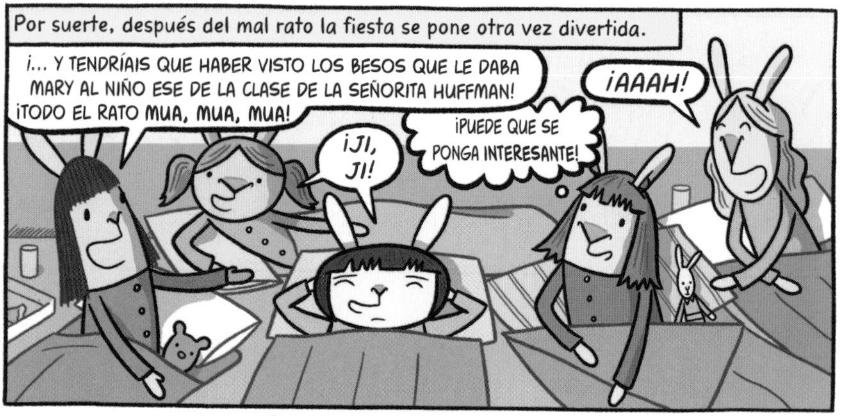
Por suerte, después del mal rato la fiesta se pone otra vez divertida.
¡... Y TENDRÍAIS QUE HABER VISTO LOS BESOS QUE LE DABA MARY AL NIÑO ESE DE LA CLASE DE LA SEÑORITA HUFFMAN! ¡TODO EL RATO MUA, MUA, MUA!
¡JI, JI!
¡PUEDE QUE SE PONGA INTERESANTE!
¡AAAH!

Pero entonces... ¡CLIC! ¡Ginny apaga la luz!

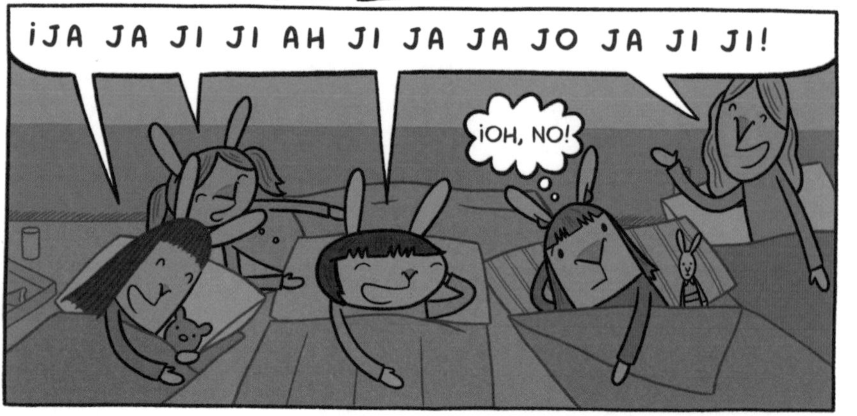
¡JA JA JI JI AH JI JA JA JO JA JI JI!
¡OH, NO!

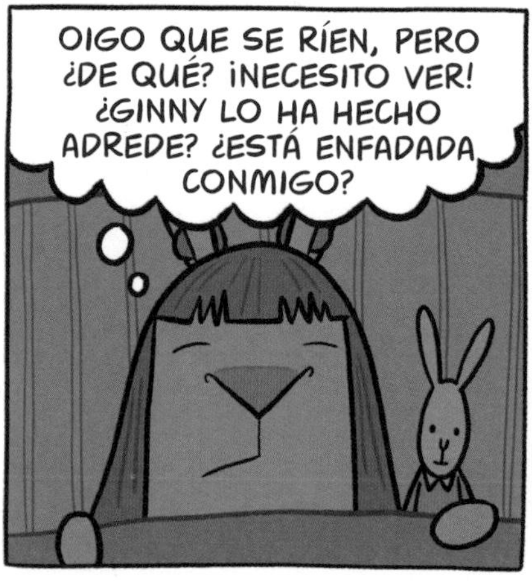
OIGO QUE SE RÍEN, PERO ¿DE QUÉ? ¡NECESITO VER! ¿GINNY LO HA HECHO ADREDE? ¿ESTÁ ENFADADA CONMIGO?

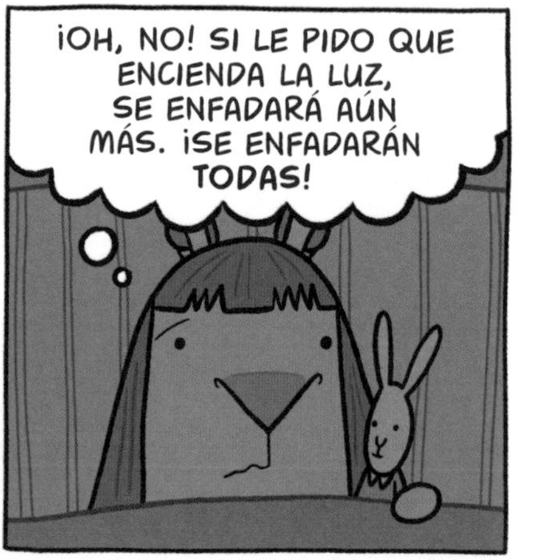
¡OH, NO! SI LE PIDO QUE ENCIENDA LA LUZ, SE ENFADARÁ AÚN MÁS. ¡SE ENFADARÁN TODAS!

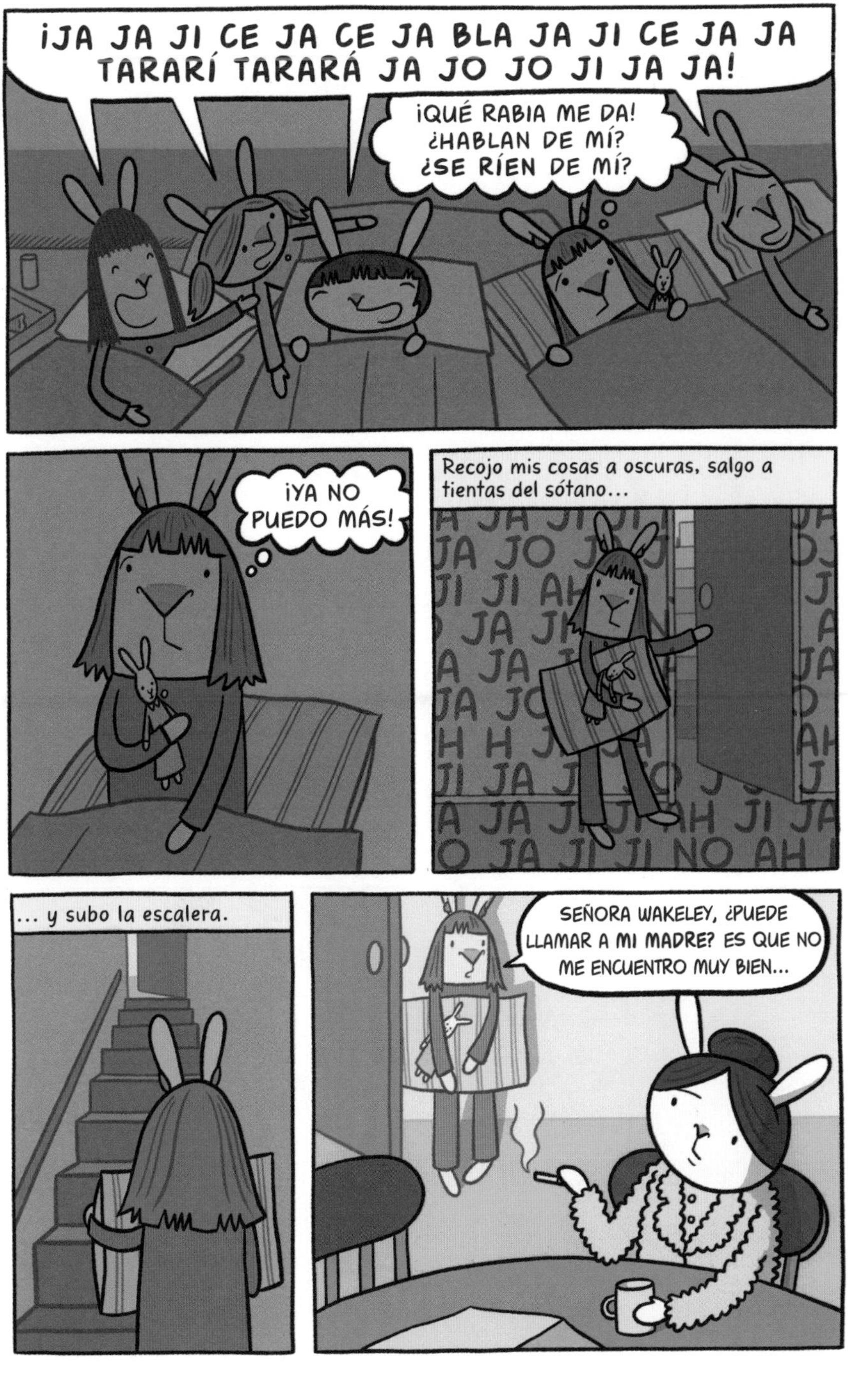

¡JA JA JI CE JA CE JA BLA JA JI CE JA JA TARARÍ TARARÁ JA JO JO JI JA JA!
¡QUÉ RABIA ME DA! ¿HABLAN DE MÍ? ¿SE RÍEN DE MÍ?
¡YA NO PUEDO MÁS!
Recojo mis cosas a oscuras, salgo a tientas del sótano...
... y subo la escalera.
SEÑORA WAKELEY, ¿PUEDE LLAMAR A MI MADRE? ES QUE NO ME ENCUENTRO MUY BIEN...

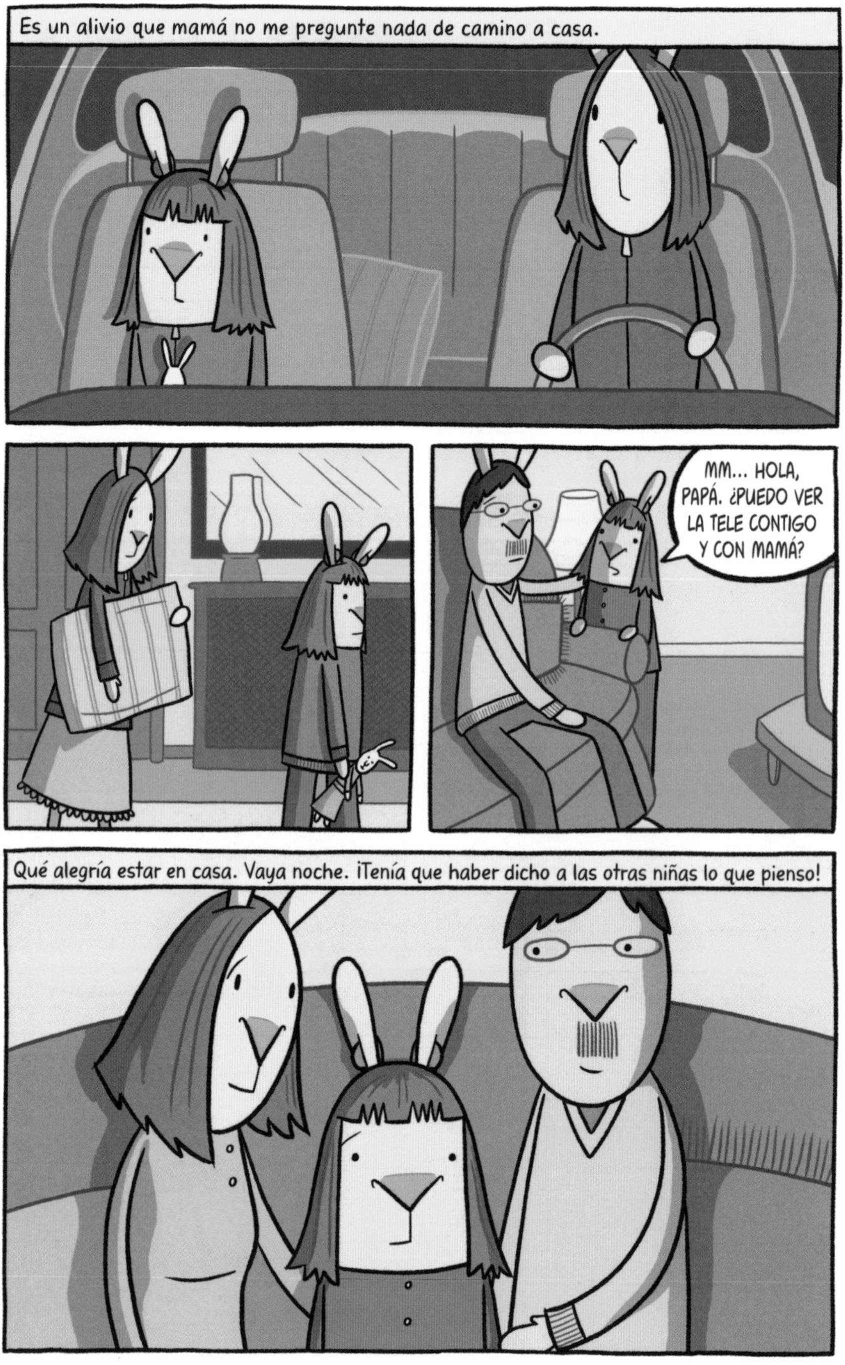
Es un alivio que mamá no me pregunte nada de camino a casa.
MM... HOLA, PAPÁ. ¿PUEDO VER LA TELE CONTIGO Y CON MAMÁ?
Qué alegría estar en casa. Vaya noche. ¡Tenía que haber dicho a las otras niñas lo que pienso!

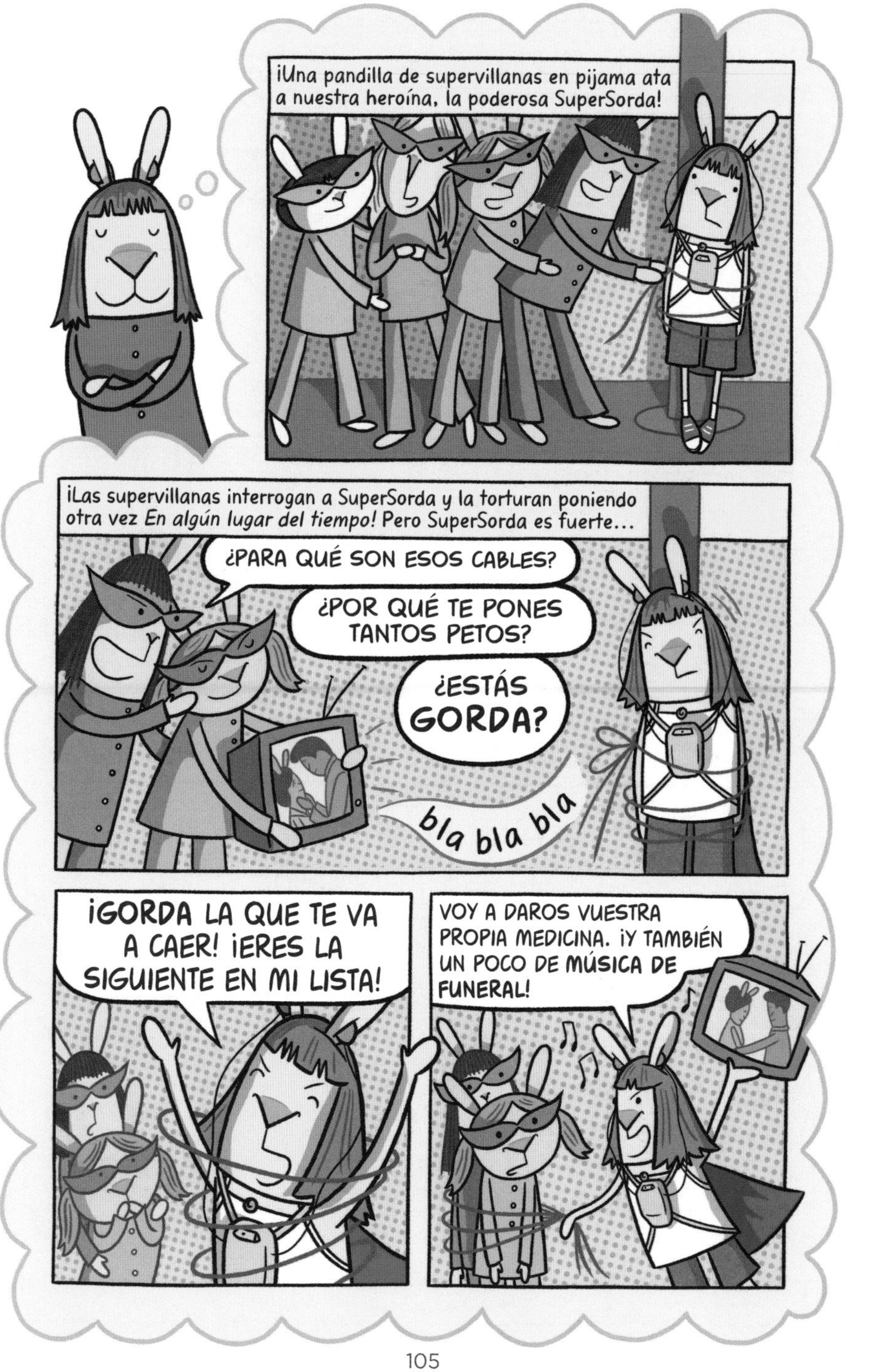
¡Una pandilla de supervillanas en pijama ata a nuestra heroína, la poderosa SuperSorda!
¡Las supervillanas interrogan a SuperSorda y la torturan poniendo otra vez *En algún lugar del tiempo*! Pero SuperSorda es fuerte…
¿PARA QUÉ SON ESOS CABLES?
¿POR QUÉ TE PONES TANTOS PETOS?
¿ESTÁS GORDA?
bla bla bla
¡GORDA LA QUE TE VA A CAER! ¡ERES LA SIGUIENTE EN MI LISTA!
VOY A DAROS VUESTRA PROPIA MEDICINA. ¡Y TAMBIÉN UN POCO DE MÚSICA DE FUNERAL!

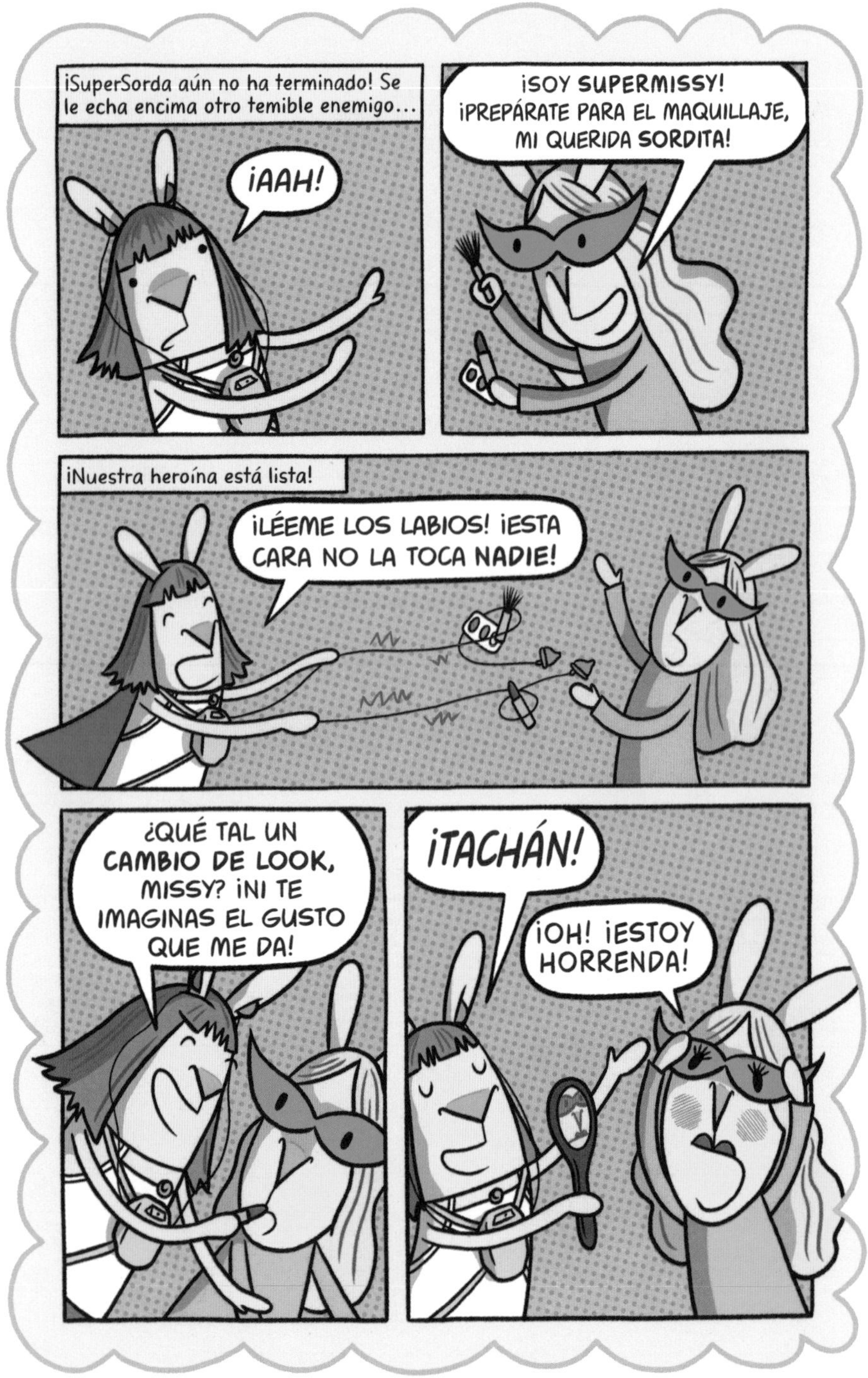
¡SuperSorda aún no ha terminado! Se le echa encima otro temible enemigo...
¡AAH!
¡SOY **SUPERMISSY**! ¡PREPÁRATE PARA EL MAQUILLAJE, MI QUERIDA **SORDITA**!
¡Nuestra heroína está lista!
¡LÉEME LOS LABIOS! ¡ESTA CARA NO LA TOCA **NADIE**!
¿QUÉ TAL UN **CAMBIO DE LOOK**, MISSY? ¡NI TE IMAGINAS EL GUSTO QUE ME DA!
¡TACHÁN!
¡OH! ¡ESTOY HORRENDA!

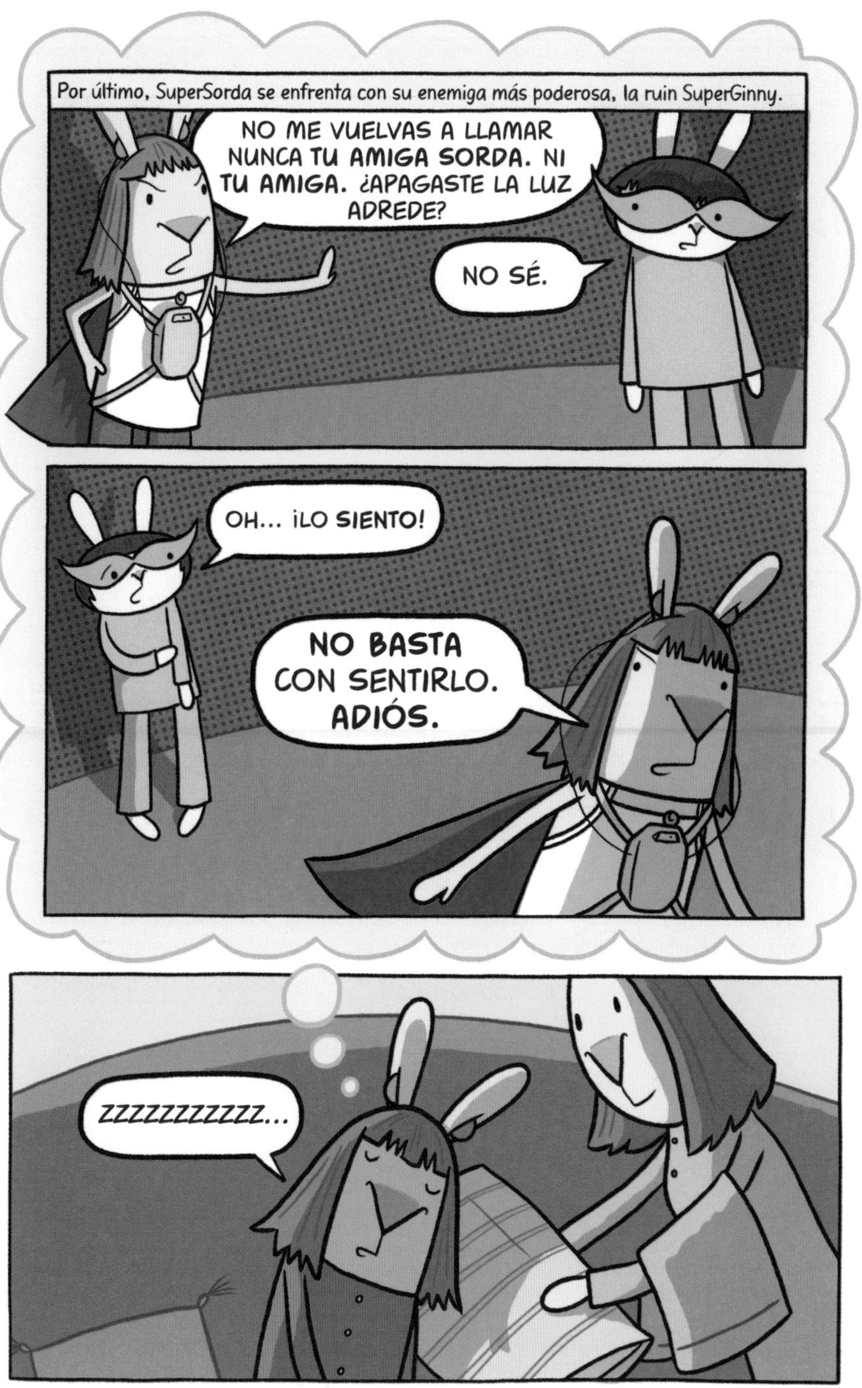

Por último, SuperSorda se enfrenta con su enemiga más poderosa, la ruin SuperGinny.
NO ME VUELVAS A LLAMAR NUNCA TU AMIGA SORDA. NI TU AMIGA. ¿APAGASTE LA LUZ ADREDE?
NO SÉ.
OH... ¡LO SIENTO!
NO BASTA CON SENTIRLO. ADIÓS.
ZZZZZZZZZZZ...

nueve

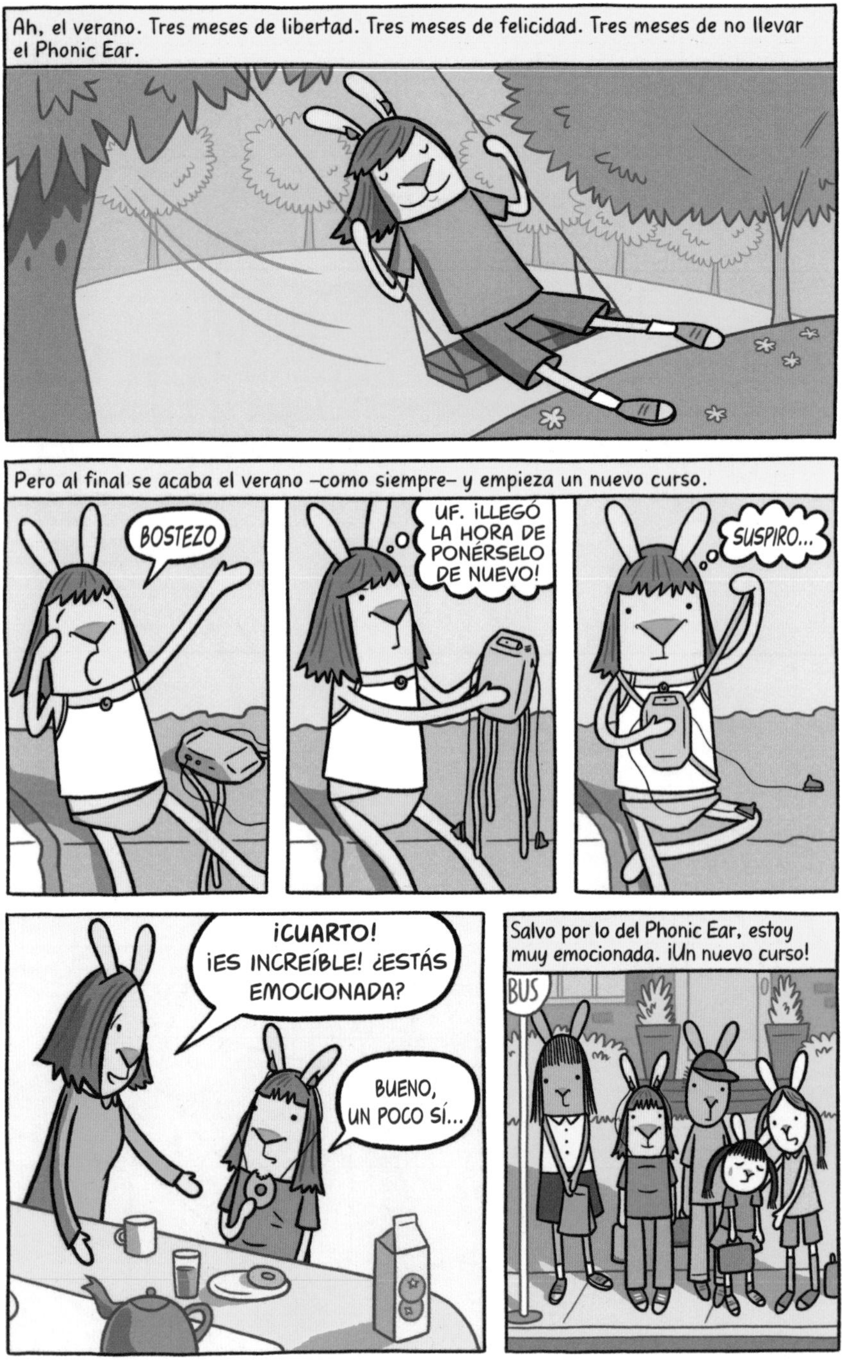
Ah, el verano. Tres meses de libertad. Tres meses de felicidad. Tres meses de no llevar el Phonic Ear.
Pero al final se acaba el verano –como siempre– y empieza un nuevo curso.
BOSTEZO
UF. ¡LLEGÓ LA HORA DE PONÉRSELO DE NUEVO!
SUSPIRO...
¡CUARTO! ¡ES INCREÍBLE! ¿ESTÁS EMOCIONADA?
BUENO, UN POCO SÍ...
Salvo por lo del Phonic Ear, estoy muy emocionada. ¡Un nuevo curso!
BUS

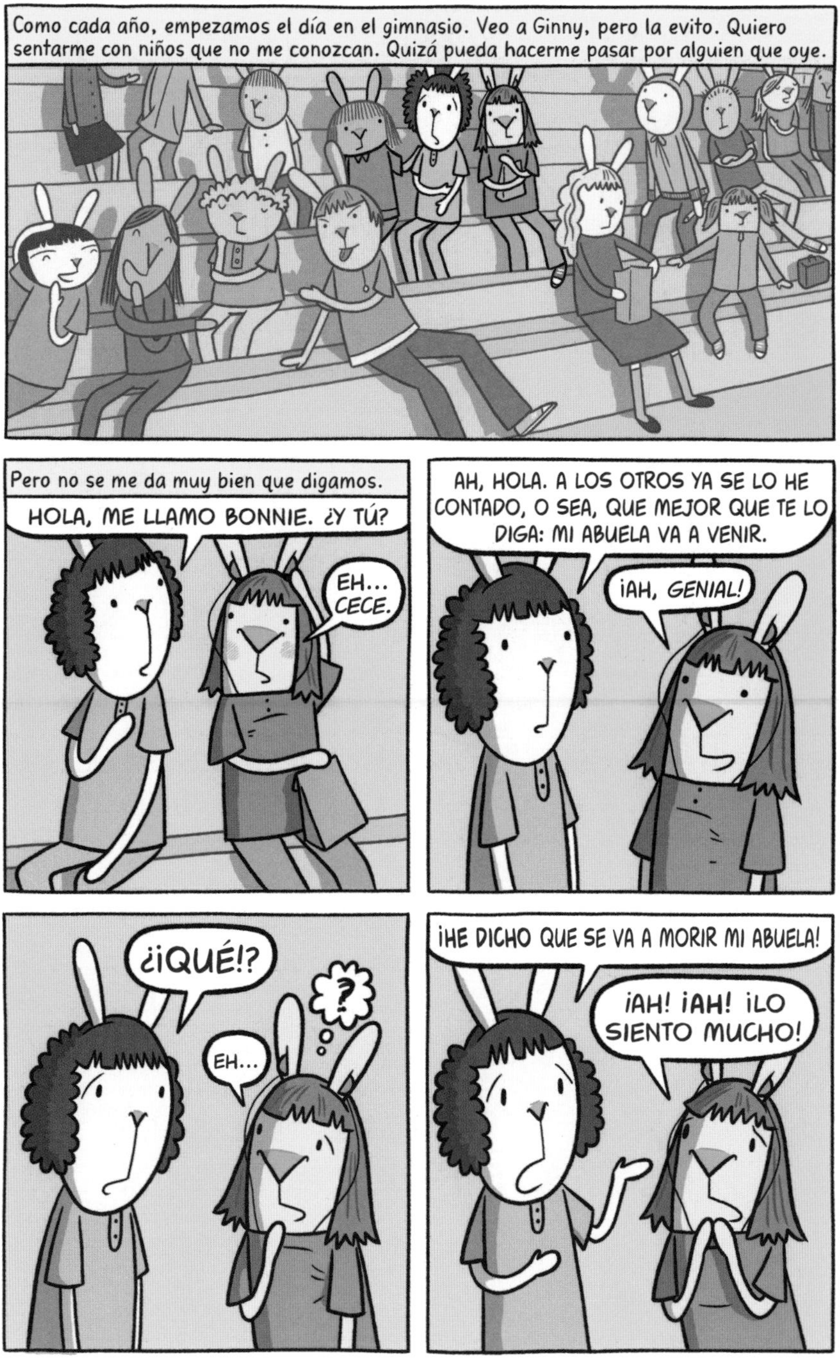
Como cada año, empezamos el día en el gimnasio. Veo a Ginny, pero la evito. Quiero sentarme con niños que no me conozcan. Quizá pueda hacerme pasar por alguien que oye.
Pero no se me da muy bien que digamos.
HOLA, ME LLAMO BONNIE. ¿Y TÚ?
EH... CECE.
AH, HOLA. A LOS OTROS YA SE LO HE CONTADO, O SEA, QUE MEJOR QUE TE LO DIGA: MI ABUELA VA A VENIR.
¡AH, GENIAL!
¿¡QUÉ!?
?
EH...
¡HE DICHO QUE SE VA A MORIR MI ABUELA!
¡AH! ¡AH! ¡LO SIENTO MUCHO!

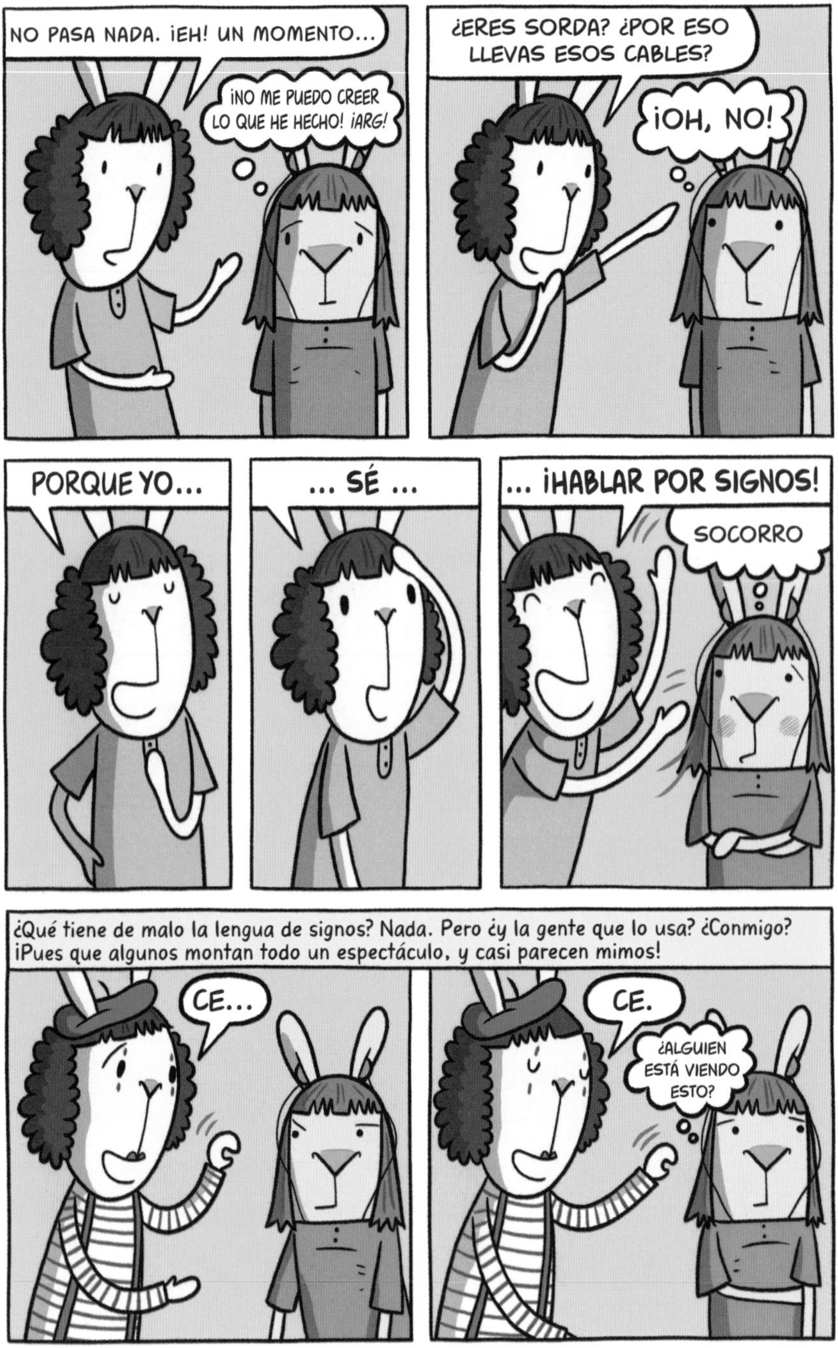
NO PASA NADA. ¡EH! UN MOMENTO...
¡NO ME PUEDO CREER LO QUE HE HECHO! ¡ARG!
¿ERES SORDA? ¿POR ESO LLEVAS ESOS CABLES?
¡OH, NO!
PORQUE YO...
... SÉ ...
... ¡HABLAR POR SIGNOS!
SOCORRO
¿Qué tiene de malo la lengua de signos? Nada. Pero ¿y la gente que lo usa? ¿Conmigo? ¡Pues que algunos montan todo un espectáculo, y casi parecen mimos!
CE...
CE.
¿ALGUIEN ESTÁ VIENDO ESTO?

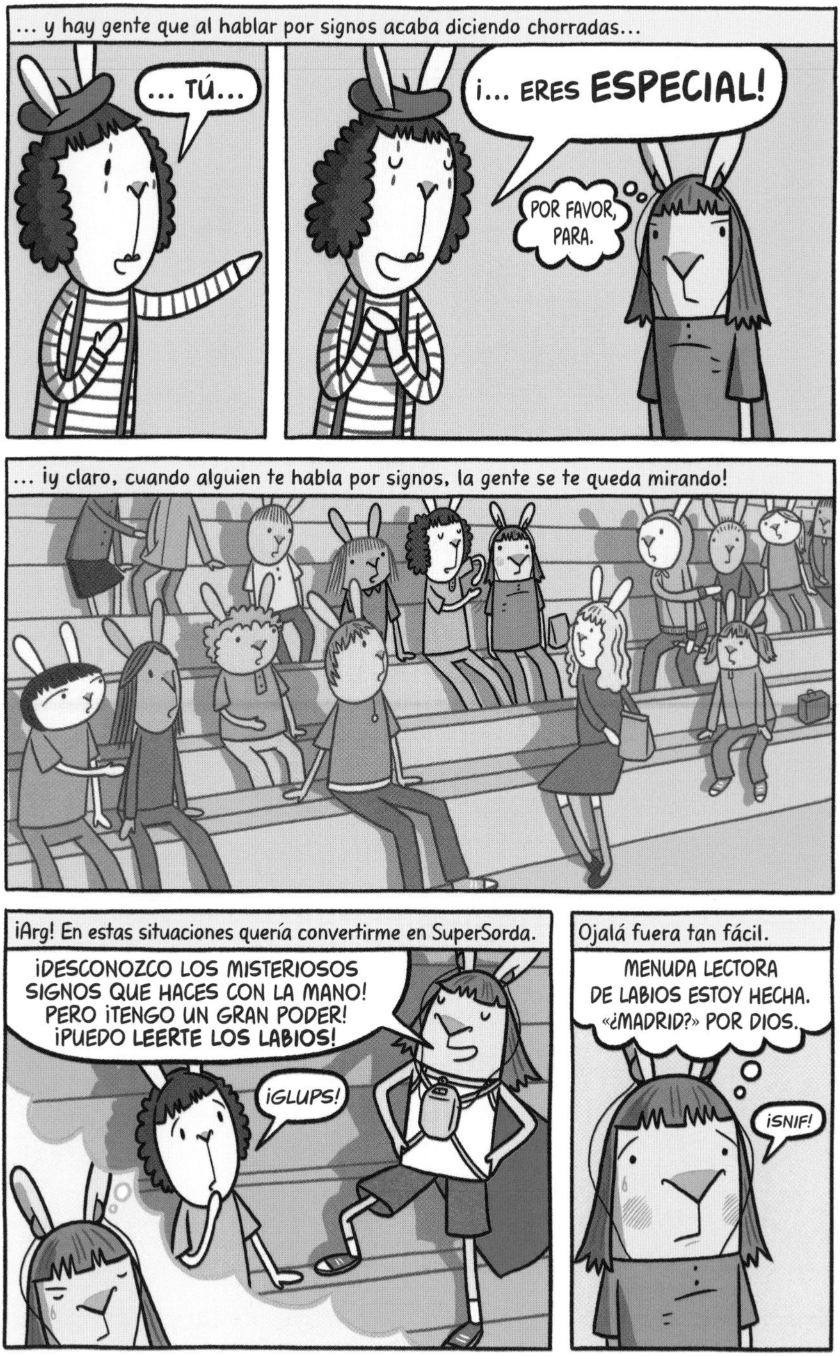
... y hay gente que al hablar por signos acaba diciendo chorradas...
... TÚ...
¡... ERES ESPECIAL!
POR FAVOR, PARA.
... ¡y claro, cuando alguien te habla por signos, la gente se te queda mirando!
¡Arg! En estas situaciones quería convertirme en SuperSorda.
¡DESCONOZCO LOS MISTERIOSOS SIGNOS QUE HACES CON LA MANO! PERO ¡TENGO UN GRAN PODER! ¡PUEDO LEERTE LOS LABIOS!
¡GLUPS!
Ojalá fuera tan fácil.
MENUDA LECTORA DE LABIOS ESTOY HECHA. «¿MADRID?» POR DIOS.
¡SNIF!

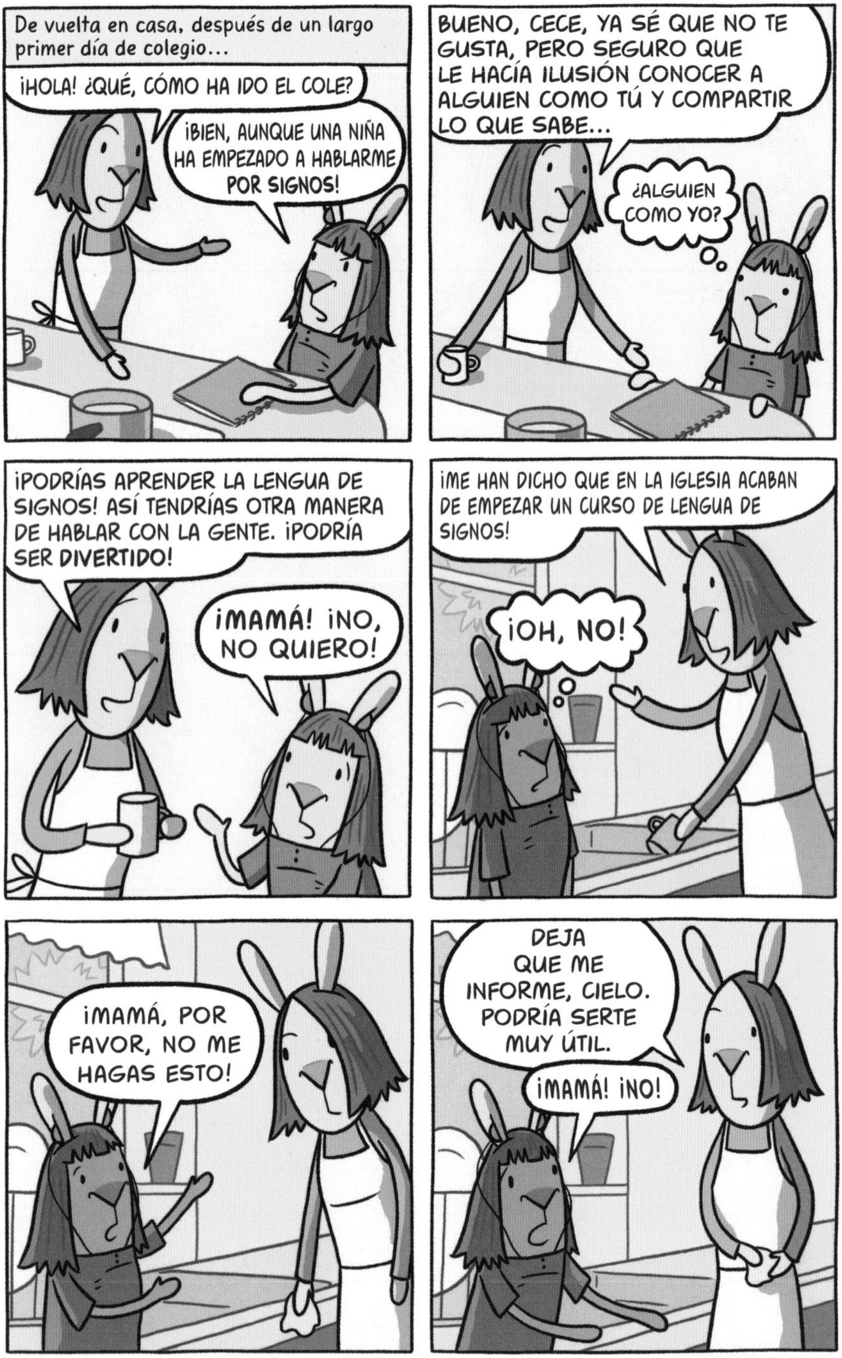
De vuelta en casa, después de un largo primer día de colegio...
¡HOLA! ¿QUÉ, CÓMO HA IDO EL COLE?
¡BIEN, AUNQUE UNA NIÑA HA EMPEZADO A HABLARME POR SIGNOS!
BUENO, CECE, YA SÉ QUE NO TE GUSTA, PERO SEGURO QUE LE HACÍA ILUSIÓN CONOCER A ALGUIEN COMO TÚ Y COMPARTIR LO QUE SABE...
¿ALGUIEN COMO YO?
¡PODRÍAS APRENDER LA LENGUA DE SIGNOS! ASÍ TENDRÍAS OTRA MANERA DE HABLAR CON LA GENTE. ¡PODRÍA SER DIVERTIDO!
¡MAMÁ! ¡NO, NO QUIERO!
¡ME HAN DICHO QUE EN LA IGLESIA ACABAN DE EMPEZAR UN CURSO DE LENGUA DE SIGNOS!
¡OH, NO!
¡MAMÁ, POR FAVOR, NO ME HAGAS ESTO!
DEJA QUE ME INFORME, CIELO. PODRÍA SERTE MUY ÚTIL.
¡MAMÁ! ¡NO!

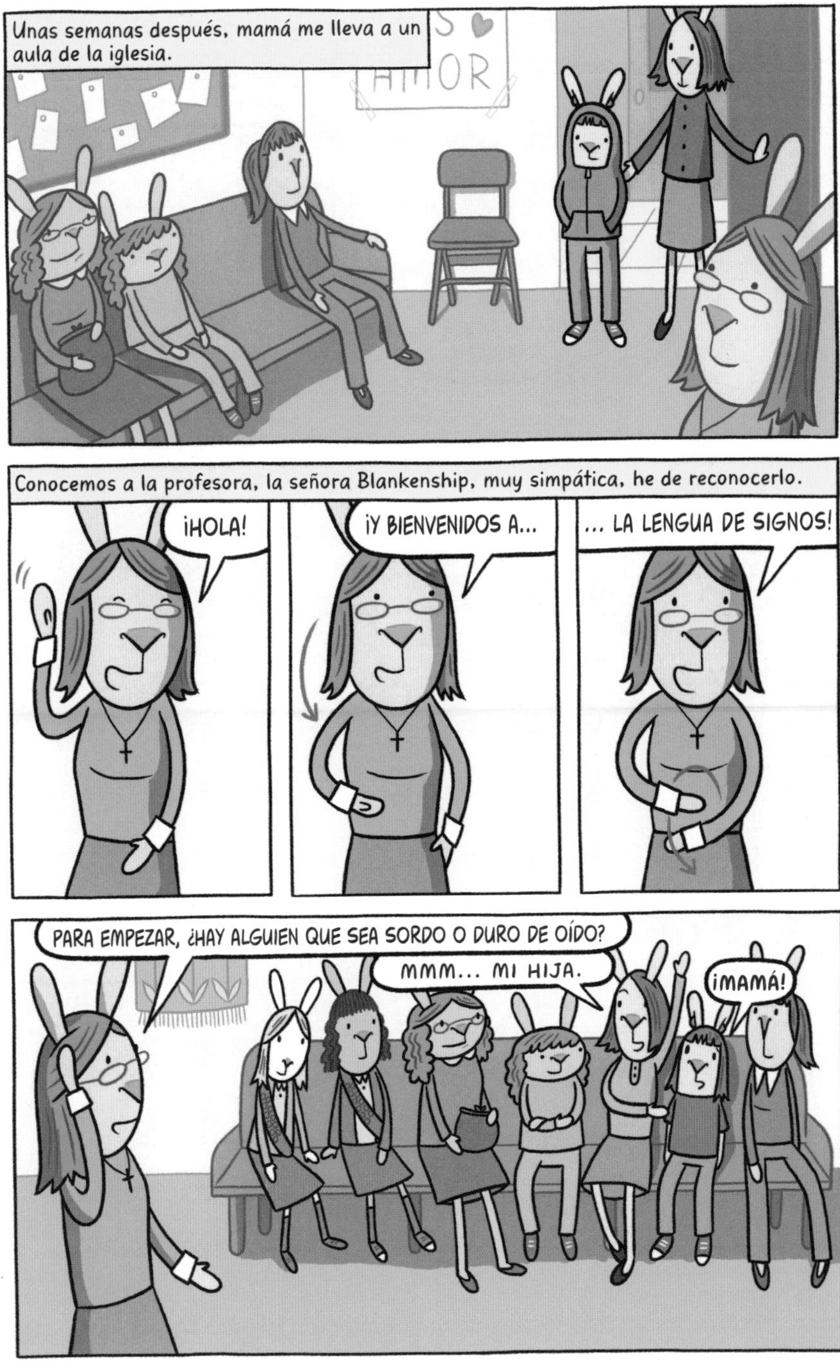
Unas semanas después, mamá me lleva a un aula de la iglesia.
AMOR
Conocemos a la profesora, la señora Blankenship, muy simpática, he de reconocerlo.
¡HOLA!
¡Y BIENVENIDOS A...
... LA LENGUA DE SIGNOS!
PARA EMPEZAR, ¿HAY ALGUIEN QUE SEA SORDO O DURO DE OÍDO?
MMM... MI HIJA.
¡MAMÁ!

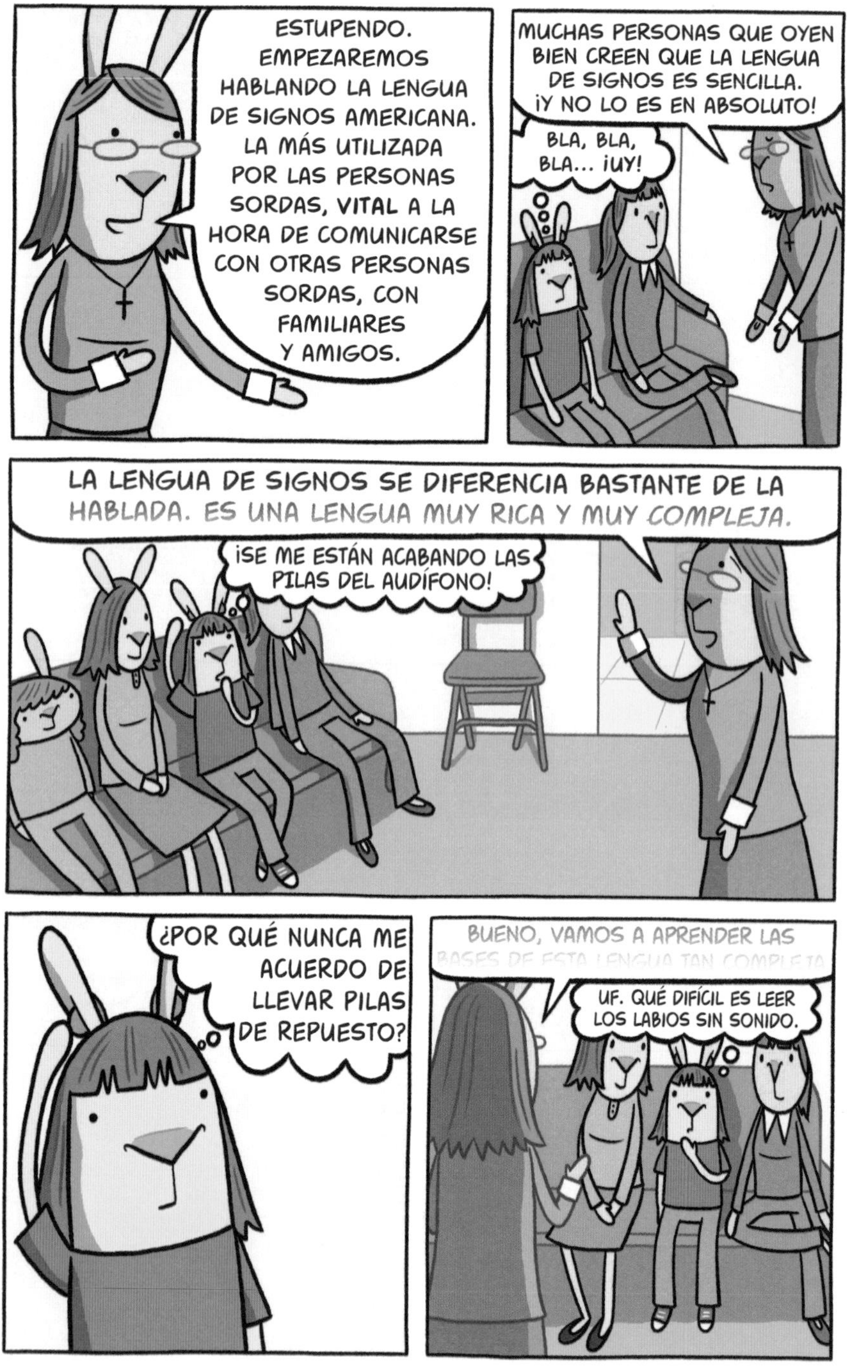
ESTUPENDO. EMPEZAREMOS HABLANDO LA LENGUA DE SIGNOS AMERICANA. LA MÁS UTILIZADA POR LAS PERSONAS SORDAS, VITAL A LA HORA DE COMUNICARSE CON OTRAS PERSONAS SORDAS, CON FAMILIARES Y AMIGOS.
MUCHAS PERSONAS QUE OYEN BIEN CREEN QUE LA LENGUA DE SIGNOS ES SENCILLA. ¡Y NO LO ES EN ABSOLUTO!
BLA, BLA, BLA... ¡UY!
LA LENGUA DE SIGNOS SE DIFERENCIA BASTANTE DE LA HABLADA. ES UNA LENGUA MUY RICA Y MUY COMPLEJA.
¡SE ME ESTÁN ACABANDO LAS PILAS DEL AUDÍFONO!
¿POR QUÉ NUNCA ME ACUERDO DE LLEVAR PILAS DE REPUESTO?
BUENO, VAMOS A APRENDER LAS BASES DE ESTA LENGUA TAN COMPLEJA
UF. QUÉ DIFÍCIL ES LEER LOS LABIOS SIN SONIDO.

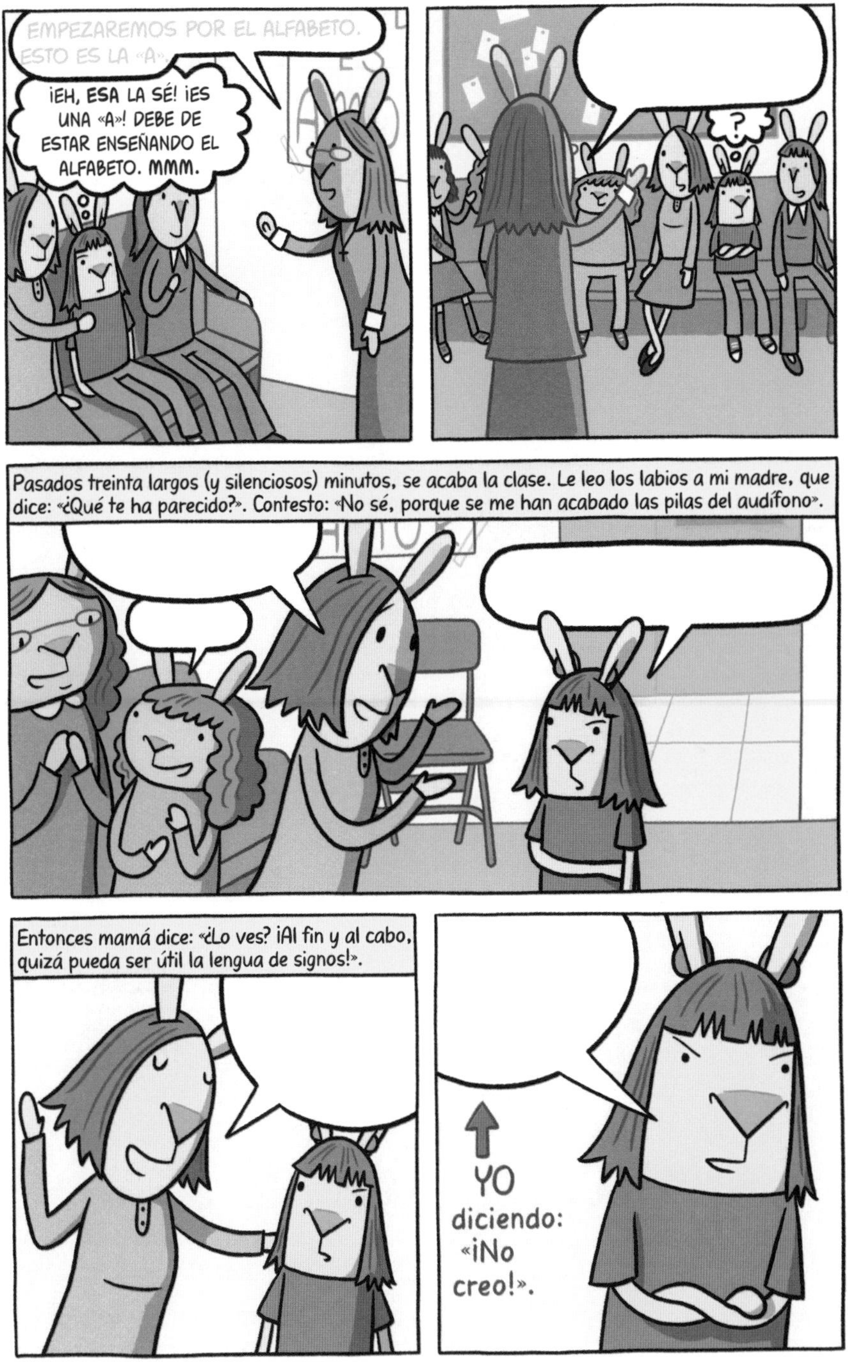

EMPEZAREMOS POR EL ALFABETO. ESTO ES LA «A».
¡EH, ESA LA SÉ! ¡ES UNA «A»! DEBE DE ESTAR ENSEÑANDO EL ALFABETO. MMM.
?
Pasados treinta largos (y silenciosos) minutos, se acaba la clase. Le leo los labios a mi madre, que dice: «¿Qué te ha parecido?». Contesto: «No sé, porque se me han acabado las pilas del audífono».
Entonces mamá dice: «¿Lo ves? ¡Al fin y al cabo, quizá pueda ser útil la lengua de signos!».
YO diciendo: «¡No creo!».

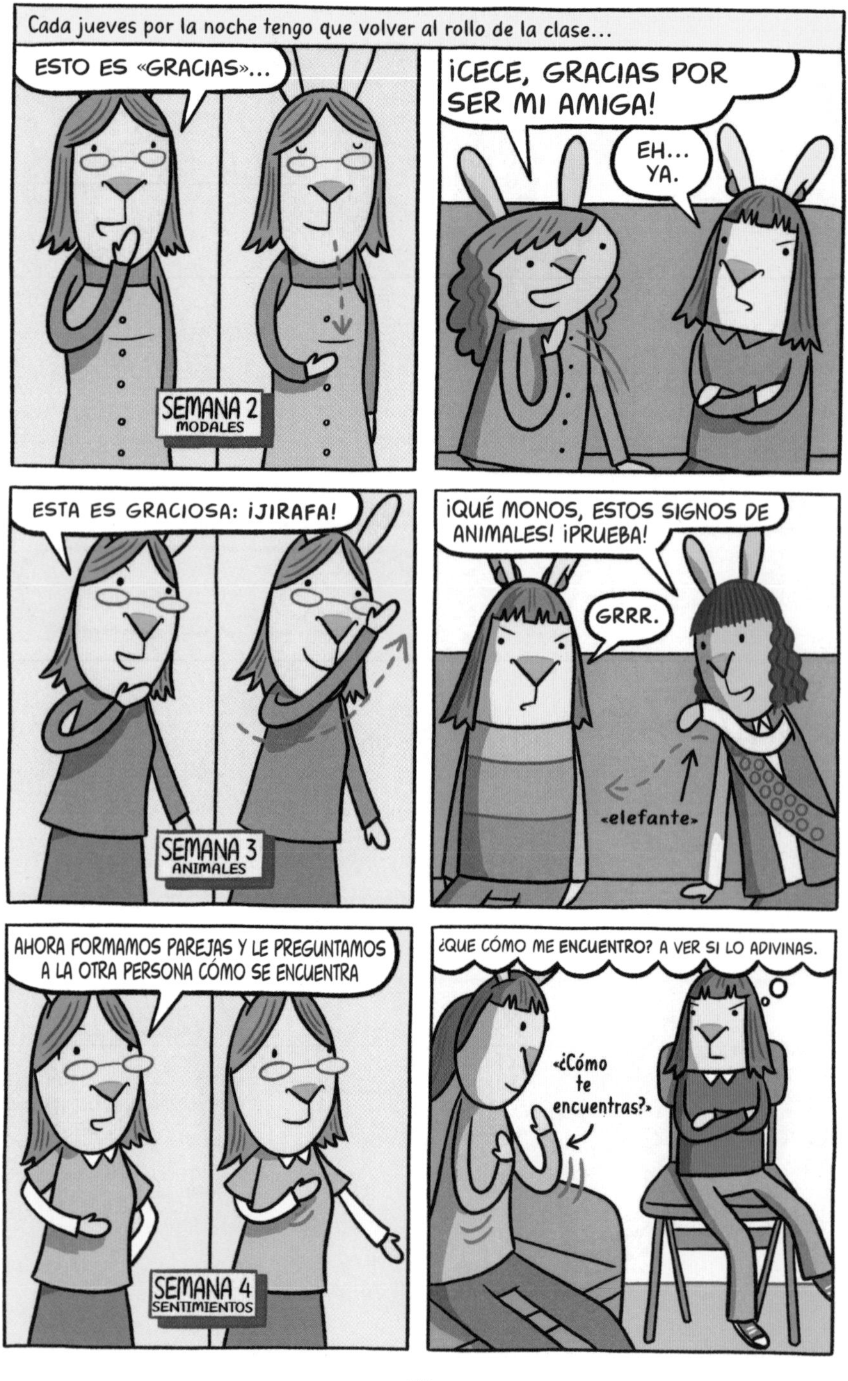
Cada jueves por la noche tengo que volver al rollo de la clase…
ESTO ES «GRACIAS»…
SEMANA 2
MODALES
¡CECE, GRACIAS POR SER MI AMIGA!
EH… YA.
ESTA ES GRACIOSA: ¡JIRAFA!
SEMANA 3
ANIMALES
¡QUÉ MONOS, ESTOS SIGNOS DE ANIMALES! ¡PRUEBA!
GRRR.
«elefante»
AHORA FORMAMOS PAREJAS Y LE PREGUNTAMOS A LA OTRA PERSONA CÓMO SE ENCUENTRA
SEMANA 4
SENTIMIENTOS
¿QUE CÓMO ME ENCUENTRO? A VER SI LO ADIVINAS.
«¿Cómo te encuentras?»

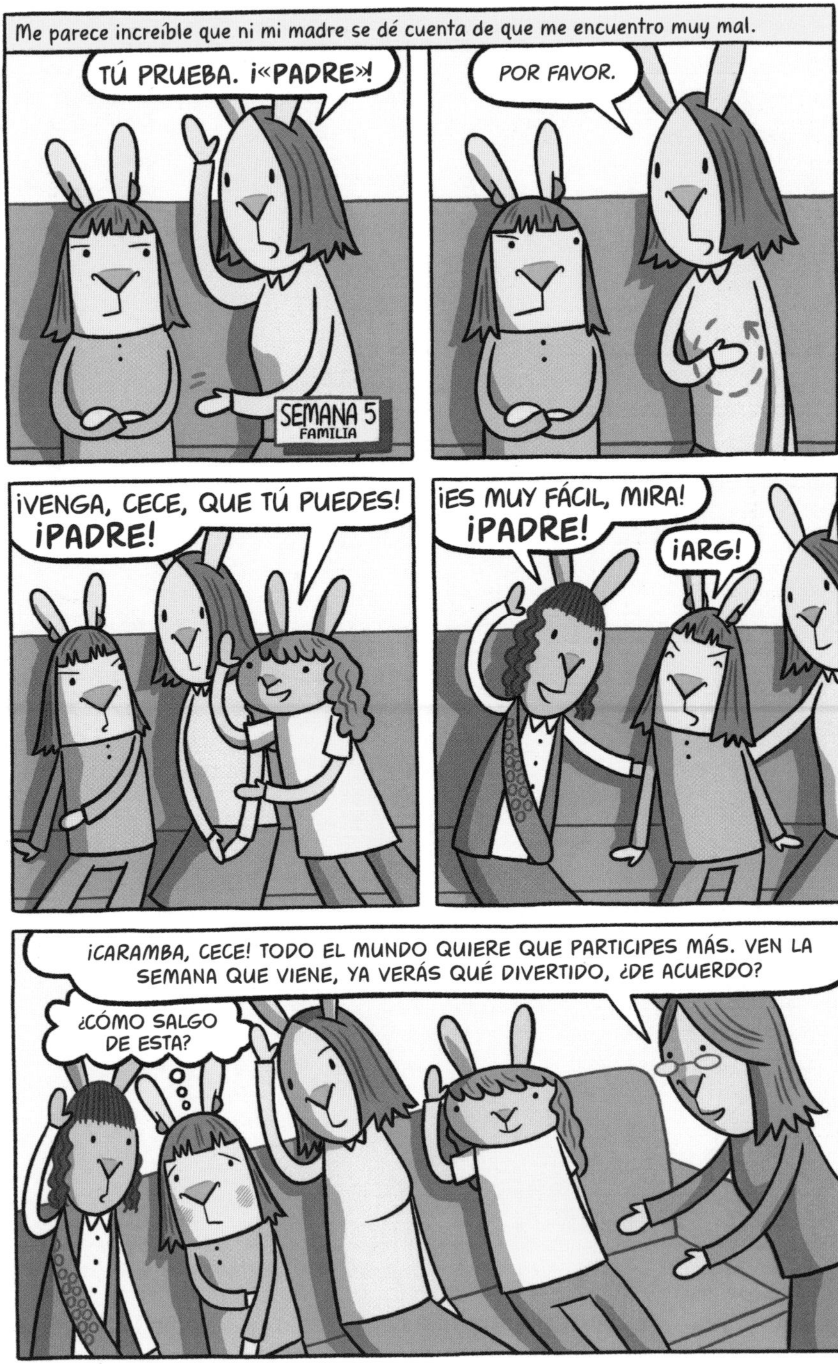
Me parece increíble que ni mi madre se dé cuenta de que me encuentro muy mal.
TÚ PRUEBA. ¡«PADRE»!
SEMANA 5
FAMILIA
POR FAVOR.
¡VENGA, CECE, QUE TÚ PUEDES! ¡PADRE!
¡ES MUY FÁCIL, MIRA! ¡PADRE!
¡ARG!
¡CARAMBA, CECE! TODO EL MUNDO QUIERE QUE PARTICIPES MÁS. VEN LA SEMANA QUE VIENE, YA VERÁS QUÉ DIVERTIDO, ¿DE ACUERDO?
¿CÓMO SALGO DE ESTA?

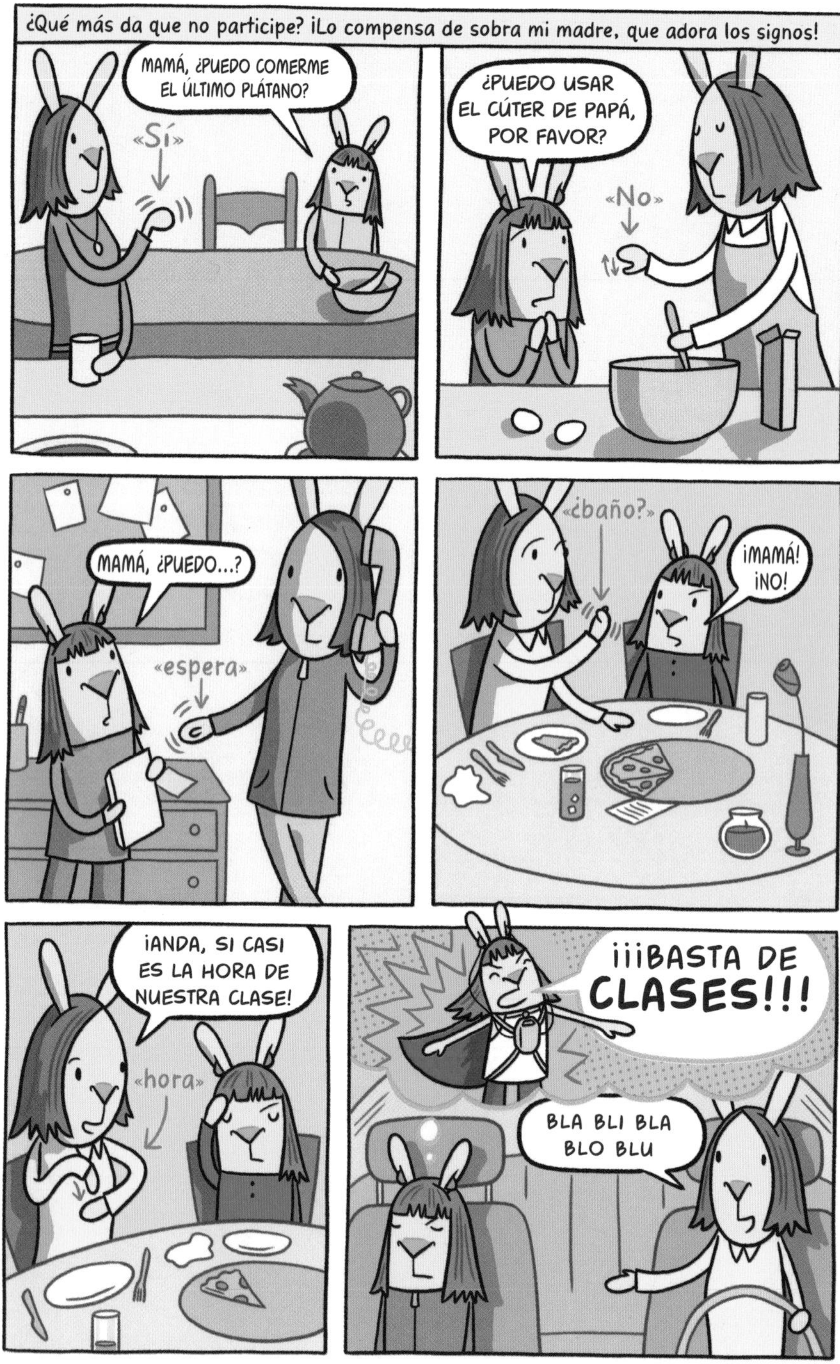
¿Qué más da que no participe? ¡Lo compensa de sobra mi madre, que adora los signos!
MAMÁ, ¿PUEDO COMERME EL ÚLTIMO PLÁTANO?
«Sí»
¿PUEDO USAR EL CÚTER DE PAPÁ, POR FAVOR?
«No»
MAMÁ, ¿PUEDO...?
«espera»
«¿baño?»
¡MAMÁ! ¡NO!
¡ANDA, SI CASI ES LA HORA DE NUESTRA CLASE!
«hora»
¡¡¡BASTA DE CLASES!!!
BLA BLI BLA BLO BLU

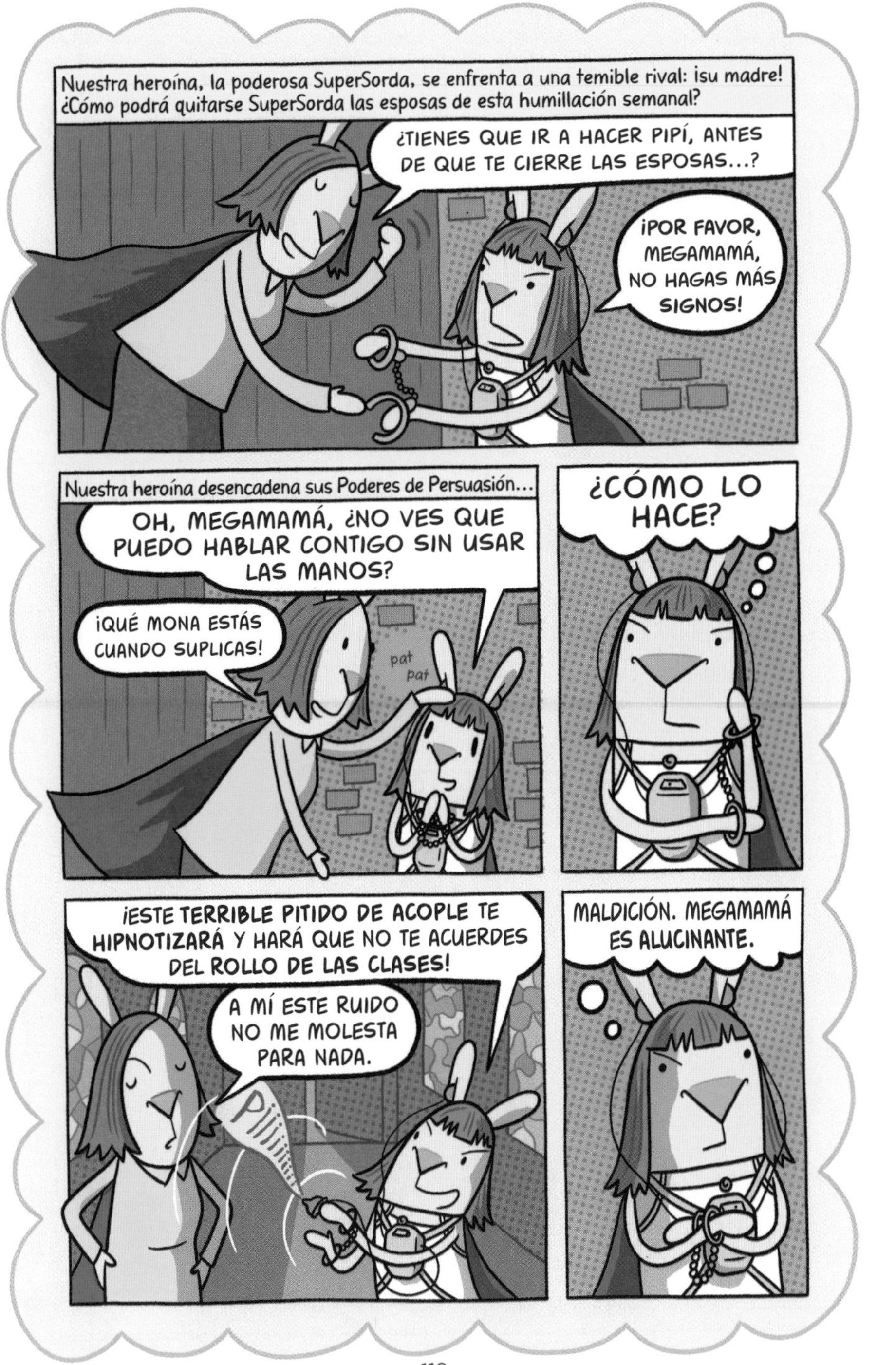
Nuestra heroína, la poderosa SuperSorda, se enfrenta a una temible rival: ¡su madre! ¿Cómo podrá quitarse SuperSorda las esposas de esta humillación semanal?
¿TIENES QUE IR A HACER PIPÍ, ANTES DE QUE TE CIERRE LAS ESPOSAS...?
¡POR FAVOR, MEGAMAMÁ, NO HAGAS MÁS SIGNOS!
Nuestra heroína desencadena sus Poderes de Persuasión...
OH, MEGAMAMÁ, ¿NO VES QUE PUEDO HABLAR CONTIGO SIN USAR LAS MANOS?
¡QUÉ MONA ESTÁS CUANDO SUPLICAS!
pat pat
¿CÓMO LO HACE?
¡ESTE TERRIBLE PITIDO DE ACOPLE TE HIPNOTIZARÁ Y HARÁ QUE NO TE ACUERDES DEL ROLLO DE LAS CLASES!
A MÍ ESTE RUIDO NO ME MOLESTA PARA NADA.
Piiiiiiiii
MALDICIÓN. MEGAMAMÁ ES ALUCINANTE.

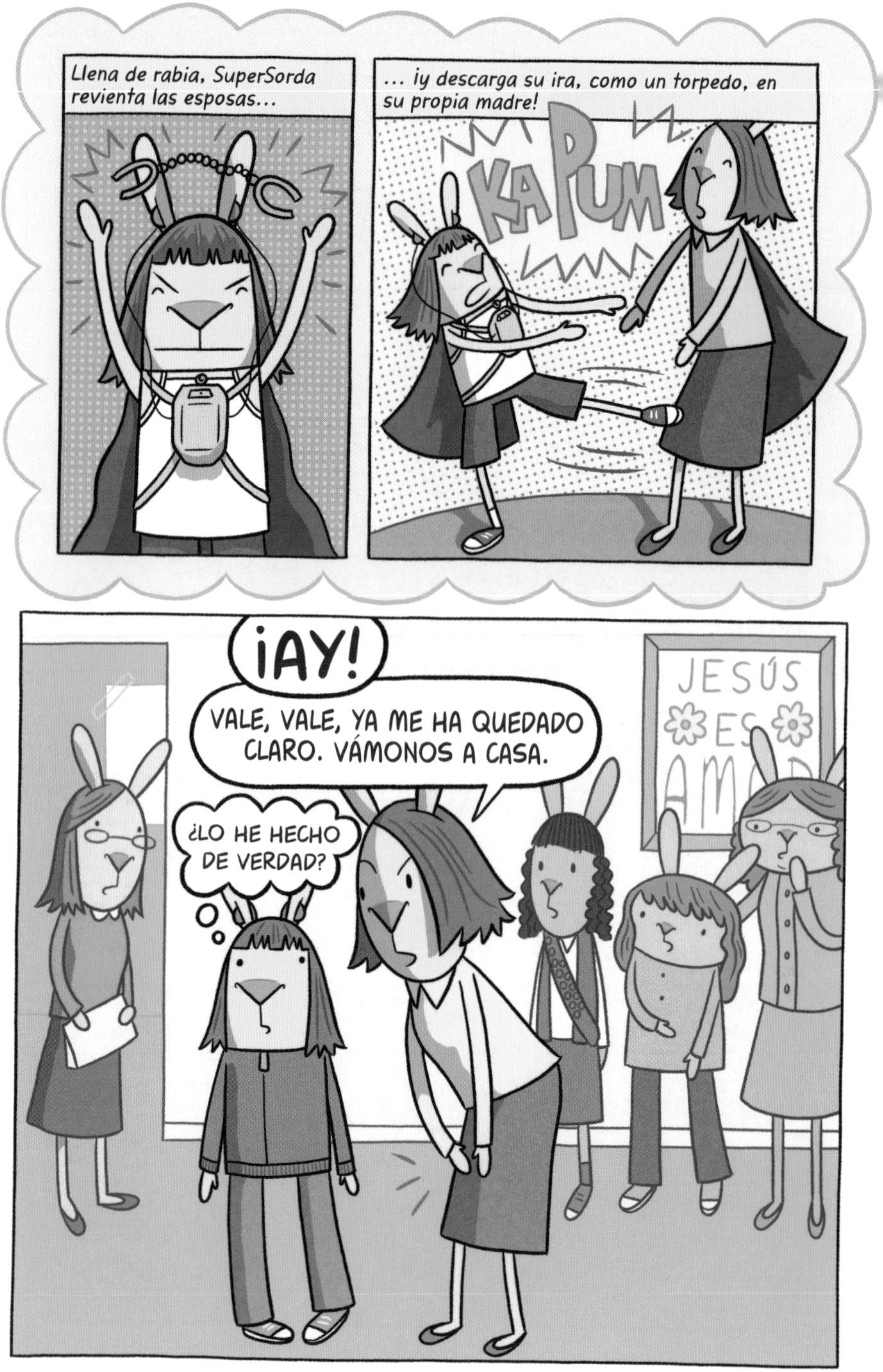
Llena de rabia, SuperSorda revienta las esposas...
... ¡y descarga su ira, como un torpedo, en su propia madre!
KAPUM
¡AY!
VALE, VALE, YA ME HA QUEDADO CLARO. VÁMONOS A CASA.
¿LO HE HECHO DE VERDAD?
JESÚS ES AMOR

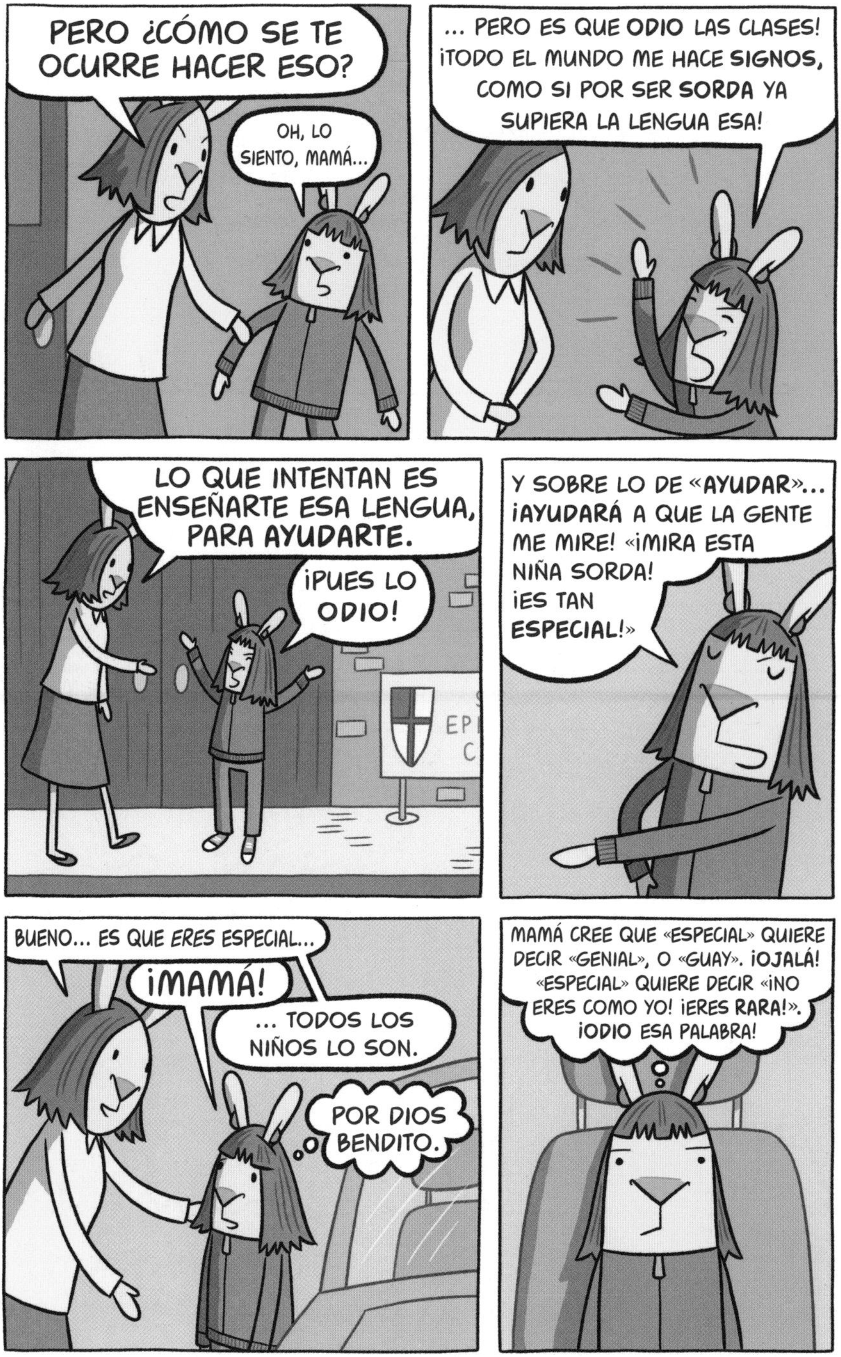
PERO ¿CÓMO SE TE OCURRE HACER ESO?
OH, LO SIENTO, MAMÁ...
... PERO ES QUE ODIO LAS CLASES! ¡TODO EL MUNDO ME HACE SIGNOS, COMO SI POR SER SORDA YA SUPIERA LA LENGUA ESA!
LO QUE INTENTAN ES ENSEÑARTE ESA LENGUA, PARA AYUDARTE.
¡PUES LO ODIO!
Y SOBRE LO DE «AYUDAR»... ¡AYUDARÁ A QUE LA GENTE ME MIRE! «¡MIRA ESTA NIÑA SORDA! ¡ES TAN ESPECIAL!»
BUENO... ES QUE ERES ESPECIAL...
¡MAMÁ!
... TODOS LOS NIÑOS LO SON.
POR DIOS BENDITO.
MAMÁ CREE QUE «ESPECIAL» QUIERE DECIR «GENIAL», O «GUAY». ¡OJALÁ! «ESPECIAL» QUIERE DECIR «¡NO ERES COMO YO! ¡ERES RARA!». ¡ODIO ESA PALABRA!

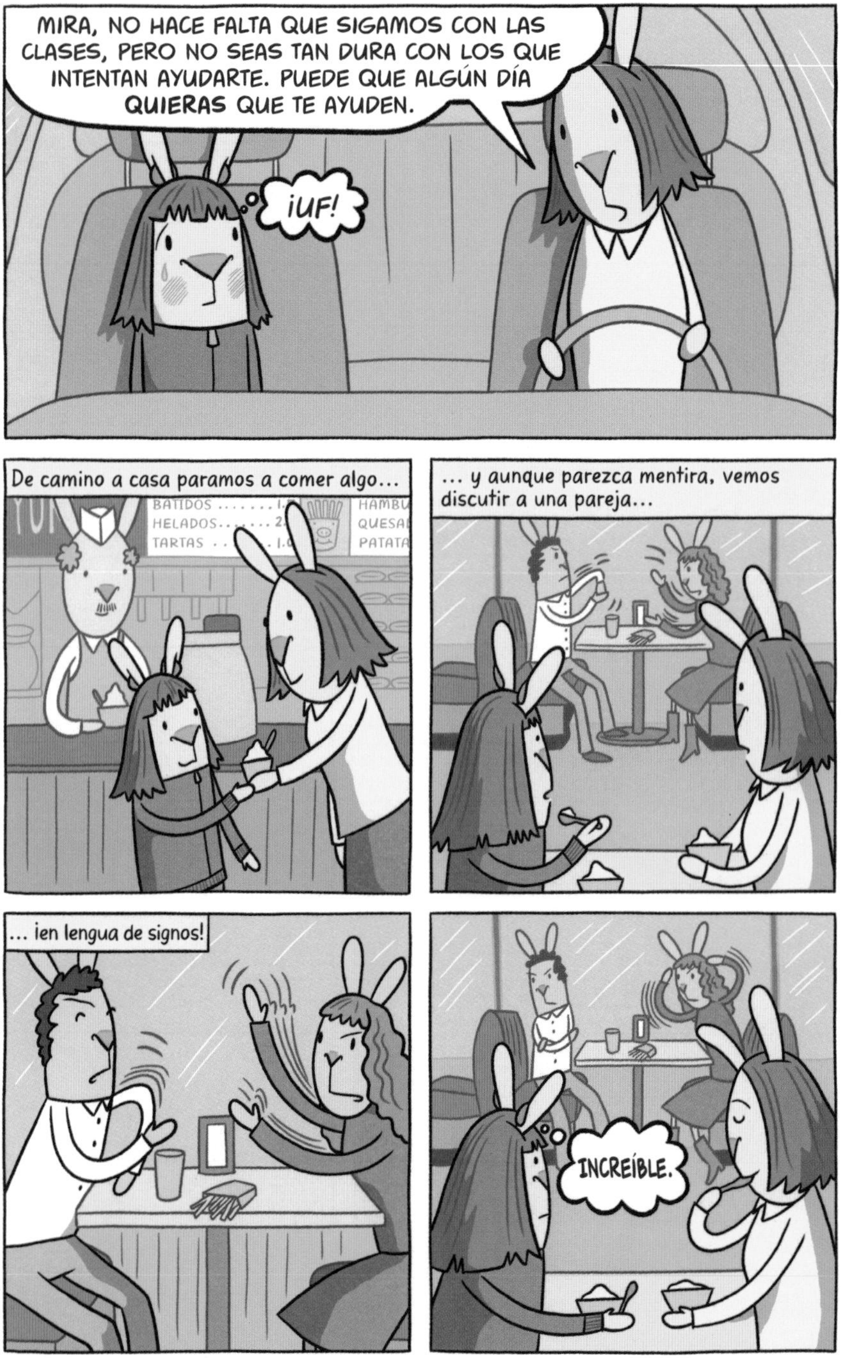
MIRA, NO HACE FALTA QUE SIGAMOS CON LAS CLASES, PERO NO SEAS TAN DURA CON LOS QUE INTENTAN AYUDARTE. PUEDE QUE ALGÚN DÍA **QUIERAS** QUE TE AYUDEN.
¡UF!
De camino a casa paramos a comer algo...
BATIDOS
HELADOS
TARTAS
... y aunque parezca mentira, vemos discutir a una pareja...
... ¡en lengua de signos!
INCREÍBLE.

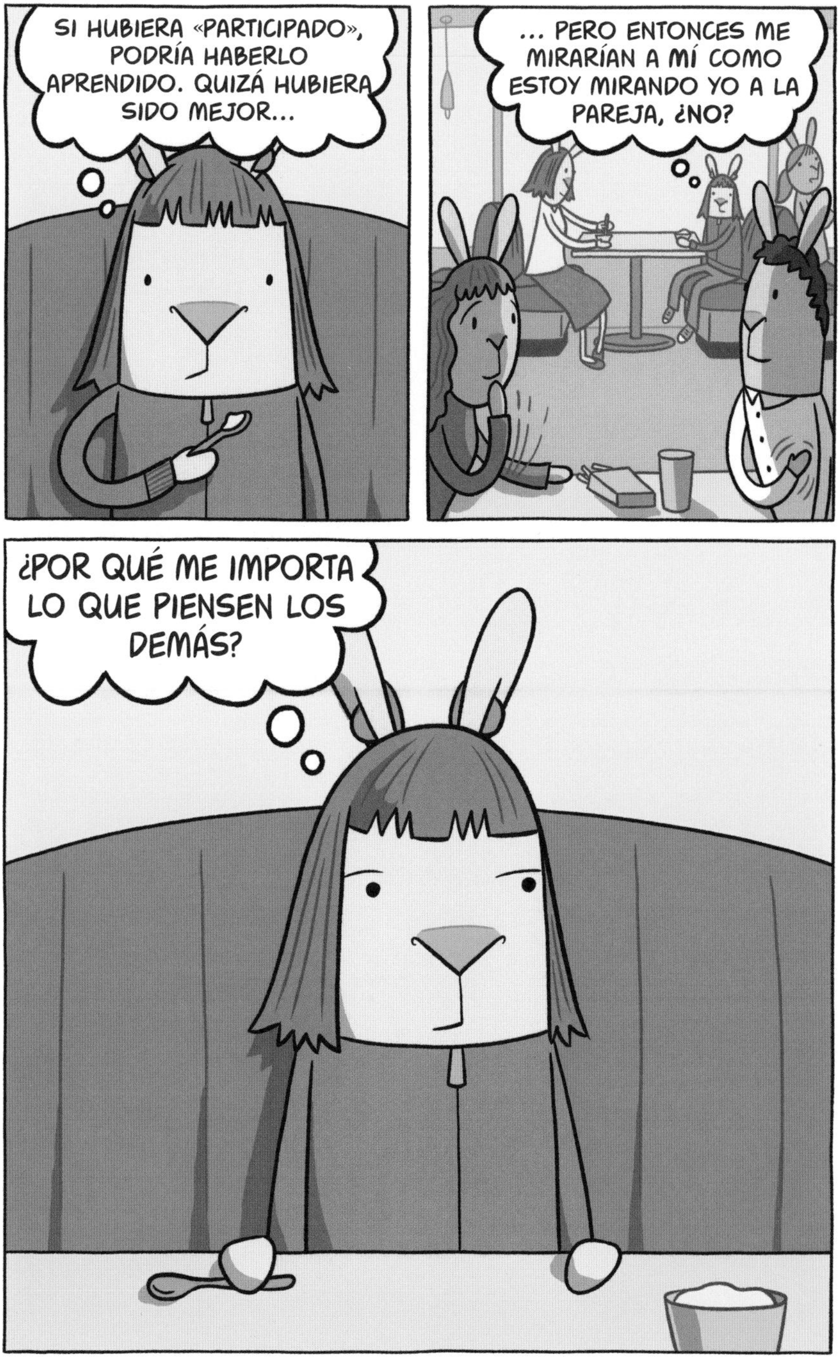
SI HUBIERA «PARTICIPADO», PODRÍA HABERLO APRENDIDO. QUIZÁ HUBIERA SIDO MEJOR...
... PERO ENTONCES ME MIRARÍAN A MÍ COMO ESTOY MIRANDO YO A LA PAREJA, ¿NO?
¿POR QUÉ ME IMPORTA LO QUE PIENSEN LOS DEMÁS?

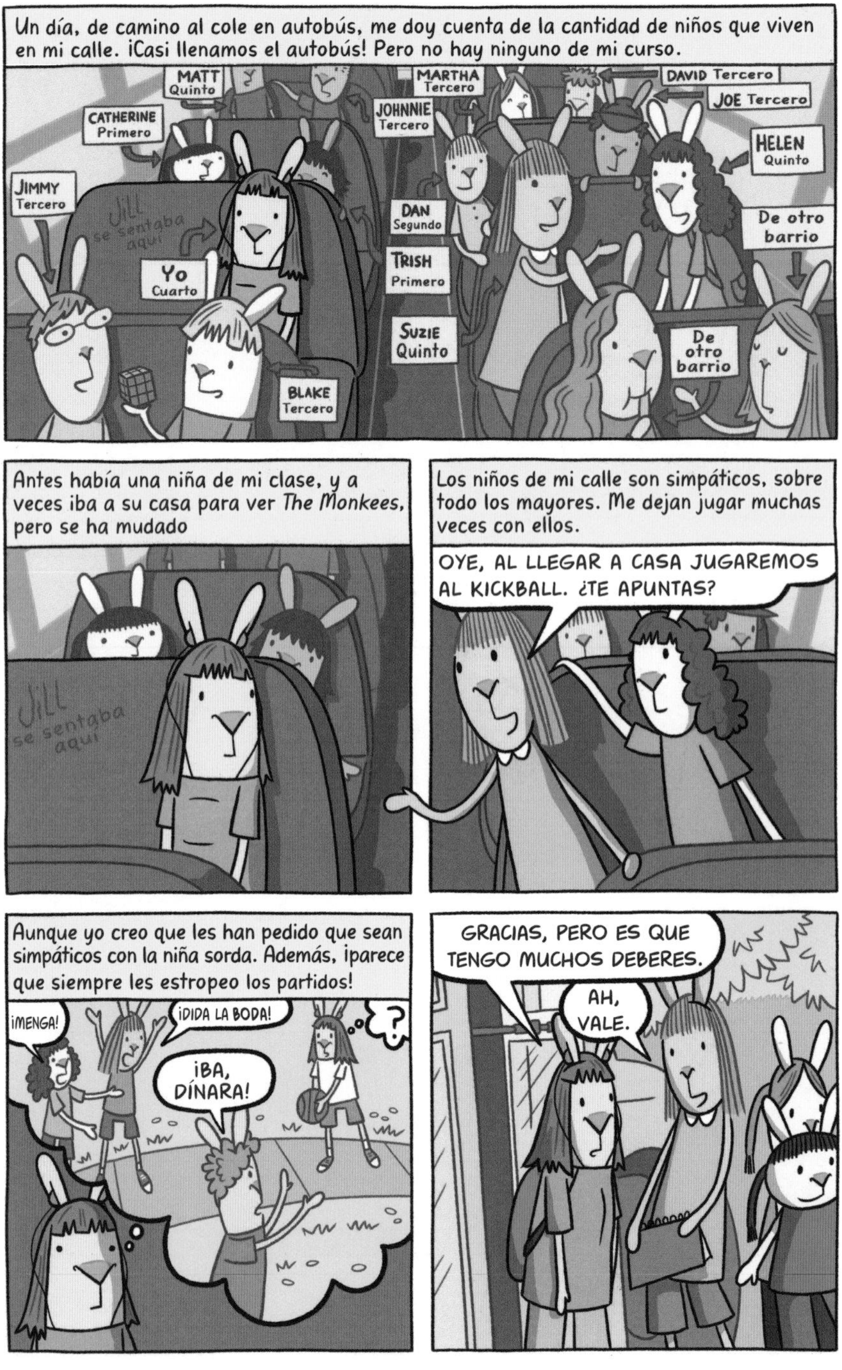
Un día, de camino al cole en autobús, me doy cuenta de la cantidad de niños que viven en mi calle. ¡Casi llenamos el autobús! Pero no hay ninguno de mi curso.
MATT Quinto
CATHERINE Primero
JIMMY Tercero
JILL se sentaba aquí
Yo Cuarto
BLAKE Tercero
MARTHA Tercero
JOHNNIE Tercero
DAN Segundo
TRISH Primero
SUZIE Quinto
DAVID Tercero
JOE Tercero
HELEN Quinto
De otro barrio
De otro barrio
Antes había una niña de mi clase, y a veces iba a su casa para ver *The Monkees*, pero se ha mudado
JILL se sentaba aquí
Los niños de mi calle son simpáticos, sobre todo los mayores. Me dejan jugar muchas veces con ellos.
OYE, AL LLEGAR A CASA JUGAREMOS AL KICKBALL. ¿TE APUNTAS?
Aunque yo creo que les han pedido que sean simpáticos con la niña sorda. Además, ¡parece que siempre les estropeo los partidos!
¡MENGA!
¡DIDA LA BODA!
?
¡BA, DÍNARA!
GRACIAS, PERO ES QUE TENGO MUCHOS DEBERES.
AH, VALE.

¿Kickball? ¡Ja! Haré lo que suelo hacer al volver del colegio: ver la tele.

CECE, ES GINNY. PREGUNTA SI QUIERES IR A SU CASA.

EH... NO, GRACIAS, DILE QUE ESTOY OCUPADA.

¿GINNY? EH... ES QUE HOY CECE TIENE MUCHAS COSAS QUE HACER... SALUDA A TU MADRE, ¿VALE? ADIÓS...

¡LLEVAS SIGLOS SIN VER A GINNY! ¿QUÉ PASA? ¿OS HABÉIS PELEADO?

ALGO ASÍ.

¿QUIERES HABLAR DEL TEMA?

NO, LA VERDAD.

MIRA, LO SIENTO, PERO NO ME GUSTA QUE LE DIGAS MENTIRAS A TU AMIGA, ASÍ QUE TE ACONSEJO QUE TE «OCUPES» CON ALGO.

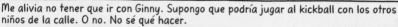

Me alivia no tener que ir con Ginny. Supongo que podría jugar al kickball con los otros niños de la calle. O no. No sé qué hacer.

SUSPIRO...

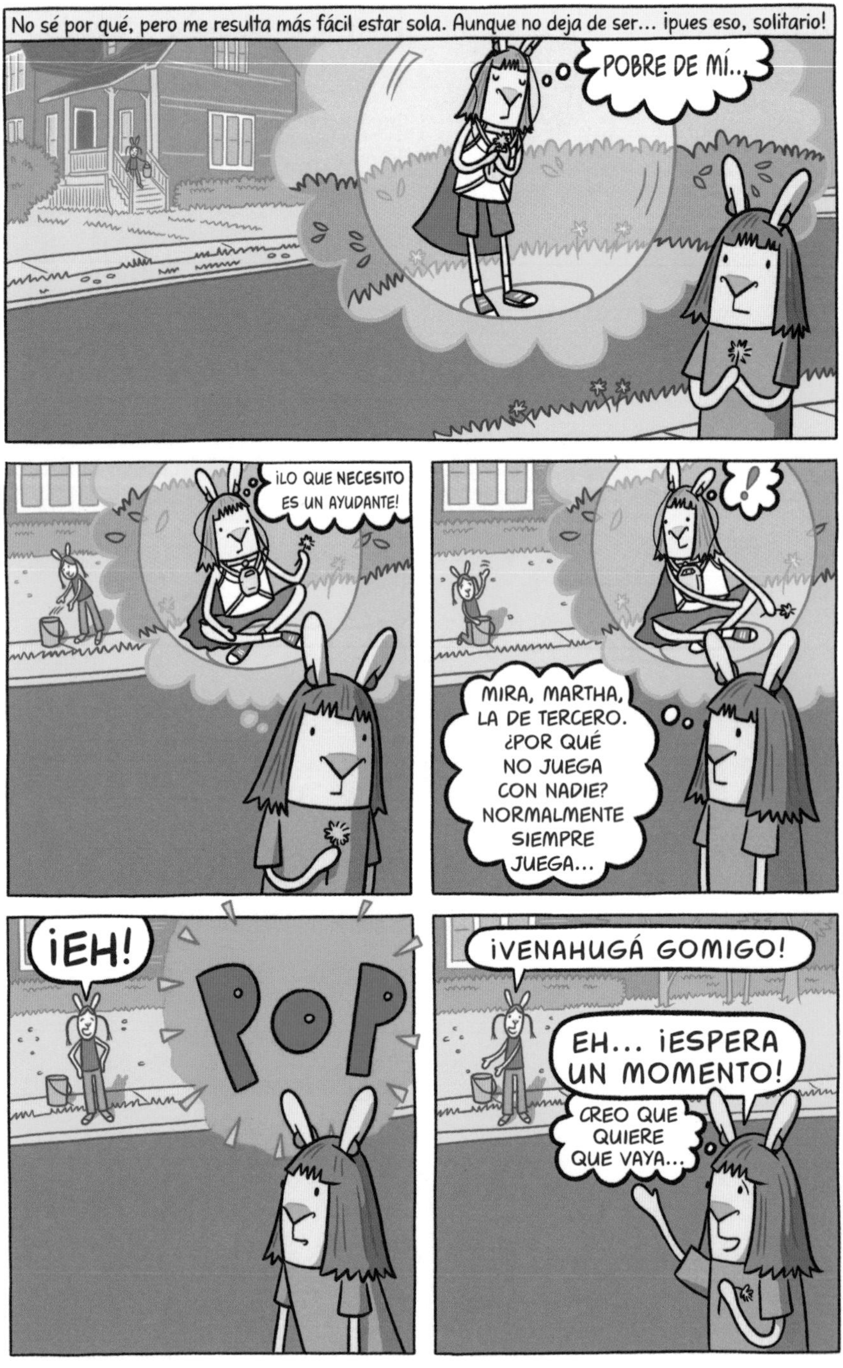

No sé por qué, pero me resulta más fácil estar sola. Aunque no deja de ser... ¡pues eso, solitario!
POBRE DE MÍ...
¡LO QUE NECESITO ES UN AYUDANTE!
!
MIRA, MARTHA, LA DE TERCERO. ¿POR QUÉ NO JUEGA CON NADIE? NORMALMENTE SIEMPRE JUEGA...
¡EH!
POP
¡VENAHUGÁ GOMIGO!
EH... ¡ESPERA UN MOMENTO!
CREO QUE QUIERE QUE VAYA...

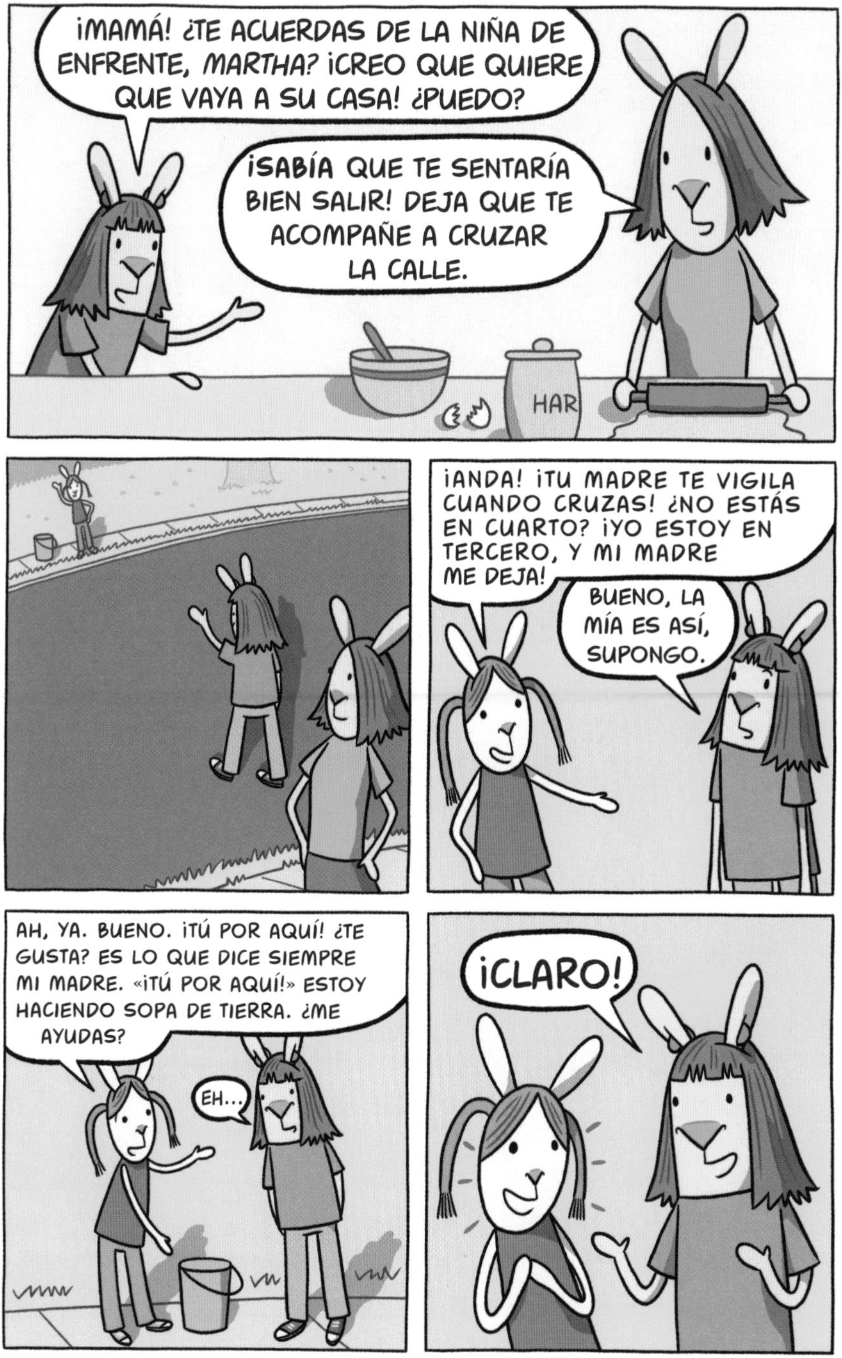
¡MAMÁ! ¿TE ACUERDAS DE LA NIÑA DE ENFRENTE, MARTHA? ¡CREO QUE QUIERE QUE VAYA A SU CASA! ¿PUEDO?
¡SABÍA QUE TE SENTARÍA BIEN SALIR! DEJA QUE TE ACOMPAÑE A CRUZAR LA CALLE.
HAR
¡ANDA! ¡TU MADRE TE VIGILA CUANDO CRUZAS! ¿NO ESTÁS EN CUARTO? ¡YO ESTOY EN TERCERO, Y MI MADRE ME DEJA!
BUENO, LA MÍA ES ASÍ, SUPONGO.
AH, YA. BUENO. ¡TÚ POR AQUÍ! ¿TE GUSTA? ES LO QUE DICE SIEMPRE MI MADRE. «¡TÚ POR AQUÍ!» ESTOY HACIENDO SOPA DE TIERRA. ¿ME AYUDAS?
EH...
¡CLARO!

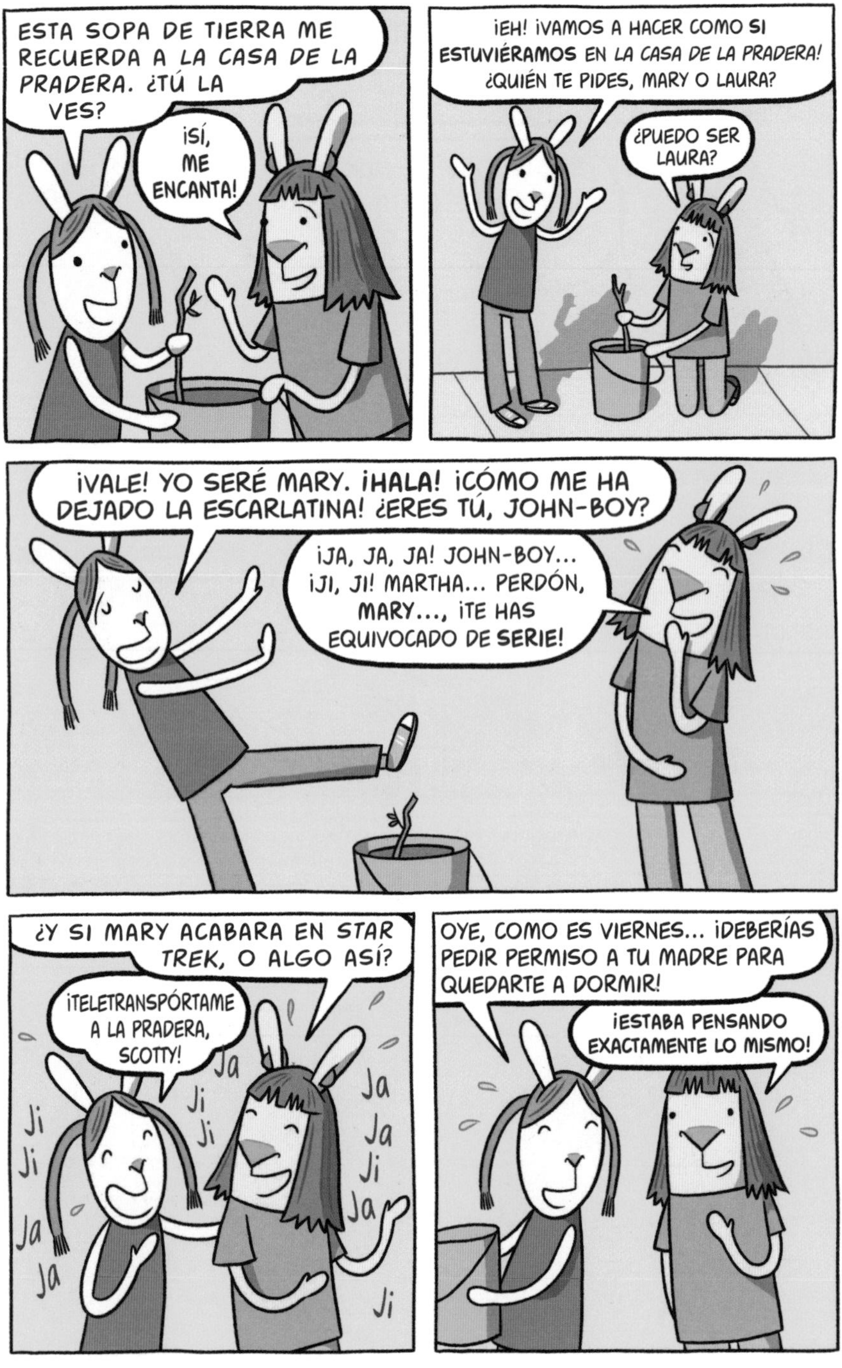
ESTA SOPA DE TIERRA ME RECUERDA A LA CASA DE LA PRADERA. ¿TÚ LA VES?
¡SÍ, ME ENCANTA!
¡EH! ¡VAMOS A HACER COMO **SI ESTUVIÉRAMOS** EN LA CASA DE LA PRADERA! ¿QUIÉN TE PIDES, MARY O LAURA?
¿PUEDO SER LAURA?
¡VALE! YO SERÉ MARY. **¡HALA!** ¡CÓMO ME HA DEJADO LA ESCARLATINA! ¿ERES TÚ, JOHN-BOY?
¡JA, JA, JA! JOHN-BOY... ¡JI, JI! MARTHA... PERDÓN, MARY..., ¡TE HAS EQUIVOCADO DE **SERIE**!
¿Y SI MARY ACABARA EN *STAR TREK*, O ALGO ASÍ?
¡TELETRANSPÓRTAME A LA PRADERA, SCOTTY!
Ji Ji Ja Ja
Ja Ji Ji
Ja Ja Ji Ja Ji
OYE, COMO ES VIERNES... ¡DEBERÍAS PEDIR PERMISO A TU MADRE PARA QUEDARTE A DORMIR!
¡ESTABA PENSANDO EXACTAMENTE LO MISMO!

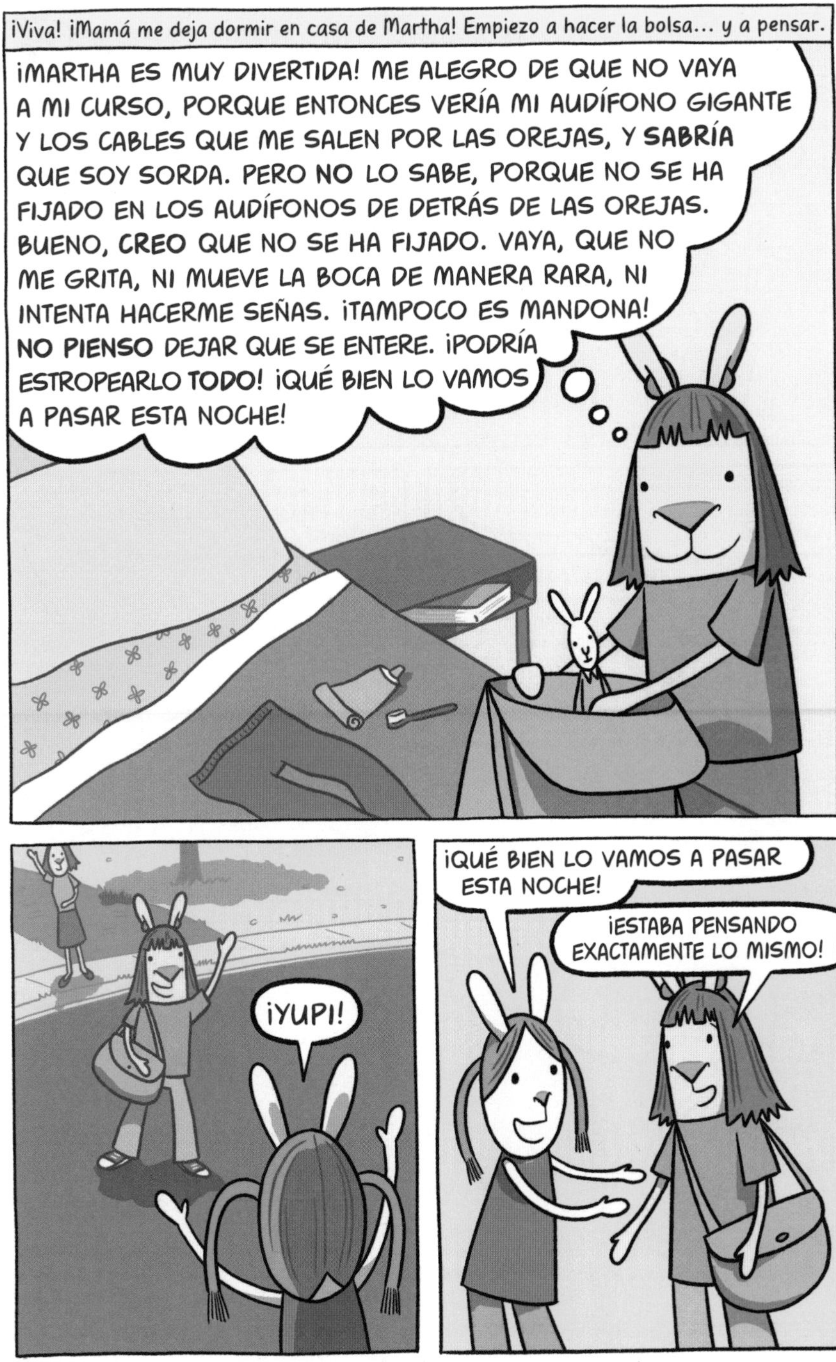
¡Viva! ¡Mamá me deja dormir en casa de Martha! Empiezo a hacer la bolsa... y a pensar.
¡MARTHA ES MUY DIVERTIDA! ME ALEGRO DE QUE NO VAYA A MI CURSO, PORQUE ENTONCES VERÍA MI AUDÍFONO GIGANTE Y LOS CABLES QUE ME SALEN POR LAS OREJAS, Y SABRÍA QUE SOY SORDA. PERO NO LO SABE, PORQUE NO SE HA FIJADO EN LOS AUDÍFONOS DE DETRÁS DE LAS OREJAS. BUENO, CREO QUE NO SE HA FIJADO. VAYA, QUE NO ME GRITA, NI MUEVE LA BOCA DE MANERA RARA, NI INTENTA HACERME SEÑAS. ¡TAMPOCO ES MANDONA! NO PIENSO DEJAR QUE SE ENTERE. ¡PODRÍA ESTROPEARLO TODO! ¡QUÉ BIEN LO VAMOS A PASAR ESTA NOCHE!
¡YUPI!
¡QUÉ BIEN LO VAMOS A PASAR ESTA NOCHE!
¡ESTABA PENSANDO EXACTAMENTE LO MISMO!

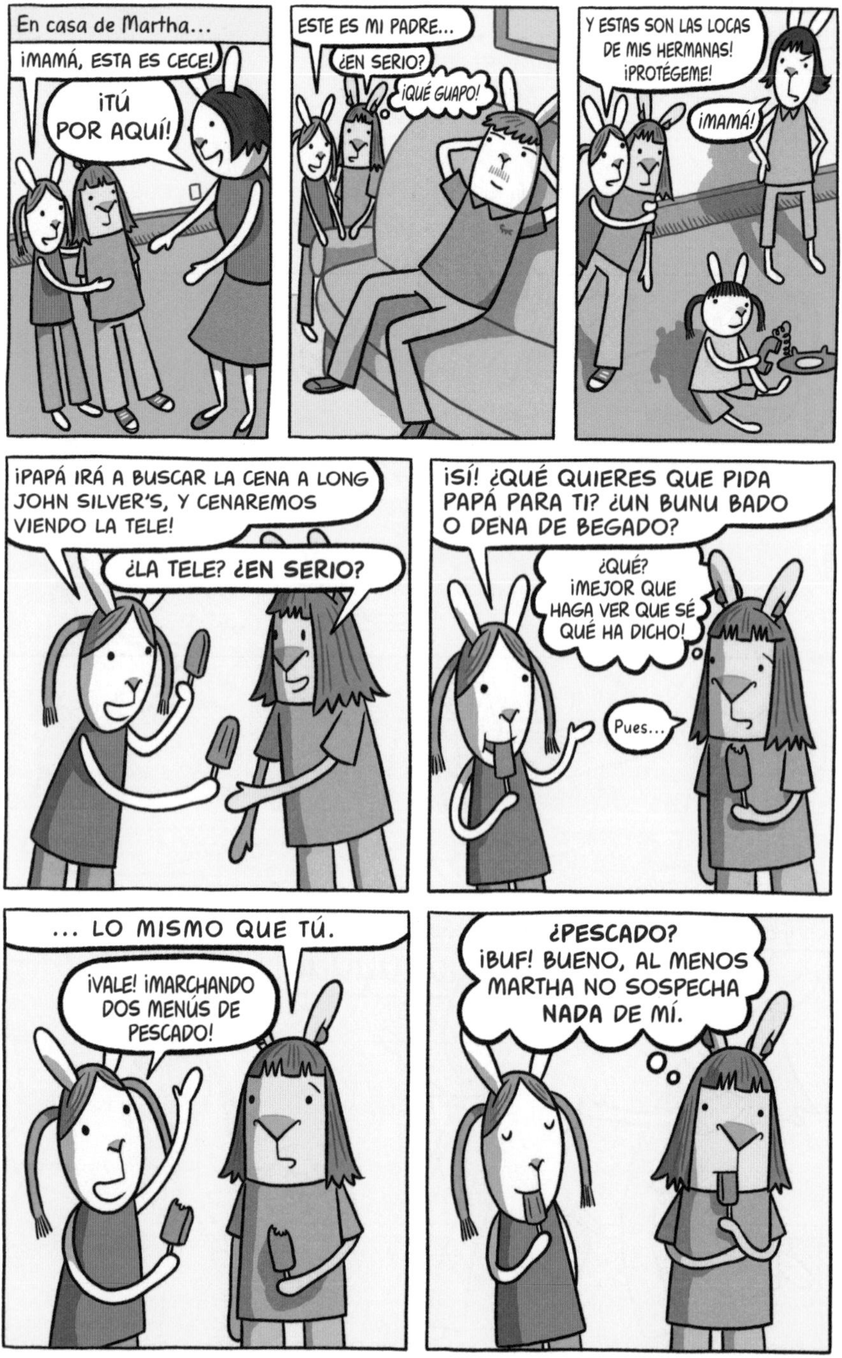
En casa de Martha...
¡MAMÁ, ESTA ES CECE!
¡TÚ POR AQUÍ!
ESTE ES MI PADRE...
¿EN SERIO?
¡QUÉ GUAPO!
Y ESTAS SON LAS LOCAS DE MIS HERMANAS! ¡PROTÉGEME!
¡MAMÁ!
¡PAPÁ IRÁ A BUSCAR LA CENA A LONG JOHN SILVER'S, Y CENAREMOS VIENDO LA TELE!
¿LA TELE? ¿EN SERIO?
¡SÍ! ¿QUÉ QUIERES QUE PIDA PAPÁ PARA TI? ¿UN BUNU BADO O DENA DE BEGADO?
¿QUÉ? ¡MEJOR QUE HAGA VER QUE SÉ QUÉ HA DICHO!
Pues...
... LO MISMO QUE TÚ.
¡VALE! ¡MARCHANDO DOS MENÚS DE PESCADO!
¿PESCADO? ¡BUF! BUENO, AL MENOS MARTHA NO SOSPECHA NADA DE MÍ.

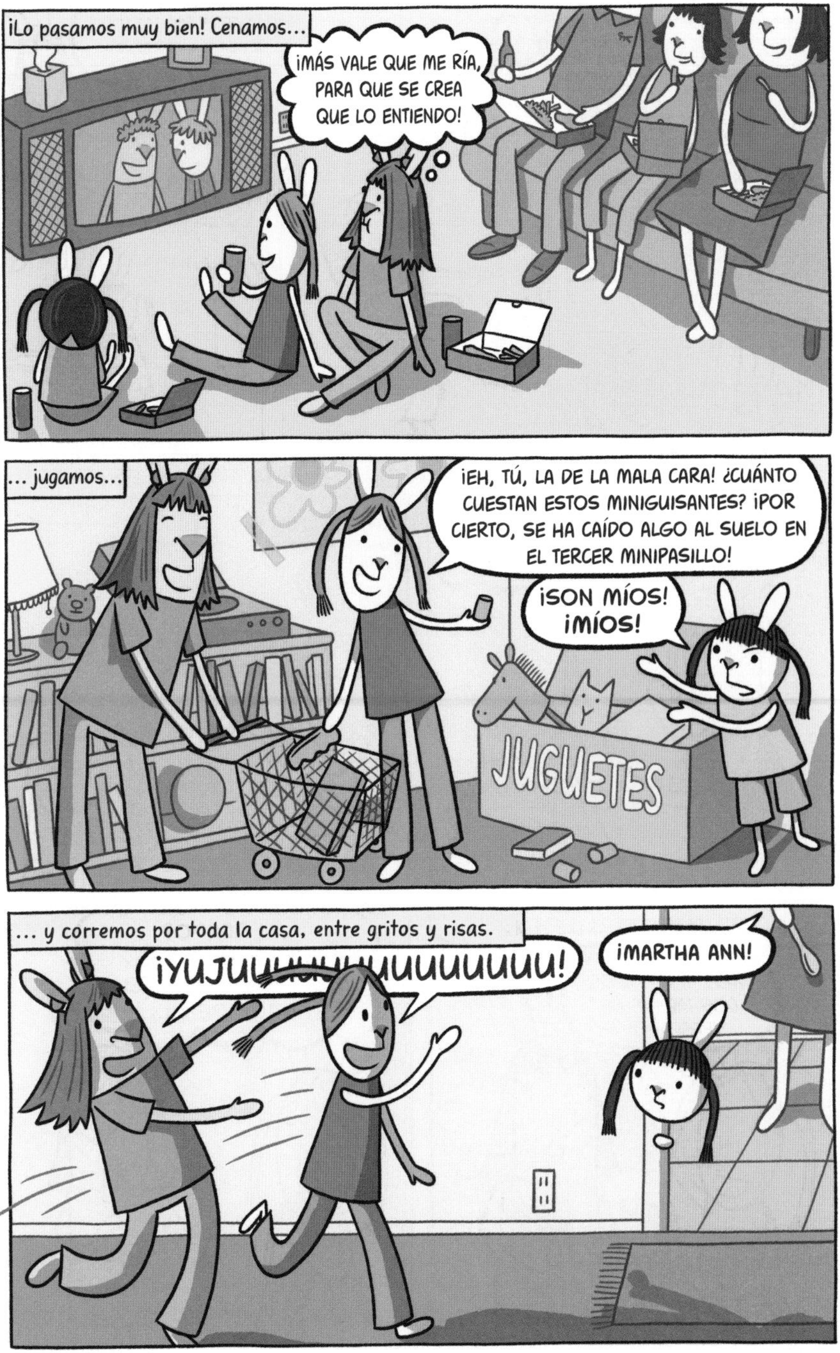
¡Lo pasamos muy bien! Cenamos...
¡MÁS VALE QUE ME RÍA, PARA QUE SE CREA QUE LO ENTIENDO!
... jugamos...
¡EH, TÚ, LA DE LA MALA CARA! ¿CUÁNTO CUESTAN ESTOS MINIGUISANTES? ¡POR CIERTO, SE HA CAÍDO ALGO AL SUELO EN EL TERCER MINIPASILLO!
¡SON MÍOS! ¡MÍOS!
JUGUETES
... y corremos por toda la casa, entre gritos y risas.
¡YUJUUUUUUUUUUUUUU!
¡MARTHA ANN!

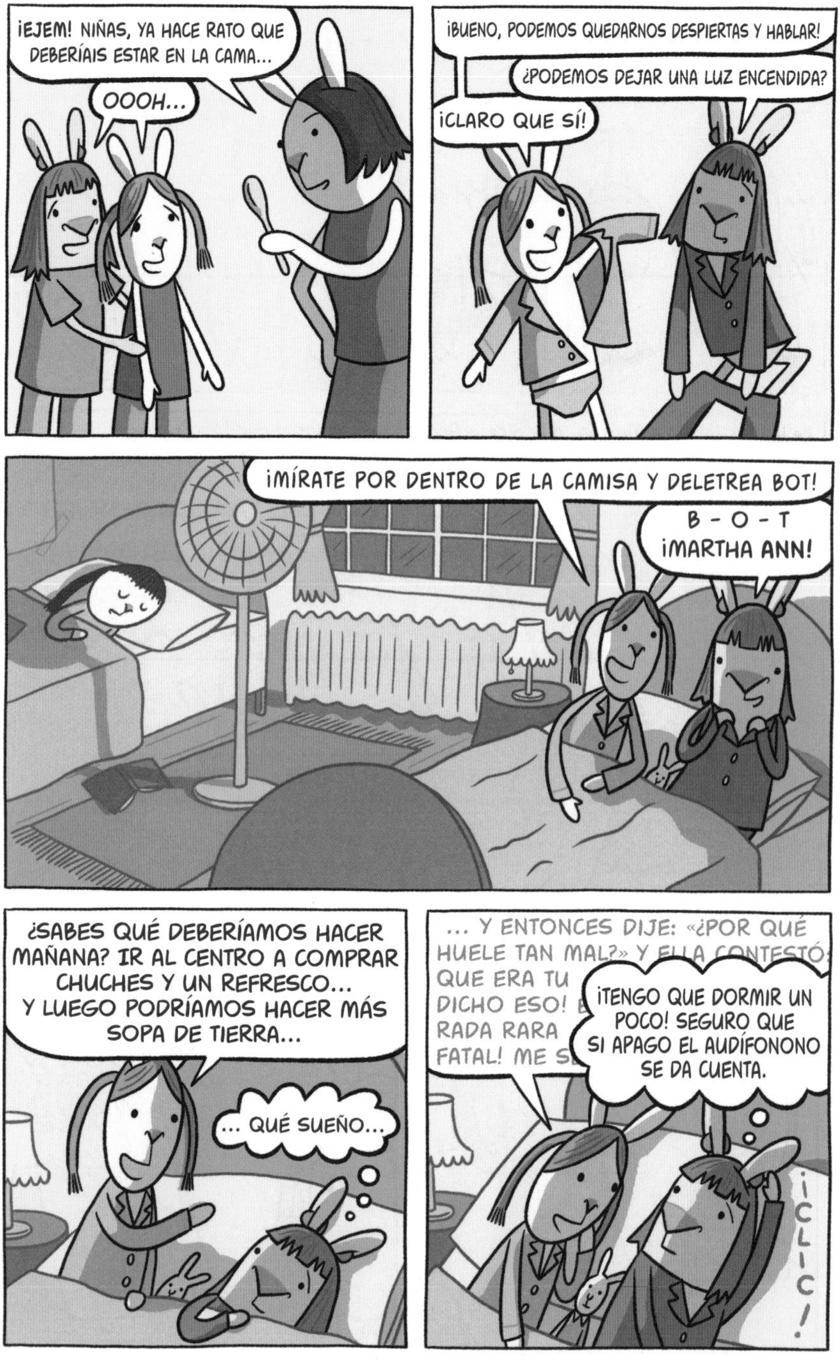
¡EJEM! NIÑAS, YA HACE RATO QUE DEBERÍAIS ESTAR EN LA CAMA...
OOOH...
¡BUENO, PODEMOS QUEDARNOS DESPIERTAS Y HABLAR!
¿PODEMOS DEJAR UNA LUZ ENCENDIDA?
¡CLARO QUE SÍ!
¡MÍRATE POR DENTRO DE LA CAMISA Y DELETREA BOT!
B - O - T
¡MARTHA ANN!
¿SABES QUÉ DEBERÍAMOS HACER MAÑANA? IR AL CENTRO A COMPRAR CHUCHES Y UN REFRESCO...
Y LUEGO PODRÍAMOS HACER MÁS SOPA DE TIERRA...
... QUÉ SUEÑO...
... Y ENTONCES DIJE: «¿POR QUÉ HUELE TAN MAL?» Y ELLA
QUE ERA TU
DICHO ESO!
RADA RARA
FATAL! ME
¡TENGO QUE DORMIR UN POCO! SEGURO QUE SI APAGO EL AUDÍFONONO SE DA CUENTA.
¡CLIC!

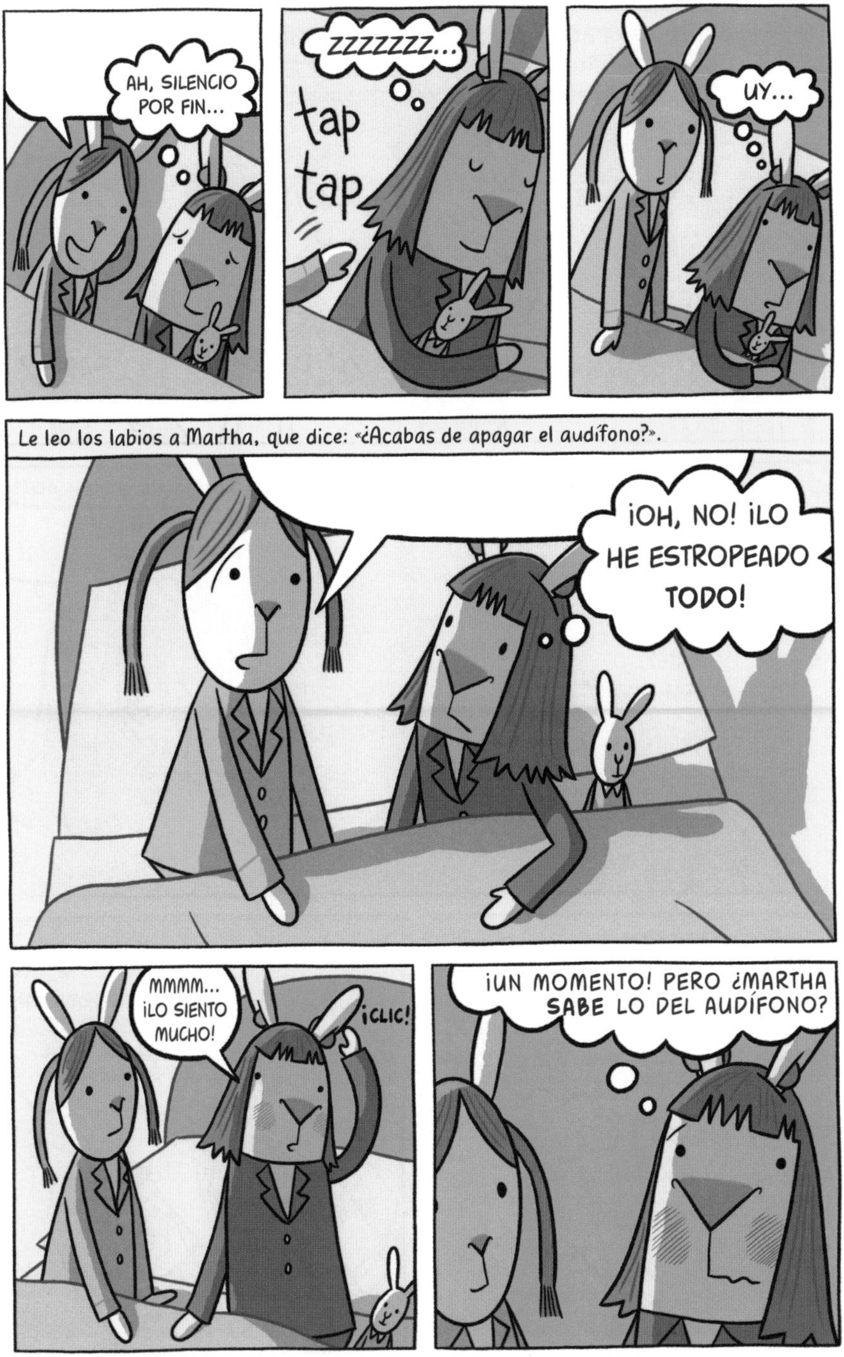
AH, SILENCIO POR FIN...
ZZZZZZZ...
tap tap
UY...
Le leo los labios a Martha, que dice: «¿Acabas de apagar el audífono?».
¡OH, NO! ¡LO HE ESTROPEADO TODO!
MMMM... ¡LO SIENTO MUCHO!
¡CLIC!
¡UN MOMENTO! PERO ¿MARTHA SABE LO DEL AUDÍFONO?

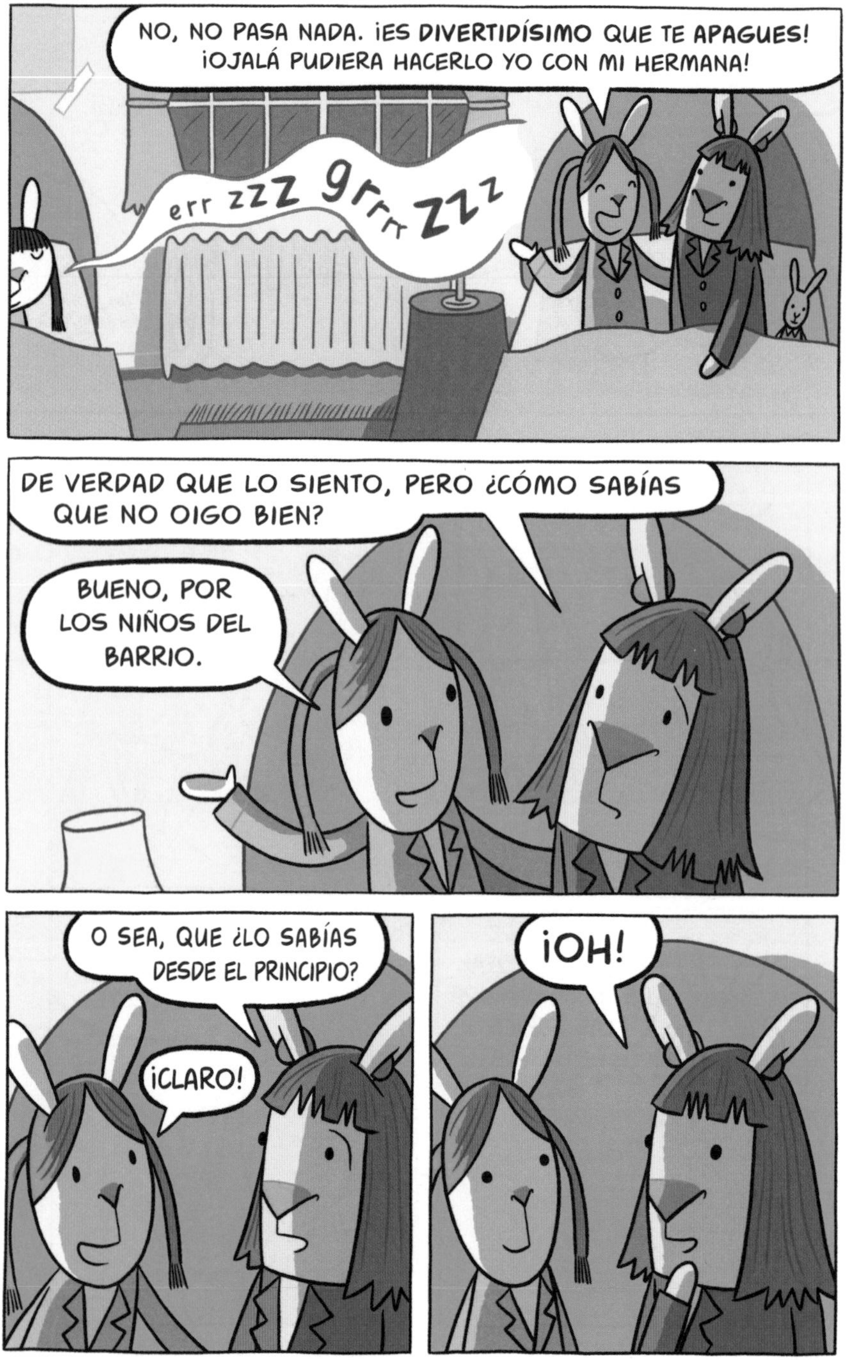
NO, NO PASA NADA. ¡ES DIVERTIDÍSIMO QUE TE APAGUES! ¡OJALÁ PUDIERA HACERLO YO CON MI HERMANA!
err zzz grrrr zzz
DE VERDAD QUE LO SIENTO, PERO ¿CÓMO SABÍAS QUE NO OIGO BIEN?
BUENO, POR LOS NIÑOS DEL BARRIO.
O SEA, QUE ¿LO SABÍAS DESDE EL PRINCIPIO?
¡CLARO!
¡OH!

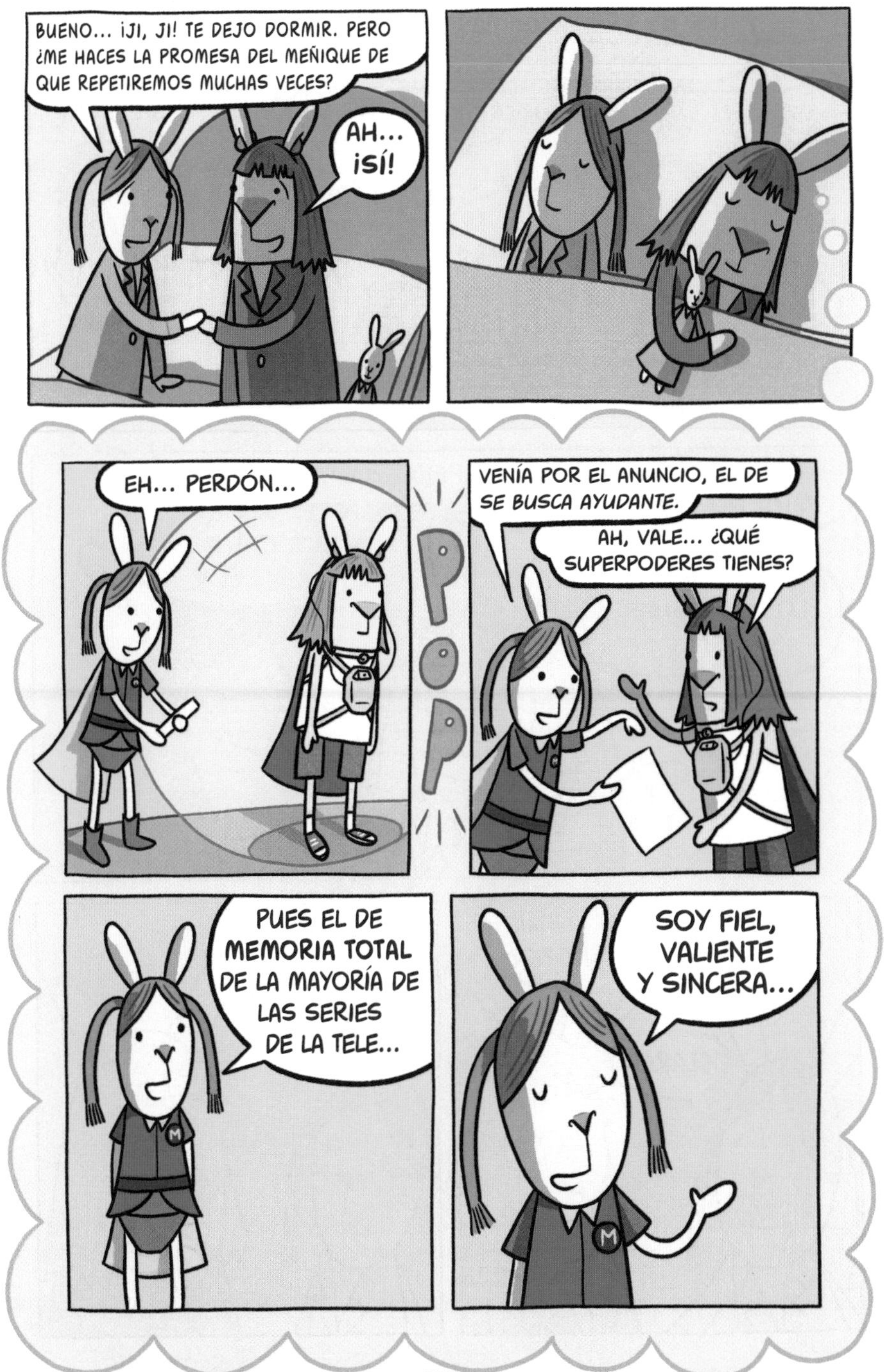
BUENO... ¡JI, JI! TE DEJO DORMIR. PERO ¿ME HACES LA PROMESA DEL MEÑIQUE DE QUE REPETIREMOS MUCHAS VECES?
AH... ¡SÍ!
EH... PERDÓN...
POP
VENÍA POR EL ANUNCIO, EL DE SE BUSCA AYUDANTE.
AH, VALE... ¿QUÉ SUPERPODERES TIENES?
PUES EL DE MEMORIA TOTAL DE LA MAYORÍA DE LAS SERIES DE LA TELE...
SOY FIEL, VALIENTE Y SINCERA...

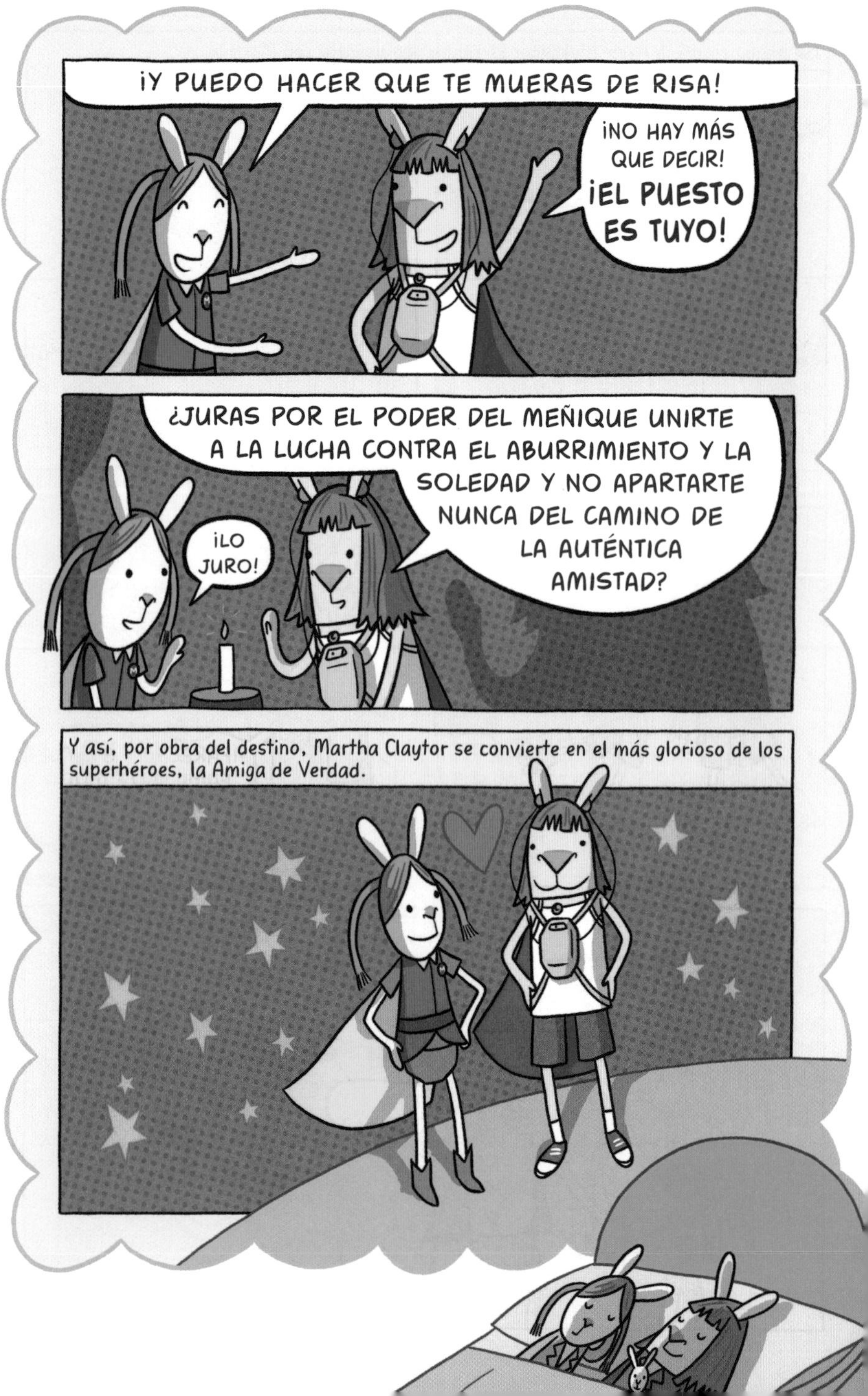
¡Y PUEDO HACER QUE TE MUERAS DE RISA!
¡NO HAY MÁS QUE DECIR! ¡EL PUESTO ES TUYO!
¿JURAS POR EL PODER DEL MEÑIQUE UNIRTE A LA LUCHA CONTRA EL ABURRIMIENTO Y LA SOLEDAD Y NO APARTARTE NUNCA DEL CAMINO DE LA AUTÉNTICA AMISTAD?
¡LO JURO!
Y así, por obra del destino, Martha Claytor se convierte en el más glorioso de los superhéroes, la Amiga de Verdad.

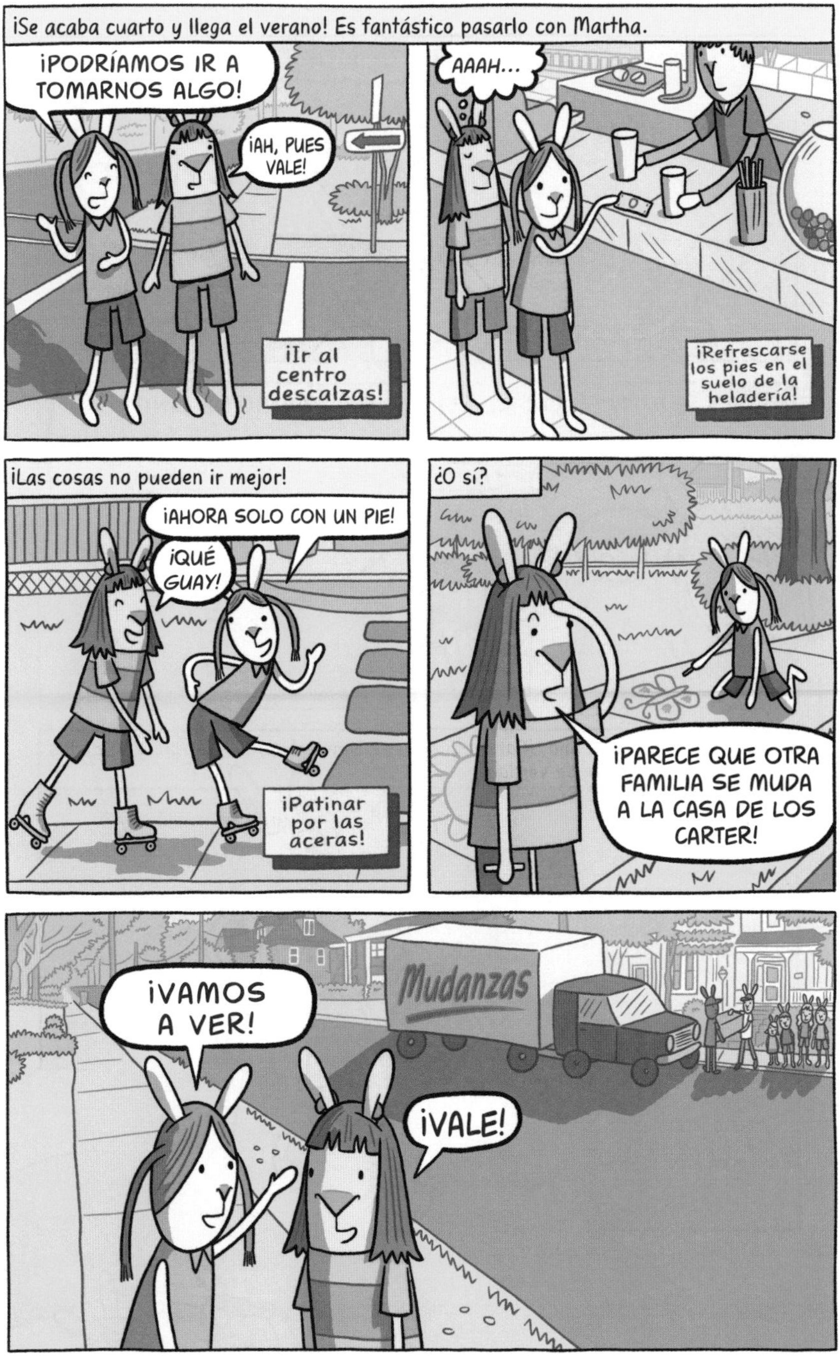
¡Se acaba cuarto y llega el verano! Es fantástico pasarlo con Martha.
¡PODRÍAMOS IR A TOMARNOS ALGO!
¡AH, PUES VALE!
¡Ir al centro descalzas!
AAAH...
¡Refrescarse los pies en el suelo de la heladería!
¡Las cosas no pueden ir mejor!
¡AHORA SOLO CON UN PIE!
¡QUÉ GUAY!
¡Patinar por las aceras!
¿O sí?
¡PARECE QUE OTRA FAMILIA SE MUDA A LA CASA DE LOS CARTER!
Mudanzas
¡VAMOS A VER!
¡VALE!

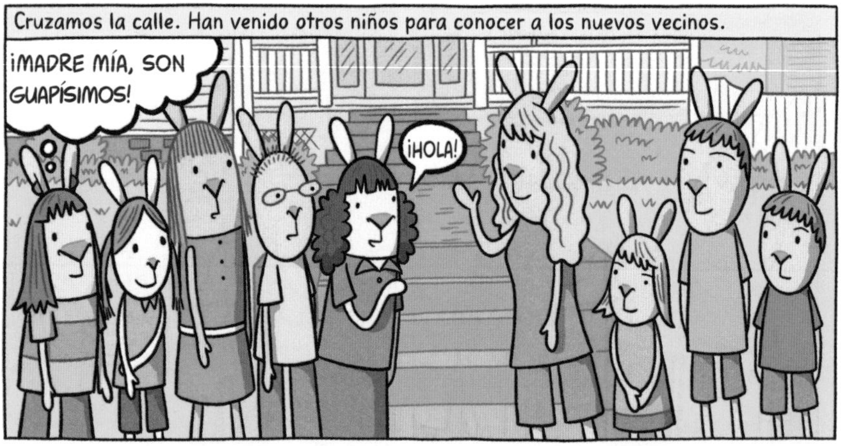
Cruzamos la calle. Han venido otros niños para conocer a los nuevos vecinos.
¡MADRE MÍA, SON GUAPÍSIMOS!
¡HOLA!

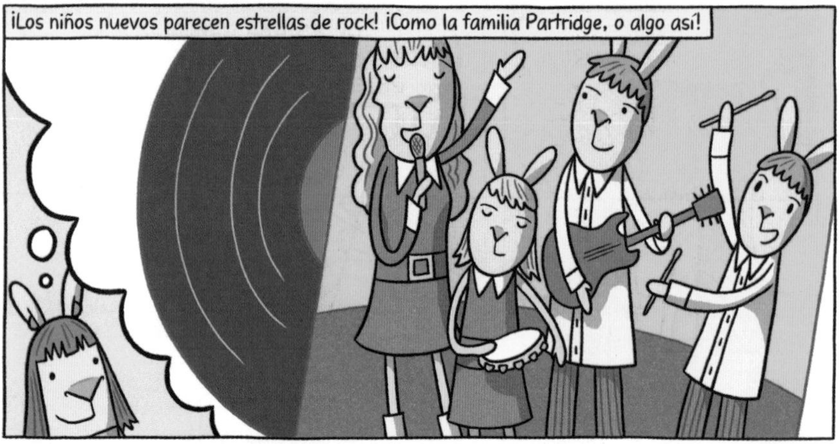
¡Los niños nuevos parecen estrellas de rock! ¡Como la familia Partridge, o algo así!

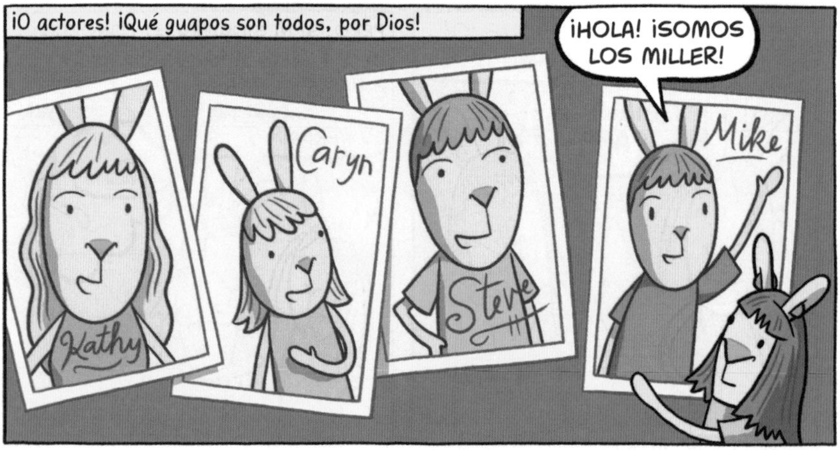
¡O actores! ¡Qué guapos son todos, por Dios!
¡HOLA! ¡SOMOS LOS MILLER!
Kathy
Caryn
Steve
Mike

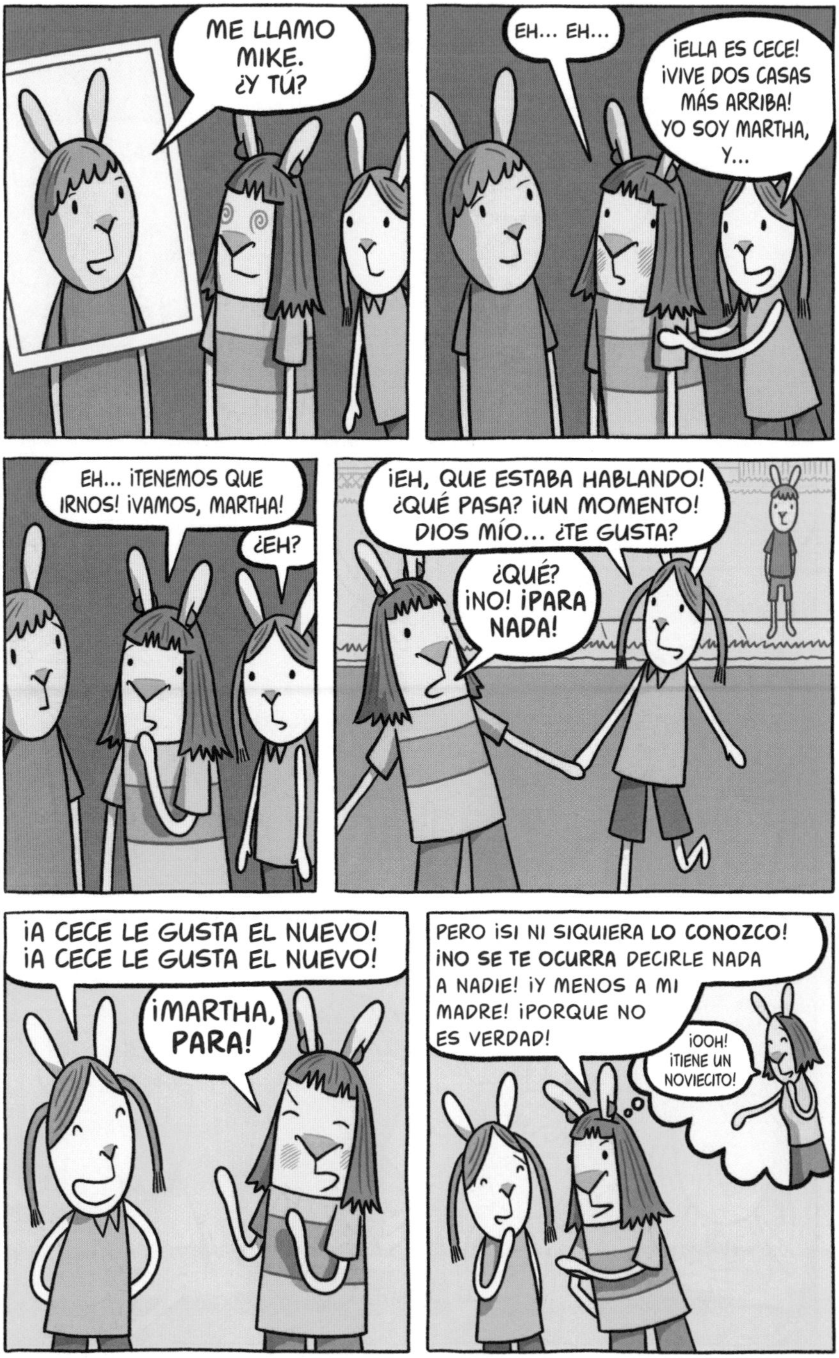
ME LLAMO MIKE. ¿Y TÚ?
EH... EH...
¡ELLA ES CECE! ¡VIVE DOS CASAS MÁS ARRIBA! YO SOY MARTHA, Y...
EH... ¡TENEMOS QUE IRNOS! ¡VAMOS, MARTHA!
¿EH?
¡EH, QUE ESTABA HABLANDO! ¿QUÉ PASA? ¡UN MOMENTO! DIOS MÍO... ¿TE GUSTA?
¿QUÉ? ¡NO! ¡PARA NADA!
¡A CECE LE GUSTA EL NUEVO! ¡A CECE LE GUSTA EL NUEVO!
¡MARTHA, PARA!
PERO ¡SI NI SIQUIERA LO CONOZCO! ¡NO SE TE OCURRA DECIRLE NADA A NADIE! ¡Y MENOS A MI MADRE! ¡PORQUE NO ES VERDAD!
¡OOH! ¡TIENE UN NOVIECITO!

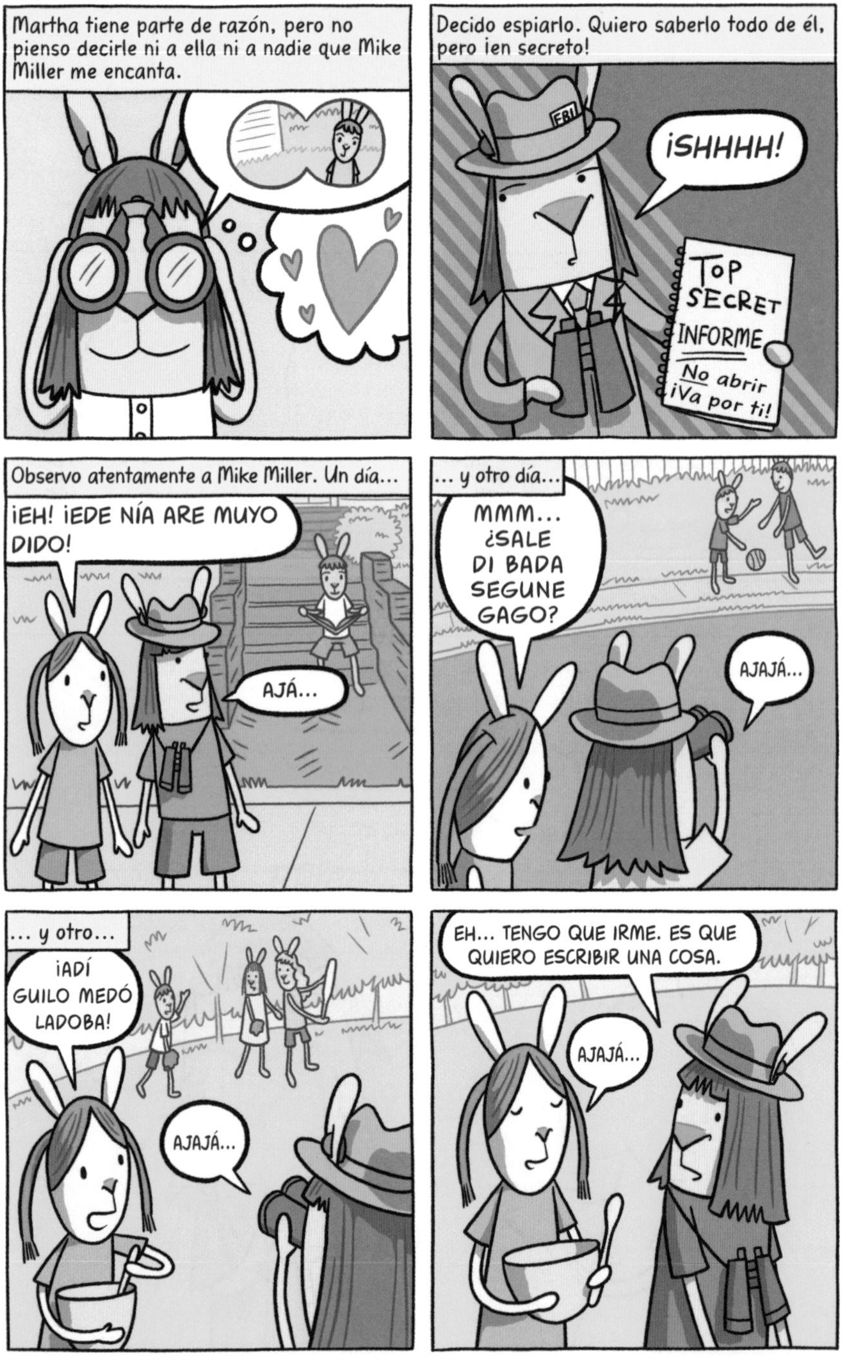
Martha tiene parte de razón, pero no pienso decirle ni a ella ni a nadie que Mike Miller me encanta.
Decido espiarlo. Quiero saberlo todo de él, pero ¡en secreto!
FBI
¡SHHHH!
TOP SECRET
INFORME
No abrir
¡Va por ti!
Observo atentamente a Mike Miller. Un día…
¡EH! ¡EDE NÍA ARE MUYO DIDO!
AJÁ…
… y otro día…
MMM… ¿SALE DI BADA SEGUNE GAGO?
AJAJÁ…
… y otro…
¡ADÍ GUILO MEDÓ LADOBA!
AJAJÁ…
EH… TENGO QUE IRME. ES QUE QUIERO ESCRIBIR UNA COSA.
AJAJÁ…

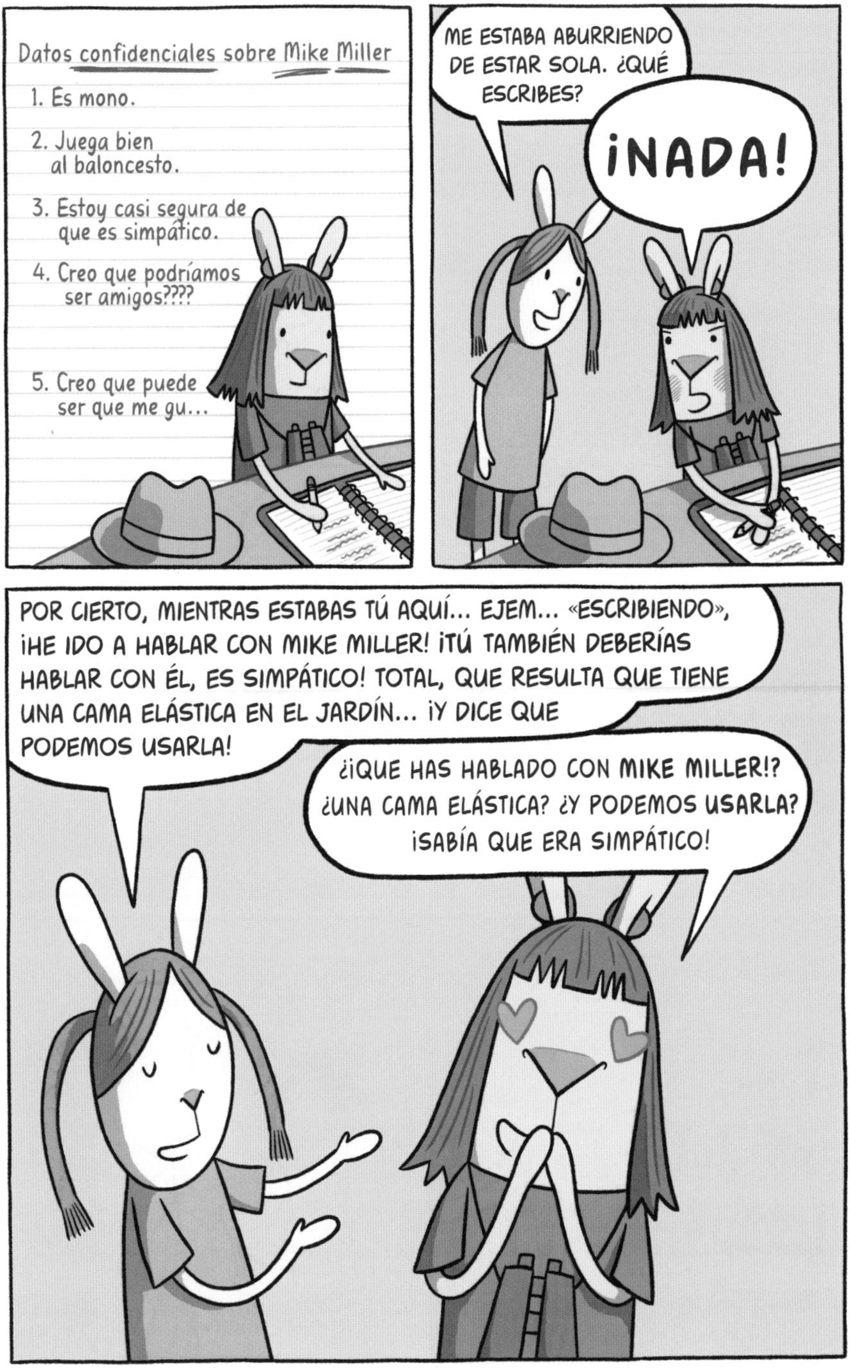

Datos confidenciales sobre Mike Miller
1. Es mono.
2. Juega bien al baloncesto.
3. Estoy casi segura de que es simpático.
4. Creo que podríamos ser amigos????
5. Creo que puede ser que me gu...
ME ESTABA ABURRIENDO DE ESTAR SOLA. ¿QUÉ ESCRIBES?
¡NADA!
POR CIERTO, MIENTRAS ESTABAS TÚ AQUÍ... EJEM... «ESCRIBIENDO», ¡HE IDO A HABLAR CON MIKE MILLER! ¡TÚ TAMBIÉN DEBERÍAS HABLAR CON ÉL, ES SIMPÁTICO! TOTAL, QUE RESULTA QUE TIENE UNA CAMA ELÁSTICA EN EL JARDÍN... ¡Y DICE QUE PODEMOS USARLA!
¿¡QUE HAS HABLADO CON MIKE MILLER!? ¿UNA CAMA ELÁSTICA? ¿Y PODEMOS USARLA? ¡SABÍA QUE ERA SIMPÁTICO!

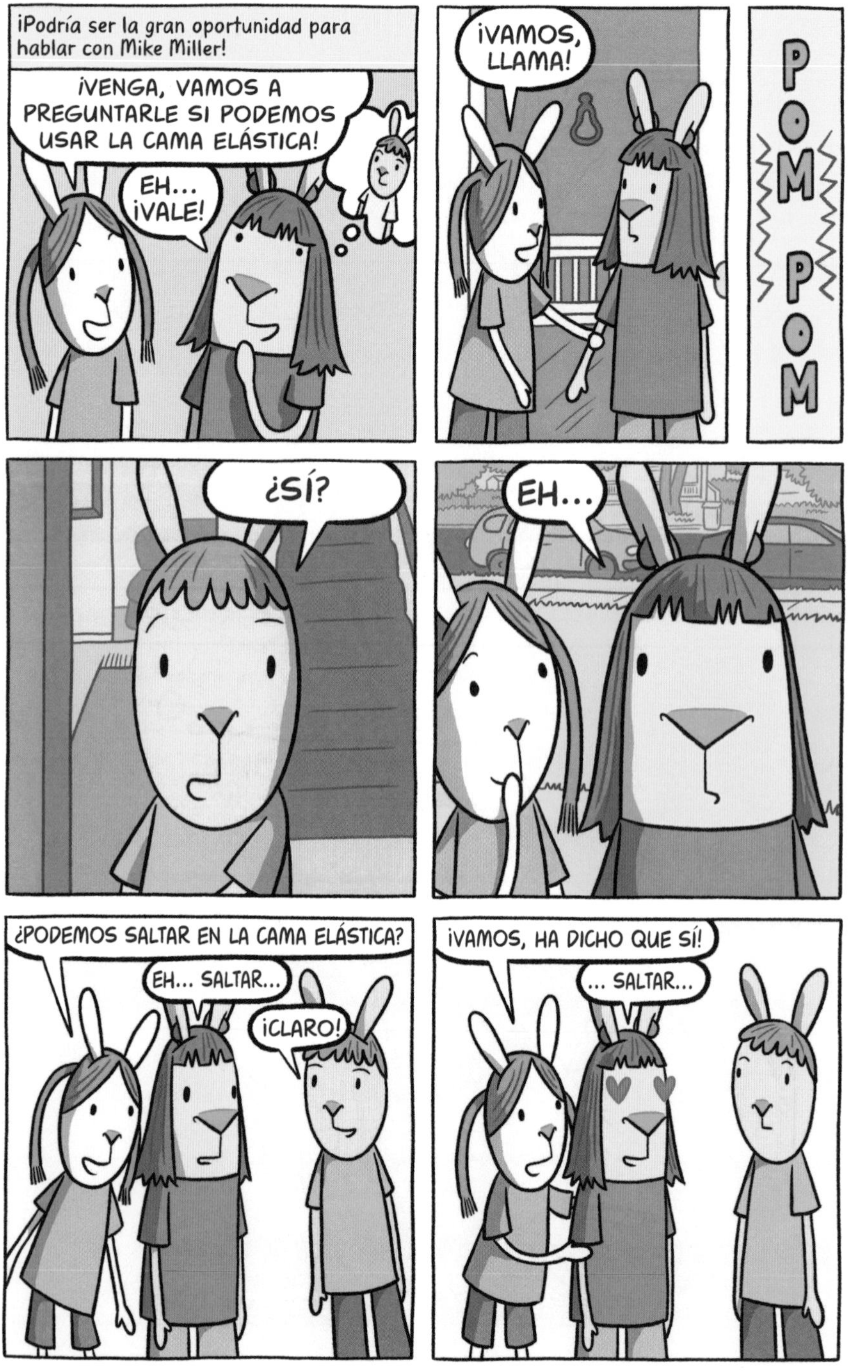
¡Podría ser la gran oportunidad para hablar con Mike Miller!
¡VENGA, VAMOS A PREGUNTARLE SI PODEMOS USAR LA CAMA ELÁSTICA!
EH... ¡VALE!
¡VAMOS, LLAMA!
POM POM
¿SÍ?
EH...
¿PODEMOS SALTAR EN LA CAMA ELÁSTICA?
EH... SALTAR...
¡CLARO!
¡VAMOS, HA DICHO QUE SÍ!
... SALTAR...

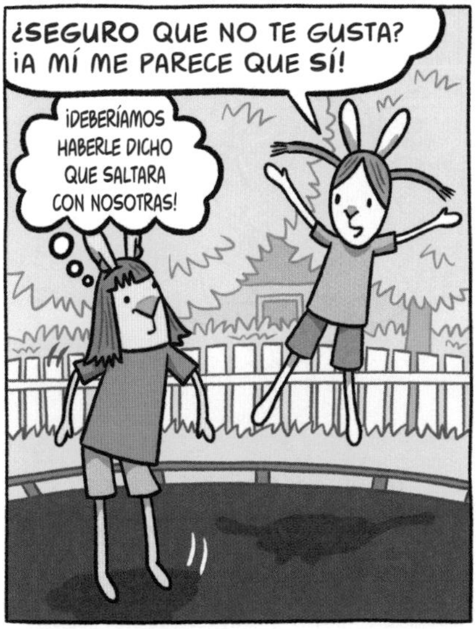
¿SEGURO QUE NO TE GUSTA? ¡A MÍ ME PARECE QUE SÍ!
¡DEBERÍAMOS HABERLE DICHO QUE SALTARA CON NOSOTRAS!

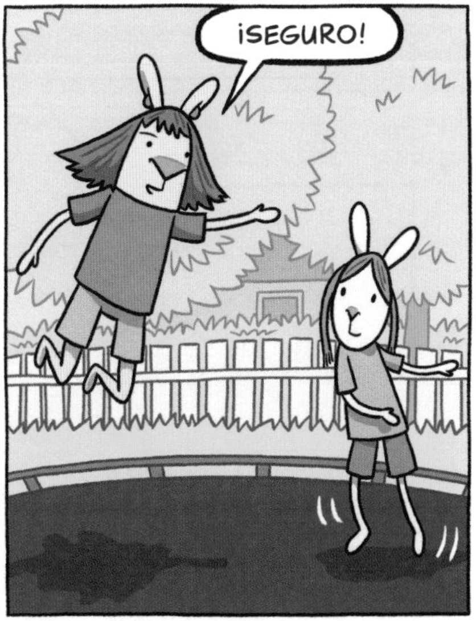
¡SEGURO!

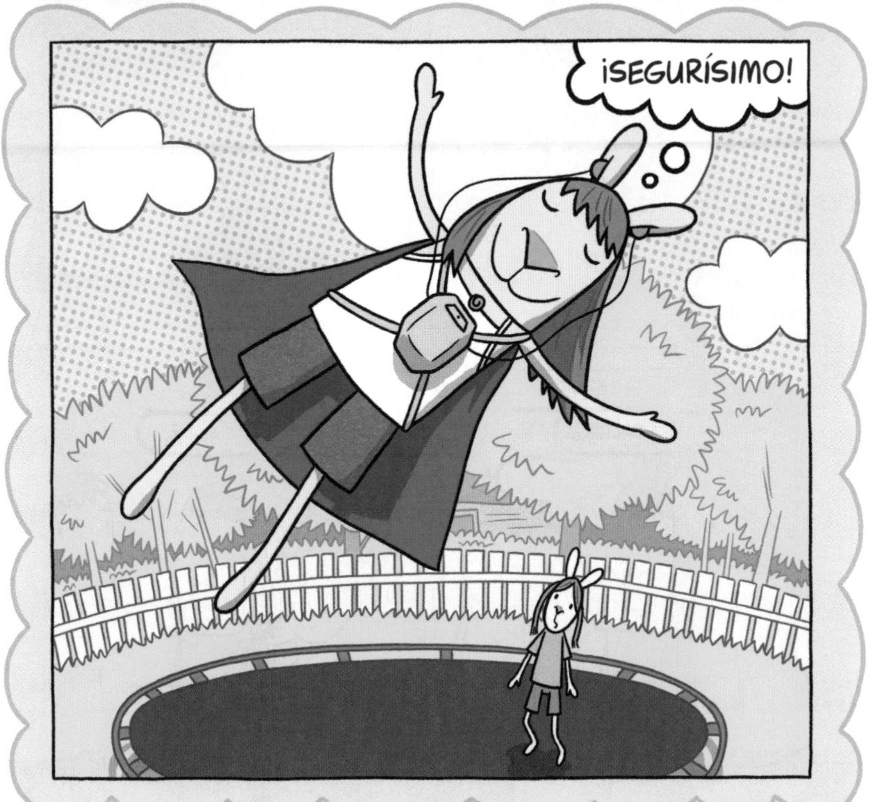
¡SEGURÍSIMO!

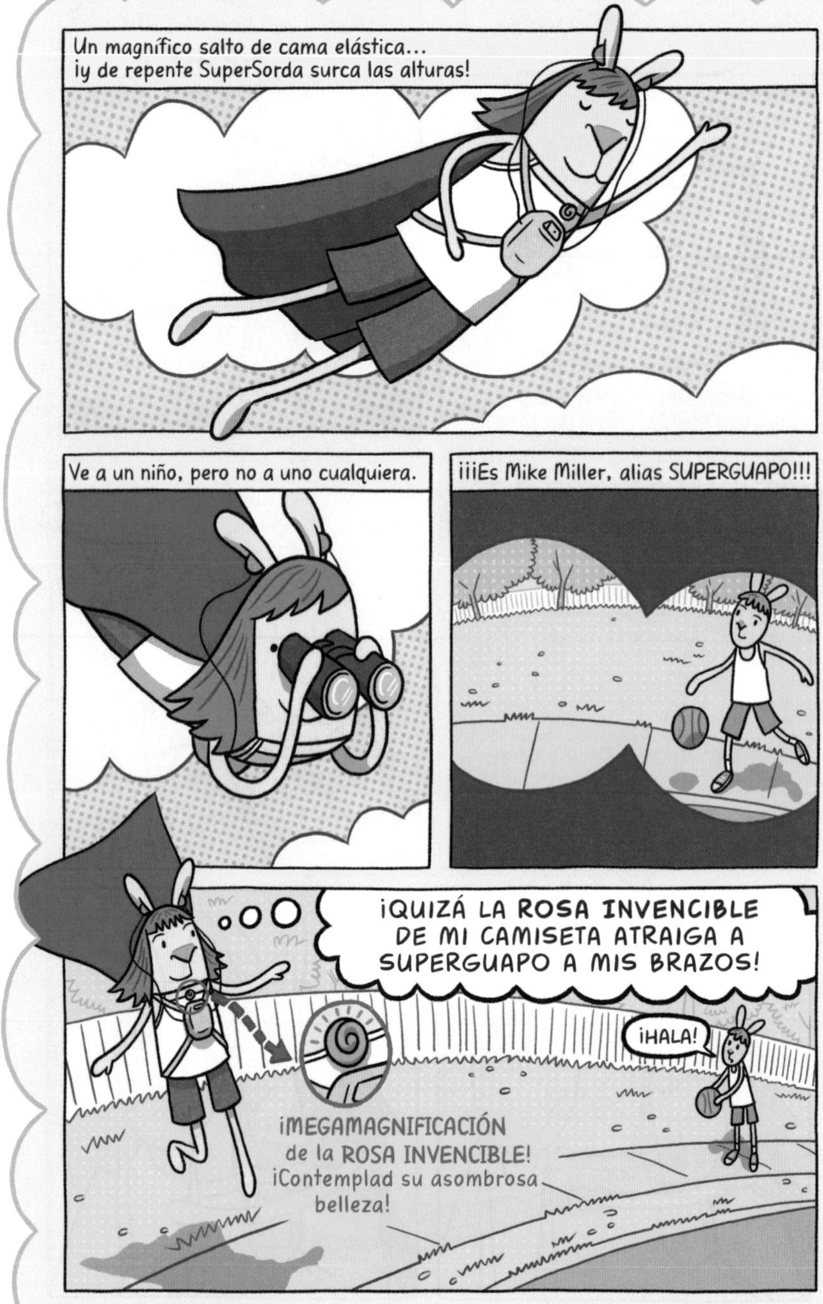
Un magnífico salto de cama elástica...
¡y de repente SuperSorda surca las alturas!
Ve a un niño, pero no a uno cualquiera.
¡¡¡Es Mike Miller, alias SUPERGUAPO!!!
¡QUIZÁ LA ROSA INVENCIBLE DE MI CAMISETA ATRAIGA A SUPERGUAPO A MIS BRAZOS!
¡HALA!
¡MEGAMAGNIFICACIÓN de la ROSA INVENCIBLE! ¡Contemplad su asombrosa belleza!

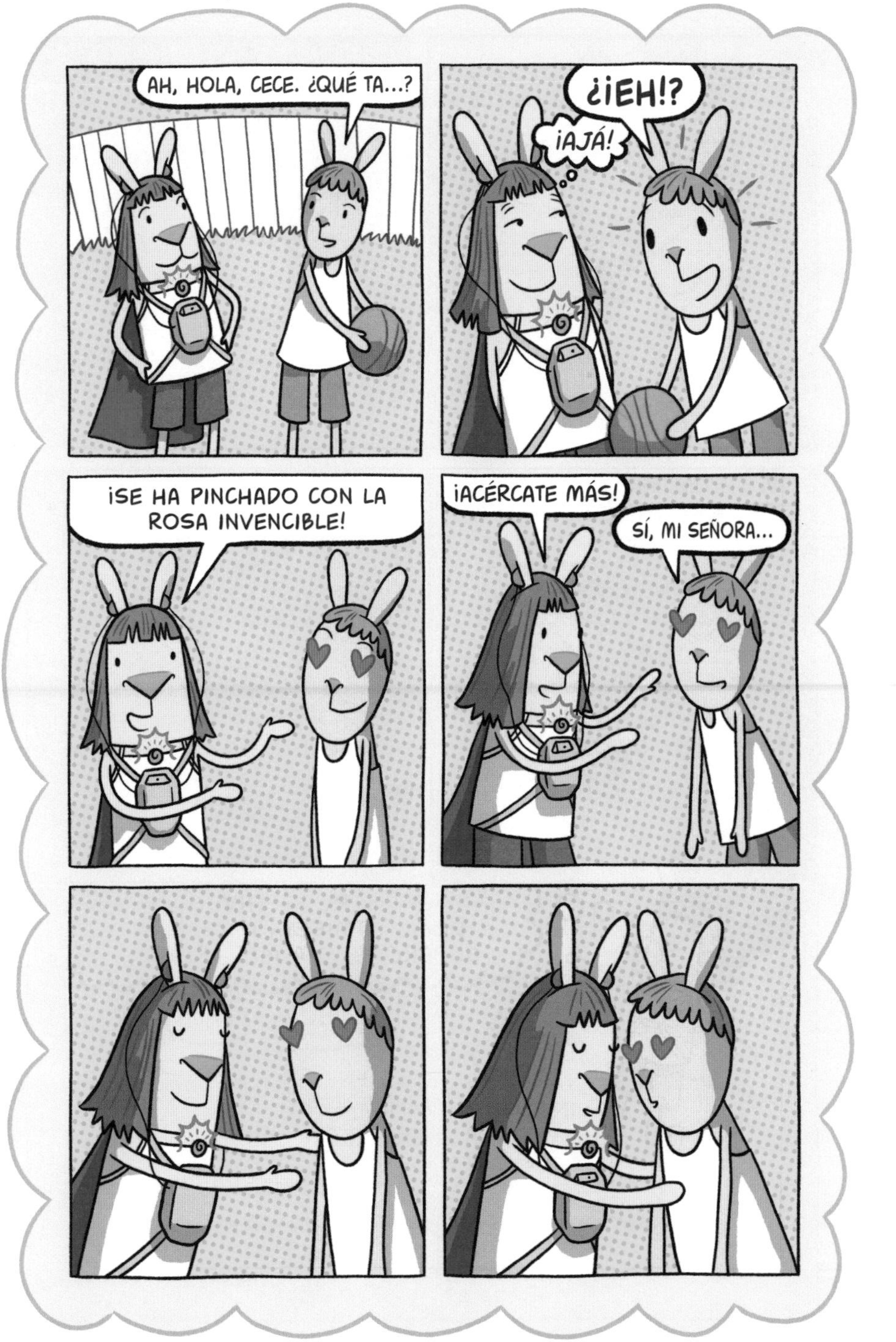
AH, HOLA, CECE. ¿QUÉ TA...?
¿¡EH!?
¡AJÁ!
¡SE HA PINCHADO CON LA ROSA INVENCIBLE!
¡ACÉRCATE MÁS!
SÍ, MI SEÑORA...

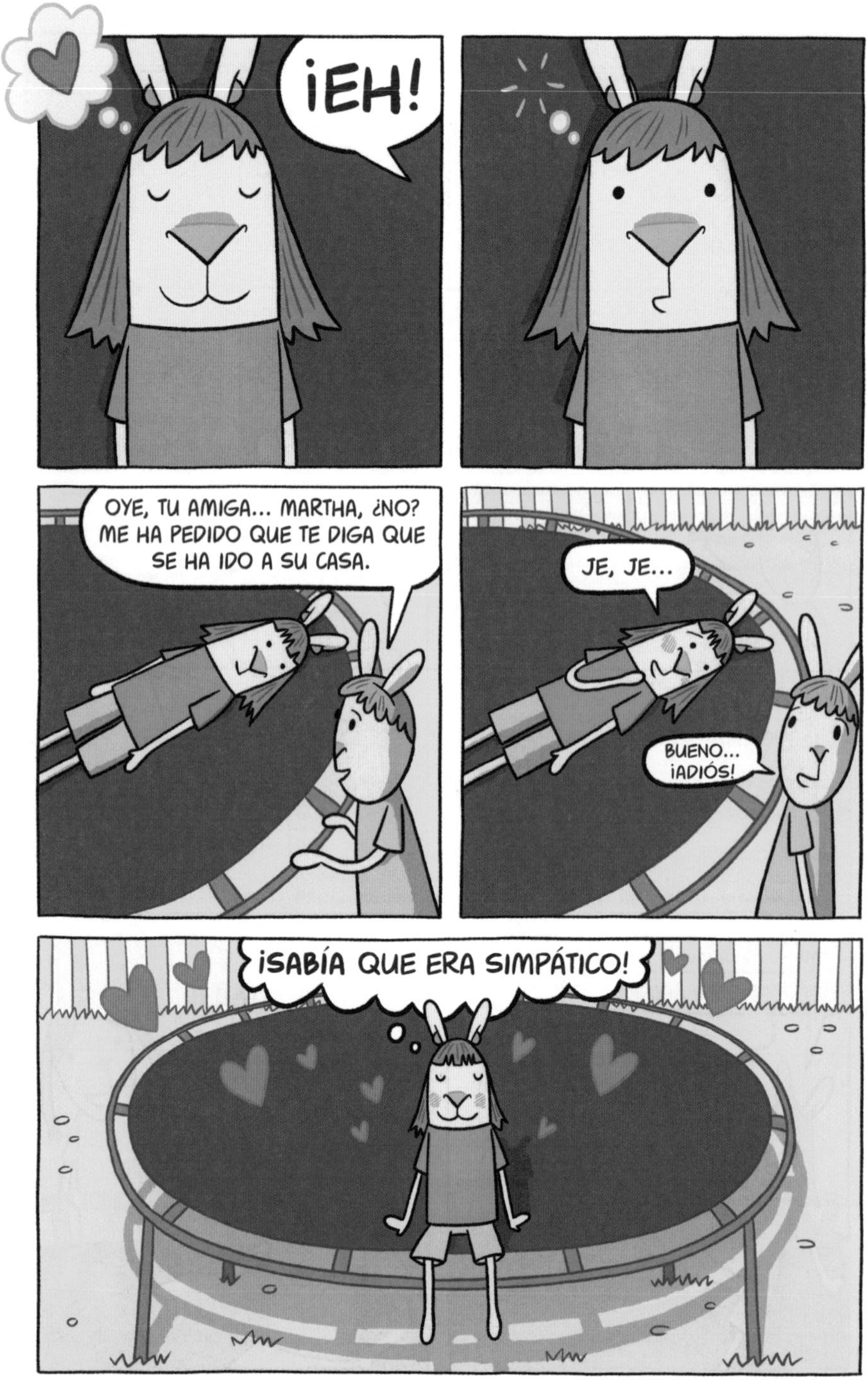
¡EH!
OYE, TU AMIGA... MARTHA, ¿NO? ME HA PEDIDO QUE TE DIGA QUE SE HA IDO A SU CASA.
JE, JE...
BUENO... ¡ADIÓS!
¡SABÍA QUE ERA SIMPÁTICO!

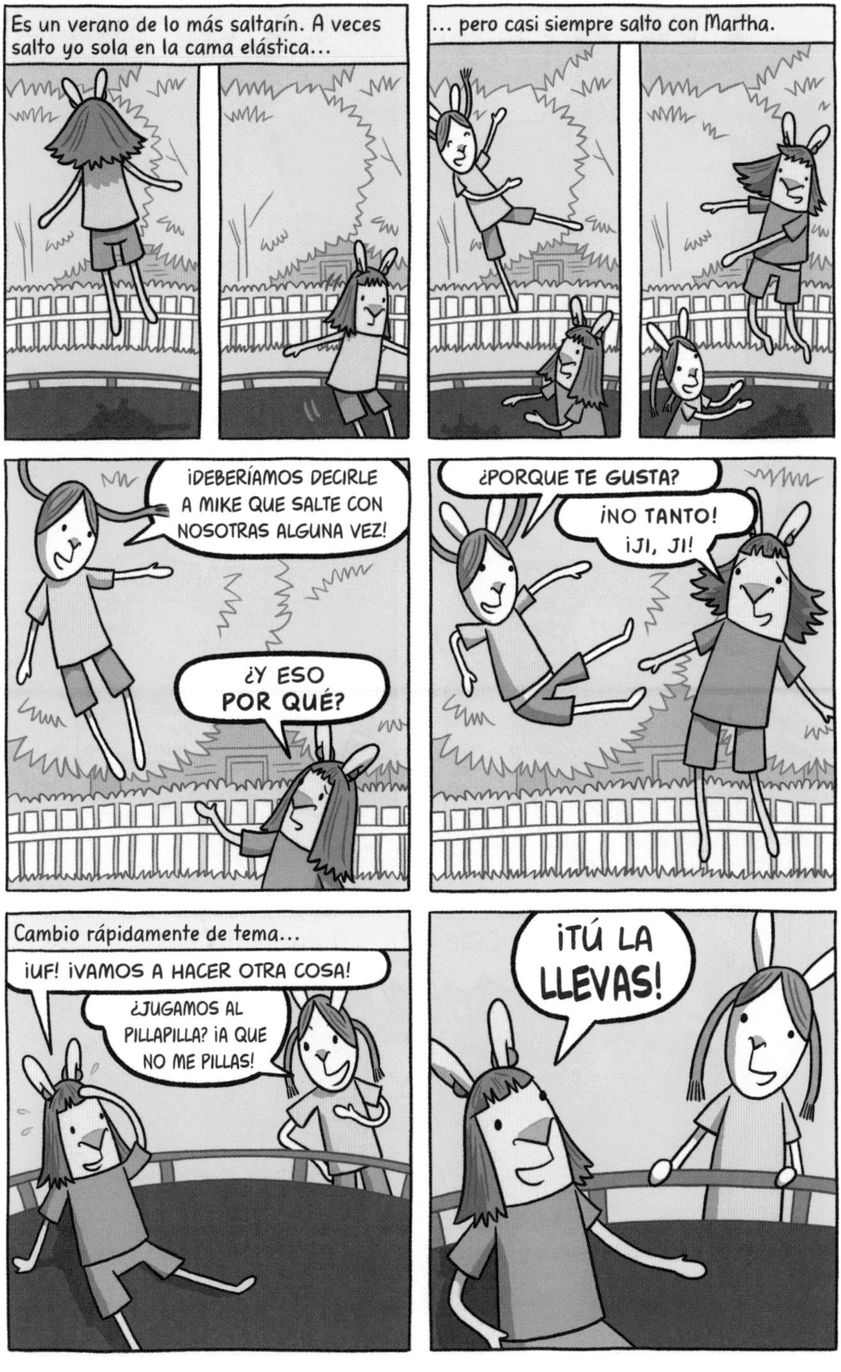
Es un verano de lo más saltarín. A veces salto yo sola en la cama elástica...
... pero casi siempre salto con Martha.
¡DEBERÍAMOS DECIRLE A MIKE QUE SALTE CON NOSOTRAS ALGUNA VEZ!
¿Y ESO POR QUÉ?
¿PORQUE TE GUSTA?
¡NO TANTO! ¡JI, JI!
Cambio rápidamente de tema...
¡UF! ¡VAMOS A HACER OTRA COSA!
¿JUGAMOS AL PILLAPILLA? ¡A QUE NO ME PILLAS!
¡TÚ LA LLEVAS!

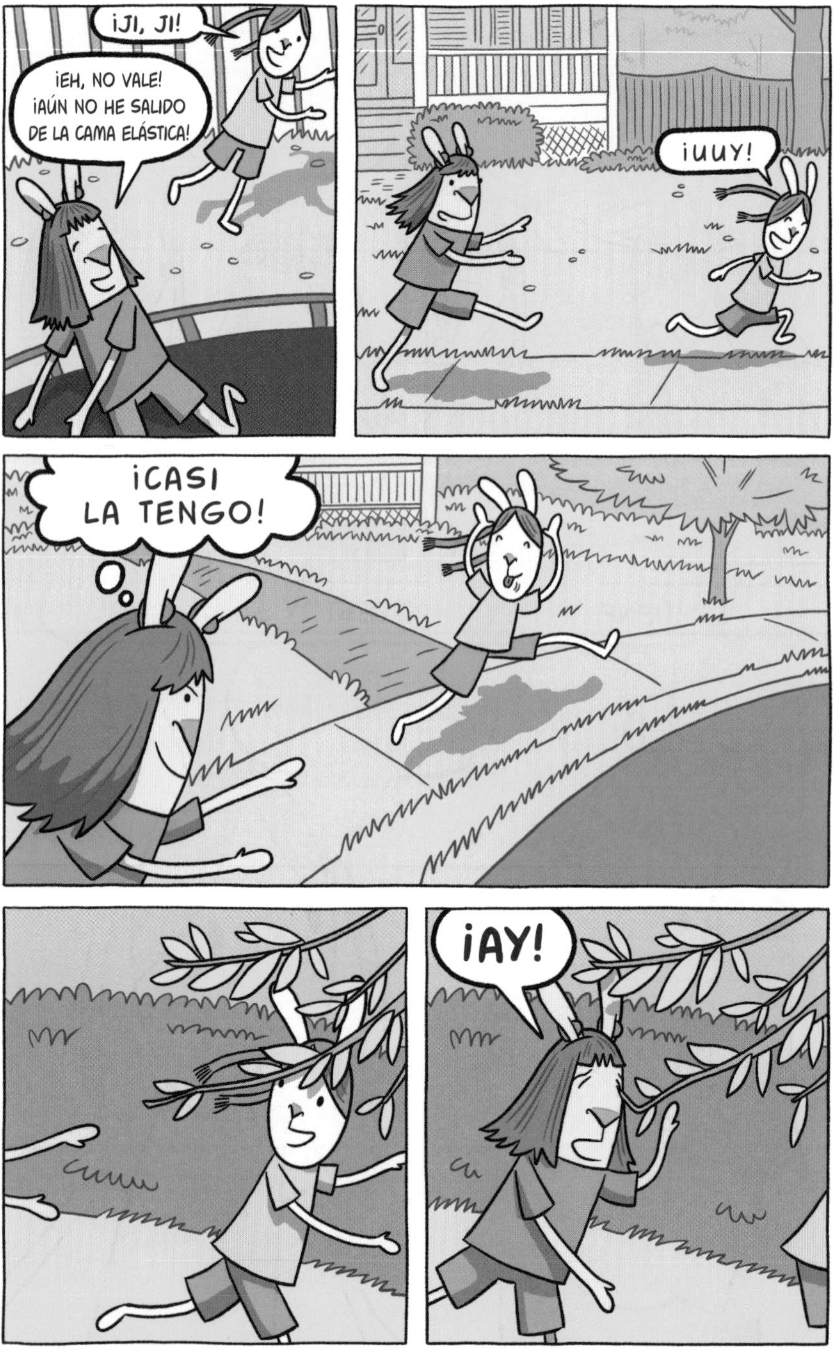
¡JI, JI!
¡EH, NO VALE! ¡AÚN NO HE SALIDO DE LA CAMA ELÁSTICA!
¡UUY!
¡CASI LA TENGO!
¡AY!

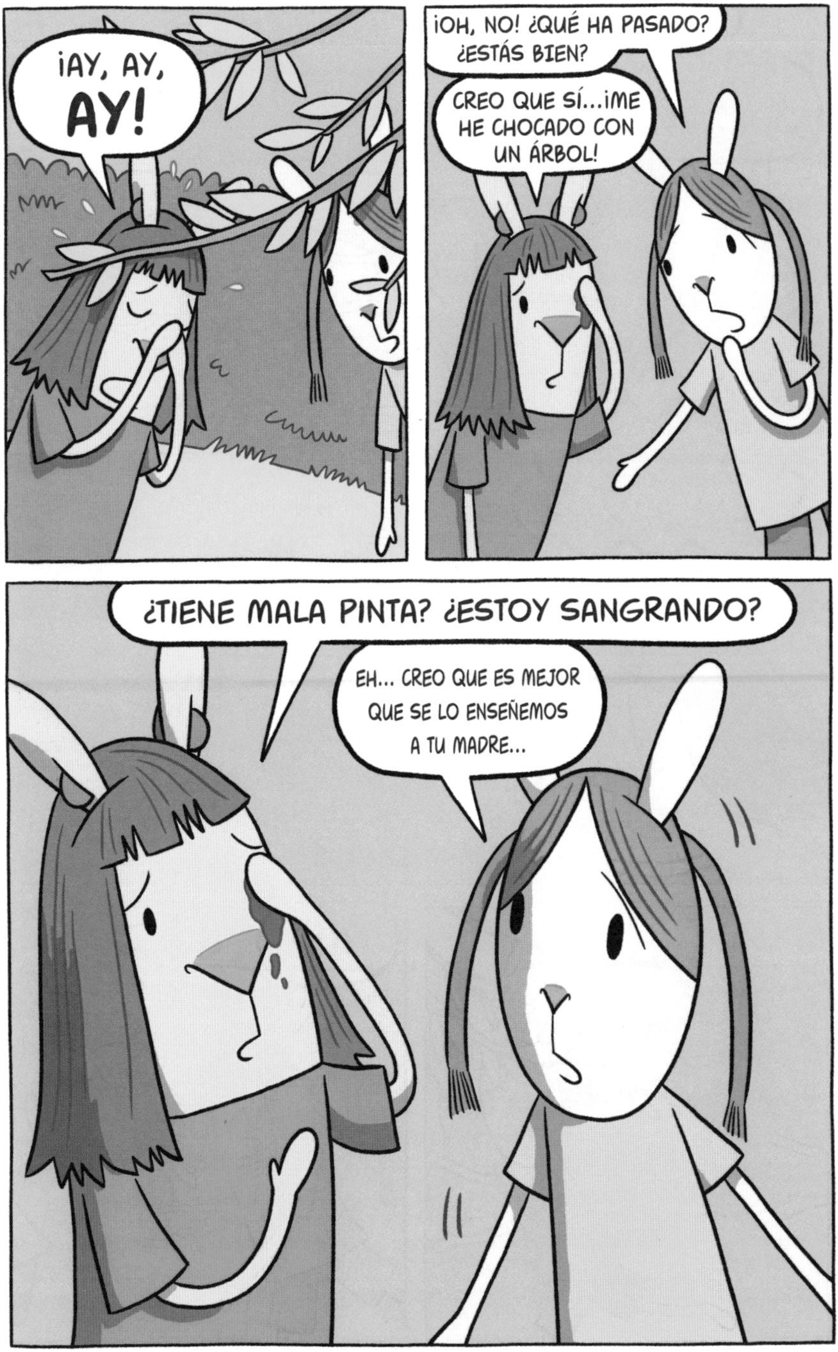
¡AY, AY, AY!
¡OH, NO! ¿QUÉ HA PASADO? ¿ESTÁS BIEN?
CREO QUE SÍ...¡ME HE CHOCADO CON UN ÁRBOL!
¿TIENE MALA PINTA? ¿ESTOY SANGRANDO?
EH... CREO QUE ES MEJOR QUE SE LO ENSEÑEMOS A TU MADRE...

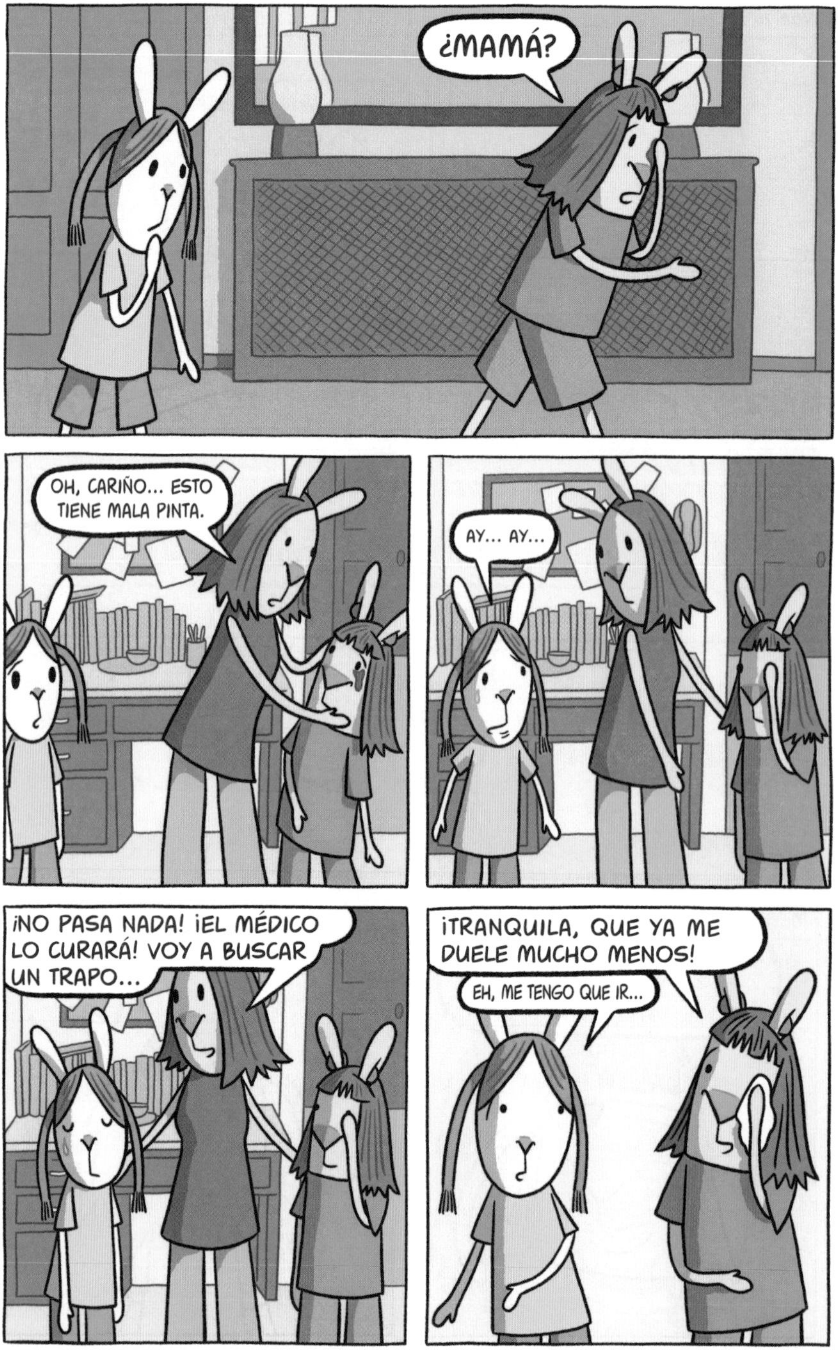
¿MAMÁ?
OH, CARIÑO... ESTO TIENE MALA PINTA.
AY... AY...
¡NO PASA NADA! ¡EL MÉDICO LO CURARÁ! VOY A BUSCAR UN TRAPO...
¡TRANQUILA, QUE YA ME DUELE MUCHO MENOS!
EH, ME TENGO QUE IR...

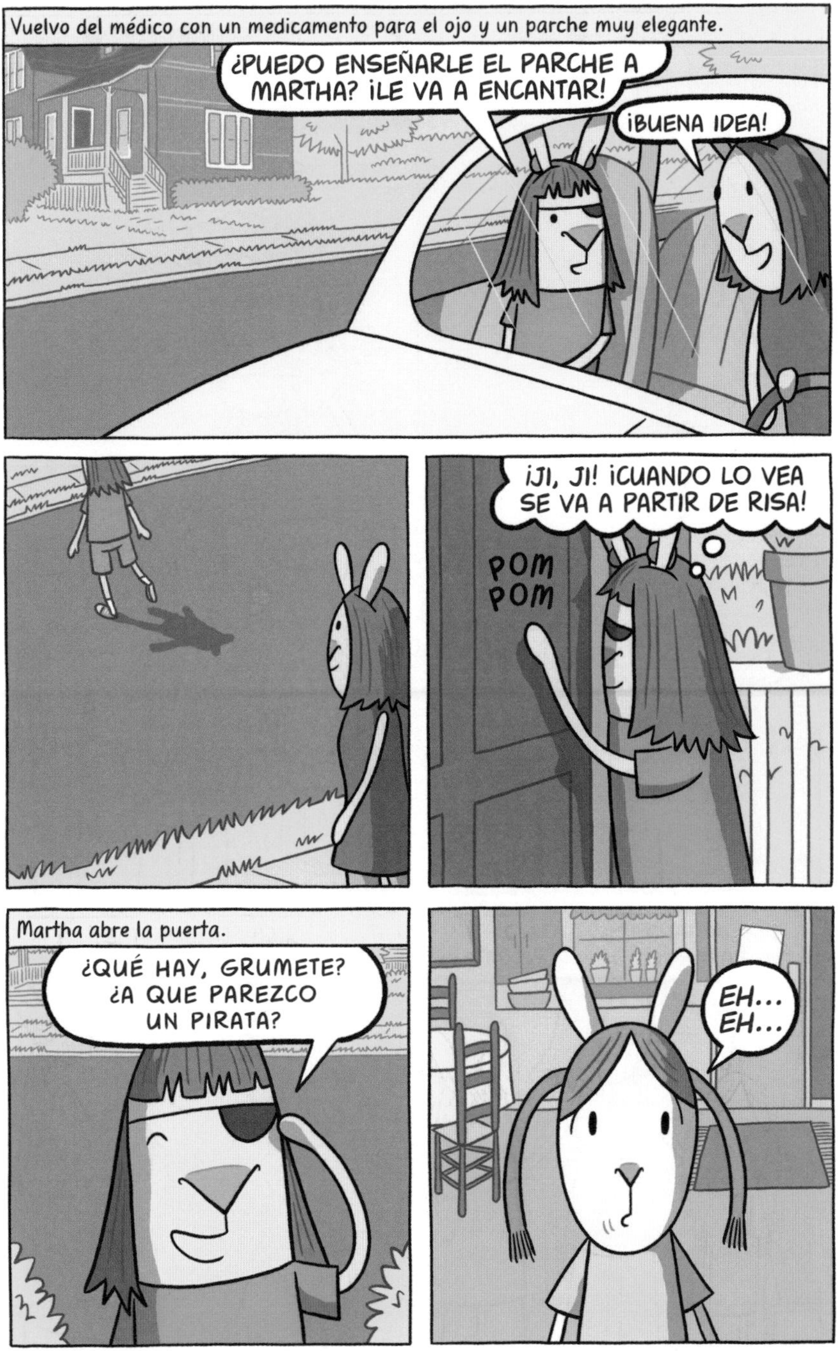

Vuelvo del médico con un medicamento para el ojo y un parche muy elegante.
¿PUEDO ENSEÑARLE EL PARCHE A MARTHA? ¡LE VA A ENCANTAR!
¡BUENA IDEA!
¡JI, JI! ¡CUANDO LO VEA SE VA A PARTIR DE RISA!
POM POM
Martha abre la puerta.
¿QUÉ HAY, GRUMETE? ¿A QUE PAREZCO UN PIRATA?
EH... EH...

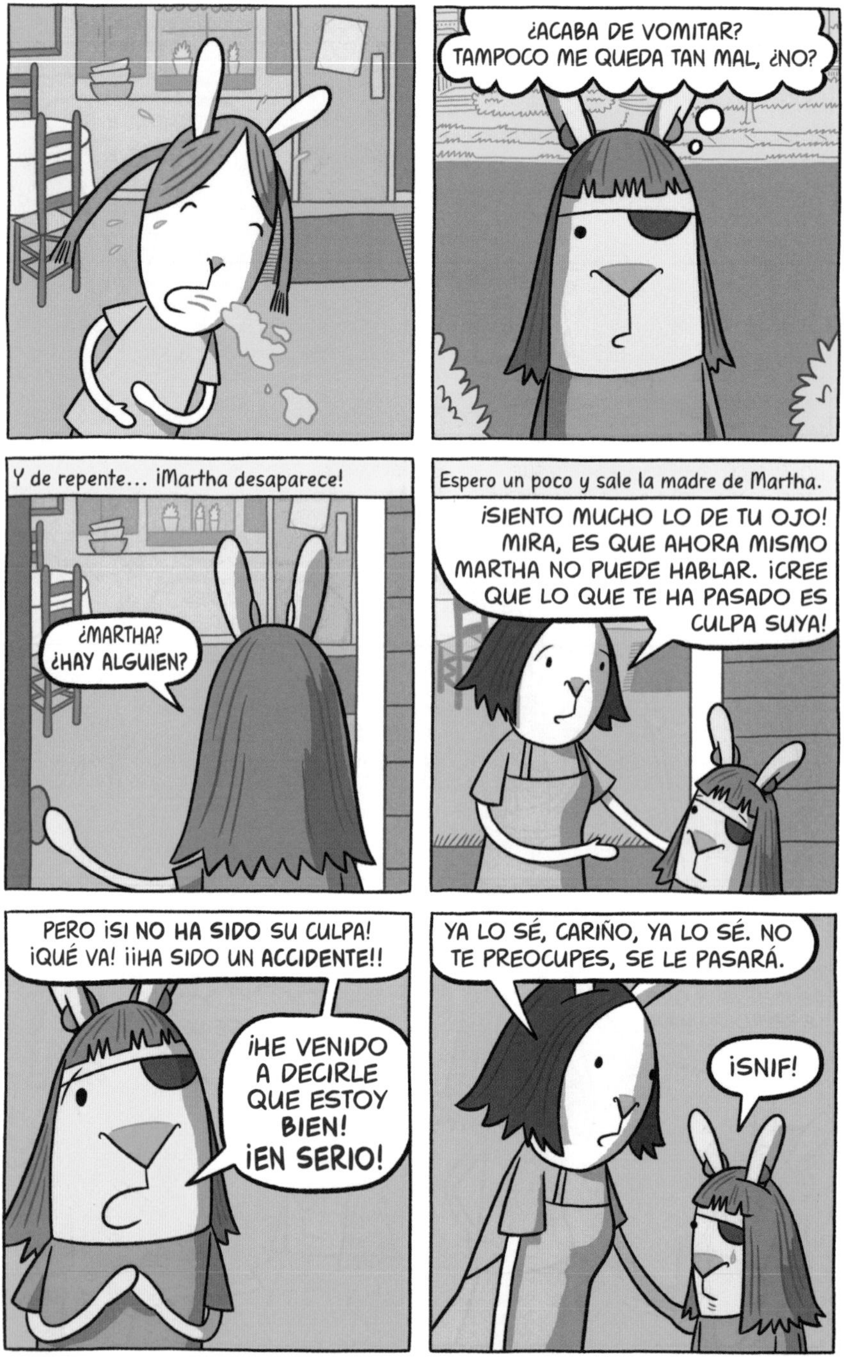
¿ACABA DE VOMITAR?
TAMPOCO ME QUEDA TAN MAL, ¿NO?
Y de repente... ¡Martha desaparece!
¿MARTHA?
¿HAY ALGUIEN?
Espero un poco y sale la madre de Martha.
¡SIENTO MUCHO LO DE TU OJO! MIRA, ES QUE AHORA MISMO MARTHA NO PUEDE HABLAR. ¡CREE QUE LO QUE TE HA PASADO ES CULPA SUYA!
PERO ¡SI NO HA SIDO SU CULPA! ¡QUÉ VA! ¡¡HA SIDO UN ACCIDENTE!!
¡HE VENIDO A DECIRLE QUE ESTOY BIEN! ¡EN SERIO!
YA LO SÉ, CARIÑO, YA LO SÉ. NO TE PREOCUPES, SE LE PASARÁ.
¡SNIF!

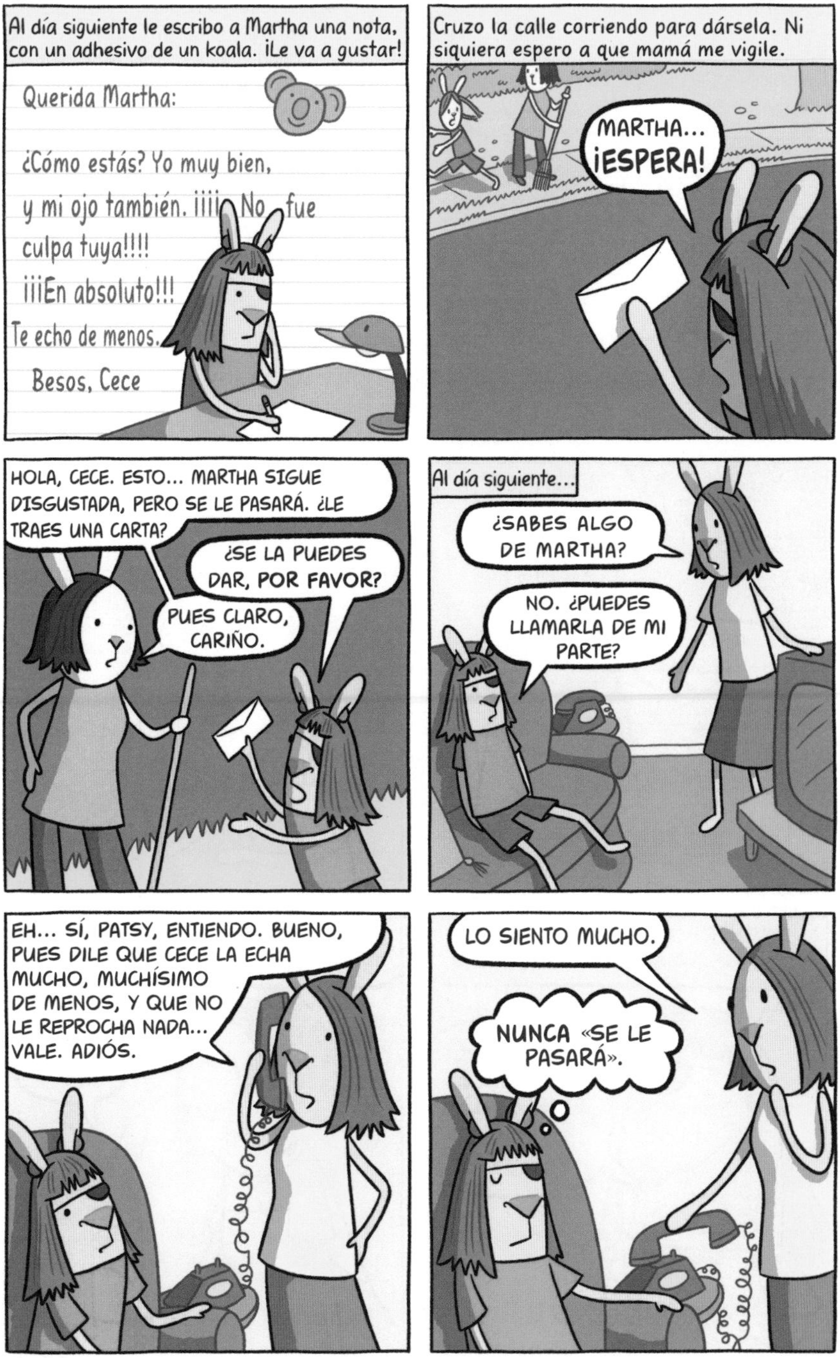
Al día siguiente le escribo a Martha una nota, con un adhesivo de un koala. ¡Le va a gustar!
Querida Martha:
¿Cómo estás? Yo muy bien, y mi ojo también. ¡¡¡¡No fue culpa tuya!!!!
¡¡¡En absoluto!!!
Te echo de menos.
Besos, Cece
Cruzo la calle corriendo para dársela. Ni siquiera espero a que mamá me vigile.
MARTHA... ¡ESPERA!
HOLA, CECE. ESTO... MARTHA SIGUE DISGUSTADA, PERO SE LE PASARÁ. ¿LE TRAES UNA CARTA?
¿SE LA PUEDES DAR, POR FAVOR?
PUES CLARO, CARIÑO.
Al día siguiente...
¿SABES ALGO DE MARTHA?
NO. ¿PUEDES LLAMARLA DE MI PARTE?
EH... SÍ, PATSY, ENTIENDO. BUENO, PUES DILE QUE CECE LA ECHA MUCHO, MUCHÍSIMO DE MENOS, Y QUE NO LE REPROCHA NADA... VALE. ADIÓS.
LO SIENTO MUCHO.
NUNCA «SE LE PASARÁ».

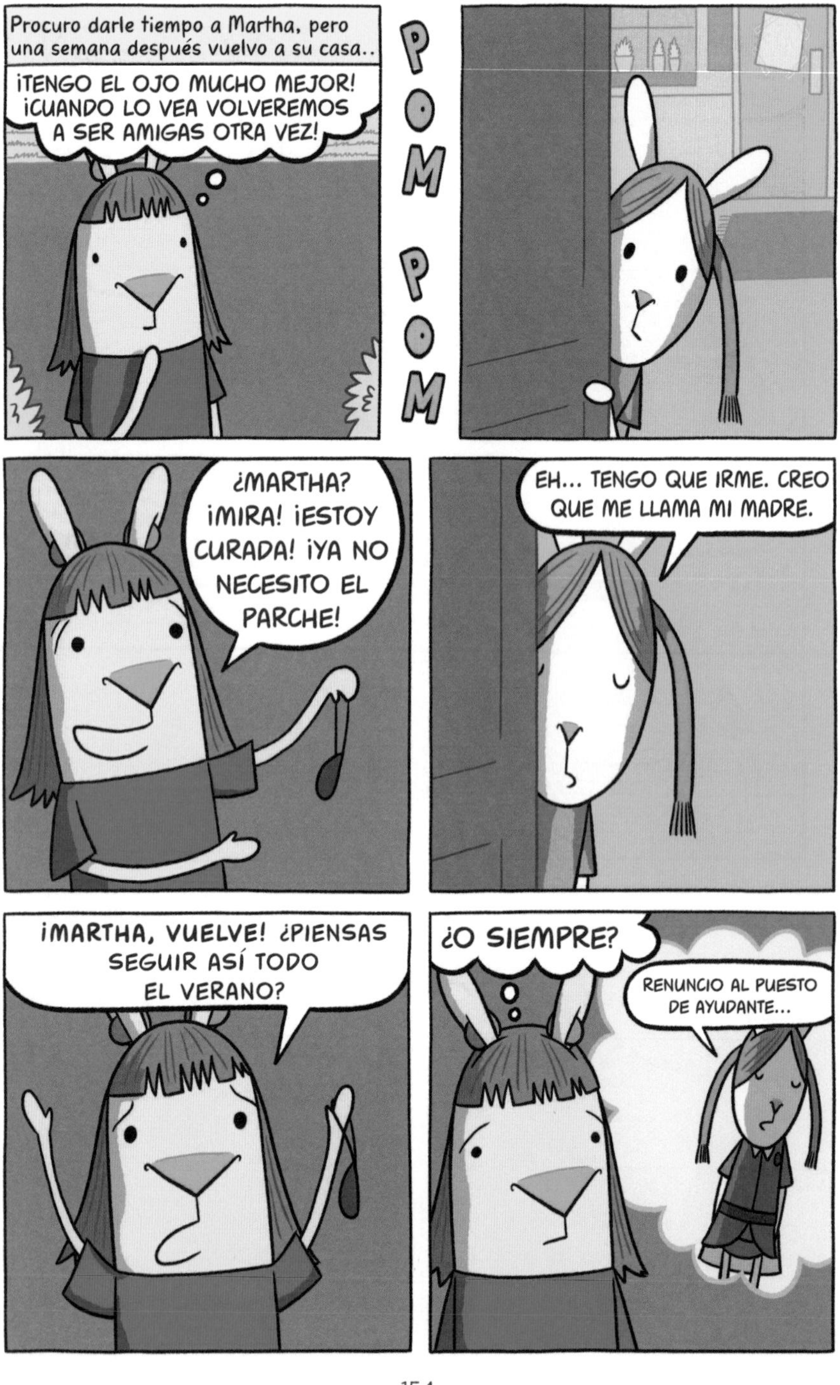
Procuro darle tiempo a Martha, pero una semana después vuelvo a su casa..
¡TENGO EL OJO MUCHO MEJOR! ¡CUANDO LO VEA VOLVEREMOS A SER AMIGAS OTRA VEZ!
POM POM POM POM
¿MARTHA? ¡MIRA! ¡ESTOY CURADA! ¡YA NO NECESITO EL PARCHE!
EH... TENGO QUE IRME. CREO QUE ME LLAMA MI MADRE.
¡MARTHA, VUELVE! ¿PIENSAS SEGUIR ASÍ TODO EL VERANO?
¿O SIEMPRE?
RENUNCIO AL PUESTO DE AYUDANTE...

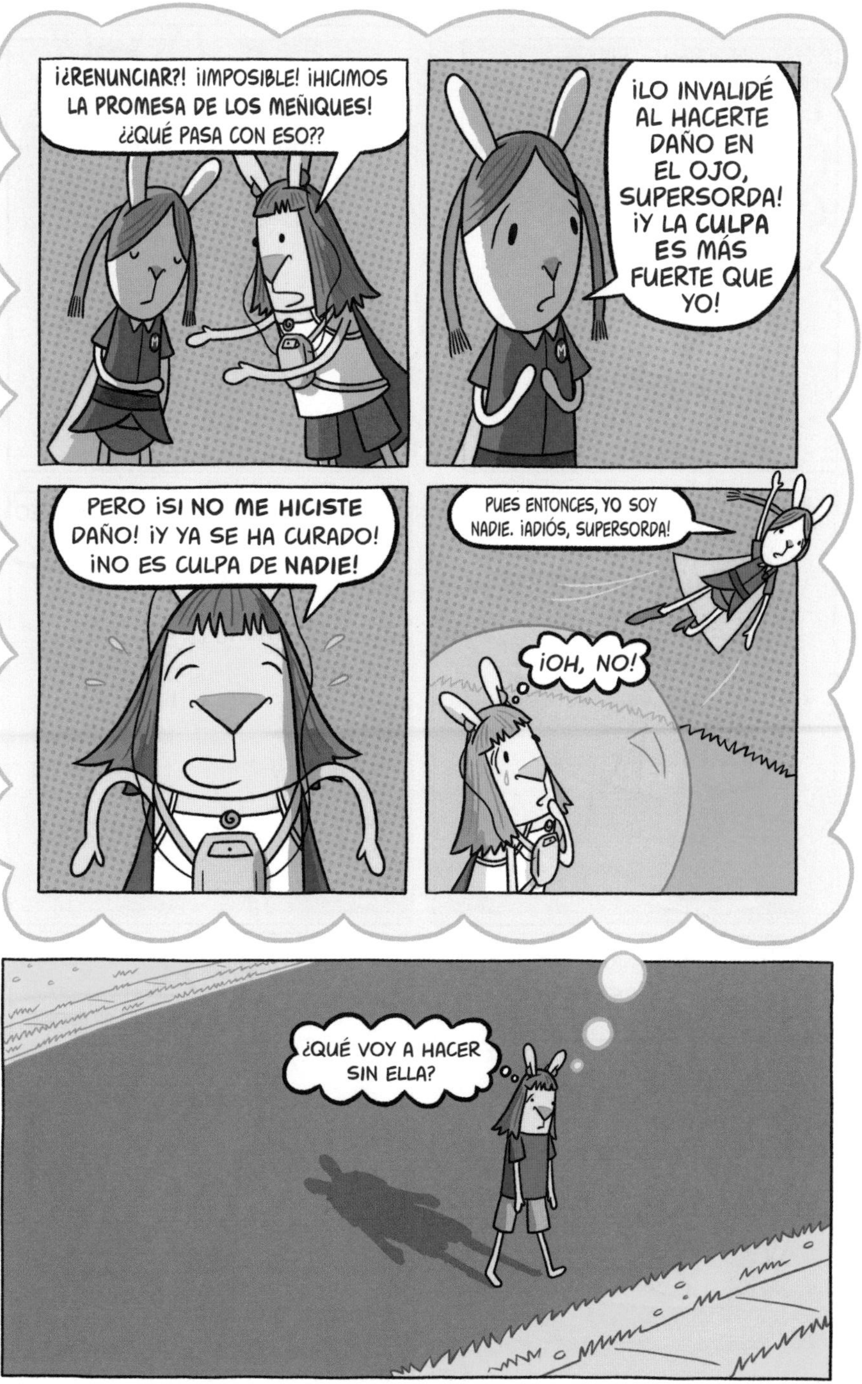
¡¿RENUNCIAR?! ¡IMPOSIBLE! ¡HICIMOS LA PROMESA DE LOS MEÑIQUES! ¿¿QUÉ PASA CON ESO??
¡LO INVALIDÉ AL HACERTE DAÑO EN EL OJO, SUPERSORDA! ¡Y LA CULPA ES MÁS FUERTE QUE YO!
PERO ¡SI NO ME HICISTE DAÑO! ¡Y YA SE HA CURADO! ¡NO ES CULPA DE NADIE!
PUES ENTONCES, YO SOY NADIE. ¡ADIÓS, SUPERSORDA!
¡OH, NO!
¿QUÉ VOY A HACER SIN ELLA?

trece

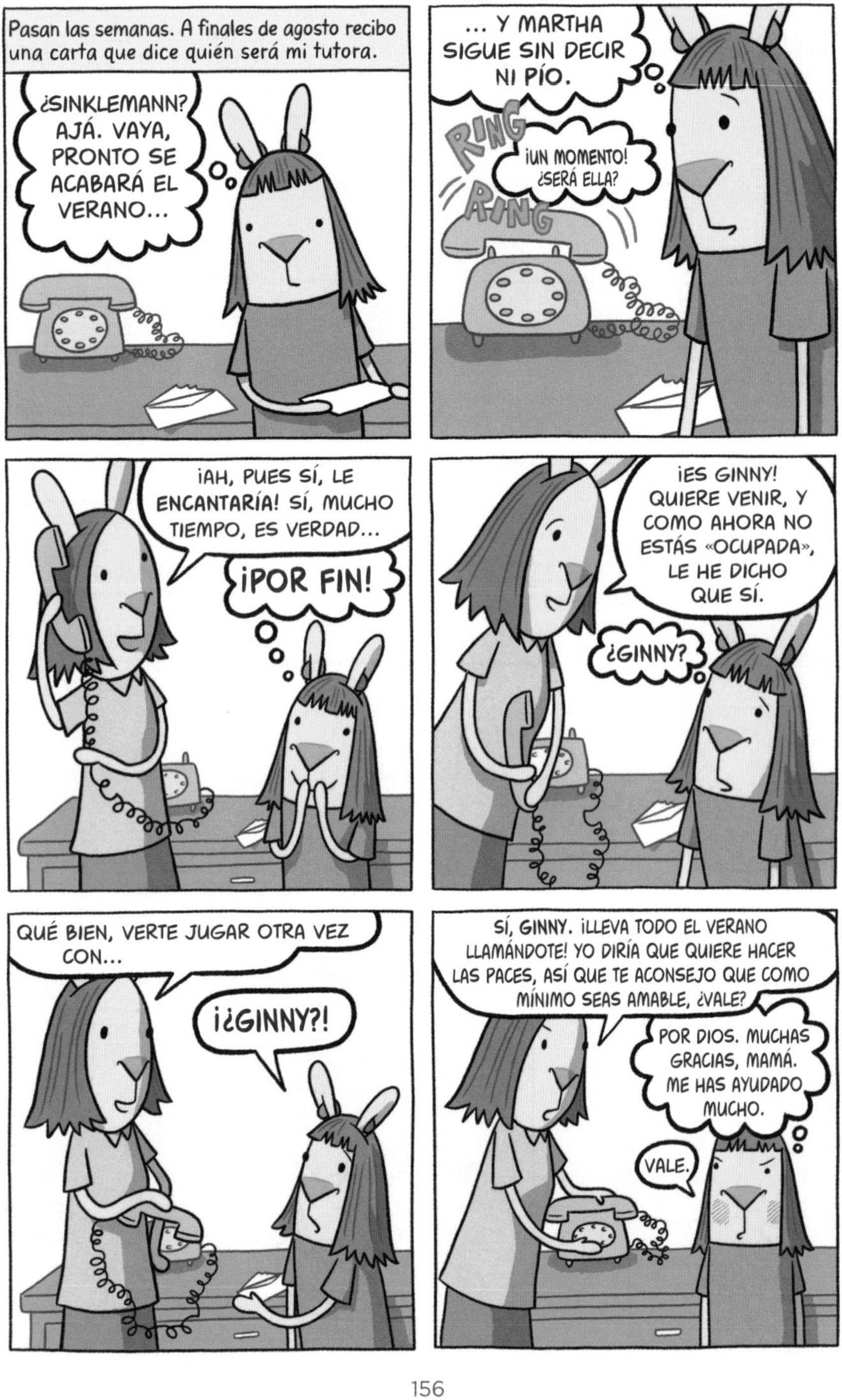
Pasan las semanas. A finales de agosto recibo una carta que dice quién será mi tutora.
¿SINKLEMANN? AJÁ. VAYA, PRONTO SE ACABARÁ EL VERANO...
... Y MARTHA SIGUE SIN DECIR NI PÍO.
RING
¡UN MOMENTO! ¿SERÁ ELLA?
RING
¡AH, PUES SÍ, LE ENCANTARÍA! SÍ, MUCHO TIEMPO, ES VERDAD...
¡POR FIN!
¡ES GINNY! QUIERE VENIR, Y COMO AHORA NO ESTÁS «OCUPADA», LE HE DICHO QUE SÍ.
¿GINNY?
QUÉ BIEN, VERTE JUGAR OTRA VEZ CON...
¡¿GINNY?!
SÍ, GINNY. ¡LLEVA TODO EL VERANO LLAMÁNDOTE! YO DIRÍA QUE QUIERE HACER LAS PACES, ASÍ QUE TE ACONSEJO QUE COMO MÍNIMO SEAS AMABLE, ¿VALE?
POR DIOS. MUCHAS GRACIAS, MAMÁ. ME HAS AYUDADO MUCHO.
VALE.

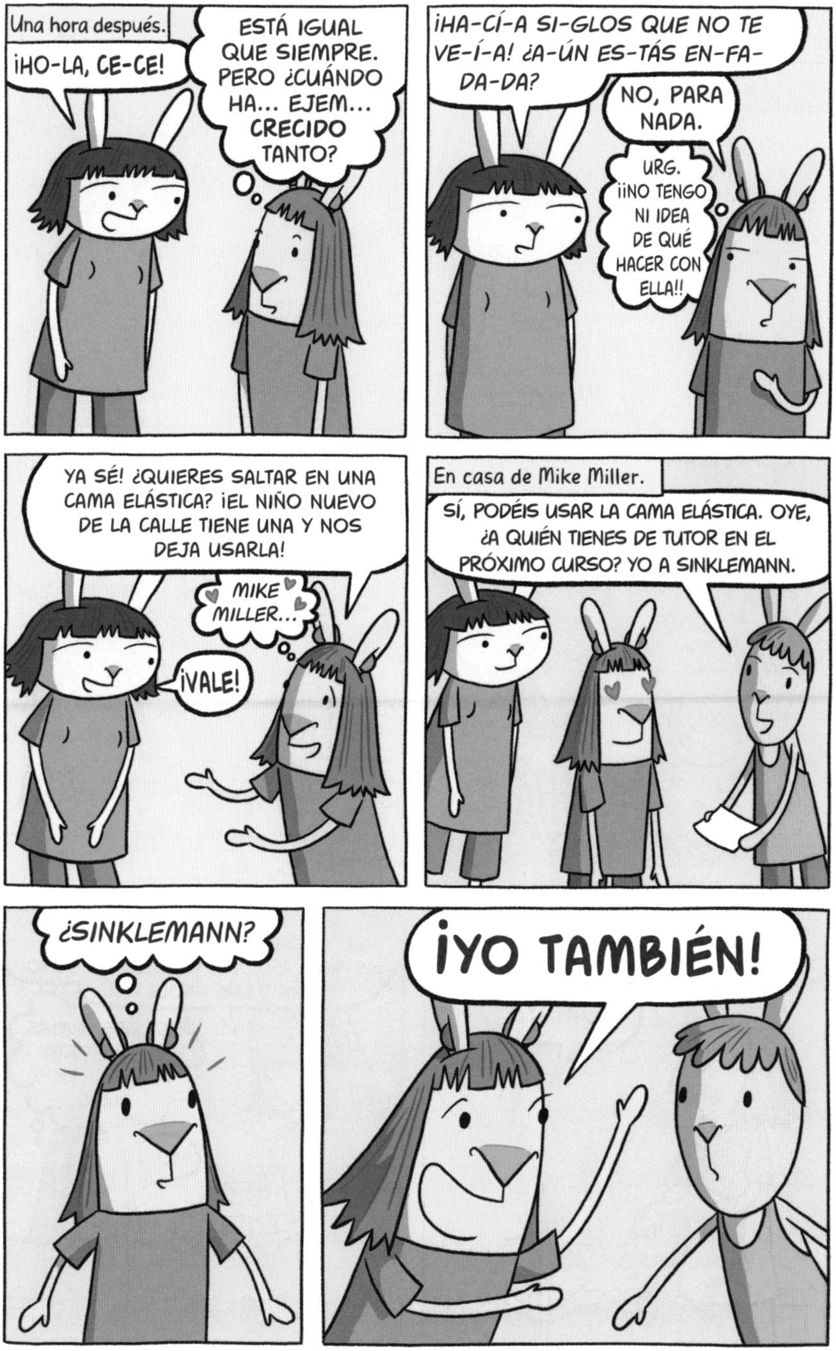
Una hora después.
¡HO-LA, CE-CE!
ESTÁ IGUAL QUE SIEMPRE. PERO ¿CUÁNDO HA... EJEM... CRECIDO TANTO?
¡HA-CÍ-A SI-GLOS QUE NO TE VE-Í-A! ¿A-ÚN ES-TÁS EN-FA-DA-DA?
NO, PARA NADA.
URG. ¡¡NO TENGO NI IDEA DE QUÉ HACER CON ELLA!!
YA SÉ! ¿QUIERES SALTAR EN UNA CAMA ELÁSTICA? ¡EL NIÑO NUEVO DE LA CALLE TIENE UNA Y NOS DEJA USARLA!
MIKE MILLER...
¡VALE!
En casa de Mike Miller.
SÍ, PODÉIS USAR LA CAMA ELÁSTICA. OYE, ¿A QUIÉN TIENES DE TUTOR EN EL PRÓXIMO CURSO? YO A SINKLEMANN.
¿SINKLEMANN?
¡YO TAMBIÉN!

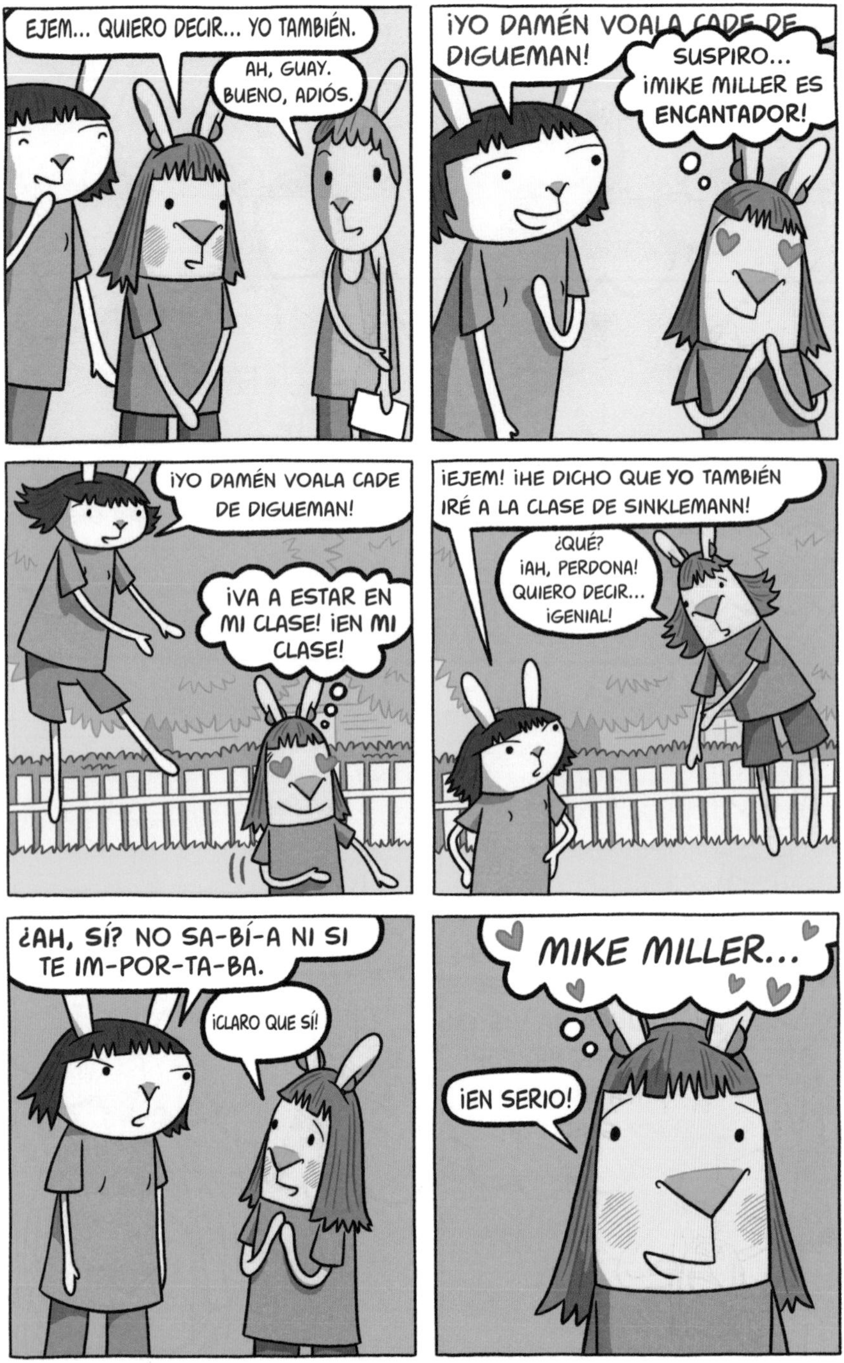
EJEM... QUIERO DECIR... YO TAMBIÉN.
AH, GUAY. BUENO, ADIÓS.
¡YO DAMÉN VOALA CADE DE DIGUEMAN!
SUSPIRO... ¡MIKE MILLER ES ENCANTADOR!
¡YO DAMÉN VOALA CADE DE DIGUEMAN!
¡VA A ESTAR EN MI CLASE! ¡EN MI CLASE!
¡EJEM! ¡HE DICHO QUE YO TAMBIÉN IRÉ A LA CLASE DE SINKLEMANN!
¿QUÉ? ¡AH, PERDONA! QUIERO DECIR... ¡GENIAL!
¿AH, SÍ? NO SA-BÍ-A NI SI TE IM-POR-TA-BA.
¡CLARO QUE SÍ!
MIKE MILLER...
¡EN SERIO!

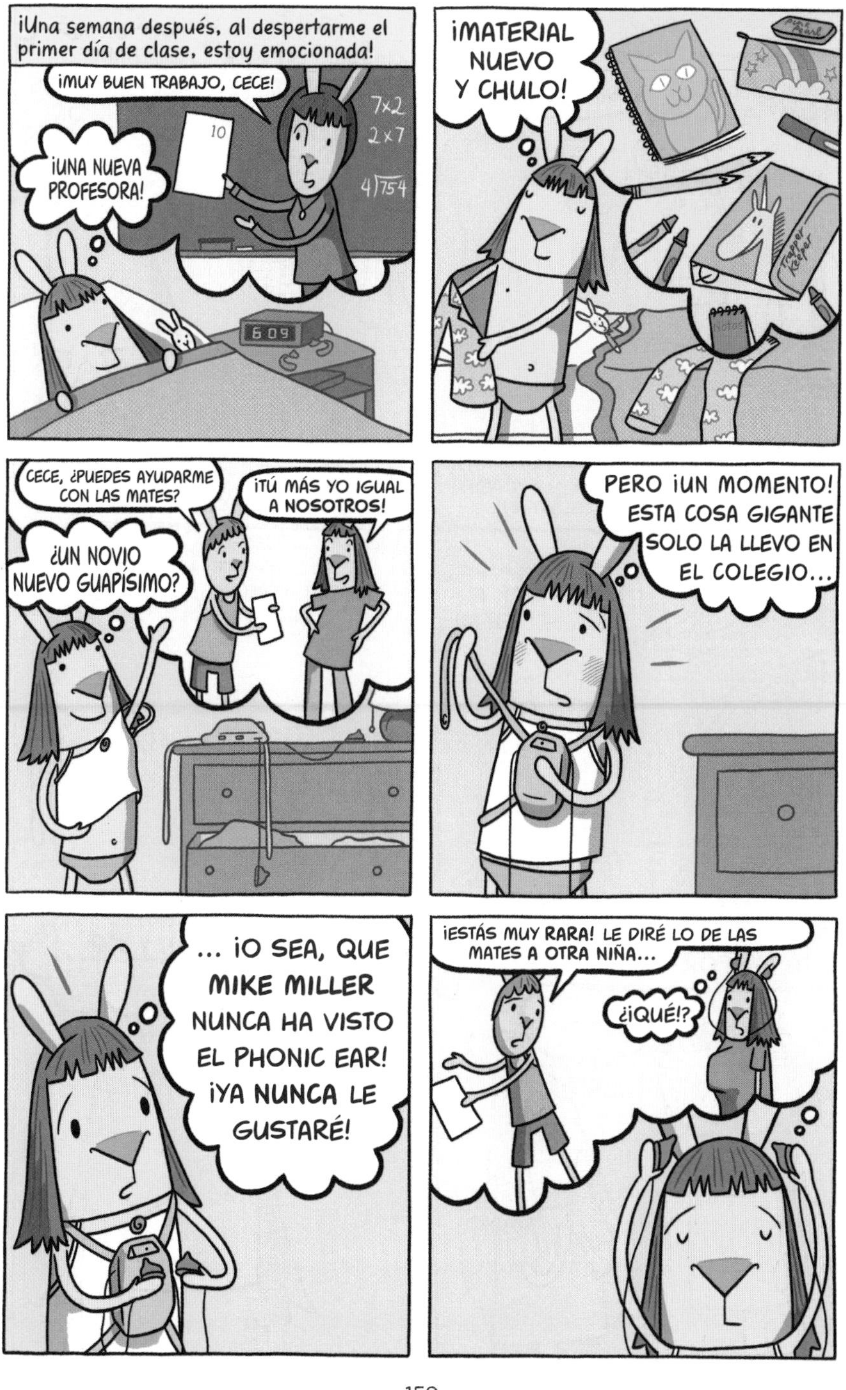
¡Una semana después, al despertarme el primer día de clase, estoy emocionada!
¡MUY BUEN TRABAJO, CECE!
¡UNA NUEVA PROFESORA!
¡MATERIAL NUEVO Y CHULO!
CECE, ¿PUEDES AYUDARME CON LAS MATES?
¡TÚ MÁS YO IGUAL A NOSOTROS!
¿UN NOVIO NUEVO GUAPÍSIMO?
PERO ¡UN MOMENTO! ESTA COSA GIGANTE SOLO LA LLEVO EN EL COLEGIO...
... ¡O SEA, QUE MIKE MILLER NUNCA HA VISTO EL PHONIC EAR! ¡YA NUNCA LE GUSTARÉ!
¡ESTÁS MUY RARA! LE DIRÉ LO DE LAS MATES A OTRA NIÑA...
¿¡QUÉ!?

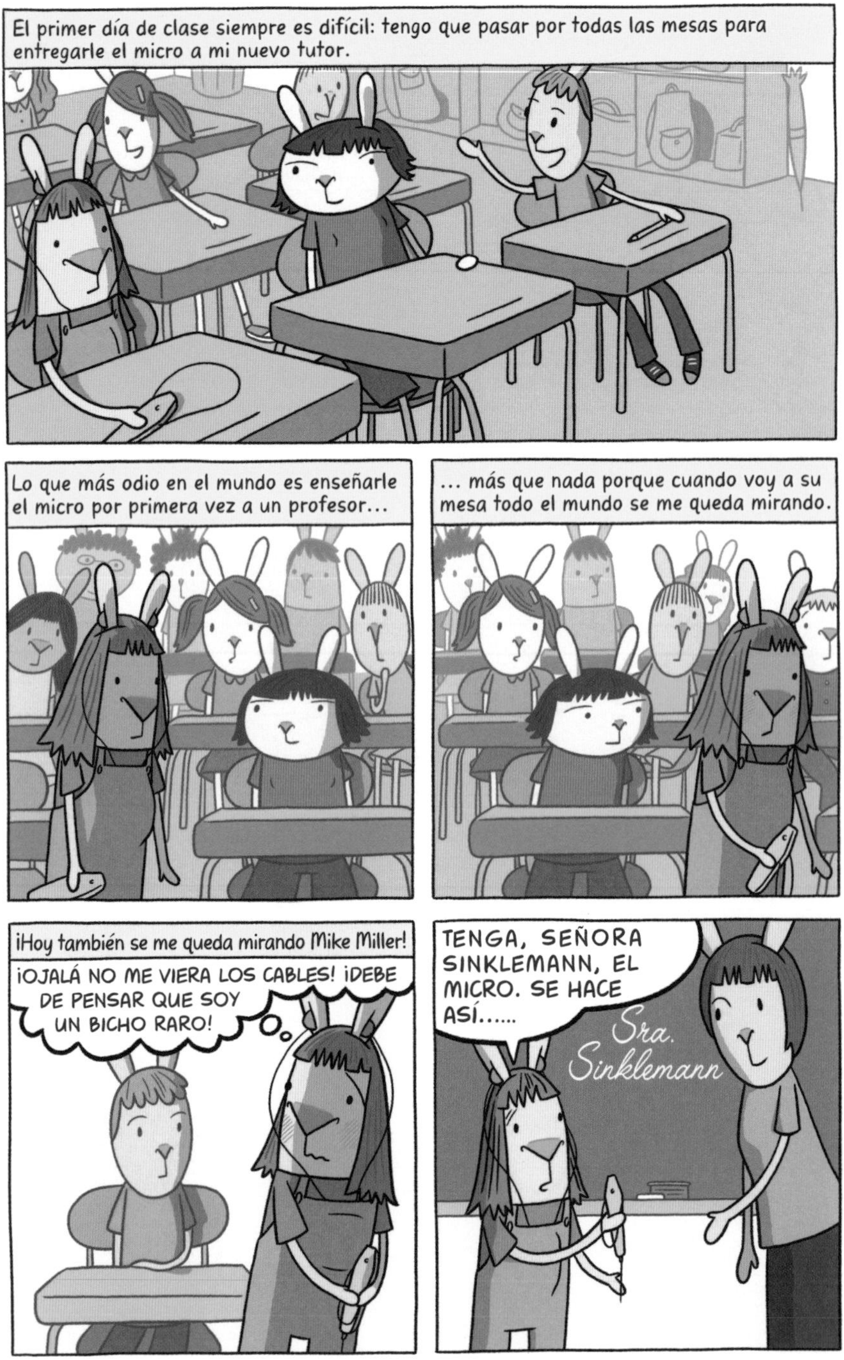
El primer día de clase siempre es difícil: tengo que pasar por todas las mesas para entregarle el micro a mi nuevo tutor.
Lo que más odio en el mundo es enseñarle el micro por primera vez a un profesor...
... más que nada porque cuando voy a su mesa todo el mundo se me queda mirando.
¡Hoy también se me queda mirando Mike Miller!
¡OJALÁ NO ME VIERA LOS CABLES! ¡DEBE DE PENSAR QUE SOY UN BICHO RARO!
TENGA, SEÑORA SINKLEMANN, EL MICRO. SE HACE ASÍ......
Sra. Sinklemann

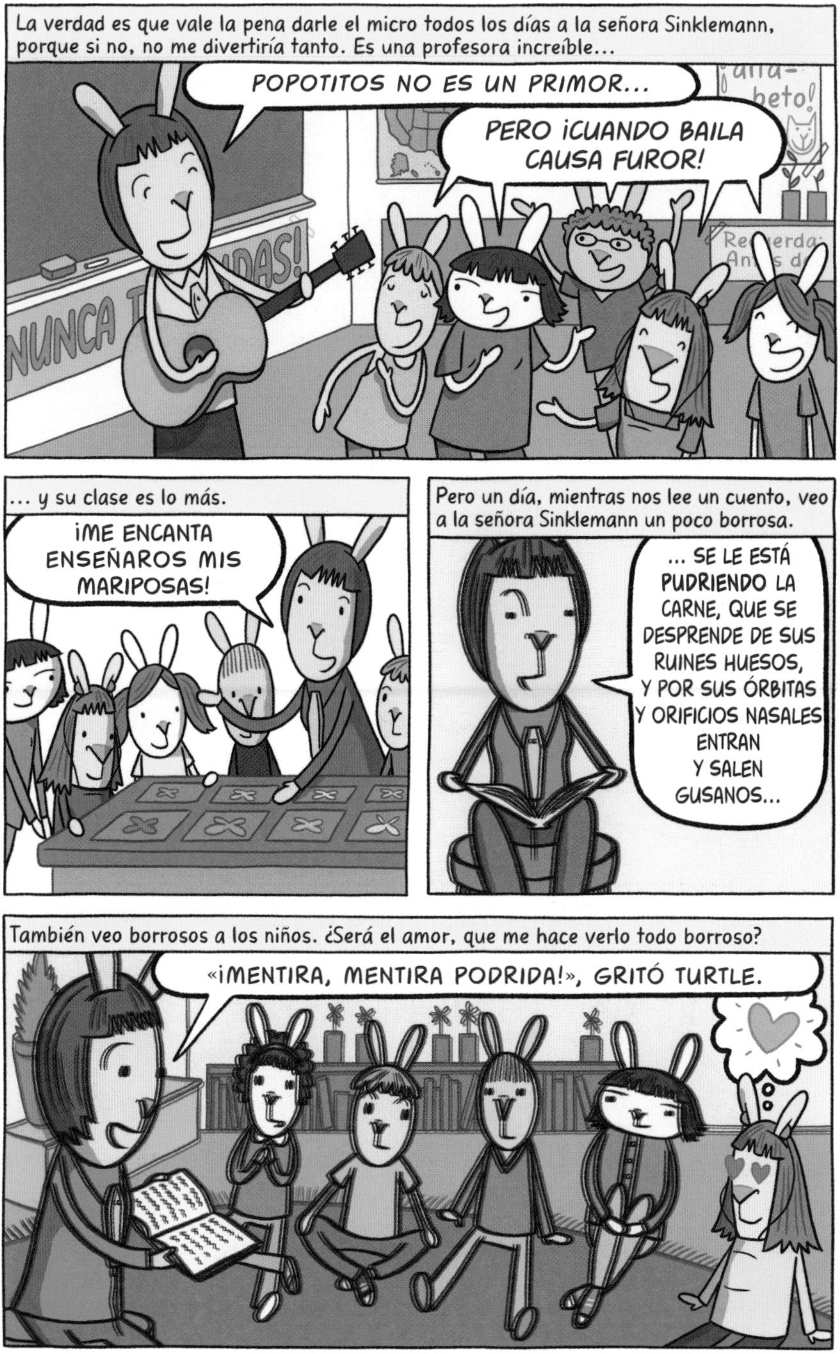
La verdad es que vale la pena darle el micro todos los días a la señora Sinklemann, porque si no, no me divertiría tanto. Es una profesora increíble…
POPOTITOS NO ES UN PRIMOR…
PERO ¡CUANDO BAILA CAUSA FUROR!
… y su clase es lo más.
¡ME ENCANTA ENSEÑAROS MIS MARIPOSAS!
Pero un día, mientras nos lee un cuento, veo a la señora Sinklemann un poco borrosa.
… SE LE ESTÁ PUDRIENDO LA CARNE, QUE SE DESPRENDE DE SUS RUINES HUESOS, Y POR SUS ÓRBITAS Y ORIFICIOS NASALES ENTRAN Y SALEN GUSANOS…
También veo borrosos a los niños. ¿Será el amor, que me hace verlo todo borroso?
«¡MENTIRA, MENTIRA PODRIDA!», GRITÓ TURTLE.

Cada vez está todo más borroso. ¡Tengo un problema serio!

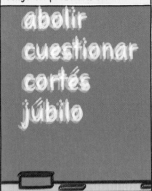

abolir
cuestionar
cortés
júbilo

¡Hoy hay examen de vocabulario, y no puedo leer las palabras que tenemos que definir!

PERO ¿¡SON PALABRAS?!

Quiero pedir ayuda a la señora Sinklemann, pero ¿dónde está?

¡Ah, ya la oigo! Parece que está hablando con otra profesora.

¿QUÉ, SEÑORA WEST, UN MAL DÍA? ¡SON ESTOS NIÑATOS, EL DÍA MENOS PENSADO ME LLEVAN A LA TUMBA!

MMMM. ¡SEÑAL DE QUE NI SIQUIERA ESTÁ EN EL AULA! ¡SEGURO QUE ANDA POR LA SALA DE PROFESORES!

¡EH, GINNY!

¿CUÁL ES LA PRIMERA PALABRA DE LA PIZARRA? ¡ES QUE NO LA VEO! ¡ESTÁ TODO MUY BORROSO!

¡SHHHH!

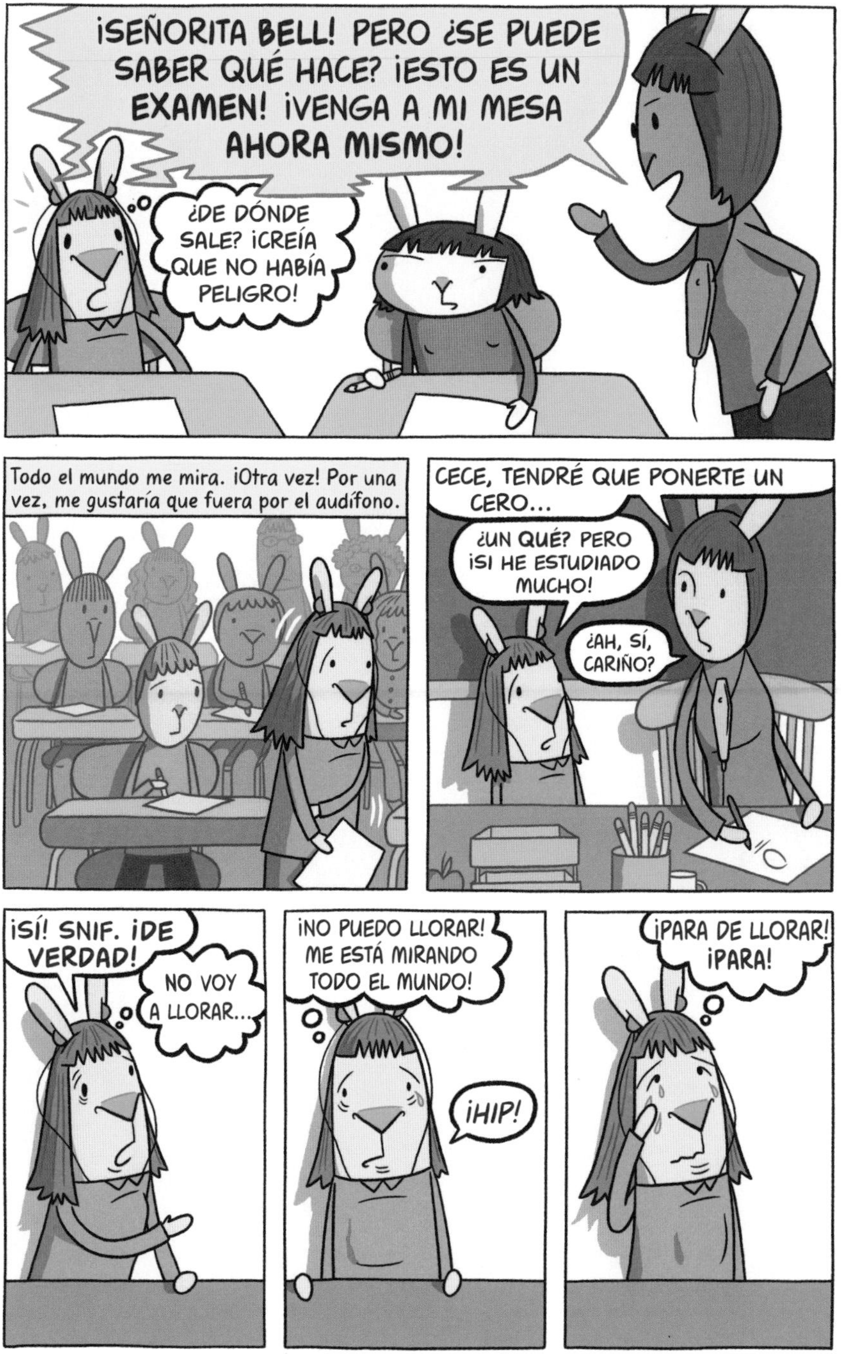
¡SEÑORITA BELL! PERO ¿SE PUEDE SABER QUÉ HACE? ¡ESTO ES UN EXAMEN! ¡VENGA A MI MESA AHORA MISMO!
¿DE DÓNDE SALE? ¡CREÍA QUE NO HABÍA PELIGRO!
Todo el mundo me mira. ¡Otra vez! Por una vez, me gustaría que fuera por el audífono.
CECE, TENDRÉ QUE PONERTE UN CERO...
¿UN QUÉ? PERO ¡SI HE ESTUDIADO MUCHO!
¿AH, SÍ, CARIÑO?
¡SÍ! SNIF. ¡DE VERDAD!
NO VOY A LLORAR...
¡NO PUEDO LLORAR! ME ESTÁ MIRANDO TODO EL MUNDO!
¡HIP!
¡PARA DE LLORAR! ¡PARA!

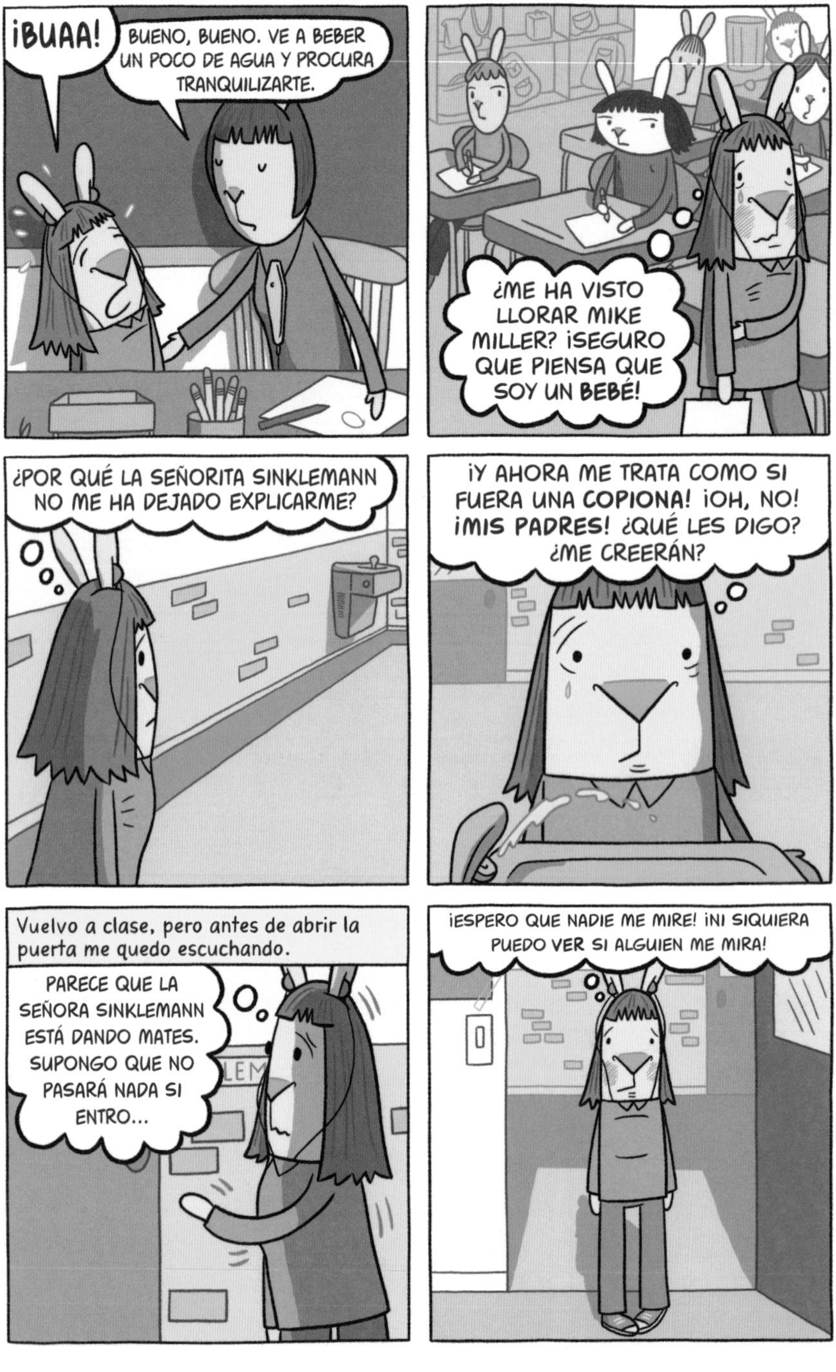
¡BUAA!
BUENO, BUENO. VE A BEBER UN POCO DE AGUA Y PROCURA TRANQUILIZARTE.
¿ME HA VISTO LLORAR MIKE MILLER? ¡SEGURO QUE PIENSA QUE SOY UN BEBÉ!
¿POR QUÉ LA SEÑORITA SINKLEMANN NO ME HA DEJADO EXPLICARME?
¡Y AHORA ME TRATA COMO SI FUERA UNA COPIONA! ¡OH, NO! ¡MIS PADRES! ¿QUÉ LES DIGO? ¿ME CREERÁN?
Vuelvo a clase, pero antes de abrir la puerta me quedo escuchando.
PARECE QUE LA SEÑORA SINKLEMANN ESTÁ DANDO MATES. SUPONGO QUE NO PASARÁ NADA SI ENTRO...
¡ESPERO QUE NADIE ME MIRE! ¡NI SIQUIERA PUEDO VER SI ALGUIEN ME MIRA!

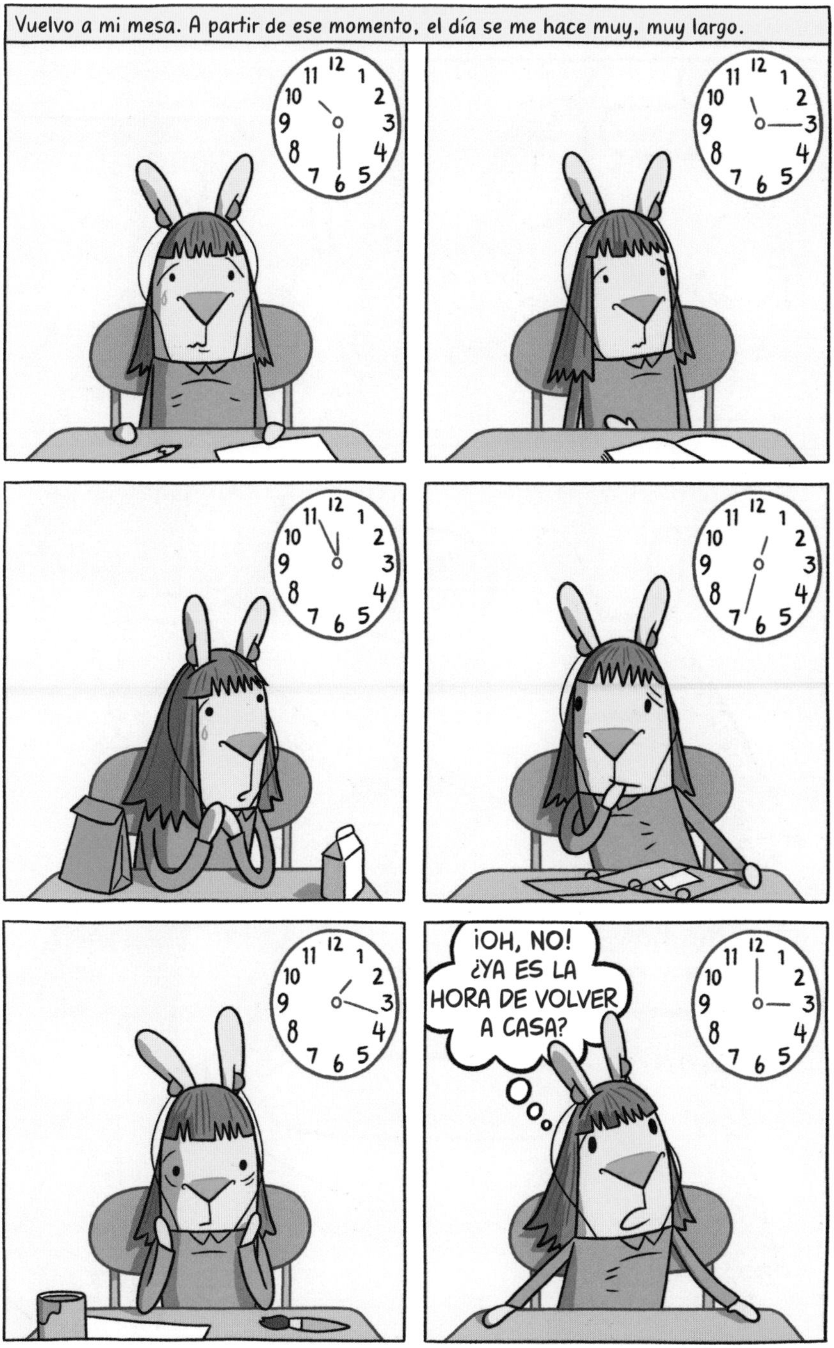
Vuelvo a mi mesa. A partir de ese momento, el día se me hace muy, muy largo.
¡OH, NO! ¿YA ES LA HORA DE VOLVER A CASA?

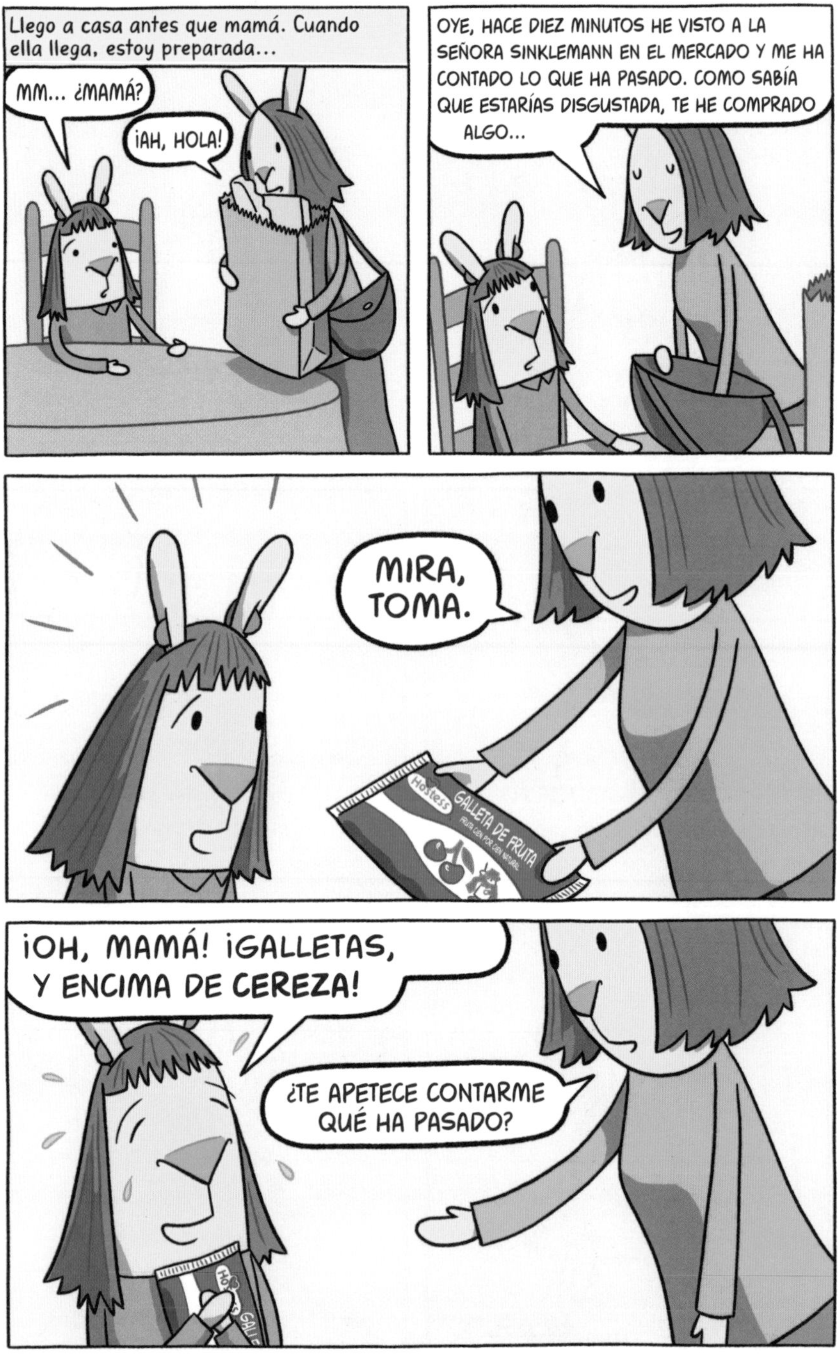
Llego a casa antes que mamá. Cuando ella llega, estoy preparada...
MM... ¿MAMÁ?
¡AH, HOLA!
OYE, HACE DIEZ MINUTOS HE VISTO A LA SEÑORA SINKLEMANN EN EL MERCADO Y ME HA CONTADO LO QUE HA PASADO. COMO SABÍA QUE ESTARÍAS DISGUSTADA, TE HE COMPRADO ALGO...
MIRA, TOMA.
Hostess
GALLETA DE FRUTA
¡OH, MAMÁ! ¡GALLETAS, Y ENCIMA DE CEREZA!
¿TE APETECE CONTARME QUÉ HA PASADO?

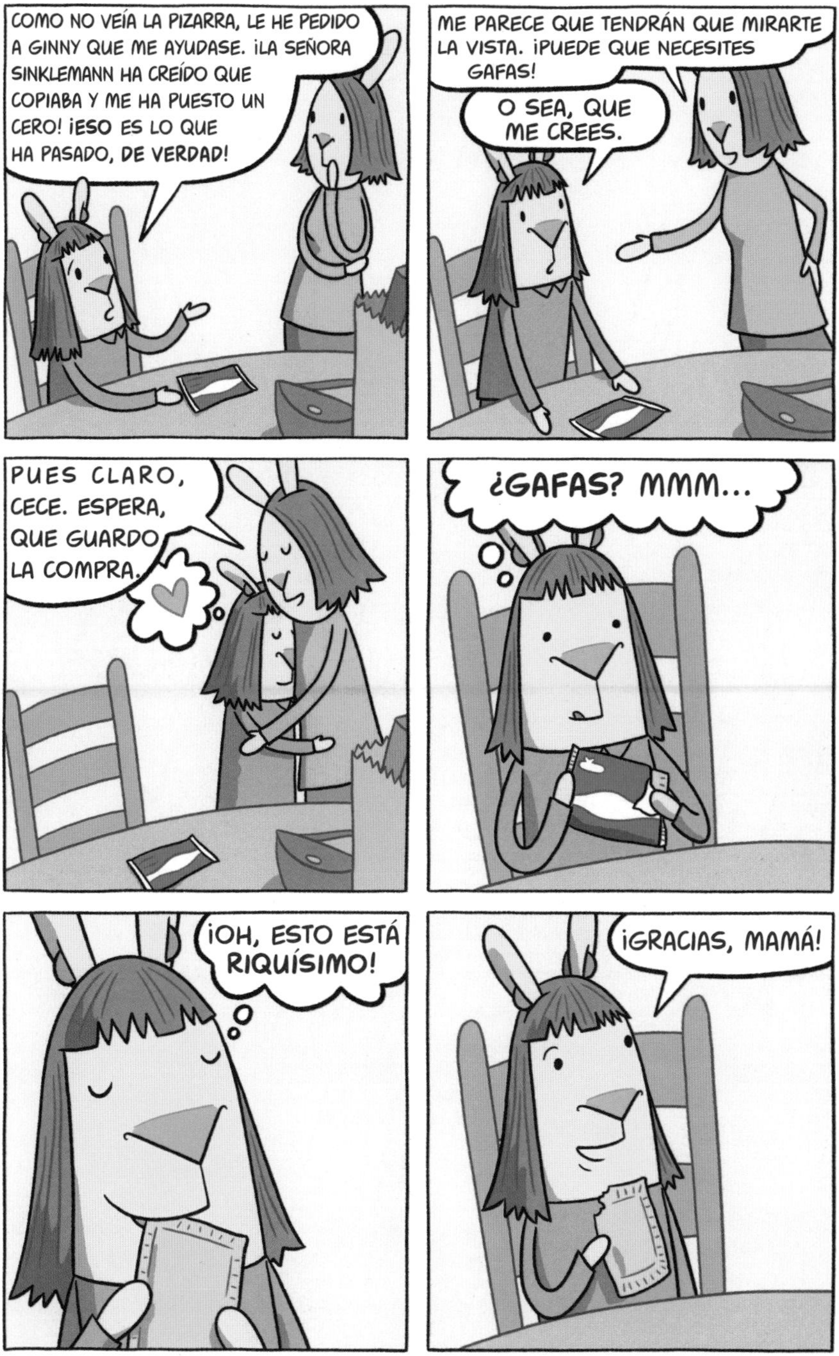
COMO NO VEÍA LA PIZARRA, LE HE PEDIDO A GINNY QUE ME AYUDASE. ¡LA SEÑORA SINKLEMANN HA CREÍDO QUE COPIABA Y ME HA PUESTO UN CERO! ¡ESO ES LO QUE HA PASADO, DE VERDAD!
ME PARECE QUE TENDRÁN QUE MIRARTE LA VISTA. ¡PUEDE QUE NECESITES GAFAS!
O SEA, QUE ME CREES.
PUES CLARO, CECE. ESPERA, QUE GUARDO LA COMPRA.
¿GAFAS? MMM...
¡OH, ESTO ESTÁ RIQUÍSIMO!
¡GRACIAS, MAMÁ!

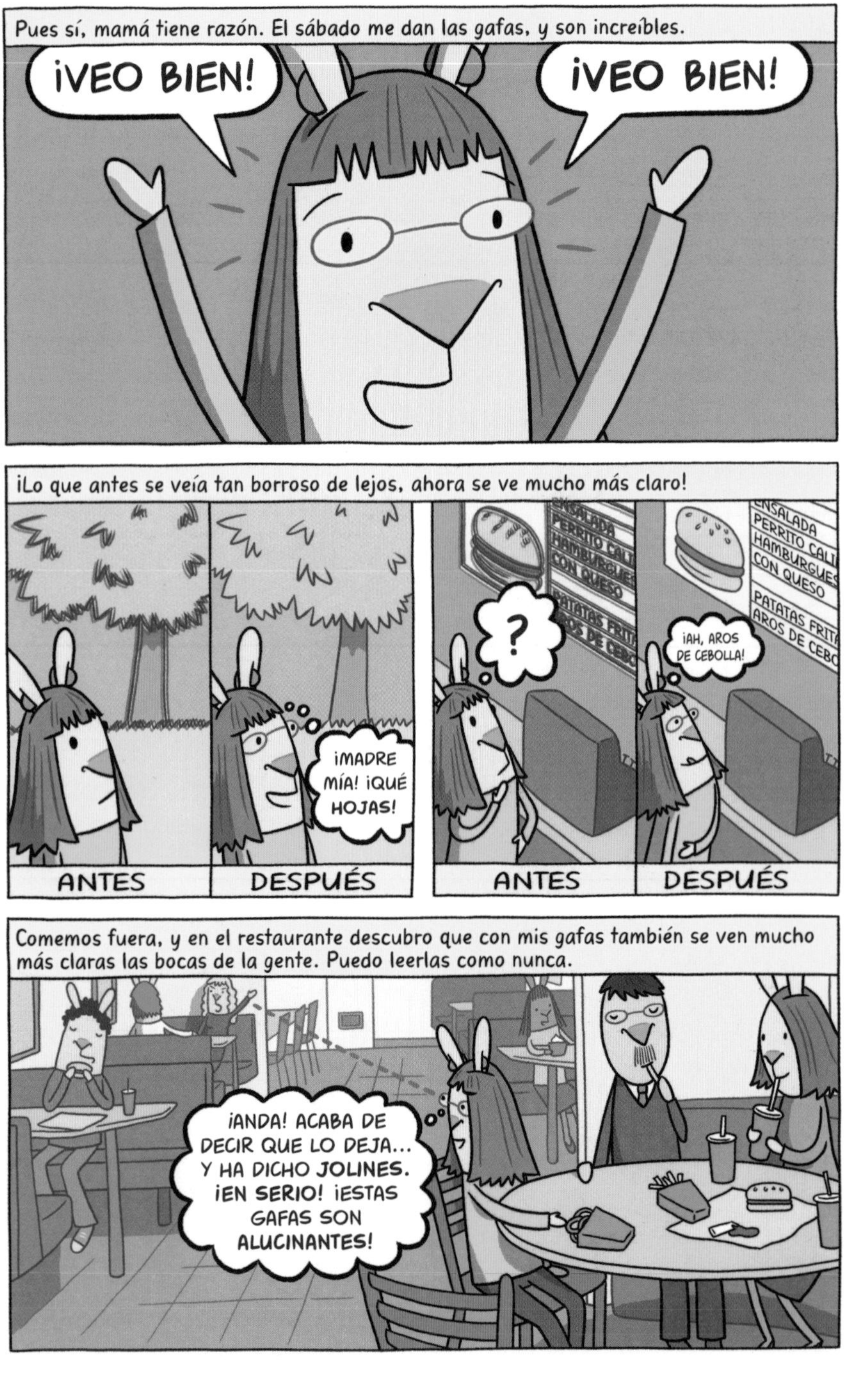
Pues sí, mamá tiene razón. El sábado me dan las gafas, y son increíbles.
¡VEO BIEN!
¡VEO BIEN!
¡Lo que antes se veía tan borroso de lejos, ahora se ve mucho más claro!
ANTES
¡MADRE MÍA! ¡QUÉ HOJAS!
DESPUÉS
?
ANTES
¡AH, AROS DE CEBOLLA!
DESPUÉS
Comemos fuera, y en el restaurante descubro que con mis gafas también se ven mucho más claras las bocas de la gente. Puedo leerlas como nunca.
¡ANDA! ACABA DE DECIR QUE LO DEJA... Y HA DICHO **JOLINES**. ¡EN **SERIO**! ¡ESTAS GAFAS SON **ALUCINANTES**!

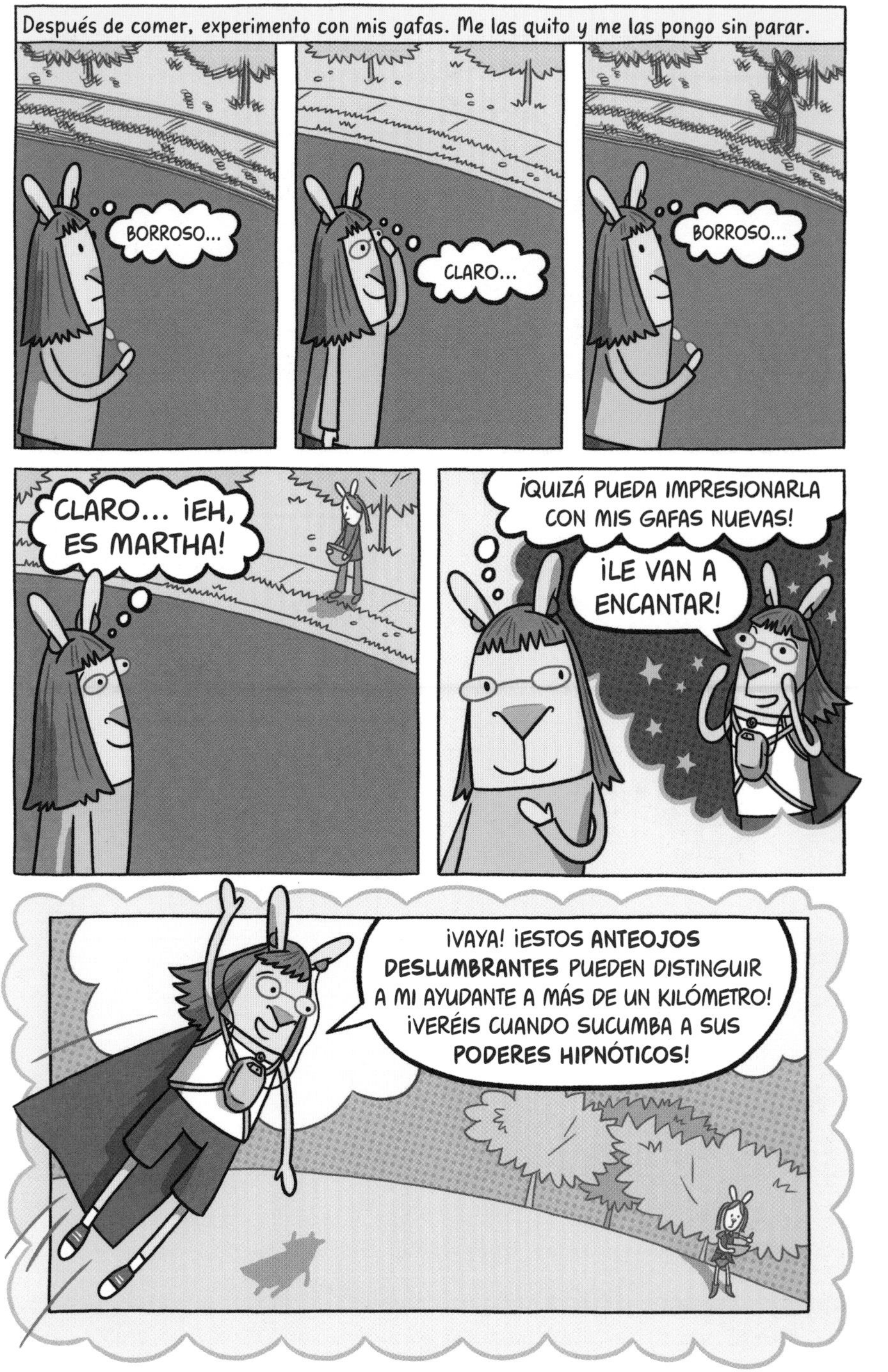
Después de comer, experimento con mis gafas. Me las quito y me las pongo sin parar.
BORROSO...
CLARO...
BORROSO...
CLARO... ¡EH, ES MARTHA!
¡QUIZÁ PUEDA IMPRESIONARLA CON MIS GAFAS NUEVAS!
¡LE VAN A ENCANTAR!
¡VAYA! ¡ESTOS ANTEOJOS DESLUMBRANTES PUEDEN DISTINGUIR A MI AYUDANTE A MÁS DE UN KILÓMETRO! ¡VERÉIS CUANDO SUCUMBA A SUS PODERES HIPNÓTICOS!

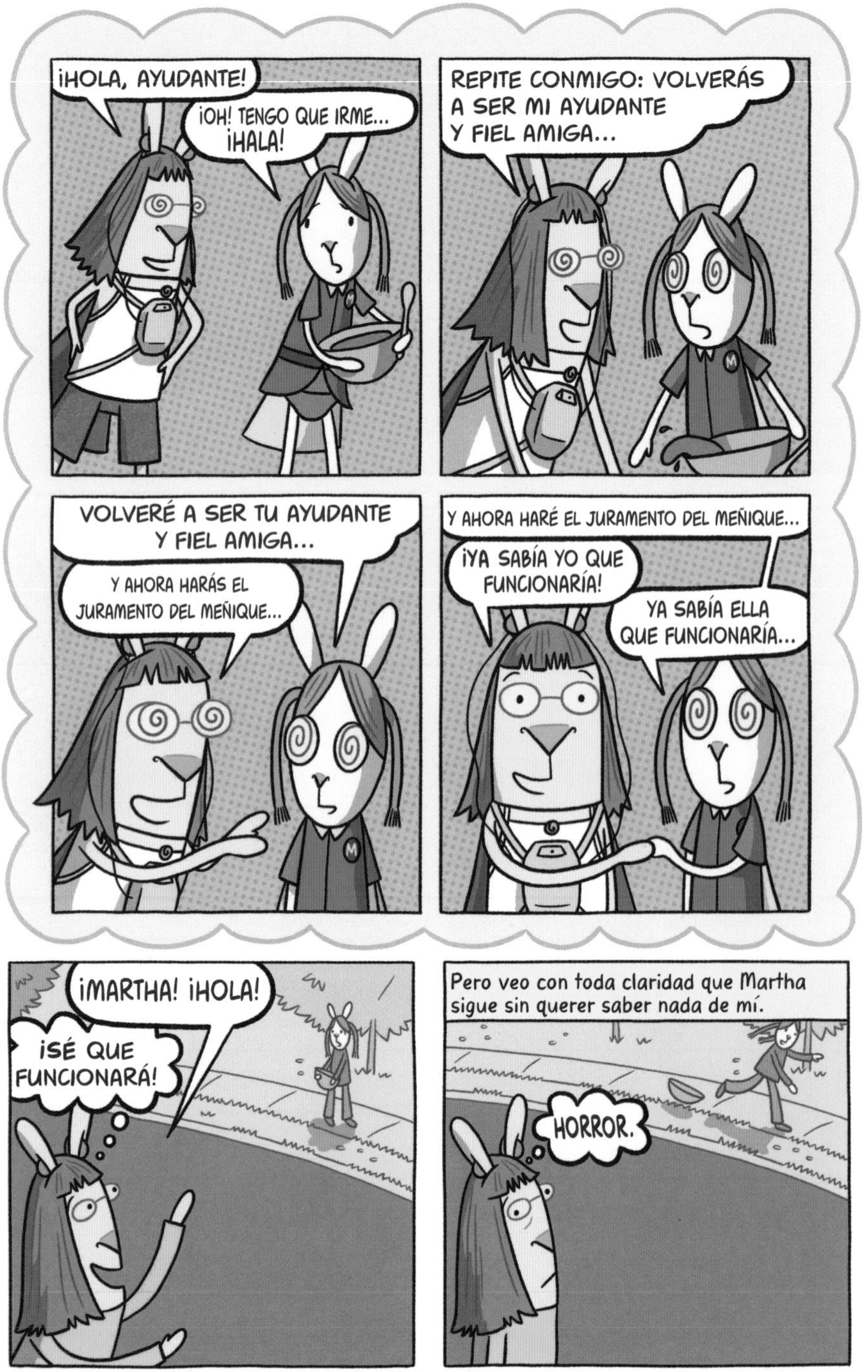
¡HOLA, AYUDANTE!
¡OH! TENGO QUE IRME... ¡HALA!
REPITE CONMIGO: VOLVERÁS A SER MI AYUDANTE Y FIEL AMIGA...
VOLVERÉ A SER TU AYUDANTE Y FIEL AMIGA...
Y AHORA HARÁS EL JURAMENTO DEL MEÑIQUE...
Y AHORA HARÉ EL JURAMENTO DEL MEÑIQUE...
¡YA SABÍA YO QUE FUNCIONARÍA!
YA SABÍA ELLA QUE FUNCIONARÍA...
¡MARTHA! ¡HOLA!
¡SÉ QUE FUNCIONARÁ!
Pero veo con toda claridad que Martha sigue sin querer saber nada de mí.
HORROR.

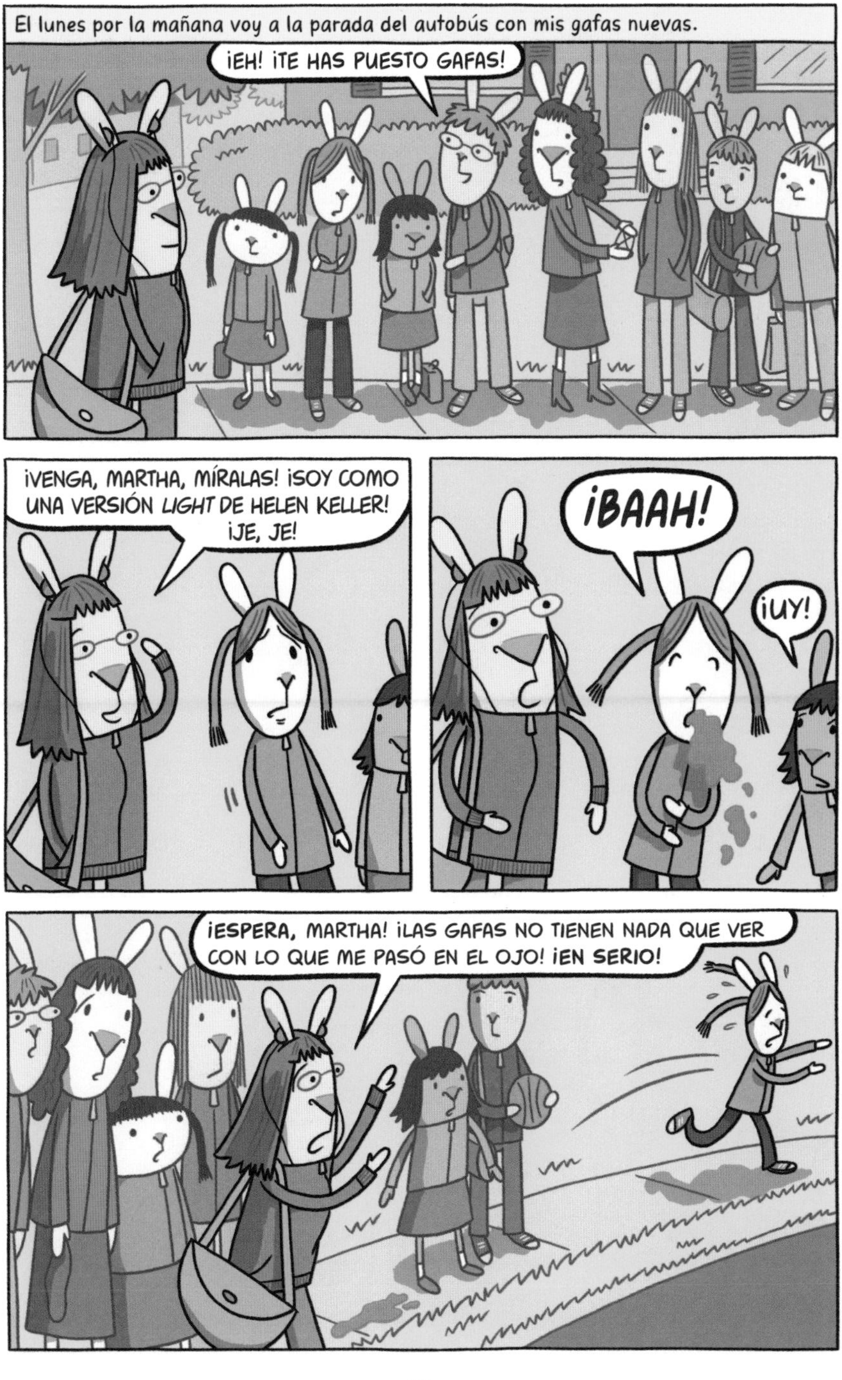
El lunes por la mañana voy a la parada del autobús con mis gafas nuevas.
¡EH! ¡TE HAS PUESTO GAFAS!
¡VENGA, MARTHA, MÍRALAS! ¡SOY COMO UNA VERSIÓN *LIGHT* DE HELEN KELLER! ¡JE, JE!
¡BAAH!
¡UY!
¡ESPERA, MARTHA! ¡LAS GAFAS NO TIENEN NADA QUE VER CON LO QUE ME PASÓ EN EL OJO! ¡EN **SERIO**!

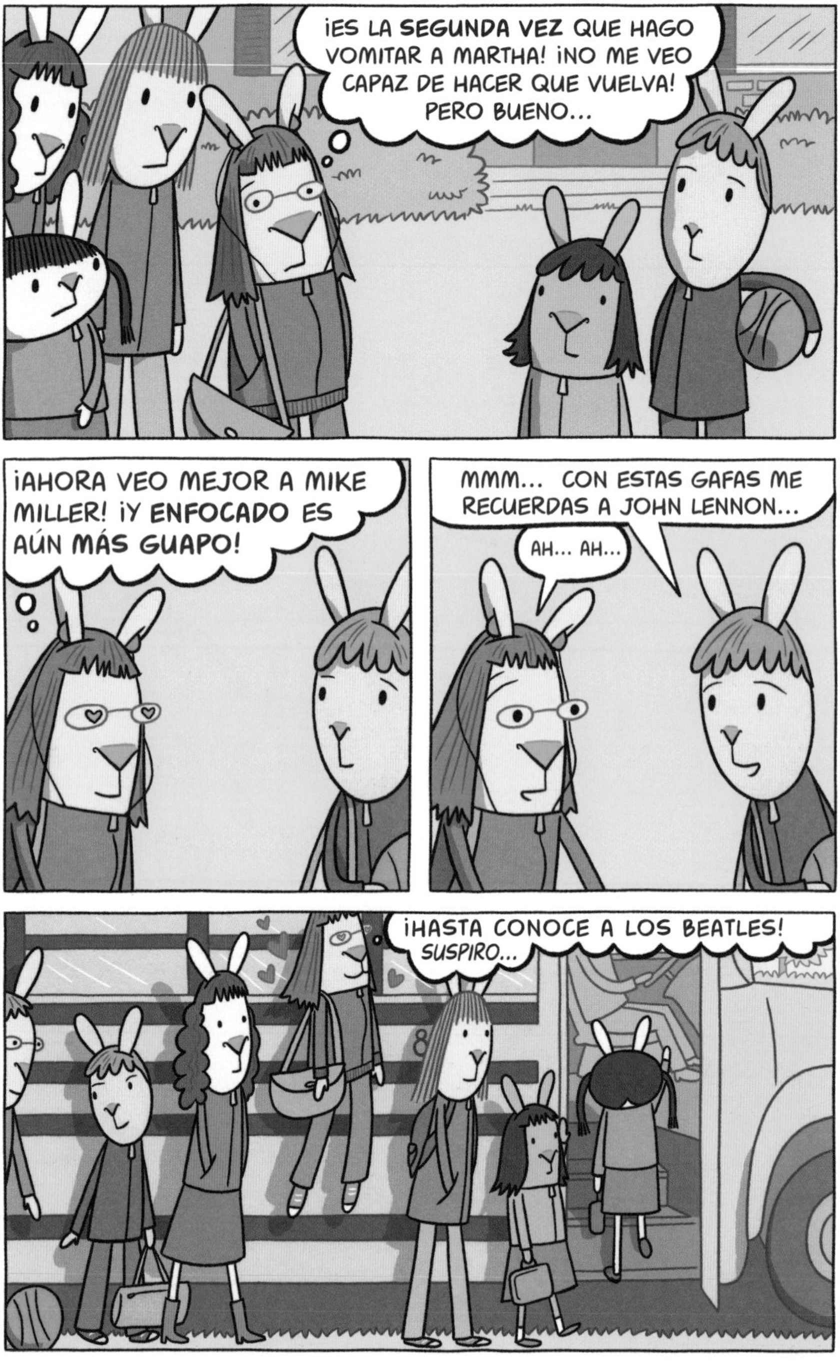
¡ES LA SEGUNDA VEZ QUE HAGO VOMITAR A MARTHA! ¡NO ME VEO CAPAZ DE HACER QUE VUELVA! PERO BUENO...
¡AHORA VEO MEJOR A MIKE MILLER! ¡Y ENFOCADO ES AÚN MÁS GUAPO!
MMM... CON ESTAS GAFAS ME RECUERDAS A JOHN LENNON...
AH... AH...
¡HASTA CONOCE A LOS BEATLES! SUSPIRO...

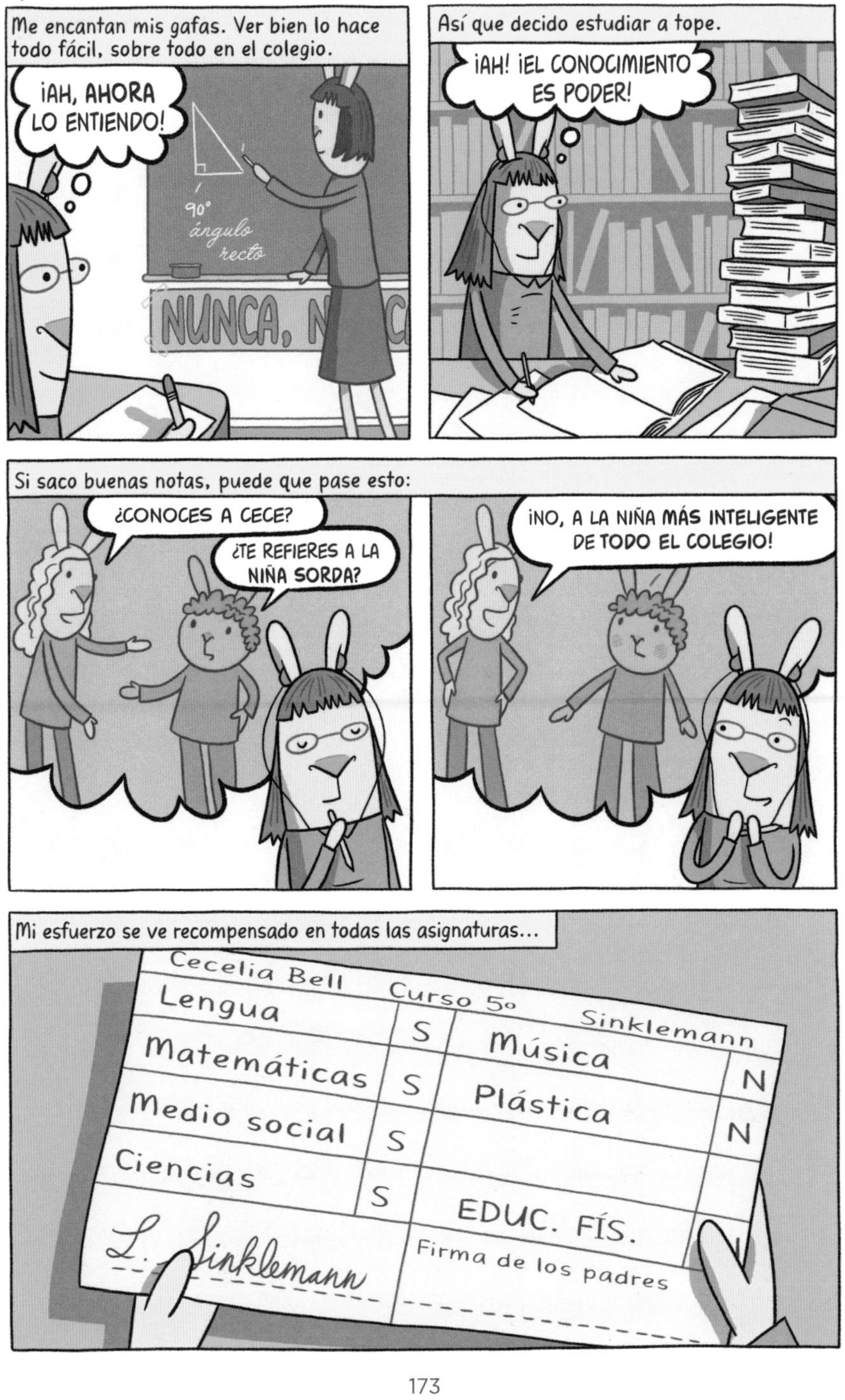
Me encantan mis gafas. Ver bien lo hace todo fácil, sobre todo en el colegio.
¡AH, AHORA LO ENTIENDO!
90°
ángulo recto
NUNCA, N
Así que decido estudiar a tope.
¡AH! ¡EL CONOCIMIENTO ES PODER!
Si saco buenas notas, puede que pase esto:
¿CONOCES A CECE?
¿TE REFIERES A LA NIÑA SORDA?
¡NO, A LA NIÑA MÁS INTELIGENTE DE TODO EL COLEGIO!
Mi esfuerzo se ve recompensado en todas las asignaturas...
Cecelia Bell
Curso 5º
Sinklemann
Lengua
S
Música
N
Matemáticas
S
Plástica
N
Medio social
S
Ciencias
S
EDUC. FÍS.
L. Sinklemann
Firma de los padres

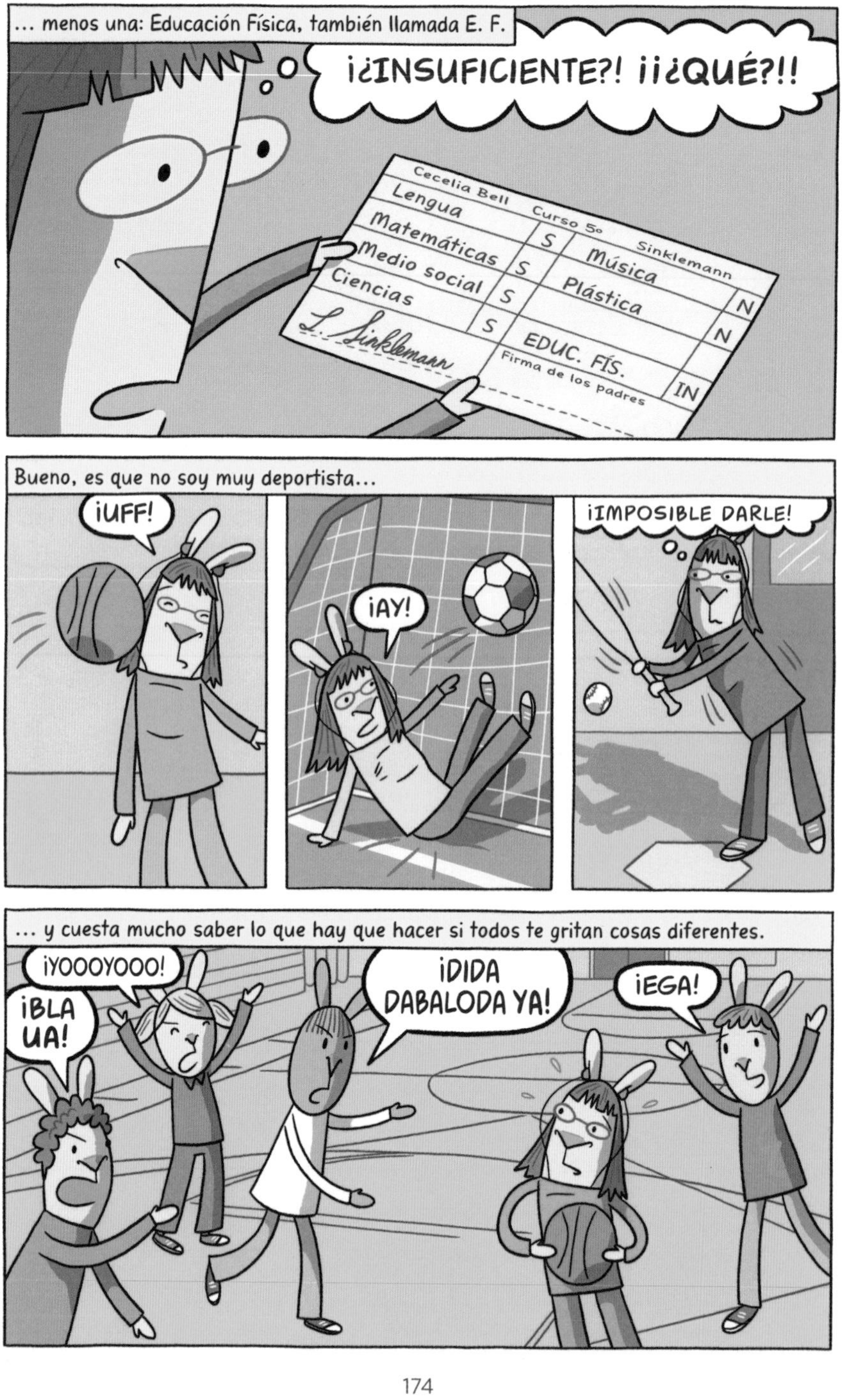

... menos una: Educación Física, también llamada E. F.
¡¿INSUFICIENTE?! ¡¡¿QUÉ?!!
Cecelia Bell
Curso 5º
Sinklemann
Lengua S
Matemáticas S
Medio social S
Ciencias S
Música N
Plástica N
EDUC. FÍS. IN
L. Sinklemann
Firma de los padres
Bueno, es que no soy muy deportista...
¡UFF!
¡AY!
¡IMPOSIBLE DARLE!
... y cuesta mucho saber lo que hay que hacer si todos te gritan cosas diferentes.
¡YOOOYOOO!
¡BLA UA!
¡DIDA DABALODA YA!
¡EGA!

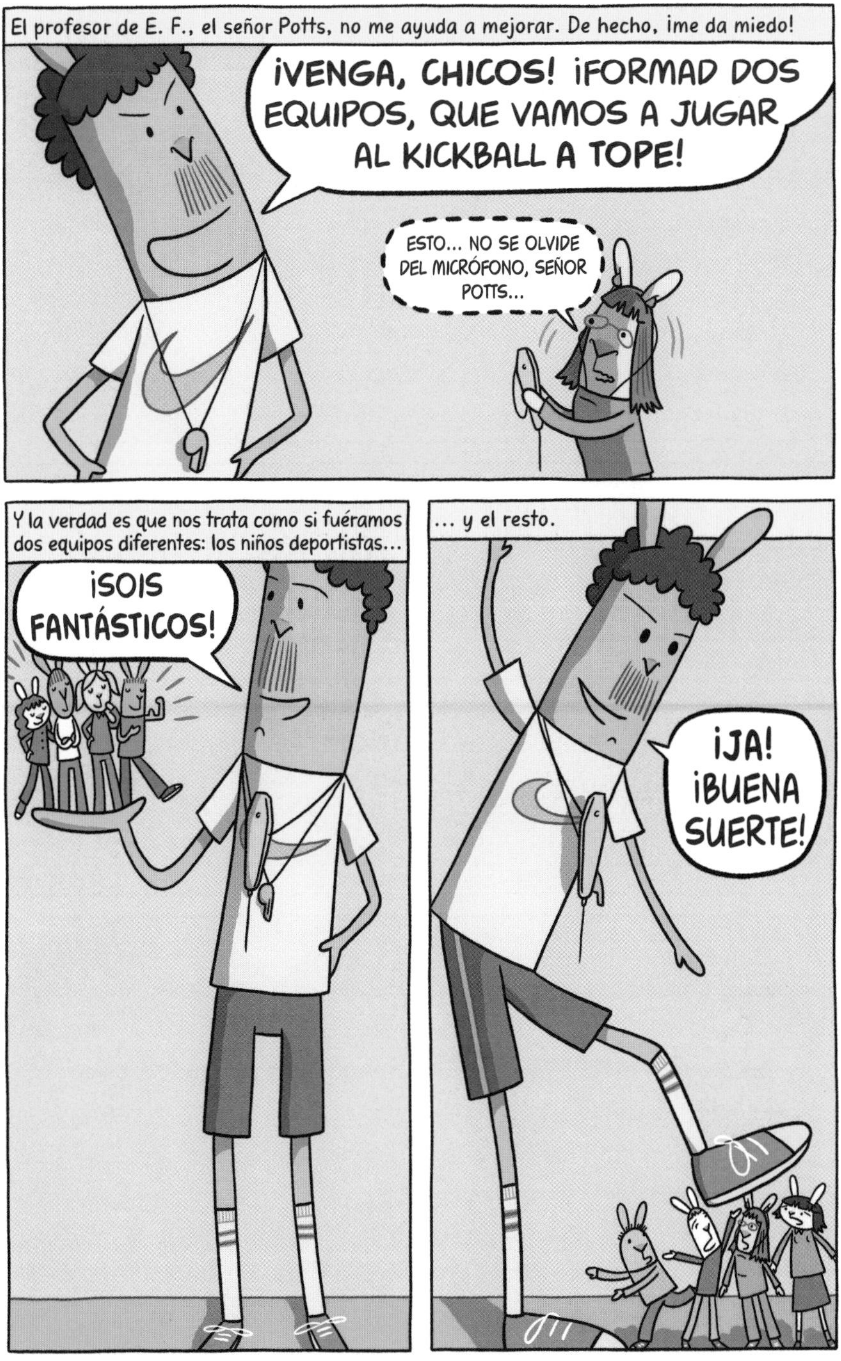
El profesor de E. F., el señor Potts, no me ayuda a mejorar. De hecho, ¡me da miedo!
¡VENGA, CHICOS! ¡FORMAD DOS EQUIPOS, QUE VAMOS A JUGAR AL KICKBALL A TOPE!
ESTO... NO SE OLVIDE DEL MICRÓFONO, SEÑOR POTTS...
Y la verdad es que nos trata como si fuéramos dos equipos diferentes: los niños deportistas...
¡SOIS FANTÁSTICOS!
... y el resto.
¡JA! ¡BUENA SUERTE!

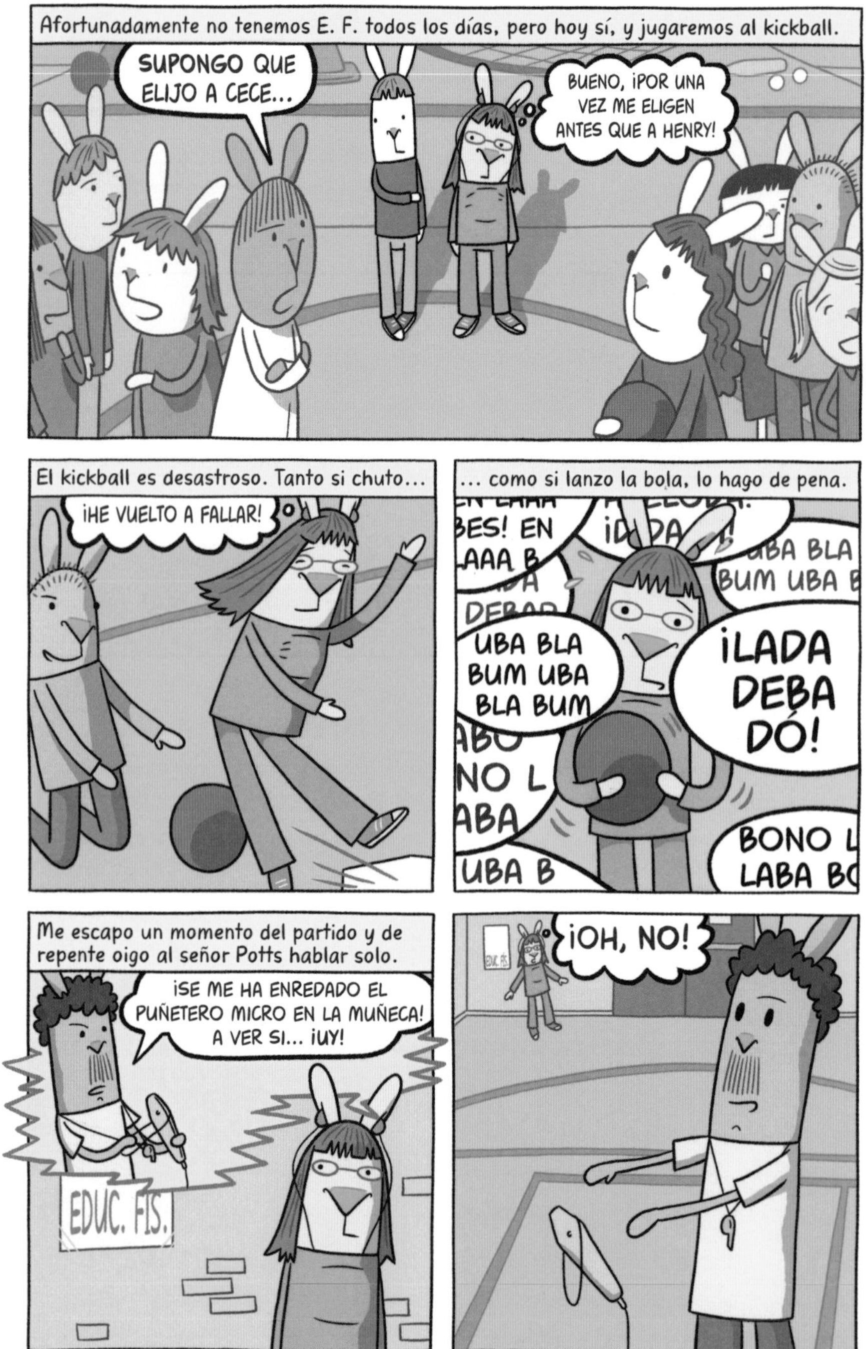
Afortunadamente no tenemos E. F. todos los días, pero hoy sí, y jugaremos al kickball.
SUPONGO QUE ELIJO A CECE...
BUENO, ¡POR UNA VEZ ME ELIGEN ANTES QUE A HENRY!
El kickball es desastroso. Tanto si chuto...
¡HE VUELTO A FALLAR!
... como si lanzo la bola, lo hago de pena.
UBA BLA BUM UBA BLA BUM
¡LADA DEBA DÓ!
Me escapo un momento del partido y de repente oigo al señor Potts hablar solo.
¡SE ME HA ENREDADO EL PUÑETERO MICRO EN LA MUÑECA! A VER SI... ¡UY!
EDUC. FIS.
¡OH, NO!

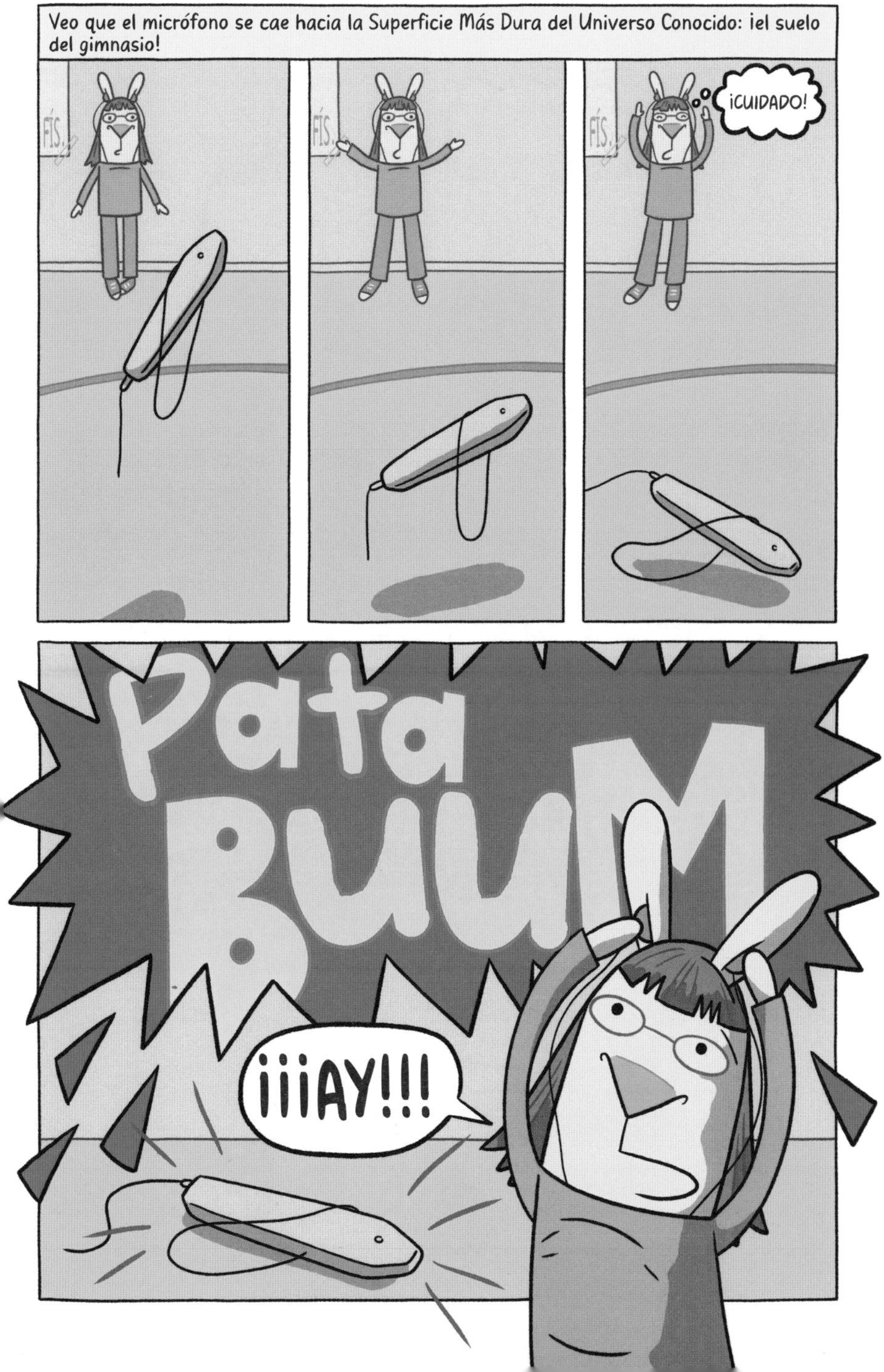
Veo que el micrófono se cae hacia la Superficie Más Dura del Universo Conocido: ¡el suelo del gimnasio!
FÍS.
FÍS.
FÍS.
¡CUIDADO!
Pata BUUM
¡¡¡AY!!!

¡UPS! JE, JE...

¡¿¡«UPS»!?! ¿NO SE TE OCURRE NADA MÁS?

¡Está roto! ¡El señor Potts me ha roto el micro!

CRECZZZZZZZZCRICCRACCRACCCC
ZZZZZZZZZZ CRECZZZZZZCRI
ZZZZZ CRE

¿HOLA? ¿HOLA?

PROBANDO, 1-2-3...

¿HOLA?

Ahora no entiendo nada. Parece que la señora Sinklemann esté muy lejos...

¡ASÍ QUE SI BODEMO UU ESUDARO BLA GA!

?

valla
baya
baca   barón
vaca   varón

NUNCA,

... y no para de moverse. Ni con mis gafas veo lo bastante bien como para leer los labios.

TINGOLE BANDE DEBALADEABA DOPELADENA...

?

Por suerte la señora Sinklemann se apiada de mí.

TE HE APUNTADO LOS DEBERES... ¡SEGURO QUE MAÑANA VA TODO MEJOR!

¡SNIF!

Aunque sigo estando un poco preocupada.

...ella Bell	Curso 5º		Sinklemann
Lengua			
Matem...íticas	IN	Música	
Medio ...cial	IN	Plástica	MD
...encia	IN		MD
	S	EDUC. FÍS.	
		Firma de los padres	MD

¿QUÉ ME VA A PASAR?

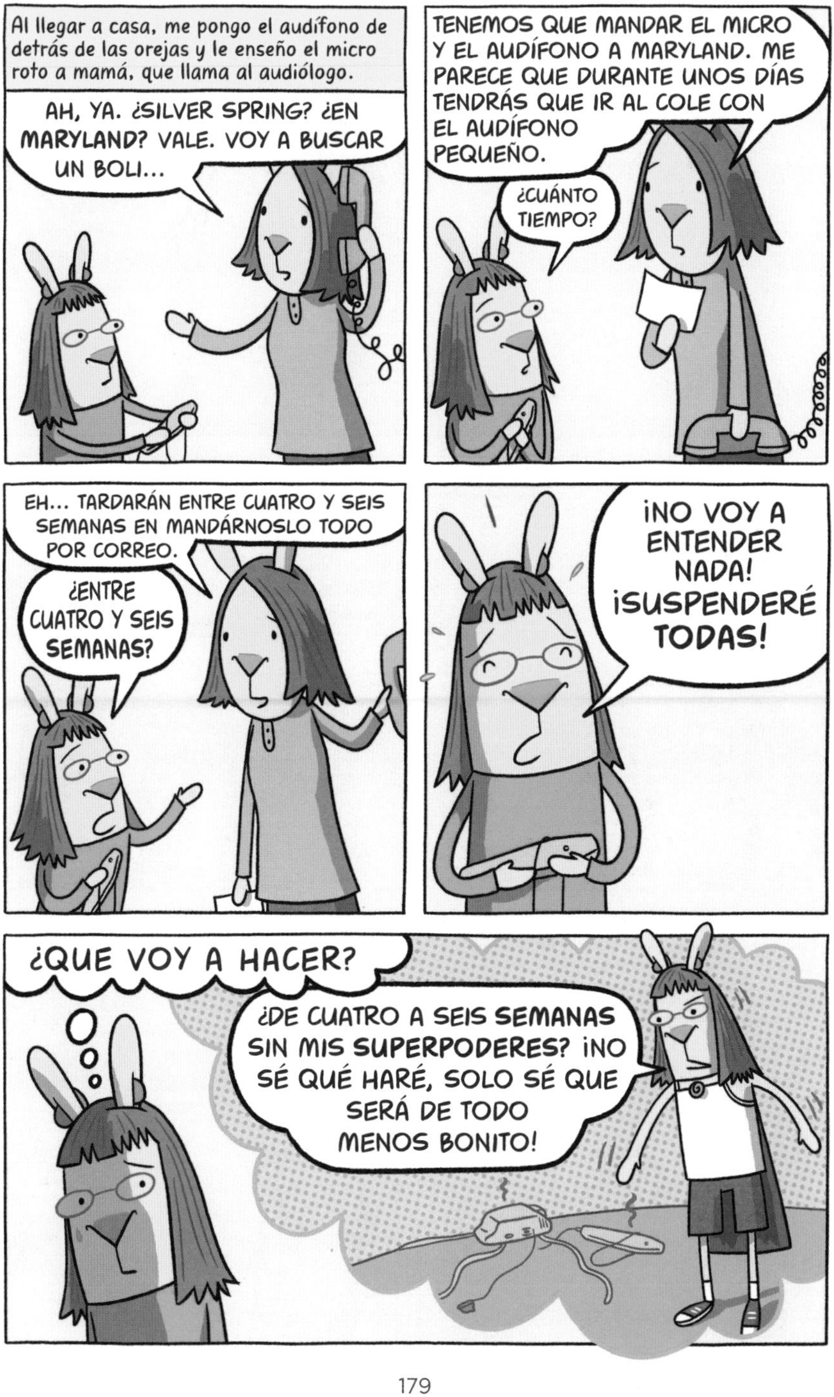
Al llegar a casa, me pongo el audífono de detrás de las orejas y le enseño el micro roto a mamá, que llama al audiólogo.
AH, YA. ¿SILVER SPRING? ¿EN MARYLAND? VALE. VOY A BUSCAR UN BOLI...
TENEMOS QUE MANDAR EL MICRO Y EL AUDÍFONO A MARYLAND. ME PARECE QUE DURANTE UNOS DÍAS TENDRÁS QUE IR AL COLE CON EL AUDÍFONO PEQUEÑO.
¿CUÁNTO TIEMPO?
EH... TARDARÁN ENTRE CUATRO Y SEIS SEMANAS EN MANDÁRNOSLO TODO POR CORREO.
¿ENTRE CUATRO Y SEIS SEMANAS?
¡NO VOY A ENTENDER NADA! ¡SUSPENDERÉ TODAS!
¿QUE VOY A HACER?
¿DE CUATRO A SEIS SEMANAS SIN MIS SUPERPODERES? ¡NO SÉ QUÉ HARÉ, SOLO SÉ QUE SERÁ DE TODO MENOS BONITO!

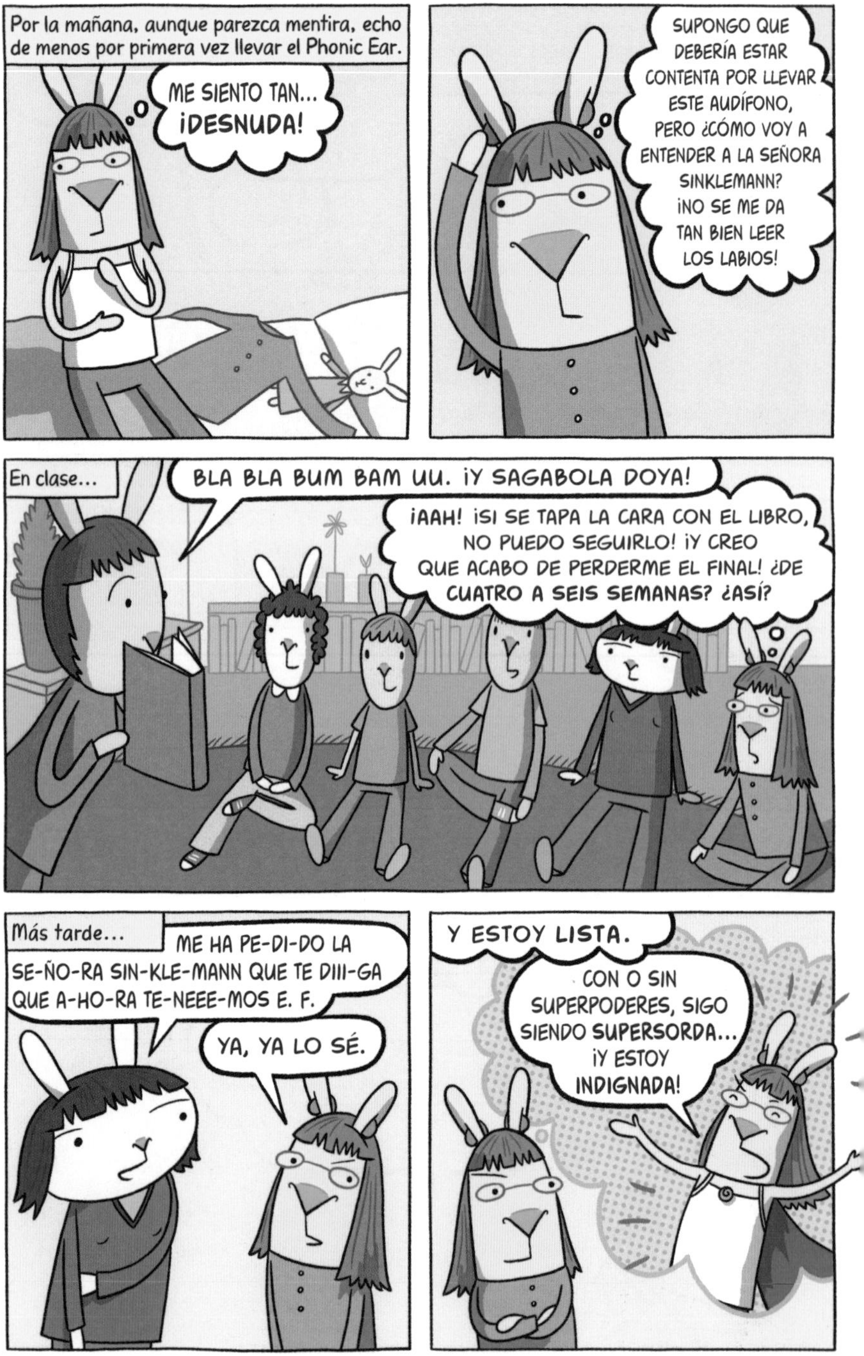

Por la mañana, aunque parezca mentira, echo de menos por primera vez llevar el Phonic Ear.
ME SIENTO TAN... ¡DESNUDA!
SUPONGO QUE DEBERÍA ESTAR CONTENTA POR LLEVAR ESTE AUDÍFONO, PERO ¿CÓMO VOY A ENTENDER A LA SEÑORA SINKLEMANN? ¡NO SE ME DA TAN BIEN LEER LOS LABIOS!
En clase...
BLA BLA BUM BAM UU. ¡Y SAGABOLA DOYA!
¡AAH! ¡SI SE TAPA LA CARA CON EL LIBRO, NO PUEDO SEGUIRLO! ¡Y CREO QUE ACABO DE PERDERME EL FINAL! ¿DE CUATRO A SEIS SEMANAS? ¿ASÍ?
Más tarde...
ME HA PE-DI-DO LA SE-ÑO-RA SIN-KLE-MANN QUE TE DIII-GA QUE A-HO-RA TE-NEEE-MOS E. F.
YA, YA LO SÉ.
Y ESTOY LISTA.
CON O SIN SUPERPODERES, SIGO SIENDO SUPERSORDA... ¡Y ESTOY INDIGNADA!

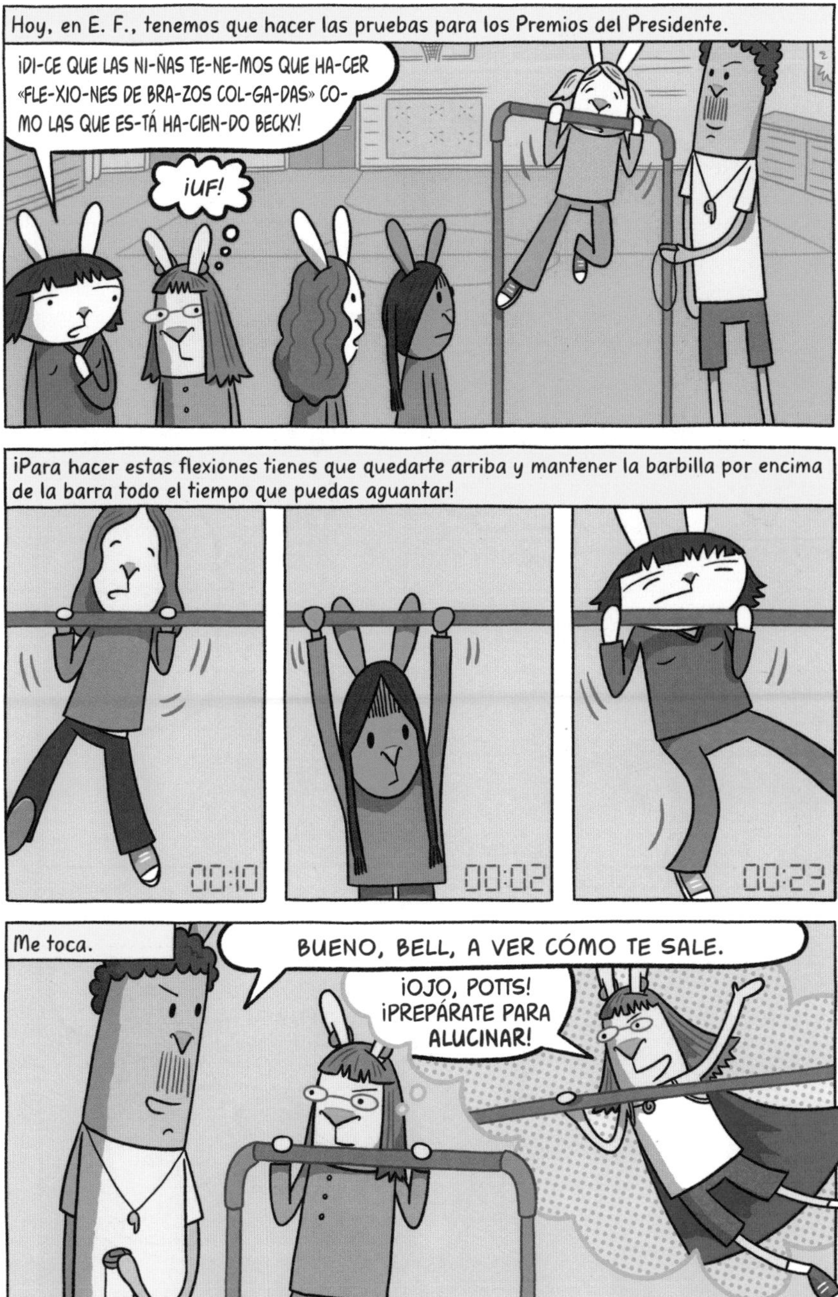

Hoy, en E. F., tenemos que hacer las pruebas para los Premios del Presidente.
¡DI-CE QUE LAS NI-ÑAS TE-NE-MOS QUE HA-CER «FLE-XIO-NES DE BRA-ZOS COL-GA-DAS» CO-MO LAS QUE ES-TÁ HA-CIEN-DO BECKY!
¡UF!
¡Para hacer estas flexiones tienes que quedarte arriba y mantener la barbilla por encima de la barra todo el tiempo que puedas aguantar!
00:10
00:02
00:23
Me toca.
BUENO, BELL, A VER CÓMO TE SALE.
¡OJO, POTTS! ¡PREPÁRATE PARA ALUCINAR!

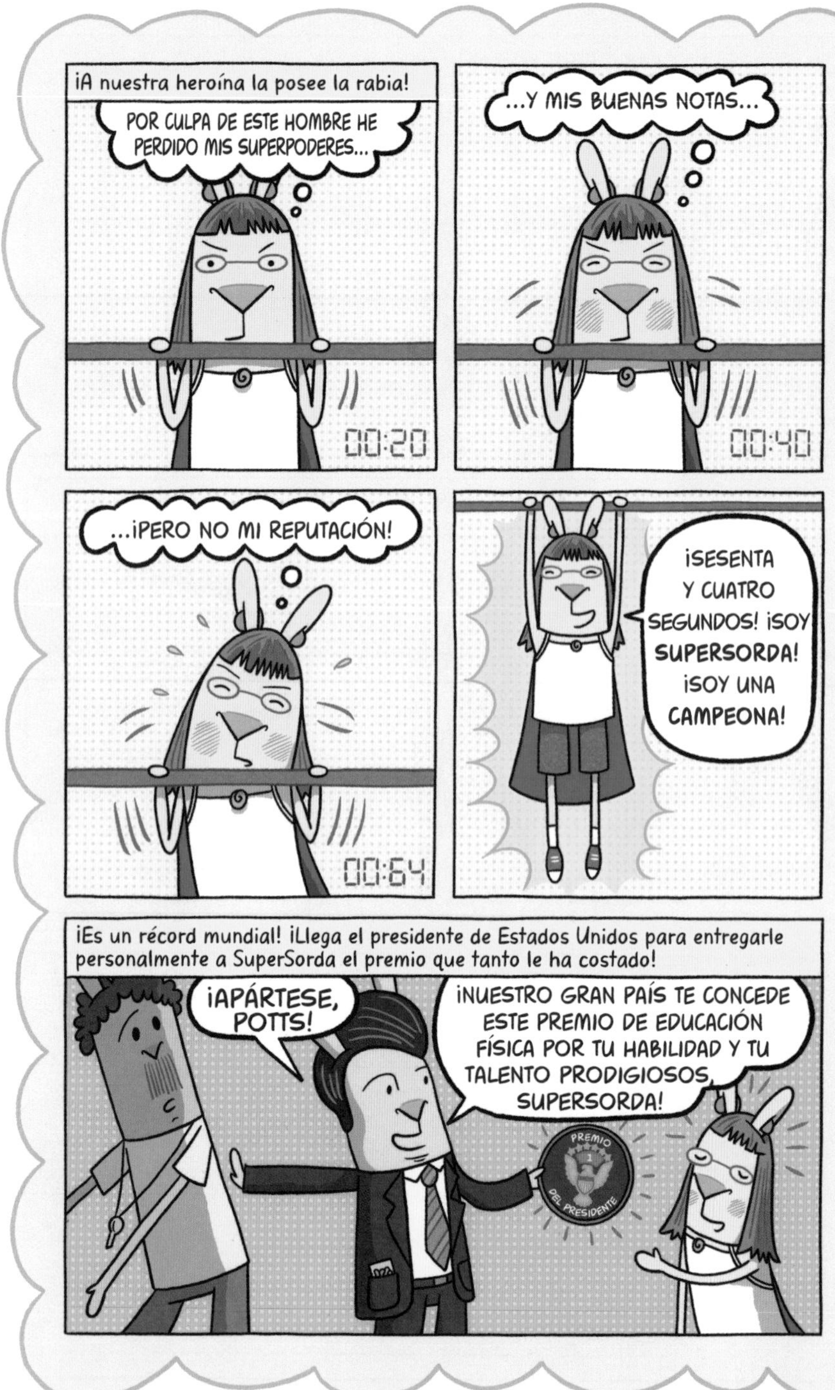
¡A nuestra heroína la posee la rabia!
POR CULPA DE ESTE HOMBRE HE PERDIDO MIS SUPERPODERES...
00:20
...Y MIS BUENAS NOTAS...
00:40
...¡PERO NO MI REPUTACIÓN!
00:64
¡SESENTA Y CUATRO SEGUNDOS! ¡SOY SUPERSORDA! ¡SOY UNA CAMPEONA!
¡Es un récord mundial! ¡Llega el presidente de Estados Unidos para entregarle personalmente a SuperSorda el premio que tanto le ha costado!
¡APÁRTESE, POTTS!
¡NUESTRO GRAN PAÍS TE CONCEDE ESTE PREMIO DE EDUCACIÓN FÍSICA POR TU HABILIDAD Y TU TALENTO PRODIGIOSOS, SUPERSORDA!
PREMIO DEL PRESIDENTE

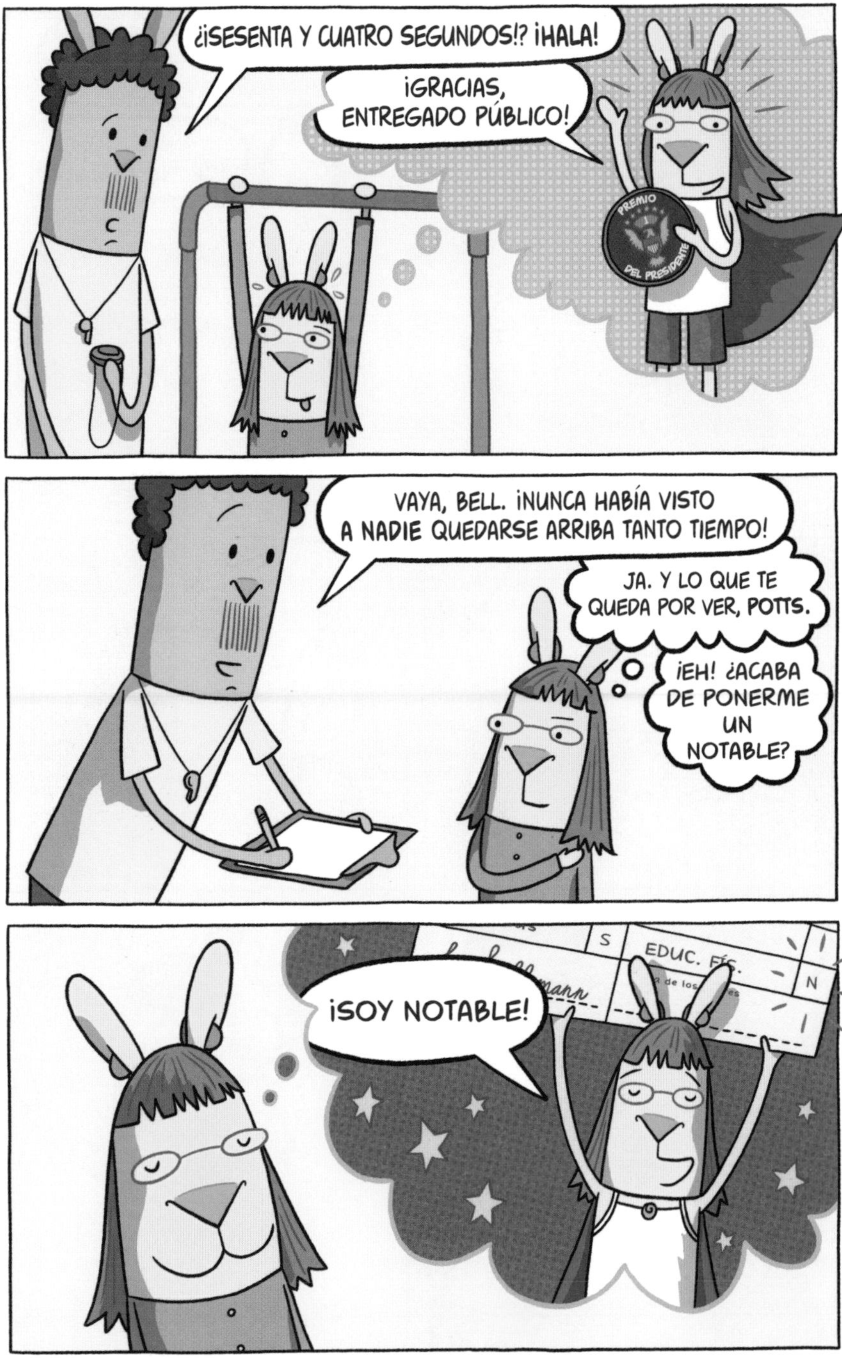
¿¡SESENTA Y CUATRO SEGUNDOS!? ¡HALA!
¡GRACIAS, ENTREGADO PÚBLICO!
PREMIO DEL PRESIDENTE
VAYA, BELL. ¡NUNCA HABÍA VISTO A NADIE QUEDARSE ARRIBA TANTO TIEMPO!
JA. Y LO QUE TE QUEDA POR VER, POTTS.
¡EH! ¿ACABA DE PONERME UN NOTABLE?
EDUC. FÍS.
¡SOY NOTABLE!

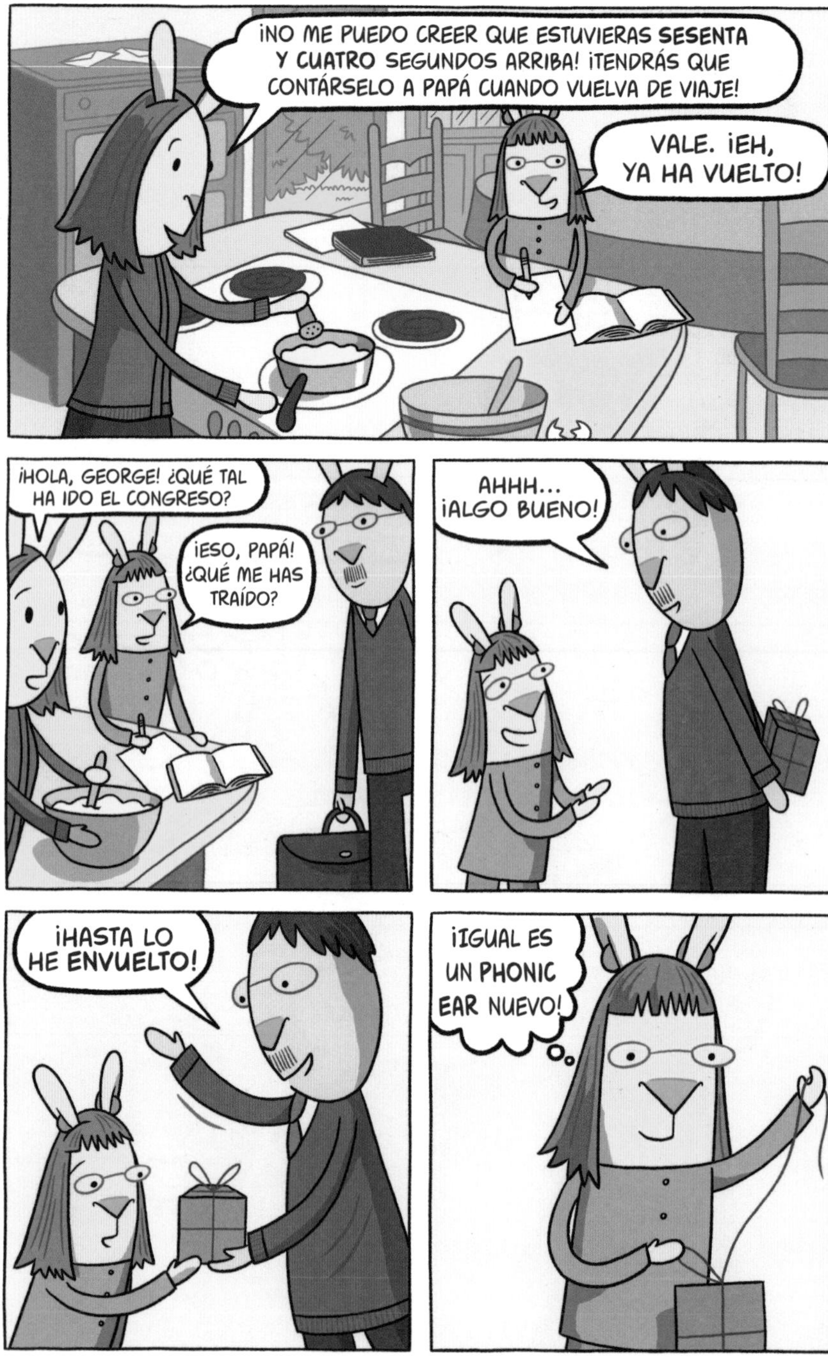
¡NO ME PUEDO CREER QUE ESTUVIERAS SESENTA Y CUATRO SEGUNDOS ARRIBA! ¡TENDRÁS QUE CONTÁRSELO A PAPÁ CUANDO VUELVA DE VIAJE!
VALE. ¡EH, YA HA VUELTO!
¡HOLA, GEORGE! ¿QUÉ TAL HA IDO EL CONGRESO?
¡ESO, PAPÁ! ¿QUÉ ME HAS TRAÍDO?
AHHH... ¡ALGO BUENO!
¡HASTA LO HE ENVUELTO!
¡IGUAL ES UN PHONIC EAR NUEVO!

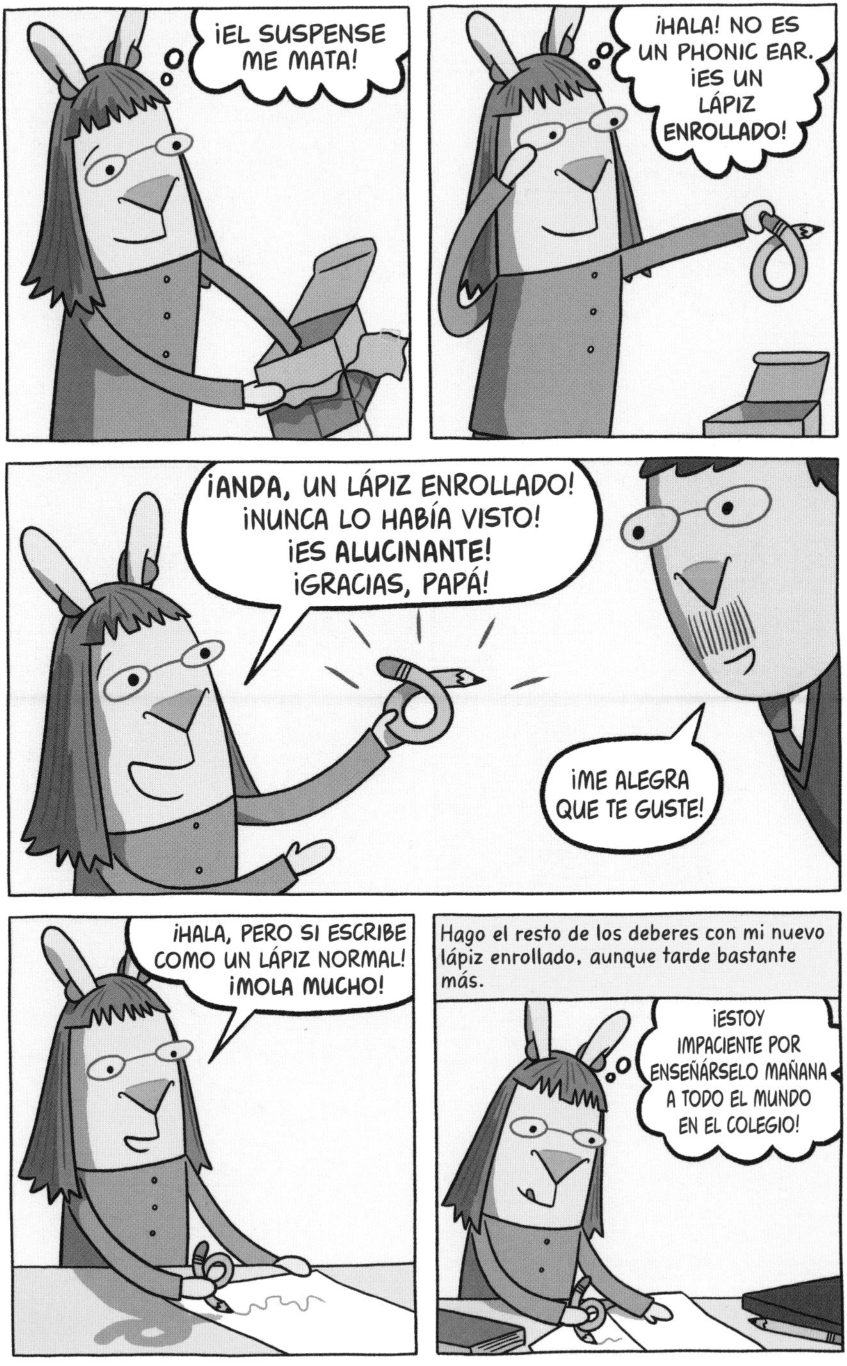
¡EL SUSPENSE ME MATA!
¡HALA! NO ES UN PHONIC EAR. ¡ES UN LÁPIZ ENROLLADO!
¡ANDA, UN LÁPIZ ENROLLADO! ¡NUNCA LO HABÍA VISTO! ¡ES ALUCINANTE! ¡GRACIAS, PAPÁ!
¡ME ALEGRA QUE TE GUSTE!
¡HALA, PERO SI ESCRIBE COMO UN LÁPIZ NORMAL! ¡MOLA MUCHO!
Hago el resto de los deberes con mi nuevo lápiz enrollado, aunque tarde bastante más.
¡ESTOY IMPACIENTE POR ENSEÑÁRSELO MAÑANA A TODO EL MUNDO EN EL COLEGIO!

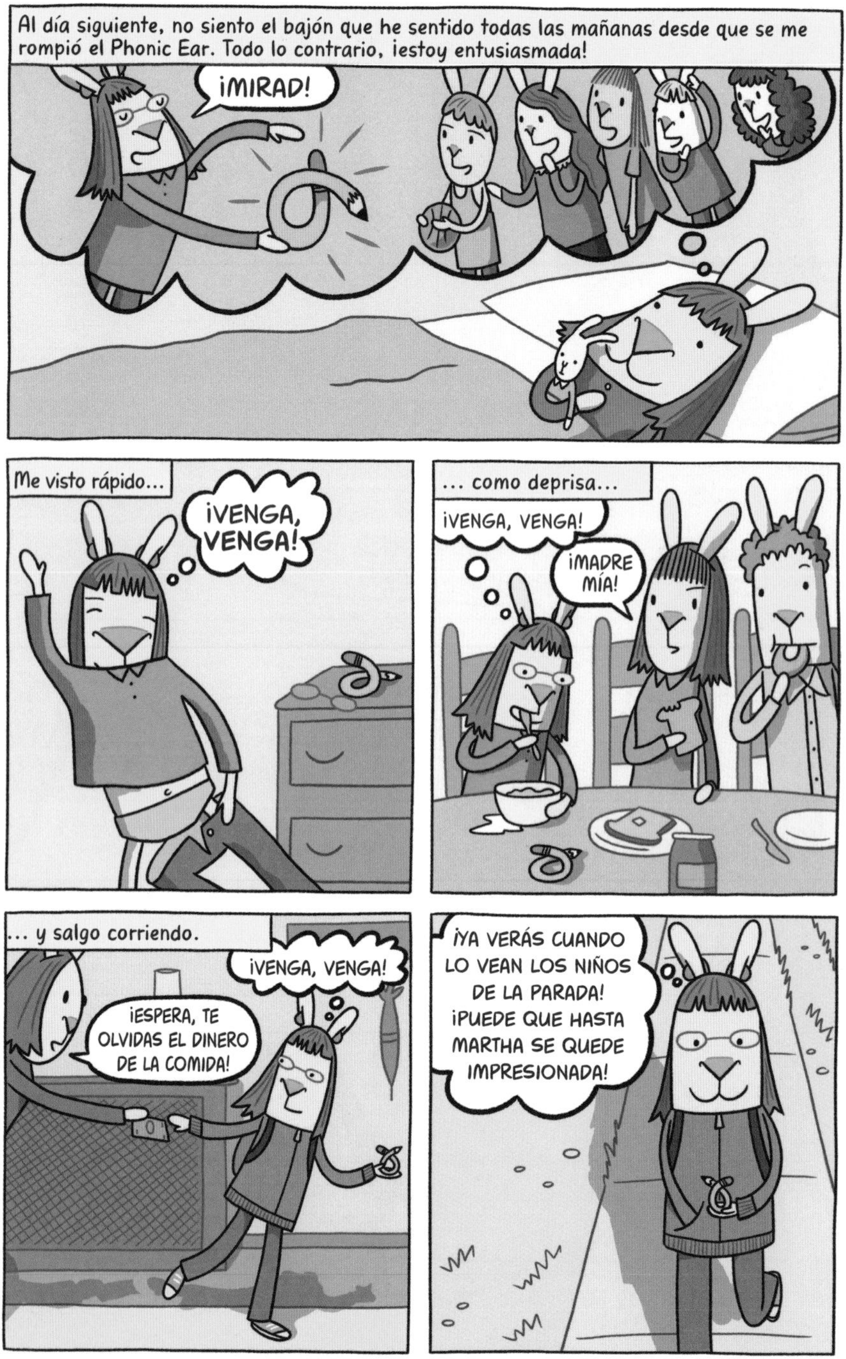

Al día siguiente, no siento el bajón que he sentido todas las mañanas desde que se me rompió el Phonic Ear. Todo lo contrario, ¡estoy entusiasmada!
¡MIRAD!
Me visto rápido...
¡VENGA, VENGA!
... como deprisa...
¡VENGA, VENGA!
¡MADRE MÍA!
... y salgo corriendo.
¡VENGA, VENGA!
¡ESPERA, TE OLVIDAS EL DINERO DE LA COMIDA!
¡YA VERÁS CUANDO LO VEAN LOS NIÑOS DE LA PARADA! ¡PUEDE QUE HASTA MARTHA SE QUEDE IMPRESIONADA!

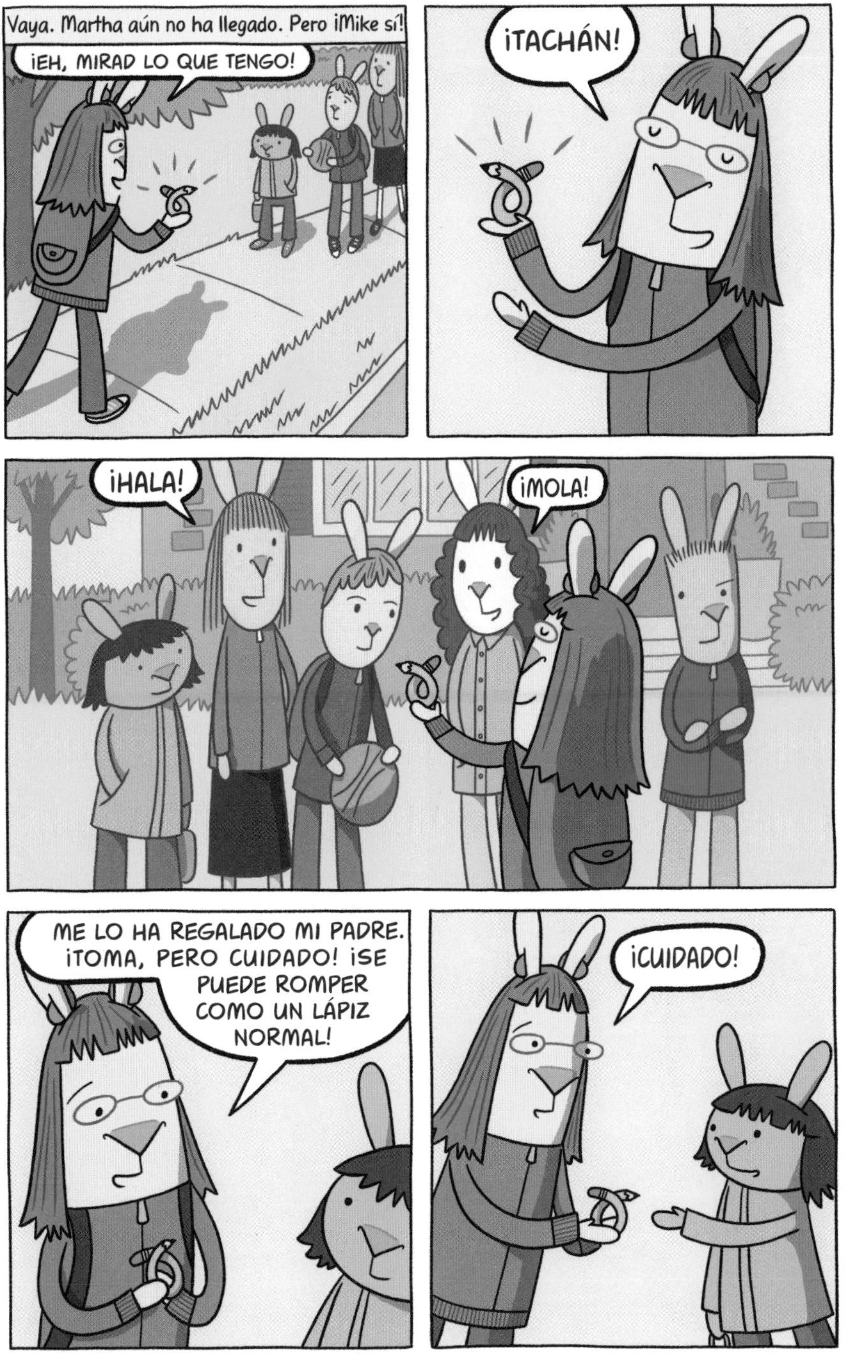
Vaya. Martha aún no ha llegado. Pero ¡Mike sí!
¡EH, MIRAD LO QUE TENGO!
¡TACHÁN!
¡HALA!
¡MOLA!
ME LO HA REGALADO MI PADRE. ¡TOMA, PERO CUIDADO! ¡SE PUEDE ROMPER COMO UN LÁPIZ NORMAL!
¡CUIDADO!

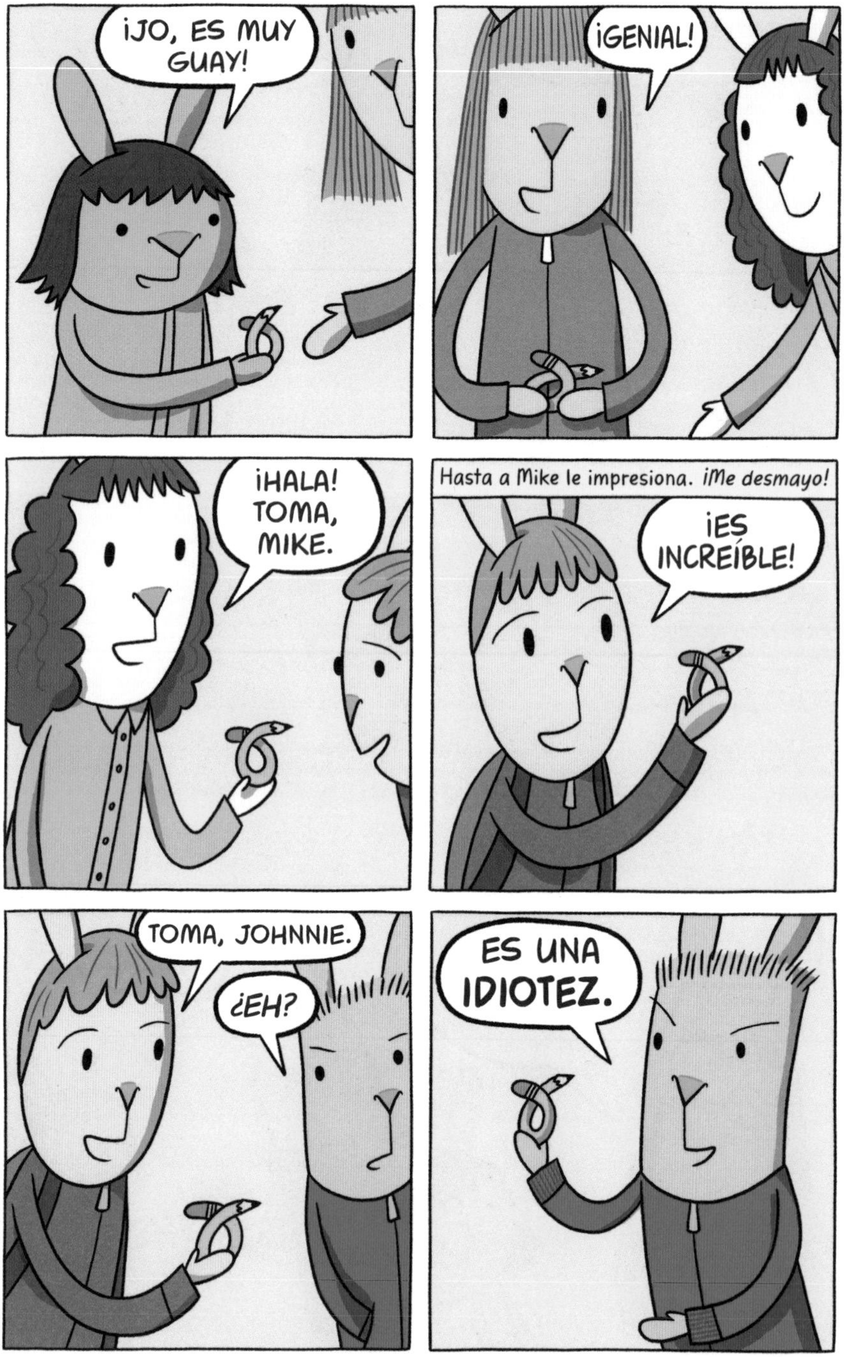
¡JO, ES MUY GUAY!
¡GENIAL!
¡HALA! TOMA, MIKE.
Hasta a Mike le impresiona. ¡Me desmayo!
¡ES INCREÍBLE!
TOMA, JOHNNIE.
¿EH?
ES UNA IDIOTEZ.

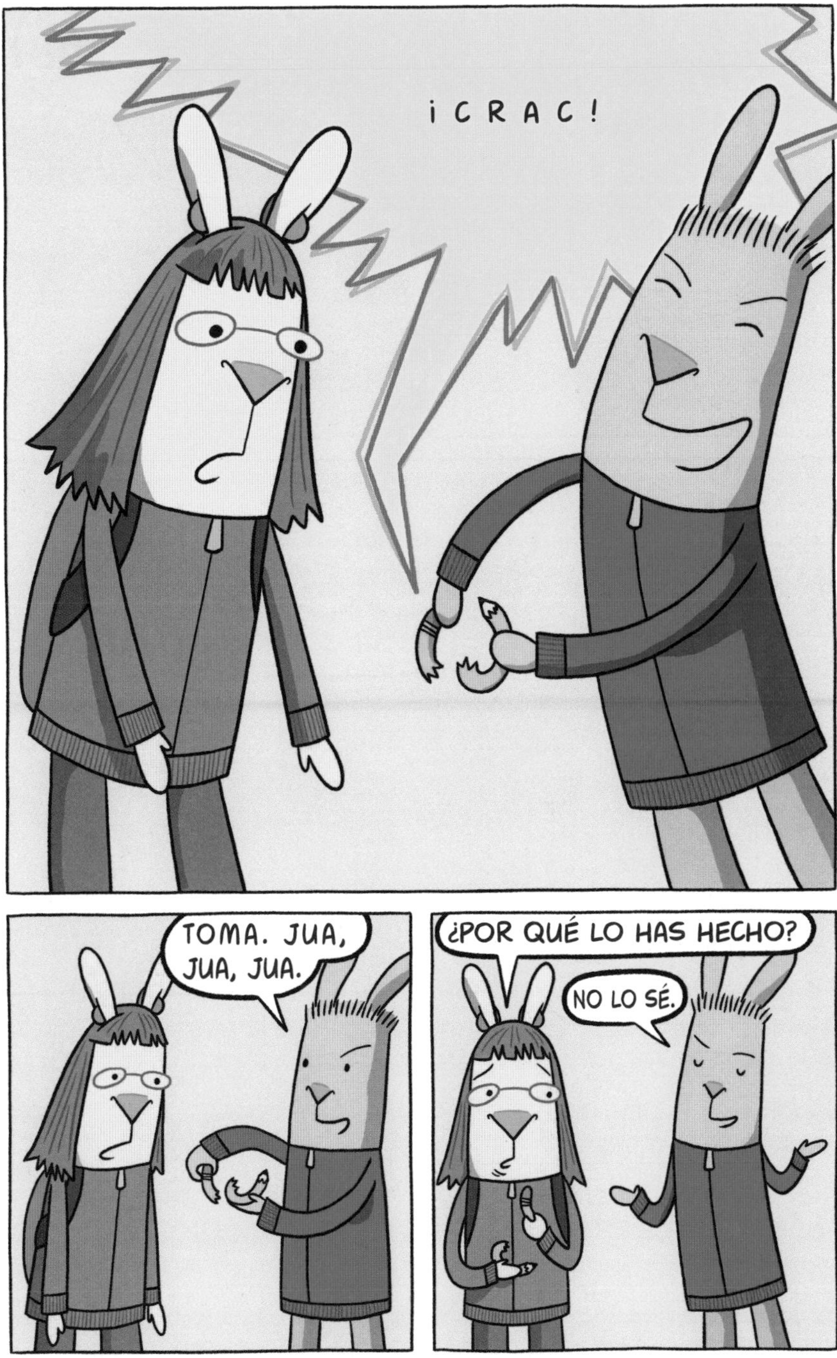
¡CRAC!
TOMA. JUA, JUA, JUA.
¿POR QUÉ LO HAS HECHO?
NO LO SÉ.

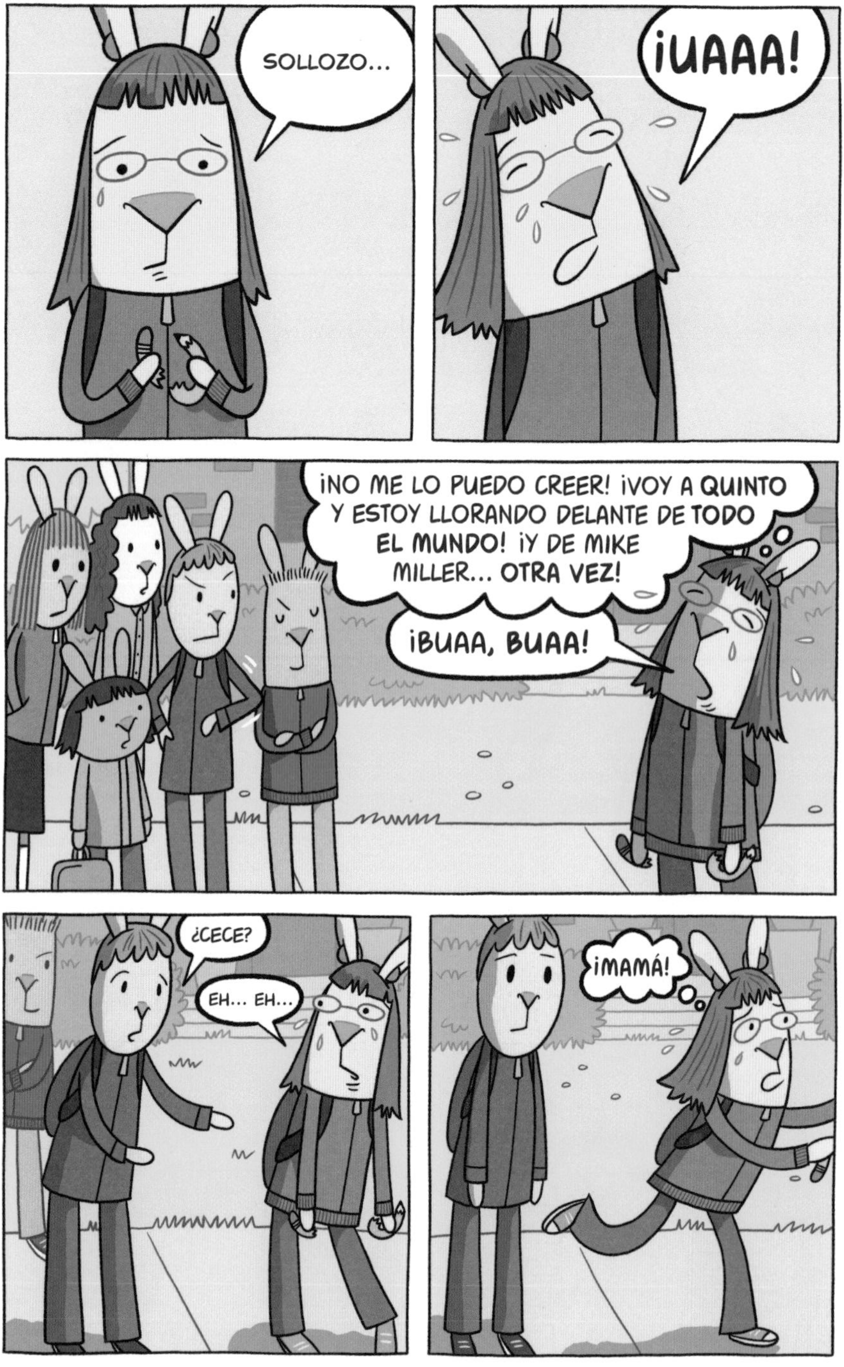
SOLLOZO...
¡UAAA!
¡NO ME LO PUEDO CREER! ¡VOY A QUINTO Y ESTOY LLORANDO DELANTE DE TODO EL MUNDO! ¡Y DE MIKE MILLER... OTRA VEZ!
¡BUAA, BUAA!
¿CECE?
EH... EH...
¡MAMÁ!

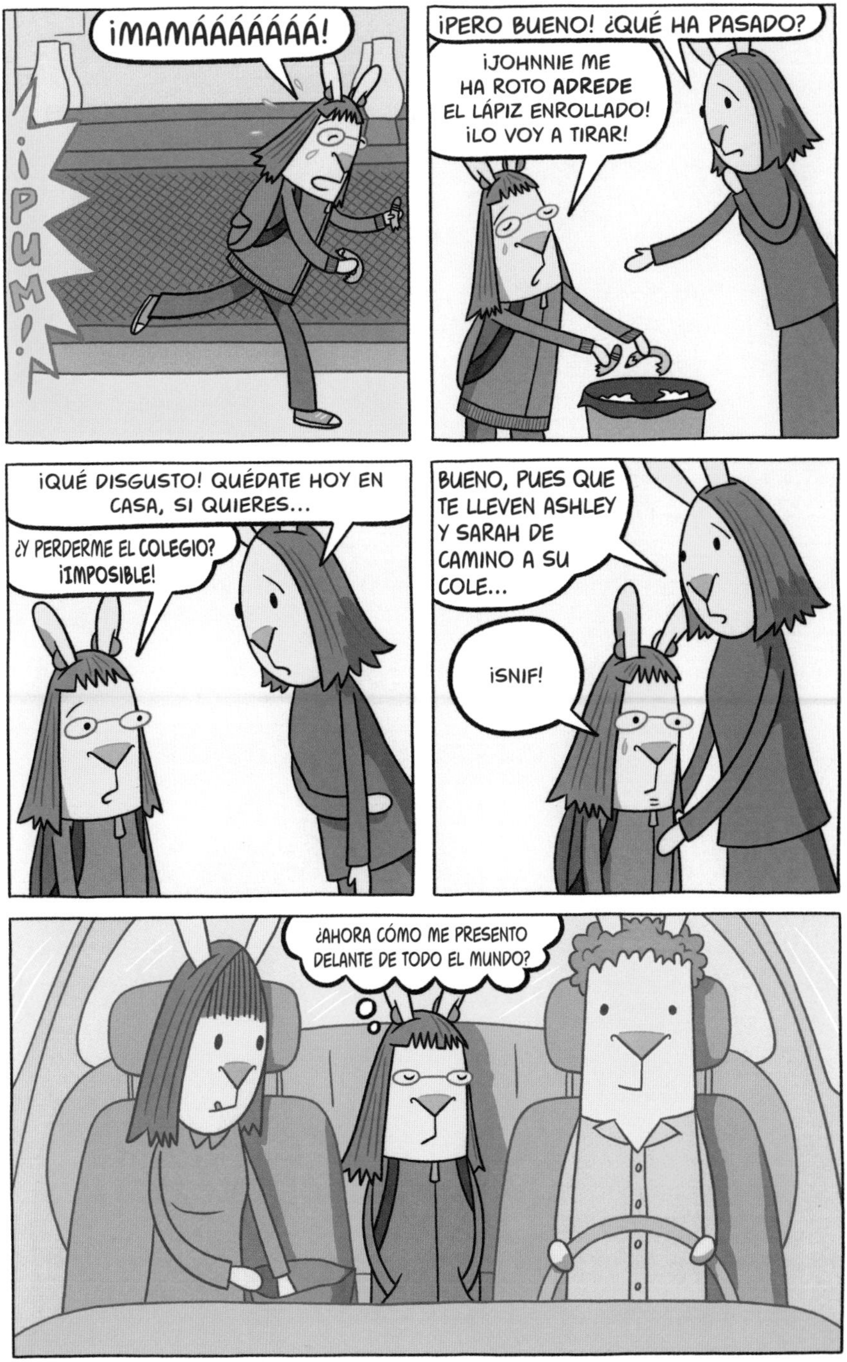
¡MAMÁÁÁÁÁÁÁ!
¡PUM!
¡PERO BUENO! ¿QUÉ HA PASADO?
¡JOHNNIE ME HA ROTO ADREDE EL LÁPIZ ENROLLADO! ¡LO VOY A TIRAR!
¡QUÉ DISGUSTO! QUÉDATE HOY EN CASA, SI QUIERES...
¿Y PERDERME EL COLEGIO? ¡IMPOSIBLE!
BUENO, PUES QUE TE LLEVEN ASHLEY Y SARAH DE CAMINO A SU COLE...
¡SNIF!
¿AHORA CÓMO ME PRESENTO DELANTE DE TODO EL MUNDO?

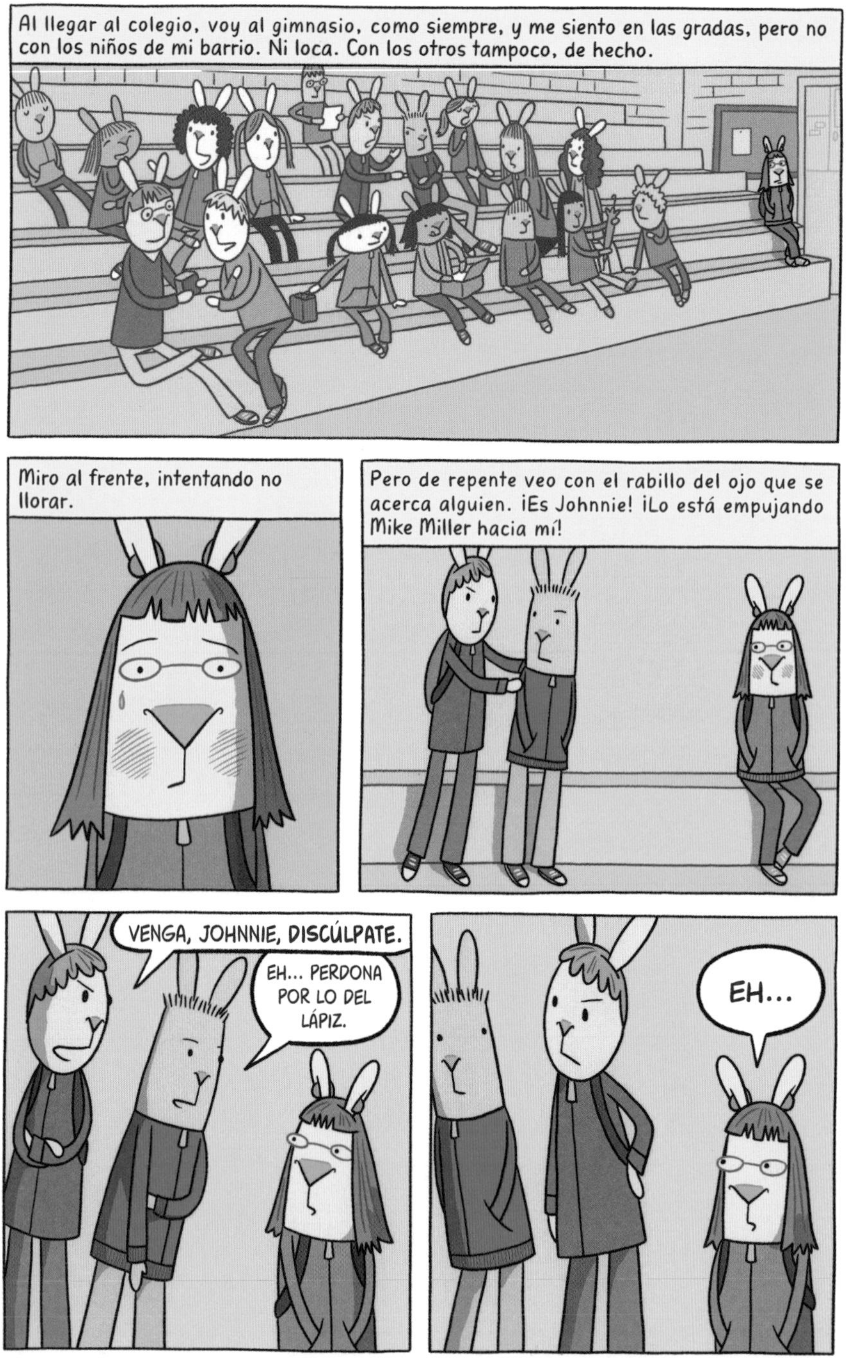

Al llegar al colegio, voy al gimnasio, como siempre, y me siento en las gradas, pero no con los niños de mi barrio. Ni loca. Con los otros tampoco, de hecho.
Miro al frente, intentando no llorar.
Pero de repente veo con el rabillo del ojo que se acerca alguien. ¡Es Johnnie! ¡Lo está empujando Mike Miller hacia mí!
VENGA, JOHNNIE, DISCÚLPATE.
EH... PERDONA POR LO DEL LÁPIZ.
EH...

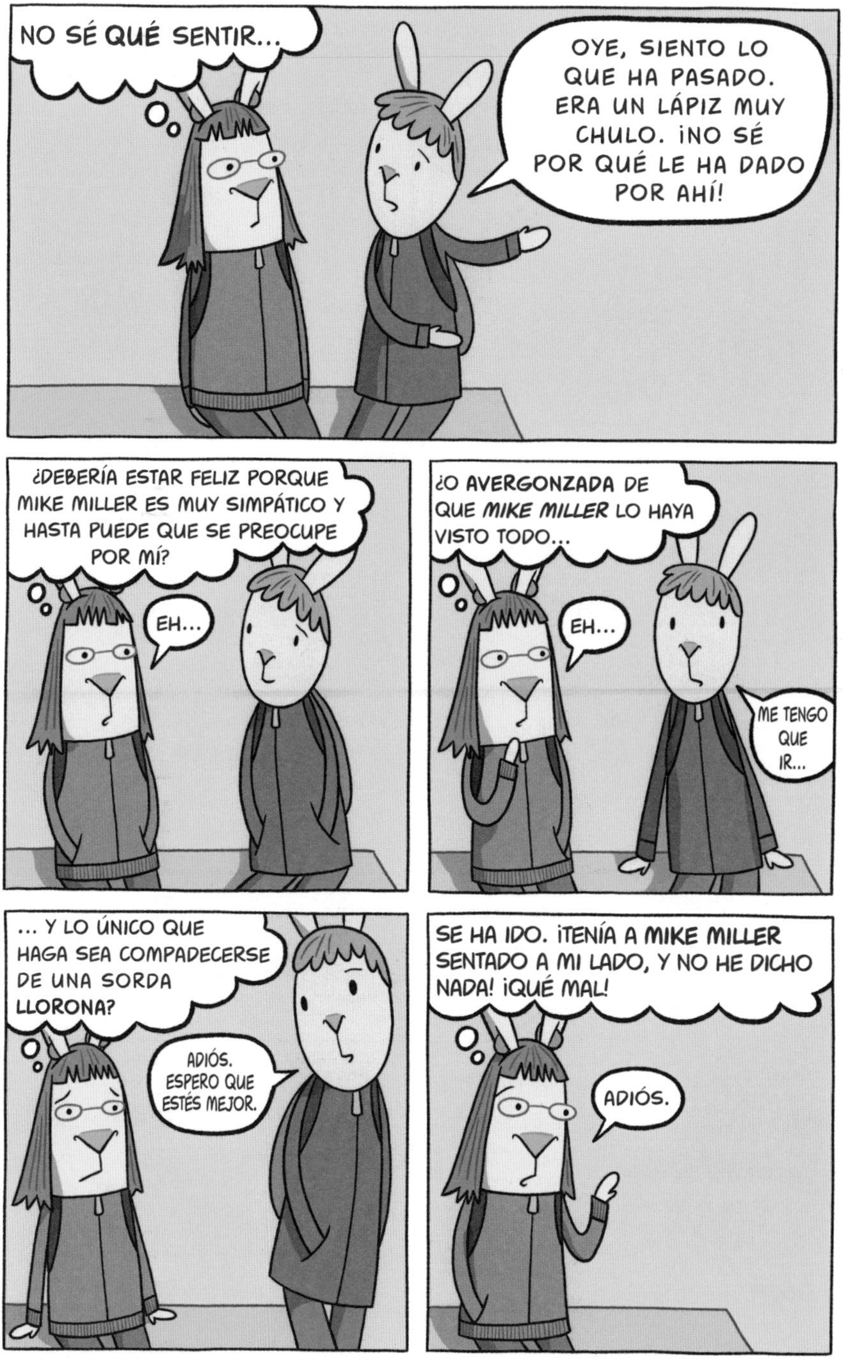
NO SÉ QUÉ SENTIR...
OYE, SIENTO LO QUE HA PASADO. ERA UN LÁPIZ MUY CHULO. ¡NO SÉ POR QUÉ LE HA DADO POR AHÍ!
¿DEBERÍA ESTAR FELIZ PORQUE MIKE MILLER ES MUY SIMPÁTICO Y HASTA PUEDE QUE SE PREOCUPE POR MÍ?
EH...
¿O AVERGONZADA DE QUE MIKE MILLER LO HAYA VISTO TODO...
EH...
ME TENGO QUE IR...
... Y LO ÚNICO QUE HAGA SEA COMPADECERSE DE UNA SORDA LLORONA?
ADIÓS. ESPERO QUE ESTÉS MEJOR.
SE HA IDO. ¡TENÍA A MIKE MILLER SENTADO A MI LADO, Y NO HE DICHO NADA! ¡QUÉ MAL!
ADIÓS.

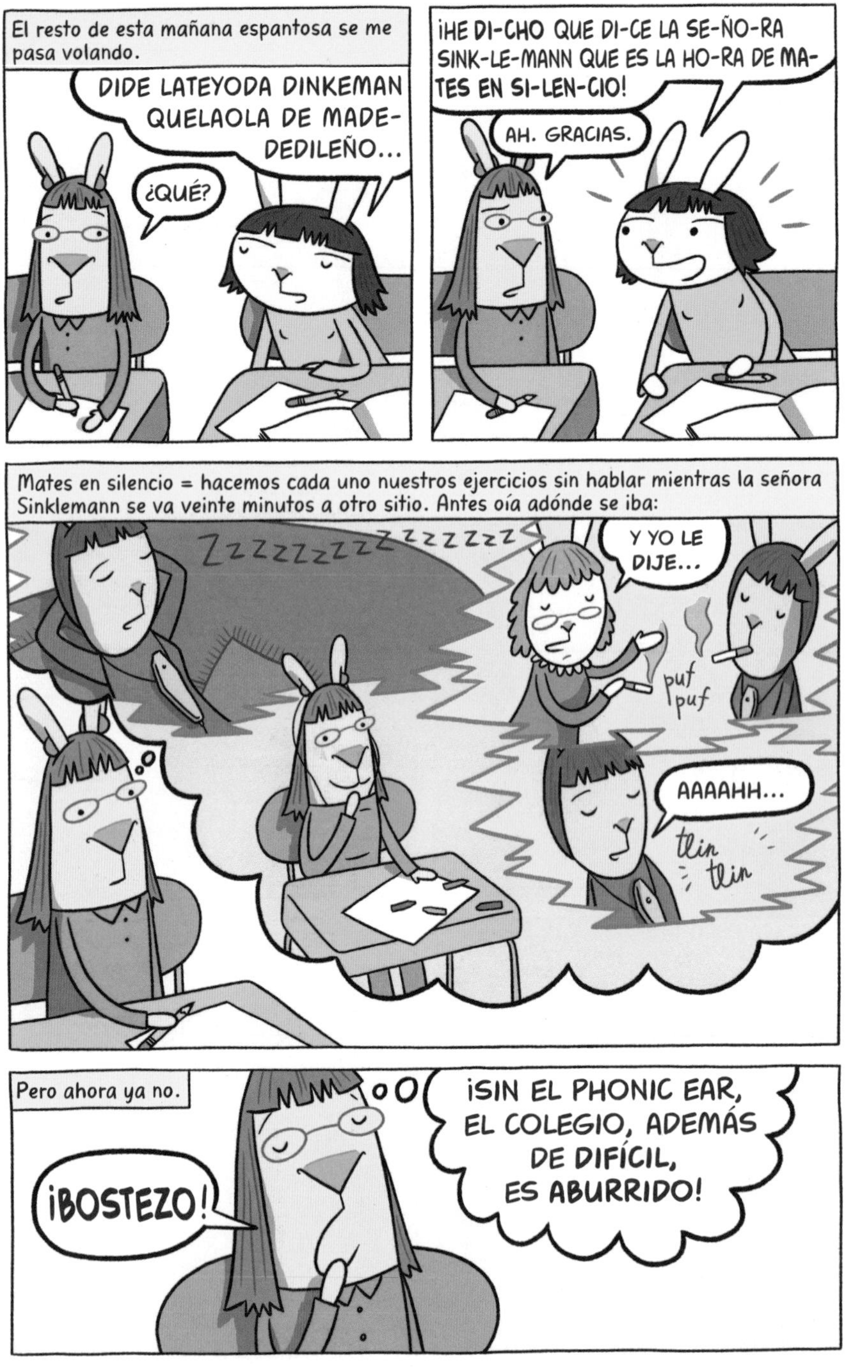
El resto de esta mañana espantosa se me pasa volando.
DIDE LATEYODA DINKEMAN QUELAOLA DE MADE-DEDILEÑO...
¿QUÉ?
¡HE DI-CHO QUE DI-CE LA SE-ÑO-RA SINK-LE-MANN QUE ES LA HO-RA DE MA-TES EN SI-LEN-CIO!
AH. GRACIAS.
Mates en silencio = hacemos cada uno nuestros ejercicios sin hablar mientras la señora Sinklemann se va veinte minutos a otro sitio. Antes oía adónde se iba:
ZZZZZZZZZZZZZZZ
Y YO LE DIJE...
puf puf
AAAAHH...
tlin tlin
Pero ahora ya no.
¡BOSTEZO!
¡SIN EL PHONIC EAR, EL COLEGIO, ADEMÁS DE DIFÍCIL, ES ABURRIDO!

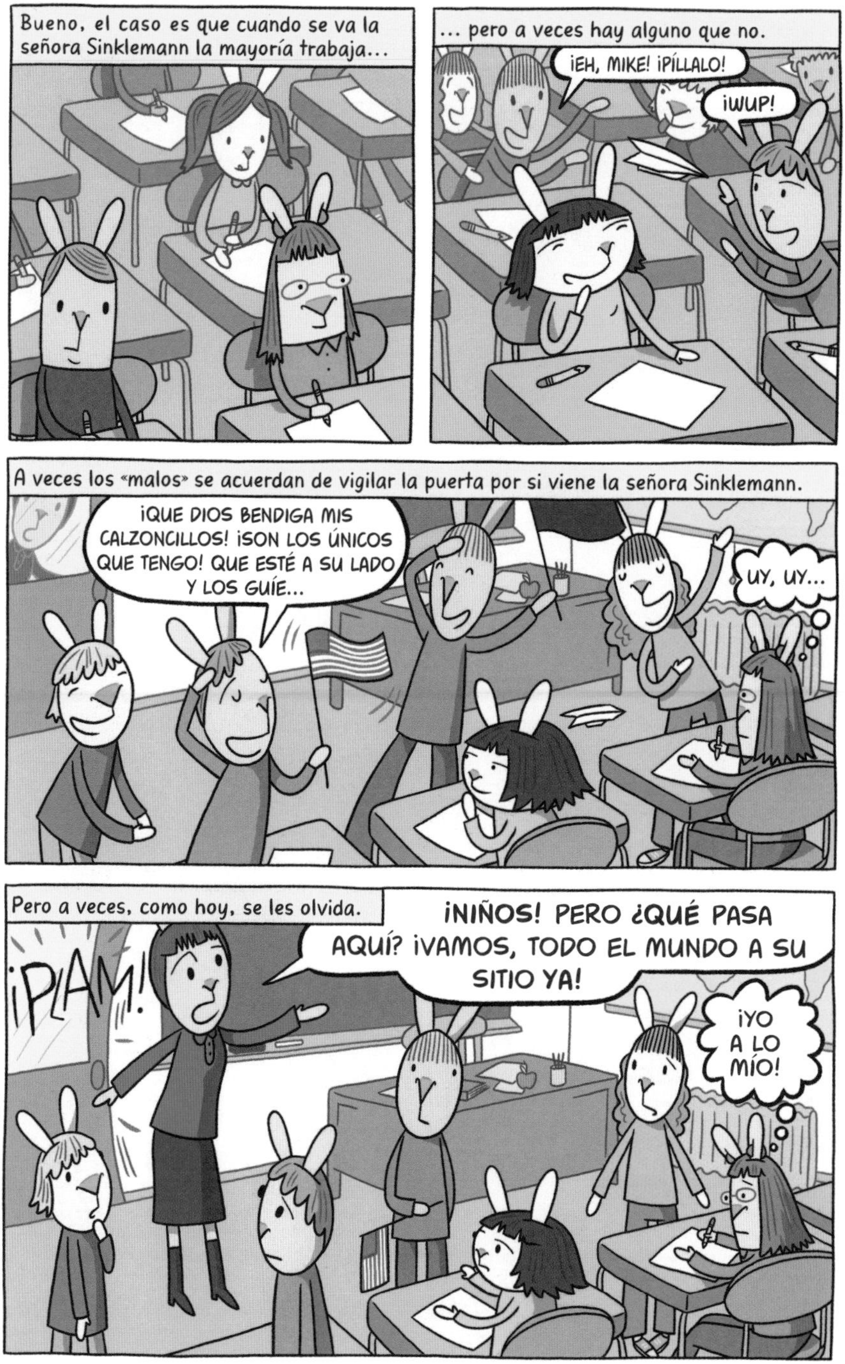
Bueno, el caso es que cuando se va la señora Sinklemann la mayoría trabaja…
… pero a veces hay alguno que no.
¡EH, MIKE! ¡PÍLLALO!
¡WUP!
A veces los «malos» se acuerdan de vigilar la puerta por si viene la señora Sinklemann.
¡QUE DIOS BENDIGA MIS CALZONCILLOS! ¡SON LOS ÚNICOS QUE TENGO! QUE ESTÉ A SU LADO Y LOS GUÍE…
UY, UY…
Pero a veces, como hoy, se les olvida.
¡PLAM!
¡NIÑOS! PERO ¿QUÉ PASA AQUÍ? ¡VAMOS, TODO EL MUNDO A SU SITIO YA!
¡YO A LO MÍO!

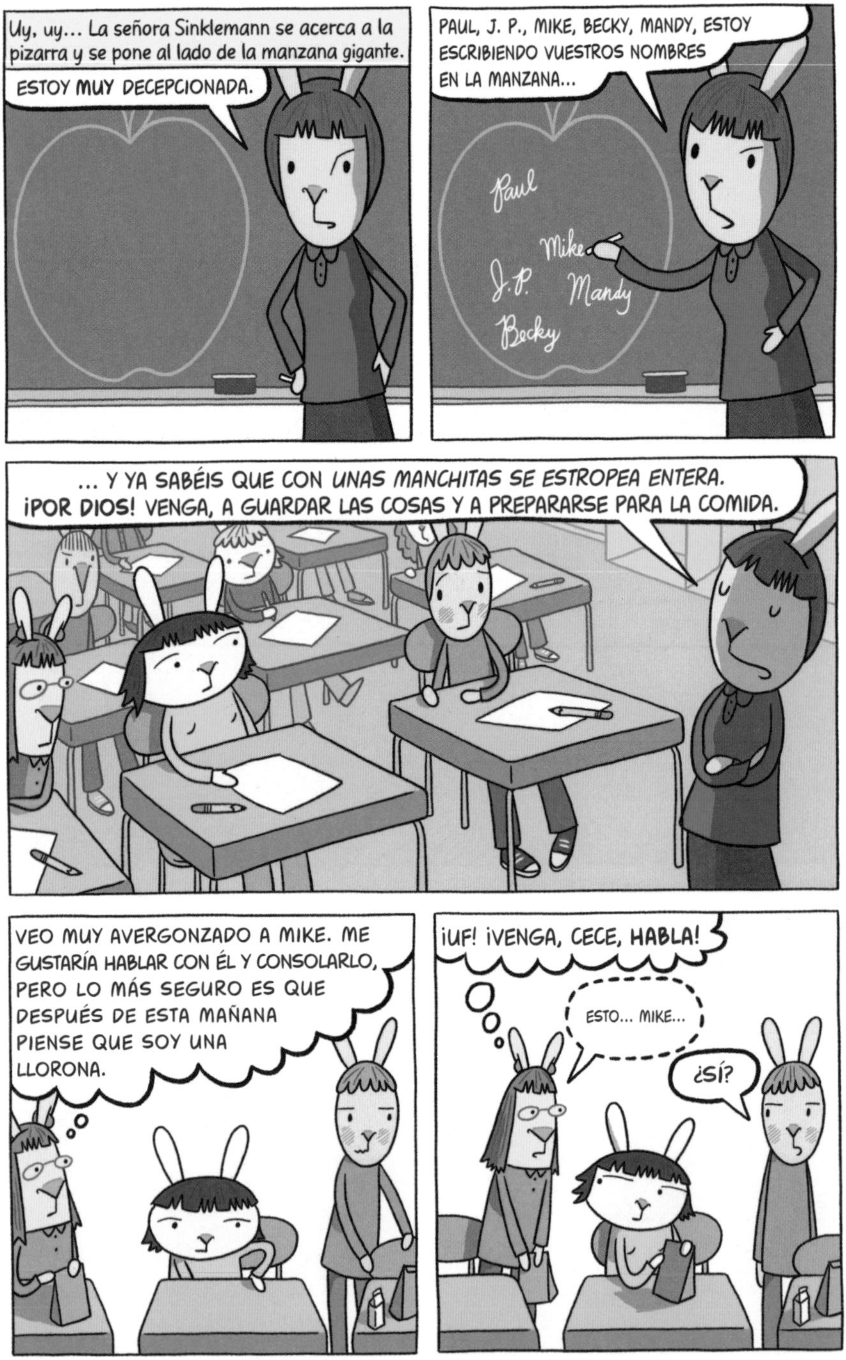

Uy, uy... La señora Sinklemann se acerca a la pizarra y se pone al lado de la manzana gigante.
ESTOY MUY DECEPCIONADA.
PAUL, J. P., MIKE, BECKY, MANDY, ESTOY ESCRIBIENDO VUESTROS NOMBRES EN LA MANZANA...
Paul
Mike
J. P.
Mandy
Becky
... Y YA SABÉIS QUE CON UNAS MANCHITAS SE ESTROPEA ENTERA. ¡POR DIOS! VENGA, A GUARDAR LAS COSAS Y A PREPARARSE PARA LA COMIDA.
VEO MUY AVERGONZADO A MIKE. ME GUSTARÍA HABLAR CON ÉL Y CONSOLARLO, PERO LO MÁS SEGURO ES QUE DESPUÉS DE ESTA MAÑANA PIENSE QUE SOY UNA LLORONA.
¡UF! ¡VENGA, CECE, HABLA!
ESTO... MIKE...
¿SÍ?

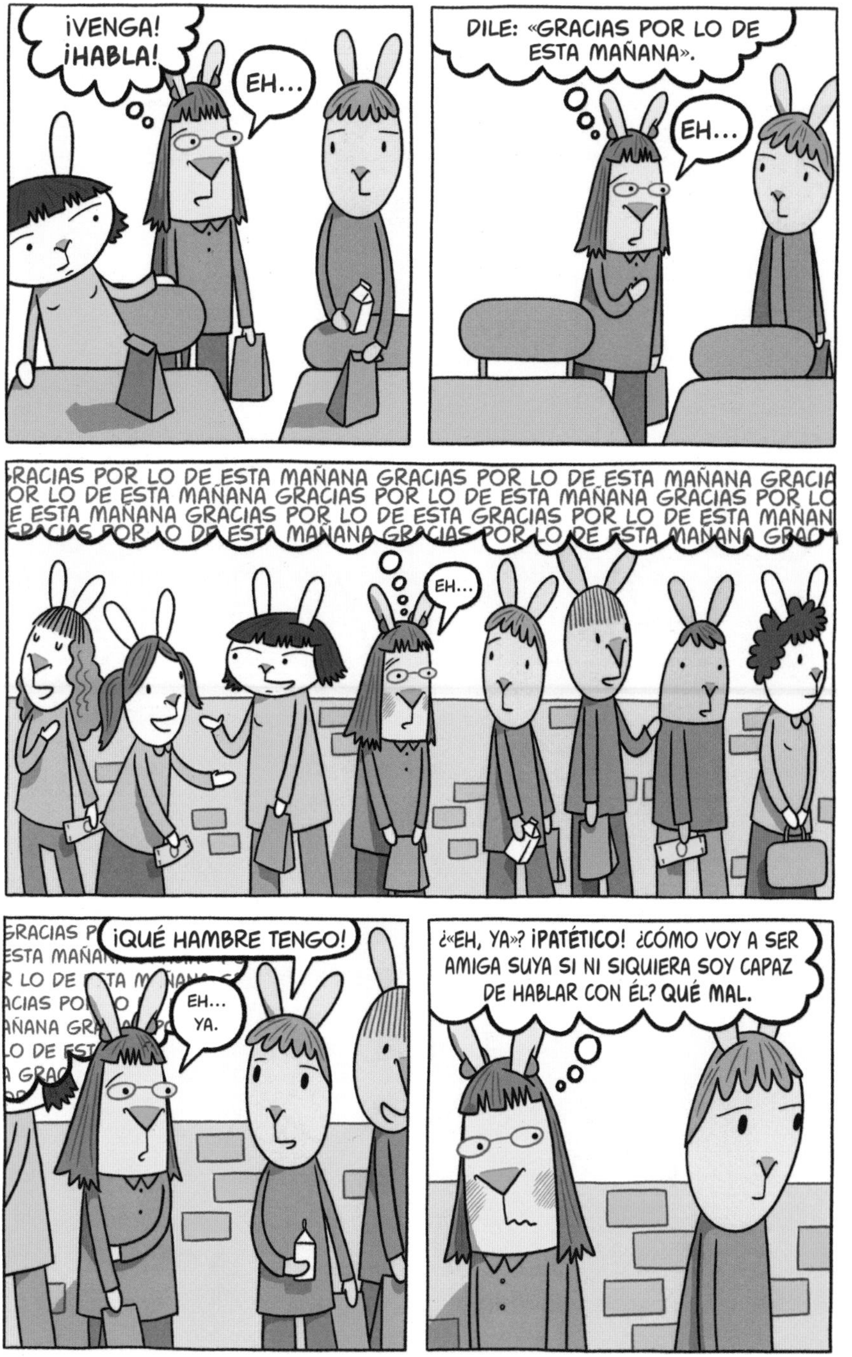

¡VENGA! ¡HABLA!
EH...
DILE: «GRACIAS POR LO DE ESTA MAÑANA».
EH...
RACIAS POR LO DE ESTA MAÑANA GRACIAS POR LO DE ESTA MAÑANA GRACIA
OR LO DE ESTA MAÑANA GRACIAS POR LO DE ESTA MAÑANA GRACIAS POR LO
E ESTA MAÑANA GRACIAS POR LO DE ESTA GRACIAS POR LO DE ESTA MAÑAN
EH...
¡QUÉ HAMBRE TENGO!
EH... YA.
¿«EH, YA»? ¡PATÉTICO! ¿CÓMO VOY A SER AMIGA SUYA SI NI SIQUIERA SOY CAPAZ DE HABLAR CON ÉL? QUÉ MAL.

dieciocho

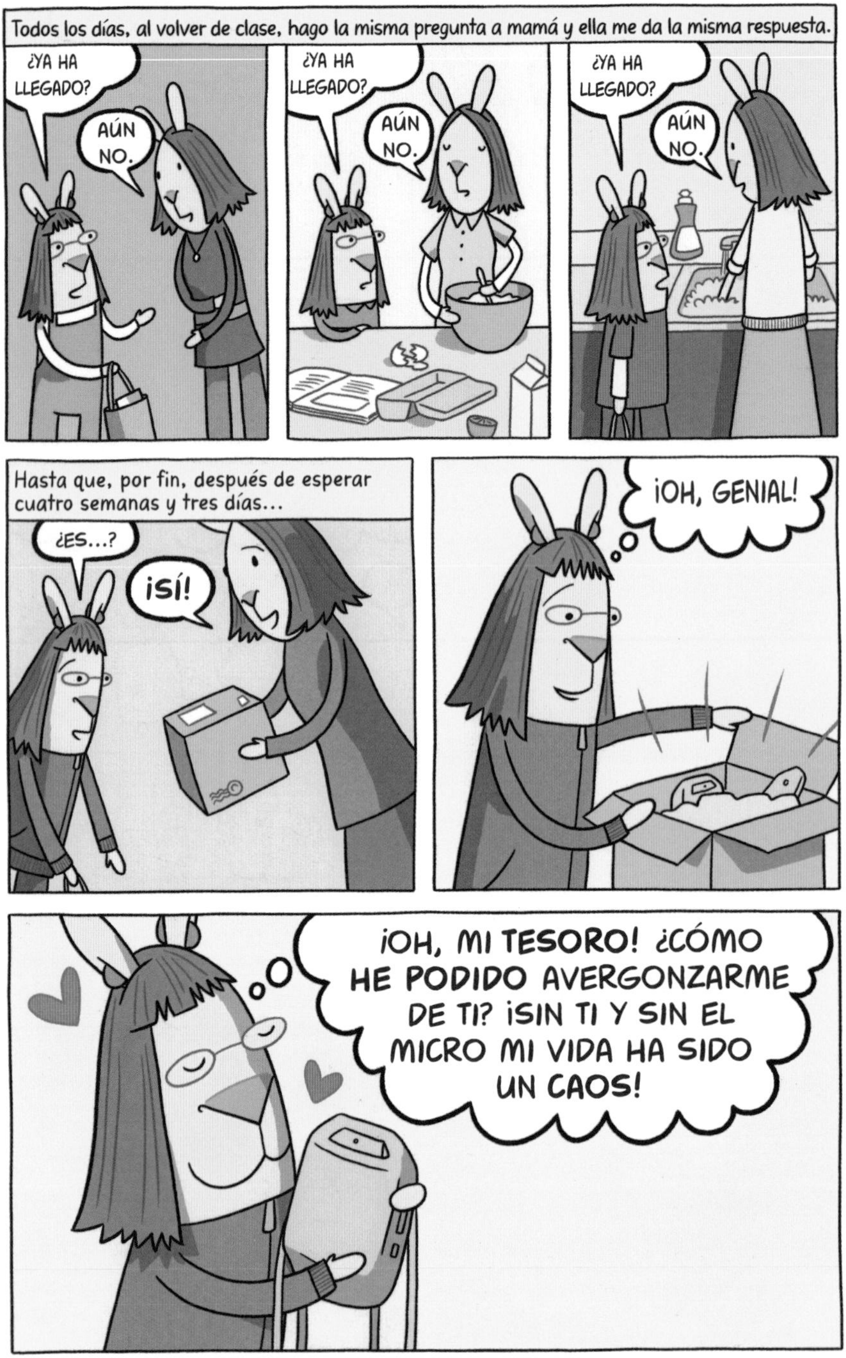
Todos los días, al volver de clase, hago la misma pregunta a mamá y ella me da la misma respuesta.
¿YA HA LLEGADO?
AÚN NO.
¿YA HA LLEGADO?
AÚN NO.
¿YA HA LLEGADO?
AÚN NO.
Hasta que, por fin, después de esperar cuatro semanas y tres días...
¿ES...?
¡SÍ!
¡OH, GENIAL!
¡OH, MI TESORO! ¿CÓMO HE PODIDO AVERGONZARME DE TI? ¡SIN TI Y SIN EL MICRO MI VIDA HA SIDO UN CAOS!

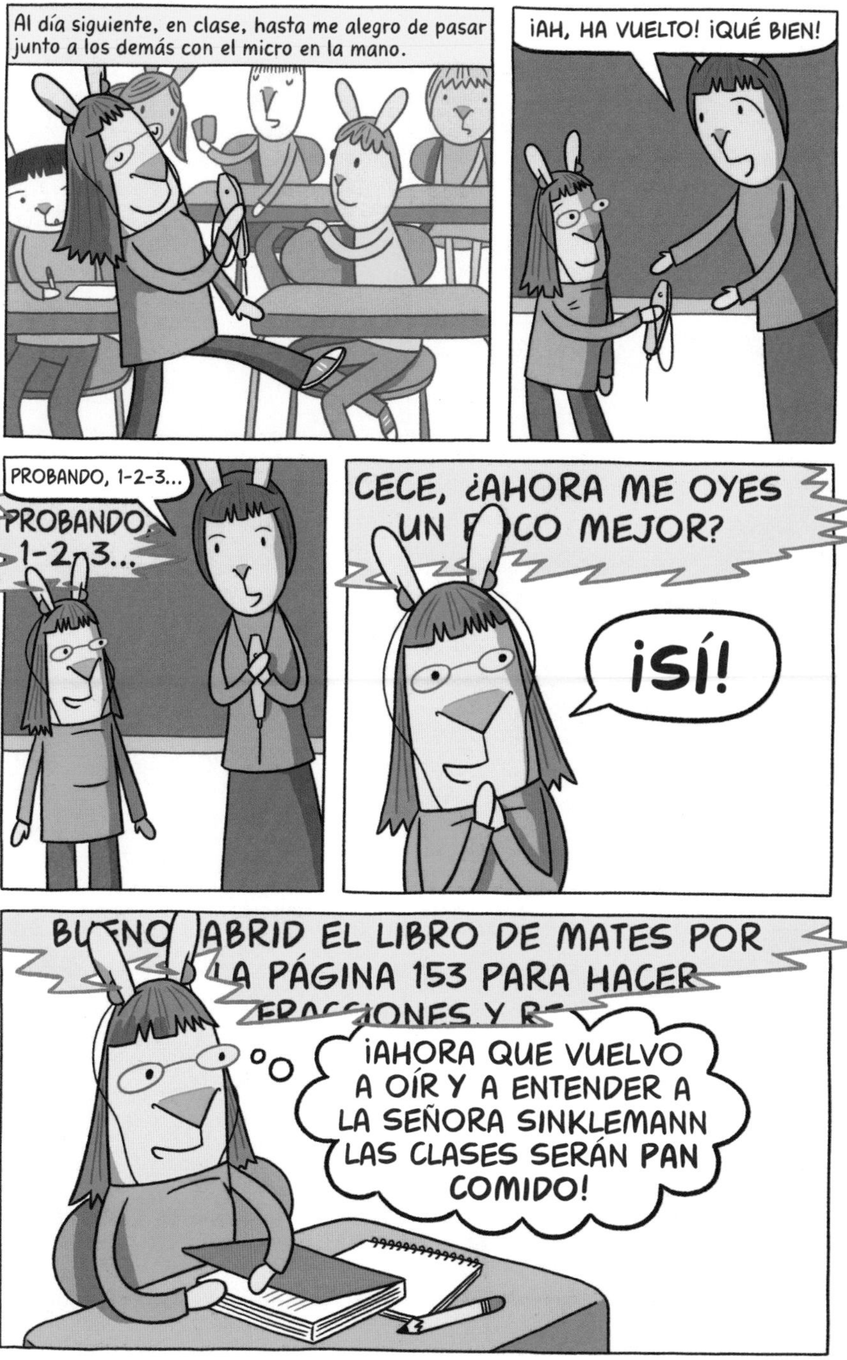
Al día siguiente, en clase, hasta me alegro de pasar junto a los demás con el micro en la mano.
¡AH, HA VUELTO! ¡QUÉ BIEN!
PROBANDO, 1-2-3...
PROBANDO, 1-2-3...
CECE, ¿AHORA ME OYES UN POCO MEJOR?
¡SÍ!
BUENO, ABRID EL LIBRO DE MATES POR LA PÁGINA 153 PARA HACER FRACCIONES Y R
¡AHORA QUE VUELVO A OÍR Y A ENTENDER A LA SEÑORA SINKLEMANN LAS CLASES SERÁN PAN COMIDO!

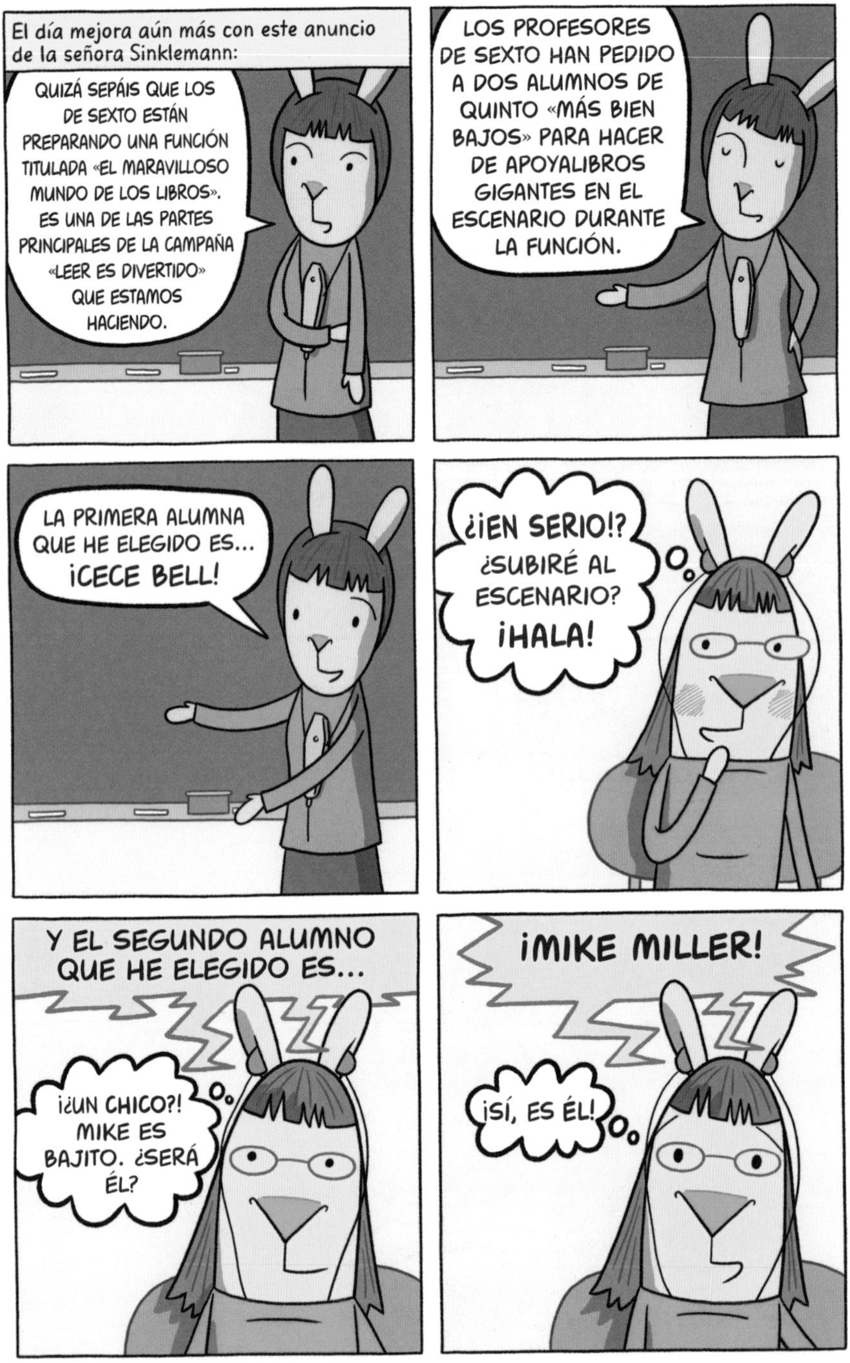
El día mejora aún más con este anuncio de la señora Sinklemann:
QUIZÁ SEPÁIS QUE LOS DE SEXTO ESTÁN PREPARANDO UNA FUNCIÓN TITULADA «EL MARAVILLOSO MUNDO DE LOS LIBROS». ES UNA DE LAS PARTES PRINCIPALES DE LA CAMPAÑA «LEER ES DIVERTIDO» QUE ESTAMOS HACIENDO.
LOS PROFESORES DE SEXTO HAN PEDIDO A DOS ALUMNOS DE QUINTO «MÁS BIEN BAJOS» PARA HACER DE APOYALIBROS GIGANTES EN EL ESCENARIO DURANTE LA FUNCIÓN.
LA PRIMERA ALUMNA QUE HE ELEGIDO ES... ¡CECE BELL!
¿¡EN SERIO!? ¿SUBIRÉ AL ESCENARIO? ¡HALA!
Y EL SEGUNDO ALUMNO QUE HE ELEGIDO ES...
¡¿UN CHICO?! MIKE ES BAJITO. ¿SERÁ ÉL?
¡MIKE MILLER!
¡SÍ, ES ÉL!

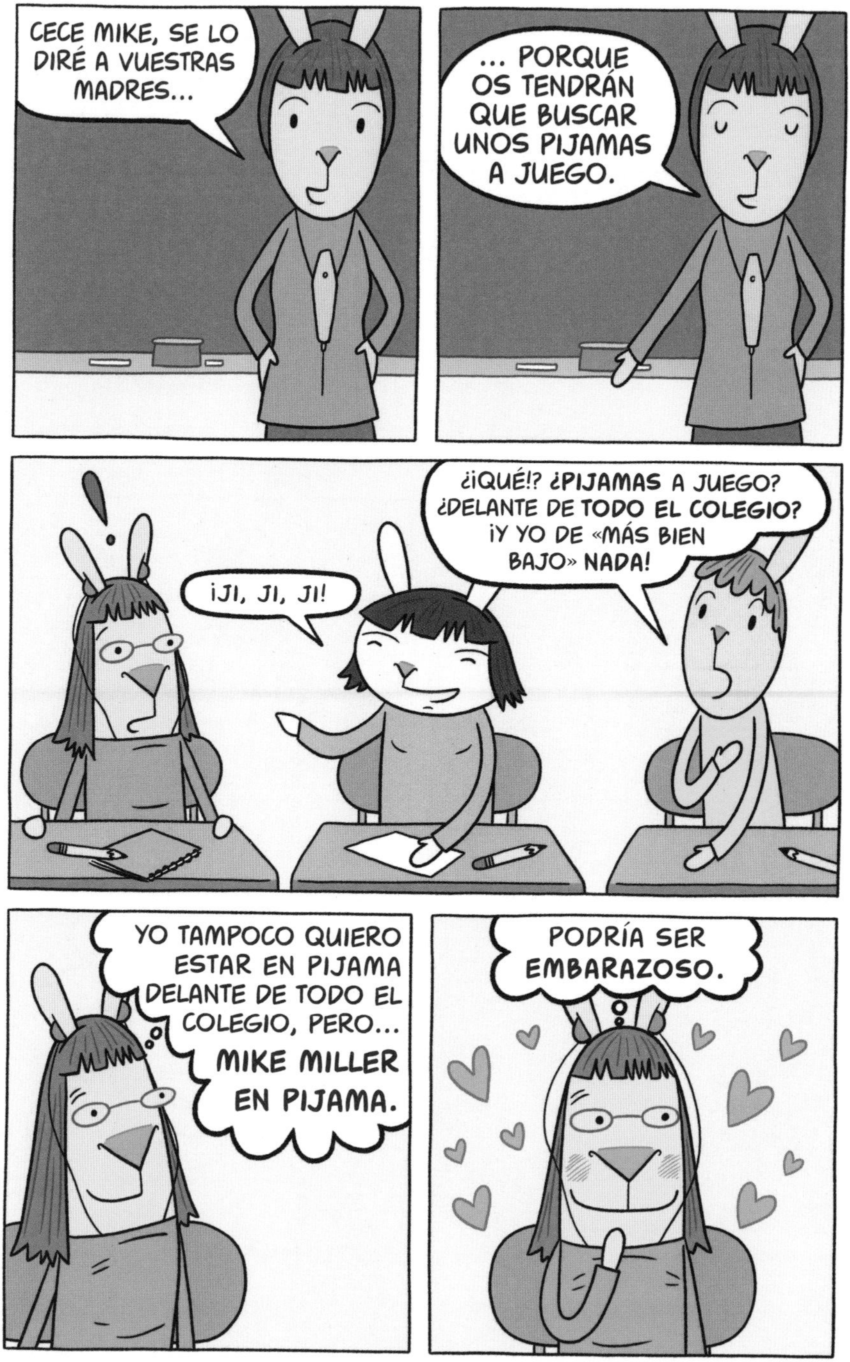
CECE MIKE, SE LO DIRÉ A VUESTRAS MADRES...
... PORQUE OS TENDRÁN QUE BUSCAR UNOS PIJAMAS A JUEGO.
¡JI, JI, JI!
¿¡QUÉ!? ¿PIJAMAS A JUEGO? ¿DELANTE DE TODO EL COLEGIO? ¡Y YO DE «MÁS BIEN BAJO» NADA!
YO TAMPOCO QUIERO ESTAR EN PIJAMA DELANTE DE TODO EL COLEGIO, PERO... MIKE MILLER EN PIJAMA.
PODRÍA SER EMBARAZOSO.

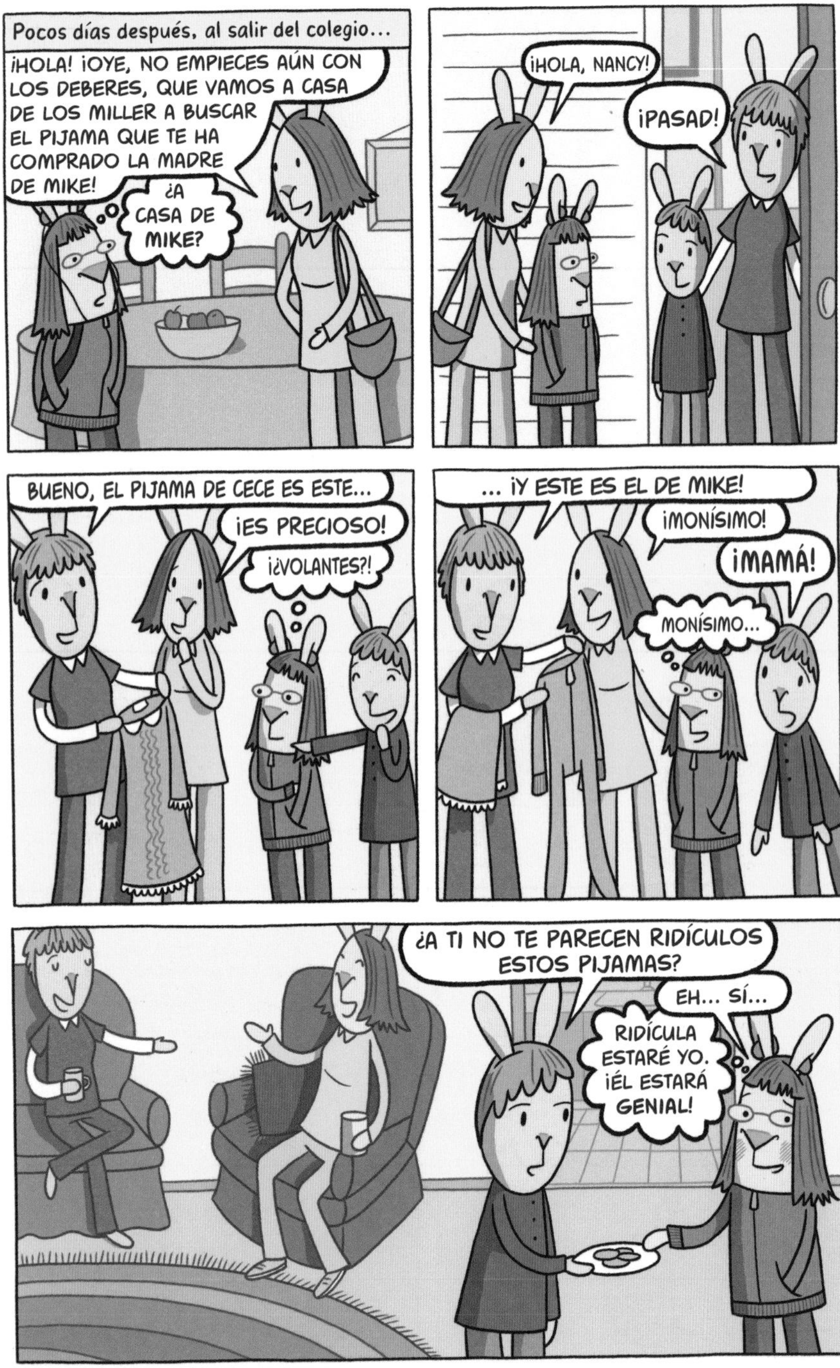
Pocos días después, al salir del colegio...
¡HOLA! ¡OYE, NO EMPIECES AÚN CON LOS DEBERES, QUE VAMOS A CASA DE LOS MILLER A BUSCAR EL PIJAMA QUE TE HA COMPRADO LA MADRE DE MIKE!
¿A CASA DE MIKE?
¡HOLA, NANCY!
¡PASAD!
BUENO, EL PIJAMA DE CECE ES ESTE...
¡ES PRECIOSO!
¡¿VOLANTES?!
... ¡Y ESTE ES EL DE MIKE!
¡MONÍSIMO!
¡MAMÁ!
MONÍSIMO...
¿A TI NO TE PARECEN RIDÍCULOS ESTOS PIJAMAS?
EH... SÍ...
RIDÍCULA ESTARÉ YO. ¡ÉL ESTARÁ GENIAL!

La mañana de la representación anuncian algo por megafonía.

CHICOS, EN VEINTE MINUTOS NOS VAMOS AL GIMNASIO. CECE, MIKE, ID YENDO...

NOS LLAMAN. ¿LISTA?

¿«NOS»? ¡OH, SÍ!

Recogemos los pijamas y vamos en silencio a cambiarnos al baño. Bueno, casi en silencio. Gracias al Phonic Ear oigo lo que dice la señora Sinklemann al resto de la clase.

A VER... PONEOS EN FILA Y PREPARAOS PARA LA REPRESENTACIÓN. ACORDAOS EDUCADOS LOS DE S...

CHICOS

CHI

CHICAS

QUÉ LOCURA.

EH...

SÍ.

203

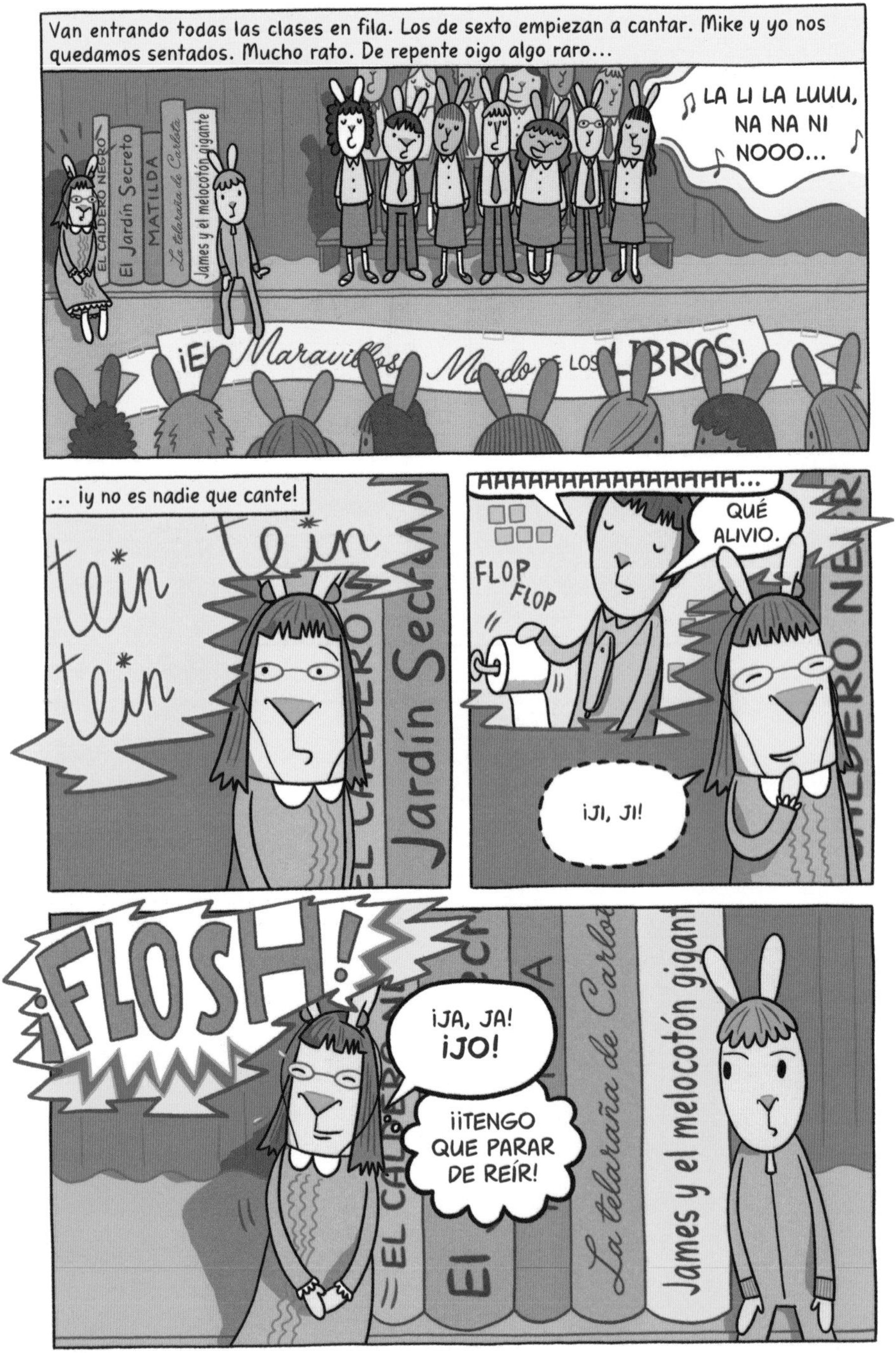

Van entrando todas las clases en fila. Los de sexto empiezan a cantar. Mike y yo nos quedamos sentados. Mucho rato. De repente oigo algo raro…
LA LI LA LUUU, NA NA NI NOOO…
EL CALDERO NEGRO
El Jardín Secreto
MATILDA
La telaraña de Carlota
James y el melocotón gigante
¡El Maravilloso Mundo de los Libros!
… ¡y no es nadie que cante!
tlin tlin tlin
AAAAAAAAAAAAAAAAH…
QUÉ ALIVIO.
FLOP FLOP
¡JI, JI!
¡FLOSH!
¡JA, JA! ¡JO!
¡¡TENGO QUE PARAR DE REÍR!

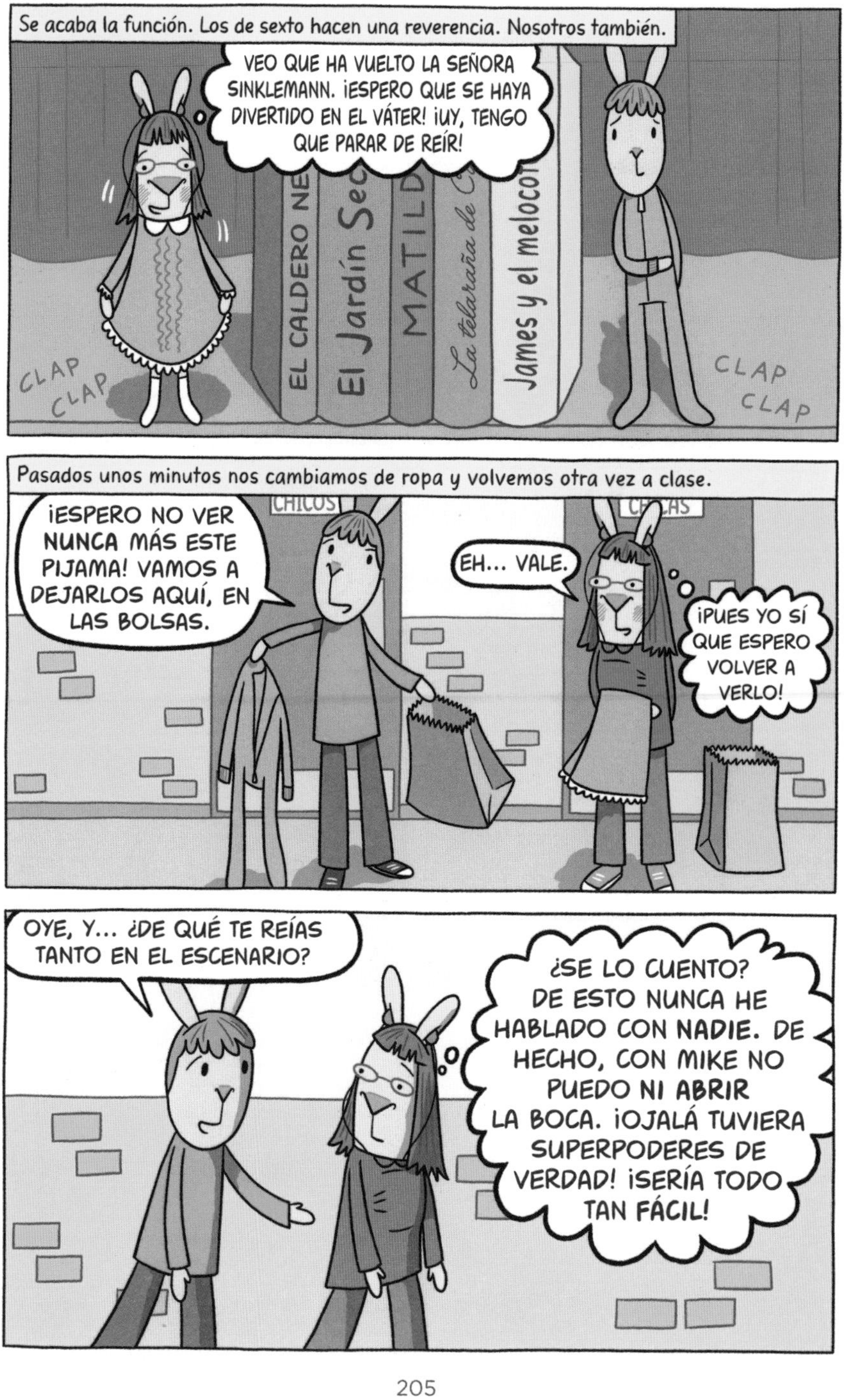
Se acaba la función. Los de sexto hacen una reverencia. Nosotros también.
VEO QUE HA VUELTO LA SEÑORA SINKLEMANN. ¡ESPERO QUE SE HAYA DIVERTIDO EN EL VÁTER! ¡UY, TENGO QUE PARAR DE REÍR!
EL CALDERO NE
El Jardín Sec
MATILD
La telaraña de
James y el melocot
CLAP CLAP
CLAP CLAP
Pasados unos minutos nos cambiamos de ropa y volvemos otra vez a clase.
CHICOS
¡ESPERO NO VER NUNCA MÁS ESTE PIJAMA! VAMOS A DEJARLOS AQUÍ, EN LAS BOLSAS.
EH… VALE.
¡PUES YO SÍ QUE ESPERO VOLVER A VERLO!
OYE, Y… ¿DE QUÉ TE REÍAS TANTO EN EL ESCENARIO?
¿SE LO CUENTO? DE ESTO NUNCA HE HABLADO CON NADIE. DE HECHO, CON MIKE NO PUEDO NI ABRIR LA BOCA. ¡OJALÁ TUVIERA SUPERPODERES DE VERDAD! ¡SERÍA TODO TAN FÁCIL!

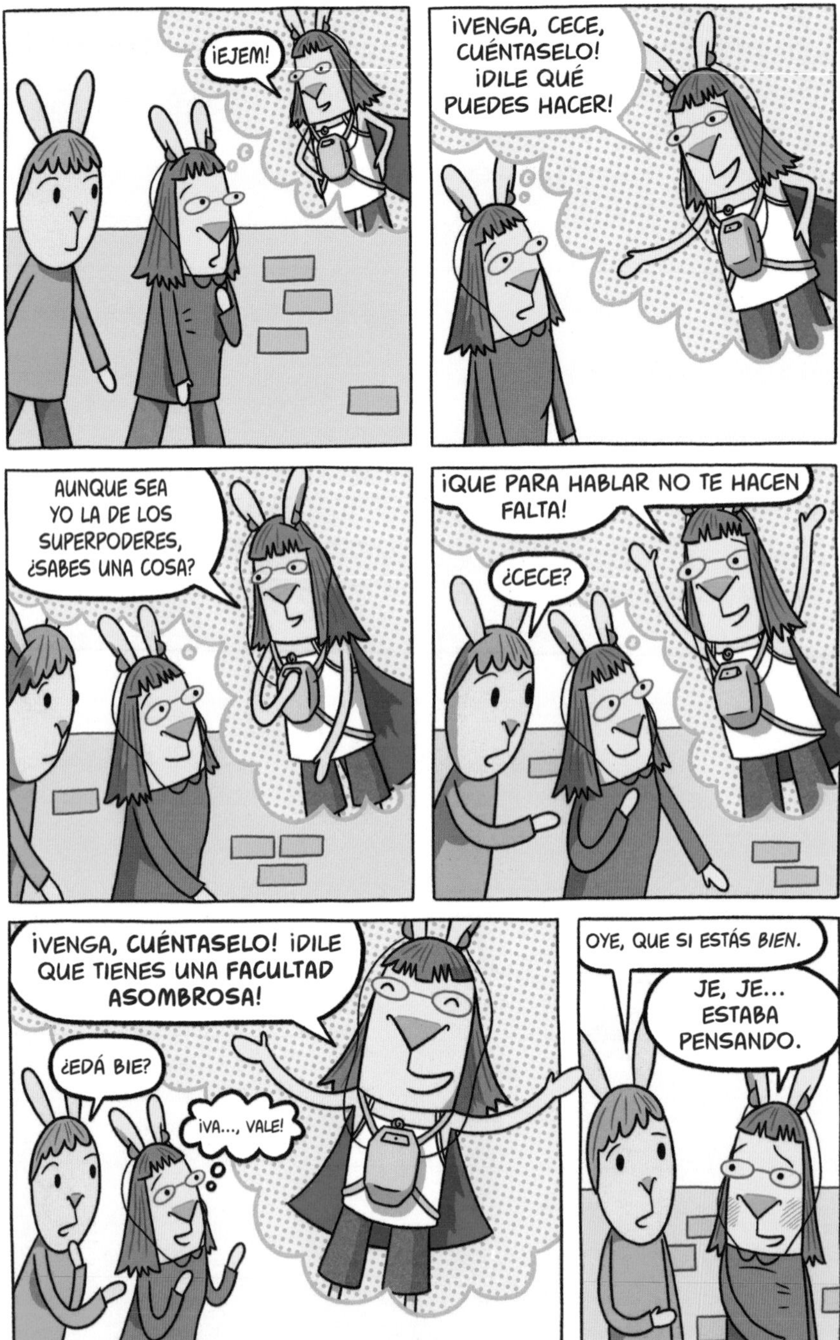
¡EJEM!
¡VENGA, CECE, CUÉNTASELO! ¡DILE QUÉ PUEDES HACER!
AUNQUE SEA YO LA DE LOS SUPERPODERES, ¿SABES UNA COSA?
¡QUE PARA HABLAR NO TE HACEN FALTA!
¿CECE?
¡VENGA, CUÉNTASELO! ¡DILE QUE TIENES UNA FACULTAD ASOMBROSA!
¿EDÁ BIE?
¡VA..., VALE!
OYE, QUE SI ESTÁS BIEN.
JE, JE... ESTABA PENSANDO.

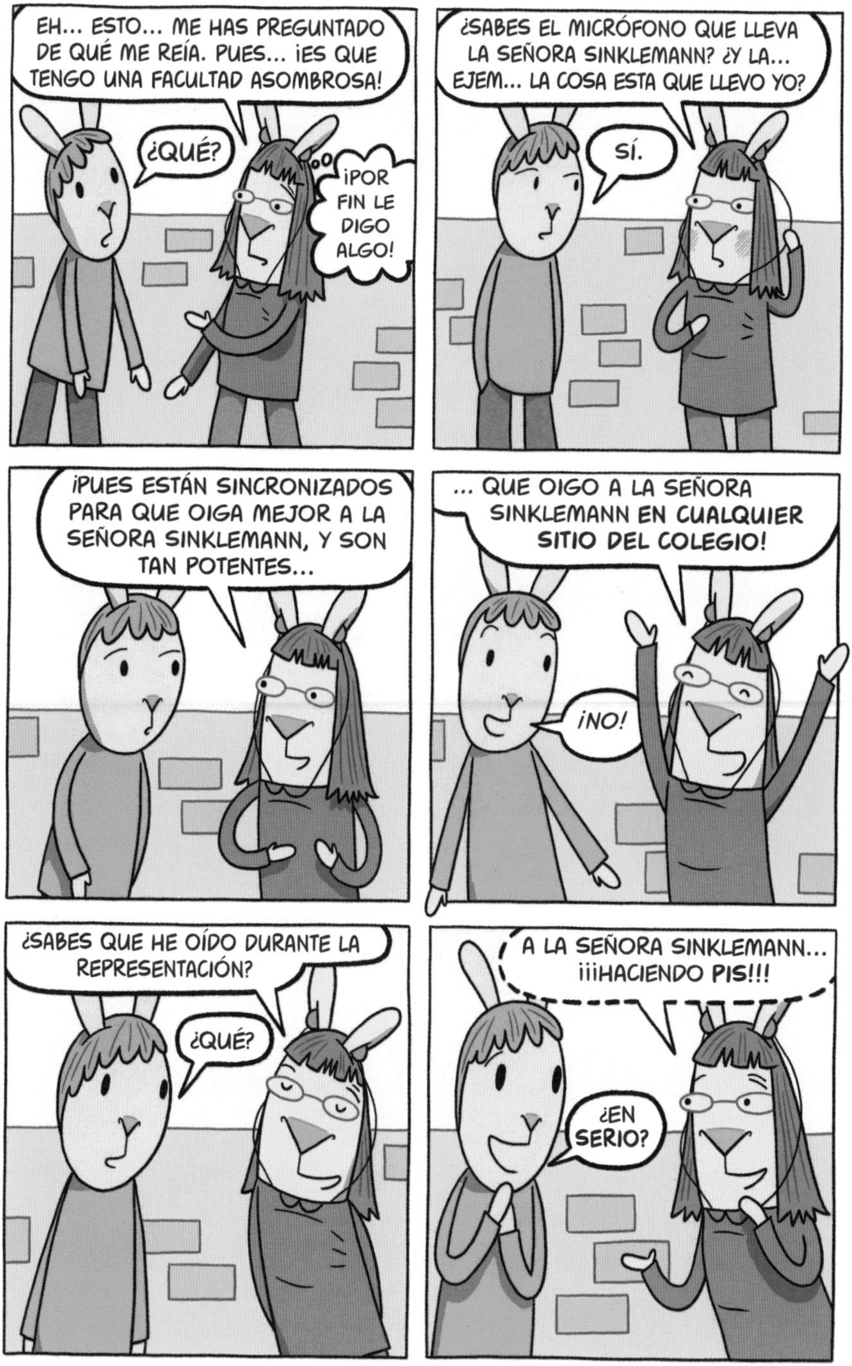
EH... ESTO... ME HAS PREGUNTADO DE QUÉ ME REÍA. PUES... ¡ES QUE TENGO UNA FACULTAD ASOMBROSA!
¿QUÉ?
¡POR FIN LE DIGO ALGO!
¿SABES EL MICRÓFONO QUE LLEVA LA SEÑORA SINKLEMANN? ¿Y LA... EJEM... LA COSA ESTA QUE LLEVO YO?
SÍ.
¡PUES ESTÁN SINCRONIZADOS PARA QUE OIGA MEJOR A LA SEÑORA SINKLEMANN, Y SON TAN POTENTES...
... QUE OIGO A LA SEÑORA SINKLEMANN EN CUALQUIER SITIO DEL COLEGIO!
¡NO!
¿SABES QUE HE OÍDO DURANTE LA REPRESENTACIÓN?
¿QUÉ?
A LA SEÑORA SINKLEMANN... ¡¡¡HACIENDO PIS!!!
¿EN SERIO?

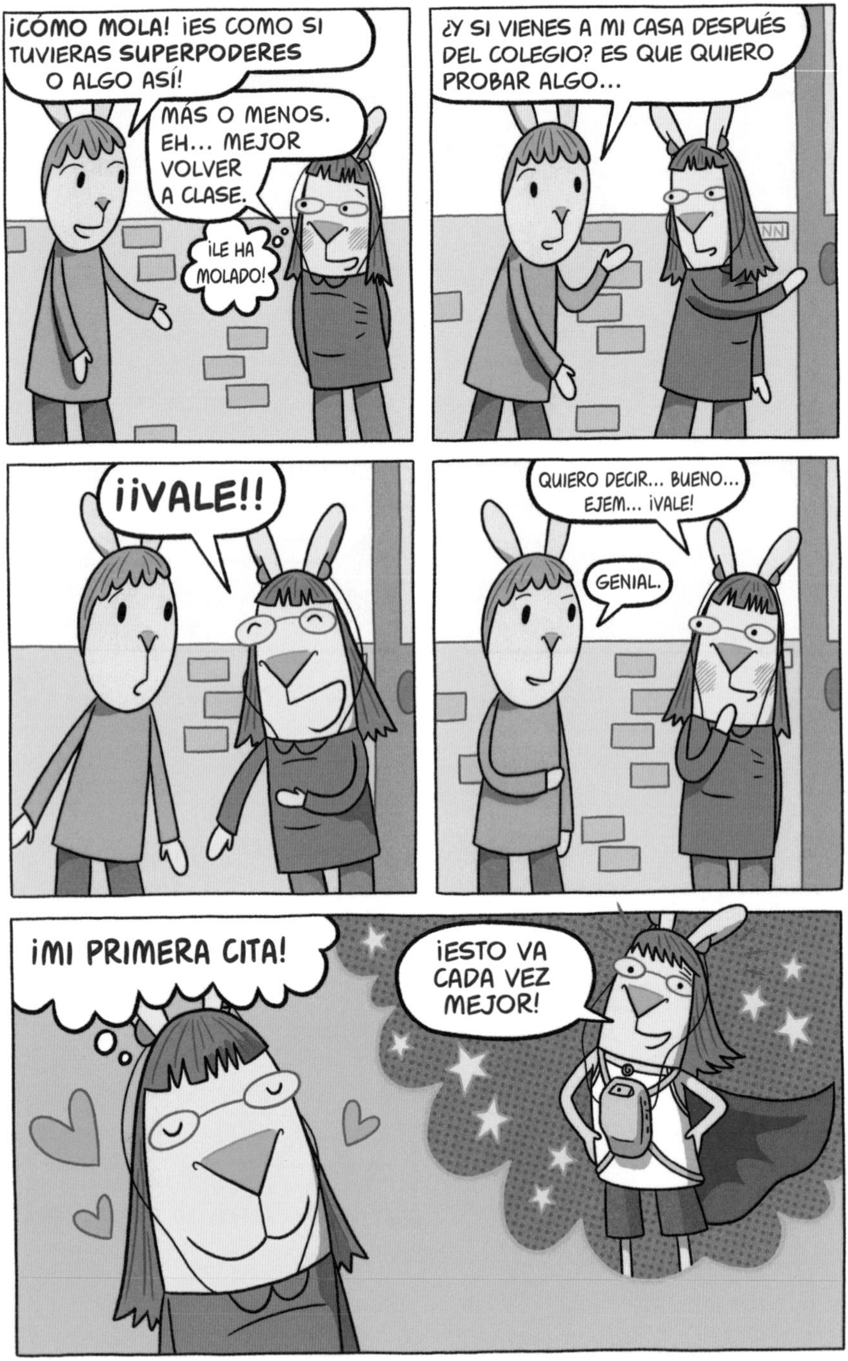
¡CÓMO MOLA! ¡ES COMO SI TUVIERAS SUPERPODERES O ALGO ASÍ!
MÁS O MENOS. EH... MEJOR VOLVER A CLASE.
¡LE HA MOLADO!
¿Y SI VIENES A MI CASA DESPUÉS DEL COLEGIO? ES QUE QUIERO PROBAR ALGO...
¡¡VALE!!
QUIERO DECIR... BUENO... EJEM... ¡VALE!
GENIAL.
¡MI PRIMERA CITA!
¡ESTO VA CADA VEZ MEJOR!

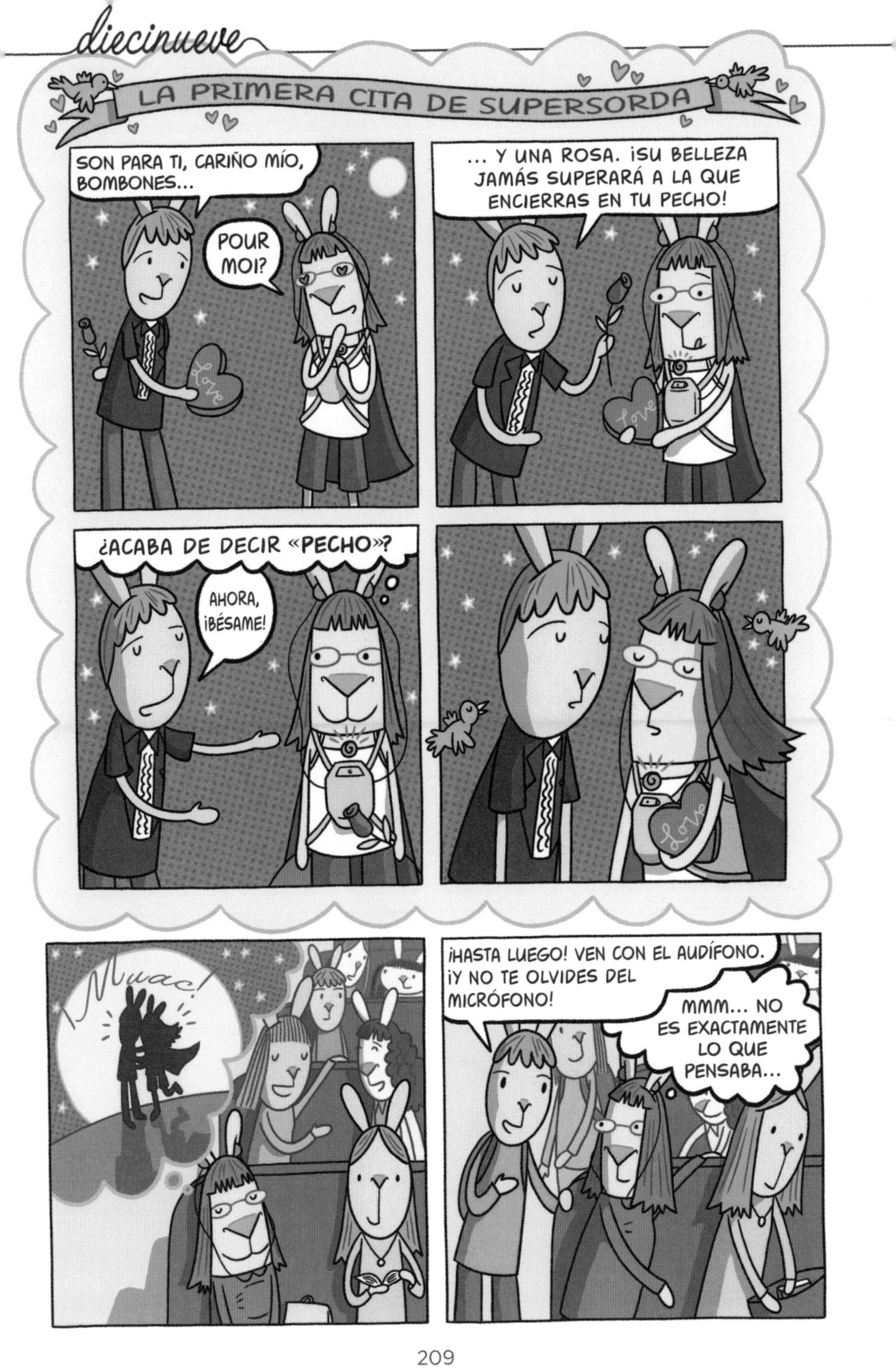
diecinueve
LA PRIMERA CITA DE SUPERSORDA
SON PARA TI, CARIÑO MÍO, BOMBONES...
POUR MOI?
Love
... Y UNA ROSA. ¡SU BELLEZA JAMÁS SUPERARÁ A LA QUE ENCIERRAS EN TU PECHO!
Love
¿ACABA DE DECIR «PECHO»?
AHORA, ¡BÉSAME!
Love
¡Muac!
¡HASTA LUEGO! VEN CON EL AUDÍFONO. ¡Y NO TE OLVIDES DEL MICRÓFONO!
MMM... NO ES EXACTAMENTE LO QUE PENSABA...

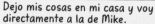

Dejo mis cosas en mi casa y voy directamente a la de Mike.

¡HOLA!

¡HOLA! ¡QUÉ BIEN, HAS TRAÍDO EL MICRÓFONO!

QUIERO HACER UN PEQUEÑO EXPERIMENTO. ME PONDRÉ EL MICRÓFONO PARA IR AL CENTRO. TÚ TE QUEDAS AQUÍ. YO IRÉ HABLANDO TODO EL RATO Y TÚ ESCUCHAS. ¡ASÍ SABREMOS QUÉ POTENCIA REAL TIENE!

¿QUÉ TE PARECE?

¡BIEN! ¡CREO!

PROBANDO, PROBANDO, ¿ME OYES?

...ANDO, PROBANDO, PROBANDO, ¿ME OYES?

¡SÍ!

Mike se va al centro. Yo escucho.

SEGURAMENTE AÚN ME VEAS ESTOY EN CASA DE DAN

QUÉ «CITA» MÁS RARA...

... ESTOY CRUZANDO LA CALLE EN CASA DE DAVID... PROBANDO, 1-2 PROBE...

PERO ¡NO ESTÁ MAL!

Sigo escuchando... ¿... SIGUES AHÍ, CECE? ESTOY DELANTE DE LA CAS DE TRICIA... VOY A SEGUIR HACIA EL CENTRO...

¡TENGO QUE RECONOCER QUE ESTO ES GUAY! ¡NI YO SABÍA QUE PUDIERA OÍRSE DE TAN LEJOS!

Pasan los minutos. Aparece Suzie, una niña del barrio.

¡EH, CECE! ¿QUÉ HACES?

¿SE LO CUENTO? SE LO HE CONTADO A MIKE MILLER, Y SE LO HA TOMADO BIEN...

SE LO PUEDO CONTAR A MÁS GENTE, ¿NO?

Decido arriesgarme. Se lo cuento todo a Suzie, que dice:

¡¿EN SERIO?! ¡ES INCREÍBLE! ¿Y MIKE DÓNDE ESTÁ?

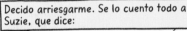

ESTOY EN LA IGLE BAPTISTA GRANDE...

¡EN LA IGLESIA BAPTISTA GRANDE!

Pasan unos minutos más, y aparece Helen, una amiga de Suzie.

¿QUÉ PASA?

¡ALUCINA! ¡MIKE LLEVA EL MICRÓFONO DE CECE, SE ESTÁ PASEANDO POR EL CENTRO Y ELLA OYE TODO LO QUE DICE!

¿QUÉ PASA?

¡MOLA MUCHO! CECE ESTÁ ESCUCHANDO A MIKE...

¿POR DÓNDE VA?

ES UN POCO VIOLENTO, PERO BUENO... ¡LES PARECE QUE MOLO!

¿QUÉ ESTÁ DICIENDO?

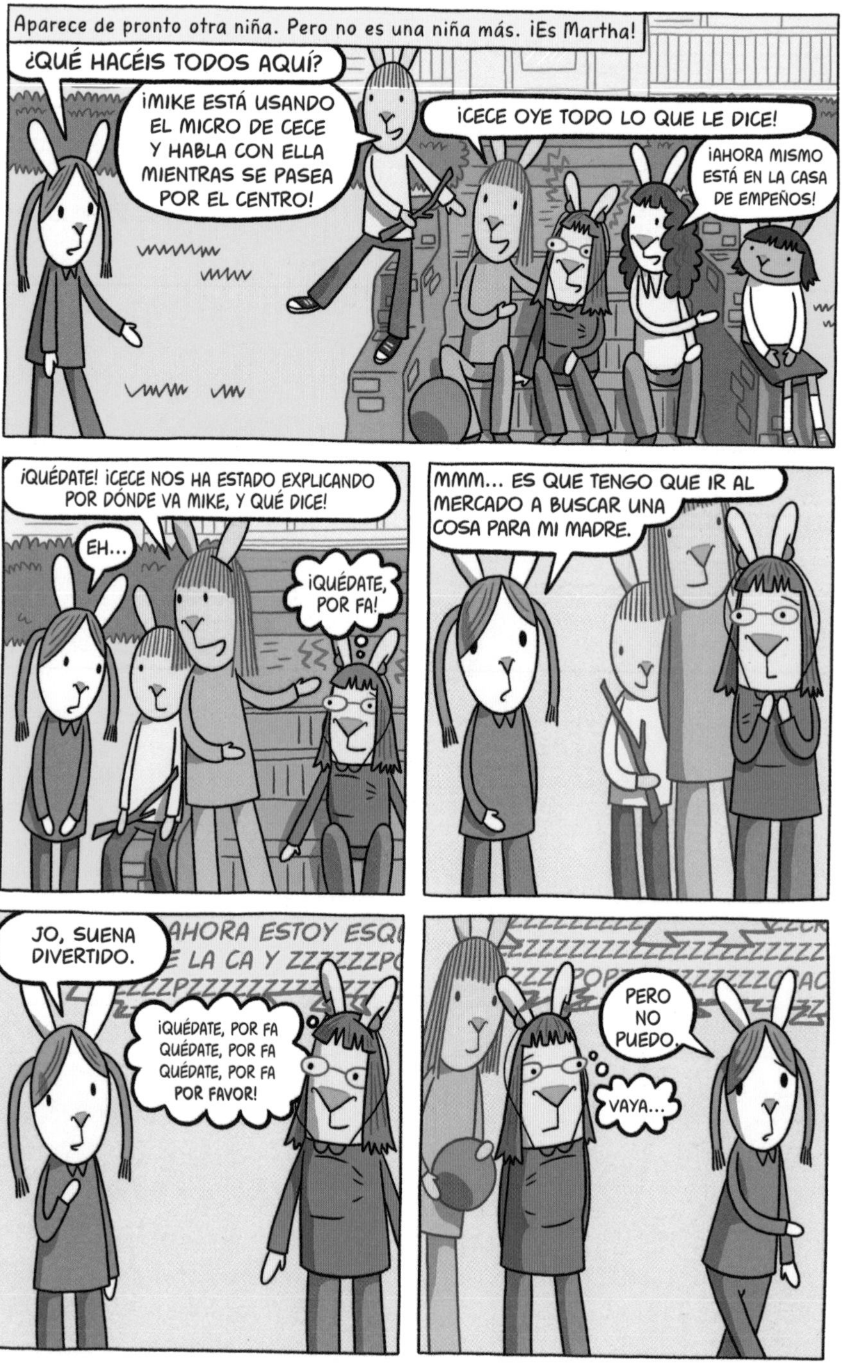
Aparece de pronto otra niña. Pero no es una niña más. ¡Es Martha!
¿QUÉ HACÉIS TODOS AQUÍ?
¡MIKE ESTÁ USANDO EL MICRO DE CECE Y HABLA CON ELLA MIENTRAS SE PASEA POR EL CENTRO!
¡CECE OYE TODO LO QUE LE DICE!
¡AHORA MISMO ESTÁ EN LA CASA DE EMPEÑOS!
¡QUÉDATE! ¡CECE NOS HA ESTADO EXPLICANDO POR DÓNDE VA MIKE, Y QUÉ DICE!
EH...
¡QUÉDATE, POR FA!
MMM... ES QUE TENGO QUE IR AL MERCADO A BUSCAR UNA COSA PARA MI MADRE.
JO, SUENA DIVERTIDO.
AHORA ESTOY
LA CA Y
¡QUÉDATE, POR FA QUÉDATE, POR FA QUÉDATE, POR FA POR FAVOR!
PERO NO PUEDO.
VAYA...

¿QUÉ, QUÉ OYES?

UN ZUMBIDO.

BUENO, PUES NADA, NOS VAMOS A JUGAR AL KICKBALL. ¡AVÍSANOS SI SE VUELVE A PONER INTERESANTE!

VALE. ¡ADIÓS!

¡QUÉ DÍA MÁS RARO! PIJAMA EN EL COLEGIO. UNA «CITA» CON MIKE MILLER. A TODO EL MUNDO LE PARECE GUAY EL PHONIC EAR. Y MARTHA NO ME HA EVITADO DEL TODO...

ZZZZZZ CRAC

¡QUÉ ZUMBIDO HAY AHORA! MIKE DEBE DE HABERSE ALEJADO DEMASIADO PARA EL MICRÓFONO.

ZZZCRAC

OTRA VEZ DELANTE DEL ¡AH, HOLA!

¿QUÉ HACES?

¡UN MOMENTO! ¡HA VUELTO! ¡Y EL MICRO CAPTA OTRA VOZ!

ZZZZ ¡HOLA, MIKE! SOLO IBA A UNAS COSAS PARA MI MADRE ¿ESTÁS HABLANDO CON CECE? SÍ, ESTAMOS INTENTANDO AVERIG LO DATOS E PUEDE FUNCIONAR ESTO

¿QUIERES DECIRLE ALGO?

¿ES MARTHA!?

EH... MEJOR NO. ¿QUÉ? ¿POR QUÉ NO?

¡VENGA, MARTHA! ¡DIME ALGO, POR FAVOR! ¡LO QUE SEA!

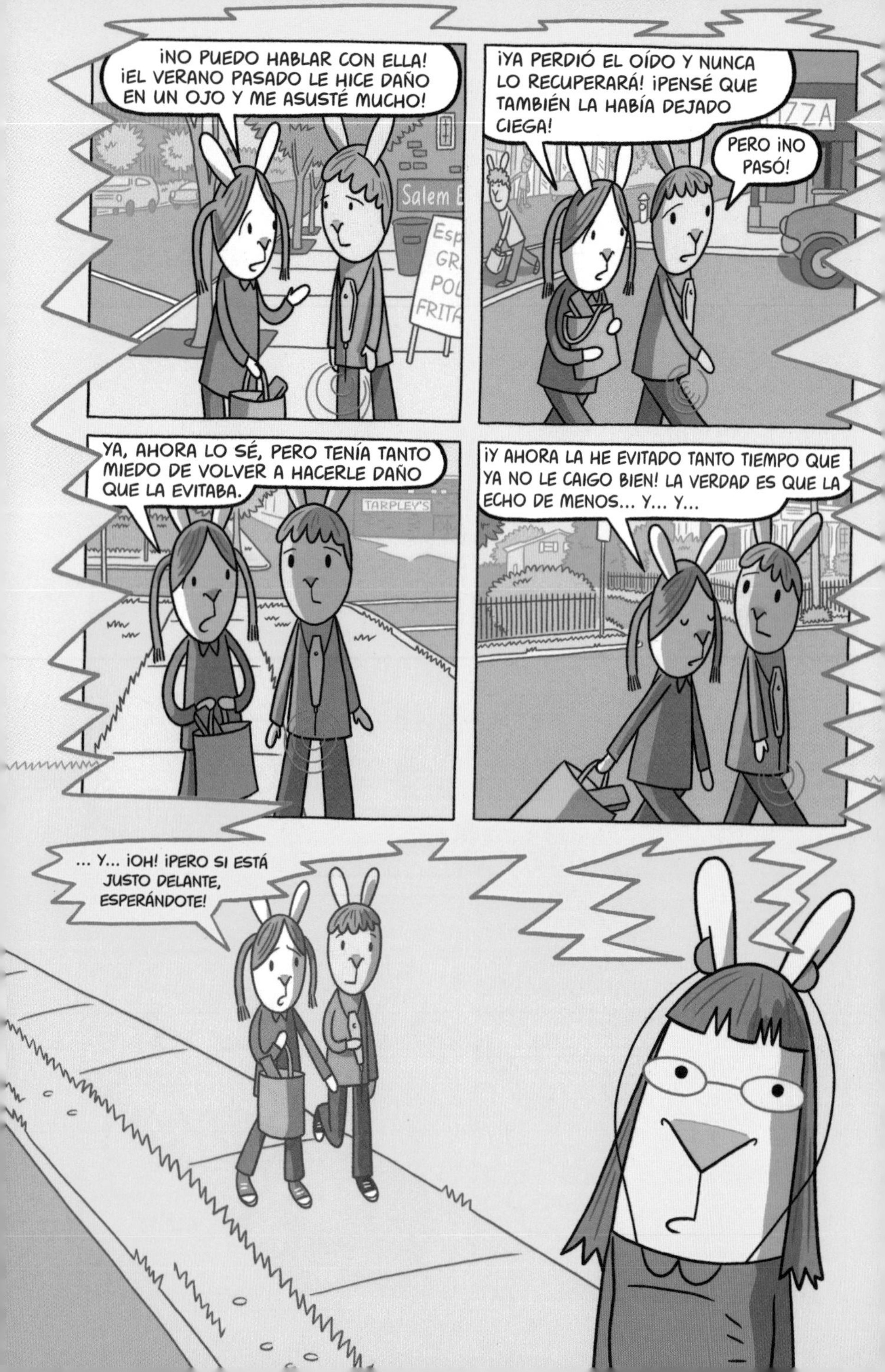
¡NO PUEDO HABLAR CON ELLA! ¡EL VERANO PASADO LE HICE DAÑO EN UN OJO Y ME ASUSTÉ MUCHO!
Salem
¡YA PERDIÓ EL OÍDO Y NUNCA LO RECUPERARÁ! ¡PENSÉ QUE TAMBIÉN LA HABÍA DEJADO CIEGA!
PERO ¡NO PASÓ!
YA, AHORA LO SÉ, PERO TENÍA TANTO MIEDO DE VOLVER A HACERLE DAÑO QUE LA EVITABA.
TARPLEY'S
¡Y AHORA LA HE EVITADO TANTO TIEMPO QUE YA NO LE CAIGO BIEN! LA VERDAD ES QUE LA ECHO DE MENOS... Y... Y...
... Y... ¡OH! ¡PERO SI ESTÁ JUSTO DELANTE, ESPERÁNDOTE!

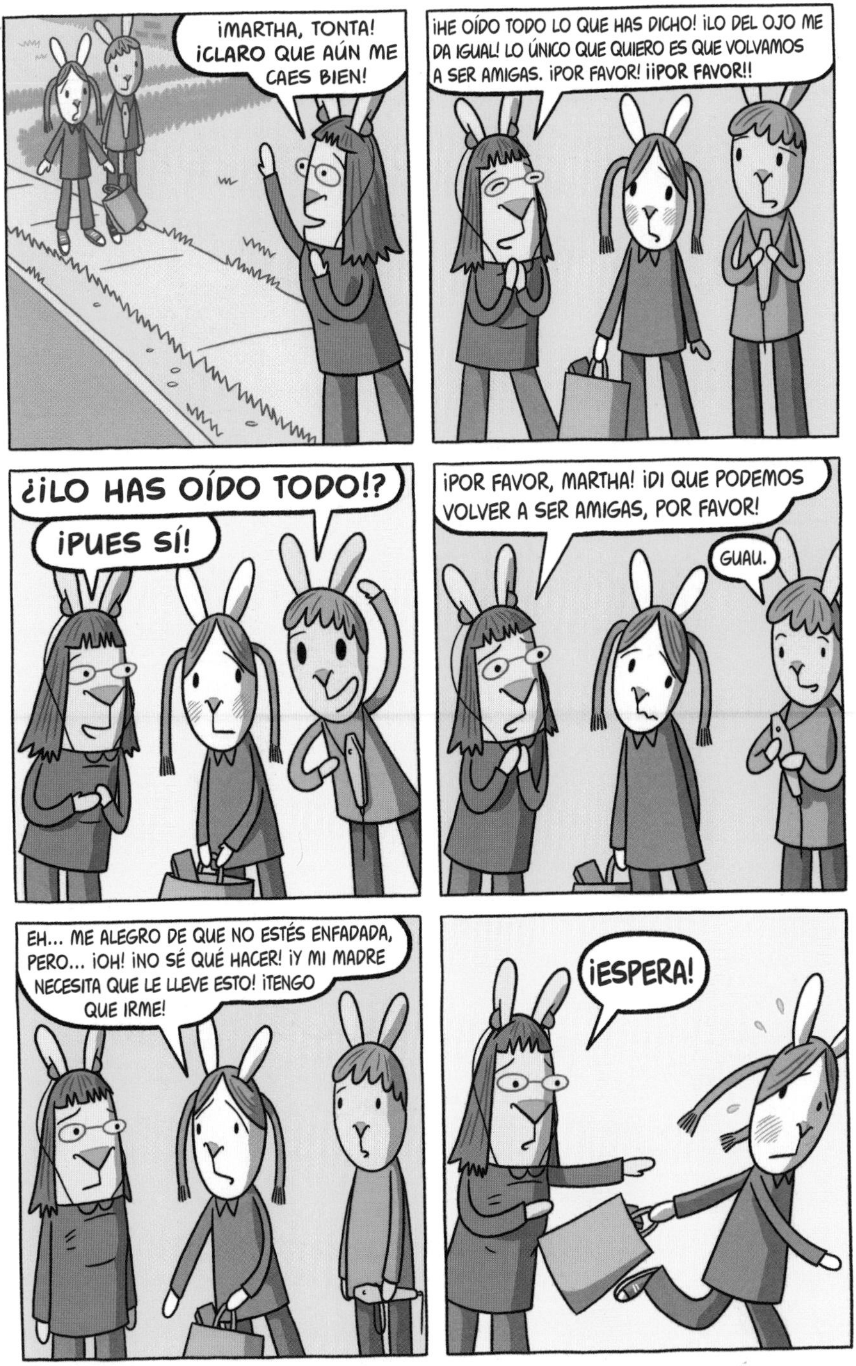
¡MARTHA, TONTA! ¡CLARO QUE AÚN ME CAES BIEN!
¡HE OÍDO TODO LO QUE HAS DICHO! ¡LO DEL OJO ME DA IGUAL! LO ÚNICO QUE QUIERO ES QUE VOLVAMOS A SER AMIGAS. ¡POR FAVOR! ¡¡POR FAVOR!!
¿¡LO HAS OÍDO TODO!?
¡PUES SÍ!
¡POR FAVOR, MARTHA! ¡DI QUE PODEMOS VOLVER A SER AMIGAS, POR FAVOR!
GUAU.
EH... ME ALEGRO DE QUE NO ESTÉS ENFADADA, PERO... ¡OH! ¡NO SÉ QUÉ HACER! ¡Y MI MADRE NECESITA QUE LE LLEVE ESTO! ¡TENGO QUE IRME!
¡ESPERA!

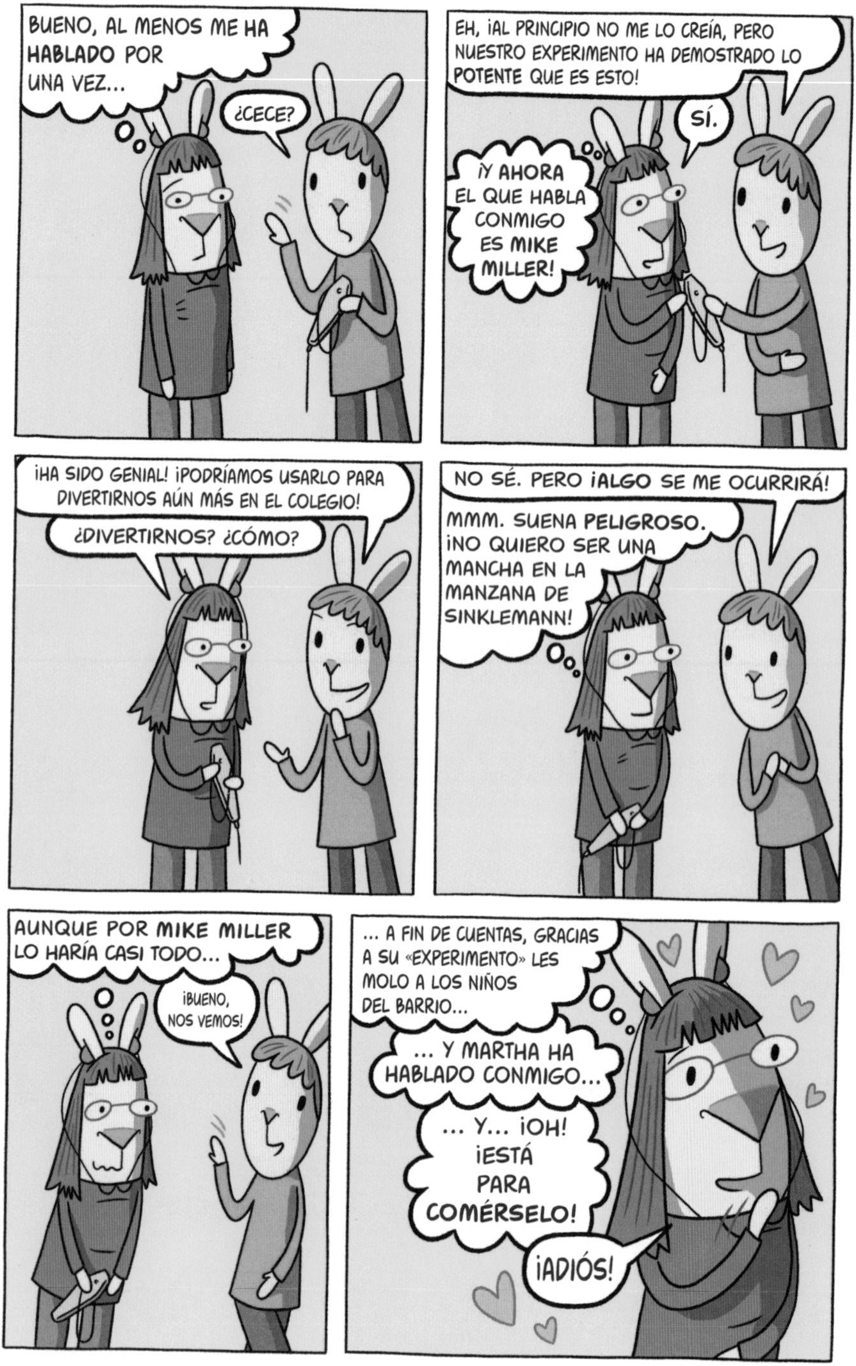
BUENO, AL MENOS ME HA HABLADO POR UNA VEZ...
¿CECE?
EH, ¡AL PRINCIPIO NO ME LO CREÍA, PERO NUESTRO EXPERIMENTO HA DEMOSTRADO LO POTENTE QUE ES ESTO!
SÍ.
¡Y AHORA EL QUE HABLA CONMIGO ES MIKE MILLER!
¡HA SIDO GENIAL! ¡PODRÍAMOS USARLO PARA DIVERTIRNOS AÚN MÁS EN EL COLEGIO!
¿DIVERTIRNOS? ¿CÓMO?
NO SÉ. PERO ¡ALGO SE ME OCURRIRÁ!
MMM. SUENA PELIGROSO. ¡NO QUIERO SER UNA MANCHA EN LA MANZANA DE SINKLEMANN!
AUNQUE POR MIKE MILLER LO HARÍA CASI TODO...
¡BUENO, NOS VEMOS!
... A FIN DE CUENTAS, GRACIAS A SU «EXPERIMENTO» LES MOLO A LOS NIÑOS DEL BARRIO...
... Y MARTHA HA HABLADO CONMIGO...
... Y... ¡OH! ¡ESTÁ PARA COMÉRSELO!
¡ADIÓS!

veinte

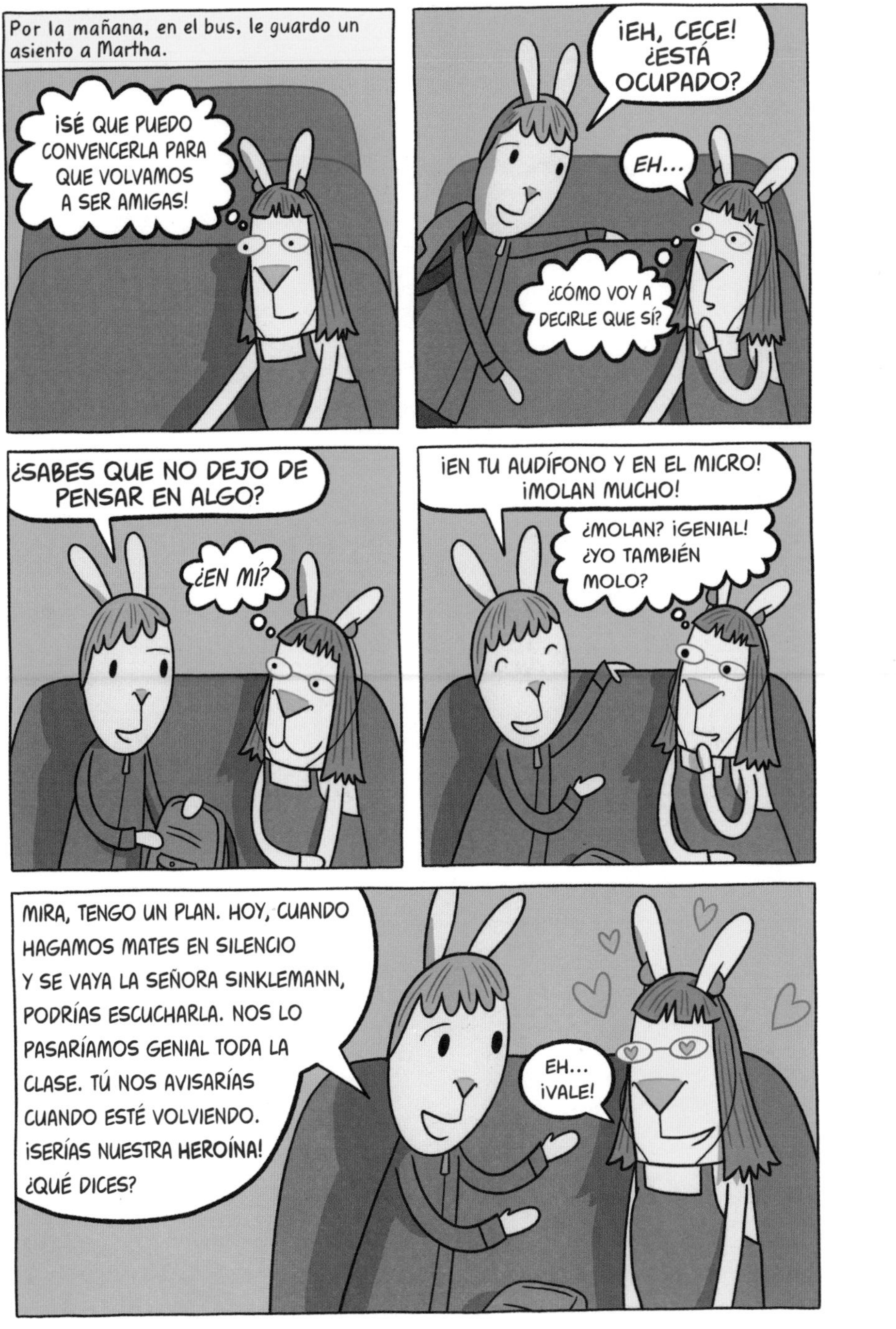
Por la mañana, en el bus, le guardo un asiento a Martha.
¡SÉ QUE PUEDO CONVENCERLA PARA QUE VOLVAMOS A SER AMIGAS!
¡EH, CECE! ¿ESTÁ OCUPADO?
EH...
¿CÓMO VOY A DECIRLE QUE SÍ?
¿SABES QUE NO DEJO DE PENSAR EN ALGO?
¿EN MÍ?
¡EN TU AUDÍFONO Y EN EL MICRO! ¡MOLAN MUCHO!
¿MOLAN? ¡GENIAL! ¿YO TAMBIÉN MOLO?
MIRA, TENGO UN PLAN. HOY, CUANDO HAGAMOS MATES EN SILENCIO Y SE VAYA LA SEÑORA SINKLEMANN, PODRÍAS ESCUCHARLA. NOS LO PASARÍAMOS GENIAL TODA LA CLASE. TÚ NOS AVISARÍAS CUANDO ESTÉ VOLVIENDO. ¡SERÍAS NUESTRA HEROÍNA! ¿QUÉ DICES?
EH... ¡VALE!

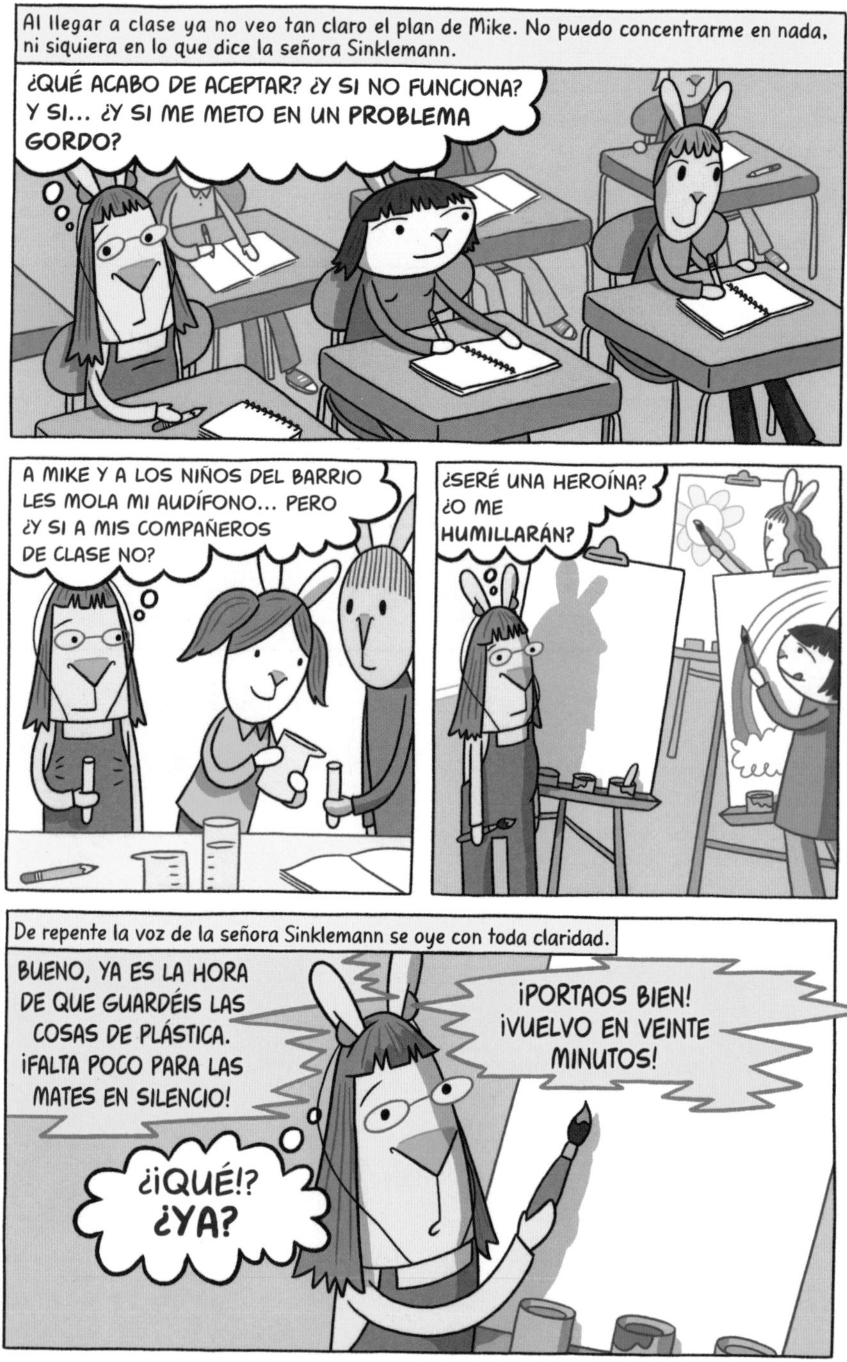
Al llegar a clase ya no veo tan claro el plan de Mike. No puedo concentrarme en nada, ni siquiera en lo que dice la señora Sinklemann.
¿QUÉ ACABO DE ACEPTAR? ¿Y SI NO FUNCIONA? Y SI… ¿Y SI ME METO EN UN PROBLEMA GORDO?
A MIKE Y A LOS NIÑOS DEL BARRIO LES MOLA MI AUDÍFONO… PERO ¿Y SI A MIS COMPAÑEROS DE CLASE NO?
¿SERÉ UNA HEROÍNA? ¿O ME HUMILLARÁN?
De repente la voz de la señora Sinklemann se oye con toda claridad.
BUENO, YA ES LA HORA DE QUE GUARDÉIS LAS COSAS DE PLÁSTICA. ¡FALTA POCO PARA LAS MATES EN SILENCIO!
¡PORTAOS BIEN! ¡VUELVO EN VEINTE MINUTOS!
¿¡QUÉ!? ¿YA?

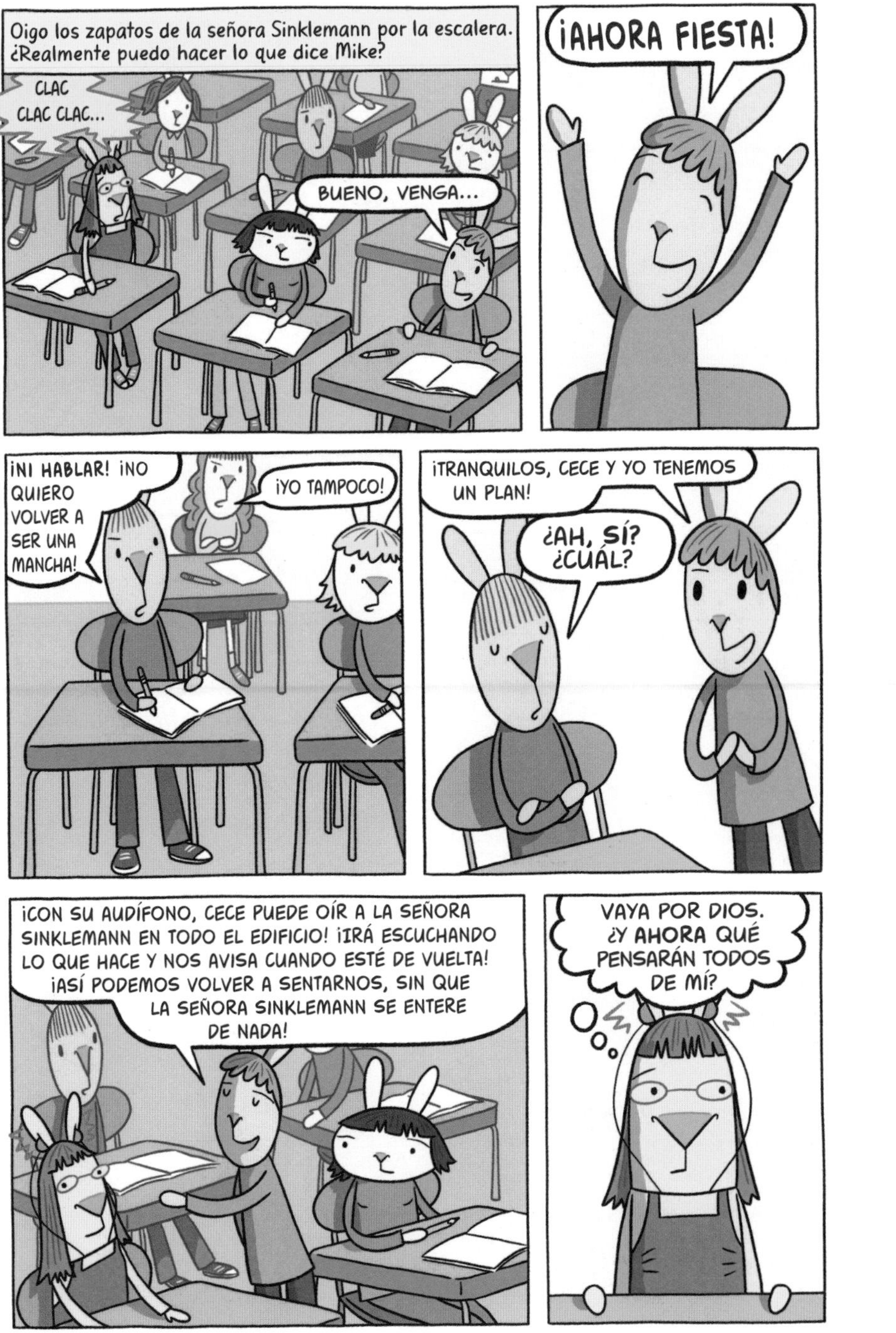
Oigo los zapatos de la señora Sinklemann por la escalera. ¿Realmente puedo hacer lo que dice Mike?
CLAC CLAC CLAC...
BUENO, VENGA...
¡AHORA FIESTA!
¡NI HABLAR! ¡NO QUIERO VOLVER A SER UNA MANCHA!
¡YO TAMPOCO!
¡TRANQUILOS, CECE Y YO TENEMOS UN PLAN!
¿AH, SÍ? ¿CUÁL?
¡CON SU AUDÍFONO, CECE PUEDE OÍR A LA SEÑORA SINKLEMANN EN TODO EL EDIFICIO! ¡IRÁ ESCUCHANDO LO QUE HACE Y NOS AVISA CUANDO ESTÉ DE VUELTA! ¡ASÍ PODEMOS VOLVER A SENTARNOS, SIN QUE LA SEÑORA SINKLEMANN SE ENTERE DE NADA!
VAYA POR DIOS. ¿Y AHORA QUÉ PENSARÁN TODOS DE MÍ?

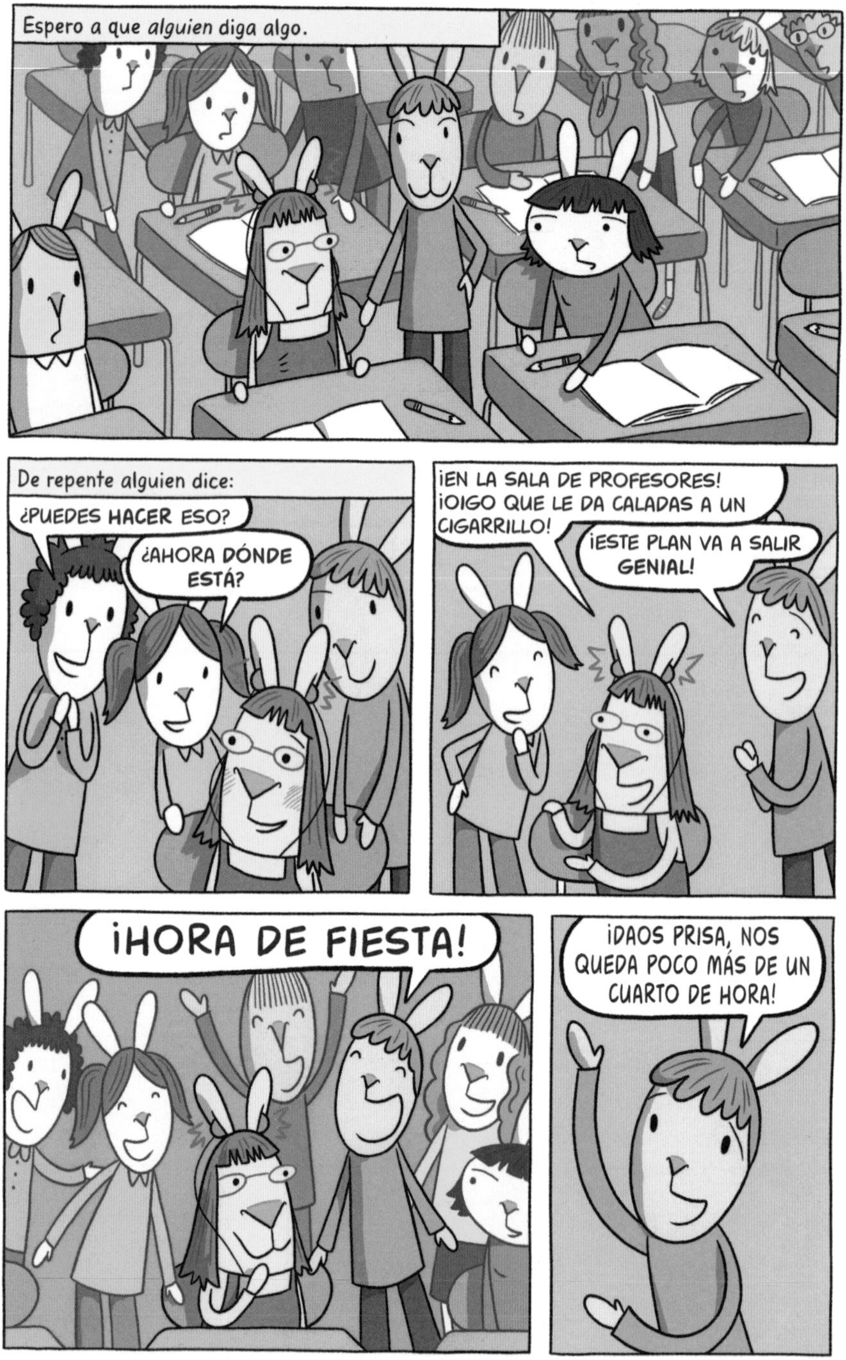

Espero a que *alguien* diga algo.
De repente alguien dice:
¿PUEDES HACER ESO?
¿AHORA DÓNDE ESTÁ?
¡EN LA SALA DE PROFESORES! ¡OIGO QUE LE DA CALADAS A UN CIGARRILLO!
¡ESTE PLAN VA A SALIR GENIAL!
¡HORA DE FIESTA!
¡DAOS PRISA, NOS QUEDA POCO MÁS DE UN CUARTO DE HORA!

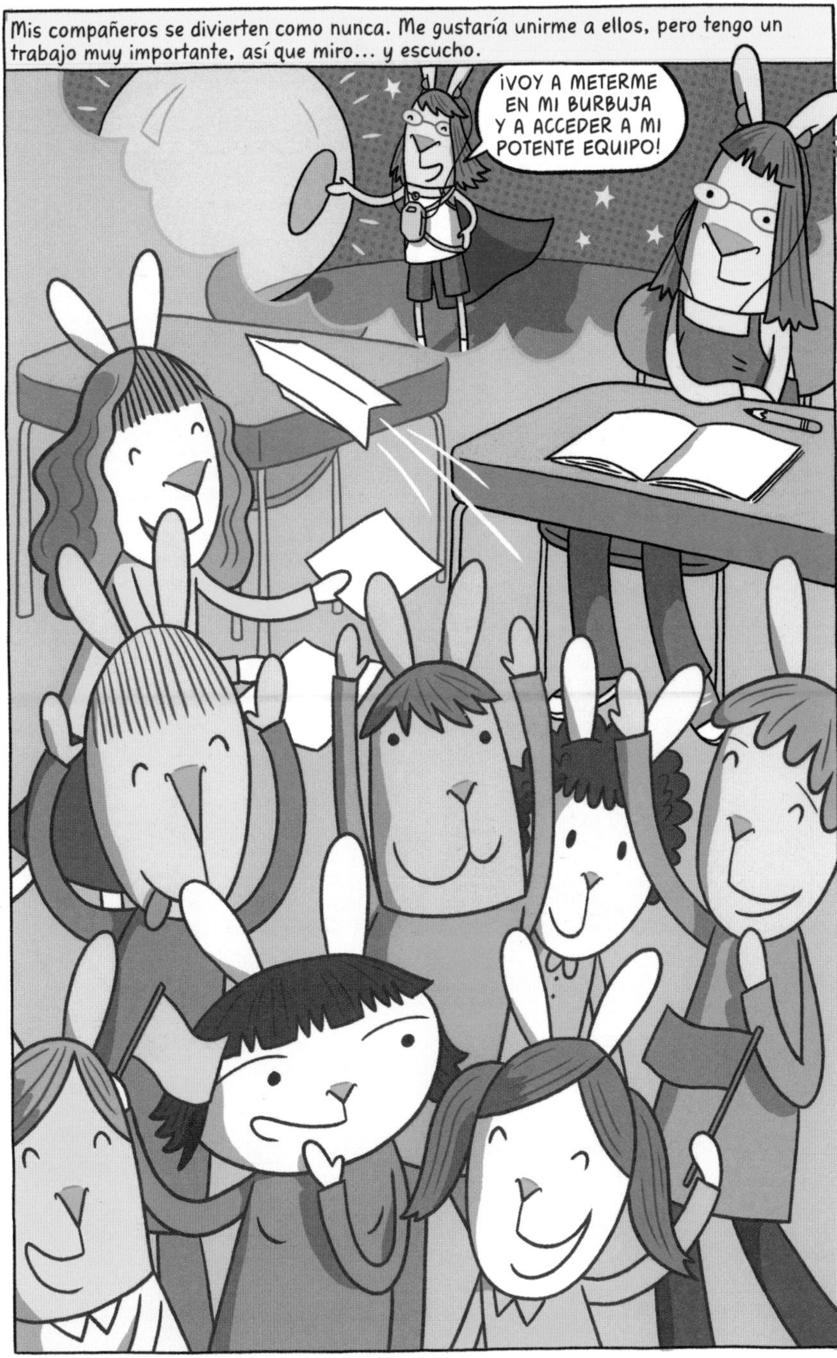
Mis compañeros se divierten como nunca. Me gustaría unirme a ellos, pero tengo un trabajo muy importante, así que miro... y escucho.
¡VOY A METERME EN MI BURBUJA Y A ACCEDER A MI POTENTE EQUIPO!

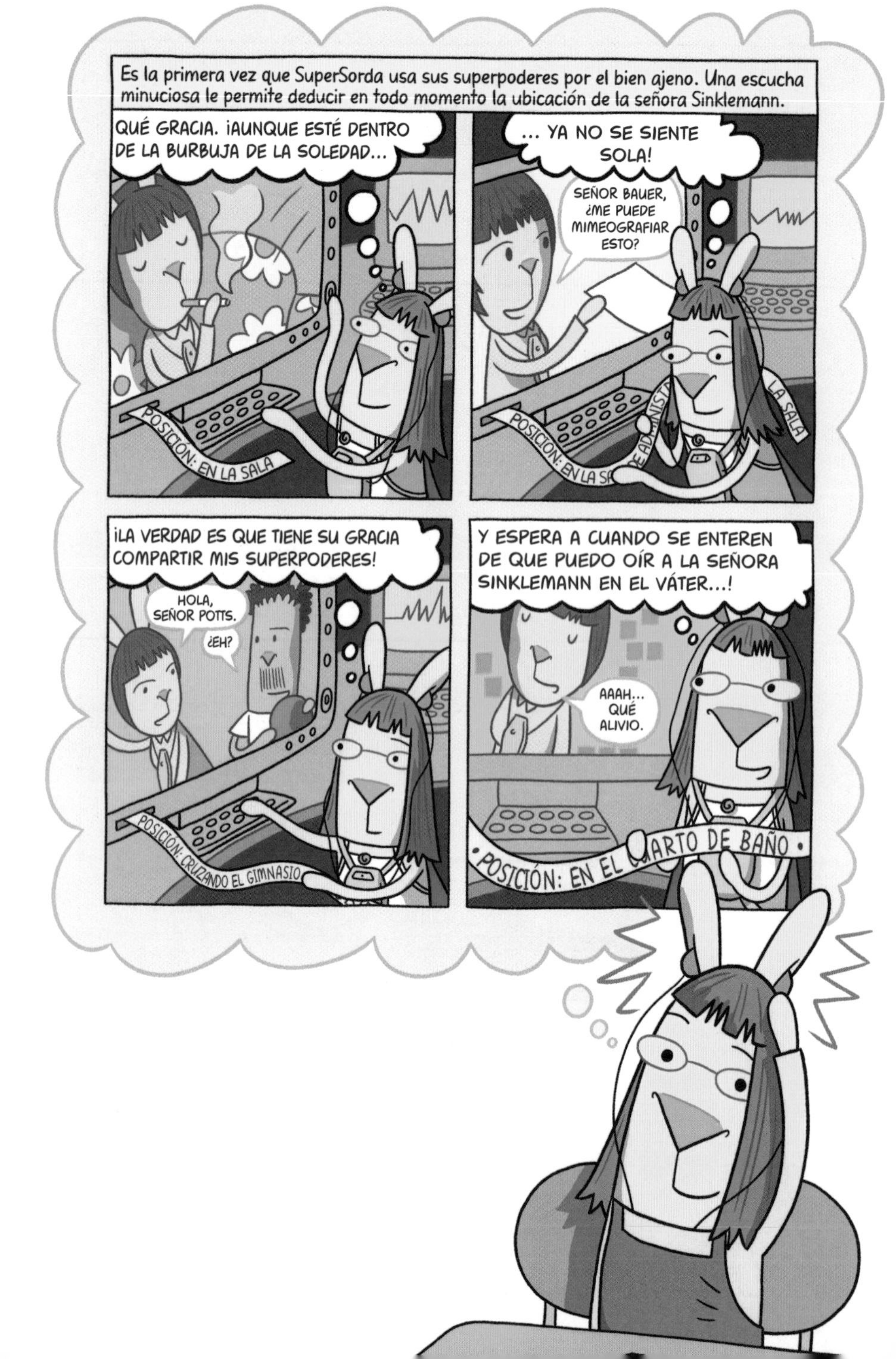
Es la primera vez que SuperSorda usa sus superpoderes por el bien ajeno. Una escucha minuciosa le permite deducir en todo momento la ubicación de la señora Sinklemann.
QUÉ GRACIA. ¡AUNQUE ESTÉ DENTRO DE LA BURBUJA DE LA SOLEDAD...
POSICIÓN: EN LA SALA
... YA NO SE SIENTE SOLA!
SEÑOR BAUER, ¿ME PUEDE MIMEOGRAFIAR ESTO?
LA SALA
¡LA VERDAD ES QUE TIENE SU GRACIA COMPARTIR MIS SUPERPODERES!
HOLA, SEÑOR POTTS.
¿EH?
POSICIÓN: CRUZANDO EL GIMNASIO
Y ESPERA A CUANDO SE ENTEREN DE QUE PUEDO OÍR A LA SEÑORA SINKLEMANN EN EL VÁTER...!
AAAH... QUÉ ALIVIO.
POSICIÓN: EN EL

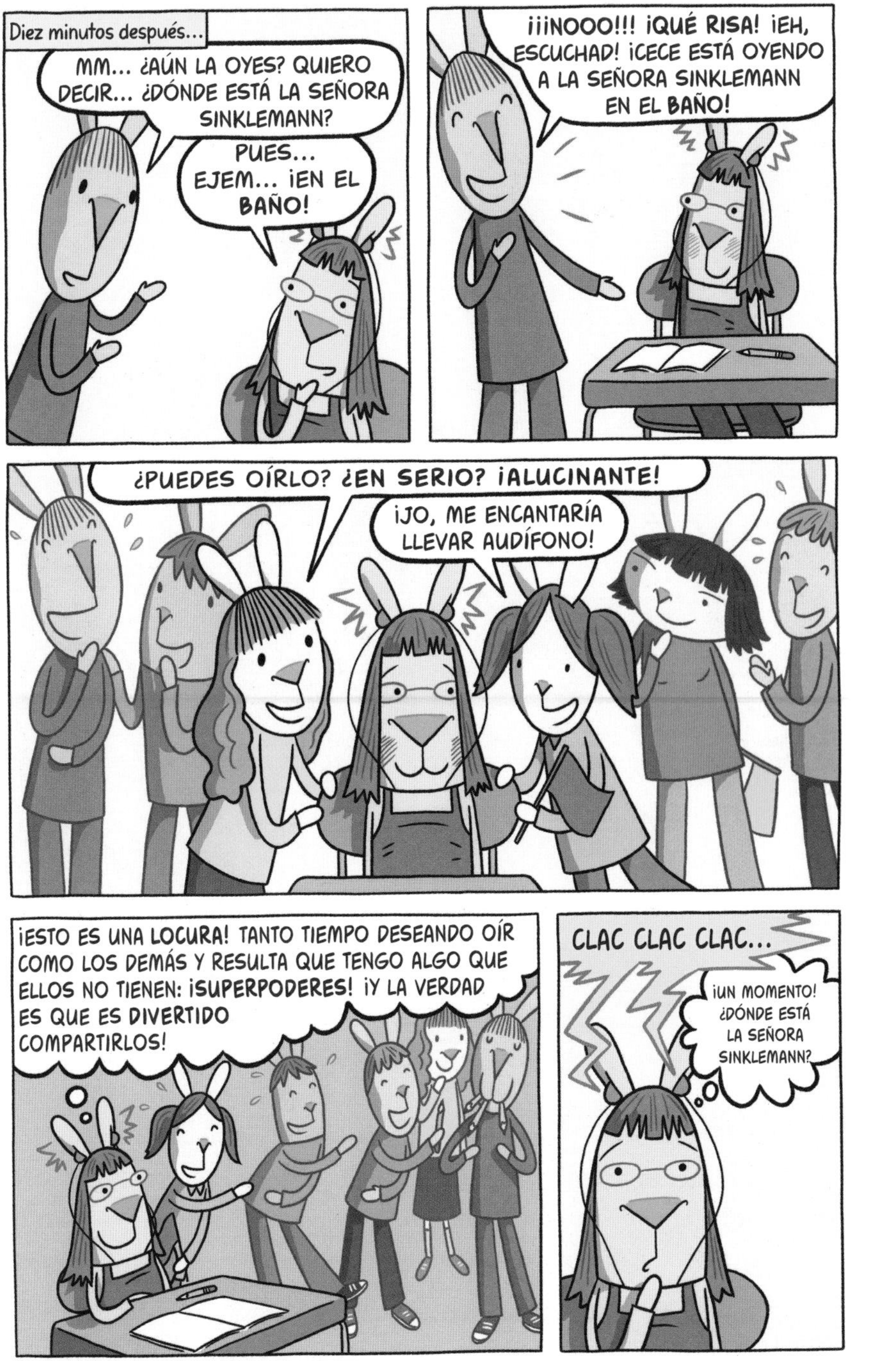

Diez minutos después...
MM... ¿AÚN LA OYES? QUIERO DECIR... ¿DÓNDE ESTÁ LA SEÑORA SINKLEMANN?
PUES... EJEM... ¡EN EL BAÑO!
¡¡¡NOOO!!! ¡QUÉ RISA! ¡EH, ESCUCHAD! ¡CECE ESTÁ OYENDO A LA SEÑORA SINKLEMANN EN EL BAÑO!
¿PUEDES OÍRLO? ¿EN SERIO? ¡ALUCINANTE!
¡JO, ME ENCANTARÍA LLEVAR AUDÍFONO!
¡ESTO ES UNA LOCURA! TANTO TIEMPO DESEANDO OÍR COMO LOS DEMÁS Y RESULTA QUE TENGO ALGO QUE ELLOS NO TIENEN: ¡SUPERPODERES! ¡Y LA VERDAD ES QUE ES DIVERTIDO COMPARTIRLOS!
CLAC CLAC CLAC...
¡UN MOMENTO! ¿DÓNDE ESTÁ LA SEÑORA SINKLEMANN?

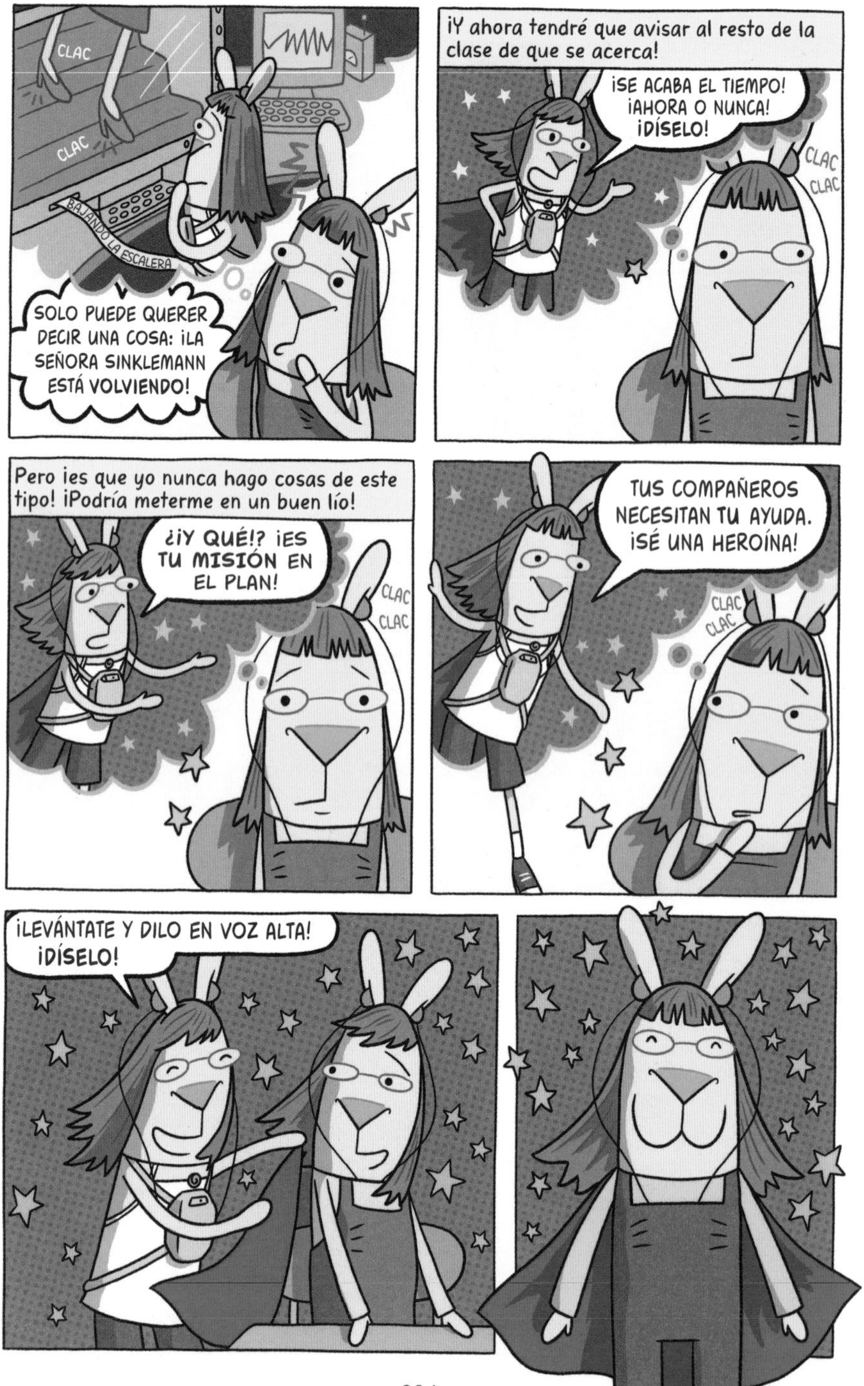
CLAC
CLAC
BAJANDO LA ESCALERA
SOLO PUEDE QUERER DECIR UNA COSA: ¡LA SEÑORA SINKLEMANN ESTÁ VOLVIENDO!
¡Y ahora tendré que avisar al resto de la clase de que se acerca!
¡SE ACABA EL TIEMPO! ¡AHORA O NUNCA! ¡DÍSELO!
CLAC
CLAC
Pero ¡es que yo nunca hago cosas de este tipo! ¡Podría meterme en un buen lío!
¿¡Y QUÉ!? ¡ES TU MISIÓN EN EL PLAN!
CLAC
CLAC
TUS COMPAÑEROS NECESITAN TU AYUDA. ¡SÉ UNA HEROÍNA!
CLAC
CLAC
¡LEVÁNTATE Y DILO EN VOZ ALTA! ¡DÍSELO!

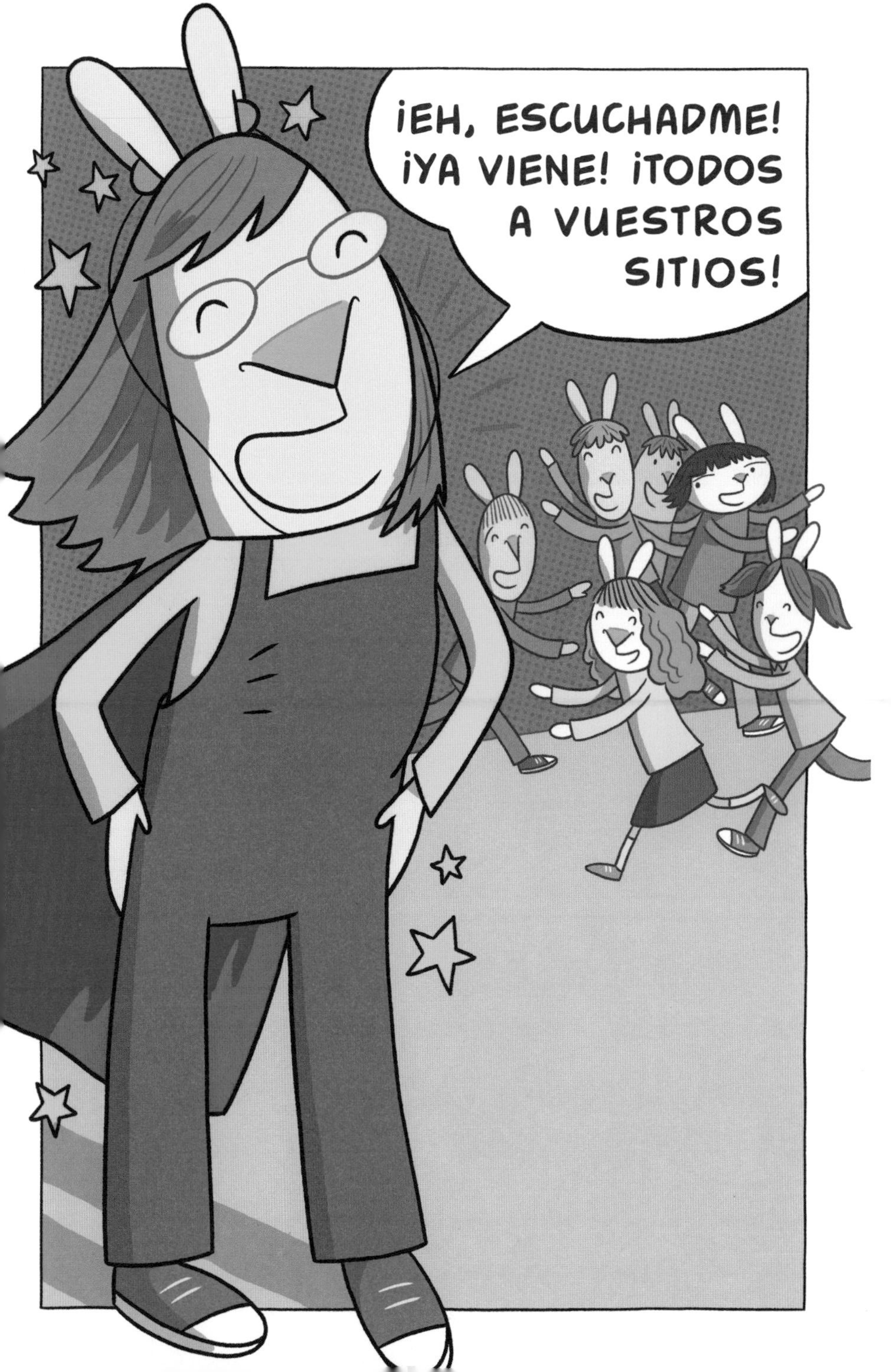
¡EH, ESCUCHADME! ¡YA VIENE! ¡TODOS A VUESTROS SITIOS!

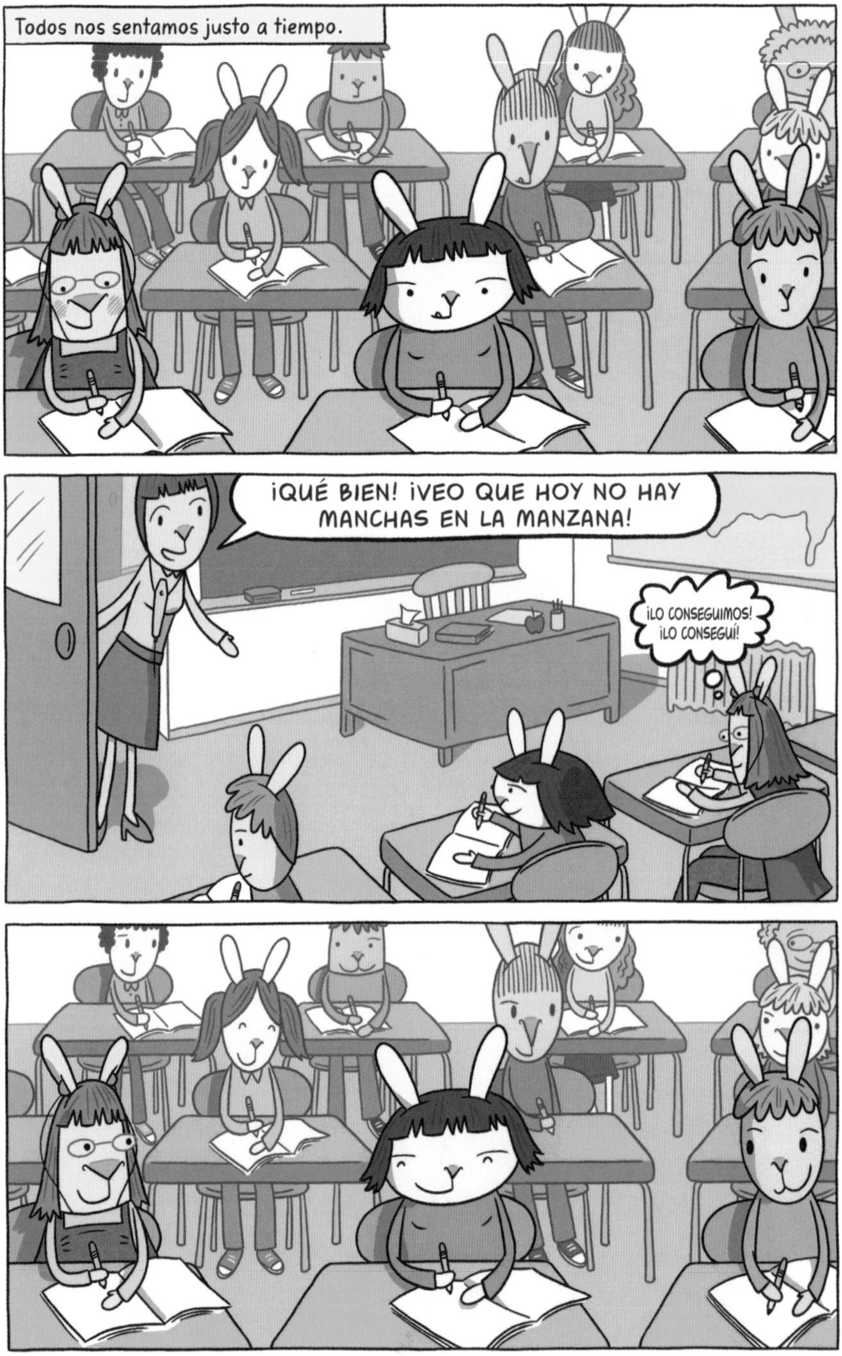

Todos nos sentamos justo a tiempo.
¡QUÉ BIEN! ¡VEO QUE HOY NO HAY MANCHAS EN LA MANZANA!
¡LO CONSEGUIMOS! ¡LO CONSEGUÍ!

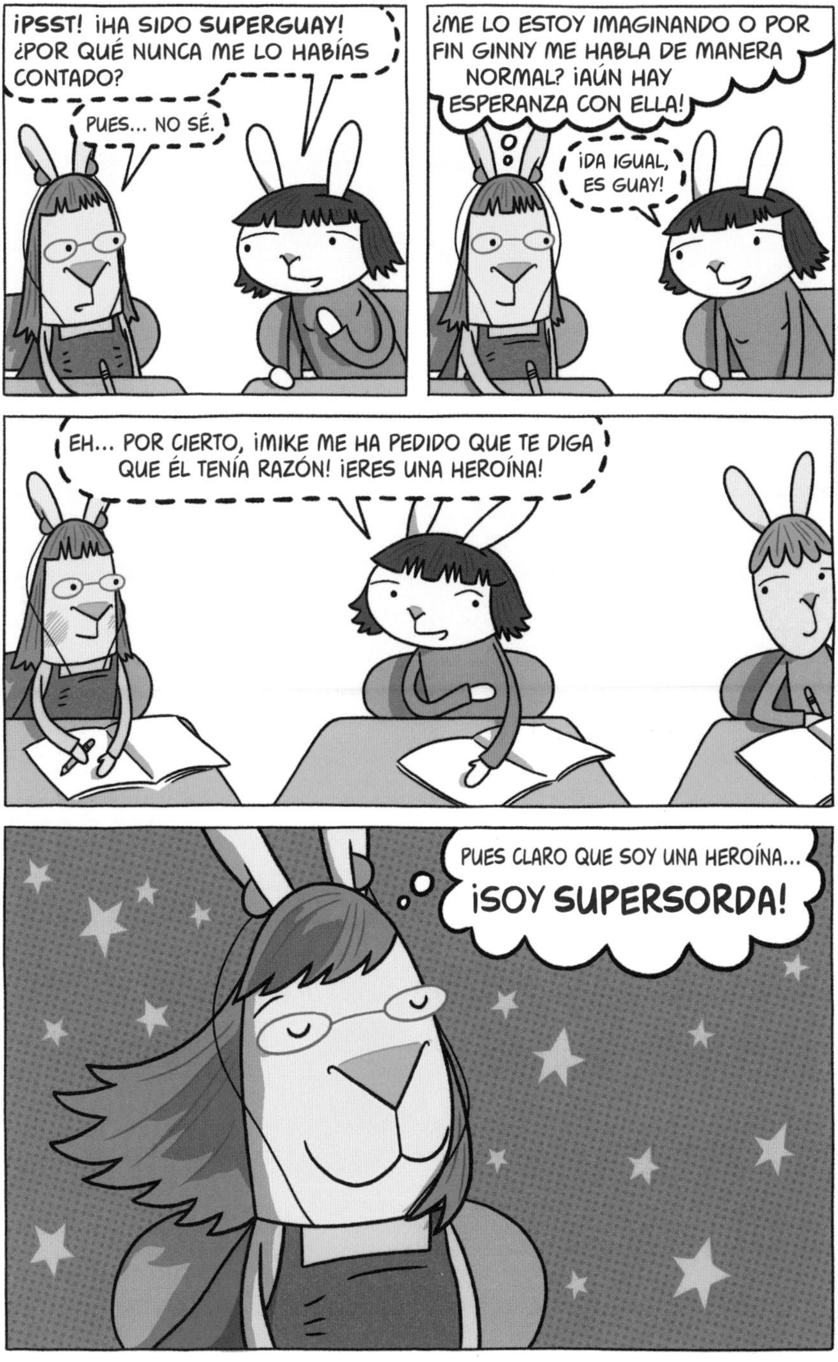
¡PSST! ¡HA SIDO SUPERGUAY! ¿POR QUÉ NUNCA ME LO HABÍAS CONTADO?
PUES... NO SÉ.
¿ME LO ESTOY IMAGINANDO O POR FIN GINNY ME HABLA DE MANERA NORMAL? ¡AÚN HAY ESPERANZA CON ELLA!
¡DA IGUAL, ES GUAY!
EH... POR CIERTO, ¡MIKE ME HA PEDIDO QUE TE DIGA QUE ÉL TENÍA RAZÓN! ¡ERES UNA HEROÍNA!
PUES CLARO QUE SOY UNA HEROÍNA...
¡SOY SUPERSORDA!

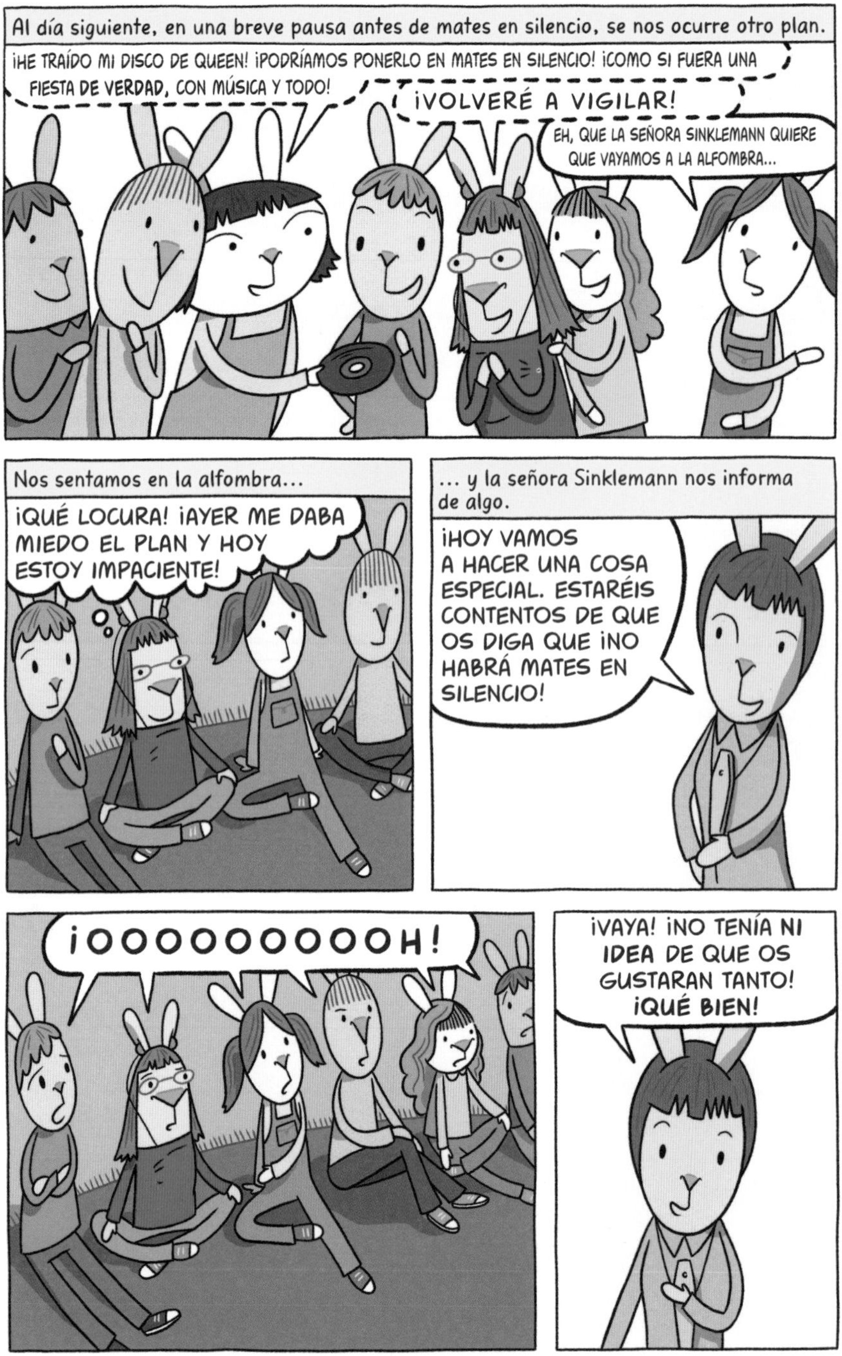
Al día siguiente, en una breve pausa antes de mates en silencio, se nos ocurre otro plan.
¡HE TRAÍDO MI DISCO DE QUEEN! ¡PODRÍAMOS PONERLO EN MATES EN SILENCIO! ¡COMO SI FUERA UNA FIESTA DE VERDAD, CON MÚSICA Y TODO!
¡VOLVERÉ A VIGILAR!
EH, QUE LA SEÑORA SINKLEMANN QUIERE QUE VAYAMOS A LA ALFOMBRA...
Nos sentamos en la alfombra...
¡QUÉ LOCURA! ¡AYER ME DABA MIEDO EL PLAN Y HOY ESTOY IMPACIENTE!
... y la señora Sinklemann nos informa de algo.
¡HOY VAMOS A HACER UNA COSA ESPECIAL. ESTARÉIS CONTENTOS DE QUE OS DIGA QUE ¡NO HABRÁ MATES EN SILENCIO!
¡OOOOOOOOOOH!
¡VAYA! ¡NO TENÍA NI IDEA DE QUE OS GUSTARAN TANTO! ¡QUÉ BIEN!

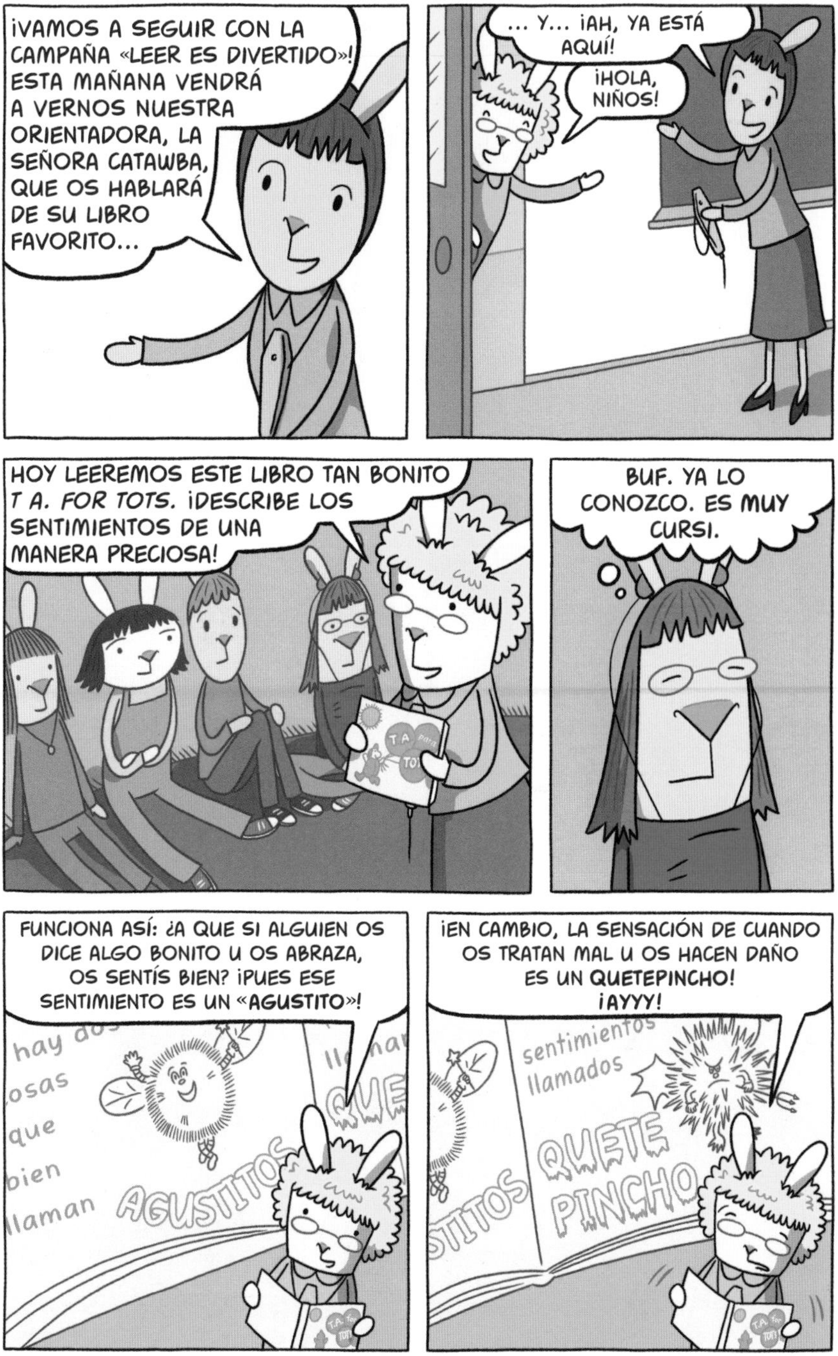
¡VAMOS A SEGUIR CON LA CAMPAÑA «LEER ES DIVERTIDO»! ESTA MAÑANA VENDRÁ A VERNOS NUESTRA ORIENTADORA, LA SEÑORA CATAWBA, QUE OS HABLARÁ DE SU LIBRO FAVORITO...
... Y... ¡AH, YA ESTÁ AQUÍ!
¡HOLA, NIÑOS!
HOY LEEREMOS ESTE LIBRO TAN BONITO *T A. FOR TOTS*. ¡DESCRIBE LOS SENTIMIENTOS DE UNA MANERA PRECIOSA!
T.A. para TOTS
BUF. YA LO CONOZCO. ES MUY CURSI.
FUNCIONA ASÍ: ¿A QUE SI ALGUIEN OS DICE ALGO BONITO U OS ABRAZA, OS SENTÍS BIEN? ¡PUES ESE SENTIMIENTO ES UN «AGUSTITO»!
hay dos
cosas
que
bien
llaman
AGUSTITOS
QUE
¡EN CAMBIO, LA SENSACIÓN DE CUANDO OS TRATAN MAL U OS HACEN DAÑO ES UN QUETEPINCHO! ¡AYYY!
sentimientos
llamados
QUETE PINCHO
STITOS

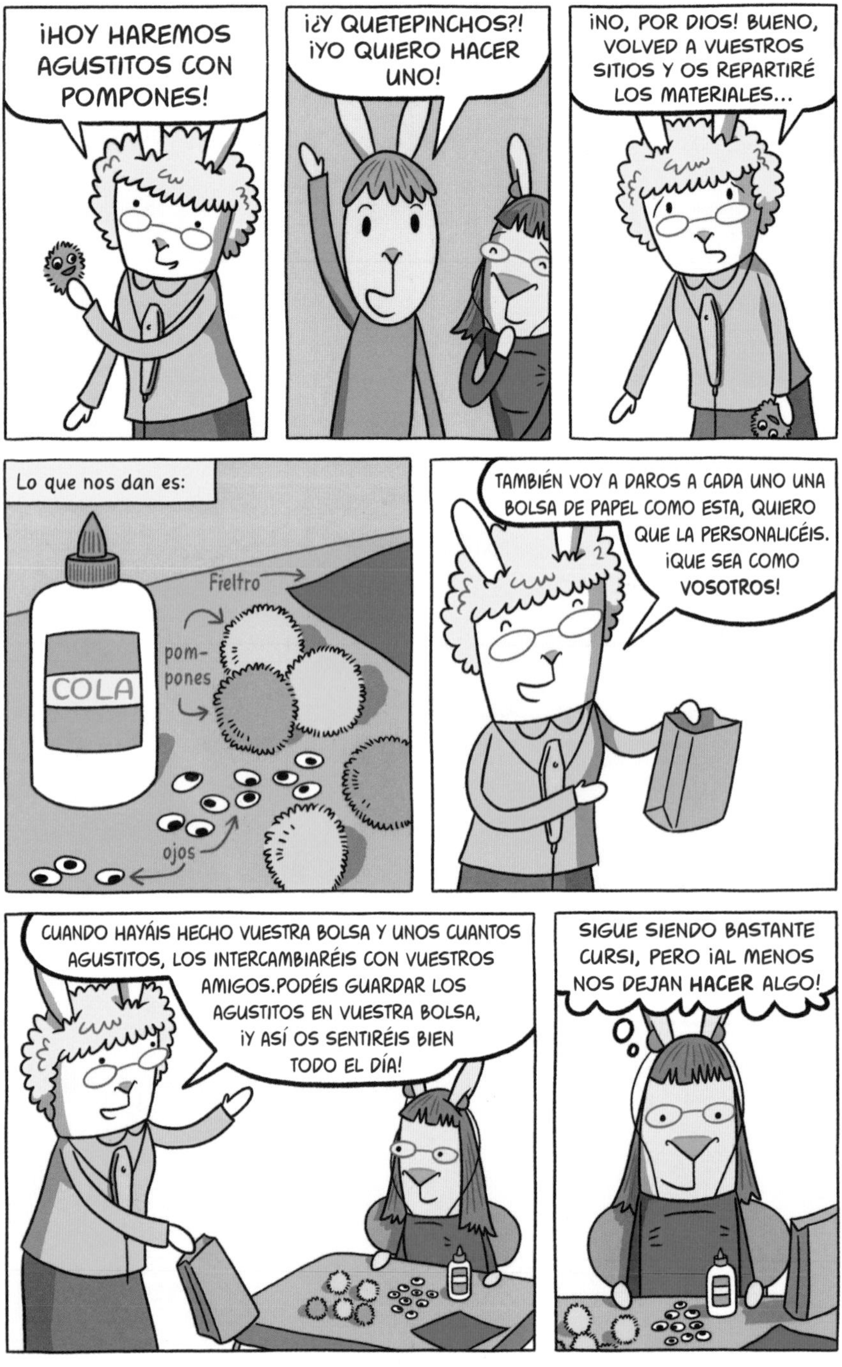
¡HOY HAREMOS AGUSTITOS CON POMPONES!
¡¿Y QUETEPINCHOS?! ¡YO QUIERO HACER UNO!
¡NO, POR DIOS! BUENO, VOLVED A VUESTROS SITIOS Y OS REPARTIRÉ LOS MATERIALES...
Lo que nos dan es:
Fieltro
pom-pones
COLA
ojos
TAMBIÉN VOY A DAROS A CADA UNO UNA BOLSA DE PAPEL COMO ESTA, QUIERO QUE LA PERSONALICÉIS. ¡QUE SEA COMO **VOSOTROS**!
CUANDO HAYÁIS HECHO VUESTRA BOLSA Y UNOS CUANTOS AGUSTITOS, LOS INTERCAMBIARÉIS CON VUESTROS AMIGOS.PODÉIS GUARDAR LOS AGUSTITOS EN VUESTRA BOLSA, ¡Y ASÍ OS SENTIRÉIS BIEN TODO EL DÍA!
SIGUE SIENDO BASTANTE CURSI, PERO ¡AL MENOS NOS DEJAN **HACER** ALGO!

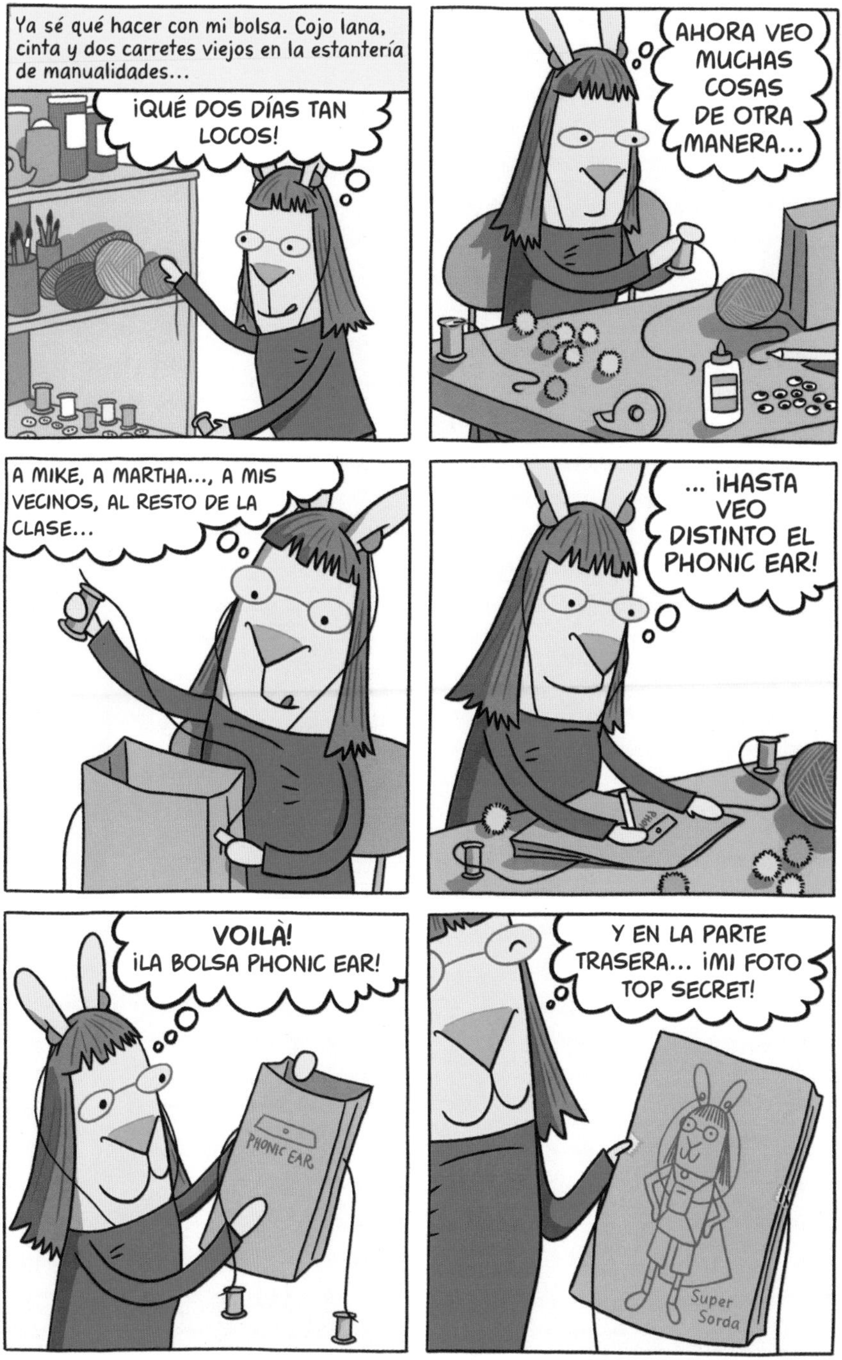
Ya sé qué hacer con mi bolsa. Cojo lana, cinta y dos carretes viejos en la estantería de manualidades...
¡QUÉ DOS DÍAS TAN LOCOS!
AHORA VEO MUCHAS COSAS DE OTRA MANERA...
A MIKE, A MARTHA..., A MIS VECINOS, AL RESTO DE LA CLASE...
... ¡HASTA VEO DISTINTO EL PHONIC EAR!
VOILÀ! ¡LA BOLSA PHONIC EAR!
PHONIC EAR
Y EN LA PARTE TRASERA... ¡MI FOTO TOP SECRET!
Super Sorda

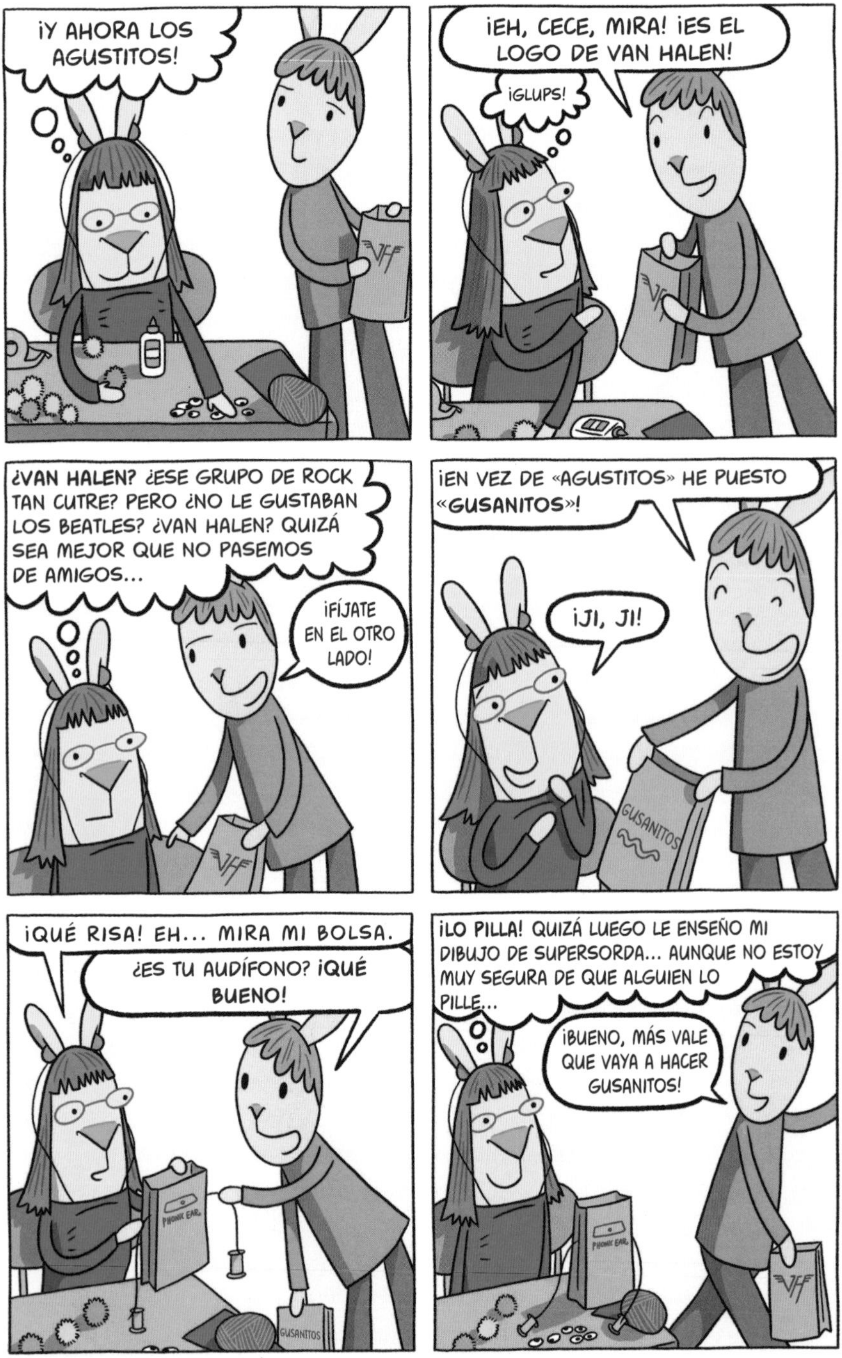
¡Y AHORA LOS AGUSTITOS!
¡EH, CECE, MIRA! ¡ES EL LOGO DE VAN HALEN!
¡GLUPS!
¿VAN HALEN? ¿ESE GRUPO DE ROCK TAN CUTRE? PERO ¿NO LE GUSTABAN LOS BEATLES? ¿VAN HALEN? QUIZÁ SEA MEJOR QUE NO PASEMOS DE AMIGOS...
¡FÍJATE EN EL OTRO LADO!
¡EN VEZ DE «AGUSTITOS» HE PUESTO «GUSANITOS»!
¡JI, JI!
GUSANITOS
¡QUÉ RISA! EH... MIRA MI BOLSA.
¿ES TU AUDÍFONO? ¡QUÉ BUENO!
PHONIC EAR
GUSANITOS
¡LO PILLA! QUIZÁ LUEGO LE ENSEÑO MI DIBUJO DE SUPERSORDA... AUNQUE NO ESTOY MUY SEGURA DE QUE ALGUIEN LO PILLE...
¡BUENO, MÁS VALE QUE VAYA A HACER GUSANITOS!
PHONIC EAR

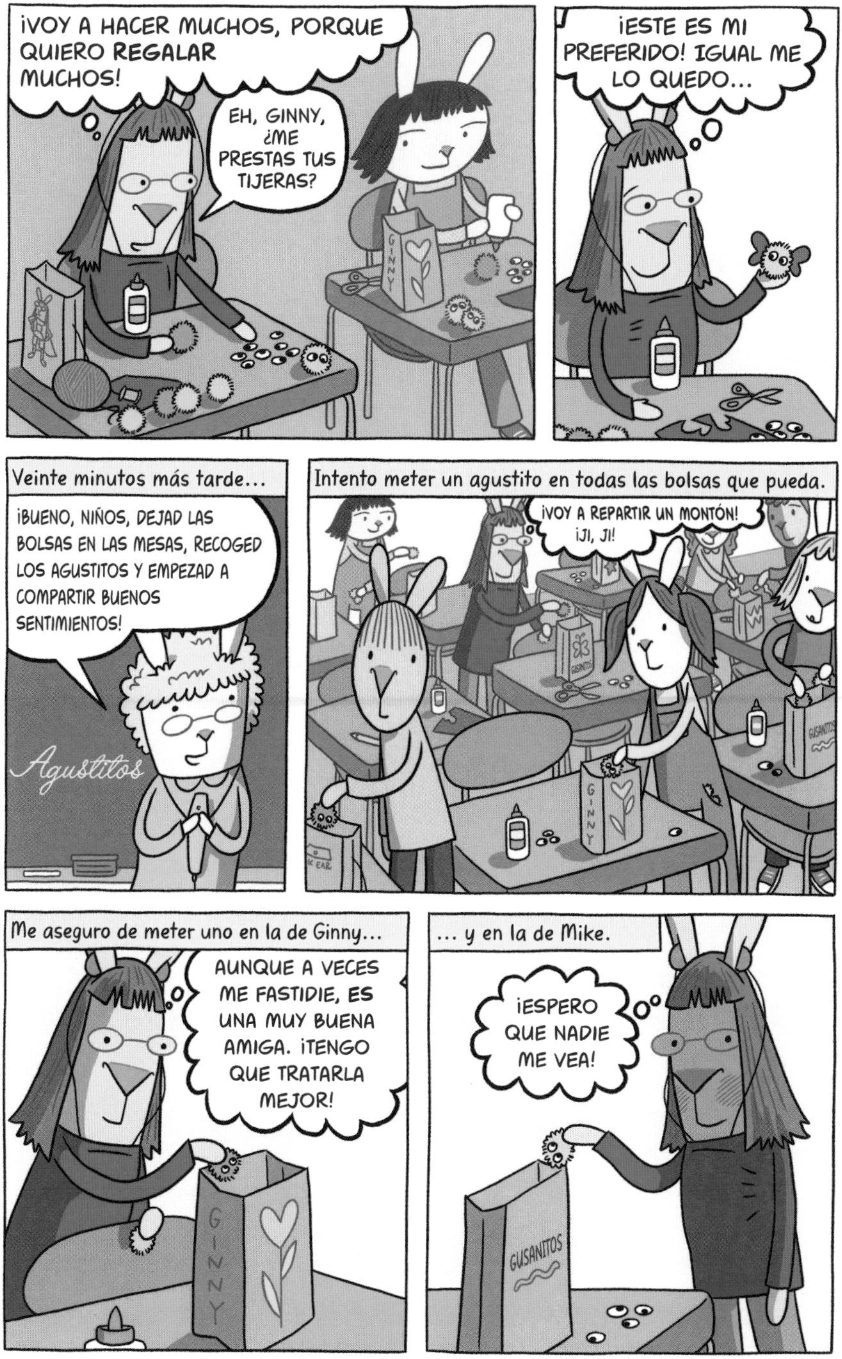
¡VOY A HACER MUCHOS, PORQUE QUIERO REGALAR MUCHOS!
EH, GINNY, ¿ME PRESTAS TUS TIJERAS?
GINNY
¡ESTE ES MI PREFERIDO! IGUAL ME LO QUEDO...
Veinte minutos más tarde...
¡BUENO, NIÑOS, DEJAD LAS BOLSAS EN LAS MESAS, RECOGED LOS AGUSTITOS Y EMPEZAD A COMPARTIR BUENOS SENTIMIENTOS!
Agustitos
Intento meter un agustito en todas las bolsas que pueda.
¡VOY A REPARTIR UN MONTÓN! ¡JI, JI!
GUSANITOS
GINNY
GUSANITOS
Me aseguro de meter uno en la de Ginny...
AUNQUE A VECES ME FASTIDIE, ES UNA MUY BUENA AMIGA. ¡TENGO QUE TRATARLA MEJOR!
GINNY
... y en la de Mike.
¡ESPERO QUE NADIE ME VEA!
GUSANITOS

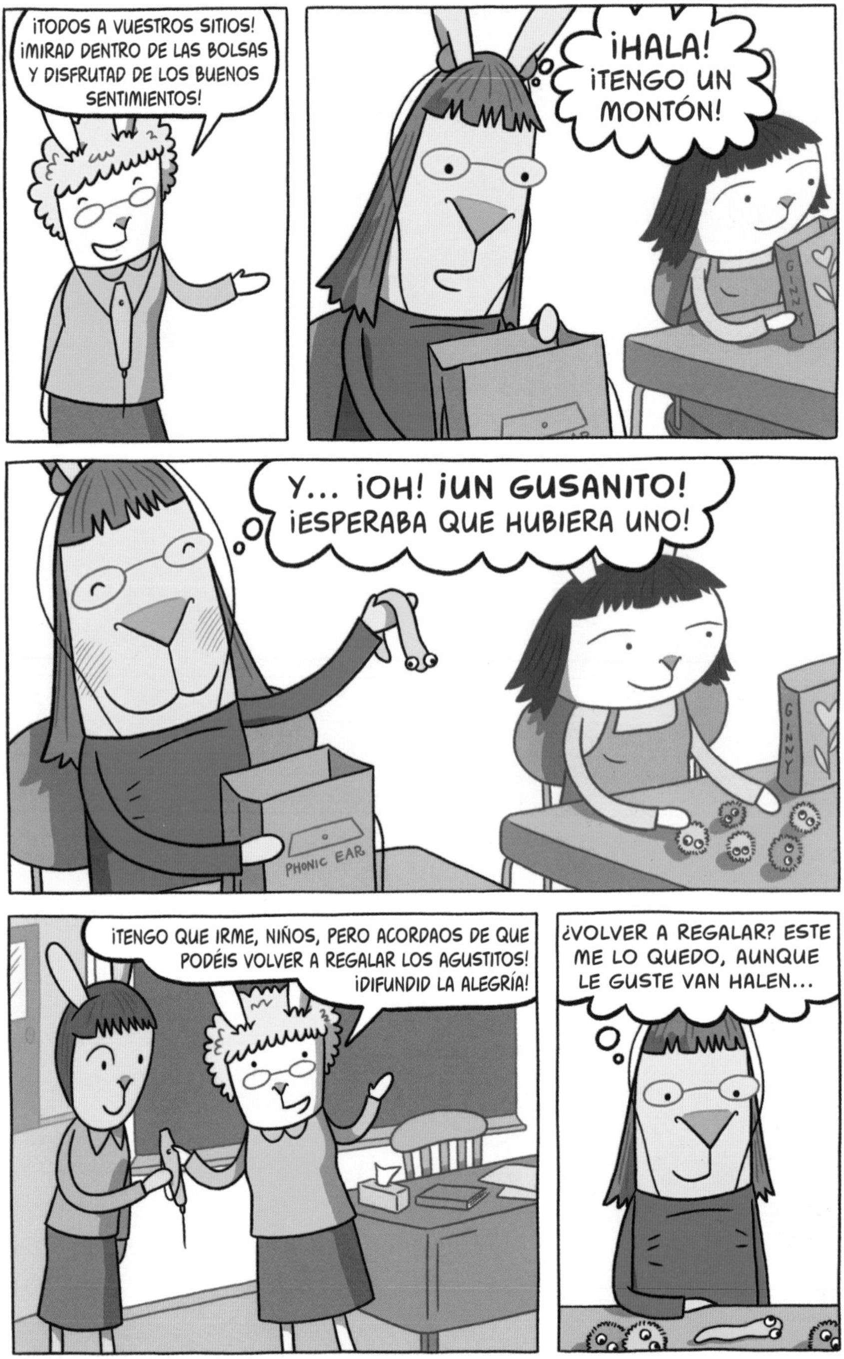
¡TODOS A VUESTROS SITIOS! ¡MIRAD DENTRO DE LAS BOLSAS Y DISFRUTAD DE LOS BUENOS SENTIMIENTOS!
¡HALA! ¡TENGO UN MONTÓN!
GINNY
Y... ¡OH! ¡UN GUSANITO! ¡ESPERABA QUE HUBIERA UNO!
GINNY
PHONIC EAR
¡TENGO QUE IRME, NIÑOS, PERO ACORDAOS DE QUE PODÉIS VOLVER A REGALAR LOS AGUSTITOS! ¡DIFUNDID LA ALEGRÍA!
¿VOLVER A REGALAR? ESTE ME LO QUEDO, AUNQUE LE GUSTE VAN HALEN...

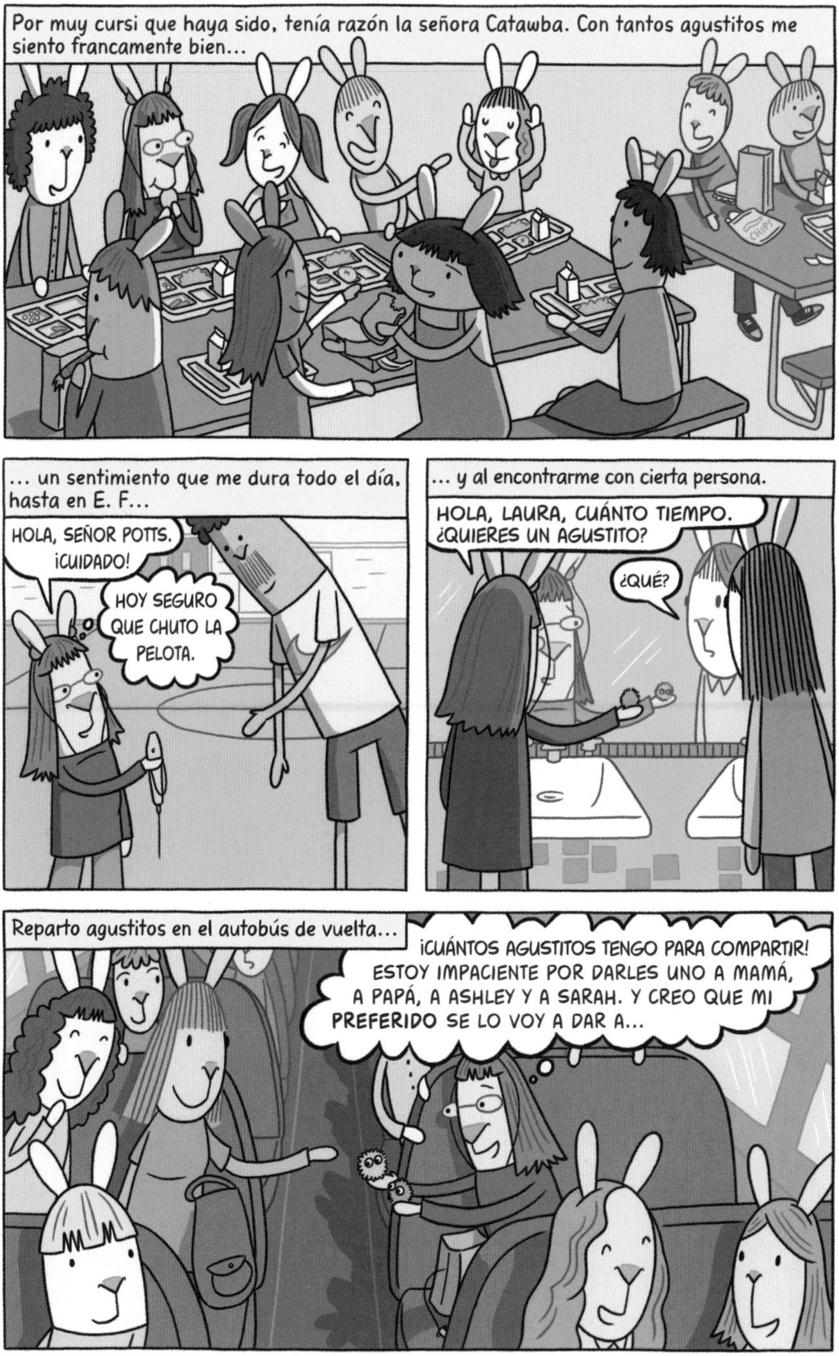
Por muy cursi que haya sido, tenía razón la señora Catawba. Con tantos agustitos me siento francamente bien...
CHIPS
... un sentimiento que me dura todo el día, hasta en E. F...
HOLA, SEÑOR POTTS. ¡CUIDADO!
HOY SEGURO QUE CHUTO LA PELOTA.
... y al encontrarme con cierta persona.
HOLA, LAURA, CUÁNTO TIEMPO. ¿QUIERES UN AGUSTITO?
¿QUÉ?
Reparto agustitos en el autobús de vuelta...
¡CUÁNTOS AGUSTITOS TENGO PARA COMPARTIR! ESTOY IMPACIENTE POR DARLES UNO A MAMÁ, A PAPÁ, A ASHLEY Y A SARAH. Y CREO QUE MI PREFERIDO SE LO VOY A DAR A...

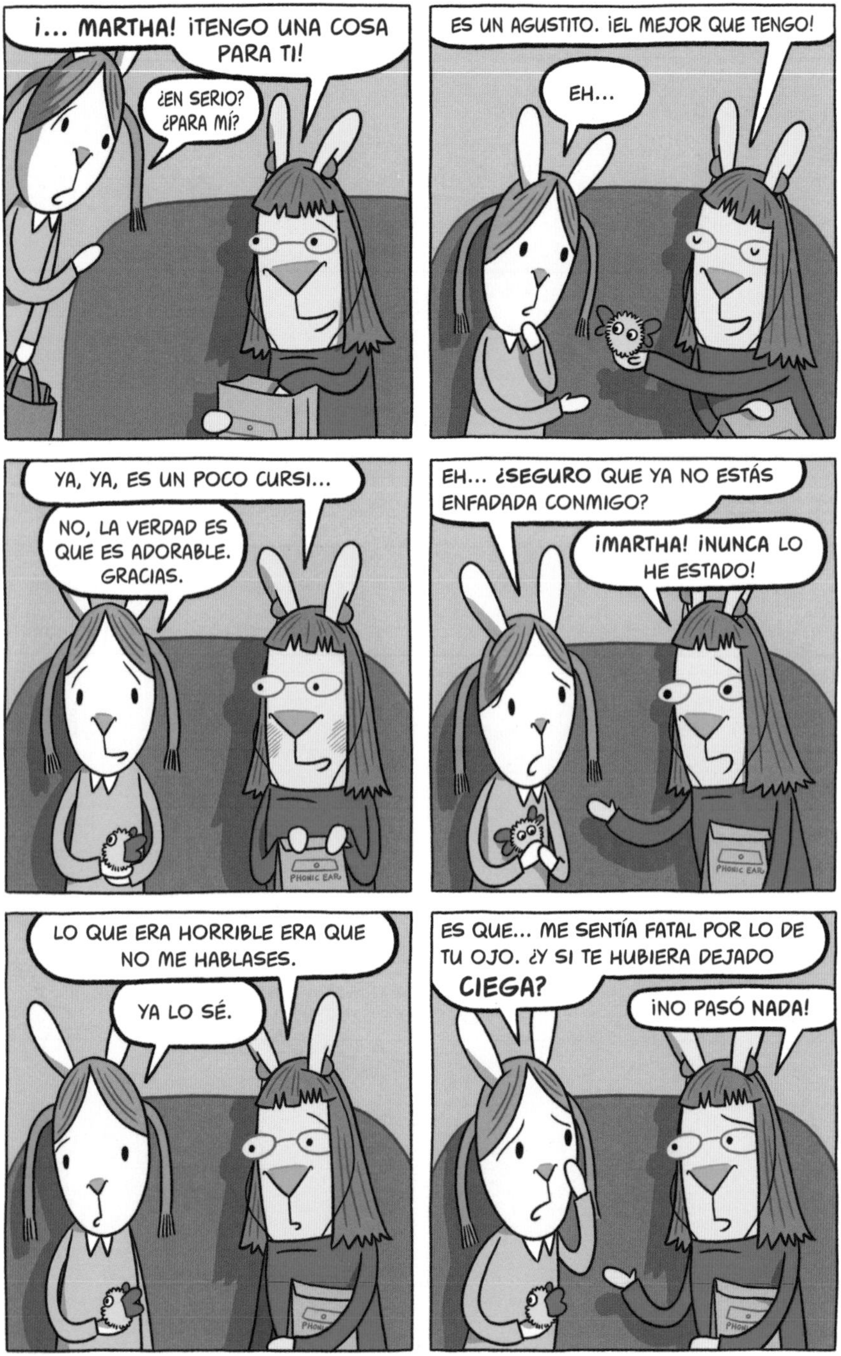
¡... MARTHA! ¡TENGO UNA COSA PARA TI!
¿EN SERIO? ¿PARA MÍ?
ES UN AGUSTITO. ¡EL MEJOR QUE TENGO!
EH...
YA, YA, ES UN POCO CURSI...
NO, LA VERDAD ES QUE ES ADORABLE. GRACIAS.
PHONIC EAR
EH... ¿SEGURO QUE YA NO ESTÁS ENFADADA CONMIGO?
¡MARTHA! ¡NUNCA LO HE ESTADO!
PHONIC EAR
LO QUE ERA HORRIBLE ERA QUE NO ME HABLASES.
YA LO SÉ.
ES QUE... ME SENTÍA FATAL POR LO DE TU OJO. ¿Y SI TE HUBIERA DEJADO CIEGA?
¡NO PASÓ NADA!

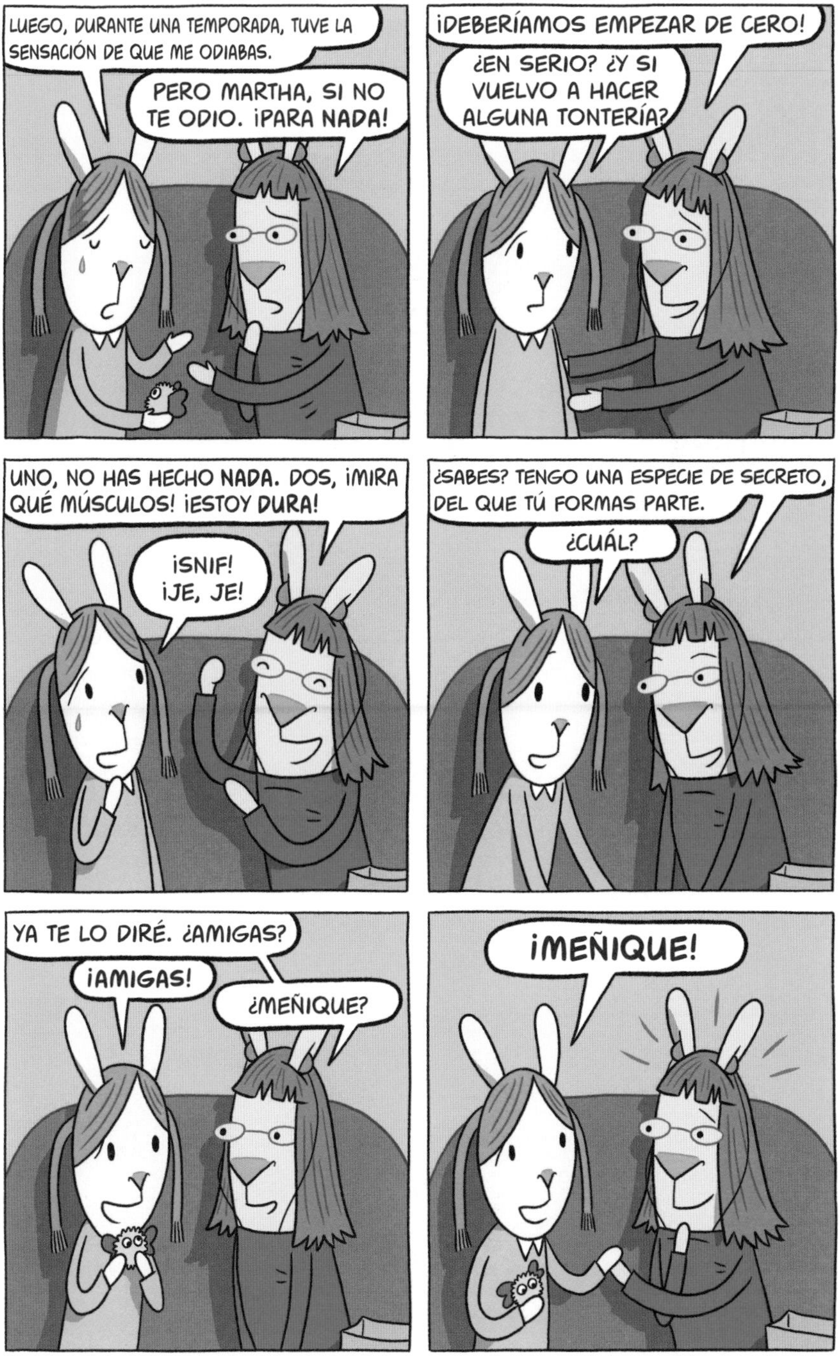
LUEGO, DURANTE UNA TEMPORADA, TUVE LA SENSACIÓN DE QUE ME ODIABAS.
PERO MARTHA, SI NO TE ODIO. ¡PARA NADA!
¡DEBERÍAMOS EMPEZAR DE CERO!
¿EN SERIO? ¿Y SI VUELVO A HACER ALGUNA TONTERÍA?
UNO, NO HAS HECHO NADA. DOS, ¡MIRA QUÉ MÚSCULOS! ¡ESTOY DURA!
¡SNIF! ¡JE, JE!
¿SABES? TENGO UNA ESPECIE DE SECRETO, DEL QUE TÚ FORMAS PARTE.
¿CUÁL?
YA TE LO DIRÉ. ¿AMIGAS?
¡AMIGAS!
¿MEÑIQUE?
¡MEÑIQUE!

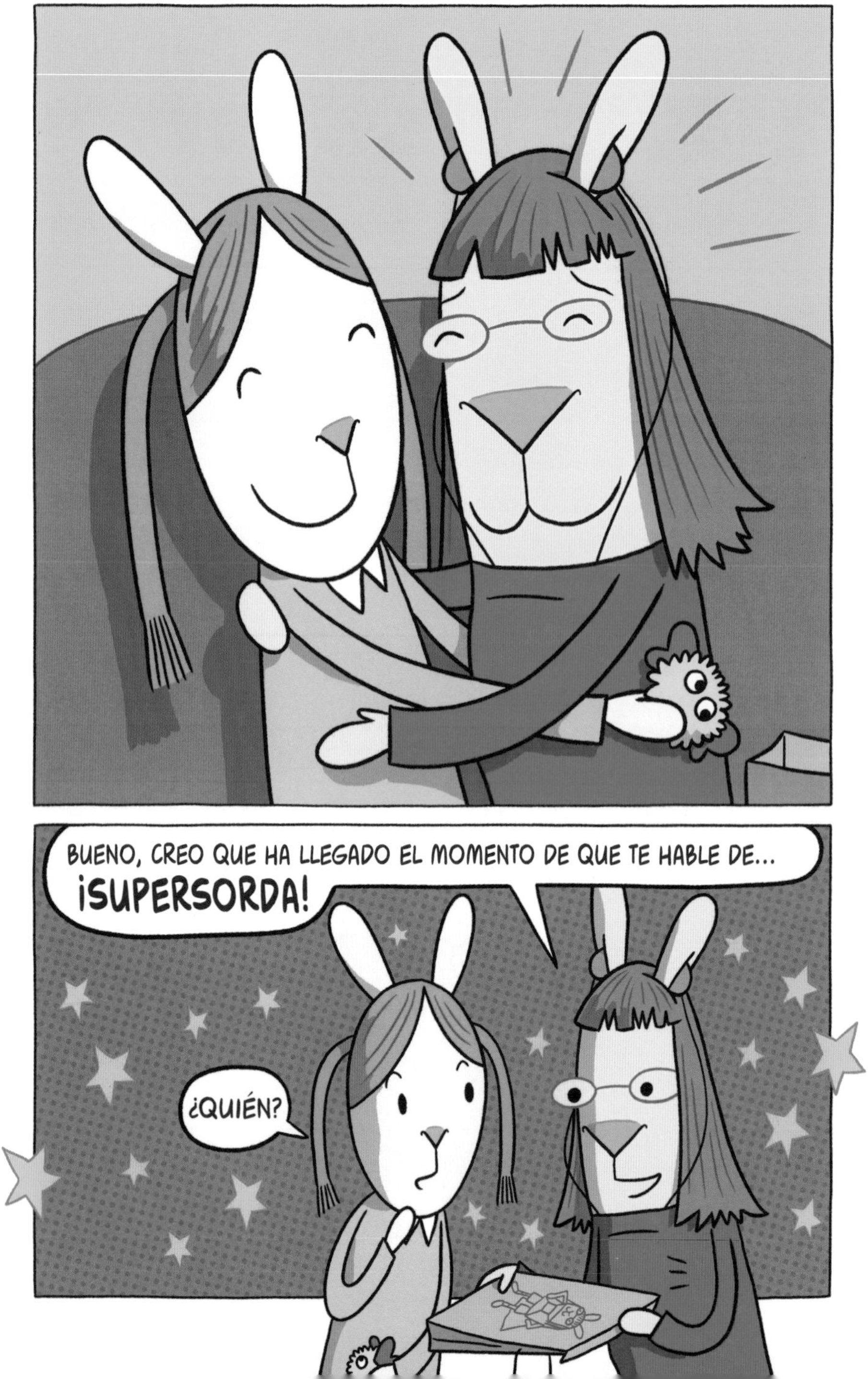
BUENO, CREO QUE HA LLEGADO EL MOMENTO DE QUE TE HABLE DE... ¡SUPERSORDA!
¿QUIÉN?

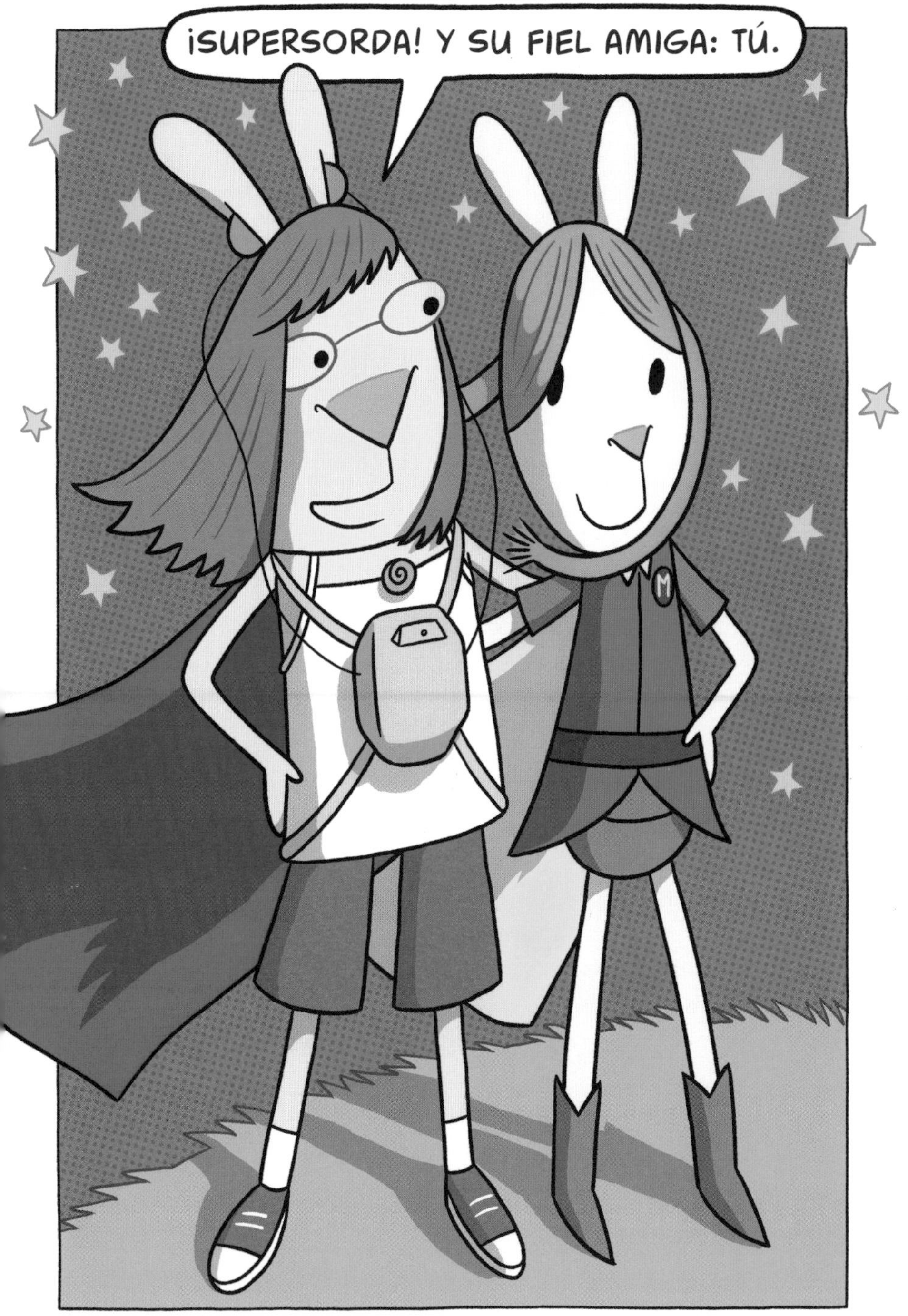
¡SUPERSORDA! Y SU FIEL AMIGA: TÚ.

La gente se puede quedar sorda de muchas maneras. Hay quien nace sordo de padres sordos o de padres que oyen. Hay quien pierde el oído de golpe por exposición a un ruido muy fuerte. También hay quien pierde el oído de manera gradual por exposición muy prolongada a una gran cantidad de ruido. Y hay quien sufre alguna enfermedad entre cuyas secuelas está la de perder el oído.

Cada persona sorda tiene una cantidad diferente de sordera; es decir, lo que oye sin la ayuda de un audífono o de un implante coclear. Se puede tener una sordera leve, moderada, grave o profunda.

Pero hay algo más importante que las circunstancias de la pérdida de oído, o su extensión: cómo decide reaccionar la persona. Por decirlo de otro modo, hay muchas maneras de ser sordo. Y ninguna es buena o mala.

Algunas personas sordas forman parte de lo que se conoce como «comunidad sorda», también llamada «cultura sorda». Los miembros de esta comunidad ven su sordera como una diferencia, pero en el buen sentido, no en el de una minusvalía. La sordera no es una dolencia que haya que curar. En la comunidad sorda se usan —o no— audífonos e implantes cocleares para amplificar los sonidos y el habla. La manera favorita de comunicarse de sus miembros es la lengua de signos. Algunos deciden hablar oralmente; otros no quieren (o no pueden).

En cambio, hay personas sordas que sí quieren «curar» su pérdida de audición. Amplifican las capacidades auditivas que les quedan con audífonos o implantes cocleares. Algunos hablan y leen los labios y complementan el habla con la lengua de signos, pero no siempre. A veces piensan en su sordera como en una diferencia, y es posible que también la vean como una minusvalía, secretamente o de manera abierta.

Estoy segura de que hay muchas personas sordas que no se reconocerían para nada en las anteriores descripciones. En lo único en que soy experta es en mi propia sordera.

Personalmente, mi sordera es entre «grave» y «profunda», a consecuencia de una breve enfermedad que sufrí a los cuatro años. La cultura sorda me fascina, pero de momento no he tratado de implicarme en ella de manera directa. Como antes de la enfermedad oía y hablaba, mis padres pudieron tomar decisiones que, en líneas generales, me mantuvieron dentro del mundo de los oyentes. Sus decisiones, y las que tomé yo más tarde, me han ayudado a sentirme muy cómoda dentro de ese mundo, pero no siempre fue así.

SuperSorda se basa en mi infancia (y en el apodo secreto que me puse en esa época). No se trata en absoluto de una representación de lo que puedan experimentar todas las personas sordas. Por otra parte, es importante señalar que al escribir y dibujar el libro me interesó más plasmar mis sentimientos concretos de niña con problemas de audición que ser del todo fidedigna en los detalles. Algunos de los personajes del libro son exactamente tal y como los recuerdo. Otros tienen cosas de varias personas. Algunos de los hechos aparecen en el orden correcto. Otros se han mezclado un poco. Algunas de las conversaciones son reales; otras, en cambio... pues no. Ahora bien, las sensaciones que sentía de niña son todas ciertas. Fui una niña sorda rodeada de niños que oían. Me sentía diferente y no lo veía como nada bueno. Creía, tanto en secreto como abiertamente, que mi sordera, al hacerme tan distinta, era una minusvalía. Y me daba vergüenza.

Al hacerme mayor descubrí algunas cosas positivas sobre la sordera y sobre mí misma. Ya no me da vergüenza ser sorda ni me veo como una persona con una minusvalía. Hasta ha acabado gustándome la lengua de signos. Para la niña que fui, ser sorda era una característica definitoria que intenté esconder. Ahora define una pequeña parte de mi persona y no intento esconderla, o no del todo. Hoy en día veo mi sordera más bien como una molestia esporádica y, por extraño que parezca, como un regalo: puedo apagar el ruido del mundo siempre que quiera y refugiarme en la paz del silencio. ¿Y ser diferente? Pues fue lo mejor de todo. Me di cuenta de que con un poco de creatividad y mucha dedicación es posible hacer de cualquier diferencia algo asombroso. Nuestras diferencias son nuestros superpoderes.

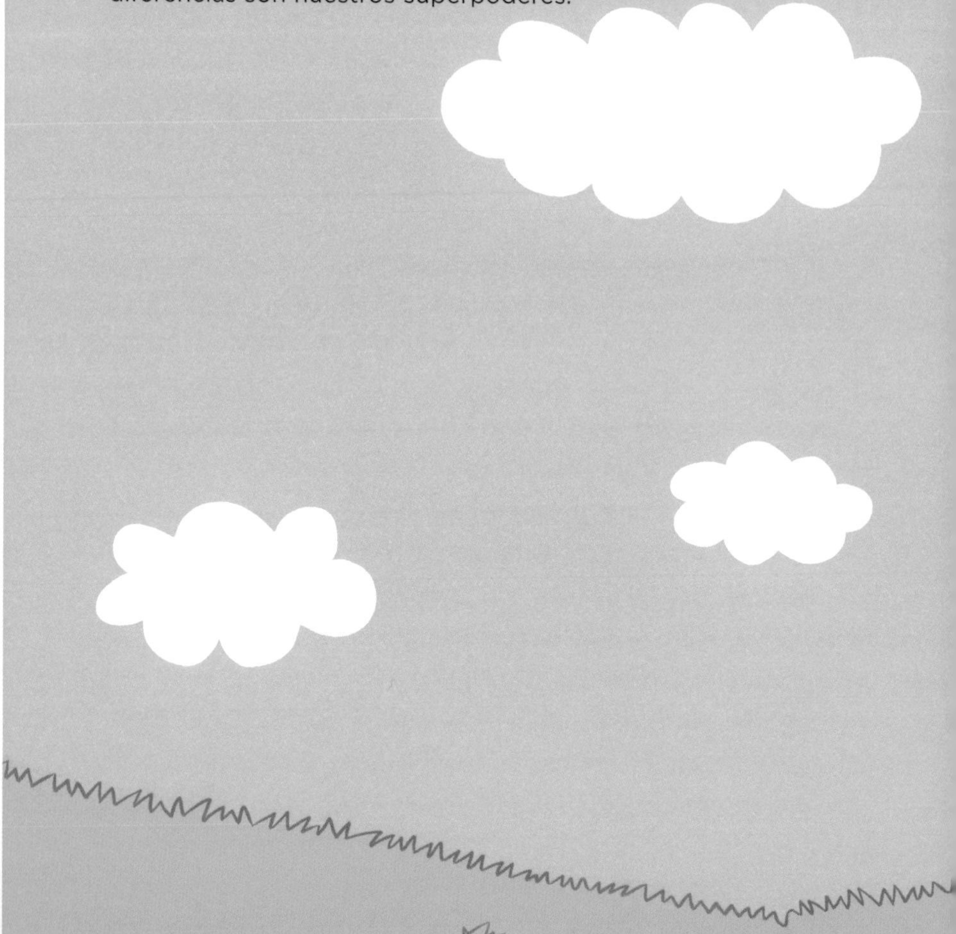

Agradecimientos

Ojalá hubiera bastante sitio en estas páginas para dar las gracias a todos los amigos, parientes y personas que en algún momento han sido buenos conmigo. Si eres uno de ellos, date por agradecido. ¡De todo corazón!

En la creación y promoción de este libro me han ayudado muchas personas:

Susan Van Metre tuvo fe en *SuperSorda* cuando solo era un esquema escrito a máquina en dos hojas de papel. Ha acompañado al libro en todas sus etapas, y de paso se ha convertido en una fiel amiga.

Mi compañero de universidad David Lasky ha dado vida al libro con su habilidad para las tintas y su dominio del sombreado. En los últimos capítulos le ha echado una mano su amigo Frank M. Young.

Chad W. Beckerman y Katie Fitch han usado sus considerables superpoderes para hacer un libro tan bonito. El diseño de cubierta, que es precioso, se le ocurrió a Caitlin Keegan. El interior, en las fases iniciales, lo supervisó Sara Corbett, una de las primeras fans del libro.

Jen Graham lo ha leído y releído muchas veces para que el texto estuviera en su punto.

Sheila Keenan y Charlie Kochman me han hecho partícipe de sus conocimientos sobre el cómic.

Laura Mihalick y Jason Wells han hecho correr la voz sobre *SuperSorda*.

Caryn Wiseman ha hecho muchas cosas entre bambalinas, siempre con energía positiva y una sonrisa.

Mi nuevo amigo T. W. leyó el epílogo y me dio consejos para mejorarlo.

Emily Hemphill posó pacientemente para hacer las fotos de referencia, con el Phonic Ear y mis viejos pantalones de peto.

Mis superamigas Madelyn Rosenberg y Mary Crockett Hill me han dado ánimos, han sido mis relaciones públicas y me han regalado un montón de risas extras.

Dentro del mundo editorial, los increíbles Raina Telgemeier, Tony DiTerlizzi, R.J. Palacio, Laura Given y Travis Jonker leyeron *SuperSorda* desde el primer borrador y hablaron bien de él, lo que me supuso un gran alivio.

El libro se ha inspirado en muchas personas:

Martha Chadwick, que sigue siendo una fiel amiga y un alma gemela.

Mike Miller, que fue así de amable conmigo, en efecto.

Emma Knight, mi amiga más antigua.

Varios niños del barrio, que al leer el libro quizá se reconozcan en algunos detalles. También es posible que consideren que mis recuerdos infantiles les hacen muy poca justicia. He cambiado sus nombres adrede, porque sé que no siempre he sido justa con ellos, ni de niña ni en el libro. Espero que me perdonen.

Los niños de Broad Street, que me incluyeron en muchos juegos y diversiones.

Mis compañeros del colegio Fisher, que probablemente puedan contar historias similares, y nuestra profesora, Dorn Scherer, una buena persona que nos enseñó los fundamentos de la lectura de labios.

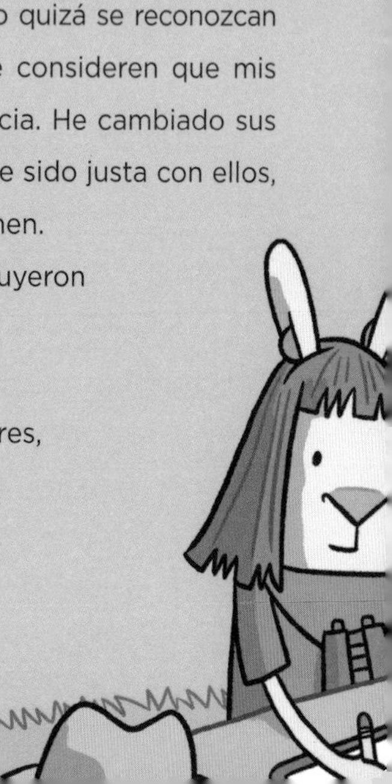

Mis profesores de la Academy Street School y la G. W. Carver Elementary School, que estuvieron encantados de ponerse mi micrófono y me trataron como a los demás alumnos.

El personal de Phonic Ear, creadores del «audífono escolar» que me dio mis superpoderes.

Los audiólogos Michael Ridenhour y Dick Hawkins, que me pusieron mis primeros audífonos.

Los médicos y enfermeras de MCV, que me ayudaron a curarme.

Ashley y Sarah, unos hermanos fuera de serie, y posiblemente las personas más graciosas que conozco.

Mis padres, que tantas decisiones difíciles tomaron durante una época de su vida que debió de ser bastante complicada. Ojalá tuviera algo mejor que decir que «gracias» para expresar lo agradecida que os estoy a los dos.

C y O, que me dan alegría cada día.

Y Tom Angleberger, mi amigo más fiel.

¡Hola a todos! Sí, así era yo en 1975.
Acababa de llegar del hospital, pero aún
no me habían puesto el primer audífono.
La abuela Bell me hizo el sombrero
y también el vestido. Me chiflaba aquel
sombrero. Los lectores más observadores
reconocerán el estampado de la tela
del sombrero porque es igual que el del
bañador que sale en el libro.
(No recuerdo exactamente cómo era aquel
bañador, ¡solo que era rojo!)

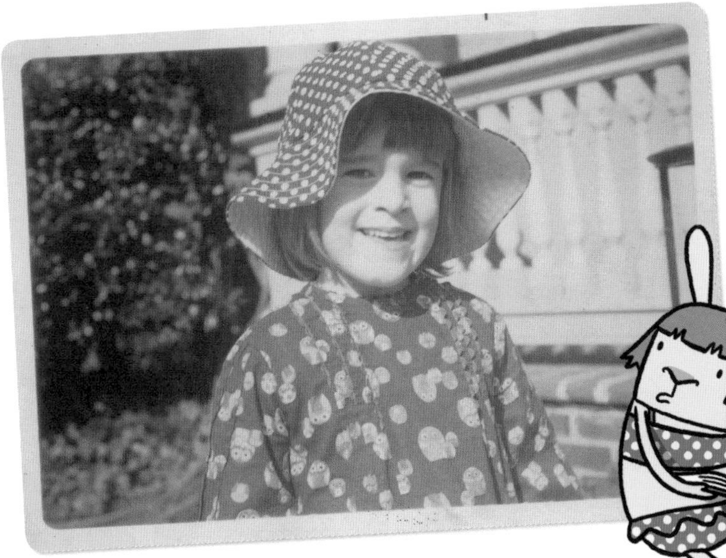

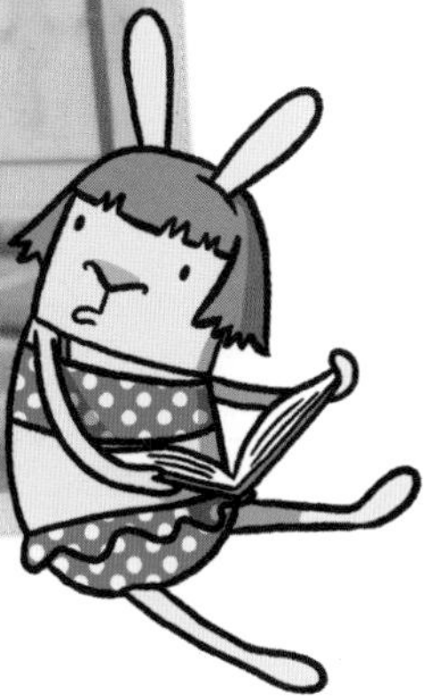

Las siguientes páginas están llenas de fotos antiguas de mi familia y de mis amigos; de mis primeros dibujos, imágenes en proceso de creación y de objetos ingeniosos que los lectores me han enviado.
¡Espero que os guste este extra sobre el asombroso mundo del Phonic Ear!

Mi familia

Cuando nací en 1970 sí oía.

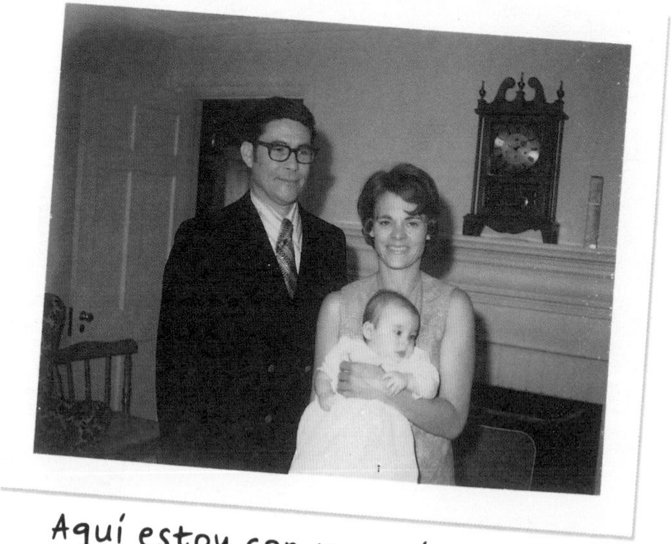

Aquí estoy con mamá y papá.

Mi hermano mayor, Ashley...

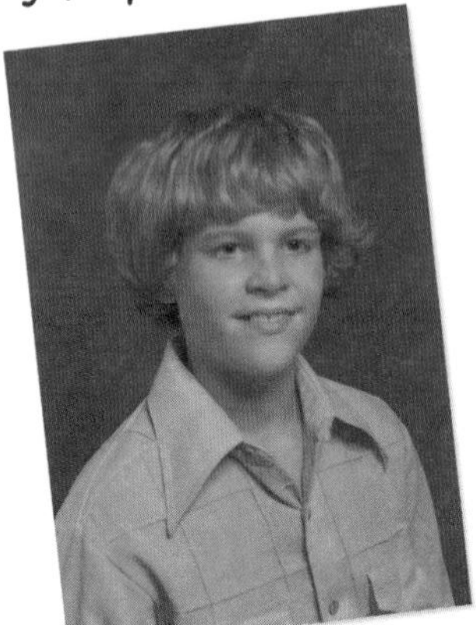

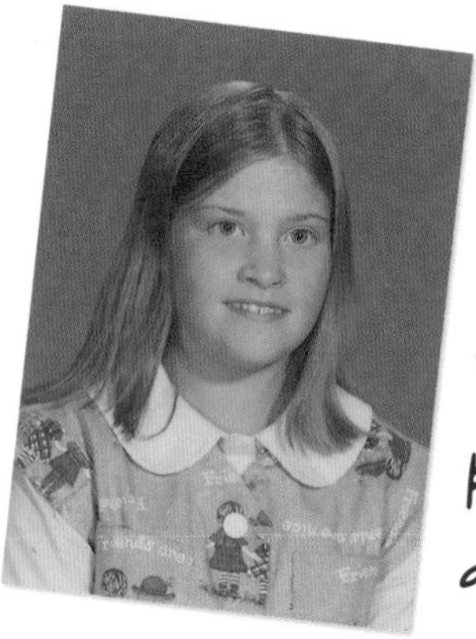

Y mi hermana mayor, Sarah, poco después de mudarnos a Salem, Virginia, en 1976.

Aquí estamos todos,
bien vestidos
(algo inusual),
en 1978 o así.

Ashley, Sarah y yo de pequeños.
¿A que éramos muy monos?

En el hospital y después

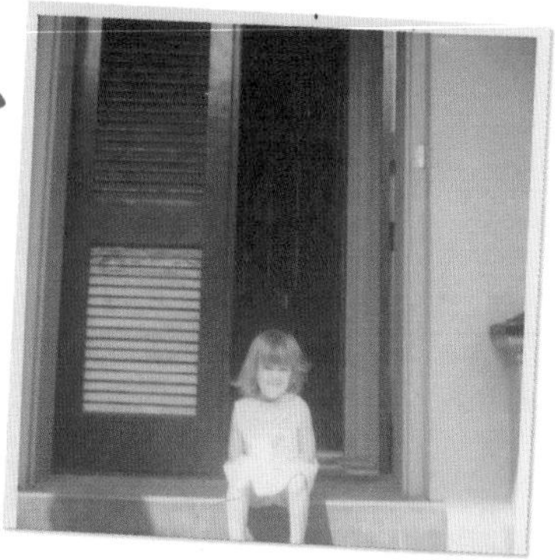

Me hicieron esta foto cuando tuve meningitis en 1975. Me puse muy malita. La meningitis es una infección de la médula espinal y de las membranas que recubren el cerebro. Me asusté mucho. Pero también me pasaron cosas buenas...

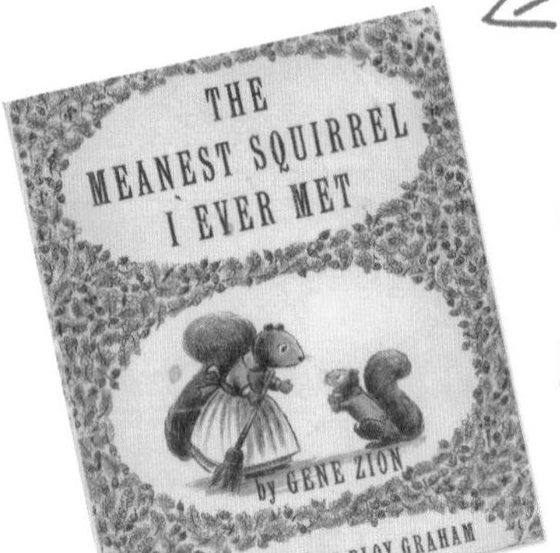
THE MEANEST SQUIRREL I EVER MET
by GENE ZION
Pictures by MARGARET BLOY GRAHAM

Como este libro que me regaló Sarah. ¡Sigue siendo uno de mis favoritos!

¡Y me regalaron a la señorita Cone!

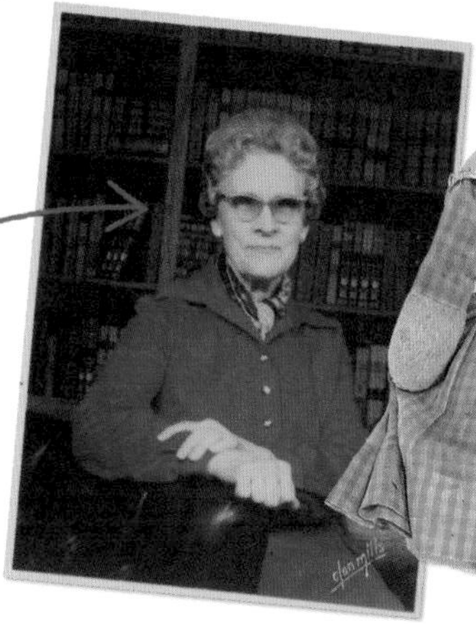

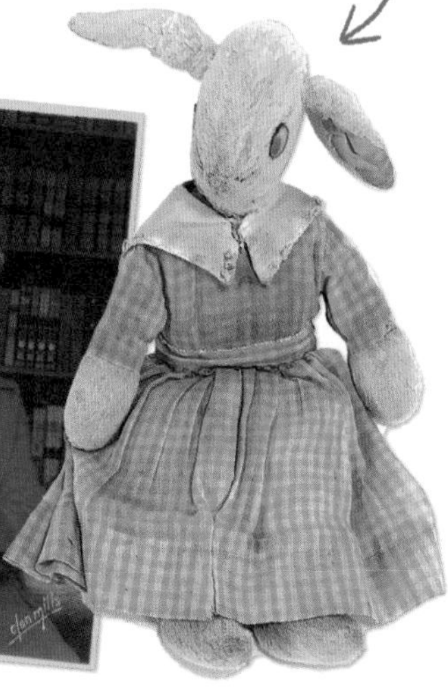

Me la hizo la abuela Bell y me la mandó al hospital.

Estuve en el hospital dos semanas, tiempo de sobra para hacer montones de dibujos como estos. La niña tenía la cara verde en todos. A lo mejor estaba dibujando mi enfermedad.

DTOSE
YFVM

Bell

AUDIOMETRIC ANALYSIS
Copy
Cecelia Carolin Bell
9-14-76
Speech Audiometry
FREQUENCY IN HERTZ
Legend
Tone Decay Test In Seconds
Comments:
COMPLIANCE
AIR PRESSURE

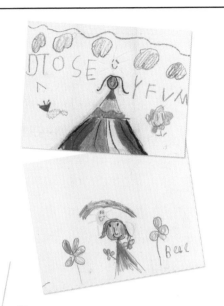

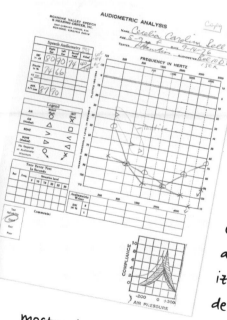

Estos son los resultados de una prueba auditiva que me hicieron. Este cuadro (que sale en la página 23 del libro) se llama audiograma. Los circulitos rojos representan el oído derecho y las equis azules representan el oído izquierdo. El diagrama de una persona con una capacidad auditiva normal mostraría una línea recta arriba del todo. Pero en el mío, las líneas bajan cada vez más. Una pérdida auditiva en los dos oídos se considera "de grave a profunda".

Guardería y primer curso

El colegio J.B. Fisher,
en Richmond, Virginia.
Aquí fue donde Dorn nos
enseñó a mis compañeros
y a mí a leer los labios.

¡Mamá
de Emma!

¡Aquí estoy con mi amiga Emma!
Estamos en los escalones
de mi casa de Virginia.
¡Aún me acuerdo de aquellos
maravillosos pantalones
de campana!

¡Emma!

Nos mudamos
a esta enorme
casa antigua en
Salem, Virginia,
en 1976.

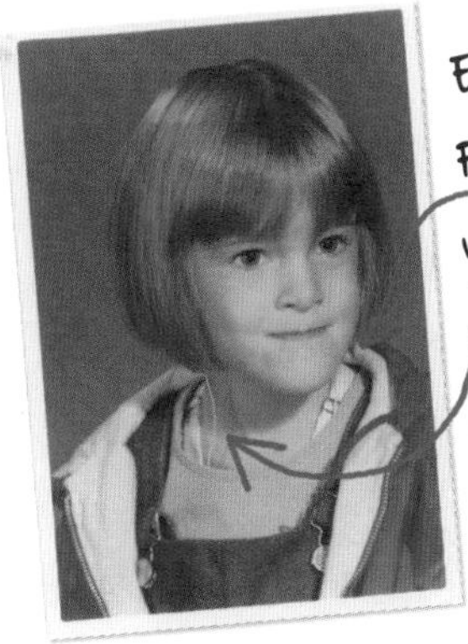

Esta soy yo en primer curso. Fijaos en los tirantes y en los cordones de mi nuevo Phonic Ear, que llevo debajo del peto.

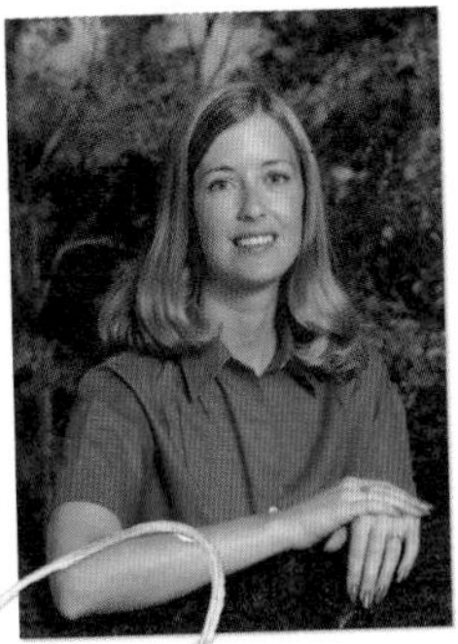

Mi profesora de primero, la señorita Lufton, aunque su verdadero nombre es Duffy. ¡Se ha tomado muy bien salir en el libro!

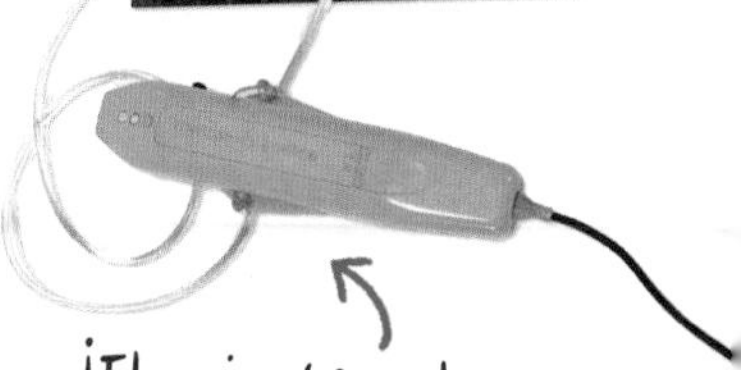

¡El micrófono!

Un informe de mi audiólogo en el que me recomienda que utilice el Phonic Ear en mi nuevo cole.

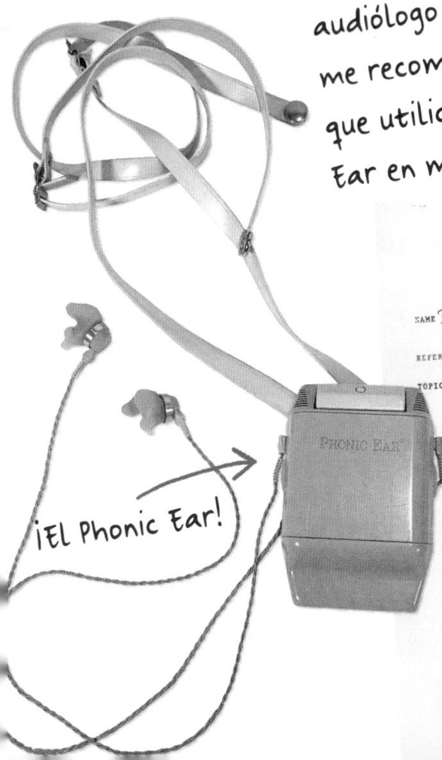
PHONIC EAR

¡El Phonic Ear!

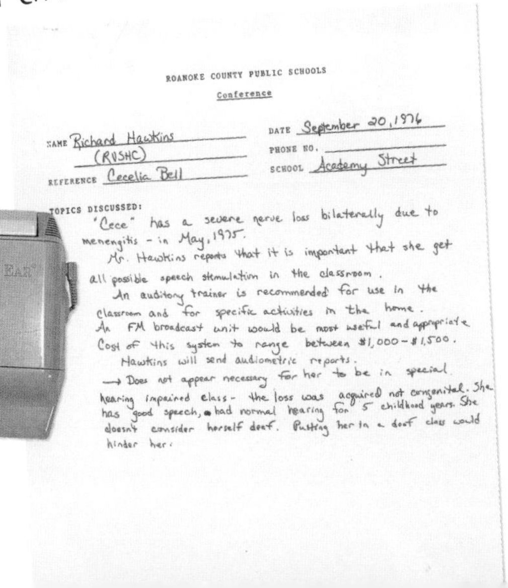

ROANOKE COUNTY PUBLIC SCHOOLS

Conference

NAME Richard Hawkins (RVSHC)

DATE September 20, 1976

PHONE NO.

SCHOOL Academy Street

REFERENCE Cecelia Bell

TOPICS DISCUSSED:

"Cece" has a severe nerve loss bilaterally due to menengitis - in May, 1975.

Mr. Hawkins reports that it is important that she get all possible speech stimulation in the classroom.

An auditory trainer is recommended for use in the classroom and for specific activities in the home. An FM broadcast unit would be most useful and appropriate. Cost of this system to range between $1,000 - $1,500.

Hawkins will send audiometric reports.

→ Does not appear necessary for her to be in special hearing impaired class - the loss was acquired not congenital. She has good speech, had normal hearing for 5 childhood years. She doesn't consider herself deaf. Putting her in a deaf class would hinder her.

Segundo y tercer curso

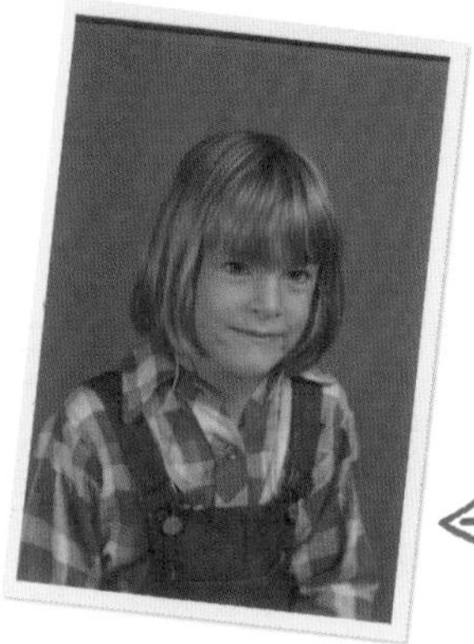

Mi foto de tercero para el colegio. Me esforzaba mucho en esconder el Phonic Ear debajo de mi peto...

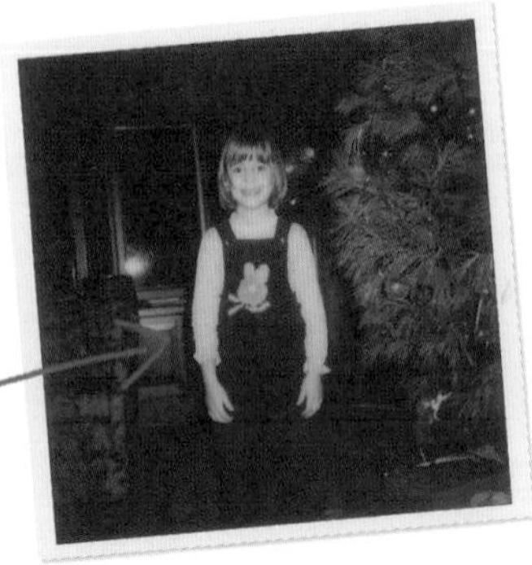

Me gustaban tanto los petos que me los ponía hasta cuando no llevaba el audífono.

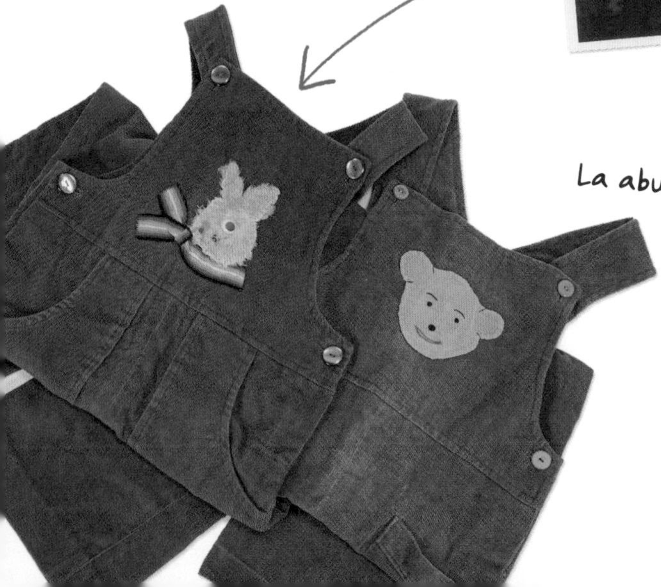

La abuela Bell me hizo estos dos. ¡Era maravillosa!

Me apunté a las scouts de forma oficial en segundo o tercero. Esta es mi amiga Liz. Me inspiré en ella para el personaje de Carrie, la niña que aparece en la página 95 del libro.

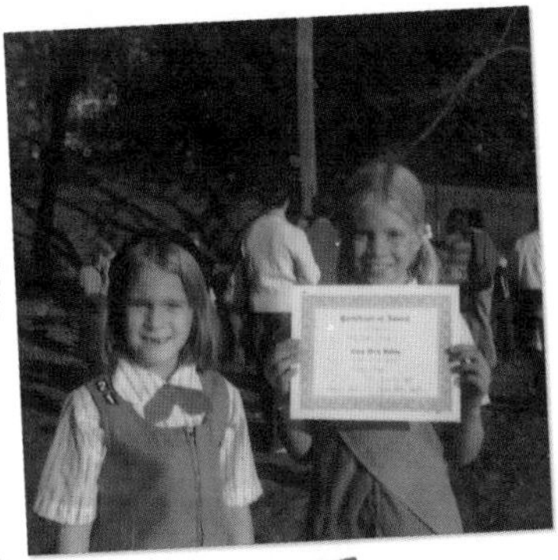

Fui al logopeda durante muchos años. Me costaba entender el sonido de la "s" y la "r". Las sesiones se daban en el colegio, en un cuarto enano que había debajo de las escaleras, pero no me gustaba nada faltar a clase. ¡Mi logopeda le escribió a mi madre para decirle que no llevaba muy bien las sesiones!

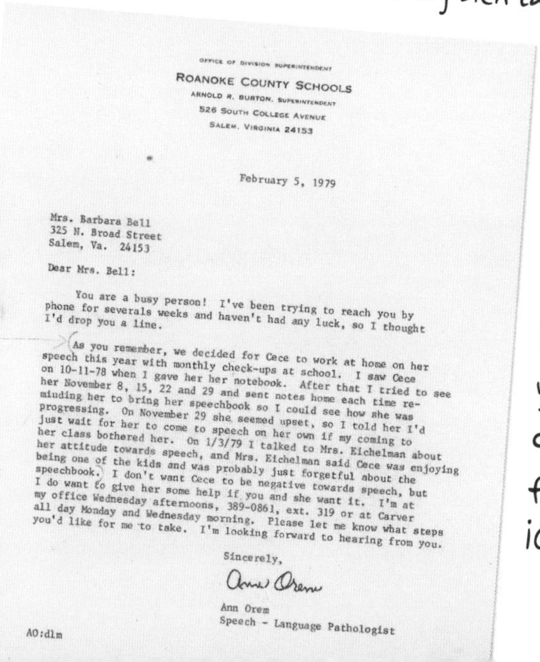

OFFICE OF DIVISION SUPERINTENDENT
ROANOKE COUNTY SCHOOLS
ARNOLD R. BURTON, SUPERINTENDENT
526 SOUTH COLLEGE AVENUE
SALEM, VIRGINIA 24153

February 5, 1979

Mrs. Barbara Bell
325 N. Broad Street
Salem, Va. 24153

Dear Mrs. Bell:

You are a busy person! I've been trying to reach you by
phone for severals weeks and haven't had any luck, so I thought
I'd drop you a line.

As you remember, we decided for Cece to work at home on her
speech this year with monthly check-ups at school. I saw Cece
on 10-11-78 when I gave her her notebook. After that I tried to see
her November 8, 15, 22 and 29 and sent notes home each time re-
miuding her to bring her speechbook so I could see how she was
progressing. On November 29 she seemed upset, so I told her I'd
just wait for her to come to speech on her own if my coming to
her class bothered her. On 1/3/79 I talked to Mrs. Eichelman about
her attitude towards speech, and Mrs. Eichelman said Cece was enjoying
being one of the kids and was probably just forgetful about the
speechbook. I don't want Cece to be negative towards speech, but
I do want to give her some help if you and she want it. I'm at
my office Wednesday afternoons, 389-0861, ext. 319 or at Carver
all day Monday and Wednesday morning. Please let me know what steps
you'd like for me to take. I'm looking forward to hearing from you.

Sincerely,

Ann Orem

Ann Orem
Speech - Language Pathologist

AO:dlm

Mi madre le respondió y me llevaron a la consulta de un logopeda fuera del colegio. ¡Gracias, mami!

Marta y Mike, los de verdad

Esta soy yo en cuarto,
en la época en la que me
hice amiga de Martha.

¡Martha!

La familia de Martha

Padre de Martha

Madre de Martha

Sarah (¡las dos tenemos una hermana mayor que se llama Sarah!)

Catherine

Martha

¡Martha y yo seguimos
siendo amigas y sigo
viendo a su familia
después de tantos años!

La casa de Martha

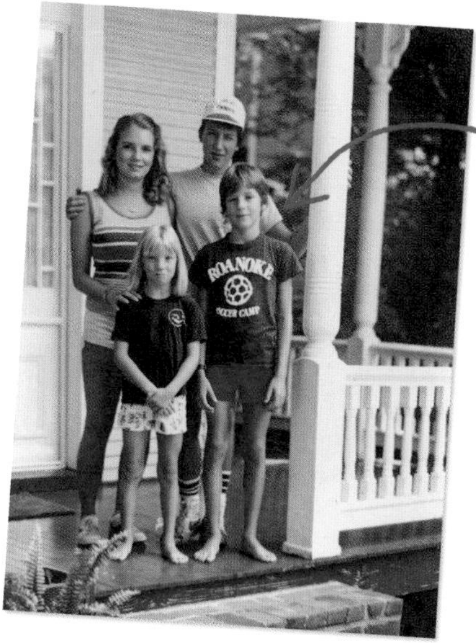
ROANOKE

El guapísimo Mike Miller en el porche de su casa con sus hermanos.

Mike se mudó a otra ciudad cuando estábamos en el instituto, pero volvimos a encontrarnos treinta años después.

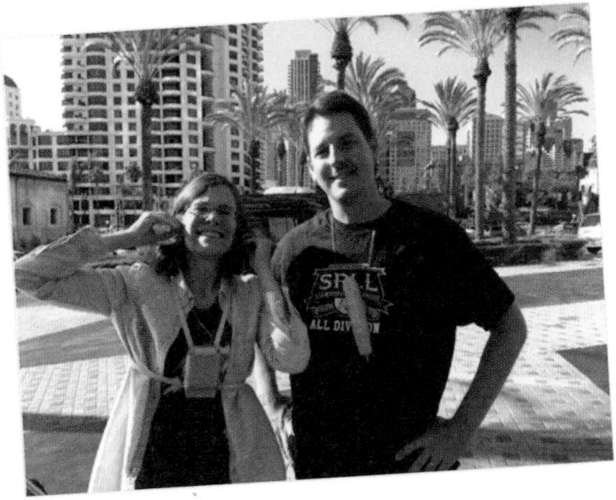

Aquí posando con el Phonic Ear y el micrófono en San Diego, California. Muchos lectores quieren saber si nos casamos. No, no nos casamos, pero ¡seguimos siendo amigos!

Quinto curso

1980: ¡Quinto! ¡Gafas nuevas! ¡Qué grande era el cuello de la camisa!

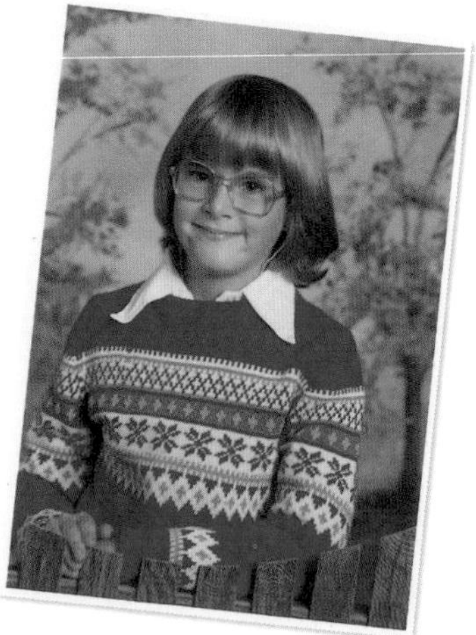

Mis notas de quinto. Saqué Sobresaliente en Educación Física. ¡Fue cuando aguanté la flexión de bratos durante 64 segundos!

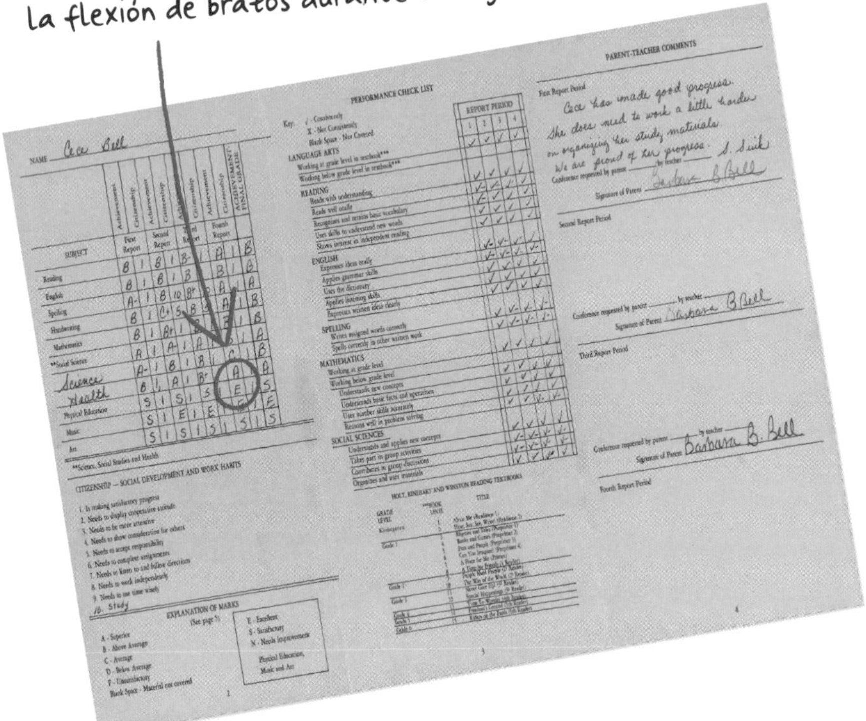

NAME Cece Bell

SUBJECT	First Report Achievement	First Report Citizenship	Second Report Achievement	Second Report Citizenship	Third Report Achievement	Third Report Citizenship	Fourth Report Achievement	Fourth Report Citizenship	ACHIEVEMENT-FINAL GRADE
Reading	B	1	B	1	B-	1	A	1	B
English	B	1	B	1	B	[illegible]	B	1	B
Spelling	A-	1	B	10	B+	[illegible]	A	[illegible]	A
Handwriting	B	1	C+	5	B	5	A	1	B
Mathematics	B	1	B+	1	[illegible]	[illegible]	B	1	B
**Social Science	A	1	A-	1	A	[illegible]	[illegible]	1	A
Science	A-	1	B	1	B	1	C	1	B
Health	B	1,	A	1	B+	[illegible]	A	1	A
Physical Education	S	1	S	1	S	1	E	1	S
Music	S	1	E	1	E	1	E	1	E
Art	S	1	S	1	S	1	S	1	S

**Science, Social Studies and Health

CITIZENSHIP — SOCIAL DEVELOPMENT AND WORK HABITS

1. Is making satisfactory progress
2. Needs to display cooperative attitude
3. Needs to be more attentive
4. Needs to show consideration for others
5. Needs to accept responsibility
6. Needs to complete assignments
7. Needs to listen to and follow directions
8. Needs to work independently
9. Needs to use time wisely
10. Study

EXPLANATION OF MARKS
(See page 3)

A - Superior
B - Above Average
C - Average
D - Below Average
F - Unsatisfactory
Blank Space - Material not covered

E - Excellent
S - Satisfactory
N - Needs Improvement

Physical Education, Music and Art

2

PERFORMANCE CHECK LIST

Key: ✓ - Consistently
X - Not Consistently
Blank Space - Not Covered

REPORT PERIOD 1 2 3 4

LANGUAGE ARTS
Working at grade level in textbook***
Working below grade level in textbook***

READING
Reads with understanding
Reads well orally
Recognizes and retains basic vocabulary
Uses skills to understand new words
Shows interest in independent reading

ENGLISH
Expresses ideas orally
Applies grammar skills
Uses the dictionary
Applies listening skills
Expresses written ideas clearly

SPELLING
Writes assigned words correctly
Spells correctly in other written work

MATHEMATICS
Working at grade level
Working below grade level
Understands new concepts
Understands basic facts and operations
Uses number skills accurately
Reasons well in problem solving

SOCIAL SCIENCES
Understands and applies new concepts
Takes part in group activities
Contributes to group discussions
Organizes and uses materials

HOLT, RINEHART AND WINSTON READING TEXTBOOKS

GRADE LEVEL — ***BOOK LEVEL — TITLE

Kindergarten
Grade 1

3

PARENT-TEACHER COMMENTS

First Report Period
Cece has made good progress. She does need to work a little harder on organizing her study materials. We are proud of her progress. S. Sick
Conference requested by parent ____ by teacher ____
Signature of Parent Barbara B. Bell

Second Report Period
Conference requested by parent ____ by teacher ____
Signature of Parent Barbara B. Bell

Third Report Period
Conference requested by parent ____ by teacher ____
Signature of Parent Barbara B. Bell

Fourth Report Period

4

Con las gafas nuevas leía mejor
los labios y mis notas mejoraron.

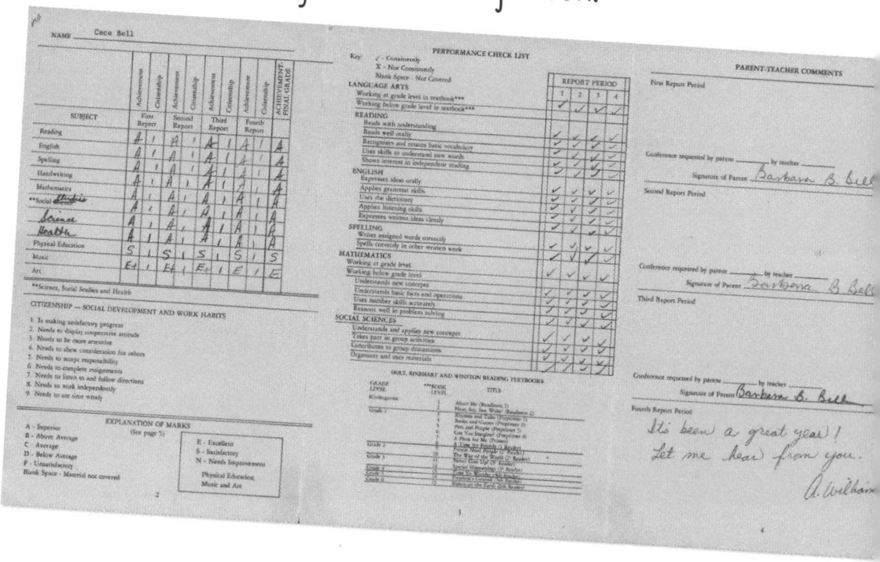

NAME   Cece Bell

PERFORMANCE CHECK LIST

PARENT-TEACHER COMMENTS

First Report Period

Signature of Parent _____ Barbara B. Bell

Signature of Parent _____ Barbara B. Bell

Signature of Parent _____ Barbara B. Bell

Fourth Report Period

It's been a great year!
Let me hear from you.
A. Williams

Mi yo imaginario,
SuperSorda, me ayudó
mucho a tener una
imagen más positiva de mí
misma. A final de curso
estaba mucho más segura
y mucho menos sola.

Cómo empezó el libro

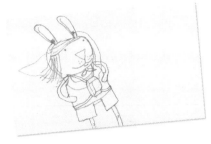

La idea del libro surgió por un blog en el que hablaba de mi pérdida auditiva, y se consolidó cuando realicé unos dibujos para una exposición colectiva. El encargo consistía en crear una tarjeta que te representara.

EL DEAF

EL DEAFO

EL

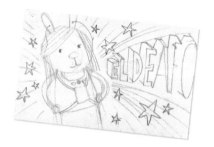

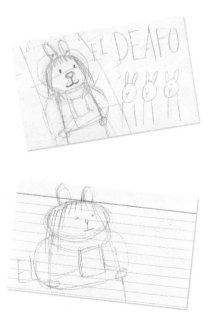

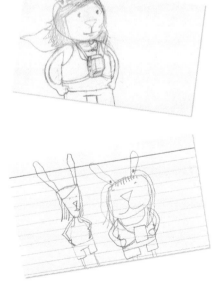

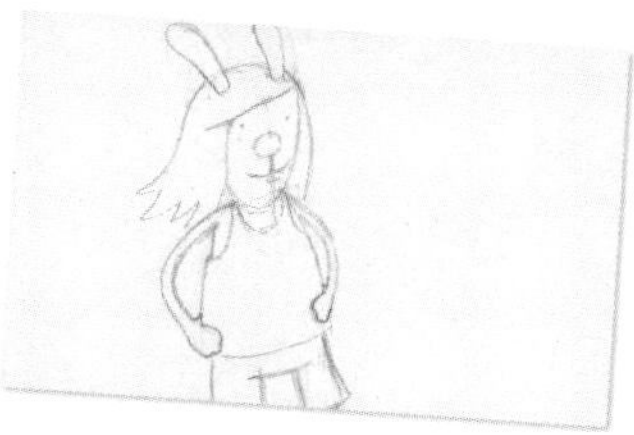

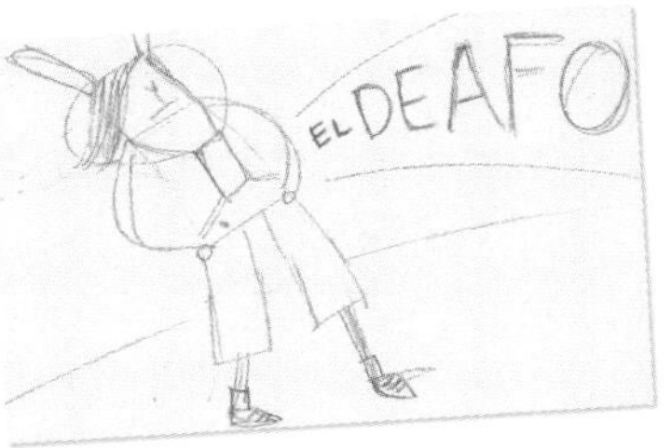
EL DEAFO

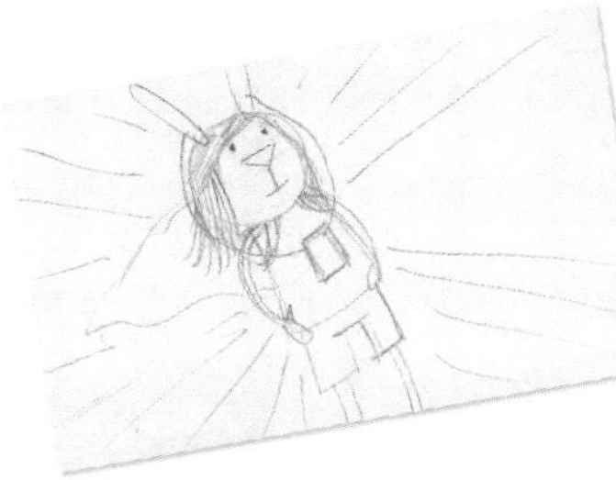

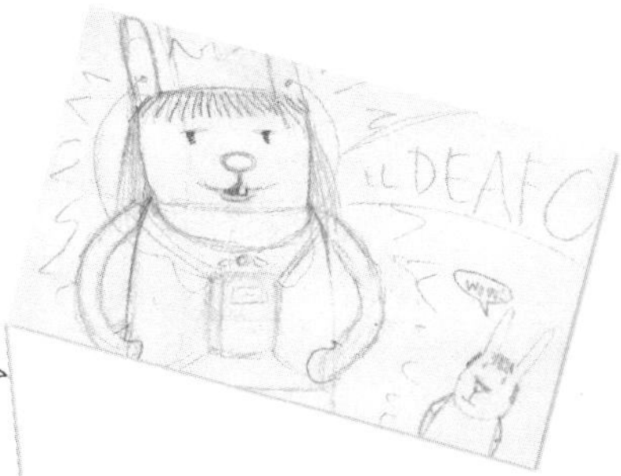

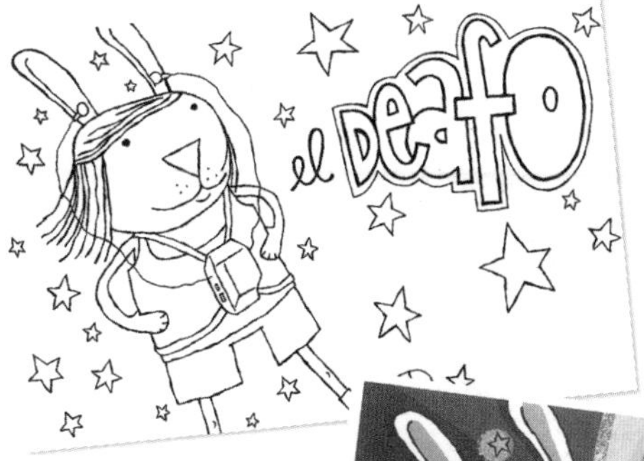
el Deafo

Estos son los bocetos y la tarjeta final que presenté en la exposición.

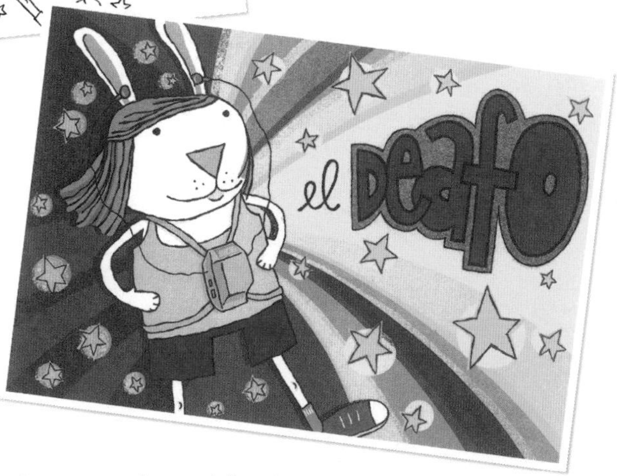
el Deafo

*

*El título original de SuperSorda es el Deafo.

Estas son las primeras viñetas coloreadas que envié a mi maravillosa editora, Susan Van Metre.

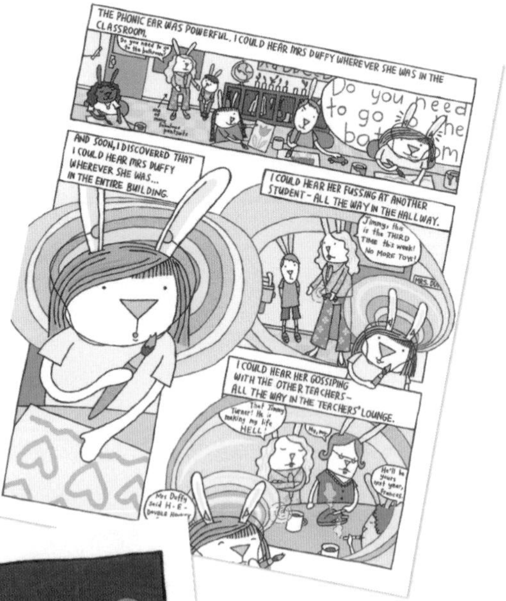
THE PHONIC EAR WAS POWERFUL. I COULD HEAR MRS DUFFY WHEREVER SHE WAS IN THE CLASSROOM.
AND SOON, I DISCOVERED THAT I COULD HEAR MRS DUFFY WHEREVER SHE WAS... IN THE ENTIRE BUILDING.
I COULD HEAR HER FUSSING AT ANOTHER STUDENT - ALL THE WAY IN THE HALLWAY.
Jimmy, this is the THIRD TIME this week! No MORE TOYS!
I COULD HEAR HER GOSSIPING WITH THE OTHER TEACHERS - ALL THE WAY IN THE TEACHERS' LOUNGE.
That Jimmy Turner! He is making my life HELL!
My, my.
He'll be yours next year, Frances.

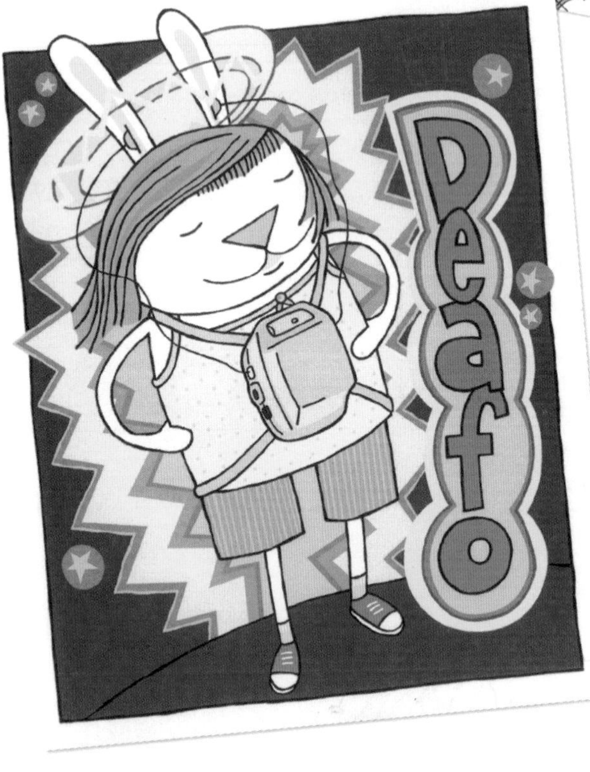
Deafo

Le gustaron mucho, pero me sugirió que diera a las viñetas un aire más "mayor".

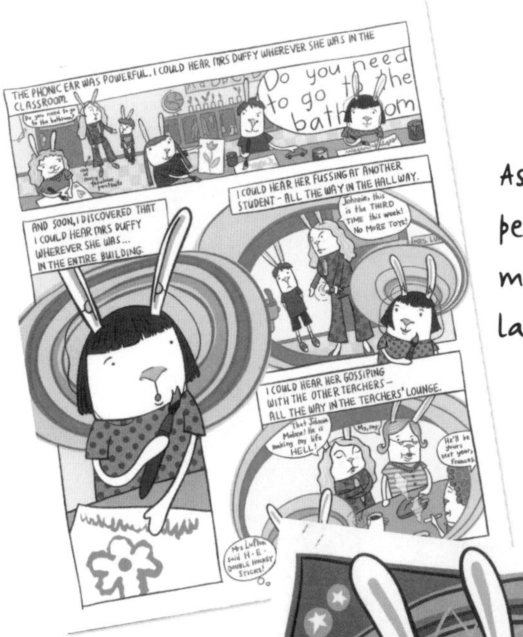
THE PHONIC EAR WAS POWERFUL. I COULD HEAR MRS DUFFY WHEREVER SHE WAS IN THE CLASSROOM.
Do you need to go to the bathroom?
Do you need to go to the bathroom
I COULD HEAR HER FUSSING AT ANOTHER STUDENT - ALL THE WAY IN THE HALLWAY.
Johnnie, this is the THIRD TIME this week! No MORE TOYS!
AND SOON, I DISCOVERED THAT I COULD HEAR MRS DUFFY WHEREVER SHE WAS... IN THE ENTIRE BUILDING.
I COULD HEAR HER GOSSIPING WITH THE OTHER TEACHERS - ALL THE WAY IN THE TEACHERS' LOUNGE.
That Johnnie Malone! He is making my life HELL!
My, my
He'll be yours next year, Frances.
Mrs Lufton said H-E-DOUBLE HOCKEY STICKS!

Así que hice que los personajes parecieran más mayores y cambié la paleta de colores.

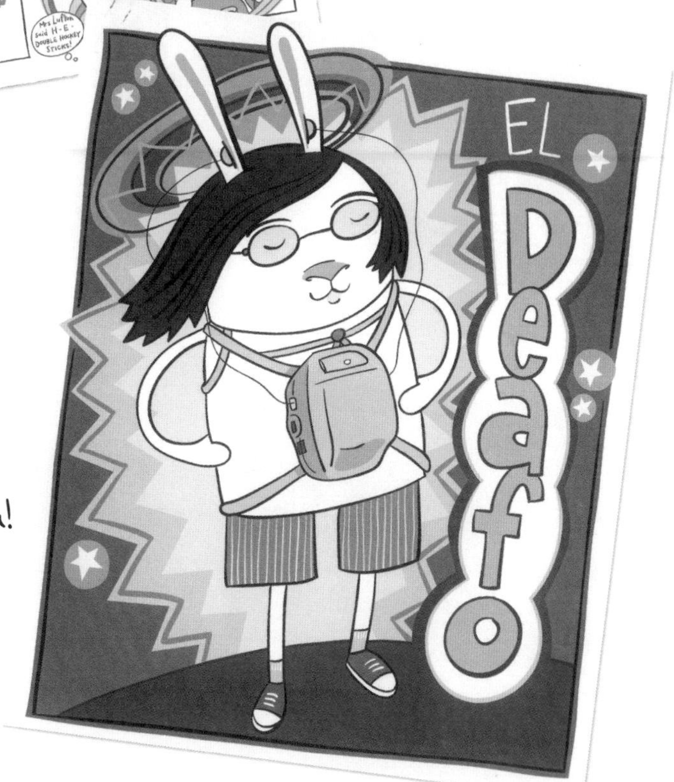
EL
Deafo

¡Es tan verde que parece que Supersorda está debajo del agua!

Fotos de referencia

Contar con fotos sobre las que basar tus dibujos es de gran ayuda.

Mi amiga Emily tenía la talla perfecta para hacer de modelo de mis petos y del Phonic Ear. ¡Le queda genial!

¡Posando como SuperSorda!

La casa de Mike Miller

¡LA VERANDA de la casa de Mike Miller!

Hice primero en el colegio Academy Street...

Y después fui al colegio de primaria G. W. Carver desde segundo hasta sexto.

¡Hice la famosa flexión de brazos colgada en este mismo gimnasio!

El colegio Carver por dentro

Un día, visitando un colegio, tuve que ir al cuarto de baño y me di cuenta de que el inodoro era exactamente igual que los que teníamos en el colegio Carver y le hice una foto.

El primer paso cuando empecé a escribir SuperSorda fue hacer un guion, que dividí en partes, y cada parte se convirtió en un capítulo.

STYLIN': Even before my hearing loss, I've been wearing a bikini bathing suit, and nothing else, every day, everywhere. I think I look fantastic. But now it's time to visit an audiologist and get fitted with my first hearing aid. I'm not sure that I will still look so fantastic once I start wearing it. So just for the day, I comply with my mother's orders to put a shirt and shorts over my bathing suit, and then the whole family goes to the audiologist's office with me. The experience is stressful. First, I am closed up in a tiny metal room to take a hearing test. Then, the audiologist squirts some goop inside my ears to make impressions of them; the impressions get turned into ear molds, which I mistakenly understand to be "ear moles." Will small animals living in my ears? When the molds are done, I try my new hearing aid. It works! [In the art, the no-longer-faded speech balloons are evidence of this.] But I am very aware that the cords of my new hearing aid are going to make me look Different. The audiologist shows me some slipcovers for my hearing aid, and I choose the most beautiful one: orange with white polka dots. When I get home, I put the hearing aid in the slipcover and strip down to my bikini bathing suit. I strap the hearing aid to my chest and put the ear molds in my ears. I look in the mirror. Not great, but not bad, either. Those cords, though! I am Officially Different from any kid I've ever seen.

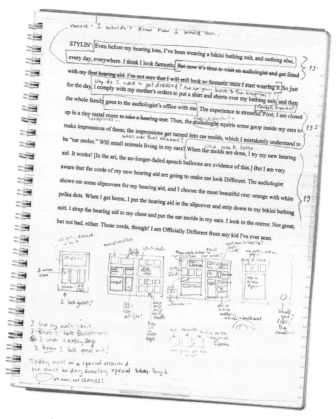

Rodeé con un círculo las partes de las que era capaz de hacerme una idea visual y después esbocé dibujos pequeños para hacerme una idea de cómo quedaría la página y del ritmo de cada una.

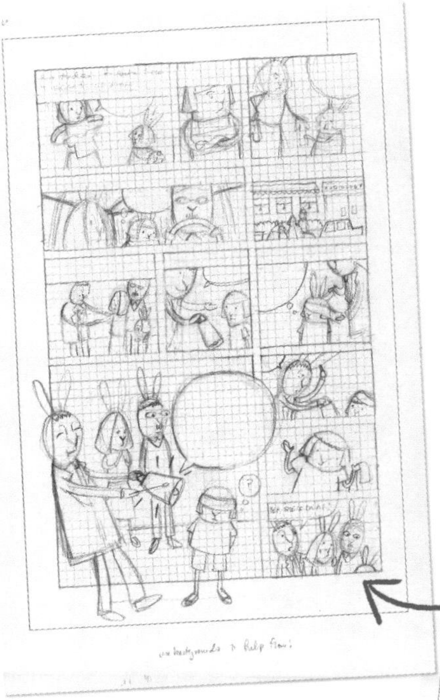

SuperSorda fue mi primera novela gráfica. No sabía lo que estaba haciendo.

Cuando empecé a dibujar, intentaba meter demasiadas viñetas en cada página.

¡12 viñetas!

¡20 viñetas!

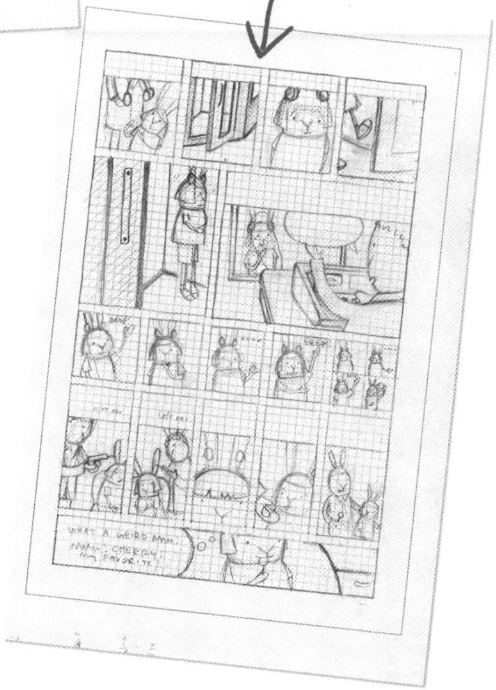
WHAT A WEIRD MAN.
MMM, CHERRY, MY FAVORITE.

Susan me sugirió que diera un poco de aire a las páginas y también a la historia, así que decidimos reducir el número de viñetas por página.

Después de trabajar en varios capítulos, doy con un sistema de trabajo que me va bien. Este es el proceso de principio a fin. Para que lo entendáis mejor, me centraré en la segunda página del capítulo once.

Paso 1: Releo el guion del capítulo y lo divido en páginas.

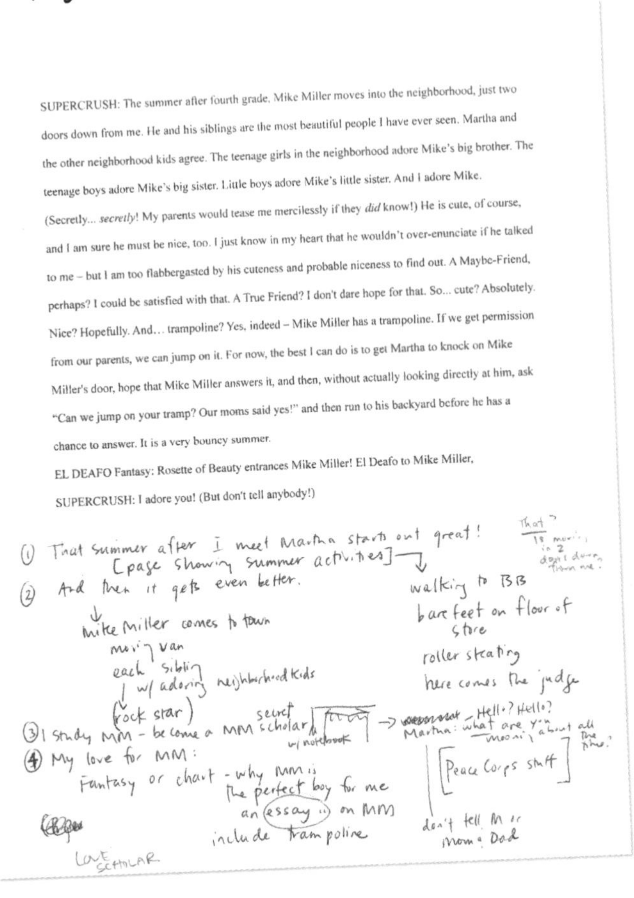

SUPERCRUSH: The summer after fourth grade, Mike Miller moves into the neighborhood, just two doors down from me. He and his siblings are the most beautiful people I have ever seen. Martha and the other neighborhood kids agree. The teenage girls in the neighborhood adore Mike's big brother. The teenage boys adore Mike's big sister. Little boys adore Mike's little sister. And I adore Mike. (Secretly... *secretly*! My parents would tease me mercilessly if they *did* know!) He is cute, of course, and I am sure he must be nice, too. I just know in my heart that he wouldn't over-enunciate if he talked to me – but I am too flabbergasted by his cuteness and probable niceness to find out. A Maybe-Friend, perhaps? I could be satisfied with that. A True Friend? I don't dare hope for that. So... cute? Absolutely. Nice? Hopefully. And… trampoline? Yes, indeed – Mike Miller has a trampoline. If we get permission from our parents, we can jump on it. For now, the best I can do is to get Martha to knock on Mike Miller's door, hope that Mike Miller answers it, and then, without actually looking directly at him, ask "Can we jump on your tramp? Our moms said yes!" and then run to his backyard before he has a chance to answer. It is a very bouncy summer.

EL DEAFO Fantasy: Rosette of Beauty entrances Mike Miller! El Deafo to Mike Miller, SUPERCRUSH: I adore you! (But don't tell anybody!)

(1) That summer after I meet Martha starts out great!
[page showing summer activities] →
walking to BB
bare feet on floor of store
roller skating
here comes the judge
(2) And then it gets even better.
Mike Miller comes to town
moving van
each sibling w/ adoring neighborhood kids
(rock star)
(3) I study MM - become a MM secret scholar w/ notebook
→ Martha: Hello? Hello? what are you mooning about all the time?
(4) My love for MM:
Fantasy or chart - why MM is the perfect boy for me
an essay on MM
include trampoline
[Peace Corps stuff]
don't tell M or Mom & Dad
LOVE SCHOLAR

Paso 2: Esbozo pequeñas ilustraciones de cada página dejando la narración y los diálogos en un lado.

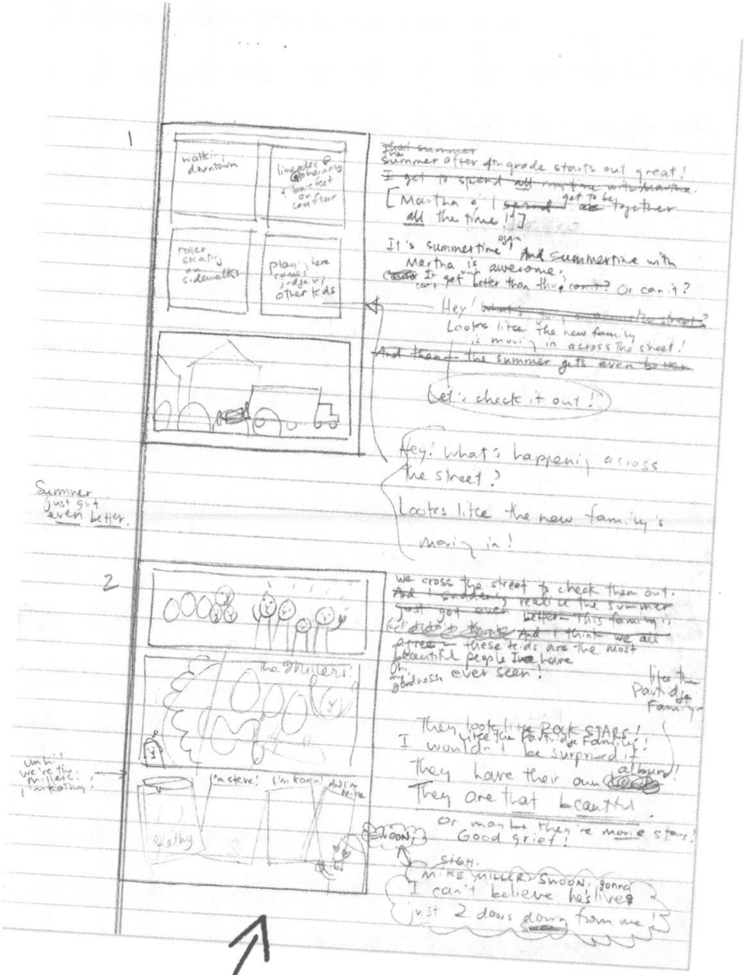

Summer after 4th grade starts out great!
It's summertime again
Martha is awesome.
Let's check it out!
Hey! What's happening across the street?
Looks like the new family's moving in!
Summer just got even better.
We cross the street to check them out.
the Millers!
I'm Steve!
I'm Karen!
They look like ROCK STARS!
They have their own album!
They are that beautiful.
Good grief!
SIGH.
I can't believe he's living just 2 doors down from me!

¡Así va la página hasta el momento!

Paso 3: Amplío el tamaño del boceto de cada página y le añado detalles. La narración y los diálogos también van cobrando forma.

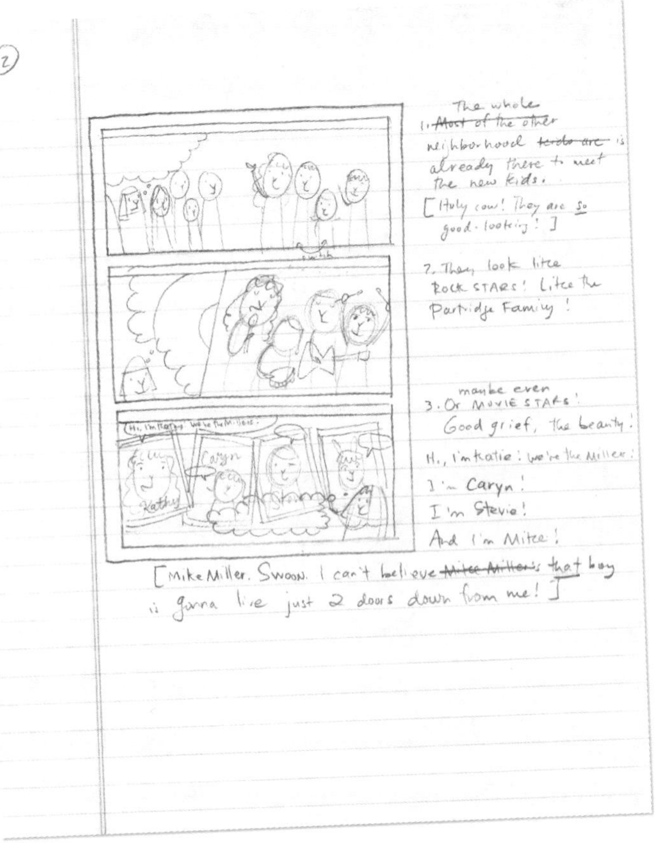

2
The whole
1. ~~Most of the other~~ neighborhood is already there to meet the new kids.
[Holy cow! They are so good-looking!]
2. They look like ROCK STARS! Like the Partridge Family!
maybe even
3. Or MOVIE STARS!
Good grief, the beauty!
Hi, I'm Katie! We're the Millers!
I'm Caryn!
I'm Stevie!
And I'm Mike!
[Mike Miller. Swoon. I can't believe that boy is gonna live just 2 doors down from me!]
Caryn
Kathy

Paso 4: Del trabajo a lápiz sobre el papel paso a dibujar directamente en mi tableta con lápiz digital wacom Cintiq Tablet, conectada a mi ordenador.

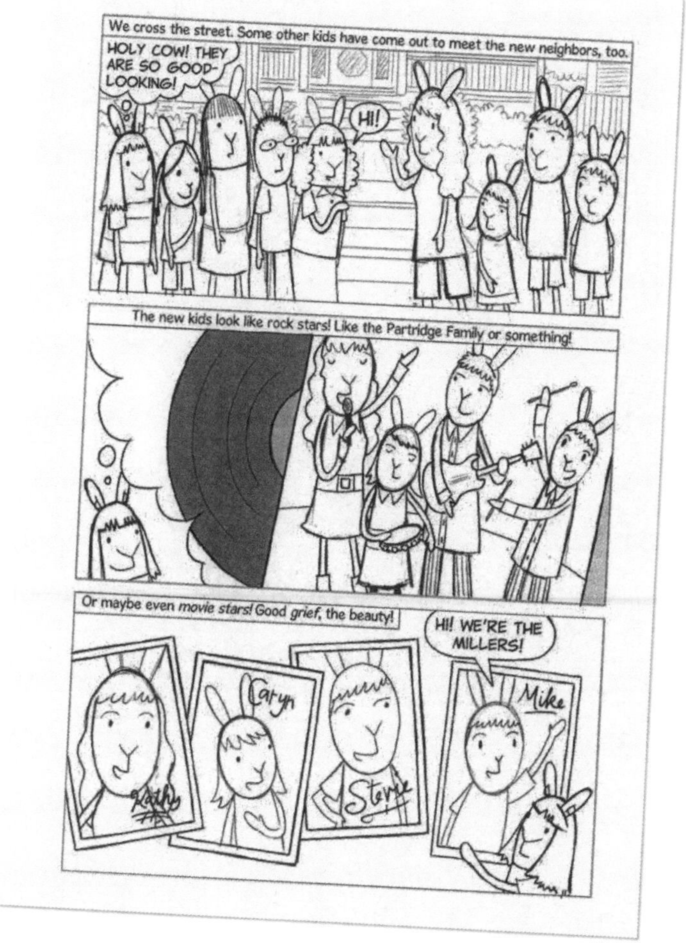
We cross the street. Some other kids have come out to meet the new neighbors, too.
HOLY COW! THEY ARE SO GOOD-LOOKING!
HI!
The new kids look like rock stars! Like the Partridge Family or something!
Or maybe even *movie stars!* Good *grief,* the beauty!
HI! WE'RE THE MILLERS!
Caryn
Mike
Kathy
Stevie

Los dibujos son más detallados y más grandes.
Introduzco el texto narrativo y los diálogos.
La tipografía de los textos la he creado
a propósito para que se parezca a mi caligrafía.

Paso 5: Entro en la fase final de "entintado" con mi wacom y el pincel de Photoshop. El texto también está acabado.

Paso 6: Envío el archivo con la tinta a la persona encargada de colorear, David Lasky, que dará color y sombreado. La página completa. ¡Hurra!

Llevar la idea al papel

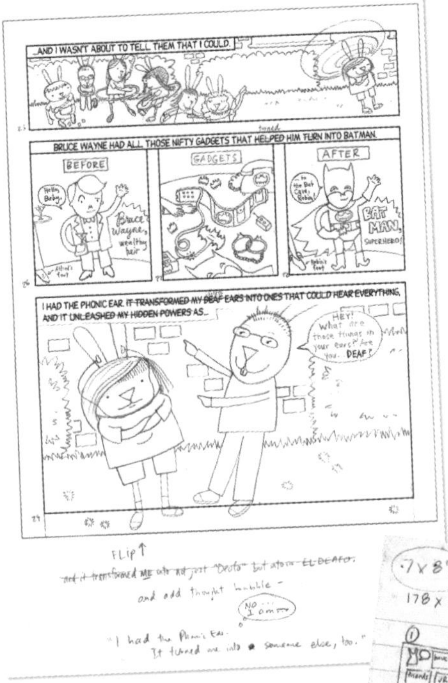

...AND I WASN'T ABOUT TO TELL THEM THAT I COULD.
BRUCE WAYNE HAD ALL THOSE NIFTY GADGETS THAT HELPED HIM TURN INTO BATMAN.
turned
BEFORE
Hello, Baby.
Bruce Wayne, wealthy heir
GADGETS
AFTER
to the Bat Cave, Robin!
BAT MAN, SUPERHERO!
I HAD THE PHONIC EAR. IT TRANSFORMED MY DEAF EARS INTO ONES THAT COULD HEAR EVERYTHING, AND IT UNLEASHED MY HIDDEN POWERS AS...
HEY! What are those things in your ears?! Are you... DEAF?
FLIP ↑
and add thought bubble –
NO... I am...
"I had the Phonic Ear. It turned me into someone else, too."

A veces me costaba poner sobre el papel lo que yo quería expresar. Es lo que me pasó con la página 51.

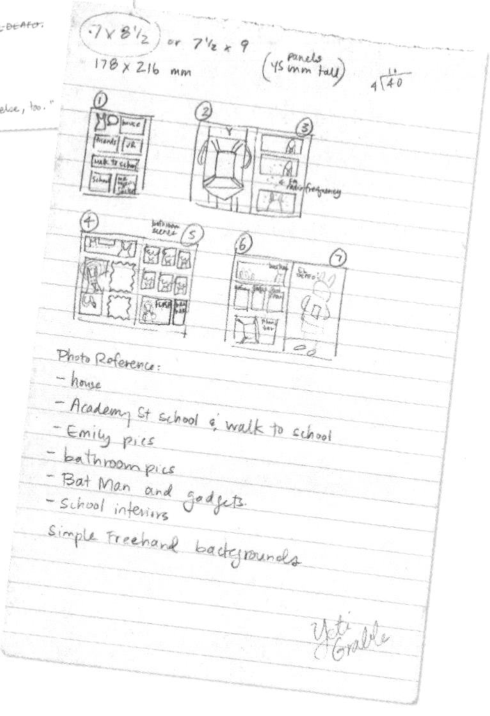

7 x 8½ or 7½ x 9
178 x 216 mm
(panels 45 mm tall)
Photo Reference:
– house
– Academy St school & walk to school
– Emily pics
– bathroom pics
– Bat Man and gadgets
– School interiors
Simple Freehand backgrounds

Dibujé un montón de viñetas pequeñas como estas en las que intento que la historia fluya.

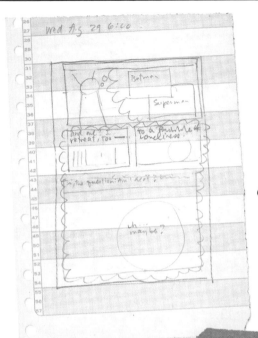

Estaba obsesionada con esta página. No dejaba de pensar en ella, tenía que encontrar una solución...

Así que hacía dibujos en cualquier papel que encontraba en el coche, en el cubo de reciclaje, en el suelo... No lo parece a simple vista, pero al final di con lo que buscaba en el dibujo que hice en esta ¡bolsa de papel usada!

La fase del color

¡La versión de David Lasky de SuperSorda!

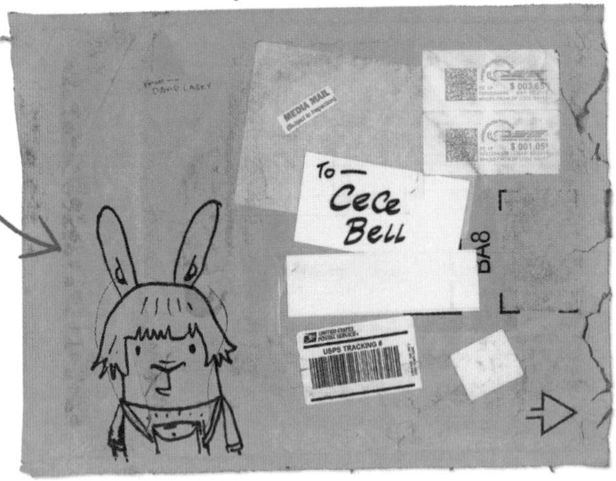
MEDIA MAIL
To—
CeCe
Bell
BA8
USPS TRACKING #

En el mundo del cómic es muy habitual que una persona dibuje y otra dé el color. David Lasky es esa persona en este caso. ¡David y yo somos amigos desde hace treinta años! Los dos dibujábamos en el periódico de la facultad. Es un artista fantástico.

En esta nota se aprecia lo buena persona que es, una de las mejores del mundo.

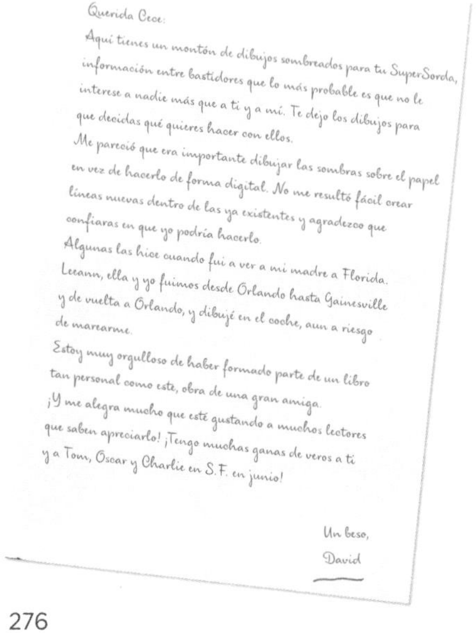

Querida Cece:

Aquí tienes un montón de dibujos sombreados para tu SuperSorda, información entre bastidores que lo más probable es que no le interese a nadie más que a ti y a mí. Te dejo los dibujos para que decidas qué quieres hacer con ellos.

Me pareció que era importante dibujar las sombras sobre el papel en vez de hacerlo de forma digital. No me resultó fácil crear líneas nuevas dentro de las ya existentes y agradezco que confiaras en que yo podría hacerlo.

Algunas las hice cuando fui a ver a mi madre a Florida. Leeann, ella y yo fuimos desde Orlando hasta Gainesville y de vuelta a Orlando, y dibujé en el coche, aun a riesgo de marearme.

Estoy muy orgulloso de haber formado parte de un libro tan personal como este, obra de una gran amiga. ¡Y me alegra mucho que esté gustando a muchos lectores que saben apreciarlo! ¡Tengo muchas ganas de veros a ti y a Tom, Oscar y Charlie en S.F. en junio!

Un beso,

David

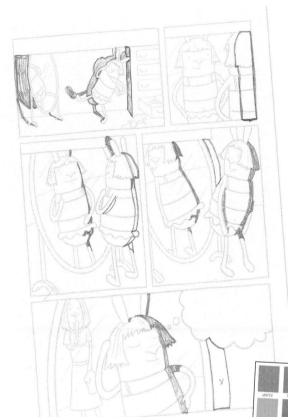

David aplicó todas las sombras a los dibujos (a mí no se me da bien), que realzan las situaciones a lo largo de todo el libro.

David también tiene buen ojo para el color. Esta fue la paleta que creó basándose en las ideas que le comenté sobre lo que quería.

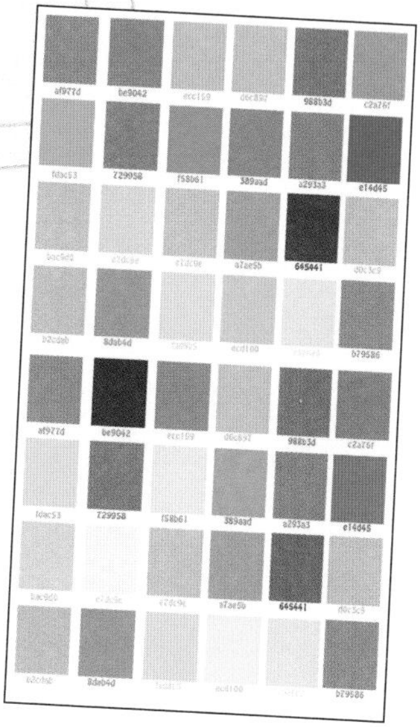

La cubierta

Tal vez pienses que la cubierta es lo primero que haces cuando estás escribiendo un libro, pero suele ser lo último.

DEAFO
EL
DEAFO
CECE BELL

SOME KINDA SUBTITLE HERE
EL DEAFO
CECE BELL
amulet books
SOME KINDA SUBTITLE HERE!
el DEAFO
MOM
MARTHA
MIKE
CECE BELL
volume 1
colored by DAVID LASKY
INTRODUCING THE PHONIC EAR AND THE MICROPHONE!
FEATURING
DEAFNESS!
DESPAIR!
DESIRE!

Hice diferentes versiones, muchas. Me gusta esta porque parece una portada de cómic antiguo.

Esta otra se centra más en las orejas y los auriculares.

EL DEAFO
Cece Bell
EL
DEAFO
CECE BELL

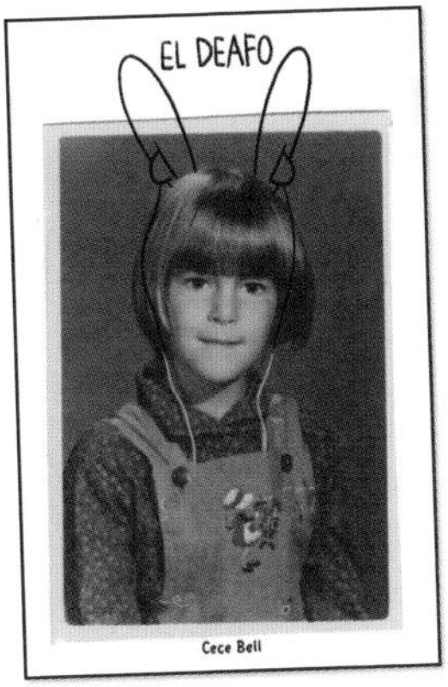
EL DEAFO
Cece Bell

Intenté hacer una especie de *collage* con una foto antigua del colegio a la que le pinté orejas de conejo, pero seguía sin gustarme del todo.

Los diseñadores y yo también hicimos pruebas con versiones más sencillas y más abstractas.

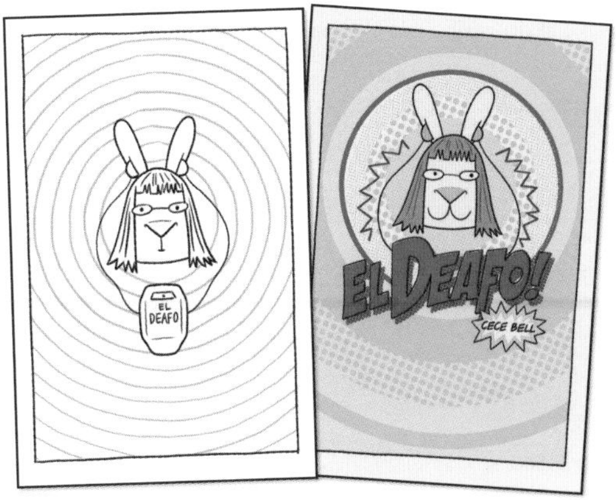
EL DEAFO
EL DEAFO!
CECE BELL

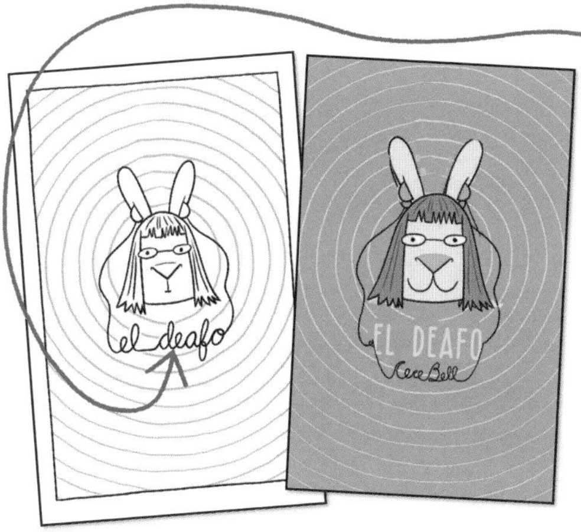
el deafo
EL DEAFO
Cece Bell

¿Te suena?
Es la letra cursiva que se utilizó para los títulos del libro.

Supersorda conoce mundo

Dav Pilkey, el creador de Policán en persona, envió a SuperSorda una felicitación personalizada...

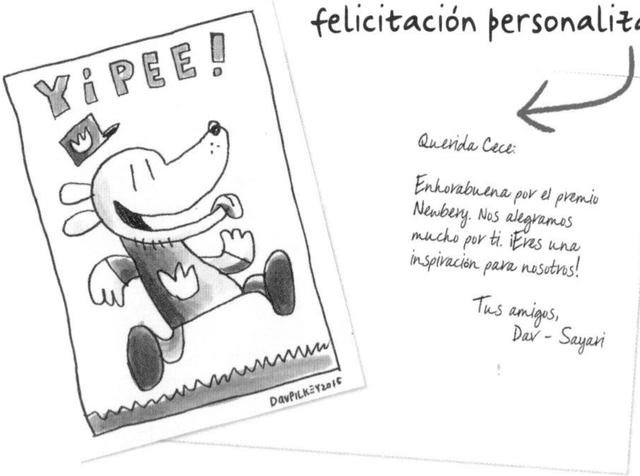
YiPEE!
DAVPILKEY2015
Querida Cece:
Enhorabuena por el premio Newbery. Nos alegramos mucho por ti. ¡Eres una inspiración para nosotros!
Tus amigos,
Dav - Sayuri

Y gané el premio Eisner...

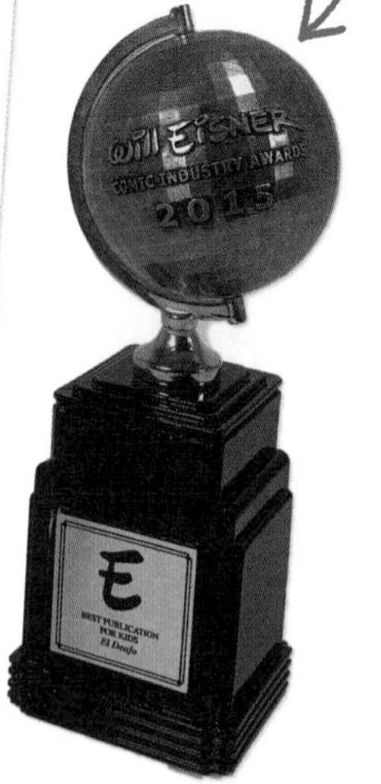
Will Eisner
Comic Industry Awards
2015
BEST PUBLICATION FOR KIDS
El Deafo

Cuando SuperSorda salió al mercado, me puse muy nerviosa porque iba a compartir mi historia personal con otras personas, pero jamás habría imaginado que tendría tan buena acogida... ¡en todo el mundo!

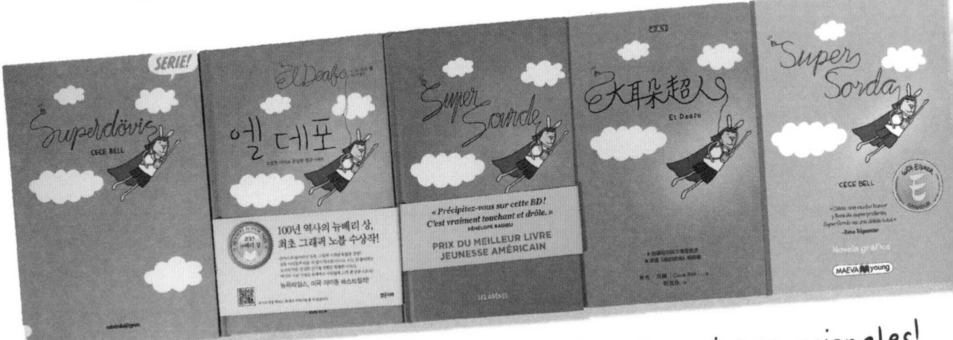
SERIE!
Superdövis
CECE BELL
El Deafo
엘 데포
100년 역사의 뉴베리 상,
최초 그래픽 노블 수상작!
Super Sourde
« Précipitez-vous sur cette BD! C'est vraiment touchant et drôle. »
PÉNÉLOPE BAGIEU
PRIX DU MEILLEUR LIVRE JEUNESSE AMÉRICAIN
LES ARÈNES
大耳朵超人
El Deafo
Super Sorda
CECE BELL
Novela gráfica
MAEVA young

¡Ediciones internacionales!

¡... y también el Newbery!

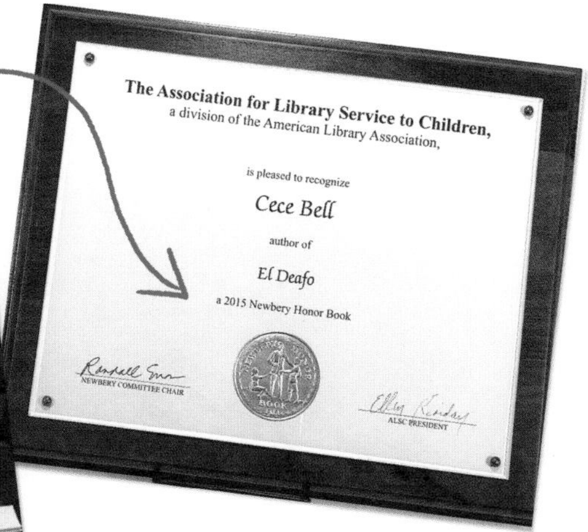
The Association for Library Service to Children,
a division of the American Library Association,
is pleased to recognize
Cece Bell
author of
El Deafo
a 2015 Newbery Honor Book
NEWBERY COMMITTEE CHAIR
ALSC PRESIDENT

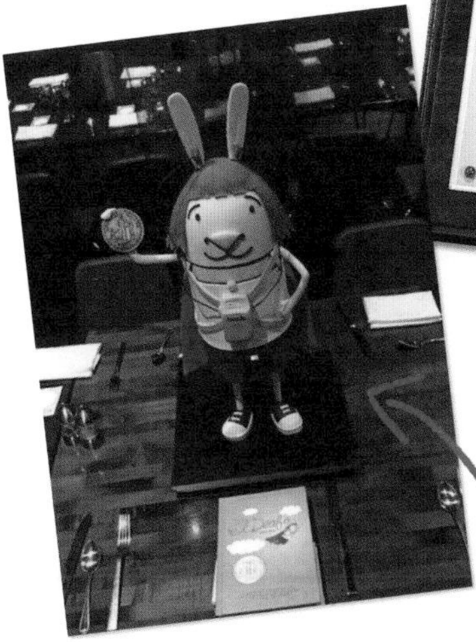

¡Parece mentira, pero esto es una tarta! ¡Y estaba deliciosa!

Dos cabezas piensan mejor que una: mi editora, Susan Van Metre, y yo celebrando el éxito de SuperSorda.

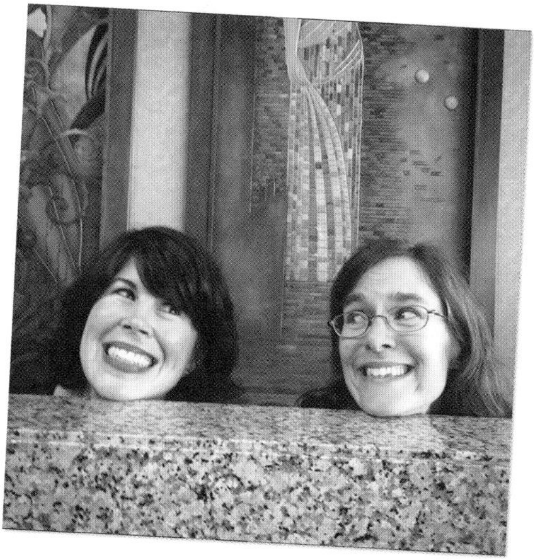

Los mensajes de los fans

Dear Cece bell

Hello, cece.
My name is Jabin . I live in Seoul, Korea.
I go to Jangwon Middle School. But I soon
go to high school I read your book El Deafo
my school's native English for teacher helped me.
I like reading your book. Your book is fun and
useful for studing English. It is interesting.
My favorite part is CeCe's first love.
In this part, Cece is very cute! haha. I wanted
more love story! I wonder if Mike In this part,
was your first love. Who is husband? Why did you
draw yourself as a rabbit? Did you not meet
~~again~~ with Laura again? I have many questions
~~But~~. I am not very good at English.
I couldn't understand everything.
But, I like your story!

Dear Cece Bell,

My name is Hyun-Soo I live in Seoul, Korea.
I go to Jang-won middle school
I read about your book, "El Deafo".
My favorite part is when your mother believe you didn't
cheat on the test. I wanted to tell your teacher
that you can't see the board!
I've got a similar story.
I wear glasses, too. And before I got glasses.
I couldn't see the board like you.
I got a question for you.
Is it uncomfortable to wear your hearing aid?
Finally, thank you for reading my letter.

Dear CeCe Bell
My name is Ga Eun
I live in Seoul, Korea I go to Jang won
Middle School.
I read "El Deafo" It's Very very good!
My Favorite Part is when You become
friends with Martha. And You Play games
together and have a great time.
I like the way You get along with
each other. By the way I wear glasses
too. I like to listen to music.
How about You? What genre do
You like?

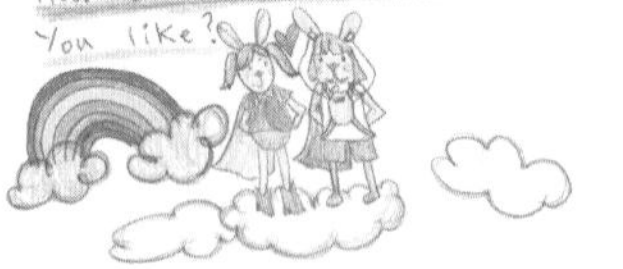

Agradezco de verdad a mis jóvenes lectores el tiempo que han dedicado a leer SuperSorda y a pensar en ella.

El Deafo

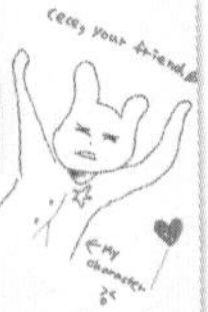
Cece, your friend.
← My character

Dear. Cece Bell

My name is Min-a
I live in seoul, korea. and I go to Jangwon
Middle School.
In My English teacher's Winter camp, I read EL Deafo.
I think EL Deafo is realistic because I can easily
understand your mind and what it was like to be deaf.
when Ginny speaks too slowly, cece (You) looks more and more
frustrated. So I understand why you imagined to break ginny's
record.
while reading this book, I felt and thought many things,
like my life in elementary school.
when I was in 5th grade, without even knowing the reason,
three girls blame me and treated me badly.
because I had a similar experience so I can relate to you.
I really respect you for writing 'EL Deafo'.
oh! Futhermore, you and I wear glasses.
perhaps we have many things in common.
Lastly, I'll just ask one question.
Do you still have a difficult time these days?
I'm honored to write a letter you as reading this book.
I hope you to see later
From, Min-a

Dear Cece,
I love El Deafo so much.
Thank you for the book
ark! I gave my reacher a copy of the book and book-
book and we read it in class. Everone
laughed and they think my hearing aid is
so cool! I am the first one in NM to
have it. (Ponto System) I just got
a streamer for it. My farorite part of
the book is when you hear your teacher
go to the bathroom! El Deafo is th
BEST Book Ever! It helps me
be happy and not scared. The
doctor put a setting on my hearing aid
so I can't change the volume and

Bright holiday wishes to you and yours.

hear my teacher tinkle tinkle.
Thank you for the Christmas
card. I celbrate Chanukah.

January 25, 2018

Dear Cece Bell,

Hi my name is Lucas. I'm in 3rd grade, I also have hearing loss.

The book is funny. I did a book report on El Deafo and I gave it five stars.

I like the part when you wear going crazy over Mike Miller.

Was Laura actually mean and was she real?

thank you

Lucas

Bronx New York!!

To. Bell Cece

Hello! My name is Min

I live in Seoul, Korea.

And I go to Jangwon Middle School

In winter camp, I'm reading your book "El Deafo" I like the part where Cece has fallen in Love at First Sight with Mike Miller.

But I'm angry about the part about Laura.

When Cece goes to hospital, it reminded me of the time

I had an operation on my eye lid. and I felt sorry for Cece.

However, Cece got through it great.

Finally, I wonder when the most difficult part of your life, and how you overcame it, and how you became a cartoonist!

Thank you for reading my letter.

Bye Bye!

- 2016, 1, 20, wednesday

From, Min

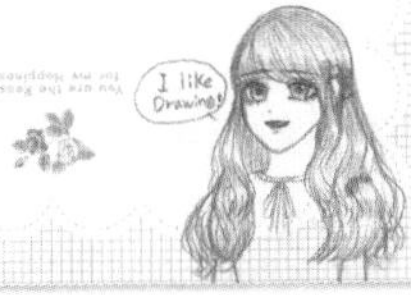
I like Drawing!

5/7/18

Dear Cece Bell,

My name is Natalie. I am 13 Years old. I have an Fm unit like your Phonic ear, but I cant hear everything that you can hear!!!!

I liked EL DeafO because the way you teach kids about being deaf, like the way you show what Cele is heating in the speech ballons.

The thing that make this book fun to read are: good pictures, when you and Mike wore PJs for the play, also when you drew heart eyes when Cece saw Mike.

In Conclusion I have a queston. Why did Luara make you run around the table!! Also is Luara a real Person?!

Sincerely,

Natalie

Bronx, NY

Greetings Ms. Bell!

I am 12 years old and I have hearing loss too and I Love your book!, and when I got hearing aids every one asked me what they were and to this day People still ask.

I have a question: Is every thing that you said true, even thinking about super powers like el Deafo?

from Michael

from Bronx, Ny

Es maravilloso conectar con todos vosotros. Nos parecemos más de lo que creemos. ¡No somos tan diferentes!

Dear Cece,

I have read your book "El Deafo" at least 30 times now! I'm a BIG fan of you. I'm a BIG fan of you. How did I become one of you?! you say? EASY!! One normal school day I came home. Then I did my stuff and my mom pretends that her stomach was hurting. I knew I was getting something! I ran to my mom and I yell "WHAT WHAT!" And a book ploped out from under her shirt. I quickly grabed the book and ran to my room. I read the title. "El Deafo Eh?" "I can wait!" I quickly read it "I LOVE IT!" SO That's how I'm a Fan! How long did it take to make your Book? also what is your favorite COLORS!

LOVE U!

your Fan

Link

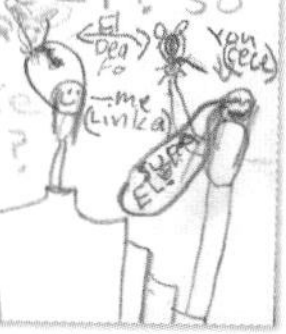
El Deafo
You (Cece)
me (Linka)
EL

Adoro a mis lectores

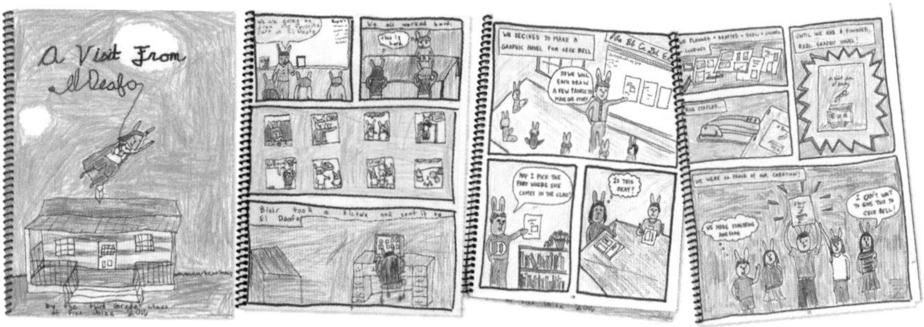

A Visit From
El Deafo

Cómic de Blair y sus alumnos del colegio Free Union Country

Los fans de SuperSorda son, además, grandes artistas. Me han enviado muchos ejemplos de su capacidad creativa, maravillosos, como un cómic dibujado a mano por un profesor y sus alumnos...

¡Y muchas otras representaciones de SuperSorda en todo tipo de formatos!

Dibujo con pinturas de Neomi

Muñeco de ganchillo de Yumi

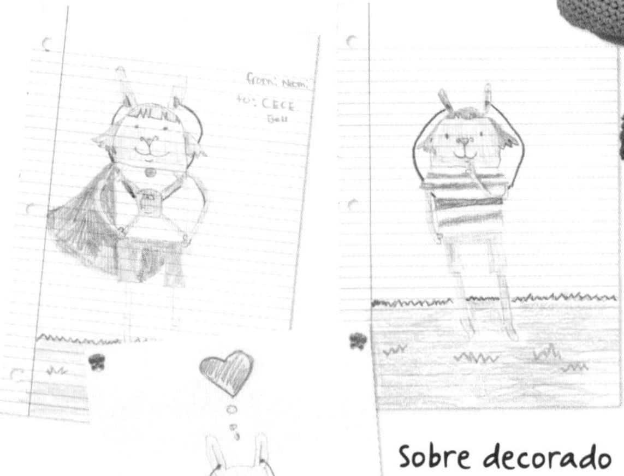

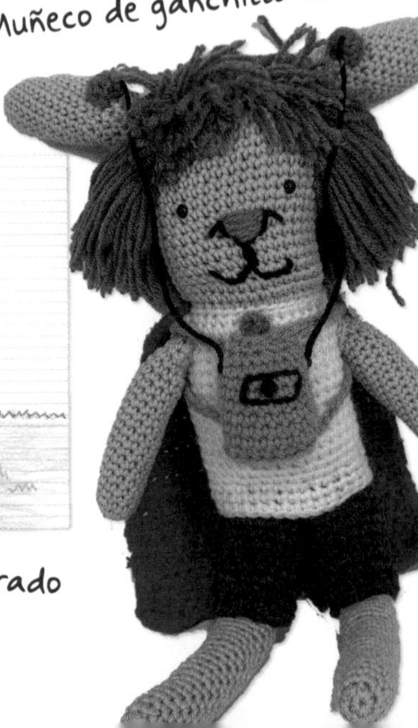

Sobre decorado por Linka

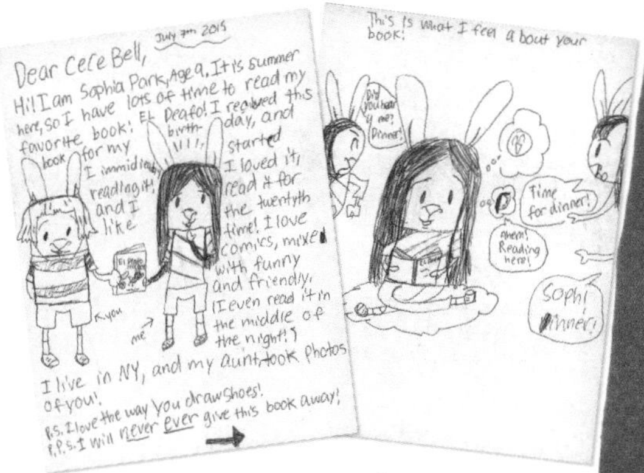
July 7th 2015
Dear Cece Bell,
Hi! I am Sophia Park, Age 9. It's summer here, so I have lots of time to read my favorite book: El Deafo! I received this book for my birth-day, and I immidiately started reading it! I loved it, and I read it for the twentyth time! I love comics, mixed with funny and friendly. (I even read it in the middle of the night!) and I like
you
me
I live in NY, and my aunt took photos of you!
P.S. I love the way you draw shoes!
P.P.S. I will never ever give this book away!
This is what I feel about your book!
Did you hear me? Dinner!
Time for dinner!
Ahem! Reading here!
Sophi dinner!

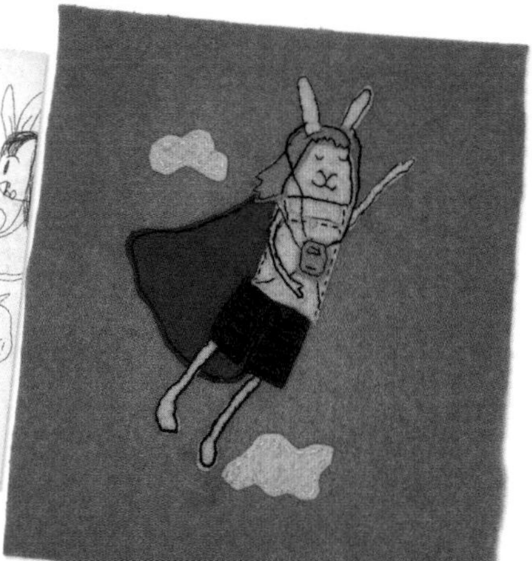

Carta a boli de Sophia

Fieltro bordado de Camille y Lucia

¡Sois fantásticos!
Muchas gracias por leer mi libro. Espero que os hayan gustado estos extras y que os animen a compartir VUESTRAS propias historias.

XOXO
Cece Bell

Dibujo con lápiz y tinta de Joe Sutphin

Pincel y tinta de Lunch Lady, creador de Jarrett Krosoczka

Dibujo con ceras

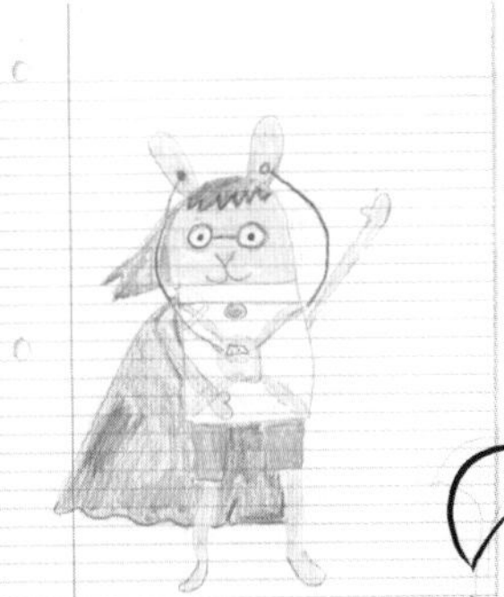
from: Naomi
to: CECE Bell

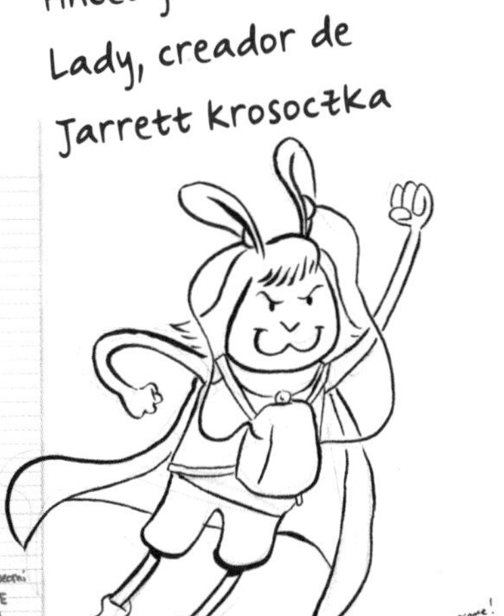
To Cece, who is awesomer than awesome!

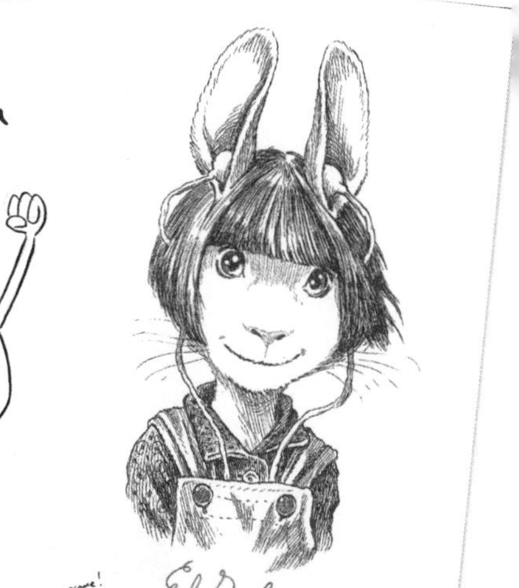
El Deafo

Cece Bell ha escrito e ilustrado varios libros infantiles y saltó a la fama con su libro autobiográfico *SuperSorda* que ha ganado el premio Will Eisner y el premio Newbery y se ha publicado en veinticinco idiomas.

Sigue a Cece Bell en
www.cecebell.com
@cecebellbooks

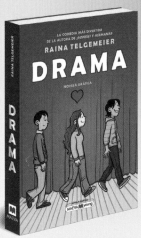

DRAMA
Raina Telgemeier

A Callie le encanta el teatro. Y, aunque se muere de ganas de participar en el musical *La luna sobre el Misisipi* que se va a representar en su instituto, canta fatal.

FANTASMAS
Raina Telgemeier

Catrina y su familia se han mudado a Bahía de la Luna porque su hermana pequeña, Maya, está enferma y esperan que el cambio de clima sea beneficioso para ella.

Fantasmas
Premio Eisner a la Mejor publicación infantil y juvenil

DIBUJA Y ¡SONRÍE!
Raina Telgemeier

¿Has pensado alguna vez en contar tu propia historia, ya sea real o imaginaria? Si la respuesta es afirmativa, ¡Raina Telgemeier ha creado este divertido diario, multicolor e interactivo, para ti! ¡Crea tu propia novela gráfica! Incluye información sobre el proceso creativo de sus propias obras.

EL CLUB DE LAS CANGURO

NOVELAS GRÁFICAS DE LA SERIE DE NETFLIX

DE LA AUTORA DE ¡Sonríe!
RAINA TELGEMEIER
EL CLUB de LAS CANGURO
NOVELA GRÁFICA
NOVELA GRÁFICA DE LA SERIE DE NETFLIX
¡BUENA IDEA, KRISTY!
BASADO EN LA NOVELA DE ANN M. MARTIN
MAEVA young

¡BUENA IDEA, KRISTY!

EL CLUB DE LAS CANGURO 1

Raina Telgemeier y Ann M. Martin

Kristy, Mary Anne, Claudia y Stacey son amigas del alma y fundadoras del El Club de las Canguro. Pase lo que pase -niños quejicas, perros enormes o bromas telefónicas-, ellas son capaces de resolverlo.

DE LA AUTORA DE ¡Sonríe!
RAINA TELGEMEIER
NOVELA GRÁFICA DE LA SERIE DE NETFLIX
EL CLUB de LAS CANGURO
NOVELA GRÁFICA
EL SECRETO DE STACEY
BASADO EN LA NOVELA DE ANN M. MARTIN
MAEVA young

EL SECRETO DE STACEY

EL CLUB DE LAS CANGURO 2

Raina Telgemeier y Ann M. Martin

¡Pobre Stacey! Acaba de mudarse de ciudad, está acostumbrándose a su diabetes y, por si eso fuera poco, no dejan de surgir contratiempos en su trabajo como canguro. Por suerte, tiene a las chicas del Club.

DE LA AUTORA DE ¡Sonríe!
RAINA TELGEMEIER
NOVELA GRÁFICA DE LA SERIE DE NETFLIX
EL CLUB de LAS CANGURO
NOVELA GRÁFICA
¡BRAVO, MARY ANNE!
BASADO EN LA NOVELA DE ANN M. MARTIN
MAEVA young

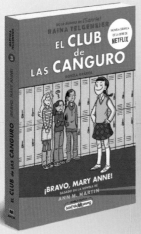

¡BRAVO, MARY ANNE!

EL CLUB DE LAS CANGURO 3

Raina Telgemeier y Ann M. Martin

Las chicas del Club de las Canguro se han peleado.
Ahora a Mary Anne no le queda más remedio que hacer nuevos amigos en la cafetería.
¿Podrá conseguir que el Club vuelva a unirse?

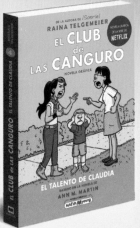

EL TALENTO DE CLAUDIA
EL CLUB DE LAS CANGURO 4
Raina Telgemeier y Ann M. Martin

Claudia, que presta más atención a sus inquietudes artísticas y al Club de las Canguro que a sus deberes del instituto, siente que no puede competir con su hermana perfecta.

JULIA Y LOS NIÑOS IMPOSIBLES
EL CLUB DE LAS CANGURO 5
Gale Galligan y Ann M. Martin

Julia está ansiosa por llevar a cabo su primer gran trabajo de canguro. Pero cuidar a los tres niños Barrett es mucho más complicado de lo que parece. Además de todo esto, Julia se esfuerza por encajar con las chicas. ¿Unirse al Club fue un error?

UN GRAN DÍA PARA KRISTY
EL CLUB DE LAS CANGURO 6
Gale Galligan y Ann M. Martin

¡La madre de Kristy se va a casar! El problema es que catorce niños vienen a la ciudad para la boda, así que las chicas del Club tienen una gran tarea por delante. ¡Pero trabajarán juntas para asegurarse de que el gran día de Kristy sea un éxito!

NOVELAS GRÁFICAS DE LA SERIE DE NETFLIX

UNA NOVELA GRÁFICA DE
GALE GALLIGAN
NETFLIX
EL CLUB de LAS CANGURO
EL CRUSH DE STACEY
ANN M. MARTIN
MAEVA young

EL CRUSH DE STACEY

EL CLUB DE LAS CANGURO 7

Gale Galligan y Ann M. Martin

Stacey y Mary Anne se van a la playa con los Pike para ayudarles con los niños. Pero Mary Anne se ve obligada a trabajar el doble... porque Stacey se ha enamorado.

UNA NOVELA GRÁFICA DE
GALE GALLIGAN
NETFLIX
EL CLUB de LAS CANGURO
LOGAN Y MARY ANNE
ANN M. MARTIN
MAEVA young

LOGAN Y MARY ANNE

EL CLUB DE LAS CANGURO 8

Gale Galligan y Ann M. Martin

Logan Bruno es nuevo en la ciudad y quiere unirse al Club. Entre Mary Anne y él surge una amistad muy especial. La vida en el club nunca ha sido tan complicada, ¡ni tan divertida!

Publicación en otoño 2022

HERMANA PEQUEÑA. PEQUEÑA CANGURO

UNA NOVELA GRÁFICA DE
KATY FARINA
HERMANA PEQUEÑA
PEQUEÑA CANGURO
KAREN Y LA BRUJA
ANN M. MARTIN
MAEVA young

KAREN Y LA BRUJA

HERMANA PEQUEÑA. PEQUEÑA CANGURO 1

Katy Farina y Ann M. Martin

La pequeña Karen es la hermanastra de Kristy Thomas, la fundadora del El Club de las Canguro. En este primer libro, Karen espía a su vecina porque cree que es una bruja llamada Destino Mórbido.

UNA NOVELA GRÁFICA DE
KATY FARINA
HERMANA PEQUEÑA
PEQUEÑA CANGURO
KAREN Y LOS PATINES NUEVOS
ANN M. MARTIN
MAEVA young

KAREN Y LOS PATINES NUEVOS

HERMANA PEQUEÑA. PEQUEÑA CANGURO 2

Katy Farina y Ann M. Martin

Karen está emocionada, va a poder practicar piruetas y trucos con sus patines nuevos, pero... se cae y se rompe la muñeca.

SERIE CLICK

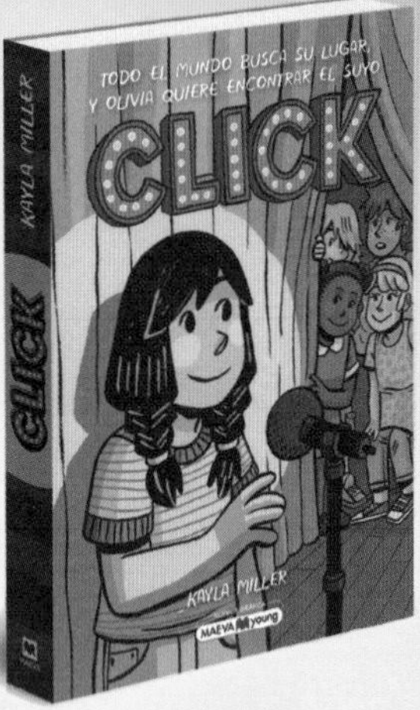
TODO EL MUNDO BUSCA SU LUGAR, Y OLIVIA QUIERE ENCONTRAR EL SUYO
CLICK
KAYLA MILLER
KAYLA MILLER
CLICK
MAEVA young

CLICK

Kayla Miller

Olivia se lleva bien con todos, todo va bien. Pero, cuando para la actuación de fin de curso se hacen grupos y ella se queda sin ninguno al que unirse, se da cuenta de que la realidad no es así. Olivia tendrá que encontrar inspiración para solucionar este pequeño lío antes de la función.

CAMP
DE CAMPAMENTO CON OLIVIA

Kayla Miller

Olivia y su mejor amiga, Sara, van a un campamento, ¡están emocionadas! Pero la facilidad de Olivia para hacer nuevos amigos contrasta con la timidez de Sara, quien se aferra a su amiga creando un estrés que debilita su relación. ¿Podrán arreglarlo sin perder su gran amistad?

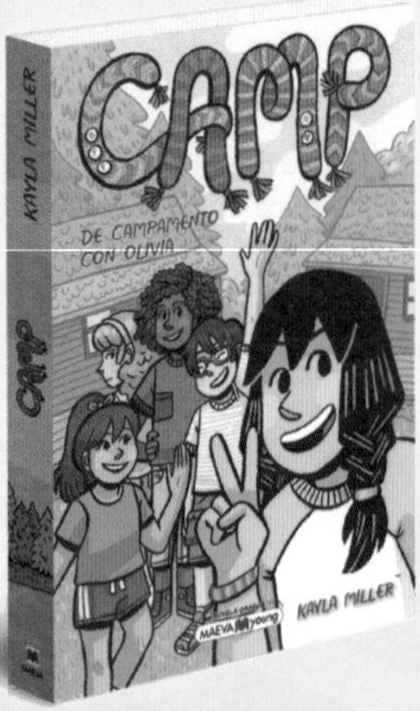
CAMP
DE CAMPAMENTO CON OLIVIA
KAYLA MILLER
KAYLA MILLER
CAMP
MAEVA young

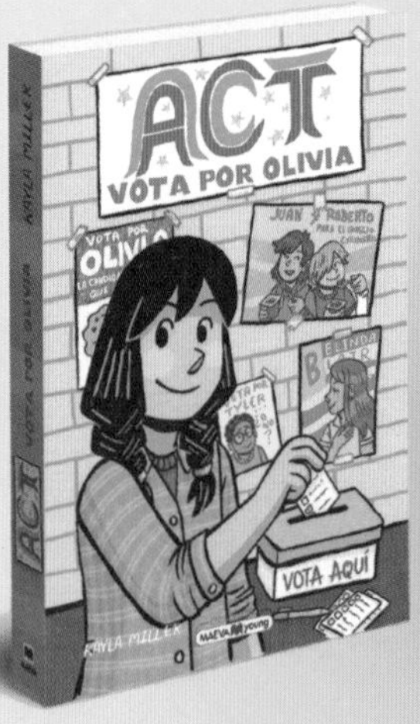
ACT
VOTA POR OLIVIA
VOTA AQUÍ
KAYLA MILLER
KAYLA MILLER
VOTA POR OLIVIA
ACT
MAEVA young

ACT
VOTA POR OLIVIA

Kayla Miller

Olivia está encantada de comenzar un nuevo curso, pero cuando descubre que una norma del colegio impide que algunos compañeros vayan a una excursión, decide actuar. Incluso se presenta a las elecciones del consejo estudiantil, aunque tenga como competidores a buenos amigos.
¡La emoción está asegurada!

VICTORIA JAMIESON

CUANDO BRILLAN LAS ESTRELLAS
Victoria Jamieson y Omar Mohamed

Esta increíble y necesaria historia está basada en hechos reales. Omar y su hermano Hassán viven en el campo de refugiados de la ONU, en Kenia, donde, a pesar de las condiciones difíciles, Omar descubre la maravillosa oportunidad de ir a la escuela, algo que le da a su vida una visión esperanzadora del futuro.

SOBRE PATINES
Victoria Jamieson

Cuando Astrid se enamora del patinaje y descubre que en su ciudad hay un campamento de roller derby, se inscribe convencida de que Nicole irá con ella. Sin embargo, su amiga Nicole se acaba apuntando a un campamento de ballet ¡con la cursi de Rachel!

Victoria Jamieson
Premio Newbery Honor Book

PREPARADA, LISTA... ¡BIENVENIDA A CLASE!
Victoria Jamieson

Momo adora la feria medieval donde trabajan sus padres, pero este año vivirá una aventura épica de verdad, ¡empieza secundaria!

UNA AMIGA DE VERDAD
EL CUADERNO MÁGICO
Kristen Gudsnuk

Daniela hereda de su excéntrica tía Elma
un cuaderno mágico de bocetos. Y sin conocer
las consecuencias dibuja a Madison, ¡la mejor
e ideal amiga! De repente el dibujo cobra vida.
Pero, incluso cuando creas a un mejor amigo,
no es fácil saber manejar los altibajos
de las relaciones.

LOS ESPELUZNANTES CASOS
DE MARGO MALOO
Drew Weing

Charles acaba de mudarse a Eco City
y algunos de sus vecinos nuevos le dan
escalofríos. ¡Este lugar está lleno de
monstruos! Por suerte para Charles, Eco City
tiene a Margo Maloo, una mediadora de
monstruos. Ella sabe exactamente qué hacer.

MARGO MALOO
Y LOS CHICOS DEL CENTRO
COMERCIAL
Drew Weing

En el centro comercial abandonado vive un
grupo de jóvenes vampiros, pero su vida de
amantes de la música se ve amenazada por
adolescentes humanos con teléfonos móviles.
Solo hay una persona a la que se puede pedir
ayuda, la misteriosa Margo Maloo.